Stad in ademnood

Vertaald door Hans van Cuijlenborg

Kenneth J. Harvey

Stad in ademnood

2006 Prometheus Amsterdam

Voor Emma Sarah, Katherine Alexandra en Jordan Rowe

Oorspronkelijke titel *The Town That Forgot How to Breathe*
© 2006 Kenneth J. Harvey
© 2006 Nederlandse vertaling Uitgeverij Prometheus en Hans van Cuijlenborg
Omslagontwerp Johny van de Vyver
Foto omslag Getty Images
www.uitgeverijprometheus.nl
ISBN 90 446 0757 X

Uw weg was in de zee, en Uw pad in grote wateren, en Uw voetstappen werden niet bekend.

Psalm 77:20

Donderdag

Vrouw Eileen Laracy slofte langs de bovenweg omhoog, op zoek naar seringen om op haar sprei van witte chenille te leggen. Onder de felle zomerzon, die elke lijn in de rimpelkaart van haar gezicht bescheen, zong zij verdrietig:

O, begraaf me niet in diepe zee,
De koude waggel voert me mee,
Naar waar geen zon meer schijnt,
In duisternis mijn stille graf verkwijnt.

Smakkend met haar tandeloze tandvlees, alsof ze de pracht van de middaglucht kon proeven, bleef zij even staan om een geborduurde zakdoek uit de mouw van haar groen-wit gestreepte jurk te pakken. Haar hoofddoek, onder haar kin vastgebonden, was groen – met een heleboel piepkleine blauwe stippen. Ze snoot stevig haar ronde neus, veegde hem toen een paar keer af alvorens de zakdoek weer in haar mouw te stoppen.

Veel tranen laat een wicht aan kust
Voor hem die op de bodem rust,
Waar roep van wallevis weerklinkt,
Garnaal zich in zijn bleke lippen dringt.

Een eenzame vlieg begon vlak bij haar oor te zoemen, waardoor haar klaagzang onderbroken werd. 'Gaat vort, mug, stuk chagrijn,' mopperde ze, terwijl ze probeerde hem weg te slaan met haar handje. 'Of most tuurlijk een vermomde seringelf wezen.' Ze grinnikte en vervolgde neuriënd haar zoektocht.

Seringen, kort levend en adembenemend geurend, werden beschouwd als het meest geliefd bij geesten. Vrouw Laracy ontving bezoekers uit het hiernamaals, in tegenstelling tot degenen die ze vreesden als schippers met opdracht verwante zielen te gaan halen. Ze besteedde belachelijk veel tijd aan pogingen ze naar haar huis te lokken, waar zij ze een veilig onderkomen bood door haar trouwe aanwezigheid.

Sinds de tijd dat ze nog meisje was tot op middelbare leeftijd had zij gesproken met gene zijde van het graf. Maar kort na haar vierenveertigste verjaardag, op een frisse najaarsnacht, kwamen de geesten niet langer naast haar bed zitten staren of hardop commentaar leveren. Hun serene kameraadschap was haar tot troost geweest. Vrouw Laracy had met hen gesproken over kinderen en voorbije generaties, want zij waren vervuld van de gloed van hun voorouders, de stamboom die achter ze aan sleepte als een stroom ongebroken, wolkige barnsteen. Dat was de gave, als een sterveling overleed – de energie van verwante zielen die versmolt, een schakel ging vormen in de keten van geesten, waardoor hun beheersing van het absolute vergroot werd.

Na jaren van geboorten en sterfgevallen was vrouw Laracy gewend geraakt aan begin en einde. Toch had ze in weerwil van zichzelf die geesten gemist. Zelfs de mysterieuze aanwezigheid van een door niemand gedragen kaarsengloed, naar boven, de trap op, was een hoopvol teken dat ze graag nog eens zou willen zien. Eileen Laracy zuchtte naarmate zij hoger op de bovenweg kwam, waarbij haar poppenvoetjes kiezelsteentjes wegschopten. Een kind gilde bij het spel, een grasmaaier dreunde ergens beneden aan Codger's Lane. Ze keek even naar het noorden, links van haar, waar het land helde naar de oude vierkante huizen die rondom de glinsterende baai van Bareneed stonden. Het was een mooie dag, maar zij had het gevoel dat er iets niet klopte. Er jeukte een lege plek in haar hart sinds die nacht dat de geesten haar in de steek hadden gelaten.

Een paar kraaien krasten over en weer om haar komst aan te kondigen. Ze keek omhoog naar de helblauwe lucht, op zoek naar de zwarte vogels. Ze luisterde, telde de kraaien aan hun gekras. Eén voor kommer, twee voor blijdschap.

In haar zak greep zij een stukje dik, ovaal scheepsbeschuit, zeemansbrood dat zo hard was dat je een tand kon breken als je probeerde erin te bijten. Als regel hield ze een stukje daarvan in de voorzak van haar jurk als ze in de buurt van bos kwam. Het was bedoeld als gift voor elfen, mocht het kleine volkje opeens rond haar heen fladderen. Toen de pioniers aankwamen uit Engeland en Ierland, die in de zestiende eeuw de Atlantische Oceaan overstaken om de visgronden rond Newfoundland te kunnen bevaren, was scheepsbeschuit een van de basisvoedingsmiddelen. Het was een vanzelfsprekende keus om dat de elfen aan te bieden, om ze ervan te weerhouden iemand te ontvoeren naar hun ondergrondse verblijven. Als kind had vrouw Laracy de elfen twee keer gezien en ze brood gegeven, zorgvuldig haar blik afwendend. Als kind wilde je niet ontvoerd worden door het kleine volkje. Wat er met baby's en kinderen gebeurde die door de elfen werden meegenomen, wist iedereen. Als ze terugkwamen waren ze zichzelf niet meer, ze waren anders van vorm en omvang. Het was Tommy Quilty overkomen, die verder beneden haar woonde. Hij was veranderd, en hij had ook 'het oog' gekregen.

Vrouw Laracy bleef staan om naar een huis te kijken met een steil glazen dak, dat een eind van de weg af stond, en waar een donkerpaarse aura omheen hing. Twee kleine seringen met kronkelige takken groeiden vlak bij het huis, een eind verderop langs de laan. 'Daar kruipt die kunstenmaakster weg,' zei ze in zichzelf. 'Die haar dochter het verloren. Al die onrust,' mompelde zij, met medelijden denkend aan de vrouw en haar problemen. ''t Is me wat.'

Ze slofte verder, keek vorsend naar de struiken langs de weg, tevergeefs op zoek naar bosbessen. Een bruine vlinder met zwarte vleugeltoppen fladderde er rond. Ze bleef staan om ernaar te kijken, herinnerde zich hoe zij en haar speelkameraadjes vlinders vingen toen ze kind was, en ze onder een steen stopten. De volgende dag, als ze dan terugkwamen en de steen optilden, lag er geld in plaats van de verstopte vlinder.

Toen zij opkeek besefte zij dat zij voor het oude huis van Critch stond. Er stond een blauw autootje op de oprit, met de kofferbak open. Nieuwe mensen, die daar voor de zomer kwamen wonen. De onderste takken van een sering reikten tot de kant van de weg, de geur was bedwelmend. Vrouw Laracy begreep volledig waarom die geesten aantrok. Het was echt fantastisch. Ze stak haar rimpelige vingers uit om de tere bloemen te strelen en wreef lavendelblauw stof tussen haar vingertoppen. Haar blik viel op de halfopen voordeur. Daarin verscheen een man, zijn ogen op het gras gericht terwijl hij naar buiten stapte. Hij bleef even staan toen hij haar zag.

Vrouw Laracy stak haar arm op. 'Hoe gaat', best jong?' riep ze.

'Goed, hoor,' zei de man, in een duidelijke poging erachter te komen wie ze was.

'Ik vroeg me af of ik 'n paar seringen van dij mocht lenen?'

'Tuurlijk.' De man kwam dichterbij. 'Zeker, ga uw gang.'

'Mijn naam is Eileen Laracy.' Vrouw Laracy grijnsde en knipoogde terwijl ze een seringentakje heen en weer boog voordat ze het afbrak, waardoor de eens verbonden takken begonnen te trillen. 'Hoe heetst doe?'

'Joseph Blackwood.' De man stak zijn hand uit. Vrouw Laracy schudde die aandachtig en bekeek hem van top tot teen. Hij was niet te lang en niet te kort, stevige ledematen en warme, werkzame handen. Uit zijn wijze van kleden viel af te leiden dat hij uit de grote stad kwam: rood overhemd, spijkerbroek en nieuwe zomerschoenen, geen honkbalpet op het hoofd, zoals de meeste mannen tegenwoordig. Een bijna knap gezicht met zandkleurige lokken die dunner werden boven een wijkende haargrens. Blauwe, heldere ogen die dwars door je heen konden kijken, zonder een spoor van slechte bedoelingen. De glimlach die hij haar toonde was natuurlijk, niet geforceerd, en hij geneerde zich niet tegenover een vreemdelinge. Vrouw Laracy vermoedde dat hij meer op zijn hoede zou zijn met degenen van wie hij hield. Maar het belangrijkste van alles was de sluierachtige damp die rond hem hing en dat lichtblauwe waas met donkere randen. Overgang tussen rust en onrust.

'D'r woont 'n Blackwood in Bareneed. Doug Blackwood. Is dat familieje?'

'Mijn oom.'

'Ik wist niet dat hij nog verwant'n had.'

'We komen uit St. John's.'

'O,' zei vrouw Laracy en ze haalde behoedzaam adem. 'Stadjers.'

'Ik ben bang van wel.' Joseph grinnikte kleinerend. 'Ik ben een slecht stadsmens. U zou mij uit de weg moeten ruimen om er een eind aan te maken.'

'Nee, het is niet aan mij om dij uit dien lijden te helpen.' Eileen Laracy grijnsde en voelde sympathie voor hem. 'Hest doe niet toevallig potlood en 'n stukje pampier?' Er kwam een meisje uit de open deur, haar gympen bleven staan op de drempel alsof ze er plotseling aan vastkleefden. Het krullende blonde haar van het meisje was op schouderhoogte afgeknipt, haar ogen waren groot en expressief. Ze had een knap gezicht met een lijntje sproeten hoog boven haar neus en haar wangen. Zo te zien niet ouder dan zeven of acht. In een van haar handen hield ze een tekenschrift, en in de andere een pen. De nieuwsgierige aandacht van vrouw Laracy bleef gericht op het meisje tot ze zich gedwongen voelde naar het huis van de buren te kijken, waar haar blik haar naartoe trok. Hier broeit iets, hield ze zich voor.

'Dag, lieverd,' zei ze ten slotte tegen het kind.

Het kind antwoordde niet.

'Zeg eens gedag,' zei Joseph.

'Hallo,' was alles wat het meisje doodgemoedereerd losliet.

'Dit is Robin,' verklaarde Joseph.

' 't Is een schiere dag, Robin. Most dat zien om doe heen.' Vrouw Laracy gebaarde met een weids armgebaar.

'Ja, beslist.' Joseph stond daar met zijn handen op zijn heupen toe te kijken hoe handig zij de seringen van de boom plukte. 'Zal ik even een schaar voor u halen? O nee, u wilde een potlood.'

'Nee, geen schaar nodig.' Pluk, pluk, pluk. Al snel was haar verweerde gezicht vrijwel verdwenen achter een berg paarse bloemen. 'Maar een stukje pampier zou fantastisch wezen.'

'Dat heb ik wel in de auto.' Joseph stapte naar het rechterportier, stak zijn hoofd door het open raam en rommelde wat in het handschoenenkastje.

Vrouw Laracy knikte Robin hoopvol toe. In een onzekere, maar tot nadenken stemmende herkenning ontmoetten hun blikken elkaar tot Joseph terugkeerde en een potlood en een stukje wit papier aanreikte dat hij van een apotheekzak had afgescheurd. Hij had zo'n petieterig zwart mobieltje in zijn hand, drukte op knopjes en luisterde aandachtig, maar reageerde verder niet voordat hij het door het autoraampje naar binnen smeet.

'Kan die dingen niet uitstaan,' zei hij.

'Waarom hest er dan een?' Vrouw Laracy stapte op Robin af en toen ze iets in het tekenschrift zag staan, vroeg ze het meisje wat ze had getekend.

Robin stak de pen achter haar oor. Met beide handen hield zij het tekenschrift op voor vrouw Laracy, die zag dat de afbeelding een goede weergave was van het huis van de buren, alleen in haar versie was het helemaal van glas. Overal eromheen stonden ambergele vegen.

'Doe hest aanleg voor kunst.'

'Dank u,' zei Robin met een eigenaardig maar wat gespannen stemmetje.

'Hol dit even voor me vast, lieverd.'

Robin legde haar tekenschrift op de drempel en spreidde haar armen terwijl vrouw Laracy voorzichtig de bos seringen overdroeg, waaronder het meisje praktisch bedolven werd.

'Snuf dat maar eens lekker op,' zei ze en ze pakte vervolgens papier en potlood aan van Joseph. Ze begon te schrijven, kneep haar ogen toe en krabbelde pijnlijk langzaam – in een vet handschrift waarvoor de concentratie van haar hele lichaam vereist werd. Toen ze klaar was, las ze het over, leek tevreden met haar werk en gaf papier en potlood terug aan Joseph.

'Da's mijn naam en telefoonnummer,' zei ze, met een knikje naar Josephs hand. 'Kom me eens opzoeken. Ken' we wat teuten, met kop thee en 'n stoetje.'

Verliefd tot haar seringen fluisterend gebruikte vrouw Laracy beide handen om de vracht weer vol aanhankelijkheid van Robin over te nemen. Toen draaide ze zich plotseling om naar de boom en plukte er nog een paar. Het was heel aardig van hen dat ze dat goedvonden. Dankzeggend knipoogde ze tegen Joseph. 'Eerste klasse,' zei ze, toen ze merkte dat Robin naar de oceaan stond te staren, waarbij zilveren vonken in haar marineblauwe ogen weerkaatsten.

'Zochst het glinsteren?' vroeg vrouw Laracy met ingehouden bewondering, aandachtig naar het water starend, terwijl ze zich naar het kind vooroverboog.

'Glinsteren?' Joseph stak zijn hand op, beschaduwde zijn ogen, zocht.

'Ja, 't is een bezienswaardigheid.'

'Wat is wat?' vroeg Joseph, doorzocht de haven, probeerde te zien waar zij hun aandacht op richtten.

'Lui als doe zien dat niet,' sprak ze, terwijl zij verontwaardigd haar rug rechtte tot haar volledige betrekkelijke lengte. 'Als 't ook bij de visserijpliesie zitst.'

'Hoe wist u dat ik bij de visserijpolitie werk?' vroeg hij glimlachend.

De oude vrouw wees met haar vinger op de auto. 'Parkeervergun' op voorruit, jong.'

'O.'

'Geheimen voor vissersvolk en gezegenden, niet voor volk als doe.' Ze snoof eens en begon weg te sloffen, maar bleef algauw weer staan om naar de seringen in haar armen te kijken, omdat het zien ervan haar hart vervulde van aanbidding en eerbied. Koket wierp ze nog eens een blik op Joseph. 'Dank voor bloemen, troedel.' Vrouw Laracy keek eens naar Robin en moest in weerwil van zichzelf iets van haar broodnodige advies kwijt.

'Gaast kuieren in bos, neem dan 'n stuk scheepsbeschuit mee.'

Robin knikte. Haar mond zakte open van verbazing toen zij vrouw Laracy de massa seringen in de holte van haar ene arm zag schikken en haar hand in de zak van haar jurk zag verdwijnen om er een ovaal klompje uit te halen.

Vrouw Laracy bood het Robin aan, die slechts stond te staren naar dat ronde stukje brood met gladde randen en toen naar de vingers van de dooraderde, gerimpelde hand die het vasthielden, naar de hemel opgeheven.

'Doe bist gezegend,' fluisterde zij geheimzinnig. 'Alle vormen van bescherming weetst doe.'

'Dat zit wel goed,' kwam Joseph tussenbeide met amper verholen vermaak, zijn handen ontspannen in de zakken van zijn spijkerbroek. 'We komen wel wat halen als we het nodig hebben.'

Vrouw Laracy stak de scheepsbeschuit weer terug in haar zak. Mompelend gaf ze Joseph een vernietigende blik en stond op het punt te vertrekken toen ze in Robins wilde ogen weer dat zilver zag schitteren. Ze bracht haar lippen bij het oor van het meisje en fluisterde vurig: 'Zochst 't glinsteren?'

Robin knikte onzeker.

'Dat binnen vissen die proberen te vliegen, lieverd.'

Acht dagen eerder

Doffe wanhoop had bezit genomen van Donna Drovers gedachten toen zij aarzelend de drempel naderde van het vierkante vissershuis van haar zoon Muss. De donkerder aangroei van haar geblondeerde haar viel op in het zonlicht. Ze had die maand niet de moeite genomen haar haar te laten doen, een routine die zij meestal naarstig volgde. De permanent was er helemaal uitgegroeid. Haar onopgemaakte haar benadrukte de ruige hoekigheid van haar gezicht en de bruine wallen onder haar ogen werden door haar recente bleekheid des te duidelijker. En ze had een rokershoest.

In die misselijkmakende zonnehitte die haar teisterde, stond ze voor Muss' deur en merkte dat er onderaan bruin met geel gevlekt korstmos op het door weer en wind geteisterde hout groeide. Mettertijd zou dat omhoog kruipen en het hele vlak overdekken, waardoor het onmogelijk zou worden de deur nog te schilderen. Donna probeerde het weg te krijgen met de punt van haar gymschoen, maar haar poging liet geen sporen na. Ze hield ermee op, omdat ze Muss niet wilde alarmeren met haar aanwezigheid. Ze wist wat haar achter die deur te wachten stond: Muss zou in de woonkamer zitten, een angstaanjagende gewelddadigheid zou zijn ogen overschaduwen als hij zijn blik losmaakte van de televisie om haar aan te kijken. Zijn woede leek erger, telkens als Donna op bezoek kwam. Tien dagen geleden, toen zij voorstelde voor de verandering eens naar Caribou Lounge te gaan voor een biertje en een spelletje lotto, had Muss geweigerd zijn huis te verlaten met de mededeling dat er voor hem in de buitenwereld niets meer te beleven viel.

Donna wierp eens een blik op de plastic zak in haar hand – boodschappen voor Muss. Ze had het op zich genomen hem eten te brengen, maar haar zoon had slechts minachtende blikken voor wat zij meebracht. Bij haar vorige bezoek had Donna gezien dat de andere zakken die ze had afgegeven, nog steeds op de tafel onder het keukenraam stonden. Zelfs geen pak melk had de koelkast bereikt. Dat feit zat haar erger dwars dan wat ook, omdat die verzuurde melk in het pak symbolisch was voor haar zich verdichtende angst.

Donna dwong zich langs te gaan, rukte zich los van haar favoriete series en talkshows. De laatste tijd, als ze televisie zat te kijken, vond ze zichzelf eigenlijk geen haar beter dan sommigen van die idiote wijven in de programma's. Muss was haar zoon en ze negeerde hem, was zelfs bang voor hem. Had hij haar niet nodig? Ze keek over haar schouder, wierp een blik op de haven aan de andere kant van de weg. De waterspiegel was kalm, niet verstoord door welk zeedier dan ook. Hoe vaak was hij niet de haven van Bareneed uit gevaren om in die wateren te gaan vissen? Hoe vaak had ze geluisterd naar de verhalen van wat daarbeneden dreigde? De verhalen van reuzenvissen en van overleven tegen wil en dank. De legende. De vis in het water. De vis in de zee. Dat alles verloor in haar hart zijn betekenis.

Er rolde een zwarte auto over de weg, op weg naar verderop in de gemeente. Ze vroeg zich af wie dat zou kunnen zijn, maar verloor ook meteen weer haar belangstelling. Ze deed een stap achteruit, keek eens naar het raam van de woonkamer, naar de dichtgetrokken vitrage. Jaren geleden had ze die gordijnen gemaakt en ze zelf opgehangen. Muss had toen nog geholpen. Hij was toen nog een aardige jongen geweest, een zachtaardige, behulpzame jongen die altijd probeerde de spanning te verlichten tussen haar en Muss' vader Francis, met een grapje en een lach. Zonder er verder bij stil te staan draaide ze zich om, liep naar haar pick-up, stapte in, zette de zak boodschappen naast zich neer en keek er even naar voordat ze de motor startte. Ze keek in de achteruitkijkspiegel, wachtte tot een herstelwagen van de elektriciteitsmaatschappij voorbij was, en reed toen achteruit de weg op.

Twee dagen geleden had Muss grofweg het aanbod van Donna afgeslagen om eten voor hem te koken. Hij weigerde haar aan te kijken als hij sprak, staarde alleen maar naar de televisie, met twee trieste ogen als diepe bodemloze vijvers, zijn zwarte haar volslagen verward, alsof het was blootgesteld aan de passaat, ravenzwarte haren op zijn gezicht. Hij droeg dezelfde zwarte spijkerbroek en hetzelfde blauwe denimhemd die hij al weken aanhad. Af en toe gromde hij eens gemeen, zuchtte dan verontschuldigend, alsof hij er niets mee bedoeld had. Dan schrok hij weer en begon paniekerig te hijgen.

Terwijl zij achteruit vanaf Muss' oprit de lager gelegen weg op reed, dacht Donna: hij vermoordt me als ik daar nog een keer naar binnen ga. Ze reed langs de l-vormige betonnen kade. Krabbenboten lagen als roestige metalen karkassen van enorme schemerlampen, met groen of oranje gaas eromheen geweven, opgeslagen ter reparatie.

Twee krabbenboten lagen aangemeerd aan de kade, waar drie kinderen hengelden in het rustige water, in een poging hun doden te vangen. Nee, niet hun doden natuurlijk, vis. Waarom kwam er zo'n gedachte bij haar op, vroeg ze zich af. Waarom? De kinderen vingen schelvis, bot of pitvis. Maar wat vingen ze echt, wat voor ongekende vormen zaten verborgen onder die schubben? Waarom vingen die kinderen eigenlijk vis? Waarom lieten ze ze niet gewoon gaan, gooiden ze ze terug? Sloeg toch nergens op. Vanwaar die behoefte om levende wezens zo uit de zee te vangen?

Verderop draaiden de rugvinnen van albino haaien kringen in het glinsterend blauwe water. Dichter bij de kust torende een zeegroene staart uit het water en viel met een welluidende plets weer terug. Twee meter onder het oppervlak rolden en ontrolden tentakels van een reuzeninktvis zich lui. En hoewel ze dat alles op een of andere manier kon zien, schonk ze er toch geen aandacht aan. Het was stom. Idioot. Ze moest vechten tegen een opkomende neiging zich de eigen ogen uit te rukken.

Donna reed verder naar het oosten, met de Atlantische Oceaan links van haar – naast de benedenweg, en met rechts huizen en schuren. De kleuren van de zonsondergang hingen in de hemel. De tinten hadden het water geraakt en versmolten terwijl ze met haar pick-up verder reed, geel en oranje, die roze en paars werden, als een lelijke kneuzing.

Onverschillig keek Donna naar de kleuren. Ze waren minder vibrerend dan ze zich herinnerde, ze verloren hun essentie, ze verfletsten – naar het grijs. De zoveelste zonsondergang. Een gevoel van nutteloosheid roerde zich in het diepst van haar maag, als een brok onverteerbaar voedsel. Vroeger ging ze graag rond deze tijd wandelen, haar blik op de ontzaglijke oceaan, haar geest vervuld van ontzag. Het gewicht van de zee.

Het was maar al te echt voor haar, nu. Haar avondwandelingen waren iets uit het verleden, evenals haar liefde voor deze plek. Ze bezat niets. Niets. Een zieke zoon die haar haatte. Geen werk. Bareneed, ooit een levendig en sympathiek plaatsje, stonk nu naar verveling en gebroken harten.

Een kwikzilveren flits botste tegen de motorkap van haar pick-up en stuiterde daarop weg naar links, terwijl Donna op de remmen ging staan, waardoor ze naar voren vloog. 'Christus!' Terugvallend in haar stoel, keek ze meteen in haar spiegel. Een zeemeeuw maakte een duik om een visje op te pikken, zo te zien een lodde. De lodde was nu op weg naar het strand om kuit te schieten. Hij zou de walvissen lokken die afkwamen op de miljoenen vissen, die elke zomer naar de kust kwamen om eieren te leggen.

Donna vloekte inwendig terwijl ze doorreed, bereikte het eind van de benedenweg, waar het plaveisel overging in grind en scherp naar links afboog, de helling van Codger's Lane op. In haar spiegel zag ze even de oceaan en een reeks kleine huizen van de gemeente Port de Grave, ver aan de overkant van de inham. Een serie zilveren vonken spatte uit het water, als vuurwerk dat achter elkaar werd afgestoken. De flitsen kwamen hoger, bleven even hangen, en daalden dan weer, doken de oceaan in.

Halverwege Codger's Lane draaide Donna de pick-up haar oprit op. Het achtereind gleed weg omdat de banden op het grind slipten, en Donna besefte hoe snel ze zich feitelijk aan het verplaatsen was. Was ze Codger's Lane af gereden, dan zou ze bij de verlaten kerk met de begraafplaats zijn uitgekomen, waar het asfalt weer begon en het hoger gedeelte van de weg scherp westwaarts afsloeg, terug naar de bebouwde kom, met een weids uitzicht over de vierkante huizen, de beschermde baai en de massieve, in rots geëtste landtong die uittorende boven de drie witte gebouwen van de visafslag, aan de overkant van de haven.

Mopperend vanwege haar roekeloze rijgedrag en de litanie van misverstanden tussen haar en haar zoon, zette Donna de motor af en stortte zich uit haar pick-up, het portier achter zich dichtslaand. De oude schuur achter haar huis trok haar aandacht. Die had geen kleur meer, was zwart-wit geworden, met coniferen erachter en groen gras aan weerszijden. Ze dacht dat ze iemand in haar ooghoek had gezien – een kind in de deuropening, een meisje van een jaar of acht, met steil, roestkleurig haar en een kletsnat jurkje dat tegen haar tengere, huiverende lijfje geplakt zat. Haar gezicht was parelwit en groen gevlekt en haar doodsblauwe lippen grijnsden op een misvormde, opgeblazen manier.

Dat visioen bezorgde Donna de rillingen. Het meisje leek op de dochter van de kunstenares die alleen woonde, boven aan de weg in het huis waarvan gezegd werd dat het door de zon werd verwarmd. Dochtertje Jessica was enige tijd geleden met haar vader verdwenen. Ze wist hoe het meisje heette, want ze had de politie gebeld toen het kind ruim tien dagen geleden voor het eerst in haar schuur was verschenen. Er was een agent gekomen – die niet uit de streek kwam. Hij zag er anders uit, had een donkere huid, bruine ogen, alsof hij een inboorling was. Brigadier hoe? Wie? Iets met auto's. Een achtervolging door de politie. Een achtervolging. Jazeker, brigadier Chase was gekomen. Er was een zoekactie gehouden in de bossen. Geen spoor van het meisje. Donna voelde zich vreselijk beschaamd dat ze iedereen valse hoop had bezorgd, vooral de moeder van het meisje.

De tweede keer dat ze haar zag had Donna de politie weer gebeld, maar weer bleek al hun inspanning vergeefs. Het meisje werd ook niet gevonden na de derde aarzelende melding. Ten slotte gebruikte Donna haar telefoon maar niet meer. Ze nam niet eens op als hij overging. De stemmen aan de andere kant van de lijn waren niet te herkennen. Ze kon hun gezichten niet zien. Ze kende ze niet. Bedreigd door verlies van zinnen, hing ze op en vroeg zich schuldbewust af wat ze nu weer fout gedaan had.

De sfeer was angstaanjagend rustig geworden. Donna spande zich in om te luisteren. De stilte werd slechts versterkt. De schuurdeur stond open. Geen meisje daar nu. Als ze een lucifer had gehad, had Donna de schuur tot de grond toe afgebrand. Hij stond vol oude troep, troep die ze nooit zou gebruiken, troep die haar herinnerde aan het leven dat ze had geleid, haar man, allang dood, haar baan, allang niet meer bestaand, haar leven... Nee, die schuur verbranden was gekkenwerk. Wat stond ze nu toch te peinzen? Ze moest er met haar bijl aanmaakhout van maken, het hout versplinteren, haar hart zou sneller gaan kloppen van opluchting bij elke krakende slag die wild zijn doel trof. Het blad van de bijl bijtend in het hout. Vastknellen. Gekneld. Vast.

Er stak een zacht briesje op en daarin klonk de ontstellende rust van gefluisterde kinderwoorden: 'Vis in de zee.'

Een bonzend geluid in haar oren. Vervolgens doofheid.

Donna haalde geen adem. Paniek greep haar hart. Het sloeg uitzinnig snel, sloeg als slagwerk in haar borst. Nu heb ik het gehad, hield zij zich lusteloos voor. Ik ga dood. Eindelijk ga ik dood. Dit is sterven. Duizeligheid flakkerde achter haar ogen. Ze sloot ze, zette zich schrap voor het duister dat al weken in de lucht hing. Het was plotseling volledig en ondoordringbaar. Ze moest ademhalen, zuurstof in haar krachteloze longen halen.

Geen druk om uit te ademen.

Geen aandrang om nog eens adem te halen.

Het was alsof ze al dood was.

Ze spande zich bewust in om uit te ademen. En toen, zonder dat haar longen daar de minste aanzet toe gaven, haalde ze nog een keer dieper adem, hield die in, tot ze bij gebrek aan impuls wist dat het tijd was om uit te ademen.

'Here Jezus!' hijgde ze, toen de zoveelste rilling door haar spieren voer. Haar handen en haar voorhoofd waren nat van het zweet, het droop over haar wangen. Ze vreesde een hartaanval. Maar ze had geen pijn op de borst. Ze had helemaal nergens pijn. Ze voelde zich licht in het hoofd, gedesoriënteerd. Ze meende dat ze flauw zou vallen toen ze zichzelf voornam weer eens adem te halen.

Door haar wijd open mond uitademend liep ze naar voren, maar struikelde en wilde angst tapte de kracht uit haar knieën en enkels. Ze sloeg met een hand tegen de beige buitenmuurbekleding van vinyl. Starend naar de lucht, zag ze de grijze satellietschotel, zo groot als een wieldop, die voor op haar huis zat, en daarachter de lege blauwe hemel.

Ze hoorde de ijzige stem van het meisje: 'Mijn vahader trok naar zee-zee-zee om eens te zien wat er te zien wahas en alles wat hij kon zien-zien-zien was de bodem van de diepe blauwe plahas.'

Het kletsnatte meisje stond weer in de deuropening van de schuur, met in de hand een iriserende zeeforel, waarvan de gevorkte staart bewoog. Donna vestigde haar blik erop, liet toen haar hoofd zakken. Moe tot op het bot, met hamerend hart, gesuis in haar oren, voelde ze nergens meer behoefte aan dan om te gaan liggen. Ze redeneerde: als ik naar binnen ga, kom ik nooit meer buiten. Ze zette haar andere zwetende hand schrap tegen de buitenmuurbekleding en geleidelijk aan begaven haar knieën het, tot ze op haar knieën in het gras belandde en het vocht door haar sportbroek heen sijpelde. Met een vertwijfelde kreun liet ze zich achterovervallen.

Alles in de wereld was stil, alles zat vast en was stil en ontkleurde. Donna staarde naar de zinloze eeuwigheid van de blauwe lucht en zag hoe die grijs werd, terwijl de zon brandde als geblakerd zilver. Verlamd lag ze in het gras, trillend in stuipen en schokken, niet in staat een vin te verroeren, terwijl ze toekeek hoe drie witte zeemeeuwen, nee, geen meeuwen, grijs gevleugelde vissen, boven haar rondcirkelden, hoog in de leigrijze hemel.

Donderdagmiddag en -avond

Dokter George Thompson, een stevig gebouwde man van eenenzestig met een jongensachtig, goedmoedig gezicht en een dikke ragebol van peper-en-zoutkleurig haar, haastte zich bezorgd naar de wachtkamer om Lloyd Fowler en zijn vrouw naar de behandelkamer te begeleiden. Thompson verbaasde zich Lloyd Fowler in zijn praktijk te zien. Klachten als ademnood zouden voor Lloyd eerder aanleiding zijn geweest naar de Eerste Hulp te gaan en toch, volgens de informatie die Lloyds vrouw Barb in de haast had kunnen geven, had Lloyd geweigerd naar het ziekenhuis te gaan, maar na veel aandringen erin toegestemd dokter Thompson te gaan bezoeken. Hij had voorrang gekregen boven de andere patiënten in de halfvolle wachtkamer.

'Laten we even kijken, meneer Fowler,' zei Thompson. Het witte papier op de behandeltafel verkreukelde toen de patiënt erop plaatsnam. De dokter bestudeerde Lloyds blozende gezicht op een manier die de man duidelijk van zijn stuk bracht: grijze ogen die een tikkeltje te ver uiteen leken te staan, met neusharen en wenkbrauwen die nodig bijgeknipt moesten worden. Hij wist dat Lloyd in een voortreffelijke conditie was voor een man van zijn leeftijd. In feite was Lloyd een stuk gezonder dan de dokter zelf.

'Jij rookt toch niet, Lloyd?' Thompson warmde de stethoscoop op in de palm van zijn hand, een dienst die hij meestal voor vrouwen reserveerde, maar die hem passend leek gezien het ongemak van zijn patiënt.

Fowler schudde zijn solide kop met zijn ogen op de vloer gericht.

'Maak even je overhemd los, alsjeblieft. Heeft niemand in jouw familie een hartkwaal?'

'Welnee,' zei hij botweg, toen hij de tweede en vervolgens de derde knoop losmaakte. Fowler was er niet een die gauw moeilijk zou gaan doen. Hij was van het soort dat pas een dokter opzoekt als zijn arm nog met één draadje aan zijn lijf hangt, om de verwonding vervolgens als een niemendalletje, niets ernstigs, af te doen, gewoon de zoveelste manier om zijn door God gegeven capaciteiten op de proef te stellen om de lagere sterveling in zichzelf te boven te komen. 'Ik kan het wel af met één arm, geen enkel probleem,' zou hij in dat geval onwankelbaar hebben gezegd, om vervolgens twee keer zo hard te gaan werken, zwoegend en brommend om de verwachtingen van de ongelovigen op de tocht te zetten.

Lloyd Fowlers vrouw had hem de behandelkamer binnen gesleept. Barb was een slanke vrouw met zwart krulhaar en mannelijke trekken die strenger werden door het zwarte dons bij haar bovenlip. Zij en Lloyd kwamen net van de begrafenis van Muss Drover. Muss was de zoon van Donna Drover, en gestorven aan oorzaken die Thompson, en ook alle andere artsen die hem hadden onderzocht, ontgingen. Ze hadden depressie vermoed, zelfs verwacht dat Muss zelfmoord zou plegen. Er waren geruchten geweest, maar de autopsie had zelfmoord uitgesloten. En nu lag Donna aan de beademing in het ziekenhuis van Port de Grave. Donna had ademhalingsproblemen gekregen die leken op die van Lloyd Fowler, hoewel er na een hele reeks onderzoeken geen oorzaak had kunnen worden vastgesteld. Het was een ongebruikelijke oorzaak, die leek op niets wat Thompson in zijn achtendertigjarige praktijk had gezien. De artsen in het ziekenhuis geloofden dat er mogelijk verband bestond tussen de dood van Muss en de toestand van Donna Drover, maar er kon geen correlatie worden gevonden. De balsem van een wetenschappelijke verklaring, die met de dood voor ogen meestal een of andere verzachtende omstandigheid aandroeg, kon niet worden toegepast op het verscheiden van Muss. De man was jong en schijnbaar in uitstekende gezondheid, maar was gewoon opgehouden zijn leven te leiden.

'Haal eens diep adem,' vroeg dokter Thompson, terwijl hij de kop van de stethoscoop door de dikke witte dos haar op de borst van Fowler haalde.

Fowler haalde fors adem door zijn neus, fronste erbij.

'Oké, nu uitademen.' De dokter luisterde aandachtig. 'Nog eens.' Hij keek naar mevrouw Fowler, die er vlakbij stond met haar tasje in de aanslag, klaar om alles te doen wat de dokter zou kunnen voorstellen. 'Haal nog eens diep adem en houd dan je adem in.' Dokter Thompson, die zijn best deed om te luisteren, hield zijn eigen adem in. Niets buitengewoons. Fowlers longen waren schoon, zijn hartslag regelmatig. 'Oké, haal maar gewoon adem.'

Hij schoof de poten van zijn stethoscoop van zijn oren en staarde in de ogen van de patiënt. Fowler zat rechtop op de behandeltafel, zijn witbehaarde handen hielden de rand van het zwarte vinyl vast, zijn blik was gekluisterd aan de plaat van een skelet die aan de muur hing.

'Enige pijn in de borst?'

'Nee, dokter.'

'Pijn in armen of benen?'

'Nee, dokter.'

'Brandend gevoel in de longen als je ademhaalt?'

'Nee, dokter.'

'Brandend maagzuur?'

'Nee, dokter, beslist niet...'

'Moeite met inslapen?'

Fowler bleef zijn hoofd maar schudden, zijn lippen op elkaar geperst.

'Ben je wel eens bezweet wakker geworden, met kloppend hart, alsof je er niet echt bij was?'

'Godallemachtig, nee hoor!' Hij keek Thompson boos aan, alsof zijn dokter stapelgek was geworden.

'Hij was aan het wandelen en toen werd hij duizelig,' bracht Barb Fowler in het midden, haar bovenlijf naar voren richtend. 'Het was alsof hij niet meer kon ademhalen. Het is al eerder gebeurd.'

Fowler wierp een vijandige blik op zijn vrouw. 'Houd je kop, mens!'

'Hoe lang geleden?'

'Dat weet ik niet,' antwoordde Fowler opgewonden, met rode wangen. 'Ik merkte het vorige week zondag voor het eerst.'

'Het is nou donderdag,' merkte Thompson op. 'Ga eens even staan, alsjeblieft.'

Fowler knikte en richtte zijn blik op de roomkleurige jaloezieën, alsof hij zich rot schaamde zich in aanwezigheid van een arts te bevinden. 'Er is niks aan de hand,' mompelde hij, terwijl hij van de tafel af gleed en zijn overhemd dichtknoopte. Er volgde een korte stilte, waarin Thompson zijn patiënt vanuit zijn ooghoek bekeek, toen haalde Lloyd Fowler adem.

'Ergens allergisch voor?' vroeg Thompson, terugkerend naar zijn bureau waaraan hij omstandig ging zitten, in een poging gekreun te onderdrukken maar 'shit' mompelend. Zijn knieën deden vandaag meer pijn dan anders, reumatiek. Er waren extra ponden aangekomen in de wintermaanden en dat maakte zijn conditie er niet beter op. Hij zou wat rustiger aan moeten doen met zijn slechte gewoonte om laat op de avond nog donuts te eten en daarbij melk te drinken. Rijke sauzen en buitenlands bier, zoete likeuren en stukken brie en *havarti* met dille waren praktisch al dagelijkse kost.

'Hij is nergens allergisch voor, dokter.'

Thompson sloeg Lloyds dossier op en keek eens wat daarin stond. Niets wat op een historie wees die ademhalingsproblemen had kunnen doen verwachten. Geen tekenen van astma, hoewel hij wel moest worden onderzocht. Maar ademnood was ademnood. Het was een waarschuwing, een voorbode van ergere complicaties.

'Er hangt nogal wat stuifmeel in de lucht. Dat is gemeen spul, het kan ontsteking veroorzaken. Helemaal in deze tijd van het jaar. Wel eens last van tranende ogen?'

'Nee, dokter,' sprak Lloyd. Hij stond nu bij de muur, met zijn handen in zijn zij. Als een groot kind, dat naar het kantoor van de rector is gestuurd, dacht Thompson.

'Je hart klinkt perfect, je longen zijn schoon. Het zou een allergie kunnen zijn, een tikkeltje astma, het kan ook niks zijn.' Thompson schreef op zijn receptenblok. 'Dit is voor een routineus bloedonderzoek. We hebben in geen jaren een bloedonderzoek bij je gedaan. We moeten kijken. Het kan een infectie zijn. Een virus. Als er pijn in de borst was geweest, zou ik je een stresstest laten doen. Misschien doe ik dat toch maar, voor de zekerheid.' Hij trok het bovenste velletje eraf en legde dat aan de kant. 'Dit is voor allergie- en astmaonderzoek. Ik zal een afspraak laten maken in het ziekenhuis in

St. John's.' Nadat hij het tweede velletje had afgescheurd gaf hij beide aan mevrouw Fowler. Haar man keek even naar de witte velletjes, hoewel hij zijn uiterste best deed ze te negeren.

'Moet hij niet oefenen?'

'Hij vindt televisie de laatste tijd wel iets te leuk,' zei mevrouw Fowler afkeurend en ze fluisterde tegen de dokter: 'Sinds de jonge Bobby dood is.' Fowler schoot weer een doordringende blik op zijn vrouw af. Dit leek het breekpunt te zijn, het punt van opperste vernedering dat hem deed opstaan om te vertrekken.

'Zo,' blafte Fowler. 'Ik val dus nog niet dood?'

Dokter Thompson grinnikte innemend, voelde zijn dubbele kin. Hij leunde achterover in zijn stoel en frutselde wat met zijn pen. 'Ik weet het niet, Fowler. Ieder van ons kan elk moment gaan.'

'Dat zal best,' zei Lloyd Fowler, rukte de deur open en stapte naar buiten.

Mevrouw Fowler keek haar man na. Ze aarzelde even, alsof haar vreselijk dwarszat wat ze nu moest gaan onthullen, stak toen haar hoofd nog eens door de deur waardoorheen haar man zojuist was ontvlucht, en keek naar buiten.

'Is er nog iets?'

Nadat ze zich ervan vergewist had dat de kust veilig was, keek ze de dokter aan en zei: 'Hij heeft de laatste tijd een humeur om op te schieten.'

'Hoe dat zo?'

'Hij is heel vaak boos.'

'Prikkelbaar?'

'Ja, dokter. Het wordt alleen erger.'

'U had het over het overlijden van Bobby.' Thompson wachtte even, uit respect. Hij zette zijn ellebogen op zijn bureau om zijn veranderde toon verder te benadrukken. 'Het ademhalingsprobleem kan te maken hebben met paniek of depressie. Is zijn routine erg veranderd? Doet hij nog steeds de dingen die hij altijd deed?'

'Nee, helemaal niet meer. Hij is veranderd.'

'Klinkt naar depressie. Ik zou hem een mild antidepressivum kunnen geven. Hij moet naar zijn schildklier laten kijken.'

'Lloyd zou nooit zoiets slikken.'

Thompson krabbelde wat op zijn receptenblok, scheurde het velletje af, ging staan en stelde het schrijfsel aan mevrouw Fowler ter hand. 'Misschien zou u hem zover kunnen krijgen eerst eens een paar van deze kalmerende middelen te gebruiken. Laat hem eens zien of hij zich er beter bij voelt.'

Mevrouw Fowler legde het recept op de andere die ze in haar hand hield en met een bedrukte zucht vouwde ze ze netjes op, deed haar tasje open en stopte ze weg.

Thompson begeleidde mevrouw Fowler door de gang. 'Kom met hem terug als het niet beter gaat.' En met zachtere stem zei hij: 'En pas goed op hem.'

Hij gaf haar een knipoogje, in de hoop haar een hart onder de riem te steken.

'Ja, dokter. Dank u wel.' Mevrouw Fowler toonde een vluchtige, zwakke glimlach, liep toen langs Thompson door de wachtkamer, terwijl de dokter het dossier van de volgende patiënt van zijn receptioniste aannam. Hij fronste bij zichzelf toen hij de naam zag en riep toen: 'Aggie Slade.' Hij beet zich op zijn tong om zich ervan te weerhouden eraan toe te voegen: de bekendste hypochonder uit de gemeente. 'Welkom, Aggie. Welkom. Wat voor besmettelijke ziekte heb je vandaag opgelopen?'

Lloyd Fowler draaide zich even om toen zijn vrouw zich de deur van de praktijk uit spoedde om bij hem te komen op de houten vlonder. Hij bleef staan met op elkaar geklemde kaken en toegeknepen ogen vanwege de middagzon die weerkaatste op de auto's van de parkeerplaats.

'Die lui,' mompelde hij. Doordat hij sprak werd hij zich bewust van de noodzaak adem te halen. Zijn gezicht werd roder en hij snoof vurig. Geërgerd snakte hij naar adem, koppig weigerend Barb aan te kijken. 'Die lui in de wachtkamer denken dat ik ziek ben. Ik ben niet ziek.'

'Nee, Lloyd,' stelde mevrouw Fowler hem gerust en ze pakte zijn schouder. 'Het is denk ik niks.'

Bij de aanraking van zijn zeurderige vrouw stommelde hij de drie treden af, vloekend op de moeite om elke ademhaling bewust te verrichten. Een diepe dit keer. Hoezeer haatte hij zijn woonplaats, het land en de zee met al die onbeduidende schepsels die erin ronddartelden. Hoezeer vreesde hij het gevoel dat hij gek aan het worden was, dat hij zijn adem aan het verliezen was, dat hij aan het verliezen was wat hij was. Een plagende zinloosheid teisterde zijn gebeente. Wat had hij een hekel aan zijn middelmatige vrouw en zijn middelmatige huis. Wanneer had de wereld haar karakter verloren, vroeg hij zich af, en was zij afgezakt tot een dergelijk niveau van onverdraaglijke vervlakking?

'Daar mag je niet alleen heen,' riep Joseph.

De vierkante schuur van twee verdiepingen was roestbruin geverfd. Er ontbraken verscheidene kleinere ruiten in de wit omlijste ramen. Er zat een stuk plastic achter de openingen waar iemand de gaten had verdoezeld in de hoop de elementen buiten de deur te houden. Er stond geen zuchtje wind. Er zoemde een insect achter Robin, een hommel zo te horen, laag boven de grond, waar hij van tere bloem tot bloem zweefde. Een vogel kwinkeleerde hoog in een boom, of vliegend door de blauwe lucht. De smalle schuurdeur stond halfopen. Ook die was roestbruin. In het midden stond symmetrisch een wit hart geschilderd. Met haar tekenschrift tegen haar borst stapte Robin over de versleten drempel, stak een hand uit om steun te zoeken aan de buitenmuur, waar de verf van de planken bladderde. Blindelings plukte ze aan een schilfer en voelde hem onder haar vingernagel.

'Waarom niet?' vroeg Robin klagend aan haar vader.

'Ik ben nog niet gaan kijken. Er kunnen spijkers op de vloer liggen. Kom me nou even helpen met de rest van de bagage binnenbrengen.'

Robin keek in de schemer van de schuur, haar ogen probeerden te wennen, om vage vormen te zien. Volgens haar zag ze een oud matras en opgestapeld oud meubilair. Er lagen vier banden dichter bij de deur, die kon ze duidelijk zien. Ze hield haar adem in, luisterde even, probeerde het ritselen van muizen of loslopende katten op te vangen. Ze hoorde een druipend geluid, zoals water dat op de vloer valt, van boven. Toen gezoem. Niet het geluid van een vlieg. Meer als het gezoem van een heleboel vliegende insecten. Met haar blik naar het geluid gericht vroeg ze zich af: vliegen of hoornaars? Toen ze aan hoornaars moest denken, deed ze een stap achteruit en zag achter in de schuur een jong meisje bewegen, dat haar hand voor haar gezicht hield alsof ze zich tegen het licht wilde beschermen. Robin schrok en liet haar tekenschrift vallen. Onmiddellijk bukte ze en raapte het op, haar blik gericht op de ruimte waarin ze dat meisje had gezien. Er was niemand. Maar toen ze ging staan kwam het kind weer terug in haar blikveld en dus verdacht Robin het ervan slechts haar eigen weerspiegeling te zijn in een stoffige, staande spiegel achter in de schuur. Ze boog naar één kant en de weerspiegeling deed precies hetzelfde. Ze trok haar neus op en krabde hem vervolgens. Wat zeiden ze ook alweer als je neus jeukte? Dan kwam er een bezoeker, of schrik.

'Robin, kom me nou helpen,' riep haar vader, steunend onder het gewicht van de bagage die hij droeg. 'Doe niet zo sloom.'

Het druipen vertraagde en hield toen op. Het gezoem van vliegen was ook weg. Een geur van rotte vis trof haar neus, zo'n walgelijke lucht dat ze zich omdraaide en kokhalsde. In de stilte die daarop volgde wachtte ze tot haar lichaam zou reageren, maar ze voelde slechts hoe haar maag en keel zich samentrokken. Ze kokhalsde weer, wilde de smaak wegspugen. Ze ging met het puntje van haar tong langs haar tanden. 'Papa, waar komt die vreselijke stank vandaan?'

Joseph, die over de kofferbak gebogen stond, richtte zich op met een kussen onder elke arm, en snoof de lucht op. 'Ik ruik helemaal niks. Hooguit seringen.'

'Nee, het stinkt.'

Haar vader schokschouderde en schudde zijn hoofd. 'Ik weet het niet.' Met moeite greep hij de hengsels van een zwarte reistas, klemde de kussens steviger onder zijn armen en liep op het huis af. 'Ik kan niet tegen deze hitte,' mompelde hij. 'Geef mij maar sneeuw.'

Robin merkte dat de auto op het gras geparkeerd stond, omdat de oprit begroeid was. Ze vond het wel leuk als alles zo wild groeide. Er stonden rode wilde bloemen in het gras en de seringen langs de weg waren volop in bloei. Een lavendelgeur, vermengd met de geur van door zon opgewarmd gras, werd sterker dan de vislucht. In de verte, achter het glooiende landschap van verspreide coniferen en hoog wild gras, en achter de oude vierkante huizen, glinsterde de oceaan blauw in de felle zomerzon. Ze kreeg jeuk van de zon. Ze krabde haar achterhoofd, voelde dat haar haar nat was en keek naar de zilveren flitsen waarop het oude dametje had gewezen. Vissen die proberen te vliegen. Ze herinnerde zich dat ze een paar weken geleden vliegende vissen had getekend, en sloeg haar tekenschrift op, bladerde door de vellen om tot het besef te komen dat die tekeningen in een oud schrift zaten. De oude vrouw, vrouw Laracy, leek blij met de wetenschap dat Robin tekende. Zij had de tekeningen van Robin 'kunst' genoemd. Robin vond de oude vrouw erg aardig.

Haar vader slaakte een zucht toen hij uit het huis kwam. Zijn voorhoofd glom terwijl hij in de kofferbak rommelde, waarbij hij zijn ogen moest dichtknijpen en vervolgens het zweet eruit wrijven. 'Pak die zak eens,' zei hij, met een knik in de richting van een plastic zak met eten. 'Ik moet even zitten.' Hij blies uit en ging op de rand van de kofferbak zitten.

'Je hebt Crunkies. Ben ik gek op.'

Joseph begon te lachen en krauwelde door Robins haar. 'Wat vind je van het huis?' vroeg hij, met een knikje in de richting ervan. 'Leuk toch?'

'Fantastisch. Ik ben er gek op.' Robin trok de pen achter haar oor vandaan en begon het huis te tekenen.

'Het was vroeger van een visser. Ze hebben het hierheen gebracht uit een andere gemeente verderop langs de kust.'

'Hierheen gebracht?'

'Ja, in die tijd verplaatsten ze de huizen nog. Weet je hoe?'

'Waarom verplaatsten ze ze?'

'Dat moest van de regering. Die wilde iedereen dichter bij elkaar, zodat ze wegen konden aanleggen en iedereen konden verbinden. Veel mensen hebben hun huis meegenomen in plaats van nieuwe te bouwen. Weet je ook hoe ze ze verplaatsten?'

'Met grote vrachtwagens?'

Haar vader begon te lachen. 'Nee hoor, helemaal niet.'

'Met paarden?'

'Nee. Nog een keer raden.'

'Met honderd man?'

'Nee, nee, ze lieten ze drijven op het water.'

Joseph ging staan en draaide zich om om naar de haven te kijken. 'Ze hebben ze daarheen laten drijven, toen aan land getrokken en toen over land getrokken.'

'Dat is niet waar. Huizen drijven niet.' Niettemin tekende Robin water onder het huis. Golven met puntige toppen.

'O, jawel. De mensen maakten grote vlotten met tonnen eronder en trokken de huizen met hun boten door het water.' Joseph tilde een kartonnen doos met borden en pannen uit de kofferbak. Ze rammelden terwijl hij een beter houvast zocht. 'Ze hebben hun huizen met zich meegenomen. Zeenomaden. Leuk toch?'

'Ja.' Robin was druk doende een vlot onder het huis te tekenen en er in allerijl tonnen aan te bevestigen. 'Wat zijn nomaden?' vroeg ze, hopende dat het een woord was dat in een plaat kon worden vertaald, dat haar drijvende huizen nader zou toelichten.

'Mensen die van de ene plek naar de andere trekken. Zo belangrijk waren hun huizen. Nou, de pauze is voorbij, we moeten aan het werk.'

'Ik ben aan het tekenen.'

'Leg dat maar even aan de kant.'

Met een vertwijfelde zucht vouwde Robin het tekenschrift dicht, maar sloeg het gauw weer open om nog even zeven vliegende vissen boven het dak van het huis toe te voegen.

'Leg dat nou aan de kant, zei ik.'

Snel deed ze wat haar gezegd werd, fronste schalks tegen haar vader, deed alsof ze het tekenschrift weer wilde openslaan, om hem te plagen, maar gaf op toen ze de onvriendelijke blik in zijn ogen zag. 'Mag ik een paar Crunkies? Ik sterf van de honger.'

'Ja, daar lijkt het echt op,' zei Joseph op vriendelijke toon. 'Arm kind.'

'Mag ik?'

'Het is vakantie. Je mag eten wat je wilt.'

'Hoera! Je bent de beste papa ooit.'

Haar vader grijnsde en knipoogde voordat hij zich naar het huis wendde. Robin keek naar de bovenverdieping, waarvan de ramen voorzien waren van kleine, vierkante panelen die zij aandachtig begon te tellen. Acht vierkantjes in een raam. Alles leek zo oud hier, zo anders dan haar huis in de stad. Zelfs de lucht was anders. Haar mama zou hier gek op zijn. Een beetje ontmoedigd stopte Robin haar tekenschrift onder haar arm en greep de plastic zak. 'Dit is te zwaar,' kreunde zij toen haar vader het huis binnen stapte.

'Volhouden,' riep hij achterom, waarbij de schalen en pannen rammelden doordat de doos in zijn armen van positie veranderde. 'Je bent nu onder vissersvolk, meid. Je moet flink en sterk zijn.'

Robin bleef even staan om een blik te werpen op het bos achter de schuur en toen op de bovenramen van de schuur waarvan het glas nog heel was. Ze wist dat het geen veilige plek was, door de vaalgrijze gloed die ervan af straalde, een kleur die zij – vanaf de tijd dat ze nog baby was – had geassocieerd met dreigend gevaar, dat als honger in haar buik kriebelde. Een veeg grijs en een zacht, geheimzinnig gefluister, de stem van een meisje: 'Robin.' Met een ijskoude rilling en een sterk prikkelende vlaag kippenvel, deed Robin een stap achteruit. Het zachte druipen van water en het gezoem van vliegen vulden haar oren. De geur van rotte vis bedierf haar eetlust. 'Jasses.' Ze trok een vies gezicht toen het grijs rond de schuur zich verdiepte tegen de mooie blauwe lucht. 'Papa?' riep ze onzeker. 'Daar is die stank weer.'

Eileen Laracy hield het warme patrijsbrood tussen haar platte handen. Het was mooi verpakt in waspapier, de gevouwen einden zaten dicht met gelijke lengtes plakband. Wat 'n schier pakket, dacht ze en ze bewonderde haar handwerk. De weg was verlaten en Tommy Quilty woonde drie huizen verderop, net achter de feestzaal. Vrouw Laracy snoof diep de frisse, versterkende avondlucht op en stelde zich jonge minnaars voor die ergens op zo'n avond in het gras zouden liggen. Elkaar kussen en knuffelen en zoete beloftes doen. Ze grinnikte bij zichzelf. 'Ach jawel,' zei ze, smakkend met haar tandvlees, en knipoogde toen tegen het ondeugend vergezochte van die gedachte.

Toen ze langs de zaal kwam, ving haar gehoor het geluid op van enig rumoer daarbinnen. Het geluid van gedempte mannenstemmen en toen daarbovenuit het geluid als van een radio uit een taxi. Misschien een vergadering van de vrijwillige brandweer. De metalen deur zat dicht, dus ze kon niet naar binnen gluren. Doorlopend, viel haar een groene bestelwagen op die in de schaduw bij de twee houten bakken stond, een voor vuilnis en de ander voor hergebruik, naast de zaal. Het gebeurde wel eens dat zij op dinsdag de vuilniswagen had gemist, zodat zij dan haar zakken daarheen sleepte en ze er zelf in smeet. Een beetje oefening zat haar nooit dwars. Ze was nog steeds zo vief als een hoentje. Ze keek eens goed naar de bestelwagen en in het licht van een naburige straatlantaarn ontdekte ze dat op de achterdeur ervan tekens van het leger stonden. Wat moest het leger in de zaal, vroeg ze zich af. Misschien waren ze van plan een bingo te houden om geld in te zamelen voor een nieuwe raketlanceerinrichting of een grotere helikopter.

Weer hoorde ze een mannenstem, maar dit keer klonk die links van haar en kwam uit het huis van Edyth Pottle, op de hoek van Pottle's Lane. Vrouw Laracy wist heel zeker dat dit de stem was van Darry Pottle. Hij stond te schreeuwen, iets bijzonders, omdat hij meestal een heel rustige jongeman was. Hij sprak nooit twee woorden tegen wie dan ook. Alleen Darry en zijn moeder woonden in dat huis. Ze hadden allebei gewerkt, snijden en kaken in de visafslag, totdat er niet meer op kabeljauw gevist mocht worden. Vrouw Laracy stak haar nek uit, probeerde duidelijker te horen. Er glinsterde licht in een van de kamers en toen werd het stil. Het huis bleef godvruchtig donker. Met grote snelheid kwam er een auto over de weg, de koplampen met groot licht recht op haar ogen gericht, bonkende muziek erin, en die denderde voorbij. 'Levendige stormvlaag,' sprak vrouw Laracy met een moedeloze zucht terwijl ze zich omdraaide om de rode achterlichten van de auto te zien wegschrompelen en verdwijnen.

Boos keek ze naar het brood in haar handen. Het was vanonder net zo warm als een baby. Wat ze niet over zou hebben voor een kleinkind. Onmogelijk, gezien het feit dat ze zelf kinderloos was en nu net zo onvruchtbaar als de woestijn. Ze liep door, hoorde de beek die langs het huis van Tommy Quilty stroomde. Die spoelde onder de weg door en verder, om zich in de oceaan te storten. Tommy zei dat je er een beekforel in kon vangen, als je wat geduld had, en een grote vette regenwurm. Niets overtreft het geluid van een beek in de nacht, ratelende kiezels en zacht murmelend water. Dat troostte. Maar ze wist dat ze hier niet moest blijven staan. Alleen in de nacht bij een beek blijven staan was een zekere uitnodiging voor het ergste soort ongeluk.

Er brandde licht in de woonkamer van Tommy Quilty. Vrouw Laracy slofte de onverharde oprit op, langs Tommy's roestbruine bestelwagen, en liep op de achterdeur af. Het erf werd verlicht door een spot die de rommel in bijna-daglicht deed baden. Er lag een hoop metaal, er stonden verderop een paar afgedankte gele autobussen zonder wielen geparkeerd. Een wit met grijze zwerfkat liep door het gras en verdween onder een van de bussen. Nog een andere bus, die Tommy gebruikte om van en naar bingo's en kaartavonden te rijden, stond dichter bij het huis geparkeerd. Tommy was een verzamelaar. Dingen die mensen niet langer konden gebruiken wilde Tommy best wegslepen, afbreken, de onderdelen weer gebruiken om er iets heel anders van te maken. Zijnde wie hij was, leefde hij in een staat van verwachting en keek ver in de toekomst voordat er iets gebeurde.

De houten hordeur stond open. Vrouw Laracy klopte op de binnendeur, maar Tommy stond al te wachten, deed open, knikte gastvrij, en etaleerde een brede grijns met zijn mondhoeken recht omhoog. Een paar van zijn verrotte tanden hadden zwarte randen en het toefje haar op zijn hoofd was een bundel bruine krullen die al vele jaren niet de tanden van een kam had gezien. Hij droeg een vettige bruine broek en een roomkleurig hemd waarvan de knopen tot aan zijn hals dichtzaten. Vrouw Laracy bemerkte in weerwil van zichzelf de rode tint van verlichting rond zijn lichaam, maar zijn aura zelf was teleurstellend geel met blauwe golven. Aan de rode tint merkte ze dat Tommy had zitten tekenen. Het was de hartstocht, de stroom, die het bloed dichter naar het huidoppervlak joeg.

'Ik heb een patrijsstoet voor doe.' Vrouw Laracy hield hem vlak bij Tommy's neus, liep zacht brommend verder langs hem heen, omdat haar niet gevraagd hoeft te worden binnen te komen. 'Vers uit oven, ouwe jonk.'

'Heel nuver van doe,' zei Tommy, knikte twee keer terwijl vrouw Laracy het brood op de oude keukentafel legde en zich toen omdraaide om de stralende glimlach van genoegen op Tommy's gezicht te bekijken. Hij was een beminnelijk man, een wonderlijk man, met een hart van zuiver goud.

'Huksoortig ondeugd zitst doe uit te halen?' vroeg ze, en ze wreef haar handen tegen elkaar. 'Wijd ons eens in in dien geheim'n.'

Joseph hing achterover op de smalle bank in de woonkamer en keek hoe Robin in de hoge leunstoel tegenover hem zat te slapen. Zijn dochtertje leek altijd veel jonger als ze sliep, haar trekken kregen dan weer het karakter van een zuigeling. Haar zo te kunnen bekijken bezorgde Joseph een opwelling van genegenheid maar ook een beetje knagende ouderlijke zorg dat Robin iets zou kunnen overkomen. Ze leek zo buitengewoon kwetsbaar. Hij vroeg zich af of hij zich ooit zou kunnen bevrijden van die acute drang haar te beschermen.

Robin had een boek zitten lezen over wilde bloemen, hoe ze de verschillende soorten moest thuisbrengen en wat voor betekenis die in de folklore hadden. Joseph had haar gelast haar tekenschrift met rust te laten, dat nu op het tapijt lag, doordat het gevallen was toen Robin was ingedut. Het schrift lag open op een bladzijde met schetsen van een massa zeewezens die uit het water kwamen. Joseph vroeg zich af waar zijn dochter haar kunstzinnig talent vandaan had. Aan zijn kant van de familie waren er helemaal geen kunstenaars, althans niet voor zover hij wist. Volgens hem waren er in de stamboom van Kim ook geen. Robins onderwijzers hadden vaak gewezen op haar artistieke neigingen, ze lag mijlen voor op de andere kinderen.

Toen ze eenmaal gedwongen was haar tekenen op te geven, had Robin een boek over bloemen gevonden in een glazen kast in de hoek van de woonkamer. Ze was gek op allerlei soorten bloemen. Ze had al een bos seringen en wilde bloemen geplukt van het erf en die in een oude blauwe vaas op de keukentafel gerangschikt. Een van de eerste dingen die volgens haar gedaan moesten worden. Ze had hem de namen van een paar van haar favorieten genoemd, maar Joseph had niet voldoende concentratie kunnen opbrengen zich die ook in te prenten. Hij had ook een boek. Dat had hij uit zijn reistas gepakt, meegenomen uit zijn appartement. Een verzameling Newfoundlandse zeelegenden, verhaald door zeelieden en vissers. Dat had Kim hem jaren geleden gegeven. Hij had gehoopt dat deze verhalen hem in de stemming zouden brengen voor hun zomers avontuur. Als hij zich maar zou kunnen concentreren, zodat hij ze ook zou kunnen lezen. Hij was geen lezer. Hij deed liever wat, iets waarbij hij kon staan en rondlopen. Kim was de enige die niet genoeg kon krijgen van boeken. Op elk vrij ogenblik had ze een boek in handen, meestal een klassieke literaire titel, een roman over het verleden waarin de vrouwelijke hoofdfiguur vreselijk leed onder haar onderworpen status en werd overmeesterd door een donkere, gewelddadige man. Joseph had geen tijd voor dat soort boeken en hij kon ook niet peilen waarom Kim zo geïnteresseerd was in lezen over tragische levens. Het was alsof ze het bestaan romantiseerde onder zulke harde omstandigheden.

Maar om wat voor reden dan ook, waarschijnlijk omdat hij zich ontheemd en opgewonden voelde, merkte hij dat hij dezelfde zinnen steeds maar weer opnieuw zat te lezen. De woorden wilden niet tot hem doordringen. Hij probeerde niet aan Kim te denken, hoezeer ze van dit huis zou houden. In feite wist hij wel zeker dat ze veel meer van dit huis zou houden dan hij momenteel deed. Haar gevoeligheden waren de zijne geworden. Hij was door Kim veranderd. De nuances van dit soort huizen zouden hem vóór hun relatie niets hebben gezegd.

Terwijl hij naar het tere gezichtje van zijn dochtertje keek herinnerde Joseph zich hoe Kim dikwijls zei hoe aanbiddelijk Robin was als ze sliep. Kim had er heel aantrekkelijk uitgezien toen Joseph Robin die ochtend was komen halen. Hij kon zich nog scherp voor de geest halen hoe ze door de voordeur kwam, gekleed in een roestbruine, ruime katoenen broek en bijpassende blouse, met Robins tas. Een verrekijker om haar hals. Haar korte bruine haar was net gewassen, glansde zijdeachtig. Ze droeg haar favoriete donkerbruine lippenstift, de tint die de kleur van haar ogen goed deed uitkomen. Hij had haar gezicht bekeken, opnieuw geïntrigeerd sinds de maanden dat ze elkaar niet hadden gezien. De hoge jukbeenderen die een uiterlijk van frisheid gaven, van onverminderde jeugd, dat wipneusje. Zijn blik concentreerde zich op het litteken op haar kin, van een fietsongeluk toen ze twaalf was, en een ander breed litteken op haar rechterpols. Er was iets aan haar littekens dat haar menselijk maakte, feilbaar.

Negen jaar geleden had Joseph Kim voor het eerst gezien in een kroeg in het centrum en was ervan uitgegaan dat zij het frivole type was, modebewust en vol blabla, maar niets was verder van de waarheid geweest. Ze was pas afgestudeerd in mariene biologie. Ze had een innemende glimlach, ze was een bijzonder ingehouden persoon, die haar woorden zorgvuldig woog, die hooggistend bier dronk, in plaats van spuitwijn. Ze was een prachtig vat vol tegenstrijdigheden. Hij was verliefd op haar geworden terwijl zij stond te vertellen over het uiteenlopend gedrag van schaaldieren en andere bodembewoners die in stilte leefden onder talloze tonnen zeewater. De ideeën die zij voorzichtig in woorden goot stonden bol van de poëzie.

Wat was er nog over van die dagen, die gesprekken? Nu draaide hun relatie om geld, politiek, wie gelijk had en wie zich vergiste. De juiste en de verkeerde manier om met geld om te gaan. De juiste en de verkeerde manier om Robin op te voeden. De juiste en de verkeerde manier om een blik maïs open te maken, een snee brood af te snijden, tijdschriften op te stapelen, stoelen te plaatsen, het tafelkleed op te vouwen... Wie had het het drukst? Wie sloofde het hardst? En wie deed het meeste werk in huis? Wie had het meeste te lijden gehad, zoals Kim sarcastisch placht te zeggen. Wat had Kim zo veranderd? Had hij haar veranderd, zoals Kim beweerde? Of, belangrijker, wat had hem veranderd? Hij was niet langer wie hij meende te zijn, maar een man die met zichzelf overhoop lag en een deel van wie hij ooit was, was nu verdoofd en losgekoppeld. Een innerlijk deinen, het gevoel of je dagen op zee hebt gezeten en dan plotseling aan land wordt gezet, maakte zich totaal van hem meester. Schrik stroomde door zijn lijf. Hij begon te zweten terwijl zijn hartenklop versnelde, alsof het orgaan wilde uitbreken. Hij had moeite met slikken, zijn keel was plotseling één samengetrokken spier. Hij ging rechtop zitten, greep zich vast aan de ruige bekleding van de bank. Na een poosje, na vier ingespannen pogingen, lukte het hem te slikken.

De eerste keer dat hem dit was overkomen, amper twee weken geleden, was Joseph ervan overtuigd geweest dat hij ging sterven en had hij het gevoel gehad alsof zijn geest uit zijn schedel glipte, terwijl zijn hart in zijn nek en zijn slapen klopte. Hij had problemen met ademhalen, viel ten prooi aan woelige paniek. Hij had voor de spiegel in de badkamer gestaan, om zich ervan te overtuigen dat hij nog van deze wereld was, had toegezien hoe zijn weerspiegeling opzwol en uit zichzelf weer kromp, terwijl zijn weke knieën woest tegen het kastdeurtje onder de wastafel bonkten. Hij stond op het punt een ambulance te gaan bellen toen de greep van de aanval verslapte. 'Paniek,' had zijn dokter nuchter uitgesproken, terwijl hij hem een recept voorschreef voor Ativan. 'Overspannen zenuwen. Waarschijnlijk van stress door de scheiding. Je zou versteld staan hoe vaak dat voorkomt.' Joseph had zich afgevraagd of de dokter hiermee de scheidingen of de paniekaanvallen bedoelde. Zijn dokter sprak altijd nogal snel, haastig, met overbezette agenda. Hij had een blaadje van zijn receptenblok gescheurd, zich over zijn bureau gebogen en het Joseph tussen twee vingers voorgehouden. 'Een of twee hiervan onder de tong indien nodig. Ze werken snel.' De dokter had geknikt. Dat was dan voor elkaar. Pillen om hem op te lappen. De wetenschap zou hem weer in evenwicht brengen. Zo simpel was dat.

Joseph stond op van de bank, en een stukje papier verkreukelde in het borstzakje van zijn hemd. Hij viste het eruit. Dat was de naam van Eileen Laracy, en haar telefoonnummer. Vreemde oude vrouw. Hij wilde niet aan haar denken, ze was bijna griezelig. Hij legde het stukje papier op het bijzettafeltje en ging naar de hal, om zijn gedachten te richten op iets anders dan het eenzame gevoel van het huis. Dat zou hem alleen nog maar verder vervreemden. Zijn ogen waren moe toen hij zijn reistas boven aan de trap doorzocht. Hij tilde hem naar de eerste verdieping en wendde zich naar de voorkant van het huis, waar zijn slaapkamer uitzicht bood op de gemeente en de haven. Hij liet de tas op het zachte bed vallen en ritste hem open, zocht naar de pot pillen onder zijn kleren. Tandenborstel, wegwerpscheermes, pillen. Zijn bezwete hand trilde toen hij de pot opendraaide. Ineenkrimpend liet hij bijna die twee piepkleine pillen vallen, maar het lukte hem ze onder zijn tong te krijgen. Hij sloot zijn ogen en bleef doodstil staan, ademde diep in en uit, in een afgemeten ritme, telde tot vijf, wachtte af, voelde hoe de ontspanning langzaam door hem heen smolt, een zielsontlastende warmte die zijn zonnevlecht losknoopte.

Joseph opende zijn ogen en staarde naar de weerspiegeling van een man in het raam. Een dikke man met een baard. Joseph draaide zich om en keek naar de lege kamer. Een kaal bed, perfect opgemaakt. Een houten schommelstoel met een handgeborduurd kussen. Een dichtgetimmerde open haard. Niemand daar. Hij keek naar het raam. De man was weg. Joseph schudde zijn hoofd, verstomd. Hij hief zijn hand op om zijn kin te voelen. Stoppels, toch geen baard.

Hij ging met grote stappen naar beneden, overwoog Robin wakker te maken, maar dat zou toch egoïstisch zijn. In plaats daarvan stapte hij naar buiten, voor een dosis broodnodige frisse lucht, de zoete zomeravond troostte hem vaak met jeugdherinneringen. De lichten van de huizen daarbeneden langs het water waren zo helder, alles was verscherpt precies. Hij hief zijn kin op en staarde naar de veelheid van sterren. Een hond blafte in de verte alsof hij protesteerde tegen Josephs intrede in de buitenwereld. Ergens tussen hem en het water toeterde een claxon één keer en begon een koe te loeien. Hij draaide zich om naar het zonnehuis. Een lenige schaduw dreef over het gras, toen ging de voordeur open. Licht van binnen liet een vrouw zien met rosblond haar en een losse witte jurk aan. Ze keek over haar schouder, met beide handen om de rand van de deur, die ze omzichtig weer sloot. Geïntrigeerd door het zien van deze vrouw bleef Joseph nog een poosje naar de deur staan kijken, maar die ging niet meer open. Hij keek naar de ramen, maar het beeld van de vrouw verscheen niet meer. Hij stond op het punt zich om te draaien toen een andere schaduw, dicht bij de grond, over het gras veegde. Een grote ruigharige zwarte hond liep op het zonnehuis af en ging op de veranda zitten, zonder een geluid te maken, staarde geduldig voor zich uit, stil als een standbeeld, streng als een wachter.

Ik leef met doden. Als ik slaap en als ik wakker ben leef ik met doden. Zelfs mijn dromen zijn afzichtelijk, niet uit te staan. Nacht na nacht blijf ik dat grimmige uiterlijk van Reg zien. Jessica heeft me op haar pas verworven grotemensenmanier verteld dat ik, omdat ik van Reg blijf houden, hem blijf zien als ik slaap, maar toch kan hij zich overdag niet manifesteren. De liefde is niet sterk genoeg. Zij is vergeven van de haat. En ik haat hem inderdaad, omdat hij mij heeft achtergelaten in een staat van aanhoudende besluiteloosheid en geestelijke verkramping. Reg zegt almaar dat ik degene die verantwoordelijk is voor de fatale daad jegens zichzelf en Jessica, moet vermoorden. Zijn heldere stem dreunt nu al maanden in mijn hoofd, hij zegt dat er een man komt, een man met een dochter. De levenden die de doden aansporen. Elke nacht in mijn droom reikt Reg mij het heft aan van een mes met een smal lemmet. De tijd verstrijkt in vaagheid. Ik slaap. Ik ben wakker. Als ik naar mijn hand staar zie ik dat mijn jurk rood bevlekt is en die vlek verspreidt zich tot ik helemaal scharlakenrood ben, elke vierkante centimeter van mijn jurk en mijn huid. Mijn maagspieren krimpen samen en ik word weer wakker, krampachtig, met mijn handen op mijn buik, en een snik alsof er een lemmet in mijn keel steekt. Jessica.

Claudia Kyle legde haar pen neer en sloot haar dagboek op de gepolitoerde eiken tafel. Drie kaarsen flikkerden in kandelaars vóór haar. Ze keek eens naar het omslag van haar dagboek, waarop een cherubijntje stond met levensgrote witte en scharlakenrode bloemen omgeven en vroeg zich af welke meester dat tafereel had geschilderd. Rubens, vermoedde zij. Nadenkend ging zij met haar hand over het oppervlak, zag twee inktvlekjes op de mouw van haar witte satijnen nachtjapon. Wat doe je daar ook alweer aan? Inkt op stof. Ze kon het niet helpen. Zij greep haar pen, drukte de punt op haar mouw en schreef in grote vloeiende letters: *Mijn nachtpon is van perkament. Ik draag hem als een huid die mijn verhaal vertelt in tekening.*

Claudia keek op en richtte haar blik op het zwarte glas van de ruit, dat haar gezicht weerspiegelde met een aureool eromheen. De poederige blankheid van haar huid vertoonde roze tinten, haar koperkleurige haar, dat tot haar middel hing, was over haar voorhoofd achterover geborsteld en werd bijeengehouden met een wit lint. Ooit had zij zichzelf lieflijk gevonden, mensen hadden vaak iets gezegd over haar voorkomen. En nu vond ze zichzelf nog slechts broos, nu de dagen vergleden in lange uren van weinig eten, zelfs geen druppel water drinken, en staren uit ogen die dikwijls niet van haarzelf leken. Hoeveel afstand ligt er tussen broosheid en sierlijkheid, vroeg ze zich af, met knipperende roze oogleden.

Zij richtte haar verdaasde concentratie voorbij haar spiegelbeeld en stuurde zichzelf weg. Haar weerspiegeling werd nu vaag. Het donkere landschap glooide aan haar voeten, dicht naaldwoud zichtbaar in lantaarnlicht op de voorgrond, de bovenste boomtoppen neigend naar de lager gelegen weg en de lichten van groepjes vierkante vissershuisjes om de haven heen geplaatst. De lichten weerspiegelden in het donkere water op een manier die aan Kerstmis deed denken. Op sommige dagen was de oceaan van een uitgesproken verzadigd blauw. Zo nadrukkelijk mooi en onschuldig. Aan de overkant van de haven rees een ruige landtong massief boven het water uit, met een zwartheid die zwarter was dan de hemel die haar uitzicht omkaderde, alsof de landtong was uitgesneden uit koolzwart karton, een leeg hol, daar achtergelaten om de zinnen te betoveren.

Dit panoramisch uitzicht op Bareneed, vanuit het grote bovenraam van het huis, plaatste Claudia hoog verheven boven alles. Vrienden of journalisten die op bezoek kwamen en in Claudia's atelier stonden, stonden verbaasd van dit uitgestrekte schilderachtige tafereel. Het leek nog zo pasgeleden toen journalisten, andere dan de kunstverslaggevers die af en toe op bezoek kwamen, bij haar deur stonden met vragen over de vermissing van haar man en dochtertje. Die verdwijning viel rond Kerstmis en leverde precies het soort tragedie waar de media zo tuk op zijn, hun eigen speciale gerecht voor de feestdagen. Dat was anderhalf jaar geleden, eervorige Kerstmis, en nog geen woord of teken van haar geliefden. Haar dromen wilde ze niet geloven. Die kregen vorm door abstractie. Dat herhaalde ze bij zichzelf, bang dat ze gek aan het worden was. Geloven dat Reg niet iets ondenkbaars met Jessica had uitgehaald, zou een soort remedie zijn. Toch wist ze dat zijn gewelddadigheid, een gewelddadigheid die uit het niets was komen opzetten, hem had aangetast, hem 'woest' had gemaakt. Er was geen ander woord voor. Hij was woest geworden, zijn wildste begeerten ontkluisterd.

Toen Claudia en Reg elkaar hadden leren kennen, was Reg aardig geweest. Hij had van vreugde gehuild bij de geboorte van Jessica, blèrde als een baby zelf toen hij voorzichtig zijn zuigelingdochtertje voor het eerst vasthield. Hij was de volmaakte vader, was er altijd voor een kaartspelletje of verstoppertje of om een prachtig magisch verhaal te vertellen over zijn vader, zijn moeder of zijn grootouders. Hij was een toegewijd echtgenoot, die lette op Claudia's behoeften en haar tere gezondheid, altijd een rustige maar sterke aanwezigheid, tot hem zijn baan werd afgenomen. Dat was het keerpunt geweest. Daarna was hij begonnen zijn gezin te verwaarlozen, trok zich in zichzelf terug, sprak niet meer dan de hoognodige woorden. Een week later bekeek hij Claudia en Jessica met een dreigende frons. Hij joeg ze angst aan, begon op Jessica te schelden om zoiets onbenulligs als dat ze per ongeluk pindakaas op de afstandsbediening van de televisie had gesmeerd. Of greep haar zelfs, greep haar armpjes en schudde haar door elkaar tot ze gilde met reutelende piepstem. Claudia werd zenuwachtig en bang van hem, overwoog met Jessica te vertrekken, en toen was Reg weg. En Jessica met hem. Het was de grijze dageraad van een stormachtige winterdag geweest. Harde wind en bevroren sneeuw staken in haar gezicht toen zij de elementen trotseerde, naar Jessica riep, haar naam schreeuwde in het verblindend witte gebulder. Twee dagen na Kerstmis. Vijf dagen voor Nieuwjaar. Anderhalf jaar geleden. De politie had het dossier niet gesloten. Ze zochten nog steeds naar Reginald Kyle. Reg en Jessica.

Het hogere gedeelte van de weg voor Claudia's huis was geplaveid maar werd zelden gebruikt. Eerder die dag was er een wagen voorbijgekomen met een meisje dat vanaf de voorbank naar Claudia had gekeken. De wagen was de oprit op gekomen van huize Critch, het buurhuis.

De gedachte aan een kind zo dichtbij verstoorde Claudia. Ze maakte zich zorgen over de veiligheid van het meisje met het bos zo dichtbij. Het bos en het water. Maar ze maakte zich ook zorgen over zichzelf, maakte zich zorgen bij de gedachte aan een meisje zo vlakbij, zo vol leven. Zo pijnlijk vol leven.

Ze hoorde het amper waarneembare overlopen en stromen van water in de muren, van het water dat werd verwarmd door de zonnepanelen en door het geraamte van het huis werd gepompt.

'Mama?' Het meisje riep uit een kamer ergens achter Claudia's rug.

Claudia bleef naar het raam kijken, haar ogen gericht buiten de kamer, haar blik op het beschaduwde landschap.

'Mama?' riep de stem. 'Heb je het meisje gezien? Dat waaraan je net dacht.'

Claudia concentreerde zich weer op haar bleke spiegelbeeld, haar vochtige, glimmende ogen, de koolzwarte oceaan daarachter. Twee tranen vormden zich, kropen over haar wangen naar haar mondhoeken, toen verder naar beneden, de druppels hingen aan haar kin, voordat Claudia ze ten slotte wegpinkte met haar vingertopje. Ze bracht het vocht naar haar lippen en smeerde het daar uit, maar liet zichzelf niet toe het te proeven.

Waarom kan ik nog huilen, vroeg ze zich af. Waar komt dat water vandaan? Haar dorst had een nieuw niveau van belang bereikt. Hoewel haar hartslag nu onregelmatig was, zelfs al werd het hart niet belast door lichamelijke beweging, en hoewel ze af en toe duizelig werd, kon ze zich bewegen zoals ze wilde, ze kon vief de trap beklimmen en ze zou er ook geen druppel om transpireren. En toch kon ze nog huilen, maar haar lichaam kon geen zweet meer aanmaken.

Een schaduw verplaatste zich bij huize Critch. De vage contouren van een man, zijn gezicht naar de schuur. Er had geen vrouw in de wagen gezeten. Waar was de vrouw, de echtgenote, de moeder?

'Mama?'

Claudia draaide zich om en staarde door de deuropening, waardoorheen zij twee vage hardhouten trappen kon zien die naar de benedenverdieping voerden.

Ze hoorde zingen: 'Mijn vahader trok naar zee-zee-zee om eens te zien wat er te zien wahas en alles wat hij kon zien-zien-zien was de bodem van de diepe blauwe plahas.'

Claudia's vingers bewogen alsof zij de verborgen structuur van die woorden wilde raden. Haar ogen keken naar het dansen van haar vingers, voorwerpen die zich onafhankelijk van haar wil verplaatsten. De mouw van haar nachtpon bedekte haar arm met de woorden: *Ik draag hem als een huid die mijn verhaal vertelt in tekening.*

'Mama? Wist jij dat het meisje hier is?'

Claudia bleef nog zwijgen. Ze wilde niet vragen 'Waarom?' maar de meisjesstem antwoordde alsof het haar beurt was: 'Ze heeft de naam van een vogeltje, en ze kan zien tussen dromen en waken, dus kunnen we samen spelen. We worden vast vriendinnetjes.'

Joseph wilde Robin niet in haar eigen bed stoppen en had haar voor de veiligheid naast zich gelegd en toen het bedlampje uitgedaan. Momenteel lag hij klaarwakker naast haar, zijn gedachten verlicht.

Eerder die dag waren Joseph en Robin gaan wandelen door velden en open vlakten, met huizen en schuren en grote erven daartussen, oude laantjes, amper breed genoeg om er met de auto doorheen te rijden. Dit alles zoet geurend en kleurrijk in de zomerzon. Joseph voelde zich weer als een kind. Vrij. Hij had zich afgevraagd waar het huis van oom Doug moest staan. Mogelijk waren ze er pal voorbijgereden zonder het te weten.

Bareneed was precies zoals hij verwacht had, vol charme en karakter – een volmaakte plek voor een zomervakantie. Toen hij de advertentie in de *St. John's*

Telegram had gezien waarin dat vissershuis in Bareneed te huur werd aangeboden, had een nostalgische glimlach zijn lippen doen plooien. Meteen moest Joseph denken aan wijlen zijn vader Peter, en prompt daarop aan de zwart-witfoto's van zijn oom Doug, die nog steeds in Bareneed woonde. Doug was een trotse, strenge jongeman op de foto's. Hij moest zo langzamerhand tegen de zeventig lopen. Joseph hoopte dat hij het huis van zijn vader te zien zou krijgen, want hij veronderstelde dat Doug daar nog woonde. Hij had het met Robin nog niet over Doug gehad, want hij wist niet zeker hoe deze oom zou reageren op het nieuws van hun bezoek, gezien het heikele verhaal tussen zijn vader en Doug. Maar in alle eerlijkheid, dat had toch niets te maken met Robin, die moest toch de kans krijgen haar oudoom te leren kennen.

Als visserijinspecteur had Joseph in de wateren rond de meeste plaatsen van Newfoundland gepatrouilleerd, maar hij bleef onder de indruk van de excentrieke namen. Bareneed. Hij herinnerde de plaats op de kaart, anderhalf uur ten zuidwesten van St. John's, aan Conception Bay. Andere gemeenten in de streek hadden net zulke kleurige namen: Cupids, Port de Grave, Shearstown, Cutland Junction en Burnt Head. Was er een betere plek voor een kind te bedenken? Een historisch huis, een rustieke schuur, de overvloedige oceaan. In die drie weken zou Robin met bakken vol het buitenleven opgediend krijgen. Een beetje familiegeschiedenis. Een band met het verleden.

Oom Doug, een ouwe rot van een visser, net als zijn vader en grootvader vóór hem, had Josephs vader onterfd toen Peter had besloten met zijn gezin naar de grote stad te trekken. Joseph was toen nog een zuigeling. Peter had verklaard dat hij genoeg had van visserij, dat hij dat leven niet zag zitten en dat hij iets beters wilde voor zijn gezin. Iets beters. Dat was het woord dat de schade had aangericht. Een leven aan land. Josephs moeder had gezegd dat oom Doug Peter ervan beschuldigde een lui leventje te zoeken, dat hij verslapte, dat hij een stadsjochie werd. Er was een gemene ruzie op gevolgd en de beide mannen hadden elkaar nooit meer gesproken. Oom Doug was echter komen waken bij Peters lijk, staande in de hoek van de rouwkamer, in zijn enige goeie pak, om vervolgens te vertrekken, nadat er een fatsoenlijke tijd overheen was gegaan. Bij het open graf had Joseph, toen de blinkende kist op het punt stond te zakken, om zich heen gekeken naar oom Doug, maar hem niet kunnen ontwaren.

God alleen wist wat Doug ervan zou vinden dat Joseph visserijinspecteur was geworden. Ongetwijfeld zou deze oudgediende ervan uitgaan dat het hele zooitje verrader was geworden.

Oom Doug was de enige broer van Peter en het langstlevende familielid, zodat Joseph een behoefte en een verplichting voelde hem te leren kennen voordat hij verdwenen zou zijn, waarbij hij dan de verhalen en familiefolklore met zich mee het graf in zou nemen. Joseph had wel al een paar verhalen van zijn vader gehoord die hij had verteld terwijl hij door het raam naar buiten zat te kijken, sprekend op een betrouwbare toon vol herinnering en eer.

Er was dat verhaal over hoe oom Doug in een hevige storm op zijn vissersboot had gevaren en hoe de bovenkant van zijn duim afgeknepen was door een lier. De duim was geluidloos overboord gesprongen in de storm en Doug had het bloedende stompje dichtgenaaid met naald en vissersgaren, zich staande in evenwicht houdend op zijn slingerende boot, in een hoge zee die over de boorden sloeg, dreigde zijn vaartuig te doen kapseizen, zilt buiswater in zijn ogen spattend.

Een ander oeverloos verhaal ging over de tijd dat hij en Peter tieners waren, op hun boot op een mooie zomerdag. Ze hadden geluid in de verte gehoord en naar de hemel gekeken waar ze een dubbeldekker van de horizon op hen af zagen vliegen, steeds lager en lager, recht op het huis af van Hawco op het klif, dat hij dan ook raakte, waarbij hij de bovenverdieping eraf sloeg voordat hij woest omkeerde om met snerpend geratel recht op Peter en Doug af te duiken. Als bij een wonder miste het toestel ze en dook het water in, op nog geen tien meter van de boot. Doug sprong uit de sloep en zwom naar het rokende vliegtuig, van plan de piloot te redden. Maar toen hij naderbij kwam zag hij geen piloot, geen spoor van hem in de cockpit. Nadat hij op de vleugel was geklommen ontdekte Doug dat de piloot bij de noodlanding was onthoofd, en dat zijn hoofd nergens te vinden was.

Als alle verhalen waar waren, dan was oom Doug zoiets als onverwoestbaar.

Josephs ouders waren allebei dood, zijn vader was het eerst gestorven, aan een hersentumor, waarvan aangenomen werd dat hij veroorzaakt was door toxinen in het gebouw waarin hij dertig jaar had gewerkt als overheidsambtenaar, op het ministerie van Toerisme. Zijn moeder was een halfjaar later gestorven. Natuurlijke doodsoorzaak, had de dokter gezegd. Een gesmoord hart, veronderstelde Joseph. Ze was nog maar vier jaar met pensioen nadat ze haar leven lang verpleegster was geweest. Zijn ouders waren intelligente, hardwerkende mensen geweest met een gezond gevoel voor humor. Dat was wat hij ook het meest miste, hun humor, de avonden die ze in de woonkamer samen hadden doorgebracht, elkaar verhalen vertellend van stommigheden in het verleden en avonturen die verkeerd waren gelopen, waarbij ze dubbel lagen van het lachen, snakkend naar adem en tranen uit hun ogen wrijvend. Joseph vond het jammer dat Robin ze amper had gekend. Ze waren drie jaar geleden gestorven, toen Robin nog maar vijf was.

Joseph herinnerde zich hoe die middag, zodra de auto de grazige oprit van Critch was op gereden, Robin eruit was gesprongen om de mogelijkheid te onderzoeken van andere kinderen in de buurt. Daar stond dat zonnehuis meteen westelijk van hen en meer naar het oosten verderop aan de bovenweg een verlaten kerk. Geen kinderen te bekennen. Er stond een groepje mensen

rond een vers graf op het aanpalend kerkhof toen Joseph en Robin voorbij-
liepen. Ongetwijfeld het stoffelijk overschot van de begrafenis waaraan ze
voorbij waren gekomen toen ze in de gemeente aankwamen. Joseph had
moeten denken aan oom Doug. Die zou in de kist kunnen liggen. De begra-
fenisgangers, met een uitdrukking van diepe rouw op hun gezicht, hadden
even opgekeken naar Joseph en Robin, maar roerloos, afwezig.

Joseph staarde naar het plafond, waarvan de oude houten panelen wit geschilderd waren, en de oude koperen plafonnière met haar veelvlakkige glas.
Wie was die vrouw in dat zonnehuis? Hij probeerde zich haar beeld voor de
geest te halen, maar zijn gedachten bleven afdwalen naar die begraafplaats,
die verdrietige mensen die hem voorbij hadden zien komen. Sombere gezichten die geleidelijk aan werden vervormd door woede.

Tommy grijnsde vrouw Laracy toe en wees met zijn hoofd naar het gangetje
dat naar de voorkant van het huis leidde. 'Ik zat te tekenen.'

'De vissen?' vroeg vrouw Laracy, tevreden op het warme brood kloppend
dat op de houten keukentafel lag. Ze voelde honger de kop opsteken en wilde er best een sneetje van met een kop thee, maar ze wilde beslist eerst Tommy's tekeningen zien omdat die altijd van veel belang en van een spectaculair
vakmanschap waren.

'Nee, geen vis, ander spul.' Plotseling draaide Tommy zich om, liep de
gang in, waarvan de muren aan weerszijden bedekt waren met tientallen ingelijste bijbelcitaten in schoonschrift en zwart-witfoto's van families die in
geen enkele betrekking tot Tommy stonden. Vrouw Laracy's favoriete bijbelcitaat was 'Door genade wordt gij gered'. Er lag een lieflijke waarheid in dat
gevoel, maar ze mocht er ook graag over grappen met Tommy, bleef dan
staan, tikte op het glas en zei: 'Door genade wordt gij genept.'

Tommy wenkte uitgebreid met zijn arm, dat zij moest komen.

'Rayna is op verziete,' zei hij.

'Hest doe fris boter voor stoet?' vroeg vrouw Laracy, die Tommy goed in
de gaten hield.

'Eerlijks. Ik zal water opzetten, als doe een kop wolst.'

'Nou gaarne,' kweelde vrouw Laracy, stapte de woonkamer in en knipoogde tegen Tommy. 'Doe bist een beste.' De kamer stond vol meubilair van diverse stijlen en tijden. Vrouw Laracy knikte tegen Rayna, die in een staat van
terminale ontspanning op een van de lage banken hing, met een drankje in
de hand, een halfvolle fles bruine rum open op de koffietafel naast haar. De
gloed van haar aura was gevaarlijk vaag en schimmelig groen, wat betekende
dat ze al een hele poos had zitten drinken. Haar lever was van slag, haar li-
chaamssappen kleurden het innerlijk licht. 'Avond,' sprak vrouw Laracy.

'Wat moet jij,' liet Rayna zich ontvallen, waarbij haar hoofd enigszins
wankelde toen ze haar opgezwollen lippen aflikte. Ze droeg een lichtblauw

T-shirt en een marineblauwe stretchbroek, die haar niet in het minst flatteerde gezien haar figuur. Een vrouw van haar leeftijd moet op haar figuur letten, zei vrouw Laracy bij zichzelf. Hoewel, mannen waren tegenwoordig met alles tevreden, dus er was amper enige noodzaak om het uiterlijk nog op te houden. Ze deden niet moeilijk meer bij het maken van hun keus. Moet je kijken naar die rommel van haar haardos, het lijkt wel een takkenbezem die loslaat. Een trieste stand van zaken. Rayna had zichzelf laten gaan nadat ze haar man was verloren. Veel verlies had dat niet betekend, haar vent was niet wat je noemt een treffer, hij was een waardeloos stuk vuil dat het huishoudgeld opzoop. Vrouw Laracy zag dat Rayna barrevoets was. Choquerend. Ze had haar gympen uitgeschopt en haar sokken uitgetrokken. De volslagen del.

'Moet je een slok?' vroeg Rayna, dronken zwaaiend met de fles.

'Nee. Ik doe niet aan die dwaasheid.'

Tommy stond stijfjes bij de mahoniehouten eettafel, waarop zijn tekeningen lagen. De tafel, met heel grote besneden poten, was gered toen iemand hem op het erf had gezet omdat hij ruimte moest hebben voor een glimmende nieuwe, met chroom. Naast de tafel stond een blauw gebeitst buffet met twee diepe kasten waarin een onsamenhangende verzameling vergeelde porseleinen borden met roosjes stond. Een uitdragerij, met niets te koop.

Tommy wees op een van zijn tekeningen, bewoog haar even met zijn vinger en stak toen resoluut zijn handen in zijn zakken. De tekening pal voor zijn met koper beslagen wijnrode leren stoel was er een van drie grote insecten boven een berg. Ze was gemaakt met houtskool, wat duidelijk af te zien was aan de zwarte strepen op Tommy's hemd. Daar wreef hij zijn vingers af, langzaam op en neer, terwijl hij naar vrouw Laracy keek, bescheiden wachtend op haar zeer geachte mening. Hij knikte schaapachtig en grijnsde om haar aan te moedigen.

'Tommy is een toffe tekenaar,' blèrde Rayna. 'Nog nooit een zo goed gezien als hij.'

'Wat is dat?' vroeg vrouw Laracy, Rayna negerend en naderbij schuivend om goed naar de afbeelding te kunnen kijken.

'Helikopters,' verkondigde Tommy, zijn ogen groot en waarschuwend. Hij wees naar de kanten vitrage. 'Boven de landtong.'

Vrouw Laracy nam de tekening op en hield haar voor haar ogen. 'Wanneer kommen ze?' vroeg ze, terwijl het papier bijna het puntje van haar neus raakte doordat zij elke vierkante centimeter aan een nauwkeurig onderzoek onderwierp.

Als een verlegen schooljongen schokschouderde Tommy, hij stond te schuifelen. 'Kop thee of wat?' vroeg hij, op van de zenuwen.

Dit gebeurde dus onherroepelijk telkens als Tommy zijn kunst aan vrouw Laracy liet zien. Het was duidelijk dat hij verging van het verlangen zijn kunst te tonen, maar als hij dat had gedaan, wilde hij niet per se bespreken wat hij had gemaakt. Het was alsof de voortekenen die hij schetste schadelijk waren en – als ze uiteindelijk uitkwamen – op een of andere manier zijn verantwoordelijkheid werden.

'Kop thee,' mompelde Rayna slaperig. 'Nou, nee.' Ze grinnikte eens en blies door trillende lippen. Net een hinnikend paard. Ze begon schril te lachen, probeerde haar arm op te tillen, maar liet hem weer vallen, pletsend tegen de zijkant van haar been.

Vrouw Laracy wierp eens een blik op Rayna, die haar voet op de bank had getrokken en op haar zij was gaan liggen. Haar ogen vielen dicht en het glas in haar hand helde in een gevaarlijke hoek boven de rode pers. Gelukkig had ze het leeggedronken. Terwijl ze in haar slaap lag te ademen, werd haar aura opeens sterker, nu haar lichaamsnatuur te ruste werd gelegd. Het glas gleed uit haar vingers en bonkte op het tapijt.

'Ze voelt haar niet zo lekker,' zei Tommy verontschuldigend en vol aanhankelijkheid. 'Maar ze is een bovenste beste. Arme ziel.'

'Zal best.'

'Ik pas op haar.'

'Je bent een godsgeschenk, Tommy, mijn zoon.'

'Goed, dan zal 'k water opzetten.'

'Doe dat,' zei vrouw Laracy en ze legde Tommy's tekening met een nadenkende uitdrukking neer. Op bemoedigende toon moest ze er wel aan toevoegen: 'Een kopke thee zol lekker wezen.' Ze zag dat Tommy keek waar ze de tekening had neergelegd. Hij staarde naar wat hij had bedacht en ze kon hebben gezworen dat zij beweging in zijn pupillen zag, de helikopters die zich verplaatsten, of misschien was het gewoon het punt waar tranen in zijn ogen waren opgekomen, ondanks het feit dat hij zo hard mogelijk probeerde zijn glimlach te bewaren. Vrouw Laracy pakte zijn hand met beide handen vast om hem te troosten.

'Maakst doe nou geen zorgen over dingen die kommen gaan, Tommy, lieverd.' Een seniele tandeloze grijns was de troost die ze hem kon bieden. Vrouw Laracy klopte toegewijd op zijn hand. 'Maakst doe nou geen zorgen over wat ons nog boven kop hangt. Alles gaat altijd voorbij. Het gaat altijd voorbij en doet ons op lange duur niet echt kwaad.'

Joseph wenste dat hij gewoon zijn hersens kon uitzetten, een schakelaar omgooien, om dan een gevoelloze, zwarte leegte te hebben. Hoewel hij stillag, ontkoppeld van zijn daden van de dag, bleven hem op eigen initiatief flitsende beelden plagen. Momenteel speelde zijn geest de rit van hem en Robin vanuit St. John weer af. Het eerste halfuur op de snelweg was Robin in een opgewonden staat geweest, had zitten meezingen met de laatste deuntjes op de radio, haar eigen tekst bedenkend bij de gedeelten waarvan ze niet helemaal zeker was en tegen Joseph zitten lachen op die buitengewone, kinderlijke wijze. Een poosje lang vergat ze zelfs te tekenen, een obsessie die Joseph zorgen begon te baren. Het was een genoegen Robins stem te kunnen horen. Maar toen schoof Joseph, die genoeg begon te krijgen van de suikerzoete triomfantelijke popmuziek die ademloos vanaf de hoogste toppen werd gezongen, een bandje met opera in de gleuf.

De vaart van de auto en de evenwichtige orkestratie wiegden Robin tot stilzwijgen. Zonder een woord te zeggen deed ze een greep in de tas aan haar voeten, pakte haar tekenschrift en pen en begon te tekenen. De muziek, die Joseph niet meteen kon thuisbrengen, paste goed bij de majestuositeit van het landschap links en rechts van de snelweg: gele, groene en rode, woeste gronden, bezaaid met grote grijze rotsblokken die hier en daar waren achtergelaten na een rampspoedige terugtocht van gletsjers, de lijn van de coniferen die innig verstrengeld in de verte stonden en de willekeurig verspreide plassen.

Af en toe wierp Joseph een blik op Robin, op haar onschuldige gezicht, op de kinderlijke integriteit van haar maniertjes. Vol liefde en trots veegde hij dan haar haar van haar wangen en pakte haar hand, die waarin geen pen stak, bewonderde de grootte van haar vingertjes. Vrijwel de hele weg hiernaartoe hadden ze elkaars hand vastgehouden.

Toen ze uiteindelijk de afslag naar Shearstown Line bereikten, meldde een bord dat Bareneed nog 23 kilometer verderop lag. Glooiende velden ontvouwden zich om hen heen. Schapen graasden, hooi lag geoogst en gepakt in welig groene weiden. Joseph en Robin bekeken het landschap, de operamuziek groeide aan tot een crescendo en vervaagde toen, ze van genade vervullend.

'Is dit niet prachtig?' vroeg Joseph.

'Ja,' beaamde Robin rustig. Aanvankelijk wierp ze slechts blikken op het landschap, tussen halen van haar pen, maar al snel werd haar aandacht geheel door het land getrokken en boog ze zich voorover, met haar armen op het dashboard.

Een bord gaf de afslag naar Bareneed aan.

'We zijn er,' zei Robin.

Joseph remde op de versnelling en nam de bocht. Ver voor hem uit verrees een rotsachtige landpunt boven de haven. Eerst zagen ze grote stukken land, gescheiden door vierkante houten huizen, maar naarmate Joseph en Robin verder in de gemeente doordrongen, werd het land rond de huizen schaarser. De huizen stonden wel op grote stukken land, maar dat strekte zich uit in de achtertuin, die afhelde naar geërodeerde, grijze heuvels die de noord- en zuidzijde van de gemeente beschermend omgaven. Joseph keek eens naar Robins gezicht om te zien wat ze hiervan vond.

'Dit is het.'

'Het is mooi. Er is toch water?'

'Zie je de haven daar?'

Robin ging meer rechtop zitten. 'O ja. Tjonge! Fantastisch!'

'Mooie oude huizen, hè? Misschien kunnen we later gaan vissen.'

Robin grijnsde ondeugend en hield haar vingers vlak bij haar gezicht, terwijl ze haar wenkbrauwen snel optrok en weer liet zakken. 'Echt waar? Graag.'

'We moeten eerst even uitpakken.'

Ze reden langs het postkantoor tegenover het bakstenen, gelijkvloerse buurthuis annex brandweerkazerne. Binnen enkele momenten hadden ze de oceaan pal links van zich. Robin keek eens halsreikend uit Josephs raampje.

'Moet je al die boten zien!'

'Vrijwel iedereen in de gemeente heeft er eentje.'

'Het water is echt prachtig, toch, papa?'

'Ja, nou en of, schatje.' Joseph glimlachte breeduit met gesloten lippen, keek toen eens naar het rustige donkerblauwe oppervlak waarop hij al ruim twaalf jaar rondvoer. Meestal verliep dat gladjes, af en toe kreeg hij het aan de stok met plaatselijke of buitenlandse vissers die illegaal bezig waren. Het ergste was een paar weken geleden gebeurd: bij het aan boord gaan van een schip, was er een emmer rotte vis over hem uitgestort. Zelfs na twee lange sessies onder de douche had hij de lucht niet weg kunnen krijgen, klevend aan zijn lijf of vast in zijn neusgaten.

Het water was magnetisch. Bij het bekijken ervan doorvoer Joseph een golf van tevredenheid om zijn dochters capacitcit de schoonheid in de zee te zien, om precies aan te voelen wat hij voelde.

Verderop naar boven stonden auto's bij elkaar langs beide zijden van de weg en glinsterde de namiddagzon in de ruiten en op het chroom. Mensen met ouderwetse jurken en pakken, die Joseph deden denken aan zijn eindexamenfeest, liepen in een rij naar een kerk. Een vlaag van nostalgie. Hij remde weer af op de versnelling terwijl Robin belangstelling toonde voor deze activiteit. Toen zij de kerkdeuren naderden, zag Joseph de zwarte doodskist.

'Is dat een begrafenis, papa?' vroeg Robin.

'Ja, ik denk het.' Hij minderde vaart tot de auto zowat kroop, als blijk van respect voor de overledene, maar ook om te vermijden dat hij iemand zou overrijden.

'Wie is er dood?' fluisterde Robin op een pijnlijke trieste toon, zo verdrietig dat hij bijna vochtig was van de tranen.

'Dat weet ik niet, schatje.'

Een oudere man en vrouw liepen arm in arm de weg af. De zwartharige vrouw droeg een vormeloze, wit-zwart gestreepte jurk en een effen zwarte hoed. De man droeg een blauw pak dat strak op zijn buik dichtgeknoopt zat. Hij bleef staan en bewoog stijfjes, haalde kennelijk diep adem, met een hand op zijn borst. De oude vrouw was duidelijk bezorgd. Joseph bekeek ze nog eens in de achteruitkijkspiegel toen hij met de wagen voorbijkwam. De vrouw greep de arm van de oude man en leidde hem voorzichtig verder. Had hij moeten blijven staan om hulp te bieden? Er waren mensen genoeg in de buurt, mensen van de gemeente die elkaar kenden. Waarom had hij moeten stoppen?

Momenteel richtte Joseph zijn aandacht weer op de donkere slaapkamer en liet zijn herinneringen los. Het huis leek zo stil toen hij ervan zat bij te komen. Het gevoel te drijven maakte zich weer meester van zijn lijf en hij moest zijn gedachten concentreren, zichzelf in zijn geheugen verankeren.

Voordat hij Robin eerder die dag was gaan ophalen, had hij de wagen volgestopt met kussens, dekens, boeken, borden, pannen, eten en – het belangrijkste van alles – hengels. Hij had al maanden naar deze reis uitgekeken. Hij aanbad zijn dochter en leed onder de scheiding waardoor hij maar beperkt toegang tot haar had. 's Nachts, als hij op de bank in zijn appartement lag, stelde hij zich voor hoe hij met Robin pesten of backgammon speelde of hoe ze samen naar een film zaten te kijken, met een grote kom popcorn, chocola eroverheen gesmolten, tussen hen in. Robin was gek op popcorn met chocola, nog meer dan op de film, waar ze niet al te veel om scheen te geven. Films konden haar nooit lang boeien. Een paar keer had Robin haar neus opgetrokken voor gehuurde films, om een of ander ingewikkeld verzonnen spel te kunnen blijven spelen. Als haar gevraagd werd waarom ze niet wilde kijken zei ze tegen haar vader: 'Er zit te veel van in.' 'Te veel van wat?' had Joseph gevraagd. 'Van alles. Je snapt wel, het verhaal en de mensen en zo. Ze laten je alles zien.' Joseph had niet verder aangedrongen, maar veronderstelde dat zij verwees naar hoe er niets aan verbeelding werd overgelaten. Robin gaf verreweg de voorkeur aan buiten spelen en schommelen in het park, waarbij Joseph haar dan achternazat over het gras en gromde als een hond, terwijl zij gilde van plezier. Met die herinneringen in zijn hoofd stond Joseph dan op en liep naar de logeerkamer, Robins kamer, om te staren naar het lege bed, het bed dat zij altijd zelf opmaakte. Hij wierp een blik op haar speelgoed, haar knuffels, haar tekeningen die aan de muur geprikt zaten en voelde zich vreselijk alleen en gekweld. Hij moest dan weg uit zijn appartement en een wandeling gaan maken om de melancholie te temperen die in zijn benen stolde tot lood.

Weer richtte hij zijn gedachte op de slaapkamer in huize Critch, met het verschoten rozenbehang. Geen geluid, behalve Robins zachte ademhaling. Hij keek naar zijn dochter, gaf haar een kusje, bekeek haar nog eens, kuste toen haar voorhoofd.

Na uit bed te zijn gestapt liep hij naar beneden, naar de vaag verlichte keuken. Hij liet het licht uit, stond bij het aanrecht, met zijn handen op de koude rand van de gootsteen, terwijl hij uit het raam keek. Hier keek hij op het zonnehuis, waar sterren zich spiegelden in het schuine dak. Hij wachtte, tevreden met daar eenvoudigweg te staan, op tekens van leven in het buurhuis.

Een vage gloed verscheen in de duisternis achter een bovenraam, een oranje licht werd helderder en vermenigvuldigde zich in een andere hoek. Er werd een aantal kaarsen aangestoken. Een bleke figuur verscheen voor het raam. De vrouw met het koperrode haar in een scharlakenrode nachtjapon met een rechte kraag die tot aan haar hals was vastgeknoopt. Ze hief haar handen op en drukte die smekend tegen het glas, haar blik strak gericht op Josephs keukenraam.

De televisie stond te flikkeren in het gezicht van Lloyd Fowler. Hij zat in zijn verduisterde woonkamer te kijken naar een documentaire over de Tweede Wereldoorlog, zwart-witbeelden van naakte dode lichamen, op roerloze hopen geworpen. Grijze ribbenkasten. Grijze gezichten. Grijze broodmagere benen. Toen Lloyd in de Tweede Wereldoorlog had gevochten, had hij geen idee gehad van de onmenselijke misdaden die de nazi's begingen. Er waren wel geruchten geweest, maar hij en zijn medesoldaten van het Royal New-foundland Field Regiment hadden dergelijke wreedheden nooit verwacht. Daardoor werd wat hij zelf had meegemaakt onbeduidend. Niettemin had hij ooit trots gevoeld zijn aandeel te hebben geleverd, hoe gering dan ook, in het tegenhouden van die verrekte moffen. Ooit had hij het als eerbaar be-schouwd. Nu kon het hem geen barst meer schelen. Wat voor gruwel men-sen met elkaar uithaalden, dat was zijn zorg niet meer.

Hij haalde diep adem en hoorde een geluid uit de keuken: Barb hield hem in de gaten. Ze had gewild dat hij de pillen nam die de dokter had voorge-schreven. 'Waar is dat goed voor?' had hij haar toegeschreeuwd, met zijn vuisten op de stoelleuning rammend. 'Waarvoor? Waarvoor?' Woede smeul-de in zijn borst, een amper te betomen dwang uit zijn stoel op te springen en het levenslicht uit zijn vrouw te rammen.

'Moet jij iets, Lloyd?' klonk haar gefluisterde stem uit de koude schemer van de keuken.

Hij wachtte even, haalde adem, sloot zijn ogen en staarde in de inktzwarte duisternis. Hij moest haar vermoorden, en dan zichzelf. Haar vermoorden met zijn steenharde vuisten.

'Lloyd?'

Hij deed zijn ogen open, onderdrukte zijn moorddadige neigingen en pro-beerde te formuleren wat hij nodig zou kunnen hebben, maar hij voelde geen enkele behoefte die hij met woorden kon rechtvaardigen. 'Niks.'

'Weet je het zeker?'

Hij gaf geen antwoord, ademde alleen, zijn ogen stekend van haat. Waar-om heb ik moeite met mijn ademhaling? vroeg hij zich af. Was dit de manier waarop een oude man stierf? Een onbepaalde herinnering aan zijn zoon Bob-by kwam plotseling boven. Vrijwel een vreemdeling. Dood. Hepatitis, had Barb tegen Lloyd gezegd, maar toen hij hoorde dat er plexiglas op de open kist zat in het mortuarium, werden al zijn verdenkingen bevestigd. Aids. Dacht Barb echt dat hij zo stom was? Het kon hem niet schelen wat het was. Voor hem was dat van geen belang. Hij had in geen vijftien jaar een woord met zijn zoon gesproken en weigerde de begrafenis bij te wonen. Bobby was begraven op het vasteland, in Montréal, naast zijn dode vriend. Barb had Bobby naar huis willen halen, om in het familiegraf te worden bijgezet, maar Lloyd wilde daar niets van weten en liet Barb in haar dooie eentje naar Montréal vliegen. Lloyd was blij dat zijn zoon dood was, eerlijk is eerlijk. Hij was blij, dodelijk tevreden.

'Alles goed?' klonk Barbs bezorgde stem.

Weer sloot Lloyd Fowler zijn ogen. Hij voelde de pikzwarte vloed uit zee opkomen, de dood die de zee voor hen allen in petto had. Zijn handen trokken aan het kantwerk van een net, zijn door zeewater uitgebeten handen trokken aan het lege gewicht, zwart water liep uit de mazen.

'Ik ga weer naar boven. Waarom kom je niet naar bed?'

Zijn oogleden gingen als vanzelf omhoog. Hij vulde zijn longen met diepe ademhaling, de stilte om hem heen was verstikkend. Hij balde zijn vuisten, steenhard, op de versleten armleuningen. Slaap bracht hem geen enkel respijt. Het bracht hem geen nut, geen verjonging. In geen maanden een droom, alleen dit sombere visioen van de zee. De traptreden kraakten terwijl Barb naar boven liep. Lloyd ving een laatste glimp van haar op – haar pantoffels, haar kuiten en haar nachtpon – en hij richtte zijn blik toen weer op de televisie. Zwarte en witte bommenwerpers vlogen door de zwarte en witte hemel. Hij ademde uit, wachtte af. Geen aandrang om nog eens adem te halen. Hoe lang kon hij zonder adem blijven zitten? De uitgesproken nutteloosheid scheen eindeloos. Boven hem kraakten de veren van het bed onder het gewicht van Barb. Zou hij gaan staan, dan zou hij de treden met twee tegelijk kunnen nemen, Barbs kamer binnenstormen en het leven uit haar slaan. Haar slaan tot ze schreeuwde en piepte en stierf, zijn hoofd gonzend van de hysterische angst en opwinding, zijn leven op een of andere manier weer aan hem teruggegeven.

Hij weigerde nog een keer adem te halen. Weigerde gewoonweg. Nooit meer. Zijn huid prikkelde. Op het schermpje vielen zwarte en witte bommen door effen grijzen wolken terwijl Lloyd Fowler zijn ogen sloot en zijn grijze leerachtige vingers het net uit het zwarte water haalden, de pezen en de aderen op zijn hand gezwollen, zijn poriën ademend, het net dat omhoogkwam met een kapotte rubberlaars, water dat uit de opening stroomde, stroomde over een stuk grijze huid dat vrijwel gloeide toen het uit het water werd getild, een nat glanzend been en daarop het dikke oliedoek van een tientallen jaren oude broek. Een man, met zijn haar als zeewier drijvend in het water, zijn kraagloze hemd met grijs-witte krijtstreepjes, zijn verdoemde ogen gevestigd op de zwarte hemel hoog boven de boot.

De handen van Lloyd Fowler trokken harder, het lichaam kwam geheel uit het water en viel in zijn boot. Toen kwam er nog een lichaam, dat vastzat in de mazen, een klein kinderhoofd, nat wit haar, ogen open, muisgrijze opgezwollen lippen die verwelkomend glimlachten en toen van elkaar gingen om te zeggen: 'Jij hebt me gevonden. Blijf vissen, dan vang je mijn vader ook.'

Waar zijn de vissen? had hij het meisje willen vragen. Waarom drijven hier mensenlijken? Is dit mijn nieuwe vak, doden uit zee vissen? Deze vragen kwamen in versnipperde beelden, eerder dan in woorden. Hij was zijn taalbeheersing kwijt.

Met lege longen en zonder enige noodzaak staarde Lloyd Fowler naar het televisiescherm, om diep in zichzelf te kijken. Vliegtuigen. Bommen. Herinneringen. Geleidelijk aan werd hij steeds lichter in zijn hoofd, zijn zwemmende gedachten vermengden zich met de flitsende beelden vóór hem. Zijn hoofd zakte zwakjes voorover, zijn kin bleef op zijn borst hangen. Geen ademhaling meer om hem te storen.

Vrijdag

'Rustig aan,' riep Joseph toen Robin giechelend uit de voortuin kwam en in de richting van de bovenweg liep. 'Ja, jij. Ik heb het tegen jou, luiwammes. Moet je mij zien. Ik moet alle spullen dragen.' Hij probeerde zo joviaal en onbezonnen mogelijk over te komen. Zo voelde hij zich meestal in de zomer. Vakantie. Bevrijd van die honderden haakjes die zijn werk in zijn gedachten drong. Het was een stralend warme ochtend. Geen zuchtje wind. De brandende zon spande zijn huid al. Misschien moest hij een pet dragen. Sinds zijn haar een paar jaar geleden was begonnen te dunnen, was hij zich zorgen gaan maken over zonnebrand op zijn schedel, oververhitte hersenen, maar hij kon zich er niet toe zetten een hoed te gaan dragen. Hij was geen man voor een hoed. Hij keek over zijn schouder om zich ervan te vergewissen dat de deur dichtzat, zwaaide toen met de beide hengels in de lucht. 'Hé!' Hij stak zijn hand met de kist met visgerei op. 'Wat ben ik, jouw lastdier?'

'Ja,' riep Robin vrolijk, rende vooruit met haar gele t-shirt en haar roze korte broek waarop heel duidelijk witte poezenkoppen stonden. Haar sandalen flopten onder het rennen op het asfalt. Joseph keek tevreden naar de dansende vlecht die hij in haar haar had gelegd, een wat scheve maar toch redelijk competente uitvoering.

'Kom op, rustig aan.' Piepkleine blauwe, wilde bloemen vielen hem op tussen het hoge gras onder de coniferen en de ahorns aan weerszijden van de weg. Het was prachtig bloemen zo in het wild te zien. Hij keek weer op, merkte dat Robin voor het zonnehuis was blijven stilstaan. Toen keek ze weer naar hem, met een mistroostige uitdrukking.

Een paar vogeltjes kwinkeleerden in de bomen toen hij op zijn dochter af liep. In de zomerse stilte hoorde hij het zachte piepen van een waslijn die werd bewogen doordat iemand zijn was inhaalde of uithing.

'Mooi huis. Veel glas,' merkte Joseph op. Wat hij vooral mooi vond was het balkon op de bovenverdieping. Wat een fantastische plek om over de gemeente uit te kijken. 'Het is een zonnehuis. Weet je wat dat is?' Robin zei niets.

'Grote ramen. Natuurlijk licht.' In een poging te bepalen wat te zien zou zijn vanuit de ramen en het balkon keek hij uit over de gemeente en de haven. Een adembenemend tafereel. 'Weet jij iets van zonnehuizen?'

Robin schudde haar hoofd.

'Die panelen vangen zonnelicht en verhitten water, dat door de muren wordt gepompt. Het water houdt het huis warm.'

Met de zon in hun gezicht bestudeerden zij beiden stilzwijgend het huis.

'Je kunt alles zien daarboven,' zei Robin met een zelfverzekerdheid die Joseph verbaasde.

'En hoe weet jij dat, kleintje?'

'Ik kan ook kijken, hoor,' hield ze vol, kneep haar oogleden samen in de richting van de hellende weg.

Tien meter verderop naderde een vrouw, haar hoofd gebogen alsof ze in gedachten was verzonken, haar armen gevouwen voor de boezem van haar lange, roomkleurige katoenen jurk, waarvan de plooien haar in sandalen gestoken voeten raakten. Haar koperrode haar was van haar voorhoofd achterovergekamd en werd samengehouden door een roomkleurige strik of band. De opvallende bleekheid van haar huid riep onwillekeurig een oudwereldse bevalligheid en een contemplatieve ingetogenheid op.

'Robin,' fluisterde Joseph. 'Sta niet zo te staren.' Voorzichtig gaf hij de schouder van zijn dochter een duwtje met de kist visgerei. 'Kom mee.' Hij kuierde verder, met hoogrode wangen. Zonder twijfel was dit de vrouw van gisteravond, de vrouw die hem als het ware stond te wenken in haar raam.

Doorlopend over de rustige weg probeerde hij zijn ogen af te wenden, belangstelling voor het landschap te veinzen, maar het lukte ze toch zich weer te vestigen op zijn raadselachtige buurvrouw. Op nog geen drie meter van hen vandaan keek de vrouw op, zelfs niet lichtelijk geschrokken, om Joseph en Robin aan te kijken.

'Middag,' zei Joseph terwijl Robin tegen hem aan kroop, tegen zijn been duwde. Hij probeerde zich niet de vrouw in het raam voor te stellen, met haar handen op het glas, de topjes van haar vingers verblekend, maar hoe harder hij dat probeerde, des te meer was zijn blik geneigd die ringloze vingers en handen te bestuderen. Joseph zag haar van zo dichtbij dat hij werd getroffen door de vreemde omtrekken van haar lichaam, de slanke en zinnelijke vorm van haar armen en benen, die een contrast vormden met de omvang van haar borsten en haar brede heupen. Een misplaatst figuur, niet in verhouding met zichzelf, en toch verhoogde deze ongelijkheid slechts haar charme.

'Middag,' antwoordde de vrouw ten slotte, zonder een spoor van een glimlach. Haar stem klonk schor, raspend. Ze probeerde haar keel te schrapen, terwijl zij een beverig ogenblik naar Robin keek. Ze likte haar volle lippen en knipperde met haar ogen, haar oogleden bloesemroze. Haar gezicht was hartvormig, haar neus opmerkelijk klein, haar groene ogen waren in de hoeken neerwaarts gericht, wat weer een zekere melancholie suggereerde, die haar aard leek te kenmerken. 'Jullie zitten vast in huize Critch.' Met nietszeggende blik bekeek ze Joseph. Had ze hem vorige avond eigenlijk wel gezien of had ze slechts naar iemand anders staan kijken? En zo ja, naar wie dan? Wie had haar kunnen staan bekijken behalve hij? Alleen zijn huis en de bossen daaromheen waren er. Had ze naar de bossen staan staren?

'Net aangekomen,' liet Joseph zich ontvallen en hij voelde zich meteen een idioot.

'Hier woon ik.' De vrouw maakte een vaag gebaar in de richting van het zonnehuis, waarop haar blik de weg af zwierf en vervolgens in de richting van de haven, alsof ze zich vooral zorgen maakte om het water.

'We gaan een beetje vissen.' Hij hief zijn hengels op. 'Ik denk dat dat wel te zien is.'

De vrouw gaf geen antwoord. Met belangstelling bekeek zij Josephs handen, lettend op het vistuig.

'Mooi uitzicht,' zei Joseph.

'Inderdaad.'

'Ik ben Joseph.' Hij bewoog zich om zijn hand uit te steken, degene die de kist vasthield. Heel onhandig legde hij de kist op het gebarsten asfalt en stak zijn hand uit.

De vrouw raakte aarzelend de zijne, maakte alleen heel even contact met het topje van haar vingers. 'Ik ben Claudia.'

'En dit is Robin.'

'Hallo,' zei Claudia en ze wierp haar een beleefde maar lusteloze glimlach toe. Zonder op antwoord te wachten, sloeg zij haar armen om zich heen, huiverde en slenterde naar haar huis, zonder acht te slaan op de twee met wie ze zojuist had staan praten.

'Hallo,' zei Robin ten slotte.

Joseph legde zijn hand op Robins haar en trok haar hoofd tegen zijn heup. 'We zien elkaar vast nog wel,' riep hij Claudia na. 'We blijven hier een paar weken.' Hij bukte om het viskistje op te rapen.

'Oké,' zei Claudia, ergens halverwege haar grazige oprit. Weer bleef ze naar het water staan staren en beschermde haar ogen tegen de gloed van de zon.

'Bedankt,' riep Joseph op zijn beurt, een ontoepasselijke beleefdheid die voor spot had kunnen worden aangezien. Maar Claudia was te veel verzonken in haar eigen gedachten om daar aandacht aan te schenken.

Joseph voelde zich afgewezen en liep zwijgend door. Een poosje later keek hij eens om en zag hoe Claudia door haar voordeur liep en die achter zich sloot. Hij herinnerde zich de zwarte hond van gisteravond en keek op het erf rond. Geen spoor te bekennen. Hij vroeg zich af waarom Claudia zo verstrooid had gedaan. Hij was ervan overtuigd geweest dat ze hem gisteravond ruim tien minuten rechtstreeks had staan bekijken, terwijl zijn hart al die tijd naar haar uitging, medeleven voelde met haar eenzaamheid, voordat zij was weggedreven in de door kaarsen verlichte diepte van haar slaapkamer.

Zuchtend beknorde hij zichzelf omdat hij zich gedroeg als een schooljongen. Hij was hier met zijn dochter. Een flirt zou onbillijk zijn tegenover Robin. Toch voedde hij zijn moed, verstevigde die, verzekerde zichzelf dat het met Kim voorbij was. Het deed hem zeer, maar hij moest realistisch zijn. Zij hoorden gewoon niet meer bij elkaar. Hun belangen waren gaan uiteenlopen en zij gaven niet meer om elkaar. Joseph kende Kim tot in het minste detail. Ze had elke gedachte, elk obstakel, elke voor- en afkeur, elke eenvoudige en ingewikkelde overweging onthuld. Ze was een kind van het tijdperk van openheid en het tijdperk van openheid had elk spoor van mysterie in haar tenietgedaan. De huwelijkspolitiek die het huwelijk zelf verlaagde.

Robin was de enige band tussen hen geweest, maar zelfs zij was triest genoeg niet voldoende om hun liefde te doen herbloeien.

En Claudia was van een victoriaanse schoonheid, een bijna onbewogen vrouwelijkheid, die aan Josephs hart vrat. Zij was wat hij, in zijn idealistische, halsstarrig mannelijke kern, zag als de ultieme vrouw. En het was zomer, wat de zaak verder ophitste, verbonden als dat seizoen was met de belofte van romantiek, luim en bevliegingen van fantasie. Verdaasd van de verliefde gedachten wierp hij nog eens een blik achterom op het zonnehuis. Robin stond er al naar te kijken, ze hief haar arm op en wuifde.

'En wie is dat dan?' vroeg Joseph.

'Een meisje.'

'Waar?'

'In het bovenraam.'

Joseph keek maar zag slechts de weerspiegeling van een van de grote pluizig witte wolken die in de blauwe hemel hingen. 'Ik zie niets dan wolken.'

'Ze staat achter de wolken, papa,' zei Robin, duidelijk geërgerd over hem en zijn stomme verblinding. Ze wuifde weer, haar arm zwaaide sierlijk door de lucht. 'Kijk, ze staat te zwaaien.'

Volgens de nieuwe reglementen moest brigadier Brian Chase vier keer in de loop van zijn dienst door Bareneed patrouilleren. Twee weken geleden was hij nog bijna nooit in de kleine gemeente geweest, die naast zijn hoofdroute, Shearstown Line, lag. De rijkspolitie was in deze streek intensiever gaan patrouilleren, om haar aanwezigheid duidelijk te maken, en de mensen te laten weten dat de politie beschikbaar was om zo nodig een helpende hand uit te steken.

Bareneed was een over het algemeen rustige plaats, die niet verschilde van enige andere afgelegen havengemeente – af en toe wat kleine misdaad, een overval, auto in de sloot, onder invloed rijden of huiselijke onlust. Recentelijk echter was er een onderstroom van ongemak en geweld op komen zetten. Niets wat in de buurt kwam van de problemen waarmee Chase te maken had gehad in de indiaanse gemeenschappen in Saskatchewan. Hij had acht jaar van het begin van zijn carrière gewijd aan het onderzoeken van enkele van de ergste dingen die hij ooit had gezien, tot de tekenen van depressie die zijn vrouw Theresa aan de dag legde verergerden. Zijn verhalen van verkrachting, kindermishandeling, zelfmoord en doodslag leken haar lijfelijk te raken. Theresa kon zich niet afschermen voor ellende, zoals Chase dat had geleerd.

Zelfs toen hij had gezworen niet meer over wat voor misdaad dan ook te zullen vertellen, leek het alsof Theresa nog de gruwel die Chase met eigen ogen zag en op de een of andere manier bij zich hield, overnam. Op haar lijzige, verdoofde toon placht Theresa te zeggen: 'Ik voel het van je af komen, Brian. Het vreselijk eind van dingen.' Niet alleen de woorden, maar de manier waarop ze had gesproken maakten hem kwaad op zichzelf. De manier waarop ze hem had bekeken gaf hem het gevoel een vreemde in eigen huis te zijn, en dat gevoel kreeg hij al volop op zijn werk. Als halve indiaan werd hij door vele indianen vijandig bejegend. Het was er niet beter op geworden toen hij ook nog bij de rijkspolitie was gaan werken, in de schoenen van blanken was gaan lopen, om wetten van blanken toe te passen op het volk met het eerstgeboorterecht. Toch had hij nog geaarzeld voordat hij was verhuisd. Hij had zich een leven ingericht in Saskatchewan, daar kwam hij vandaan, zijn moeder was na de dood van zijn blanke vader weer in het Red Lake Reservaat gaan wonen. Een ongeluk met een boot. Alcohol was een factor.

Chase had geleerd de blijken van Theresa's ziekte te verdragen: het volslagen verdwijnen van enige intimiteit tussen hen, haar volslagen minachting voor zijn successen, haar constant hameren op moeilijkheden uit het verleden. Die symptomen had hij geaccepteerd. Hij hielp met het huishouden, kookte zijn eigen potje, waste, streek, en in zijn vrije tijd verloor hij zich in een geheel ander leven op internet. Daar boeiden vooral de misdaadsites hem. Hij had talloze sites aangevinkt waarop hij kon lezen over oude zaken en foto's van de plaats van misdaad kon bestuderen, die hij dan downloadde op zijn harde schijf. Hij had een hele collectie verzameld en gecatalogiseerd en kende elke foto tot in de details, de fascinerende beredenering van elk sterfgeval. Waar hij zich bijzonder door liet boeien, waren drenkelingen: mensen die bij een ongeluk waren verdronken of die zichzelf verdronken hadden, en slachtoffers van moord die in het water waren gegooid. Waarom voelden mensen de noodzaak zich te water te begeven? Waarom veronderstelden moordenaars dat een lijk het water in moest, alsof het terugkeerde naar de plek waar het hoort?

In zijn emotionele opsluiting was Chase zelfs chatboxen gaan bezoeken, knoopte daar gesprekken aan met allerlei nieuwe vrienden, bouwde relaties over de kabel, terwijl Theresa op de bank in de woonkamer lag te doezelen. Volgens hem had hij een manier gevonden om zijn wrede eenzaamheid te bestrijden, maar toen Theresa's arts suggereerde dat haar depressie voor een groot deel aan haar omgeving kon liggen omdat zij aan de rand van het reservaat woonden, was er geen keus meer. Chase voelde zich gedwongen overplaatsing aan te vragen naar een detachement met lage misdaadcijfers, in een landelijke en afgelegen streek.

Theresa was van het landleven gaan houden. Ze had zichzelf ontwend van haar medicatie en lag niet langer de hele avond alleen op de bank, gedachteloos opnemend wat er maar voor de televisie was. Ze kocht tijdschriften bij de plaatselijke tabakshandel en maakte plannen om het oude huis in Port de Grave op te knappen dat ze voor een appel en een ei hadden gekocht. De grondprijzen waren hier zo laag dat het belachelijk werd. Hun huis hing aan de rand van het water, de oceaan dus letterlijk in de achtertuin en het ziekenhuis een paar honderd meter verderop langs de weg, je weet maar nooit. Hoe graag hij ook wilde, Chase kon niet veel geloof hechten aan Theresa's uitbarstingen van helderheid en energie. Die kende hij wel van vroeger. Ze raakte dan bijna maniakaal geïnteresseerd in een bepaald project, gooide zich er helemaal in, tot ze zichzelf had opgebrand, waarop ze dan weer in haar schulp kroop.

Een paar dagen geleden was er een nieuwe pot antidepressiva in het medicijnkastje beland, nadat Theresa was gaan klagen over boze dromen, dromen die almaar erger werden en zulke afschrikwekkende gruweldaden opvoerden dat ze ze niet eens tegenover Chase durfde herhalen. Met die pillen kwam er een eind aan de dromen. Maar er kwam ook een eind aan haar hartstocht.

Als Chase geen dienst had, zat hij tot zijn nek in gipsplaat, grenenhout en pleister. Als hij een paar minuten vrije tijd kon reserveren zat hij op internet. Hij had zijn computer geactualiseerd voordat hij uit Saskatchewan wegging om in contact te blijven met de jongens.

En zelfs al werd hij geconfronteerd met enige ongeregeldheid in Bareneed, dan verbaasde Chase zich nog altijd over het gemak waarmee dat geregeld kon worden. Het was allemaal al voorbij voordat er iets begonnen was. Huiselijke onlusten waren de enige gewelddaden die een serieuze dreiging vormden. Je wist het maar nooit met een huiselijke ruzie. Maar hij was nog geen gek met een geweer tegen het lijf gelopen die probeerde de wereld uit te moorden. Nog niet althans.

Het ergste waarmee hij geconfronteerd was geweest, was een man die zelfmoord had gepleegd in zijn voortuin. Hij had daarbij een vuurwapen gebruikt. Chase en een van zijn collega's werd gevraagd de resten van 's mans hersenen in een zak te stoppen. De brandweer was erbij gehaald om de voorkant van het huis schoon te spuiten, waar die bespat was geweest met bloed.

Als hij dan in zijn patrouillewagen zat nadat hij een situatie had gestabiliseerd, hield Chase zich voor: 'Dit is niks', terwijl zijn geest de doden af ging die hij had gezien, zowel op zijn computer als thuis in Saskatchewan.

De rust van het landleven was een vreemde afleiding na de enorme chaos in het Red Lake Reservaat. Vaak had hij aandrang gevoeld verhalen uit te wisselen met zijn collega's in het detachement van Port de Grave. De jongens kwamen met hun verhalen aanlopen en Chase stelde zich dan voor wat er overbleef van de moordslachtoffers, de barbaarse verkrachtingen, de misvormingen, de doodsbange geslagen kinderen. Hij keek dan naar de vloer en zag daar een lijk liggen, een stijve arm met vieze vingernagels die uitstak van onder zijn bureau, slijmerig groene rietstengels rond de pols gegroeid. Hij deed de koffer van zijn patrouillewagen open om een ontstellende verzameling afgehakte ledematen te tonen. Dan zag hij een lege doos aan de kant van de weg en vermoedde dat er een blauwe baby in zou liggen. Veel verhalen om te vertellen. Toch zei hij geen woord, hij wist niet hoe hij de juiste woorden moest kiezen. Over zulke tragedies spreken zou leeghoofdige dikdoenerij lijken. En het was allesbehalve dat. Het was menselijke pijn en menselijk verdriet: dat was niet iets om lichtzinnig over te doen.

Chase proefde momenteel de smaak van geweld in de atmosfeer in Bareneed. De recente sluiting van de kabeljauwvisserij had de halve stad werkloos gemaakt. Het seizoenwerk van de krab- en garnalenvisserij ging nog wel door, maar in die sectoren waren er lang niet zo veel mannen en vrouwen werkzaam. Chase was alles te weten gekomen over de benarde toestand waarin Bareneed verkeerde, in de zeven maanden dat hij in Port de Grave was gestationeerd. Verlies van werk had leegloperij tot gevolg en alles wat daar het gevolg van was: verandering van moraal, alcohol die troost werd, mishandeling door frustratie en machteloosheid en een leed dat zo erg werd dat het als woede naar buiten kwam.

Chase reed langs de gemeentelijke kade die rond de kop van de baai was aangelegd, zag de bootjes en de sloepen in een bepaalde volgorde aangemeerd liggen. Van de zee werd hij zenuwachtig. Hij had voldoende drenkelingen gezien, zelfmoorden in bad, kinderen in meren, om een gezonde watervrees te hebben ontwikkeld. Voorbij de haven hield een golfbreker het water rond de kade rustig.

Doorrijdend bereikte Chase de grote L-vormige betonnen pier die eigendom was van de Atkinsons, een familie van rijke kooplui. Een man en een meisje zaten aan het eind van de kade te vissen. Hij kende ze niet, waarschijnlijk toeristen. Chase vroeg zich af of zij wisten dat het verboden was kabeljauw uit het water te halen. En hoewel dat niet zijn plicht was, besloot hij ze op de hoogte te stellen van de beperkende visserijregels, als een manier om zichzelf voor te stellen en zijn nieuwsgierigheid over nieuwkomers te bevredigen. Hoe dan ook, ze zouden dan tenminste een waarschuwing hebben gehad, mocht er een agent van de visserijpolitie verschijnen en ze problemen bezorgen.

Hij stuurde de patrouillewagen naar het grind langs de haven en klikte de versnelling in stilstand. Hij besloot zijn hoed in de wagen te laten liggen om er ontspannen uit te zien. Datzelfde wilde hij met zijn zonnebril, maar hij besloot toch maar dat hij hem op zou houden. Anders zou hij als een gek staan knipperen met zijn ogen. Uit de auto stappend, speet het hem meteen dat hij de airconditioning van dit voertuig verliet. Hij zette de airco niet zo gauw aan, vanwege het zeeklimaat van Newfoundland, maar vandaag was het benauwend vochtig. Hij controleerde de grendel van zijn pistool en aarzelde even aan de rand van de kade. De bijtende lucht van carbolineum, zout water en rotte vis hing in de zomerse atmosfeer. De kade leek stevig genoeg. Hij wierp eens een blik in het water en dacht dat hij een lijk met het gezicht naar beneden zag drijven, vlak bij de oever waarop de lodde aan het paaien was. Een school slanke visjes zwermde rond het lijk, streepte het zwart. Chase verjoeg dat visioen, het was vast een herinnering aan een foto of een geval uit zijn eigen verleden. Meer had het niet om het lijf. Als hij de andere kant op zou kijken, zou het lichaam weg zijn en ja hoor, toen hij dat deed, was het ook zo.

Joseph zat naast Robin gehurkt en leerde haar hoe zij haar lijn in moest halen. Bij het geluid van voetstappen draaide hij zich snel om en zag een torenhoge rijkspolitieagent op hen af komen, het leer van zijn laarzen glimmend in de zon, zijn handen op zijn heupen terwijl hij naar de mast en de tuigage van een van de garnalenboten keek. De agent had iets indiaans; hij had donker haar en een donkere huid. Nu vestigde hij zijn aandacht op het rotsige strand, waar een aantal zeemeeuwen zat te pikken in de zwermen eitjes en de dode of levende lodde die al op de kust lag of er aanspoelde. Twee meeuwen gingen de confrontatie met elkaar aan, klapperden met hun vleugels en krijsten strijdlustig.

De agent liep op Joseph af, glimlachte en zei: 'Middag.'

'Goedemiddag.' Joseph keek op met een uitdrukking van voorwaardelijke vriendelijkheid. Hij voelde zich onrustig, zenuwachtig. Afgelopen nacht had hij last gehad van dromen waarbij hij in het water wegzonk, water dik als drijfzand, dat hem gestaag naar beneden had getrokken. Hij werd wakker, viel toen weer in slaap en werd onmiddellijk teruggezogen in zijn zinkende droom.

'Mooi weertje.'

'Nou en of.' Joseph bekeek de agent eens, schatte zijn lengte en gewicht – hij liep minstens tegen de 2 meter en de 125 kilo. Tegen Robin zei hij: 'Laat die lijn daar maar zitten, schatje.' Hij rechtte de rug, voelde de inspanning in zijn knieën en benen wijken voor ontspanning. 'Niet te ver vooroverleunen, hoor,' waarschuwde hij Robin, toen die voorzichtig over de rand van de kade keek, naar waar haar rode en witte dobber op het water dreef. Zes grote en kleine vissen hadden zich verzameld rond Robins lokaas en keken ernaar. Het water was groenig maar helder, de contouren van stenen op de bodem waren duidelijk te zien.

'Ik zie vissen, papa.'

'Ja, dat klopt, die zitten daar.'

De agent grinnikte en schudde zijn hoofd. Hij zette zijn zonnebril af en stak een poot ervan in zijn borstzakje. 'Kinderen zijn gek op vissen.'

'Dat is zeker.' Joseph keek eens naar de vredige gemeente, badend in het vriendelijke maar ruige terrein. 'U hebt het vast heel druk,' merkte hij met een ironische glimlach op.

'Niet echt. Ik ben hier meer voor vakantie. Mijn vrouw had rust nodig.'

Joseph peilde de grote bruine ogen van de agent, zijn zachte maar havikachtige trekken, en kon niet goed uitmaken of de man nu serieus was of niet. Als dit humor was, was het buitengewoon droge.

'Nog iets gevangen?' vroeg de agent.

'We zijn hier net.'

De agent keek eens naar Robin terwijl ze haar lijn door het water trok. 'Veel lodde hier in de buurt. Je kunt zo zakken vol uit het water scheppen.'

Joseph snoof de lucht eens goed op. 'Dat heb je zo door.'

'Ja, het heeft een bepaald aantrekkelijk aroma.'

Twee zeemeeuwen vlogen laag over in rechte lijn, de een na de ander.

'Het is een festijn voor de meeuwen,' verkondigde de agent en keek naar boven.

'Hé, breng eens wat terug.' Hij balde zijn vuist naar de hemel en keek toen naar Robin, die naar hem zat te lachen. Haar blik vestigde zich op zijn holster, die aan zijn brede leren riem hing.

'Ik heb geen kinderen,' zei de agent tegen Joseph. 'Had ik ze maar. En ik heb ook nog nooit gevist. Nog nooit. Wat moet ik van mezelf vinden?'

Joseph had geen idee wat hij hierop moest antwoorden. 'Meestal vang je hier alleen lipvisjes. Dat weet ik wel. Die noemen ze hier kliplipvis. Af en toe eens een zeeforel, maar die zijn moeilijk te vangen, zeggen ze. Nu en dan een schelvis, maar u weet wel wat daarmee aan de hand is. Die zijn even zeldzaam als zeemeerminnen.'

'Moet je terugzetten.'

'Dus u weet het.'

'Ik ben visserijinspecteur in St. John's, dus dat zit wel snor.'

'Zo, een man vol maritieme kennis. Stille wateren diepe gronden.'

'Vast,' stemde Joseph grinnikend in, en dacht toen: wat bedoelt hij daar nou weer mee?

'Ik heb beet,' gilde Robin, trappelend met haar benen. 'Papa, papa. Ik heb een vis gevangen.'

Het puntje van de blauwe hengel boog naar beneden. Robin klemde de hengel met twee wanhopige handjes vast en leunde achterover. 'Papa!' piepte zij van angst en genoegen.

'Inhalen, schatje.' Joseph keek eens over de rand van de kade, zijn oogspieren gespannen door het magnetisch verlies van evenwicht omdat hij te dicht bij de rand stond. Een lelijke vis met een witte bek en een donkergroene gevlekte huid zat een halve meter onder het oppervlak vast. De dichtheid van het water vertekende de ware grootte, maar het was onmiskenbaar een pitvis.

'Hij is zwaar,' kreunde Robin, die ingespannen zat in te halen en te tandenknarsen. 'Ik kan hem niet omkeren.'

Joseph herinnerde zich hoe Robin, destijds een jaar of vijf, uitdrukkelijk placht te verklaren: 'Ik kan hem zelf wel inhalen', als Joseph probeerde haar te helpen met de lijn inhalen. Het was zo'n incident waaraan hij in geen jaren gedacht had. Hij probeerde de lijn te pakken te krijgen, wond hem om zijn pols, en tilde de vis uit het water, verbaasd bij het zien van rode strepen die oplichtten aan de flanken.

'Tjonge,' riep de agent uit, ongetwijfeld omwille van Robin, hoewel hij ook nieuwsgierig leek naar die vreemde tekening. 'Dat is een grote pitvis. Ik geloof niet dat ik ooit zo'n grote gezien heb. Dat is er eentje voor de recordboeken.'

Joseph liet de vis op het beton van de kade vallen. Alleen de kieuwen bewogen nog, die opengingen en de bloedrode ingewanden toonden, om vervolgens weer te sluiten: de wanhoop van de balling.

'Ik heb een vis gevangen.' De vreugde in de stem van Robin betijde toen zij dichterbij kwam om te kijken. 'Kunnen we die houden?'

'Pas op zijn stekels,' waarschuwde Joseph. 'Daar kun je je aan verwonden.'

'Jasses.'

'Ik heb er nog nooit een gezien met rode vlekken,' sprak de agent.

Joseph zette voorzichtig de punt van zijn gymschoen tegen de kop van de pitvis en bukte zich om de haak los te werken uit de rubberen lip. Het was zeker een bijzonder lelijke vis. Bruingroen, goudachtig en vies en vuilwit, met rode strepen. Wrattig, taai en mager. Grote ronde zwarte ogen die bewogen, een gevlekte huid met stekels, een hoornachtige baard bij de kieuwen. De rode tekening op de pitvis leek te vervloeien toen Joseph aan het haakje draaide om het los te krijgen.

'Hij bloedt,' riep Robin. 'Ach jasses.'

'Nee,' verbeterde Joseph, die goed lette op dat vreemde optrekken van die rode strepen. 'Dat is alleen de kleur maar.'

De pitvis werkte zich op en viel weer neer, niet slaand, maar stuiptrekkend, alsof hij werd geëlektrocuteerd. Hij gleed onder Josephs gymschoen uit en sprong op van het beton, om vervolgens met veel gespetter neer te kletsen. Met de lijn trok Joseph de vis terug naar zich toe. Hij maakte een plakkerig, gorgelend geluid toen een diep gerommel de haven deed trillen.

De agent keek naar de grote landtong aan de overkant van het water. 'Ze laten vast ergens iets in de lucht vliegen,' stelde hij voor. 'Misschien wegenaanleg.'

'Misschien terroristen,' grapte Joseph, maar de agent leek het niet te vatten. Joseph voelde zijn vingers warm worden terwijl hij probeerde het haakje los te krijgen en sloeg ze af. Vleeskleurig vocht droop uit de wijde bek van de pitvis. Een vast voorwerp begon naar buiten te komen toen hij zijn vingers aan zijn broek afveegde – een vleeskleurige bolling, met daarop iets wat op haar leek, vervilt in slijmerige klonten.

'Wat is dat in godsnaam?' vroeg Joseph, terwijl hij een stap achteruit deed om beter zicht te hebben.

Het vocht verdronk de bol tot hij uit de bek van de pitvis gleed en zich geheel onthulde: het was een poppenkopje, de geblutste oogleden schoven open, zwarte ogen staarden ze verrast aan. Geverfde porseleinen lipjes plooiden in een pijnlijke glimlach.

Boven hun hoofd kreet een zeemeeuw en liet een lodde vallen die hij in zijn bek had. De smalle vis plofte op de pier naast Robin, die haar vingers al had uitgestoken naar het poppenkopje.

'Niet aanraken.' Joseph greep haar pols vast.

Geschrokken en getergd keek Robin hem aan. Was zijn greep te vast? Hij versoepelde hem, liet los, alsof hij was getroffen.

De pitvis lag nu muisstil, zelfs de kieuwen bewogen niet meer. Hij was van zijn rubberen lippen tot zijn stekelige staart geheel rood, alsof hij in verf of kleurstof was gedoopt. Weer deed een zacht gerommel de haven schudden.

'Dit is het raarste wat ik ooit gezien heb,' zei de agent. 'Je weet ze wel te vangen, hoor.' Hij streelde Robin door haar haar. 'Volgens mij heeft hij de maat wel.'

Vrijdagavond

De bladzijden in het fotoalbum waren zo versleten dat het leek alsof nog één keer omslaan ze zou ontrukken aan hun geliefde volgorde. Al tientallen jaren hadden zij gestaan voor de verfijnde broosheid waarmee vrouw Laracy haar vastgelegde herinneringen koesterde. Op het moment zat ze met het album op schoot, waarin de zwart-witte foto's met zilveren hoekjes vastzaten. Ze bestudeerde ze zoals ze dat altijd deed, met een zielsberustende glimlach. Zij zat op haar comfortabele, paarsgrijze bank. Haar woonkamertje stond vol prullaria uit haar leven en het leven van haar ouders en grootouders, elk voorwerp een schakel in de keten waarlangs ooit de geesten tot haar kwamen. Het waren de beetjes liefde in die voorwerpen. De geur van liefde. De kalmhandige liefde der verstorvenen, geabsorbeerd door aanraking en beademing.

Het meubilair was van solide hout, de kussens op de bank versleten, met gebreide overtrekken die op de armleuningen zaten. Er stonden oude, in leer gebonden boeken in een glazen kast en er was een kast met achtenzeventig-toerenplaten, in hoezen onder de grammofoon. Op de koffietafel vóór haar stond een snoepschaal van cranberryglas naast een sigarettenaansteker, gevat in de kop van een uitgesneden ijsbeer. Die had daar al tientallen jaren gestaan, hoewel niemand in huis rookte. Naast de bank stond een zwarte smeedijzeren lamp, waarvan de matglazen orchideevormige kap een zacht licht uitstraalde, om daarmee het fotoalbum te beschijnen dat op vrouw Laracy's schoot lag. De bladzijden waren van zwart matpapier en de zwart-witfoto's waren voorzien van een wit randje.

Vrouw Laracy bestudeerde het gezicht van haar verloofde, Uriah Slaney. Op de foto droeg hij zijn officiersuniform uit de Tweede Wereldoorlog. Hij had haar die foto gestuurd, met zijn handschrift op de achterkant. 'Hier zit ik in Frankrijk. Lijkt in de verste verte niet op Newfoundland. Veel liefs, Uriah.' Ze ging met haar vingers over zijn lachend gezicht, de Eiffeltoren op de achtergrond. Uriah had de oorlog overleefd. Hij had ook het verlies van een been overleefd – dat was maar een kleine prijs om hem terug thuis te krijgen. Levend en wel. Het verlies van het been had hem echter erger dan lichamelijk verwond. Maar vrouw Laracy had haar uiterste best gedaan hem te verzorgen, ervoor te zorgen dat het er niet toe deed. Ze was niet verliefd op dat been, ze hield van hem, van zijn jongensachtige vriendelijkheid en zijn sentimentele charme. 'Ik hol van dij,' fluisterde zij en haar blik viel vol aanbidding op een andere foto. Dat was er een van twee jonge geliefden, zittend op een deken. Die was genomen tijdens een traditioneel feest in de herfst. Ze hadden met hun ouders bosbessen geplukt onder de oude kerk, waar ze volop stonden. Er waren vooral bosbessen, maar hier en daar ook wel een struikje patrijsbessen, glimmend rood, tussen het mos vlak bij de grond. De vader van vrouw Laracy had haar en Uriah gefotografeerd. Beiden zaten te glimlachen, maar ze zaten nog wat onzeker, geknield, op hun hurken. Achter hen een kookpot en een ketel op een metalen rooster boven een vuur. Feestmaal. Hoe lang geleden had zij corned beef met kool laten koken terwijl ze bosbessen plukte? Dat was een van haar favoriete uitstapjes geweest.

Haar glimlach was doortrokken van hetzelfde warme gevoel dat van de foto afstraalde, alsof haar vader die herinnering eens temeer aan het vastleggen was. Zo lang geleden. Hoeveel levens? Het fototoestel was voor hen toen een geheel nieuwe ervaring, net als auto's die het gekletter van paardenhoeven begonnen te vervangen, op en neer over de benedenweg.

Die dag was in haar geest blijven hangen als een van die vlekkeloze middagen. Niet te warm, niet te koud. Een troostende zon in een herfstblauwe lucht en een zacht herfstig briesje. Toen haar vader had afgedrukt, had hij de beide geliefden alleen gelaten. Een poosje later, toen hun ouders zich verder in de bosjes hadden gewaagd op zoek naar plekjes waar nog vette ongeplukte bosbessen konden groeien, had Uriah zich op de deken uitgestrekt en Eileens hoofd op zijn borst gelegd. Hij had haar haar gestreeld. Ze sloot haar ogen, herinnerde zich de koele herfstlucht en de hitte van de zon, die comfortabele, bedwelmende tijd, de vliegende insecten die door de komende kou al loom waren geworden. Uriahs vingers in haar haar, die haar die allereerste keer deden kreunen van genoegen.

'Ja,' fluisterde zij, rustig knikkend. 'Ja, 't kwam door hem.' Ze sloeg een bladzij om en bestudeerde de laatste foto van Uriah, zittend in een sloep, met zijn peper-en-zoutmuts, waarvan de klep zijn ogen beschaduwde, maar niet zijn brede glimlach. De wollen trui die zij voor hem had gebreid maakte hem zo parmantig, zo schurkachtig knap. Hij was gebreid van de marineblauwe wol die ze in de winkel van Garfield Ralph had gekocht, in Cutland Junction. Het was mooie zachte wol, van een lieflijk blauw waardoor Uriahs blauwe ogen nog helderder leken te stralen. Edward Pottle zat naast hem. Ze gingen samen vissen. Uriah was over het verlies van zijn been heen, gebruikte in plaats daarvan een houten been. Hij was er voor geen cent trager door. Het wierp nooit een schaduw op zijn karakter. Het maakte hem tenslotte ook niet minder man.

Vrouw Laracy bestudeerde de foto van die twee, op het punt uit te varen met hun boot, uit naar open zee, om hun vangst binnen te halen. Zonder enige waarschuwing was chaos binnen komen rollen op de wind en had de zee in enkele wankele minuten zwart kokend gemaakt. De donkere hemel had zich over de golven uitgespreid, die als zwarte heuvels vijftien meter de hoogte in torenden. De hemel was gedaald, de oceaan gerezen, ze werden één. Zij veegden die twee menselijke vlekjes weg, in die vlek van een bootje dat had durven uitvaren.

Ze waren al twee dagen vermist toen vrouw Laracy het driestrengig brood bakte dat bedoeld was haar te helpen haar geliefde terug te vinden. Daarvoor moest ze een rustige nacht uitzoeken en dat was het toen. Met het brood nog warm uit de oven haalde ze een lange kerkkaars uit de doos die door de priester was gezegend. Ze stak het eind van de kaars stevig in de zachte middelste streng en zorgde ervoor dat hij recht stond. Ze wachtte tot haar vader en moeder vast sliepen. Toen sloeg zij haar sjaal om en bracht het warme brood naar beneden, naar de waterkant. Het wateroppervlak lag als een glasplaat in de nacht. Geen zuchtje wind. Zij plaatste het brood op het kiezelstrand en stak de lont van de kaars aan met een lucifer uit de zak van haar rok. Ze nam het brood in beide handen, liep naar het water, bukte zich en liet het te water. Het bleef ter plekke liggen deinen, maar bleef bij haar in de buurt. Ze gaf het een bemoedigend duwtje, en het brood dreef weg, met die ene kaars brandend erop, om zijn vaart te vervolgen. Het brood, gebakken door haar handen, gekneed en gevormd en gebakken door de handen van de minnares van de man die op zee vermist was. Dat was, zoals iedereen wist, de enige manier waarop die man gevonden kon worden.

Gehurkt aan de kust had vrouw Laracy het brood zien wegdrijven, als gestuurd door haar wil, naar de monding van de haven. Ze had daar gestaan, had haar sjaal steviger om zich heen geslagen toen de nacht begon te verkillen. Breng hem weerom naar mij en ik zel d'r voor zorgen dat hem nooit meer iets overkomt, had ze gezworen. Breng hem weerom naar liefde die hij verdient. Ze had het vlammetje kleiner en kleiner zien worden, tot ze het niet langer kon zien. Vol vertrouwen had ze gewacht, verwachtte dat de vlam snel groter en groter zou worden, om tot haar terug te keren met haar verloren minnaar in zijn boot, haar overtuiging Uriah terug naar haar geleidend.

De kilte, waarbij zich nu de dauw voegde, werd ellendiger. Ze sloeg er geen acht op en zette haar wake voort. Naarmate de uren verstreken werden haar benen moe en ze ging op de kust zitten, een gemakkelijk plekje op de ronde en ovale rotsen zoekend. Zo gezeten in het maanlicht kluisterde ze haar blik aan de einder.

Na een poosje begon haar hoofd doezelig te verslappen, maar ze vermande zichzelf en dwong haar lichaam oplettend te blijven. Mocht ze maar even gaan liggen. Vlakbij, onder handbereik, zag zij een stukje drijfhout liggen, met in het midden een gat dat was uitgesleten door het eeuwig golfgeklots. Het was niet te groot om het naar zich toe te trekken. Ze stak haar arm uit en pakte het, trok het naar zich toe en ging toen liggen, met haar hoofd in het gat, dat niet diep genoeg was om haar het zicht te benemen.

En zo bleef ze kijken, waarbij haar oogleden af en toe dichtvielen, maar slechts enkele ogenblikken, want dan was ze weer wakker. Toen ze net uit zo'n doezeling terugschrok, zag zij een glans aan de horizon en meende dat het de vlam was van het kaarsje en het brood, die terugkwamen. Haar hart verblijdde zich vol verwachting. Daar was het, vast en zeker, dat geflikker, dat oplichten. Vol verwachting ging ze rechtop zitten, toen staan. De duisternis zelf leek weg te trekken om haar wanhoop te verzachten. Het was haar gelukt. Het was haar echt gelukt. Maar toen werd het flikkeren helderder, het verspreidde zich over de einder en de hele wereld voor haar – niet alleen haar eigen wereldje – begon voor haar ogen op te lichten.

Het was slechts de dageraad. De zoveelste zonder Uriah.

Niemand heeft sinds die tijd meer iets gehoord van Uriah Slaney en Edward Pottle.

Vrouw Laracy plaatste haar trillende vingers op de foto en volgde de gezichtsomtrek van haar verloofde.

'Uriah,' fluisterde zij vol bewondering. 'Doe bist nog steeds mijn enige ware liefde. Da's de heilige waarheid.'

Joseph stond op het donkere erf naast huize Critch, zijn aandacht op het verlichte raam van zijn buurvrouw gevestigd. Krekels tjilpten in het gazon aan de voorzijde, de elektriciteitsdraden bromden zachtjes. Onder aan de benedenweg jankte aanhoudend een kat, alsof hij naar binnen wilde. Dezelfde zwarte zwerfhond van gisteravond zat bij Claudia op de stoep de weg te bekijken, zonder de minste aandacht voor Joseph. Hij vroeg zich af of hij etensresten voor de hond moest klaarzetten. Ze hadden een hamburger en nog een flinke portie patat over. Onwillekeurig probeerde hij de aandacht van de hond te trekken door geluid te maken, een soort zoemen, maar het beest negeerde hem. Robin zou dolgraag met die hond hebben gespeeld, als hij zich maar eens overdag wilde vertonen.

Na het eten speelden hij en Robin tikkertje op het erf en toen, geheel ontdaan van energie, had Joseph voorgesteld naar binnen te gaan en naar de radio te gaan luisteren. Robin had met tegenzin ingestemd, nadat zij een paar minuten aan zijn benen had gehangen om te zeuren buiten te mogen blijven. Met de radio konden ze het geluid volgen van een van de televisiestations. Er was een serie op tv. Ze luisterden en stelden zich de personages voor, die aan het woord waren, en vroegen zich af bij wat voor daden hun woorden hoorden. Joseph stelde zich voor dat een van de vrouwen haar oogkassen had geleegd toen zij zei: 'Is dit wat je zocht?' De ingeblikte lach was uitgebarsten, ze hadden dubbel gelegen. In een ander scenario had de man gezegd: 'Is dat alles wat ik krijg?' Robin had beweerd dat de man een ongelooflijk zware bol op zijn schouders kreeg. Slimme meid, had Joseph gedacht.

Tegen bedtijd had hij gauw drie boekjes voorgelezen aan Robin, omdat hij haar graag in slaap wilde hebben. Hij was doodmoe en toch bleven zijn gedachten maar anticiperen op het ogenblik dat hij wellicht een glimp van Claudia kon opvangen.

Het licht uit het voorraam van het zonnehuis troostte hem. Twee mensen alleen in twee aparte huizen, net zoiets als hij en Kim. Maar was Claudia echt alleen? Tot nog toe was er geen blijk geweest van een man. Joseph keek eens naar de hemel. Heldere en minder heldere sterren, sterrenstof, zover weg dat hij er koud van werd. Hij had niet gerekend op deze gevoelens van eenzaamheid en verlangen, maar hij werd er vreemd door aangedaan sinds hij van aangezicht tot aangezicht had gestaan met Claudia.

Thuis in St. John's had hij zich altijd beziggehouden met onderzoek op zijn computer, het laatste nieuws over oceaanbeheer bijhouden, tijdschriften en kranten doornemen. Als hij genoeg kreeg van werk, ging hij een wandeling maken door de binnenstad, nam een biertje, bekeek de mensen om zich heen en bedacht hoe uniek hun levens waren. Terug op weg naar zijn appartement ging hij nog even een video halen. Volop afleiding. Hier was dat iets anders. Deze stilte confronteerde hem met het leven in zijn minst opgedofte vorm.

Weer vestigde hij zijn aandacht op het huis. Meteen nadat Robin had verteld dat zij een meisje in het raam bij Claudia had gezien, had Joseph zich afgevraagd of dat kind wellicht alleen thuis was gelaten, of dat er een man was. Een vader. Hij hoopte van niet. Claudia's opvallende melancholie moest haar oorsprong vinden in gemene of wrede daden. Hopelijk vervulde haar dochter haar met hetzelfde soort vreugde als die waarmee Robin Joseph vervulde. Daar kwam het altijd op neer. Kinderen. Alles kwam op kinderen neer. Alles werd gedaan voor de kinderen en in ruil kreeg je dan van hen de kostbaarste en dierbaarste bevestiging.

Er stond geen voertuig op de volgegroeide oprit van Claudia. Hij wist zeker dat het er wel zou staan als er een man was geweest. Naar alle waarschijnlijkheid een pick-up. Misschien was de man weg. Naar zee. Maar de oprit was helemaal volgegroeid. Joseph overwoog de weg af te lopen en een blik naar binnen te werpen, om erachter te komen wie daar woonden.

Terwijl hij daar zo 's nachts buiten stond te kijken naar Claudia's raam en de koude zomerlucht op zijn huid voelde, merkte hij hoe hij geleidelijk aan geil werd. Gedachten aan een kijkje van nabij prikkelden hem. Hij herinnerde zich de verrekijker die Kim hem in St. John's had gegeven. Met zijn hart al versnellend van opwinding liep hij naar de achterdeur, keek goed naar de slecht verlichte grond, zorgde ervoor niet over graszoden te struikelen.

In de keuken bleef hij staan en zocht naar de kijker, die hij over de rugleuning van een stoel had gehangen. Wat had hij hier eigenlijk aan? Toen hij nog met Kim was, had hij de kijker gebruikt om naar spreeuwen, vinken en spechten te kijken die naar het vogelhuisje kwamen. Gisterochtend had Kim hem afgedaan en om zijn nek gehangen met de woorden: 'Als er walvissen zijn.' Hij had de kijker aangenomen, nooit verwachtend dat hij hem zó zou gebruiken. Hij hief de kijker op, en ving een vleug van Kims hartveroverende parfum op, ongetwijfeld uit het zwarte doosje, waarbij de warmte van haar lichaam de geur overbracht. Walvissen. 'Wat voor dier zou jij willen zijn?' vroeg Robin haar moeder vaak. En Kims antwoord was altijd hetzelfde: 'Een walvis.'

Ondanks zijn aarzelingen ging Joseph naar buiten en hief voorzichtig de kijker op, richtte die op het grote zijraam van het zonnehuis, op de tweede verdieping.

Toen Claudia zichtbaar werd en achter het glas bleef staan, ging Josephs hart nog een tandje harder kloppen. Hij begon zenuwachtig te frutselen, maar hield de kijker in focus. Claudia droeg dezelfde scharlakenrode nachtjapon, tot haar hals toegeknoopt, die ze ook de vorige avond had gedragen. Ze keek naar een open boek, in één hand. In haar andere hand hield ze iets vast, wellicht een pen. Ze zat te schrijven. Er hing een groot schilderij aan de muur achter haar, boven een bed, leek het wel. Het was een schilderij van golven die braken op een bruin en grijs klif, waarbij het witte schuim opspatte in de lucht.

Verdiept in haar schrijfwerk liep Claudia naar het schilderij, ging daar zitten, waardoor haar hoofd en schouders zichtbaar werden, haar rug tegen de muur. Er was geen gebaar naar iemand anders die wellicht ook in bed lag. Deze vergrote kijk op Claudia, bezig met de eenvoudige daad van het overlezen van woorden die ze had geschreven, van het onbewust omslaan van de bladzijden van een dagboek, was zalig erotisch. Het was al bijna een jaar dat Joseph geen seksuele troost had gevonden.

Koplampen zwaaiden over het gras en beschenen Joseph, waardoor hij zwak belicht werd. Een auto beklom de heuvel langs de bovenweg. Hij liet de kijker vallen, hetgeen zijn nek een schok bezorgde, en strompelde terug het donker in.

De auto bleef staan voor het huis van Claudia. De zwarte straathond keek ernaar, hief zijn snuit in de lucht en snoof. Stiekem hief hij zijn kijker weer op, en zo zag Joseph dat Claudia nog steeds in bed zat te lezen. Ze keek op naar haar raam, duidelijk omdat ze iets had gehoord. Het koude zweet stond Joseph in zijn handen. Het taboe op spioneren, het gevoel Kim te verraden, het idee betrapt te worden, dat alles deed zijn handen beven en bezorgde hem een blos op zijn wangen. Niettemin bleef hij nog even kijken – het kon hem niets schelen als ze hem betrapten – totdat hij de kijker liet zakken om naar de wagen te kijken die langzaam door het duister verder reed. Hij bevochtigde zijn lippen, luisterde aandachtig. Uit het geronk van de motor bleek dat het een grote auto was. Toen hij naderde zag Joseph dat het een jeep was.

Rij door, was de gedachte die bij hem opkwam. Rij door. Rij door. Blijf rijden. De jeep stopte onder aan zijn oprit. Joseph trad verder terug in de schaduw, waarop zijn ruggengraat tegen de rand van de houten muur botste en hij stilletjes vloekte, overwoog in de richting van de achterdeur te schuifelen en dan snel naar binnen te schieten om zich te verstoppen. Zijn hart klopte hoorbaar, het ritme van zijn adem werd oppervlakkig en gespannen toen er een lichtje aanging in de jeep. Een man in een groen legerjasje, met een baret op, bestudeerde een kaart. De chauffeur, in dezelfde kledij, wees op een plek op de kaart en de passagier schreef daar iets bij. Het licht ging weer uit en de jeep reed verder de weg op, naar het kerkhof en de verlaten kerk.

'Papa,' smeekte een meisjesstem uit de richting van de schuur.

Bij dat geluid gingen Josephs nekharen recht overeind staan. Uit elke porie van zijn lichaam brak een ziekelijk zweet toen hij een blik wierp op de beschaduwde deuropening van de schuur. Was dat Robin? Probeerde zij hem de stuipen op het lijf te jagen? Er was daar niemand. Hij spitste zijn oren om nog een geluid op te vangen toen hij de zolder van de schuur bekeek en zijn blik hechtte zich aan een beeld in het linkerraam: het kroosgroene gezicht van een bebaarde man, verlicht door zwak maanlicht. Twee asgrauwe handen hielden iets omhoog wat een vis leek, terwijl de man zijn mond opende tot onvoorstelbare breedte. Toen toonde hij zijn hoofd in profiel, stak de vissenkop tussen zijn lippen en begon het dier met geweld met de muis van zijn hand door zijn keel te rammen. De indruk verdween geleidelijk toen de maan door voorbijdrijvende wolken werd overschaduwd.

Bevend hief Joseph zijn kijker op en richtte hem op het raam, maar hij zag slechts de wolkbeweging in het glas weerspiegeld. Geen man te zien. Hij richtte de kijker op Claudia's huis. Het kaarslicht was gedoofd. Er stak een koel briesje op, waardoor hij het koud kreeg in zijn bezwete kleren, en hij liet de kijker zakken.

'Hoe heet jij?' vroeg Robin het oranjeharig meisje dat zij slechts kende als Claudia's dochter. Ze stonden muisstil, tegenover elkaar, op de zolder van een vervallen schuur. Stapels zware netten, boven hen uitgehangen om te drogen, wierpen een bezwerend spinnenweb van licht over hun gezichten en over de stapels wegschimmelend visgerei. Het meisje droop van het water, maar niet op Robin. Het staarde slechts en hield de handen op, met de palmen naar Robin, zich kennelijk niet bewust van het feit dat ze kletsnat was, nat tot op het bot.

'Hoe heet jij?' vroeg Robin nog eens.

'Houd je handen op,' sprak het meisje bevelend. Toen Robin dat deed, klapte ze een keer in de eigen handjes, sloeg toen ritmisch Robins handpalmen tegen de hare; de rechterhand van het meisje tegen Robins rechter, toen haar rechterhand tegen Robins linker, na elke klap kruisend, terwijl ze zong: 'Mijn vahader trok naar zee-zee-zee om eens te zien wat er te zien wahas en alles wat hij kon zien-zien-zien was de bodem van de diepe blauwe plahas.'

Robin moest wel lachen, want het was zo'n raar idee. Ze wilde dat spelletje nog eens spelen, ook al waren de handen van het meisje ijskoud en rimpelig, alsof ze te lang in bad had gezeten.

'Jouw beurt,' zei het meisje.

Robin sloeg tegen de handpalmen van het meisje in hetzelfde kruispatroon en zong: 'Mijn vahader trok naar zee-zee-zee om eens te zien wat er te zien wahas en alles wat hij kon zien-zien-zien was de bodem van de diepe blauwe plahas.' Zij keek naar de droeve ogen van het meisje en voelde het verlangen haar te omhelzen, tot de zwarte smeer in de mond van het meisje naar buiten liep en aan de rand van haar lippen tevoorschijn kwam.

'Hoe heet jij?' vroeg Robin weer, beangstigd en eenzaam, zich afvragend hoe ver ze verwijderd was van haar ouders, en wie van die twee het dichtst bij zou zijn, omdat ze nu allebei op verschillende plaatsen waren.

Het meisje antwoordde niet.

Robin bleef maar vragen. Het werd een soort rarara-wie-ben-ik zonder antwoord. Steeds leuker. Robin begon hysterisch te lachen. En de zwarte, olieachtige smeer droop dik uit de mondhoeken van het meisje, want de lach die al een poos in haar sluimerde kwam eindelijk vrij.

Het meisje ging op de rotte natte vloer zitten en wreef over haar kin. Een aantal bouwdoosblokken in de vorm van schuren stond voor haar. Daarin brandde kaarslicht, dat de raampjes verlichtte. Robin ging voor het meisje zitten en de beide kinderen schoven de blokken heen en weer.

'Ik wil in deze wonen,' zei het meisje met een zucht van berusting. Ze keek naar de blokken, de lichtpuntjes weerspiegelden in haar ogen. Rood en groen en geel, net kerstboomlichtjes. 'Ik woon in de dingen die mijn moeder maakt.'

'Echt waar?'

'Ja.'

'Maar hoe dan?'

'Er is zo veel liefde in, en die houdt me hier, bij haar. De draden, weet je, die snijden door alles heen. Die maken ons blind, die scheuren ons aan flarden. We moeten ervan gillen.'

'Wat voor draden?'

'Die de wereld met elkaar verbinden om allemaal verkeerde redenen.' Het meisje stapelde de ene schuur op de andere, het kaarslicht flakkerde. De bovenste schuur zakte in die eronder, transformeerde zich in één schuur, met alle kenmerken van beide blokken.

'Hé, laat mij dat ook eens proberen.' Robin stapelde twee blokken op elkaar, maar ze wilden niet versmelten.

'Wat heb je voor kerst gehad?' vroeg het meisje, en de kleurige puntjes in haar ogen bleven hangen, ook toen ze omhoogkeek.

'Het is geen Kerstmis,' protesteerde Robin. 'Of wel?'

'Mijn vader heeft ons afgemaakt. Door de draden gaat hij steeds hoger en verder. Maar soms komt hij naar beneden omdat mijn moeder nog van hem houdt, een deel van haar doet dat nog. Als mijn moeder mij loslaat...'

'Wat?'

'Ziet ze me alleen nog in haar dromen.'

'O.' Robin rook gras en bloemen. Ze keek om zich heen. Ze stonden in een

veld met circusdieren: olifanten, tijgers en honden stonden groepsgewijs verderop langs de rand, terwijl de bomen vol zaten met papegaaien en veelkleu-
rige vogels met prachtige vorm en tekening. 'Te gek!'

'Dit is een plek die je alleen maar kunt fantaseren,' zei het meisje, niet het
minst onder de indruk. 'Fantaseren, fantaseren, fantaseren. Dat is alles wat je
kunt als je dood bent.'

'Ben jij dood?'

Het meisje knikte. 'Dromen maken ons echt, weet je? Dan komen we tot
leven. Dat zijn nog de enige dingen die dat kunnen.'

Twee piepkleine Ativantabletten lagen in Josephs handpalm terwijl hij naarstig de bijsluiter bestudeerde voor de maximale dosis die hij nog veilig kon
innemen. Die stond er niet in vermeld, dus slikte hij de pillen door, er nauwkeurig op toeziend dat hij zijn tong netjes over ze heen sloot terwijl ze tot
pasta uiteenvielen.

Ik zie nu dus spoken, herhaalde hij in zijn hoofd terwijl hij zijn van zweet
doordrenkte kleren verwisselde voor schone uit zijn koffer. Hij stond klaarwakker in het heldere licht van zijn slaapkamer. Spoken zien. De kamer in
een vreemd huis. Een kamer uit voorbije tijden met roomwit behang met ro-
zenknopjes en handgesneden lijstwerk langs plafond en plint. Hij was zich
hyperbewust van al zijn bewegingen, zijn ademhaling klonk versterkt in zijn
oren, elke vorm en kleur vormde een aanslag op zijn overspannen zintuigen.
Spook. Een man. Wat deed Joseph hier? Waarom zat hij niet thuis, met zijn
geliefde amusement dat hem ervan weerhield te diep in zichzelf te kijken?
Zijn computer, zijn televisie, zijn vierentwintig uur per etmaal geopende
supermarktjes. Thuis, met straatlicht en ziekenhuizen op rijafstand. Ziekenhuizen met doktoren die pillen verschaffen, en lieve, rustige verpleegsters om
hem in een steriel wit bed te leggen en hem medicijnen te geven om hem ge-
lukzalig uit zijn gedachten te laten wegdrijven.

Hij probeerde zich te concentreren op een onverstoorde bezigheid, zoals
druppels tellen uit een lekkende kraan. Een eentonige orde die hem weer tot
zichzelf zou brengen. Razendsnel zochten zijn gedachten naar een veilige
thuishaven, en daar struikelde hij over Kim. Zat zij alleen thuis of zat ze met
haar rubberlaarzen dragende collega's in de Ship Inn aan haar gebruikelijke
pint Guinness te nippen, het schuim van haar bovenlip te likken, en vrijgevig
te lachen naar een man die naast haar zat. Een huivering doorvoer Joseph.

Hij stapte naar een slaapkamerraam en staarde naar de haven, waar lichten
van huizen lange sporen trokken op de zwarte oceaan. Een reeks zilveren
schitteringen flitste op uit het water, eerst omhoog, toen weer omlaag. Enkele flikkeringen bleven omhoogdrijven, en hun sierlijke kringen zetten zich
voort als het fladderen van vleugels, opstijgend naar de massieve landtong,
om er dan achter te verdwijnen.

Joseph sloot zijn ogen en haalde diep adem, telde tot vijf bij het inademen, toen weer tot vijf bij het uitademen. Achter zijn oogleden zag hij de rode pitvis en de poppenkop die uit de bek kwam glijden. Hij had de vis terug de oceaan in geschopt na te hebben gezegd dat hij wel eens vol gif zou kunnen zitten. Hij had meteen spijt van zijn daad gehad.

De agent had gelachen om dat commentaar en gezegd: 'Nou ja, je weet het nooit. Ze gooien tegenwoordig van alles in de oceaan. En alles is tegenwoordig vergif, nietwaar? Je kunt er zomaar aan doodgaan.' Hij had met zijn vingers geklikt en toen, alsof het in een scenario stond, was er iemand met veel lawaai het dek op geklommen van de Atlantic Charm, om een witte piepschuimen doos in zee te gooien voordat hij weer terugdook in zijn hut. De agent zei dat ze die poppenkop maar moesten laten liggen waar hij lag en Joseph vroeg zich af of dat een soort bewijsstuk moest zijn. Hij liep naar zijn auto, de agent kwam terug met een plastic zak en een bovenmaatse pincet. Methodisch stopte hij de poppenkop in de zak. 'Aandenken,' zei hij. 'De jongens geloven dit vast niet.'

Joseph voelde zich gedwongen zijn ogen open te doen, want hij voelde gevaar. Een rode pitvis. Er was geen enkel bewijs dat zoiets bestond. Natuurlijk waren er wel verhalen geweest. Rode draakvissen. Maar dat waren alleen maar verhalen. Vissersfolklore. Een mythe die de generaties aan elkaar doorgaven. Een voorteken van een op handen zijnde ramp. Hij kon Kim bellen om bevestiging van zijn vermoeden, en van het feit dat hij niet gek was. Dat hele gebeuren met die pitvis leek een droom, ver weg en toch beslist bekend, trouw aan zichzelf. Het verhaal van de pitvis zou hem een excuus verschaffen om Kim te bellen. Wellicht wist ze het niet zeker, maar ze had een vriend die gespecialiseerd was in genetische afwijkingen in marien leven. Hoe heette die vent ook alweer? Arrogante kerel, truidragende vegetariër met een baard en dikke lippen. Tobin. Luke Tobin.

Joseph verloor zich in bekende gedachten en de scherpe kantjes gingen van zijn spanning af. Zijn hartslag werd stabiel en hij voelde zijn aderen bekleed raken met een laag rust. De pillen werkten. Het was niet meer zo moeilijk om te denken. Een kleine inspanning. Klein. Hij bleef zijn ademhaling reguleren, zoog de lucht in door zijn neusvleugels en telde bij zichzelf: één... twee... drie... vier... vijf, uitademend door zijn mond om precies te kunnen tellen. Hoever is het ziekenhuis hiervandaan? vroeg hij zich af en weer joeg hij zichzelf de stuipen op het lijf met verkeerde, vervreemdende gedachten. Zijn enkels werden gegrepen door een gevoel van zinken, alsof hij naar beneden werd getrokken naar zijn zelfvervullende diepten.

'Het is goed,' hoorde hij zijn dochter uit de andere kamer mompelen. Hij wierp een blik die kant uit, verwachtte het spook van die man in zijn deuropening aan te treffen. Daar stond niemand. Helemaal niets. Een deurkozijn. Robin lag vast te dromen. Joseph zocht naar iets om te grijpen. Een oude wandelstok in de hoek. Hij vloog erop af, greep hem vast en keek voorzichtig de gang in. Er was niet veel te zien. Hij hield de stok omhoog, verwachtte elk ogenblik iemand of iets op hem af te zien springen, sloop naar de kamer van Robin en stak zijn hoofd door de deuropening. Ze lag diep te slapen. Hij liet de stok zakken, ging bij haar bed zitten, keek naar haar rustige gezicht, zo vreedzaam. Hij legde zijn hand tegen haar wang. Warm. Bewoog haar borst? Hij keek ernaar. Moeilijk uit te maken of de lakens bewogen. Hij boog zich voorover, kneep in haar neus, ze bewoog. Hij kuste haar, rook haar haar, en toen viel zijn blik op het open tekenschrift naast haar. Een tekening van drie insecten boven een enorme rots, of een berg. Zoals gebruikelijk had Robin zichzelf in slaap getekend. Joseph verwijderde haar plastic doos met kleurpotloden en haar tekenschrift, legde ze op het vrije blad van het nachtkastje, draaide zich om, om nog eens naar zijn dochter te kijken. Ze was zo mooi, hij hield zo van haar. Hij zou kapot zijn als haar ooit iets overkwam. Er was al zo veel afstand tussen hen.

Zaterdag

Dokter Thompson werd uit zijn droom – museumbezoek – gerukt. In glazen vitrines had hij kledingstukken gezien van mensen die vermoedelijk verdronken waren bij een schipbreuk, spullen die afkomstig waren uit koffers die op het strand waren aangespoeld, wachtend op eigenaren die nooit zouden komen opeisen wat hun rechtens toebehoorde. In andere vitrines lagen stukken hout uit boten die op klippen of ijsbergen waren gevaren. Koperen plaatjes vooraan op de vitrines vertelden de geschiedenis van elk artefact. Thompson bleef staan bij een levensgroot tafereel van mensen, uitgedost naar de mode van uiteenlopende perioden. De woorden op het koperen plaatje luidden: DOOD DOOR VERDRINKING. Hij meende een van de figuren te zien knipogen toen de bel ging wegens sluitingstijd, waardoor hij ontwaakte. Hij ging rechtop in bed zitten, bleef zich beschermen met zijn dikke dekens en hoorde in de verte een kettingzaag ronken. Iemand die al hout voor de winter aan het zagen was.

De telefoon ging. Is die al langer aan het overgaan? vroeg hij zich af. Welke dag is het? Zaterdag. Het is zaterdag en de weekendkliniek is waar? In Burnt Head? Hij ging er maar van uit dat dat zo was, maar het aanhoudend rinkelen van de telefoon deed hem vermoeden dat hij de dagen door elkaar had gehaald en zich had verslapen.

Toen dokter Thompson de telefoon opnam van zijn nachtkastje, meldde Will Peters, patholoog-anatoom van het ziekenhuis van Port de Grave hem dat Lloyd Fowler binnen was gebracht. Dood.

'Doodsoorzaak?' vroeg Thompson botweg. Al sinds tijden hing Peters' uitdrukkelijk superieure houding hem de keel uit. Waarom zo superieur? Tenslotte hield die man dode mensen gezelschap. Misschien was dat het. Peters hoefde zich niet te bekommeren om beleefdheden van levenden.

'Onzeker,' merkte Peters monotoon op. 'Ben nog niet klaar met de autopsie.'

'Hartaanval?' vroeg Thompson, al genoeg geërgerd om het begin van een milde hoofdpijn bij zijn slapen te voelen. Hij betastte de plek, sloot zijn ogen en drukte nog eens.

'Geen hartaanval. Hart is in orde. Geen letsel in die hoek.'

Thompson slaakte een rustige zucht van opluchting. Hij had Lloyd Fowler nog maar twee dagen geleden, donderdag, onderzocht en als de man aan een hartaanval was overleden zou zijn huisarts een zekere mate van schuld hebben gevoeld. Heb ik iets over het hoofd gezien? Word ik seniel? En als ik seniel word, zou ik dan doorhebben dat ik niet goed snik meer ben? Hij hoorde het zacht tikken van pootjes op de trap. Vragend mauwen. Agatha, zijn kat, had hem vast horen praten.

'Zijn vrouw zei dat hij ademhalingsproblemen had. Maar de longen zijn schoon.'

Thompson moest denken aan Donna Drover, Muss' moeder. Muss was overleden aan 'natuurlijke oorzaak', maar nu leek dat alles niet zo natuurlijk meer. Donna Drover lag nog in stabiele toestand aan de beademing op de vijfde verdieping van het ziekenhuis in Port de Grave. Longen functioneerden naar behoren. Geen ontsteking, geen verstopping van de luchtwegen. Was het depressie, zoals een paar artsen hadden geopperd? Kon depressie iemands ademhaling bemoeilijken?

'Dokter?'

Agatha sprong op het bed, maakte een geluid dat half spinnend, half mauwend was, duwde zich toen tegen hem aan, wreef haar zwarte bont tegen zijn wang en spon met majesteitelijke aanhankelijkheid. Alleen 's morgens was ze zo emotioneel. 'Neem me niet kwalijk, ik sta er gewoon een beetje van te kijken.' Onbewust aaide hij zijn kat, gleed met zijn hand over haar rug en pakte losjes haar staart.

'Natuurlijke oorzaak. Er loopt natuurlijk nog toxicologisch onderzoek. Maar ik zie niets dat op gif zou duiden. Geen alcohol.'

'En een andere natuurlijke oorzaak?'

'Komt voor. Er gaan geruchten dat er meer lijken zijn. Hoe natuurlijk hun overlijden is, valt te bezien. Ik zou zeggen: verdrinking.'

'Wat voor lijken?'

'Uit de haven in Bareneed.'

'Lijken? Hoeveel?'

'Niet zeker. Ik meen twee.'

Agatha drukte haar snoet in die van Thompson zodat hij zich moest omdraaien. Peters was altijd een beetje alarmistisch, hij was gek op complottheorieën. Hij las veel boeken die het bestaan van vliegende schotels onderschreven. Hij leefde in zijn eigen bizarre wereld. 'Wat bedoelt u met geruchten?'

'Ik heb de lijken niet gezien. Men veronderstelt twee. Wij krijgen ze niet te zien. Het leger of de marine heeft zich erover ontfermd. Ze zijn bezig met hun eigen pathologische team.'

Thompson wist niet wat hij daarop moest zeggen. Hij voelde een niesbui opkomen, druk bouwde zich op achter zijn neusvleugels. Agatha. Hij was enigszins allergisch voor katachtigen. Stiekem keek hij zoekend naar zijn allergiepillen op het nachtkastje, maar daar lag alleen de thriller die hij de avond daarvoor had liggen lezen, met op het omslag een illustratie van een lijk dat met het gezicht naar beneden in het water dreef. De niesbui maakte zich van hem meester en hield hem in een kwellende greep, door maar niet te willen losbarsten. Ten slotte trok de niesbui zich terug, zonder zijn lading te lossen, en zijn ogen waterden als gekken. Hij voelde zich gespannen en flauw, terwijl hij zijn neus heen en weer bewoog en snoof.

'Uit onze diepten,' zei Peters snuivend.

'Juist.' Thompson wreef in zijn ogen en overwoog Peters' woorden. Hij wilde eigenlijk wel een eind aan dit gesprek maken. 'Tot maandag dan.' Hij hing op zonder te wachten op 'tot ziens' of dat zelf te zeggen. Hij moest maandagochtend rondes doen door het ziekenhuis, maar Lloyd zou dan wel weg zijn.

'Hoe is het met mijn poezenbeest vanochtend?'

Agatha miauwde terwijl dokter Thompson haar oppakte en liefderijk zijn gezicht door haar bont haalde, ondanks zijn allergie. Naar de hel met die allergie, hield Thompson zich voor, en hij voelde de bot doorsnijdende pijn in zijn knieën al. Naar de hel met dit waardeloze lichaam van mij. Zorgvuldig ging hij staan en met zijn vrije hand trok hij de band van zijn afzakkende boxershort op. Het had geen zin met wijd open ogen in bed te blijven liggen. 'Zullen we eens kijken hoe de bloemen erbij staan, hè?' Hij pakte zijn thriller om verder te lezen op het toilet, stapte barrevoets naar beneden, naar de keuken, zette Agatha zorgvuldig op de vloer, legde zijn paperback op tafel en trok de koelkastdeur open. Geeuwend krabde hij zijn borst en vervolgens wreef hij over zijn dikke buik. Twee eieren, dacht hij. Twee doden. Hij sloot de deur en besloot muesli te pakken.

Terwijl hij de vlokken in zijn favoriete kobaltblauwe aardewerken kom strooide, wierp hij een blik op Agatha, die nu tegen en rond zijn benen liep. Gewoonlijk was een 'natuurlijke oorzaak' te verwachten, maar Thompson, die zijn leven lang liefhebber was geweest van een goed mysterie, was ervan overtuigd dat er iets helemaal mis was. Dat was niet alleen omdat hij zo geobsedeerd werd door raadsels – hij voelde dat in zijn buik. En hoe zat dat met al die idioterie over lijken in de haven van Bareneed?

Hij goot room over zijn muesli en sprenkelde er een volle theelepel suiker overheen. Eigenlijk moest hij magere melk gebruiken, want hij had een veel te hoge cholesterolspiegel, maar magere melk warmde veel te gauw op en dan werd zijn muesli papperig. Magere melk was walgelijk. Al het magere was een regelrechte puist op het roomwitte epidermis van het genoegen. Als een man op zijn leeftijd niet eens van het leven mocht genieten, wat was dan de zin ervan? Je kon natuurlijk advies geven, maar dat ook opvolgen was iets heel anders. Op de keukentafel stonden drie pillenpotjes naast zijn wijnglas van gisteravond. Er zat nog een mondvol Wolf Blass Red Label onderin. Zonde om er ook maar een drup van te verspillen. Hij opende de pillenpotjes, schudde uit elk een pil. Novo-atenol voor hoge bloeddruk, Ranitidine voor reflux en Isoptine voor zijn hartaritmie. Hij nam ze in met het restje uit het wijnglas en dacht: goed voor het hart.

'Hoe is het met de wereld vandaag?' vroeg Thompson aan Agatha. 'Komt allemaal op dood neer,' antwoordde hij. Hij nam de kom mee naar de zonnige achterpatio, waar hij in zijn boxershort op de Adirondack tuinschommel ging zitten en begon te eten in weldadige vrede. De patio was aan drie zijden omrand met bloembakken. Thompson hield een visuele inspectie: polletjes piepkleine paarse lobelia's, gele goudsbloemen, gezichtjes van lichtblauwe en witte madelieven die hem aanstaarden, rode petunia's die zelfs in juni nog niet helemaal open waren, maar die het tot de herfst zouden uithouden, net als de roze vlijtige liesjes. Dat waren sterke bloemen – in tegenstelling tot de viooltjes, teer als ze waren. Hij moest niet vergeten wat bemestingstabletten in de potgrond te steken. Een paar spreeuwen kwetterden in de bossen verderop, Agatha keek die kant op en begon met een tranceachtig verlangen te mekkeren. De kettingzaag was opgehouden. Godzijdank. Hij kauwde op een mondvol muesli en voelde een rommelende trilling in het hout van zijn stoel.

'Wat zijn ze nou aan het opblazen?' vroeg hij zijn kat. 'Hé, Agatha. Ze zijn altijd wat aan het opblazen. Dat moeten we dan maar uitzitten, bij god. Slaan een gat door de rots. Vooruitgang.' Ergens vandaan verscheen een wesp, die rond zijn kom begon te vliegen. Hij sloeg ernaar, maar het beest liet zich niet wegjagen en vloog met nog groter vastberadenheid opnieuw op hem af. Weer sloeg hij ernaar, ging in zijn stoel verzitten, omdat de wesp steeds driftiger werd. Hij sloeg er uitzinnig naar terwijl het beest rond zijn bukkende kop bleef hangen. Brommend kwam hij met veel moeite overeind en leegde daarbij zijn kom op de patio, waarbij het aardewerk in vier grote stukken uiteenviel en de room op zijn blote tenen spatte. Hij staarde naar zijn voeten. Agatha was gearriveerd voor onderzoek, snuffelde, likte toen nonchalant de room op waarbij zij haar blik op haar meester gericht hield. Zij leek te hopen dat hij wellicht haar in- en uitschietende tong niet zou opmerken of haar op zijn minst haar indiscretie zou vergeven.

Nog twee wespen, aangetrokken door de room, vlogen aarzelend rond. Een ervan steeg op tot Thompsons knie. De ander vloog weg, kwam toen weer terug, dichterbij, rechtstreeks op zijn lippen af. Hij slaakte een gesmoorde kreet en sprong struikelend op de deur af, stormde naar binnen en sloeg de deur dicht. Hij keek zichzelf na op wespen en toen hij merkte dat er geen in zijn huid stak, keek hij eens uit het raampje. Zijn favoriete kom aan stukken op de patio. Agatha die sereen de room zat op te likken.

'Smerige kutwespen,' mompelde hij en hij deed de deur een kiertje open. 'Kom, Agatha, red je, meid.' De kat bekeek hem met een minachtend gebrek aan belangstelling en likte toen verder. 'Koppig beest.' Waarom vielen die wespen Agatha niet lastig? Waarschijnlijk werkten zij samen, zij zwoeren samen om hem van zijn room te beroven. Hij liet de deur dicht, gaf het idee van buiten zitten op, stapte zijn keuken in, zag het bord op tafel staan met daarop zijn pizzapunt van voor het naar bed gaan, opgewarmd in de magnetron. Aan de rand zat wat saus. Hij ging met zijn vinger door de saus en bracht die naar zijn lippen. Pittig en kruidig. Het was gisteravond laat geworden, wat later dan normaal, omdat hij wist dat hij vanochtend kon uitslapen. Maar nee, hoor. Hij voelde zich warrig in de periferie en wollig in de kop.

Hij was van plan geweest een bezoek te gaan brengen aan het museum in St. John's, Agatha met zich mee te nemen, haar naar binnen te smokkelen, in zijn dokterstas, want dat had hij al twee keer gedaan. Jaren geleden was hij begonnen met zijn tas rond te lopen, als middel om zijn diverse dienstdoende huisdieren mee te nemen. Hij had zijn zeer betreurde chihuahua Peppy op die manier meegenomen naar de bioscoop. Peppy bleef rustig zitten in de geopende zwarte tas en staarde aandachtig naar het grote scherm terwijl Thompson hem popcorn en cola voerde, dat het hondje oplikte uit de handpalm van de dokter. Agatha moest daarentegen niets van films hebben. Zij werd eerder gefascineerd door vitrines met het gebeente van Beothuks, de inlandse Newfoundlandse indianen, door de eilandbewoners afgeslacht. Musea waren haar pakkie-an, om het zo te zeggen. Vandaag was een volmaakte dag om van een ontspannen wandeling door het museum te genieten. Alleen een knagende nieuwsgierigheid dwong hem even naar het ziekenhuis te gaan en een blik te werpen op Lloyd Fowler. Het fatsoen schreef hem voor dat hij mevrouw Fowler belde om haar te condoleren. Hij hoopte dat zij zich er een beetje goed onder zou houden. Wat voor woorden van geruststelling kon hij mogelijk ophikken om die tranenvloed te stoppen?

Er ging een sirene in de verte. Joseph keek op zijn horloge – 7:45 – sprong uit bed en rende naar het raam. Komen ze voor mij? hield hij zich verstrooid voor, half slapend en nog paranoïde van een levendige droom en diepe slaap. Hij dacht dat hij wellicht moest vluchten, maar was snel bij bewustzijn en kon zijn positie bepalen.

Er reed een ambulance in westelijke richting over de benedenweg, vanuit de gemeente. Joseph was ten slotte bij zonsopgang in slaap gevallen, na vier uur in die hete kamer te hebben liggen draaien. Een open raam met een ouderwetse rolhor in de opening had geen verschil gemaakt. Er was geen zuchtje frisse lucht.

Josephs blik volgde de ambulance. Ziekte op wielen. Hij zweette als een otter en van zijn huid steeg een gore lucht op. Waarom, vroeg hij zich af. Kwam dat van de hitte of van de druk op zijn slecht uitgeruste lijf? Zo kort geslapen. Waar was Kim? Bij het eerste ontwaken had hij gemeend dat zij in de kamer was, de kamer maar eventjes had verlaten. Om waarheen te gaan? Om Robin van hem af te pakken. Haar mee naar huis te nemen? Nee, hij had werkelijk van Kim gedroomd. Zij was in gezelschap van een andere man, die vent met die baard, terwijl Joseph in de hoek van deze slaapkamer zat gehurkt, stiekem.

Alleen Kim wist dat Joseph er was. Ze had een pesterige blik in haar ogen, gemengd met iets van zwaarmoedigheid. Het was die stoere opwindende vent van wie Joseph altijd had verondersteld dat Kim hem begeerde, de man van de breedsprakige avonturen, de bergbeklimmer, de kikvorsman, de half bevroren, half opgegeten, recordbrekende ontdekkingsreiziger die tot leven was gekomen uit de boeken die ze zo vaak las. Ooit had Kim gedacht dat Joseph zo'n vent was. De man van de zee. De man uit een ruige vissersfamilie. Toen ze net met elkaar gingen had hij heel trots op zijn afstamming gewezen. Kim had exotische verhalen van hem verwacht, maar afgezien van de verhalen die hij kende van zijn oom Doug, had Joseph niet veel te bieden, omdat hij kennelijk, toen hij van het havenstadje naar de grote stad was verhuisd, zijn historische betrokkenheid daarmee was verloren. Nu bleek dat ook Kim niet helemaal was wat zij leek. Joseph kwam algauw achter haar smaak voor extravagantie, raffinement, oppervlakkigheid. 'Goede kwaliteit,' noemde ze dat. 'Je moet betalen voor wat je krijgt.'

En terwijl ze nog volop bezig waren de aanvankelijk ongekende ongenoegens van elkaars persoonlijkheden te leren behapstukken, was Kim thuisgekomen met een zwangerschapstest en beiden hadden erbij staan toekijken naarmate de kleur veranderde. De resultaten waren positief, hun eigen gevoelens gemengd. Zes maanden later verloor ze een maand lang vruchtwater en werd aan een ziekenhuisbed gekluisterd, waarna de baby er gewoon uit floepte toen Kim een keer op de wc zat. 'Ze was volmaakt,' zei Kim later tegen Joseph. 'Ik wou dat je haar had gezien.' Maar hij had haar niet willen zien. Het zou te pijnlijk zijn geweest almaar die herinnering voor ogen te hebben. Hij had het babylijfje uit het mortuarium in de kelder van het ziekenhuis opgehaald. Een onverschillige medewerker had het in een doek gewikkeld die Joseph had meegenomen, een speciale stof waarvan een deken voor de baby zou zijn gemaakt. Joseph had het meegenomen naar de auto, terwijl in zijn ogen tranen opwelden door het gewichtje in zijn handen, een gewichtje dat hij nooit mogelijk had geacht voor iets wat zo klein was. Hij was verbijsterd, zijn hart was gebroken en hij werd zwaar geërgerd door het feit dat hij zonder enige formaliteit het ziekenhuis kon verlaten met zijn dode baby in zijn handen.

Ze hadden het kindje begraven in een te klein gat in de grond. Geen priester, alleen de doodgraver die eerbiedig stond te wachten tot hij het piepkleine kistje dat Josephs vader had getimmerd kon bedekken. Er werd geen woord gesproken. Taal zou ze in de keel zijn blijven steken.

Veel te lang vond Joseph dat hij niet was wat hij verondersteld werd te zijn en het verlies van hun eerste kind bevestigde zijn vermoedens. Joseph had geprobeerd sterk te zijn voor Kim, haar te helpen rouwen, maar de dood van de baby had een emotionele wig tussen hen gedreven. Toch waren ze bij elkaar gebleven, hadden zich aan elkaar vastgeklampt in de onmiddellijke verslagenheid die door een verlies ontstaat, totdat Kim voor de tweede keer zwanger was geraakt. Een jaar en vier maanden na de miskraam werd hun tweede baby geboren. Ze hadden haar Robin genoemd, de naam die ze aanvankelijk voor het eerste kind hadden bedoeld.

Deze herinneringen drongen zich op, bijna bestraffend, alsof Josephs gedachte probeerde de herinnering aan zijn recente expliciete droom te smoren. Wat Joseph het meest dwarszat aan die droom was dat Kims vleselijke buitenissigheid hem niet het minst had gestoord. Hij had het zich eerder zien afspelen met een ontspannen fascinatie, die lijven die verstrengeld waren op een koortsachtige, zweterige wijze, Kim die volop van de seks genoot, die geil lag te kreunen en die haar benen strak om de man heen sloeg, hem begerig aanspoorde haar stevig te pakken. Zou die man haar bezwangeren? Wilde ze dat? Een kind van gespierde afkomst. Zo was Kim niet in bed, niet in het echte leven, niet met hem. Dit visioen van een hoerige Kim, een Kim geboren uit zijn eigen angsten en begeerten, maakte dat hij wanhopig naar haar verlangde. Plotseling voelde hij een alles overstelpende behoefte terug te gaan naar St. John's.

Hij keek de ambulance na toen die verder reed naar het westen, over het stuk benedenweg van tien kilometer dat uiteindelijk uitkwam op Shearstown Line. Joseph vroeg zich af wie er ziek was. Onmiddellijk kwam hem de begrafenis van gisteren voor de geest en het stadje verzameld om afscheid te nemen. Zou zijn oom Doug in de menigte hebben meegelopen? Iedereen wist het als er hier iemand stierf. En ongetwijfeld kwam de hele gemeenschap opdagen, uit eerbied.

Moet ik oom Doug bellen? Wat moet ik zeggen? Ik ben hier nog maar een dag. We hebben een huis gehuurd maar ik geloof dat ik naar huis moet want ik heb een spook in de schuur gezien. Zou zijn oom grinniken om dat commentaar, of zou hij het als een voorteken zien ter verdere verhoging van de toch al hoge stapel stommigheden van vroeger? Ongetwijfeld zou oom Doug binnenkort horen dat Joseph terug was, als hij dat al niet had gehoord.

De ambulance was praktisch uit het zicht verdwenen. De sirene was niet langer te horen. Misschien hadden ze die ook afgezet. Misschien vervoerden ze een dode, dood als zijn hart. Sirenes uit. Hij fronste en geeuwde en liet zijn gedachten afdwalen naar Claudia. Jammer dat hij haar niet beter zou leren kennen. Enkele minuten geleden had hij besloten zeker terug te gaan naar St. John's. Zijn gevoelens lagen bloot. Hier kon alles gebeuren. Hij kon een uur lang aan één stuk door praten, verzinken in dreigende, zwerende stilte of in tranen uitbarsten. Nog een nacht in dit huis zou god weet wat met hem doen. Hij wilde Kim. Hij wilde zijn huis, niet zijn appartement. Zijn huis, dat hij had geschilderd, dat hij had helpen meubileren, dat hij had betaald. Zijn slaapkamer die hij en Kim hadden ingericht, als een les in compromissen. Een bekend vrouwenlijf dat naast hem sliep, waar hij tegenaan kon kruipen, om te slapen als een baby.

De ambulance was nu volslagen uit het zicht verdwenen. Joseph richtte zijn aandacht op de oceaan. In een boot visten twee mensen in zwarte glimmende pakken met flessen op de rug iets uit het water. Ze haakten het vast met een zilveren paal en leunden voorover om het aan boord te trekken. Zo te zien was het zwaar. De grootte en het gewicht van een lijk.

Was er iemand verdronken? Hij hoorde geluiden uit Robins kamer, zijn dochter draaide in haar lakens en bromde een protest tegen het wakker worden.

'Papa?' riep haar slaperig stemmetje.

'Ik ben in mijn kamer, schatje.' Hoe zou Robin het nieuws opnemen van weggaan? Ze hadden nog niet eens zijn oom Doug ontmoet. Hij had nog niet eens het oude vaderlijk huis teruggevonden, gebladerd door bestofte fotoalbums, of geboeid zitten luisteren terwijl spannende verhalen van zijn voorouders werden verteld. Hij hoorde hoe Robin zich uitrekte en geeuwde. Ze zou zeker teleurgesteld zijn, maar dat ging wel over. Ze zouden kunnen gaan kamperen. O nee, bossen waren een veel te eng alternatief. Al die nachtelijke geluiden zouden hem de stuipen op het lijf jagen. Ze konden weggaan, met een vliegtuig, naar Toronto. Daar was een groot themapark. En dan konden ze ritjes gaan maken en zich op een grappige manier angst aan laten jagen. Angst met een tastbaar begin en een eind. Angst die je kocht en die werd beheerst. Dat was zijn soort angst. Het kostte een paar dollar, maar dat zou het waard zijn om er eens uit te zijn. Ze zouden dan in een hotel verblijven. Dat zou Robin leuk vinden. Roomservice en in bed naar televisie kijken. Stukjes zeep en flesjes shampoo. Kinderparadijs. Maar daarop bezorgde de gedachte aan isolatie in een hotelkamer in een verre stad Joseph een nog veel angstiger en wanhopiger gevoel.

Het geluid van twee slaperige voetjes die op hem af kwamen gestapt. 'Morgen, papa.'

Joseph maakte zijn blik los van de boot en zag Robin in de deuropening staan, gekleed in haar sprookjesprinses nachtponnetje. Aanbiddelijk. 'Morgen, schoonheid.'

'Ik heb honger,' zei ze, fronsend, perfecte handjes hangend langs haar zij. 'En ik heb een zere keel.' Ze kwam lui naar hem toe, knuffelde hem en hield hem vast, deed alsof ze staande in slaap viel, liet haar lijf slap worden.

'Laten we wat gaan ontbijten.' Hij wierp nog een blik uit het raam. De oceaan was glad en rijker blauw dan de hemel, de dag was buiten al warm. Hij dacht dat hij nog een pak zag drijven net achter de boot bij de landtong, een vuilniszak of een of andere boei. Hij pakte zijn dochter op en zij nestelde zich tegen hem aan, liet haar warme, slaperige hoofdje op zijn schouder rusten. Niets is volmaakter, dacht hij, terwijl hij een hand op haar haar legde. Vaderlijke gelukzaligheid! 'Ik vind het hier leuk, papa,' zei Robin en ze tilde haar hoofd op.

'Echt waar?' Hij streek haar haar glad terwijl zij een hand over zijn wang haalde.

'Je moet je scheren. Je prikt.'

'Ik weet niet eens of ik een scheermes heb meegenomen.' Hij huiverde bij het woord 'scheermes', in de wetenschap dat hij er een in zijn koffer had. Maar daar wilde hij afblijven. 'Ik krijg de rillebil.'

Robin lachte tegen zijn schouder. 'Kunnen we niet langer blijven dan drie weken?'

'Dat weet ik niet.' Op dat moment waren ze bij de trap en begon hij zijn zorgvuldige afdaling, met Robin dicht tegen zich aan, haar benen om zijn middel geslagen. 'Je wordt veel te zwaar.'

De oude trap kraakte onder de wit-bordeauxrode loper. De hal was helder door het daglicht. Niets angstaanjagends aan deze dag. Alles duidelijk te zien. Geen dode mensen die dingen van dode mensen deden.

'Wat gaan we na het ontbijt doen?'

'O, dat weet ik niet. Misschien moeten we naar–'

'Kunnen we Claudia en haar dochtertje gaan opzoeken?'

'Ik weet niet–'

'Alsjeblieft, papa.' Ze sprong in zijn armen terwijl hij over de laatste stap onderhandelde.

'Jezus. Ga nou eens staan,' verklaarde hij en hij boog zich naar voren. Maar Robin bleef aan hem hangen en hij kreeg pijn in zijn onderrug.

'Alsjeblieft, alsjeblieft, alsjeblieft.' Robin vertrok haar gezicht als in een stripverhaal. Ze knipperde met haar blonde wimpers, een trucje dat ze van Kim had geleerd. 'Alsjeblieft.'

'Ga staan, Robin,' snauwde Joseph, omdat de pijn in zijn rug naar zijn heupen uitstraalde en hem door de benen schoot. 'Ik krijg pijn in mijn rug van je.'

Ze liet hem meteen los en stond daar met natte ogen, haar armen voor haar borst gevouwen. Een echte pruilmond dit keer.

Het was al te laat. Het enige wat Joseph nog kon doen was proberen te lijmen. Robin had een vakantie verdiend. Zij verdienden een samenzijn, ook al hield dat in dat hij zijn zenuwen alleen met overdoses onder controle zou kunnen houden. Hij moest het nog een dag proberen, Bareneed nog een kans geven hem te kalmeren in plaats van hem op te fokken.

'Oké,' zei hij, theatraal zuchtend. 'Oké, goed, goed.' Hij hurkte neer, zodat zijn gezicht op gelijke hoogte kwam met dat van Robin. Haar ogen werden nog natter. Ze veegde een traan weg met een puntje van haar nachtpon. 'Het spijt me,' zei hij en hij zette een treurig gezicht. 'Vergeef je me?' Misschien kon het nog goed komen. Het heeft gewoon te maken met gewenning, waardoor mijn verbeelding op hol slaat, redeneerde hij. Hij kon toch niet helemaal gek zijn. Of wel? Misschien was hij wel gekker dan twee roomsoezen, zoals zijn moeder altijd zei.

'Ik vergeef je wel, hoor, papa.'

'Ach, wat ben jij lief.'

Ze knuffelden.

'Ik vind dat je zo lekker ruikt, papa,' zei ze terwijl ze hem weer vasthield. 'Ik heb nog steeds je kussen van thuis. Als je er niet bent ruik ik eraan. Het ruikt helemaal naar jou.'

Hij kreeg een steek in zijn hart, klemde haar vaster, kuste haar in de nek. Wat voor soort emotionele schipbreuk moet ik doorstaan, vroeg hij zich af, om ons terug te laten keren naar vroeger?

De lucht in de keuken van vrouw Laracy was vervuld van de geur van geroosterd brood. Zij had een zo dikke plak afgesneden dat hij amper nog in het broodrooster kon. Hoe dikker hoe beter om haar thee op te kunnen soppen als ze het brood in haar kom stak. Ze vond het brood niet zo goed als het hare, maar ze zou het ermee moeten stellen. Vorig jaar was ze opgehouden met haar ritueel op elke donderdag brood te bakken, zoals ze dat de afgelopen zestig jaar had gedaan. Het kneden was haar te veel geworden. Het trok het leven volslagen uit haar weg. Nu moest ze dus haar brood wel in de supermarkt gaan halen. Het was lang niet zo zwaar als de broodjes die zij bakte, het bleef nooit zo lang warm en het was lichter, alsof het gemaakt was met half zaagsel, maar ze moest het ermee stellen. Dat waren de problemen van de ouderdom, waardoor je kwalitatief minder baksel uit de supermarkt moest gaan halen. Wat kan er nog ontmoedigender zijn? vroeg ze zich af.

Vrouw Laracy was wakker geschrokken van het geluid van een sirene, iets wat in Bareneed niet zo vaak werd gehoord. Ze wist meteen dat de sirene die van een ambulance was. De brandweer had een langgerekte, jankende sirene. Die van de politie was wat bobbeliger, als bliksemsnelle ovaaltjes die achter elkaar aan zaten. De sirene van de ambulance was harder, hoger en puntiger, prikkend als een speldenkussen. Wie was er nou weer ziek geworden, vroeg ze zich af. Ze schudde zwakjes haar hoofd terwijl ze een flinke lik boter op haar toast smeerde, totdat de bruine gedeelten glommen en heerlijk begonnen te ruiken.

Toen draaide ze zich om met haar bord en haar kom thee. Haar blik viel op een grote tekening op haar tafel. Zo te zien een van Tommy. Ze kon zich niet herinneren dat ze die daar had neergelegd. Tommy had haar gisteravond niets meegegeven naar huis, zoals hij soms wel deed. Misschien was Tommy vroeg in de ochtend langsgeweest en had hem neergelegd. Dat deed hij vaak, omdat hij vrouw Laracy graag wilde laten zien waarmee hij bezig was. Hij leek nooit iets van slaap te krijgen, hij was altijd aan het rondsnuffelen, aan het tekenen, het opzoeken en nalopen van mensen, om te zien of ze in orde waren. En wie dat niet was kon erop rekenen door Tommy een hart onder de riem gestoken te krijgen, want hij kon op een bezorgd gezicht altijd wel een glimlach toveren.

De tekening toonde twee meisjes die naast elkaar stonden achter iets wat een waterval leek. Een van de meisjes zag er net uit als het blondje dat ze had gezien in huize Critch, boven aan de bovenweg. Vrouw Laracy zette haar bord en haar kom op tafel en bestudeerde de tekening. Het andere meisje herkende ze niet.

Een geluid buiten haar keuken trok haar aandacht. Ze keek naar de hal toen er een deur kraakte. Meteen dacht vrouw Laracy aan geesten, maar het was dag, dus vreesde zij dat die waarschijnlijkheid klein was.

'Wie daar?' riep ze, net op het moment dat Tommy door de deuropening stapte. Hij krabde op zijn kop, zijn vingers in zijn verwarde haren en keek haar schaapachtig aan.

'Ik ben gisteravond nog langskomen toen ik Rayna in bed 'stopt had.' Hij wees op de weg die hij had afgelegd. ''k Had 'n zetje in dien kamer 'zeten en toen bin ik in slaap 'sukkeld.' Hij begon rondborstig te lachen, waarbij zijn onderkaak naar voren kwam en zijn kin begon uit te steken. De lach sprong in zijn borst alsof het het grappigste was wat hij ooit had gehoord. 'Kenst doe dat voorstellen? Ik was gewoon ingeslapen, als een kind.'

Vrouw Laracy begon ook te lachen en hief haar hand naar hem op. 'Bist me d'r een, Tommy, schat van me, kom, neem 'n kop thee.'

Tommy liep op de tafel af en bleef naar zijn tekening staan kijken terwijl vrouw Laracy hem een kop thee inschonk. Over de tafel geleund bekeek hij de schets nog eens beter.

Toen vrouw Laracy zich tot hem wendde met de kop, zag ze dat Tommy een reeks meisjes had getekend, allemaal dezelfde als die uit huize Critch. Hij had de schaduwen geschetst van het meisje, dat langzaam vooroverzakte tot zij viel en op de grond lag. Toen begon hij aan de impressie van een man, een grote man met een ruige baard die over het meisje heen gebogen stond.

'Dat moet dat wicht wezen uit huize Critch,' sprak vrouw Laracy.

'Doe hest ze 'zien. Dat weet ik.' Tommy bleef tekenen, zijn vingers bewogen in aandrang, alsof ze het visioen moesten vastleggen voordat hij ervan werd beroofd. 'Ik heb tekeningen zitten maken van de lang overledenen,' mompelde Tommy. 'Die tekeningen op muur, bij mij in hal, die famieljes.'

Vrouw Laracy legde een hand op Tommy's rug terwijl hij woest zat te krabben.

'Al die famieljes die vort wazzen, kommen eerdaags weerom,' liet Tommy zich ontvallen.

'Hoe dat zo?'

'Ze kommen weerom,' zei Tommy. 'Ze zijn dood, ze kommen weerom.' Hij draaide het vel om en begon aan de andere kant te tekenen. Reeksen lichamen die uit het water stapten, hoofd en schouders en borst die uit zee opkwamen. En dan allerlei schepsels om hen heen, drijvend als damp uit de lichamen zelf, die vorm kregen door de bewegingen van de ooit-doden.

Claudia stond op de drempel van de slaapkamer van haar dochtertje en staarde Jessica verbijsterd aan, die op het onopgemaakte bed naar de muur zat te kijken. Het kind rilde, haar lange haar in natte strengen geplakt. Claudia had naar dat stilstaande beeld van haar dochtertje een bedenkelijk lange tijd staan te kijken. 'Jessica?'

Het kind gaf geen antwoord.

'Waarom trek je niks droogs aan? Je hebt volop mooie kleren.'

Geen woord van Jessica. Niet de minste beweging, behalve huivering. Ze was net zo statisch als de foto die daar voor Claudia's ogen hing. Hoe is het mogelijk zo stil te blijven zitten, vroeg Claudia zich af. 'Je hoeft zo toch niet te blijven zitten, wel?'

De stilte werd verdiept door roerloosheid.

'Jessica?'

De speelse lach van een meisje. Claudia wendde zich naar het geluid. Het kwam uit de buurt van de muur. Toen Claudia omkeek, was Jessica een halve meter gaan verzitten en toch bleef ze ademloos stil.

'Ik ga naar beneden,' sprak ze, meer tegen zichzelf dan tegen wie ook. Ze maakte haar blik los van de fotocollage die boven haar werktafel tegen haar ateliermuur geprikt zat, de serie waarbij Jessica op haar bed naar de muur zat te kijken, nadat ze net was binnen komen lopen uit de regen en liep te pruilen over iets wat mis was gegaan. Claudia keek naar het dagboek op haar bureau, pakte een pen en schreef de woorden: *Ik hield haar handje vast. Ik hield haar handje vast. Ik hield haar handje vast. Ik hield haar handje vast. Ik hield haar handje vast...*

Weer klonk de lach van een kind. Claudia ging staan en verwijderde zich van haar werktafel tegen de muur met foto's. Ze draaide zich om en liep naar de brede trap die haar naar de benedenverdieping voerde; het was een genoegen de flauwe helling af te dalen. Acht zomers geleden had Reg, nadat hij maandenlang informatie over zonnehuizen had bestudeerd, het huis met een paar van zijn kameraden gebouwd. Claudia was toen zwanger van Jessica. Haar man had het huis gebouwd volgens plannen die hij besteld had na het zien van een televisieprogramma. De grote glazen panelen werden bezorgd door een vrachtwagen met oplegger, en toen door een kraan eraf getild en geplaatst. Claudia was vreselijk geschrokken van de prijs van de ramen, maar toen ze dat liet blijken had Reg erop gewezen dat die terecht was. 'Maar jij moet toch zo veel licht pakken als je kunt krijgen,' zei hij, zonder blikken of blozen. 'Voor je werk bedoel ik.' Reg had haar altijd zo geholpen en was altijd zo trots geweest op haar keramiek. Toch liet hij die gevoelens alleen tegenover haar blijken, want hij wilde zijn vrienden en zijn familie niet van zich vervreemden door de kunst van zijn vrouw op een voetstuk te plaatsen. Dat was Reg, door en door. Altijd iedereen behandelend als gelijke. Ze hadden een tijd in het huis van de ouders van Reg gewoond, een oude blokwoning aan de benedenweg naast de haven. Regs moeders was dood en had het huis aan haar enige zoon nagelaten. Hoewel Claudia had geprobeerd daar te werken, werd ze al snel gefrustreerd door het gebrek aan ruimte en de onhandige planken. De kamers waren klein en praktisch, om goed verwarmd te kunnen worden in dagen van hout en kolenkachels, als de zuidwester van de open oceaan tegen het huis beukte. Toen Claudia haar producten begon te exporteren, moest er een tweede oven bij komen om aan de bestellingen te kunnen voldoen. Ze had bijna geen ruimte om zich te kunnen keren in haar volle atelier en het was ongelooflijk onhandig.

Toen het nieuwe huis die zomer, eind augustus, klaar was, waren Claudia en Reg verhuisd naar hun stek met uitzicht over de haven – een locatie die Claudia aanbad. De grote voorkamer met vide was haar atelier, terwijl het achterste gedeelte voorzien was van twee grote slaapkamers.

Momenteel doemde de woonkamer op aan Claudia's rechterhand, toen ze de laatste treden af liep. De levendig blonde, grenen kamermuren en het hoge plafond wekten een indruk van mogelijkheden en bevrijding. Helder ochtendlicht bescheen deze grote ruimte, schitterde op de ingelijste kunst aan de muur. Zeegezichten. Kalme wateren en woeste zeeën. De oceaan, peinsde Claudia. Zozeer gelijkend op de stromen die zich in ons verplaatsen.

Op de onderste trede werd ze aan de grond genageld doordat zij een meisje voor de voordeur zag staan.

'Jessica?' mompelde Claudia. Hoe kon Jessica zo snel buiten zijn gekomen?

Het meisje stond te glimlachen, met haar handen rond het glas dat verticaal door het midden van de deur liep. Het was het meisje dat in huize Critch was gaan wonen. Wonen, voor hoe lang? Een lijvige gestalte stond achter haar, met een hand op de schouder van het meisje en die trok haar achteruit. De vader van het meisje? De man en het meisje die ze gisteren langs de weg was tegengekomen. Ze kon zich hun namen niet herinneren. Een plotselinge verstoring – er werd geklopt. Claudia's hand schoot naar haar borst. Toch liep ze door naar de deur, wierp even een blik over haar schouder, naar de opgaande trap.

Ze sloot haar ogen en wachtte heel even om haar evenwicht te hervinden. Ze kon de stem en de bewegingen van het meisje gedempt achter het glas waarnemen. Waarom kon ze niet stilstaan, zwijgend? Claudia pakte de knop en haalde diep adem voordat ze langzaam de deur opende.

'Goedemorgen,' zei de man en zijn duidelijk enthousiasme werd snel gedempt. Hij keek op zijn horloge. 'Hebben we u wakker gemaakt?'

'Nee hoor, helemaal niet.' Claudia probeerde een glimlach, een aardige, in de hoop de aarzeling van de man weg te nemen. Ze kneep haar ogen toe, stopte een streng haar achter haar oor en herinnerde zich dat zij het vanochtend nog niet had geborsteld. Hoe laat was het, vroeg ze zich af. Tijd voor ontbijt? Ze had haar tanden ook nog niet gepoetst en ving een vleugje van haar bedorven adem op. Geen water mag over mijn lippen komen. Geen druppel. Ze hoopte dat ze vanbinnen zou opdrogen, dat elke vochtvlek zou wegvagen. Het licht van buiten was veel te fel voor haar. Ze voelde zich onverzorgd, ze voelde zich broos in de aanwezigheid van anderen. De veel te heldere oceaan lag in de verte, de haven die veiligheid bood tegen het geweld van de baren verder naar het oosten, verder uit het zicht, waar de ware aard van de zee eigen baas was.

'Robin zou zo graag uw dochter ontmoeten.' De man keek naar het meisje met een uitdrukking waaruit zijn overduidelijke liefde voor haar moest blijken. Hij liet zijn hand op haar hoofd rusten. 'Het zou leuk zijn als ze samen konden spelen. Prachtige ochtend.'

'Mijn dochter?' Claudia's onzekere glimlach begon te trillen en droop toen van haar lippen. De stoffig roze blos in haar hoekige wangen trok weg. Zij kon het niet helpen, haar verbijsterde, diepliggende ogen konden alleen nog Robin aankijken. 'Weet jij iets van mijn dochter?'

'Ja,' zei het meisje, met een piepstemmetje.

'Hoe dan?' Haar huid raakte gespannen. Zij voelde haar gezicht met de seconde lelijker worden. Woorden maakten haar lelijker.

'Komt het niet goed uit?' vroeg de man.

Claudia wierp een verstoorde blik op hem, de kleur keerde terug naar haar wangen, woede schroeide het tere vlees in haar mond. 'Nee, het komt niet goed uit.'

Het meisje keek omhoog naar haar vader, die slechts 'O' zei.

'Ik bedoel, jawel.' Claudia raakte haar lippen aan en keek enigszins zorgzaam naar boven. 'Het is alleen...'

'Ligt ze te slapen?' stelde de man voor, toen zijn blik op Claudia's mouw viel, op de woorden die zij daar met mooie kalligrafische halen op had geschreven.

'Ja,' stemde Claudia rustig in, die voor de hand liggende oplossing aanvaardend. 'Ja.' Ze liet haar armen zakken, geheel in beslag genomen door het zwijgen van het meisje, haar passiviteit. In weerwil van zichzelf boog zij zich naar beneden, bracht haar gezicht ter hoogte van dat van het kind om haar duidelijker te kunnen bekijken. Zij nam een vriendelijke maar toch wat gespannen houding aan toen ze vroeg: 'Waar heb jij Jessica gezien?'

Met enige aarzeling wees het meisje naar de hemel. 'In het raam.'

Claudia's blikken schoten omhoog. 'Mijn atelier!'

De wenkbrauwen van de man fronsten zich in wat verwarring en vervolgens schroom leek.

'We komen een andere keer wel terug,' zei hij.

'In het raam van mijn atelier?' Zinderende blankheid doortrok Claudia's gezichtsveld. In haar oren begon een naaldscherp gezoem op te komen. Ze was van plan de armen van het meisje vast te grijpen, om te zien of ze echt van vlees en bloed was, en als dat zo was, haar dan nooit meer los te laten. Maar toen zij haar hand uitstak verloor ze haar evenwicht en snel plaatste ze de andere hand op de hardhouten vloer achter zich. 'Jessica,' mompelde ze hulpeloos, terwijl het felle, sneeuwachtige wit begon te sprankelen om het beeld van het jonge meisje te verhullen. Met een plof belandde ze op haar achterwerk, haar handen rond haar knieën, haar hoofd ertussen, haar armen en haar hoofd zwetend terwijl ze ademde in haar jurk. 'Ga weg,' zei ze, woorden gesmoord in stof terwijl haar bloed tegen haar slapen en onder in haar nek klopte, 'alsjeblieft... neem haar mee... en ga.'

Het ziekenhuis was een tweede thuis, een toevluchtsoord voor dokter Thompson. Waar sommigen wellicht nog angst of schroom voelden, voelde hij zich vredig in die heldere, steriele omgeving. Hier heerste orde – vorm, routine, procedure – die zijn gedachten patroon gaven, een helderheid die hij niet de hele tijd hoefde af te stoffen. Bij zijn bezigheden was het noodzakelijk zich te concentreren op heldere plekken in plaats van bij de handicap te blijven staan. Hoe kon je anders overleven? Op de meeste verdiepingen was hoop. Absolute hoop of vage hoop, maar toch hoop.

Het mortuarium echter was een heel ander verhaal. Zelfs hij onderging de deprimerende uitwerking van bedrukking toen hij de lift naar de kelder nam, hij rook een vleug formaline toen de deuren opengingen en die lucht werd sterker toen hij de deuren van het mortuarium naderde.

Binnen zat de assistent, Glen Delaney, in zijn voorgeschreven witte doktersjas op een kruk naast de metalen balie. Hij zat zijn vinger te bestuderen en erin te porren met wat een pincet leek. Thompson veronderstelde dat Delaney probeerde een splinter weg te halen. De assistent keek slechts even op, teneinde een blik op dokter Thompson te werpen, voordat hij zich weer concentreerde op het voorwerp van zijn zorg.

Onwetende lul, schold Thompson stiekem. Wat was dat toch altijd met mortuariumpersoneel? Hij zocht naar de patholoog-anatoom, maar die was nergens te vinden.

'Is dokter Peters er wel?'

Delaney haalde zijn schouders op. Schouderophalen! Als Thompson jonger was geweest, in de dertig zoals de assistent, zou hij een snerende opmerking hebben gemaakt over manieren, maar hij had – met de leeftijd – de deugd van zelfbeheersing leren inzien. Waar ging het uiteindelijk om? Delaney zou nooit veranderen. Hij was een bijzonder type en slechts ernstig emotioneel of fysiek trauma kon hem mogelijk uit zijn narcisme rukken.

Thompson maakte zich los van deze wrede gedachte om de heer Fowler te gaan bestuderen, die nog steeds op de tafel lag, nog niet weggestopt in een van de laden. Hij deed een stap in de richting van Fowlers lichaam om de incisies van de patholoog-anatoom te bestuderen, die altijd zo statistisch leken, op een of andere manier een gebrek aan respect. De eerste gedachte die stee-vast opkwam als hij zich in deze ongelukkige situatie bevond was: die vent is dood, dat lijdt geen twijfel. Moet je hem zien. Ze halen hem uit elkaar, ze ontmantelen hem, ze snijden stukjes uit hem om te bepalen wat er is misge-gaan met hem. Twee dagen geleden was-ie nog een potige kerel die in mijn spreekkamer stond. Nu is-ie een homp aangesneden vlees. Maar waar was de echte Fowler? De kern van zijn wezen?

Thompson keek om zich heen, op zoek naar een stoel, zijn knieën deden zeer. Hij verplaatste zijn gewicht van de ene voet op de andere. Hij wilde iets tegen Delaney zeggen, die maar in zijn vinger bleef zitten peuteren, te sim-pel om een beetje menselijkheid in de ruimte te brengen. Hij kon iets vragen over de dode Fowler, maar hij had van mevrouw Fowler de details al over de telefoon gehoord. Zij had haar man in zijn stoel aangetroffen. Dood. Alsof hij sliep, maar dan met een andere kleur. De huidskleur klopte niet. Die was grijs. 'Net gekookte kool,' had ze nog kunnen zeggen, tussen twee snikken door.

'Hoe staan de zaken?' vroeg Thompson aan Delaney, in afwachting van het standaardantwoord: 'Dood.'

'Dit zijn geen zaken,' antwoordde de assistent, nog woester in zijn vinger prikkend. 'Dit is een ziekenhuis.'

Thompson fronste. Delaneys aandacht voor zijn vinger begon op Thomp-sons zenuwen te werken. Wat zat hij eigenlijk te doen? De dokter stond op het punt zijn zelfbeheersing te laten varen en 'Stomme lul' te zeggen, maar zijn aandacht werd afgeleid door de deuren van het mortuarium achter hem, die opengingen. Een grote, donkerhuidige politieagent, die minstens een meter negentig mat, plaatste een voet in de ruimte en bleef toen staan, alsof hij bezwaren verwachtte.

'Is dit het mortuarium?' vroeg hij ten slotte.

Christus! dacht Thompson. Wat denk je dan dat het is? Picknick op zon-dag? Hij beet op zijn tong. Tenslotte was die vraag van een agent niet zo gek. 'Volgens mij wel,' zei Thompson droogjes. Hij hoorde Delaney grinniken en vrijwel ogenblikkelijk voelde hij medelijden met de agent en zo mogelijk nog meer vijandigheid jegens de assistent.

De agent stapte naar binnen, bukte om de bovendorpel te vermijden, hoe-wel zijn hoofd er gemakkelijk onderdoor kon. Hij ging naast dokter Thomp-son staan en bestreek met zijn blik het lijk van Fowler en de zes brede nylon stiksels waarmee het lijk weer in elkaar was genaaid. Hij deed zijn hoed af, stopte die onder zijn arm, streek toen zijn keurig geknipte zwarte haar glad, blijkbaar uit respect, elke lok op zijn plek. 'Dat is een lijk daar,' zei hij. 'Klopt?'

Thompson keek eens naar het lichaam, zich afvragend wat de vraag van de agent nu precies inhield.

'Ja,' was alles waarop Thompson kon komen.

'Soms vraag ik het me af.'

'Nou ja, als ze hier liggen, zijn ze naar alle waarschijnlijkheid dood.'

'Daar gaan we dan maar vanuit.'

Delaney draaide zich om, om de agent eens goed te bekijken. Na een uitdrukking van ongelovigheid te hebben aangenomen, verloor hij zich weer in de obsessie met zijn vinger.

'Mortuaria zijn toch verschrikkelijk?' vroeg de agent zorgelijk, alsof hij het tegen Fowler had.

Ondanks de ernst van de omstandigheden dacht Thompson dat hij in lachen ging uitbarsten om de melodramatische toon van de agent.

'Hij is dood,' zei de agent en hij keek de dokter aan. 'Dit is toch Lloyd Fowler?'

'Ja,' antwoordde Thompson.

De agent staarde zoekend in Thompsons ogen terwijl hij zijn hand uitstak. 'Ik ben brigadier Chase.'

'Dokter Thompson.'

'Goed zo,' zei Chase, Thompsons hand schuddend, zijn lippen samenpersend en flink knikkend. 'Fijn u te ontmoeten. Niets verdachts aan het overlijden?'

'Van Fowler?'

'Ja.'

'Hoe bedoelt u?'

'Zuivere koffie?'

'We wachten op de rapporten van toxicologie, maar het lijkt een natuurlijke dood.'

'Oké.' Chase wendde zich tot Delaney, keek naar de man op de kruk die in zijn vinger zat te prikken. De agent leek steeds meer verward door het gedrag van de assistent.

'Wat voor splinter hebt u daar zitten?' riep Chase uit. 'Met al dat staal.'

Thompson zag de parels zweet die zich langs de haargrens van Chase verzamelden.

'Bot,' zei de assistent.

De politieagent trok een gezicht. 'U zou hier een raam open moeten laten staan,' suggereerde hij, alsof dit de oplossing zou zijn voor het probleem van de assistent. Hij keek om zich heen, maar er waren geen ramen. 'Die dood eruit schrobben,' mompelde hij, wat groenig rond zijn boord. Hij stak er een vinger tussen. 'Is het hier niet heet?'

'Niet echt.' Thompson kon zijn adem zien dampen in de koude lucht.

'Kan ik buiten spreken?' vroeg Chase, moeilijk slikkend.

'Buiten wat?' vroeg de dokter verstrooid, advocaat van de duivel spelend.

'Nee, ik snap het.' Hij glimlachte even en likte zijn lippen. 'Ik bedoel, wilt u buiten met mij spreken?'

'Ja, natuurlijk.'

Chase hief een hand op naar de assistent. 'Het was leuk u gesproken te hebben. Succes met uw bottransplantatie.' Weer bukte hij bij het overschrijden van de drempel. 'Er zat in die assistent nog minder leven dan in die arme Lloyd Fowler,' zei Chase en hij hield toen een hele poos zijn mond, diep ademhalend.

'Ik denk dat u even moet gaan zitten,' zei Thompson.

'Dat dacht ik al.' Chase leunde naar opzij, greep zich vast aan een houten leuning die horizontaal en op halve hoogte langs de muur liep. Een kort stukje leuning dat twee langere moest verbinden kwam los onder zijn hand. Chase gleed uit, er volgde gehannes met lange ledematen, voordat hij zijn evenwicht herwon en zich alert rechtte in een poging nonchalant te lijken. Hij keek naar zijn vuist en zag het stukje houten leuning erin, met twee spijkers die erachter uitstaken. Hij had zijn hoed laten vallen en bukte om hem te pakken. Hij plaatste hem netjes op zijn hoofd, maar bleef gehurkt zitten.

'Toen ik nog in opleiding was,' zei hij, in een poging het stukje hout weer op zijn plek te schuiven, 'moesten we naar autopsie. De manier waarop ze mensen opsnijden is erger dan de ergste slachtpartijen die ik heb gezien. Ze lieten ons een hart vasthouden.' Hij hamerde het hout op zijn plek met de zijkant van zijn vuist. Verkrimpend van de pijn keek hij naar zijn hand. 'Au! Ik denk dat ik er een dokter bij moet halen.' Chase glimlachte naar dokter Thompson, een charismatische glimlach met witte tanden, gul, en weer met kleur op zijn gezicht, een blos die zelfs onder zijn bruine huid te zien was. 'Ik krijg de kriebels van ziekenhuizen. Moordtaferelen vind ik niet erger dan wie ook, maar in ziekenhuizen raak ik volslagen de kluts kwijt.'

'Niet te snel gaan staan. U bent een te grote kerel om op te vangen.'

'Nee, ik voel me nu prima.' Chase knikte nadenkend en kwam geleidelijk aan uit zijn hurkhouding.

'Doet u onderzoek naar de dood van Fowler?'

'Dat weet ik nog niet. Als we een bepaald aantal sterfgevallen in de gemeente krijgen, waarschuwt ons computersysteem ons. Automatisch, voor de veiligheid. En dan moeten we onderzoek doen om te bepalen of er een feitelijk verband of een risico bestaat. Nieuw beleid.'

'Computers.'

'Waar is de nooduitgang?' vroeg Chase, met een blik door de gang. 'Ik ben de weg kwijt.'

'De lift is daar.'

Op de benedenverdieping zocht Thompson even de hoofdverpleegster van de spoedopnames op. Er waren de afgelopen twee dagen twee patiënten behandeld wegens ademnood. De eerste was een oudere vrouw uit Port de Grave met een hartkwaal die was opgenomen ter observatie. Niets buitengewoons dus. De tweede patiënt was behandeld en naar huis gestuurd. Het was een zeventienjarige jongen uit Bareneed, Andrew Slade. Thompson kende de Slades. Hij was hun huisarts. Andrew was te zwaar, hij was de laatste tijd een beetje een pestkop geworden. Hij woonde bij zijn broer en schoonzuster, omdat zijn ouders bij een auto-ongeluk waren omgekomen. Dronken rijden. Mevrouw Slade, Andrews schoonzuster, was de meest spectaculaire hypochonder van alle patiënten van Thompson. Ze was nog maar een paar dagen geleden op zijn spreekuur geweest. Waar was dat ook alweer voor? Hij kon zich het niet herinneren. Het had voor alles kunnen zijn. Toen Andrew bij de Eerste Hulp was geweest, had de dienstdoende arts de jongen gediagnosticeerd als allergisch en hem naar huis gestuurd met een recept voor Allergan. De blik van de dokter onderzocht de grond aan zijn voeten. Er probeerde zich iets aan hem te onthullen. Hij moest aan Donna Drover denken. Muss Drover. Lloyd Fowler. Ademgebrek. Andrew Slade. Als Andrew Slade nu iets zou krijgen, dan kon de toevalsfactor vrijwel worden afgeschreven.

Brigadier Chase hing nog rond in de wachtruimte toen de dokter uit het opnamekantoortje kwam.

'Wilde u mij iets vertellen?' polste Chase.

'Het is allergieseizoen,' zei de dokter, die allesbehalve alarmistisch wilde zijn.

Chase zocht in zijn borstzakje en haalde er een stukje papier uit waarop een paar woorden stonden gekrabbeld. 'En wat denkt u van Muss Drover?'

'Natuurlijke oorzaak. Zijn moeder ligt boven.'

'Waarmee?'

'Ademhalingsmoeilijkheden. Haar toestand is stabiel. Geen teken van een virus. Daar maakten we ons zorgen om.' Thompson keek even naar een vijf- of zesjarige jongen in de wachtruimte die aan het huilen was geslagen. De moeder van de jongen, die naast hem zat, keek haar zoon boos aan met toegeknepen ogen alsof ze hem elk moment een mep kon verkopen. 'Geen longvirus,' mompelde hij verstrooid. De moeder van het kind trok de jongen aan de arm, gaf hem toen een flinke draai om zijn oren en schold hem uit. Het kind ging nog veel harder tekeer.

Chase, die dit schouwspel ook aanzag, liep meteen op de moeder af. Thompson wilde in beweging komen maar hield zich in, om Chase zijn werk te laten doen. Hij hoorde de agent de vrouw haar persoonsbewijs vragen.

Een meisje met blond haar en een gaasverband rond haar linkerpols zat aan de andere kant van de vrouw, en naast het meisje zat een man, wellicht haar vader. Hij zat Thompson dreigend aan te staren.

Weer staarde Thompson verstrooid naar de grond. Hij herinnerde zich wat mevrouw Fowler hem had verteld over Fowler, die ongewoon druk was geweest. Over de telefoon had ze hem meer details verteld, na de dood van haar man. Zij had uitgelegd dat hij gewelddadig was geworden, zo erg dat zij had overwogen haar koffers te pakken en weg te gaan. 'Om u de waarheid te zeggen,' had ze met tranen in haar ogen gezegd, 'ik vreesde voor mijn leven, dokter.'

Thompson keek op toen Chase terugkwam. De agent sloeg zijn notitieboekje dicht en tikte erop met zijn vingers. Hij keek nog even naar de vrouw en zei toen vol vertrouwen tegen de dokter: 'Ik heb haar gegevens opgenomen zodat de sociale dienst haar kan opzoeken. En ik zal het ook noteren. Naam en adres. Dit is mishandeling. U bent getuige, toch?' Hij stak zijn notitieboekje in de bovenzak van zijn kaki hemd en keek nog eens naar de vrouw, die hem niet meer wilde aankijken.

'Dat ben ik zeker.' Thompson zag hoe de vrouw de hand van haar zoon pakte en erin kneep, haar hoofd boog, haar ogen stijf dichtdeed en begon te beven. Het meisje met de verbonden pols had een smekende blik in haar ogen, alsof ze om hulp vroeg. De man naast het meisje bleef Thompson maar aanstaren.

'Wel, nog wat op uw hart?' vroeg Chase.

'Nee, niks.'

'Tot ziens dan maar.'

'Ja, zeker.'

Chase stak zijn hand uit. Thompson schudde die, keek toen de agent na die door de dubbele schuifdeur vertrok.

Na enkele ogenblikken naar de uiteenlopende gezichten in de wachtruimte te hebben gestaard, verliet Thompson het ziekenhuis. Hij klom in zijn terreinwagen en reed Port de Grave uit. Hij zou Shearstown Line nemen en baande zich toen een weg naar Bareneed. Andrew Slade. Thompson wist waar de Slades woonden, in een goedkope bungalow aan Slade's Lane, niet ver van de haven. Hij besloot langs te gaan en eens te kijken. Zou Andrew blijken thuis te zijn, dan zou Thompson stoppen om hem een paar vragen te stellen en naar zijn ademhaling te kijken.

Thompson lette op zijn eigen ademhaling – inademen, uitademen. Hij werd er zich zo bewust van dat hij dacht dat hij zichzelf met gemak de stuipen op het lijf kon jagen. Bij wijze van afleiding zette hij de radio aan en luisterde naar de muziek. Gordon Lightfoot zong: 'If you could read my mind, love, what a tale my thoughts would tell.' Thompson zong mee en probeerde zich ervan te overtuigen dat dit allemaal niets voorstelde. En toch kon hij zich niet ontdoen van de verdenking dat hij iets fundamenteels over het hoofd zag in zijn analyse van de situatie, dat Bareneed in de greep was van een krachtig virus dat tot nog toe aan niemand bekend was geweest.

Joseph hoefde niet meer overtuigd te worden. Wij gaan, hield hij zich voor. Wij pakken en wij gaan, nu. Dit idee om een zomerhuis te huren was een enorme vergissing. Een nachtmerrie. Hier waren van die griezelige visioenen van mensen, in de schuur gisteravond, en dan nog eens dat meisjesstemmetje dat 'papa' riep. En nu Claudia's nieuws dat haar dochter en man al anderhalf jaar vermist waren.

'Wij gaan,' zei hij tot Robin terwijl hij de kofferbak opende. 'Ga je spullen pakken. En geen gezeur. Geen discussie.' Deze plek was niet gezond voor een meisje. Het platteland. Die meid had veel te veel fantasie.

'Kunnen we niet nog een wandeling maken?'

'Heb je me gehoord?'

'Ja.'

'Heb je gehoord wat Claudia zei? Haar dochter, die jij in het raam hebt zien staan, wordt vermist.'

'Nee, dat wordt ze niet.'

'Vermist.' Hij wees naar het huis. 'Vooruit.'

'Toe nou, papa.' Ze sloeg haar handjes samen, smekend. 'Eén wandeling.'

'Nee.' Joseph merkte dat ze met rode en zwarte viltstiften symbolen op de rug van haar handen had getekend. Lijnen, bogen en hele cirkels.

Tranen. Pruilmond.

'Robin, toe nou.' Hij hurkte bij haar neer, pakte haar bij de schouders, meer om zichzelf schrap te zetten dan om haar gerust te stellen. 'Dit huis is te vreemd. Ik wil hier niet blijven. Wil jij niet weg, dan?'

Robin schudde haar hoofd. Twee tranen braken los en stroomden met een spoortje naar haar lippen.

Joseph wierp een blik op het water. Een zonnig, schilderachtig stadje. Lag dit aan hem? Was dit hele gedoe eenvoudigweg een blijk van zijn labiliteit? Het was ochtend. Het was dag. Het was veilig. Overdag geen spoken. Als ze niet precies dit moment zouden vertrekken, wat zou daar dan erg aan zijn? Ze konden na de lunch gaan. Nog tijd genoeg voor het weer donker werd. Hij voelde zich al schuldig genoeg, door Robin de vakantie te ontnemen waar ze al maanden naar had uitgezien.

'Ik ben toch niet gek, hè?' vroeg hij vriendelijk aan Robin. 'Ben ik gek?'

Ze glimlachte hem toe, en Joseph veegde haar tranen weg met zijn duimen. 'Goed dan. Een wandeling.'

Robin grijnsde, knuffelde hem stevig. 'Dank je, papa.'

'Maar daarna gaan we meteen weg.'

'Kunnen we naar het water?'

'Natuurlijk. Laten we gaan.' Joseph klapte de kofferbak dicht en greep de hand van zijn dochter. Ze liepen de bovenweg af naar de gemeentelijke haven. Joseph dacht alvast aan Kim. Hoe moest hij dit verklaren? Kim zou gaan denken dat hij ze niet allemaal meer op een rijtje had als hij zou gaan zeuren over spoken. Zij was biologe, een wetenschapper. Ze stond met beide benen op de grond. Zou dit alles niet zijn recht aantasten om Robin te zien? En als hij nu eens echt gek aan het worden was? Zou Kim dan proberen hem een KZ-verklaring aan te smeren?

Er stak een koel briesje op. Hij keek eens naar het oosten en zag, ver weg langs de horizon boven het water, dreigende, dikke, grijze wolkenvelden. Dat betekende regen. Zouden ze binnen een paar uur pakken, dan zouden ze dat nog ontlopen. Hij wilde niet in de regen rijden, maar hij zou het zeker doen als het moest. Hij zou twee kilometer per uur rijden in donder en bliksem, sneeuw en hagel, al regende het kikkers, als dat nodig was om hier weg te komen. Hij haalde diep adem. Hij had zuurstof nodig om dat beangstigend gevoel van paniek te temperen, dat zijn lichaam doorvoer. Hij had zijn pillen thuis laten liggen. Hij kon het huis zien. Hij zag dat Robin ook achterom keek, met haar ogen gericht op het huis van Claudia, haar aandacht op het bovenraam.

'Daar staat ze, papa,' zei Robin en ze wees.

'Wie dan?' vroeg Joseph, zijn blik al op het raam, een gelijkmatige tint van blauw, waarin de hemel werd weerspiegeld. Geen meisje te zien.

'Zie je haar?' Robin wuifde en maakte zich los van Joseph, rende terug de weg op.

'Robin,' eiste Joseph en hij sprong achter haar aan. 'Kom hier.'

'Ze is weg,' snauwde Robin, bijna struikelend. 'Je hebt haar aan het schrikken gebracht.'

'Haar aan het schrikken gebracht!' Hij greep de hand van zijn dochter stevig vast. 'Kom mee. We gaan naar de haven en dan gaan we naar huis voor het donker wordt. En daarmee uit. We kunnen ergens anders naartoe gaan. We kunnen gaan kamperen of gaan rondtrekken. Wat vind je van Toronto? Hawaii? Madagaskar?'

'Ik blijf liever hier. Dat is leuker.'

'Leuker?' Joseph keek eens naar Robins gezicht. 'Leuker?'

'We hebben oom Doug nog niet eens gezien.'

'Dat doen we een andere keer wel. Zo ver van St. John's is het nou ook weer niet. We komen wel terug. Trouwens, wat weet jij van oom Doug?'

'Heeft mama me verteld. En Jessica dan?'

Joseph haalde eens diep adem. 'Die redt zich uitstekend zonder ons.' Hij wilde er nog aan toevoegen: ze is dood, een spook, in godsnaam. Die redt zich wel. Wij, de levenden, hebben wanhopig bescherming nodig.

'Ik moest vorige nacht van Jessica dromen. Ik heb haar gezien in de schuur.'

Joseph gleed bijna uit, zo plotseling bleef hij staan. 'De schuur? Onze schuur?'

Robins gezicht bleef onaangedaan.

'Wanneer?'

'Ach, ik was het zelf in een oude spiegel,' zei Robin, trok haar neus op en schudde haar hoofd, in een poging het minder belangrijk te laten lijken. 'Dat was zij niet. Nee. Niks. Vergeet het maar.'

'Wanneer was dat?'

'Weet ik niet. Gisteren.'

'Laten we maar ophouden met praten. Kom mee, laten we alleen maar wandelen. Praten is slecht. Wandelen is goed voor het lichaam. Sneller wandelen.' Ze zetten er de pas in, de weg af, het geluid van voetstappen schuurde op het asfalt en het grind. Toen kwam het ritmische geluid van hameren in de verte. Twee kraaien krasten links van hen in het bos. Er vloog een vogel over, die eventjes een schaduw liet vallen voordat een vis drie meter voor hen op de weg viel. Joseph keek op, en zag de kraai wegzweven.

Die moest zilverachtig zijn, dacht Joseph, naar de vis kijkend toen ze erop af liepen, maar hij was helemaal zwart en dat zwart bewoog. De vis was bedekt met een massa zwarte vliegen, die aten, braakten en eitjes legden.

Joseph keek verbijsterd toe. Hij kneep zijn ogen dicht, dwong ze toen weer open, dwong ze weer dicht, opende ze weer. De vis leek nu grijs. Helemaal niet zwart. Grijze vliegen kropen druk over elkaar heen. Grijze vliegen zoals hij nog nooit had gezien.

Robin keek naar de vis, toen naar hem. Hij stond op het punt haar te vragen of zij grijs zag toen zij met een eigen vraag kwam: 'Hoe is het om dood te gaan, papa?'

O, nee hè, dacht Joseph.

Andrew Slade kneedde het stukje eigengemaakt brood tot een balletje in zijn bezwete hand. Er was iets moois en ziekmakends aan het gevoel van brood. Iets wat hij zich niet helemaal kon herinneren. Hij kreeg heel even het gezicht van Nan voor zijn geestesoog. Een oude vrouw eerst, daar en toen verdwenen, amper herkenbaar, een stukje eigengebakken brood dat opsteeg uit zijn worstvingers. Hij keek naar de lucht. De zon bleekte de zachte witte rondingen van zijn gezicht en zijn ongekamde, vettige zwarte haar begon te glimmen. Zijn groene ogen glinsterden als de vonken in het water. Drie witte vlekjes weerspiegelden erin toen drie zeemeeuwen hoog boven de haven opstegen, zwevend, behoeftig krijsend. Andrew opende zijn vuist, bestudeerde het brood en de afdruk van zijn handlijnen die er als wortels in stonden. Hij grijnsde wraaklustig en rolde het bolletje tussen zijn handen tot het een ronde bal was, zo groot als een softbal. Zijn hengel was al voorzien van een haakje nummer tien. Hij bukte zich en voelde de druk op zijn gezicht, zijn ogen puilden zowat uit en zijn spijkerbroek zat ook weer veel te strak. Hij groeide uit alles wat hij had. Schor ademend hief hij het haakje tussen zijn worstachtige duim en wijsvinger, schoof de bal brood over het puntje. Toen hij stevig op zijn plek zat, stond hij op, hief de hengel op en wierp ver uit in de haven. Hij hoopte dat niet een van die stomme schepsels onder het oppervlak het in zijn kop zou halen dat aas te vreten. Nors staarde hij naar de hemel.

'Kom op,' mopperde hij. 'Wat is er aan de hand, wil je het geroosterd?'

Een van de zeemeeuwen maakte zich los van de rest en zeilde op het water af, mikte op het oppervlak, scheerde eroverheen en schoot omhoog terwijl Andrews reel snorde en de lussen uit zijn lijn werden getrokken.

Met een verduisterende grijns greep Andrew de handgreep van de molen en hield die stevig vast. De punt van zijn hengel trilde toen de lijn strak kwam te staan. De zeemeeuw draaide rond in de lucht, als een wagen die tolde op zwart ijs. Hij klapte hevig met zijn vleugels om in de lucht te blijven en bleef daar zo, gevangen, krijsend hangen. De lucht was blauw. De meeuw zwom erin, trok, klapte met de vleugels, probeerde in de lucht te blijven.

'Ja,' spoog Andrew tussen de tanden door. 'Ik heb je.' Naarstig ging hij aan de handgreep van zijn molen zitten draaien en de meeuw, die haar uiterste best deed om weg te komen, kwam geleidelijk aan op hem af. De vogel zou binnenkort in zijn buik zitten. Iemand had hem verteld dat het smaakte als kip, alleen vetter en minder vlees. Zeemeeuw en patat, met jus. Of misschien kon hij niet eens zo lang wachten, misschien zou hij haar wel rauw eten, door de veren heen bijten terwijl het beest nog warm was. Hij veegde met zijn blote arm langs zijn lippen, wierp toen een blik naar rechts omdat een beweging in die hoek zijn aandacht trok. Er stonden een man en een meisje die hij niet kende op de gemeentelijke kade. Ze stonden bij de sloepen te neuzen. Stomme klotetoeristen zo te zien. Stadslui. Vreemdelingen. Andrew staarde naar de lucht, waar zijn zeemeeuw hing als een vlieger, de lijn strak, zijdelings afdrijvend. Hij vestigde zijn blik weer op de man en het meisje. Hij trok een mes uit zijn zak, vouwde het open en bevrijdde de zeemeeuw. Hij gooide zijn hengel neer en keek naar zijn grijze gymschoenen terwijl hij wegliep. Rotsen aan de kant van de weg. Hij kon die stenen gebruiken om die stadslui weg te jagen. Ze zouden alles toch maar bederven. Komen hier binnen en veranderen alles. Hij zou ze willen bedelven onder de stenen en dan tegen ze schreeuwen: 'Stomme klotetoeristen.'

Hij bukte en raapte een flinke steen op. Die was warm in zijn hand. Een goed gewicht om schade mee aan te richten. Hij kneep erin, angst maakte zich meester van zijn borstkas. Hij merkte dat hij geen adem haalde. Het was alsof de lucht uit zijn longen was gezogen. Hij schrok en begon nog erger te zweten dan toch al het geval was. Hij haalde schor adem, hoorde in zijn hoofd de stem van zijn oudere broer: 'Alles wordt kapotgemaakt door lui die naar Bareneed kommen, kapotgemaakt door vreemden die al onze visk in hun grote varende fabrieken op zee vangen, ze van ons jatten, alle banen wegnemen. Alles kapotmaken, ons leven kapotmaken. Als ik zol kunnen zol 'k de hele bende uitroeien.'

Weer een raspende ademhaling. Andrew sloot zijn ogen want het zweet prikte er zo in. Hij zag in zijn hoofd niets toen hij zijn gladde arm over zijn gezicht haalde, slechts een inktzwarte duisternis die hem meer angst aanjoeg dan de nacht. Hij deed zijn ogen open, versnelde zijn pas langs de weg die rond de haven liep, als om dat oppervlakkige duister te ontlopen dat hij niet alleen in zijn hoofd zag maar ook voelde. De harde stevige randen van de steen voelde hij nog in zijn hand. Hij dacht dat het brood hard was geworden. Hij keek ernaar, hij herinnerde zich niets. Het brood was steen geworden. Hij haalde diep adem, zag toen de man en het meisje. Verdomde klotetoeristen. Verdomde klotetoeristen...

Andrew Slade begon harder te lopen, recht op de man en het meisje af, waggelend door zijn overgewicht. Toen hij dicht genoeg genaderd was om te kunnen werpen, smeet hij de steen met zijn arm boven zijn hoofd, alsof hij een handgranaat smeet. Zijn bedoeling was geweest ze er angst mee aan te jagen, het hout van de kade te raken, maar toen de steen het meisje op haar achterhoofd trof rende hij meteen uit alle macht naar Slade's Lane. Zijn ademhaling raakte er helemaal door van streek. Hij had geen flauw idee hoe hij dat ook alweer moest regelen. Wat moest hij doen om adem te halen? Hoe werkte dat? Het was alsof hij een plastic bouwpakket had van het lichaam dat in elkaar gezet moest worden, het ene stukje in het andere. Hij spoedde zich nog meer, zijn gympen gleden uit in de bocht. Hij viel, stootte stevig zijn schouder, zijn gezicht schuurde over het asfalt, dat zijn huid openhaalde en de wond met zand, grind en steenslag van grijze steen vulde.

'Au!' riep Robin en ze schoot met haar hand naar haar achterhoofd.

'Wat is er?' Joseph draaide zich om, om zijn dochter te beschermen en zag haar gezicht vertrekken van pijn. Toen hij zich snel omdraaide om Robin te troosten, struikelde hij over een tros ruw weggesmeten touw en verloor daardoor onherroepelijk zijn evenwicht. Hij probeerde zijn dochter nog te pakken, die nu op een knie was gezakt en haar hoofd met beide handen vasthield, maar dat gebaar was nutteloos. Hij viel, zijn armen maakten wanhopige rondgaande bewegingen, de tenen van zijn schoenen kwamen los van de kade, hij trok ze automatisch in omdat hij een val verwachtte. Hij zag nog een glimp van een jongen, ver weg, die plat op de weg lag, een blauwe terreinwagen die net Slade's Lane in was gereden kwam piepend tot stilstand, de voorband niet meer dan een halve meter voor verplettering van dat jongenshoofd. In zijn val schopte Joseph, waardoor zijn enkel een plank raakte aan de rand van de kade, hetgeen pijn deed. Zijn ledematen deden hun uiterste best rechtop te blijven, terwijl hij zijdelings wegdraaide en in het ijskoude water dook, plat op het oppervlak.

Josephs ademhaling stokte achter zijn ribben. De bijtende kou van het water trok zijn testikels zijn lijf in alsof ze door een vacuüm werden opgezogen. Hij zonk weg, zijn wangen werden rond, zijn handen stak hij uit om te protesteren tegen zijn afdaling. Toen hij niet langer leek te zinken deed hij zijn ogen open. Hij hing zonder de minste opwaartse druk. Er was een stroom luchtbellen als een veelheid van doorzichtige eieren voor zijn ogen, en daarachter, niet meer dan een meter verderop, een man die hem duidelijk hing te bekijken in het glazig groene water, een man met een witte gerimpelde huid, die een lange zware jas en een dikke gebreide trui droeg. Joseph bewoog zijn armen in neerwaartse richting in een poging naar boven te komen. De man ondernam geen poging Josephs ontsnapping te verijdelen. Langzaam draaiend zag Joseph nog een ander lichaam in de modderige verte. Een vrouw met een witte katoenen nachtpon met een brede kanten zoom aan elke mouw en langs de kraag. Ook zij staarde hem aan, roerloos, op haar strengen haar na, die zachtjes dreven.

Joseph draaide zich in moeizame kringen, schopte naar boven, vreesde de knokige greep van handen rond zijn enkels. Maar geen van de lichamen onder hem, die boven de zilte bodem rechtop dreven, maakte een beweging om te volgen. Geen belletje kwam van hun lippen terwijl ze naar hem staarden, hun onderzoekende blikken volgden geduldig het spoor van zijn stijging naar het wateroppervlak.

Zaterdagavond

Op weg naar bed vond Kim een van Robins blonde poppen op de trap en vervolgens, op een hogere trede, bukte ze zich om een wit T-shirt en een sprookjesboek op te rapen. Het schoot haar te binnen dat de televisie, toen zij die vanochtend had aangezet, op alle kanalen de zaterdagse tekenfilms toonde. Dat deed Kim denken aan haar eigen jeugd, en dus ook aan Robin. Niet dat Robin van tekenfilms of televisie hield, hoewel ze documentaires over dieren wel leuk scheen te vinden. Kim was er zo aan gewend om Robin in de buurt te hebben, dat de afwezigheid van haar dochter een tastbare leegte achterliet. Ze was blij met de tijd voor zichzelf, maar hoe lang kon dit doorgaan, voordat zij zich feitelijk eenzaam zou beginnen te voelen? Was het mogelijk om Robin bijna een hele maand niet te zien? Het idee bezorgde haar lijfelijk pijn, haar maag en hart krompen samen in een knoop, alsof ze liefdesverdriet had.

'Ze is nog maar drie dagen weg,' berispte Kim zichzelf.

Boven aan de trap sloeg ze linksaf naar Robins kamer. De muur bij het raam was bedekt met tekeningen, de meeste met monsters en schepsels die Robin zelf bedacht had. Kim smeet het boek en de pop op het bed van haar dochter en zag hoe gladgestreken de perzikkleurige beddensprei was. Robin maakte haar bed elke ochtend op en hoefde daar niet toe te worden aangezet. Ze kende haar verantwoordelijkheid. Misschien iets te zeer. Ze was zorgelijk, vaak had ze huildromen dat ze verdwaald was of verdronk of dat een vriendinnetje werd overreden.

Ze is net als ik toen ik zo oud was, dacht Kim terwijl zij naar haar eigen slaapkamer ging om zich uit te kleden. Ze herinnerde zich de nachten in haar eigen kinderbed, als ze nadacht over de mogelijkheid van haar ouders' dood, of zich zorgen maakte over zelf doodgaan. Wat zou er met haar gebeuren? Wie zou er voor haar zorgen als haar ouders van het oppervlak van de aarde zouden verdwijnen? Ze kon maar beter niet denken aan die vroegere onzekerheden. Ze kon zich beter richten op wat er nu gedaan moest worden. Ze bekeek het academische artikel eens, een studie van de gevolgen van sonar op het zeeleven, waaraan zij zat te werken voor *BioJournal*. Over twee weken moest dat af zijn, de datum stond met zwarte viltstift omcirkeld op de Girl Guides-kalender in haar werkkamer beneden. Het artikel was nog lang niet af en waar moest ze de tijd voor die zeven of acht keer herschrijven vandaan halen?

Ze trok haar blouse uit, haakte haar beha los, zag haar spiegelbeeld in de staande spiegel bij de deur en negeerde dat. Zij voelde zich over de hele linie ontevreden met zichzelf en haar situatie. Haar scheiding van Joseph ging haar niet langer gemakkelijk af. Die was destijds volmaakt zinvol geweest, hun relatie was stukgelopen en ze hadden wanhopig behoefte aan alleen zijn. Elk gesprek liep uit op ruzie. In de loop van de scheiding, 's avonds als Robin in bed lag, had Kim tijd gehad om veel na te denken. Ze was onder andere tot het besef gekomen dat het doel van al dat vechten van haar wellicht niet zozeer Joseph was, maar haar opsluiting in een gewijzigd leven, het feit dat ze zelf niet langer een vrij kind was.

Ze trok haar spijkerbroek en haar panty uit, schopte de laatste van haar voeten. Een paar maanden geleden was ze begonnen naakt te slapen, iets waar Joseph altijd om gesmeekt had. Om een of andere reden had ze hem dat genoegen altijd ontzegd. Waarom? Nu was het helemaal niet logisch meer voor haar, die wrevelige onthouding. Ze had nooit verwacht dat ze Joseph zo zou missen. Haar vriendinnen verzekerden haar dat dat op den duur wel zou verdwijnen, maar dat was niet zo. Niet in het minst. Het was in feite erger geworden.

De lakens waren koud toen ze in bed kroop. Ze huiverde, trok de dekens op terwijl ze een smoes begon te bedenken om Robin en Joseph in Bareneed te gaan opzoeken. Ze zag ze vissen aan de kade, wandelen over landwegen, oudere buren groeten en Josephs oom Doug opzoeken. De gedachte aan Joseph en Robin samen deed haar glimlachen en daarna pakte zij haar roman van het nachtkastje. Ze opende het boek op de bladzijde waar ze gebleven was, en begon te lezen: de victoriaanse dame, die ooit geestig en kunstzinnig was geweest, zat angstig af te wachten in haar slaapkamer. Haar ogen keken lusteloos. De beide zwarte gaten die nu naar het verstild tafereel voor haar staarden deden haar uiterlijk lijken op een gekwetste moeder Natuur zelve. Zich vermannend stond zij op en hief de kandelaar op om haar plaats in te nemen als wachtster bij het raam. Ruim veertien dagen wachtte zij nu al op de terugkeer van haar man en haar dochter. Ze had niets van hen gehoord. Geen enkel teken van leven om haar op te vrolijken. Man en dochter waren verdwenen.

Met een zucht sloot Kim het boek. De situatie in de roman, merkte zij, maakte haar somber gestemd in plaats van vrolijker. Vader en dochter samen. Dat was toch goed, of niet? Het huis was stil. Vredig. Ze kon lezen wanneer ze wilde. Eten wat en wanneer ze wilde. Dat was goed. Scheiding was nodig, dan bezonken de zinnen. Mettertijd zou de opwinding van het verlangen die van de confrontatie wel overstemmen.

Hoe vaker Kim zich Joseph voorstelde en zich de leuke tijden herinnerde die ze samen hadden doorgemaakt – een vakantie in Spanje, schaterlachen van hen tweetjes, de kleine dingen die hij voor haar deed – des te meer miste zij hem en verlangde zij hem daar, naast zich. Simpele gebaren, zoals een langzame, liefdevolle massage, of het zetten van een goede kop koffie, werden monumenten van Josephs gulheid. Hij zette de beste koffie die ze ooit had geproefd.

Natuurlijk, ze wist het wel, dat er obstakels waren die uit de weg moesten worden geruimd. Toen Kim en Joseph samenwoonden, hadden zij in huis ieder een aparte werkkamer, ieder met een eigen computer. Zij werkten als ze ook maar even tijd hadden. Robin mocht vaak in haar eentje gaan zitten tekenen of een natuurfilm gaan bekijken. Niet dat ze verwaarloosd werd – ze deden een heleboel leuke dingen samen – maar het leek gewoon alsof de computers geleidelijk aan de leuke tijden uit het plaatje verdrongen. Kim voelde zich bijna verlicht toen ze niets meer hoefde te doen met Robin, toen ze haar computer kon aanzetten en wat kon gaan shoppen op internet of een van haar artikelen kon herschrijven. En nu, nu Robin weg was, besefte zij de feitelijke hoeveelheid tijd die zij aan haar werk besteedde. Daardoor miste zij Robin nog meer.

Wat de scheiding van Joseph aanging: die was volgens haar voornamelijk haar schuld geweest. Ze had Joseph veel te hard achter zijn vodden gezeten. Ze had geprobeerd hem te overheersen, hem van zijn vrienden weg te houden. Haar jaloezie had haar gedwongen hem haar liefde stukje bij beetje te onthouden, totdat die vrijwel niet meer bestond. Toch wist ze dat die liefde er nog was, gesmoord onder jaren van eentonigheid.

Lange uren werken was slechts een deel van het probleem. Kim was realistisch. Zij hield zichzelf niet voor de gek. Zij hadden een andere kijk op hoe ze hun dochter moesten opvoeden. Volgens Kim was Joseph veel te inschikkelijk met Robin, liet haar alles toe. Robin had Joseph rond haar vingertje gewonden – niet dat ze verwend was, maar ze was echt een papa's kindje. Joseph behandelde haar als een baby. Kim wilde dat Joseph wat praktischer was in zijn instructies aan haar. Wat moest hij doen, beredeneerde Kim bij zichzelf, Robin soms naar een trainingskamp sturen?

Terwijl ze haar hoofd naar Josephs kant van het bed draaide, verdween haar uitdrukking van vermaak. Ze keek weer naar haar boek, herinnerde zich hoe Joseph haar in bed placht voor te lezen. Het diepe ritmische geluid van zijn stem wiegde haar dan in slaap.

Niet in staat zich te concentreren op haar lectuur, keek ze naar het donkere, openstaande raam. Regendruppels bespatten het zwarte glas. Een koel briesje streek over haar heen en verzadigde haar van opluchting. Kim keek eens naar het nachtkastje. De telefoon. Ze haalde diep adem en stond op het punt de hoorn te pakken, om Joseph te bellen en te vragen hoe het Robin ging, toen de telefoon ging. Ze schrok zich een hoedje. Verbijsterd staarde ze naar de telefoon en vroeg zich af of ze hem moest opnemen. Ze wachtte tot hij nog een keer ging en overwoog zelfs helemaal niet op te nemen. Was het Joseph, dan zou hij ervan uitgaan dat ze zich uitstekend vermaakte. Maar dan, er kon ook iets gebeurd zijn in Bareneed. Een ongeluk. Als ze hem vier keer liet overgaan, zou haar voicemail aanslaan. Bij de derde keer greep ze de hoorn en probeerde vrolijk te klinken.

'Hallo?'

'Hallo, ik ben het.' Het was Joseph, afgemeten, gespannen, zoals het dezer dagen vaker ging over de telefoon.

'Hallo.' Ze wachtte op zijn antwoord. Stilte. 'Hoe is het in Bareneed?'

'Uitstekend. Moet je luisteren, Robin heeft vandaag een ongelukje gehad.'

Kim ging rechtop in bed zitten. 'Wat?' Kippenvel over haar hele lijf, angst die achter in haar nek omhoogkroop. Onmiddellijk was haar hand bezweet op het groene plastic van de hoorn.

'Iemand heeft een steen naar haar gegooid en haar hoofd geraakt.'

'Haar hoofd! Heb je haar naar het ziekenhuis gebracht?'

'Ja, het is goed. Ze zeiden dat het in orde was. Maar nu heeft ze koorts. We zaten op Shearstown Line, op weg terug naar St. John's...'

'Hoe hoog?'

'Hoog?'

'De koorts.'

'Veertig.'

'Christus, Joe. Dat is veel te hoog. Heb je pillen?'

'Nee. We zaten op Shearstown Line, terug op weg naar St. John's en ik merkte dat ze heet was en dat ze zo waterig uit haar ogen keek, maar ik had geen pillen in de auto. En er is ook geen apotheek. Ik durfde de rit niet aan. Ik was op weg terug, terug naar hier...'

'Hebben ze je in het ziekenhuis niks voor haar gegeven?' vroeg Kim.

'Nee, daar was ze in orde.'

'Pak dan een vochtige doek en een pan koud water en maak die doek nat en leg die op haar lijf...'

'Dat doe ik al. Ik heb de dokter gebeld. Er was hier vandaag een dokter toen het gebeurde. Hij heeft de vent die de steen gegooid heeft bijna overreden.'

'Vent? Wat voor vent?'

'De vent die die steen gooide.'

'Die vent?' Ze gooide haar benen over de rand van het bed. 'Een man?'

'Nee.' Joseph klonk toch echt van streek. 'Een tiener.'

'Waarom moest hij zo nodig een steen gooien? Was dat een ongeluk?'

'Dat weet ik niet.' Er volgde een pauze en Kim hoorde Joseph terzijde zeggen: 'Het is mama.' En toen Robins stemmetje: 'Mag ik haar aan de lijn?'

'Robin?' riep Kim.

'Hallo, mama.' Haar lieve stemmetje was zwak, het klonk wat bibberig.

'Dag, schatje. Hoe voel je je?'

'Kkkoud.'

'Moet ik naar je toe komen? Ik kan komen, hoor. Meteen.'

'Nee, mama. Het regent. Dan krijg je misschien een ongeluk.'

Kim had een droge mond, haar lichaam tintelde van de angst die haar nu aan het rillen bracht. Toch moest ze glimlachen om Robins zorg om haar veiligheid. 'Als je temperatuur niet gauw zakt kom ik echt, hoor. Oké? Die regen kan me niks schelen.'

'Oké, mam. Dag, lieverd. Hou van je.'

'Ik hou ook van jou.' Er volgde een schurend geluid door de hoorn.

Daar was Joseph weer: 'De dokter brengt nog wat kinderaspirine.'

'Als die koorts niet snel zakt,' zei ze heel streng, en ze trok de dekens dichter tegen haar borst, 'breng haar dan terug naar het ziekenhuis. Dat is heel belangrijk. Ze heeft misschien een hersenschudding.'

'Dat weet ik. Ik bel je over een halfuur.'

'Geen risico's nemen, Joe. En leg die doek op haar.'

'Ik heb een doek. Ik doe...'

'Die temperatuur moet naar beneden, anders is er wellicht hersenschade. Veertig is veel te hoog.'

'Oké.' Zijn stem klonk minder stabiel nu. 'Oké. Ik bel je later. Ik ben hier.'

'Is alles goed met jou?'

'Nee, beslist niet.' Hij hing op.

'Joe?' De hoorn was glad geworden in haar hand. Ze beet op haar lip. Bezorgd, toen boos. Wat was Joseph daar aan het doen? Hoe kon hij toestaan dat iemand stenen gooide naar Robin? Waarom zou iemand een steen gooien naar een meisje. 'Wat voor klootzak is dat?' mompelde ze, woest terwijl ze de hoorn neersmeet. Ze gooide de dekens weg, voelde het zweet haar lichaam verkoelen, de schok van de angst die haar haar zelfbeheersing deed verliezen. Ze stond op, greep haar kamerjas, stak haar armen erin, bond de ceintuur vast en sloeg haar armen om zich heen om warm te worden.

De regen begon harder te vallen, hamerde op het dak, maar toch stond ze daar in een stuip van passiviteit. Ze had nu een excuus om naar Bareneed te gaan. Robin, haar kindje, haar enig kindje, had een gevaarlijk hoge temperatuur. Ze voelde schaamte in zich opstijgen. Ze voelde zich zo schuldig als wat.

Bij het geluid van kloppen, rende Joseph de trap af en gooide de voordeur open. Dokter Thompson, met een gele regenjopper en de capuchon op, stapte oplettend over de drempel van huize Critch. De regen viel gestaag. Hij hoorde het breken van de golven, van de wind in de toppen van de naaldbomen of van het verafgelegen strand.

'Dank u, dokter, dat u gekomen bent.' Een kilte, die van de open deur naar binnen dreef, dwong Joseph spastisch te huiveren. Hij had het niet meer warm kunnen krijgen sinds hij eerder op die dag in zee was gevallen, zijn botten leken vol van een taai vulsel van angst en ijs. Dode vingers reikten naar zijn botten. Dode gezichten die daar hingen en hem aankeken. Onder water was er iets heel anders. Hier op land was hij veilig. In een huis. Muren. Ramen. Toch was de regen een zorg op zichzelf. De regen was net als de zee, die viel in een bepaald patroon op hen neer. Wat probeerde die regen hem duidelijk te maken? Wat voor vorm nam hij aan?

'Geen probleem,' zei Thompson met slaperige stem. Hij schoof zijn natte capuchon af en schudde de regen van zijn zwarte tas.

'Ik zal u uit uw jas helpen.'

Thompson knikte en zuchtte toen hij zijn armen uit zijn jopper trok. Joseph kon zien dat de dokter moe was, aan de paarse wallen onder zijn ogen, en zijn langzame, verstrooide bewegingen.

'Bedankt,' zei Thompson en hij hoestte toen Joseph de jopper op een haak hing naast de deur. 'Is ze boven?'

'Ja.' Joseph ging voor. 'Ik heb haar al een natte doek op haar hoofd gegeven.'

'Goed.'

Joseph bereikte de bovenkant van de trap voor Thompson, die rustig aan deed.

'Versleten knieën,' zei Thompson toen hij naast Joseph stond. 'U mag van geluk spreken dat u de uwe nog hebt.'

Joseph keek verbaasd naar zijn knieën en ging de dokter voor naar Robins slaapkamer. Een lichtje onder een roze plastic lampenkapje brandde op haar nachtkastje.

Hoewel Robin haar ogen dicht had mompelde ze een paar woordjes, alsof ze de dokter groette: 'Het is nog geen Kerstmis.'

De dokter, die naar wijn en knoflook rook, trok zijn wollige wenkbrauwen op en stapte de kamer in. Hij zag de zilveren pan water op het tapijt staan, met het blauwe washandje dat erin dreef. Weer zuchtte hij terwijl hij zijn tas op de rand van het bed zette en die openmaakte.

Robin zei: 'Maar ik heb geen cadeautje voor je.'

'Een cadeautje?' De dokter kreunde terwijl hij op de rand van het bed ging zitten. 'Verdomde knieën,' vloekte hij. 'Rotknieën.' Toen zei hij, om het kind te kalmeren: 'Hallo, Robin.' Hij zocht in de tas op zijn schoot. 'Ik ben dokter Thompson en ik ga jouw temperatuur opnemen. Is dat goed?'

Robin, nog steeds met gesloten ogen, zei koket: 'Dat is voor de kalkoen.'

De dokter grinnikte. 'Volgens mij ben jij vanavond de kalkoen. Je bent er heet genoeg voor. Kun je me even aankijken?' Hij nam de thermometer en probeerde die af te lezen. 'Ik kan geen moer zien.' Hij gaf hem aan Joseph die controleerde of het kwik onder het vereiste cijfer kwam.

'Prima,' zei hij en hij gaf hem terug.

Robin deed haar ogen open. Haar haar plakte op haar voorhoofd.

'Wil je alsjeblieft even je mond opendoen, schat.'

Sloom opende Robin haar mond en de dokter stak de thermometer erin. Met een nog veel hardere kreun ging hij weer staan, een hand op zijn onderrug, en wendde zich toen tot Joseph. 'Zoals ik al gezegd heb, volgens mij was die bult op haar kop niet erg genoeg om dit te veroorzaken. Wellicht heeft ze een virus opgelopen, een infectie, iets wat haar lichaam nu aan het bestrijden is. Hoe is het met haar ademhaling?'

'Haar ademhaling?'

'Ja, in en uit.' Hij wees naar zijn eigen mond.

'Goed.'

'Oké.'

'Moet ik haar terugbrengen naar het ziekenhuis?'

'Dat weet ik niet. Dat moet u zelf weten. De röntgenfoto's waren duidelijk genoeg. Ze is hier geraakt door die steen.' Hij wees met twee vingers op de achterkant van zijn eigen hoofd. 'Dat is een harde plek. Als het aan de voorkant was geweest, bij de slapen of ergens daar in de buurt, dan hadden we ons zorgen moeten maken. En ze had een mooie bult, dat is een goed teken.' De dokter knipperde met zijn ogen, merkte Joseph op. Hij pakte een bril uit zijn borstzak en zette die op het puntje van zijn neus. 'U staat te huiveren.'

'O, dat is niks. Nattigheid. Hoe lang kan dit nog duren?'

'Niet veel langer. Ik zal haar wat geven. Als dat de koorts niet breekt, dan moet u haar in een bad met ijskoud water stoppen.'

Hij wendde zich naar Robin en gaf haar een troostende glimlach. 'Niet zo leuk om dat ding in je mond te hebben, hè?'

Robin schudde zwijgend haar hoofd.

'Kunt u die thermometer even pakken?' vroeg hij Joseph. 'Rug en knieën naar de gallemiezen. Dokter, genees uzelf. Ik heb mazzel.'

Joseph bukte zich en trok de thermometer weg tussen Robins lippen. Hij weerstond de aandrang hem af te lezen toen hij hem aan de dokter gaf. Thompson bestudeerde het kwik, zijn uitdrukking bleef dezelfde. Toen schudde hij de thermometer, stopte hem weg en haalde een pot met pillen uit zijn tas.

'Kersensmaak,' zei hij en hij lachte naar Robin. 'Ik moet me inhouden om ze niet zelf op te eten, zo lekker zijn ze.' Hij gaf er twee aan Joseph, die zich vooroverboog naar Robin.

'Eet deze even op, schatje.'

Robin opende haar mond en kauwde op haar gemak de pillen, bewegend met haar tong, af en toe wachtend, haar ogen dicht, toen weer kauwen, weer ophouden. 'Mag ik wat water?'

Joseph pakte het glas van het nachtkastje, hief voorzichtig Robins hoofd op en hield het glas schuin tegen haar lippen. Voorzichtig nam ze een slok. Een windvlaag sloeg tegen het raam en een knetterend geluid klonk aan de voorkant van het huis. Draden die tegen de houten muur sloegen.

'Oké?' vroeg hij haar.

Robin knikte.

'Maar hoe is het met uzelf?' vroeg Thompson met gedempte stem toen Joseph eenmaal weer was gaan staan en de dokter aankeek. 'Hoe voelt u zich?'

'Ik kan die kilte niet weg krijgen.' Hij zag dat hij het glas nog vasthield en zette dat weg.

'Dit is allemaal verbijsterend. En die val in het water heeft het er niet beter op gemaakt.' De dokter staarde naar Josephs ogen alsof hij verdere onthullingen verwachtte. Er viel een stilte tussen hen voordat nog een windvlaag regen tegen het raam liet kletteren. Thompson draaide zich om en bekeek de donkere ruit. 'Een ellendige nacht,' merkte hij op en hij keek eens naar Robin voordat hij Joseph weer aankeek. 'Met haar gaat het wel goed. Maakt u zich maar niet te veel zorgen.'

Joseph verlegde zijn aandacht naar Robin, die leek te slapen, haar ademhaling gelijkmatig.

'Nou...' zei Thompson.

'Ja.' Joseph keek toe hoe Thompson zijn tas pakte.

'U moet me maar bellen als...'

'Vertel hem van de lijken, papa.'

Thompson en Joseph vestigden beiden hun aandacht op Robin, maar het was alsof ze geen vin had verroerd. De toon van haar stem was helder en gezond geweest.

Een heftige huivering rukte aan Josephs schouders. Hij maakte een geluid met zijn lippen. 'God,' zei hij onwillekeurig.

'Ze ligt vast te dromen,' zei Thompson. 'Koortsdromen. Hebt u die ooit?'

'Vast,' zei Joseph, zijn woorden afgemeten tussen gespannen lippen.

'Persoonlijk vond ik ze altijd wel leuk,' moest de dokter toegeven. 'De beste komen altijd net voordat de koorts breekt.'

In het zonnehuis stonden twee donkere gestalten, een vrouw en een spookkind, voor het bovenraam te kijken hoe de terreinwagen het voorerf van het buurhuis af reed. Het voertuig reed onder een lantaarn door, die de vlagen regen verlichtte, en heel even de gestalte van de dokter. Het voertuig gleed toen verder de bovenweg af naar de bijeengeschurkte lichtjes van de gemeente.

'Arm kind,' mompelde de vrouw, doelend op de ramp in het buurhuis. Die man die midden in de nacht voor een ziek kind moest zorgen. Wat een zorg. Een ziek kind. Ze voelde medelijden met hem. Even dacht zij erover na om ernaartoe te gaan en te helpen, om te kijken of het kind koorts had, om haar vingers op de wang van het kind te leggen en erop toe te zien dat het beter werd, dat het meisje in orde zou zijn, dat zij de beproevingen van deze nacht zou overleven. Maar zou die man de vrouw accepteren, haar zonder uitnodiging binnenlaten?

Het spookkind staarde naar achteren, de donkere kamer in, het licht van buiten kwam zover niet. Ze hield haar adem in, luisterde aandachtig naar het verre gerommel beneden, dat al snel overging in langzame, aarzelende voetstappen in de richting van de trap. Een hoorbare uitademing, lucht die moeizaam door de neusgaten van een man ontsnapte.

'Hij is er,' hijgde het spookkind.

De vrouw bleef stilstaan, haar gezicht in duisternis gehuld, op een randje geel licht langs haar wang en haar kaak na, afkomstig van de lantaarn aan de overkant van het erf. Binnen de muren klonk geen geluid. En buiten de muren sloeg slechts regen op het dak.

'Hij komt de trap op,' kondigde het spookkind aan, met dikke tong en belletjes alsof ze af en toe onder water verdween, onder het oppervlak werd geduwd. Moeizaam kwamen de woorden: 'Je moet...' toen onder, ondergehouden, toen weer boven, uitspugend: '...ophouden van hem te houden.'

De vrouw snikte eens. Ze sloot krampachtig haar ogen, ging met haar vingers naar haar wenkbrauwen, schudde vreesachtig haar hoofd.

'Stop, mama,' gilde het spookkind. 'Hou op met van hem te houden.' Haar stem werd een schrille kreet: 'Hou ermee op. Hou op met van hem te houden. Hou op met van hem te houden.'

De vrouw snikte nog harder, terwijl het spookkind wegdreef van het raam, zich verstopte in de hoek, daar wegkroop, huiverend, druipnat. Druppels water vielen in een eentonig ritme op het tapijt, alsof het dak lekte, alsof de regen geen grenzen kende. De vrouw richtte haar blik op het plafond, daar waren druppels water, vaag zilver, die daar hingen te wachten tot ze zouden kunnen vallen.

'Je ziet hem!' gilde de stem achter haar. De druppels op het plafond vielen opeens allemaal tegelijk, waardoor ze door en door nat werd. 'Die vent is gekomen.'

De vrouw schudde haar hoofd, verborg haar gezicht in haar natte handen, snikte.

'Lichtekooi. Alleen omdat ik dood ben denk jij... denk jij...'

'Ik hou niet van jou,' mompelde zij. 'Ik hou niet van jou, ik hou niet...'

'Jawel. Kijk maar naar me, ik ben er toch.'

Er kwam geen geluid, slechts stilte. De vrouw vermoedde dat alles wat zij zich tot nog toe had voorgesteld wellicht niet meer was dan dat – verbeelding, totdat haar hoofd achterover werd getrokken aan haar haar, weg van het raam, in de volstrekte duisternis en zij gilde van pijn en van de angst. Er boog zich een diepe schaduw over haar heen en die haalde uit, terwijl ze haar zwakke handen ophief om zich te beschermen tegen verder letsel.

Uitgeput stopte Claudia haar pen in de middenvouw van haar dagboek. De pezen van haar hand stonden strak en deden zeer. Ze keek het raam uit. In het glas, in de weerspiegeling van de alles doordringende duisternis en het beperkte licht, zag ze Jessica pal achter zich staan.

'Zit je te dromen, mama?' vroeg Jessica.

'Dat weet ik niet, schat. Zit ik te dromen?'

'Soms kan ik het niet zien, mama. Denk je dat het ertoe doet?'

'Dat wat ertoe doet?'

'Hoe echt ik ben, mama? Ik weet niet hoe echt ik ben.'

Gestaag sloeg de regen op het zwarte water van de oceaan. Het oppervlak leek net vloeibare houtskool, doorsprenkeld van miljoenen puntjes zwak, gedempt licht. Een paar wachtposten stonden op de grote L-vormige betonnen kade waar twee garnalenboten lagen aangemeerd, het hout krakend op de deining van het water. Beide mannen droegen donkergroene joppers en bekeken het water, beiden met een verrekijker.

'Je ziet geen donder,' zei een van hen hardop, boven het geluid van de regen uit. De ander antwoordde niet.

Zo'n dertig meter van de kade, ongeveer halverwege tussen waar zij stonden en de zwarte massa van de landtong, kwam iets oranjes boven, dat deinde en dreef, waarbij de vallende regen het subtiel liet glinsteren onder de maanloze hemel.

De eerste wachtpost wees. De ander richtte meteen zijn verrekijker op de plek. 'Een dooie vis. Een dooie, oranje vis. Een grote ook nog.'

De ander knikte en bleef kijken, gespannen, zag een vlaag mist uit het water opstijgen die boven het voorwerp trok en daar bleef hangen. Toen werd hij plotseling weggeschoven doordat er een lijk bovenkwam dat traag op en neer bewoog.

De beide wachtposten hadden hun verrekijkers laten zakken en klommen langs de kant van de kade naar beneden, waar hun bootje ze lag op te wachten. De eerste wachtpost startte de motor en stuurde naar het lijk, terwijl de ander op de deinende voorplecht van het bootje stond, met zijn verrekijker voor zijn ogen.

Toen ze eenmaal bij het lijk waren, merkten de wachtposten tot hun verbazing dat het lichaam gekleed was volgens de mode van een zestiende-eeuwse ontdekkingsreiziger, met kniebroek, vest en leren schoenen. Het dreef op de rug en de blik was onverstoord door de regen, de vochtige ogen staarden geduldig naar de grijszwarte hemel.

Vrouw Laracy kon niet slapen als de regen op haar huis sloeg. 'Als de wind waait uit het oosten,' fluisterde ze bij zichzelf, 'is dat goed voor mens noch beest.' De wolkbreuk verstoorde alles in haar bestaan: de hemel werd verstoord, de lucht werd verstoord, de oceaan en de aarde werden verstoord. Alles, tot het kleinste ding toe, veranderde buiten haar schuilplaats. Het hout van haar huis werd natter en de houtwormen knabbelden aan het rot en vermenigvuldigden zich. Ze zag en voelde dat alles in haar botten toen zij de zwarte ketel met de lange tuit op het vulgat van haar houtkachel zette. De regen vulde gaten in de grond, zweepte rivieren op, maakte de zee zwaarder.

Een vlaag wind met regen sloeg tegen het keukenraam. Vrouw Laracy keek toe hoe de stralen water van elkaar werden gescheiden en ontdekte beweging in het donkere glas, terwijl de stroompjes water haar blik op buiten vervormden.

Vanaf de tijd dat ze kind was, was ze gek geweest op de triestigheid van re-

gen. Dat huilende, de hele buitenwereld die ervan doordrenkt werd en verweekte. Op avonden als deze verlangde ze er heftig naar ingestopt te worden
in bed, reeds voorverwarmd door twee warme stenen van het strand, die boven op de kachel hadden gelegen, om dan naar haar vader op te kijken, die
haar verhalen vertelde of liedjes zong terwijl de regen zelf herinneringen op-
wekte. Hij vertelde haar dan van zijn reizen naar Labrador, de Eskimo's met
hun vreemde gewoonten, hoe de vrouwen hun baby's op hun rug bonden en
eten voorkauwden voor de baby's voordat ze het in hun mondje stopten. Hij
vertelde dan over Dog Island, waar de wilde honden die de Eskimosleeën in
de winter trokken in de zomer aan hun lot werden overgelaten, zodat ze weer
wild werden. De honden werden daar na de dooi in boten naartoe gebracht
en moesten zich dan zelf maar redden. 'Als dicht genoeg in de buurt kwamst,
een paar kilometer uit kust, dan konst 't geluid door lucht horen trekken, een
klagend geluid, zo nuver dast tranen in d'ogen kreegst.' Haar vader ging dan
naast haar bed zitten, haalde een vinger door zijn dikke wenkbrauwen, terwijl
hij op diepe, ernstige toon sprak. 'Die honden die daar zaten te janken in hun
miserabele positie. Ze kwamen naar kust als we voorbijvoeren. Daar stonden
ze dan te blavven en te janken als gekken, als behekste beesten, terwijl ze elkander beten. Ze wazzen gammel. Een of twee probeerden naar ons toe te
zwemmen, ogen strak op dien gezicht gericht, maar dan keerden ze zich om
en plasten weerom, hard roeiend met poten, met laatste energie. Te ver het
water in'gaan. Een te groot verschiet om te overbruggen.' En dan vertelde
haar vader verhalen over de mannen met wie hij had gezeild, mannen uit verre havens die ongelooflijk bijgelovig waren. Dat geloof intrigeerde en inspi-
reerde vrouw Laracy altijd. Het leek zo echt, zo totaal geworteld in kinderlijke rede. Bijgeloof was magisch. Op dat ogenblik hield haar vader even op
met verhalen vertellen en dan begon hij te zingen, met een hoge, fluwelen
jongensstem, een stem die totaal verschilde van die hij gebruikte om mee te
praten. En terwijl hij tegen haar zong, leek de kamer langzaam te bewegen,
op en neer, op het ritme van de muziek, alsof ze in een boot op zee lag en de
stem van haar vader was die van de wachtende baren, die haar door alles heen
voerden. Haar vader zong dan haar favoriete liedje, dat ging over de dood van
haar grootvader op een ijsschots, toen hij in 1897 op zadelrobbenjacht was:

De jongs van voorjaar zeven'negentig
Als doe nooit 'hoord hast
Van ontbering op 't kale ijs
Wij hadden krek zo veel last.
Wij knuppelden de rob bij Cabot,
Vijf dagen buitengaats,
Wij zollen snel klaar wezen,
't Laden vond snel plaats.

Elfduizend nuvere robbetjes
Laadden wij die dag
En avonds nog eens zestien,
't Had aanstonds z'n beslag.

Dat was het vrolijke deel, dat ging over werk en succes, maar vrouw Laracy
wachtte altijd op het kriebelende gevoel van de tragedie, haar hart begon
sneller te kloppen bij het geluid van haar vaders woorden, dat zoeter, triester
werd terwijl hij uit het raam keek, naar de stromende regen of de sneeuwstorm die hem aanspoorde.

De dag daarop was 't storm op 't ijs
Die door 't laadgat gierde,
Wie toen z'n leven redden wol,
Most maar zien dat hij 't schierde.

We kregen er toen flink van langs,
Waren nat en leden kol,
En al 't gevaar van dat voorjaar
Daar hemmen nog de kop van vol.

Hier pauzeerde haar vader even om haar behoedzaam in de ogen te kijken,
als om haar te waarschuwen, alsof hij zich afvroeg of ze klaar was voor het
ergste van het hele verhaal:

Slim genoeg toen dood zich ermee moeide
dat maakte 't er niet beter op,
want een van onze varensgasten,
had d'eenentwintigste die strop.

Hij deed als kerel wat hij doen most,
Toen onze kameraad voorover viel,
En liep daarbij zo'n letsel op,
Dat dood 'm roofde van z'n ziel.

Onz' scheepsmaat Thomas Laracy
Kon zo veel tegenslag niet baas,
De negenentwintigste slaakt hij een zucht,
En vindt slechts in de dood soelaas.

Tranen welden dan op in de ogen van vrouw Laracy als zij de naam van haar
overgrootvader uitgesproken hoorde, met de vreselijke details van zijn dood.

Dit, gekoppeld aan de pure schoonheid van haar vaders stem, zorgde ervoor dat de tranen over haar gezicht stroomden, dat haar haar bij de slapen nat werd, want in weerwil van zichzelf moest ze zich haar grootvader voorstellen die daar op het eeuwig witte ijs lag, met de wind huilend om hem heen, net als die verlaten dieren op Dog Island. Hij was gekleed in wollen broek, een trui en een mottige overjas. Zijn kleren waren beplakt met klompen sneeuw en hij lag op zijn zij, terwijl de andere mannen om hem heen stonden, hun hoofden gebogen om zich te beschermen tegen de felle beet van de wind. Ze waakten over hem, niet in staat iets anders te doen voor hun edele vriend terwijl de sneeuw zich rondom hem ophoopte.

> Dapper vocht hij om erbij te blijven,
> Z'n kameraden nog één keer te zien,
> Maar nooit zol hij een voet meer zetten
> Op zuidelijke kust, sindsdien.

> O Newfoundland, in noord en zuid,
> In elke baai langs d'oude kust,
> Heb meelij met die landsman toch,
> Die na zo'n noodlot op de bodem rust.

> Zij sneefden dapper bij hun plicht,
> En God wil ze genadig wezen,
> Die kerels die zo ploeteren mosten,
> Om een bete broods te lezen.

Toeslaande tragedie, zo hartverscheurend en toch zo troostend, omdat de inherente grimmigheid van de menselijke aard erdoor werd bevestigd. Vrouw Laracy moest er altijd om huilen, en haar vader, als hij eenmaal klaar was met zijn voordracht, boog dan voorover om haar te troosten en haar verdriet weg te sussen.

Nu keek ze hoe de regen tegen haar keukenraam sloeg, de regen die de komende maanden zou veranderen in sneeuw. Ze herinnerde zich hoe haar vader, als hij dat verhaal had verteld of gezongen en haar een kusje op het voorhoofd had gedrukt en zijn sterke handen over de randen van de dekens had gehaald om zich ervan te vergewissen dat alles in orde was, stilletjes uit haar kinderkamer stapte alsof hij zich terugtrok uit een schrijn. Zijn achterblijvende aanwezigheid, de gloed die zijn lichaam omgaf, die bleef hangen na het vertellen van het verhaal, veranderde zich in de geest van Thomas Laracy, die aan de voet van haar bed stond, niet bevroren of verschrikkelijk vervormd, maar warm en glimlachend, en met een charmante knipoog een tik aan zijn hoed gevend. Die sloot dan vervolgens zijn ogen en begon heen en weer te wiegen alsof hij het deuntje hoorde dat hem had opgeroepen, en daarvan genoot.

Thomas Laracy, een man van wie vrouw Laracy hield, en die ze alleen uit verzen kende. Een dode man, die al die jaren weg was, maar toch leefde in haar gedachten met een helderheid die op een of andere manier haar hart genas. En Uriah Slaney, haar schatje, een man die ze net zo goed kende als zichzelf, een man die met haar verwant was in geloof en in alle delen van zijn ziel. Kon ze hem nog maar weerzien, in de geest, hem zien voorbij zijn graf zoals dat vroeger het geval was.

Zouden de geesten maar worden losgelaten van waar ze werden vastgehouden. 'Laat die dan toch zien,' mompelde ze stilletjes. 'Gun me de troost van joen vrede.' Vrouw Laracy wendde zich af van het raam en staarde naar de kachel. Het water in de ketel kookte. Stoom rees boven de kachel uit en bleef bij het plafond hangen terwijl vrouw Laracy samenzweerderig bij zichzelf grijnsde. 'Neem vorm aan,' sprak ze, grinnikend, terwijl ze haar ogen toekneep om in die stoom een figuur te onderscheiden. 'Met kokend water namst doe ooit vorm aan in deze zelfde keuken.' Ze wachtte, aarzelde in oprechte afwachting, slechts om eens temeer haar hoop de bodem te zien inslaan. 'Weer niks,' zei ze ten slotte, strompelde naar de ketel en greep hem van de kachel. 'Niks meer. 't Is nu een kruis dat ik dragen mot.'

Joseph ging met het koude washandje over Robins buik, toen voorzichtig over haar borst en over haar gezicht. Hij bette haar omzichtig terwijl zijn dochter maar bleef rillen. Robin trok aan de deken om zich te bedekken, maar Joseph verwijderde die geduldig weer.

'Het spijt me, schatje,' fluisterde hij, 'maar ik moet je koorts omlaag krijgen. Je krijgt het met die dekens alleen maar warmer.'

Bibberend knikte Robin, dapper. 'Goed, hoor.'

Joseph doopte het washandje weer in de pan koud water en wrong het uit. Hij was bang dat de koorts nooit zou wijken. Hij vreesde een tragedie die je hart kon laten imploderen. Het kostte hem echt moeite zich voor te houden dat het kwaad niet zou overwinnen. Waarom heb ik haar hier mee naartoe genomen? Maar hoe kon ik dit weten? Het was vakantie. Hoe kon ik dit weten? Herinneringen bestookten hem: Claudia die op de vloer van haar huis zat, met haar hoofd tussen haar knieën, terwijl Joseph een arm rond Robins schouder sloeg en haar wegdraaide van dat tafereel, de weerspiegeling van de bebaarde man in het raam, de onderwaterdoden met hun onzekere maar toch afwachtende blikken.

Het was halfeen 's nachts. Een lang uur van bestraffende en verdachte beelden had Joseph geplaagd tot eindelijk het kwik daalde naar achtendertig drie en daar bleef hangen. Zich afschermend tegen het lawaai en de rampzaligheid van zijn gedachten, merkte hij de stilte in en buiten het huis. De regen was opgehouden. Hij keek nog eens naar Robin. Ze lag rustig in haar bed, rilde niet langer. Ze ademde gelijkmatig en zweette uitbundig. De koorts was gebroken.

Joseph stond op uit zijn knielende houding naast het bed. Hij voelde veiligheid, hij voelde zich in de ban van een levendige vreugde. De dreigende mogelijkheid Robin te zullen verliezen was tenietgedaan, en daarmee ook de claustrofobie door de gebeurtenissen van de afgelopen paar dagen. Deze opluchting gaf hem behoefte aan kameraadschap. Hij moest Kim eens bellen. Hij moest haar meteen bellen. Hij keek naar de telefoon naast Robins bed. Bel haar nu. Of laat haar maar lijden. Lijden tot hij het verkoos dat leed te verzachten.

Als hij met Kim zou spreken, dan zou dat onder vier ogen moeten zijn. Hij wilde Robin niet storen. Hij ging naar beneden, deed onder het lopen het licht in de hal aan, toen het keukenlicht, voordat hij de telefoon van de muur pakte en Kims nummer intoetste.

'Ze is gezakt naar achtendertig drie,' flapte hij eruit zodra zij opnam, kort na de eerste keer overgaan.

'Goed zo.' Ze slaakte een zucht.

Joseph stelde zich Kim hoofdschuddend voor, de mogelijkheden afschuddend van een tragedie die haar wellicht voor ogen had gestaan. Het had een haartje gescheeld. 'Ik blijf op. Ik houd de zaak in de gaten...'

'Je zult wel doodmoe zijn.'

'Geeft niet.' Het zwarte venster, nog bevlekt met regendruppeltjes, weerspiegelde een vaag beeld van de kamer van binnenuit. Hij verplaatste zijn blik, verwachtte aan de andere kant een nat gezicht tegen het glas te zien gedrukt, grijnzend met cryptische kennis, het raam besmeurend met rottende handen.

'Maar zo kun je morgen niet functioneren. Je wordt een wrak.'

'Functioneren?' Hij begon even te lachen en was toen zo lang stil dat hij zelf niet meer wist hoe lang. 'We komen morgen naar huis.'

'Je moet niet gaan rijden als je niet geslapen hebt. Voor mij is het geen enkel probleem om te komen.'

'Volgens mij is dat geen goed idee.'

'Robin heeft haar moeder nodig.'

Weer een terugval, waardoor Joseph eigenlijk alleen maar van streek raakte. Hij zuchtte, hij zat weer in zijn lijf. Hij zag zijn voeten op de houten vloer. Zijn grijze sokken. Hij zoog aan zijn onderlip en keek het raam uit. Niks. Zwart, verfletsend naar donkergrijs, alsof het mistig werd. Hij keek eens rond door de keuken – de beide glazen deuren van de ingebouwde kast waarin de borden gerangschikt stonden, de ouderwetse zwart-witte emaillen kachel, de ruw houten tafel. Hij had het huis gekozen met Kim voor de geest, met de vage hoop dat ze hun geschillen zouden kunnen bijleggen en gezamenlijk de zomer zouden kunnen doorbrengen.

Dus waarom lag hij nou dwars? Een verdraaide poging om controle te krij-

gen, om Kim te straffen dat ze hem gedwongen had te vertrekken en hun gezin op te breken.

'Joseph?'

'Ik weet het niet.'

'Wat weet je niet?'

'Het wordt misschien ingewikkeld. Ik wil Robin niet teleurstellen.'

'Het zou voor haar goed zijn om ons samen te zien.'

'En wat daarna dan? Meer teleurstelling?'

'Nou ja, hoe dan ook, oké. Wat je maar wilt. Goed, hoor. Beslis jij maar.'
En ze hing op.

Joseph hield de hoorn nog vast, belemmerd door het plotseling afbreken
van Kim. De hoorn zei niets meer, was plastic en leeg. Hij was weer alleen.
Nee, niet alleen, maar weer geheel aangesloten op de zorgelijkheid van deze
plek en zijn bewoners. Kim had zich door het snoer teruggetrokken. In zeker
opzicht was ze zijn bescherming geweest.

Even later hing hij zelf op, met een gevoel alsof hij niets had bereikt dan
verdere schade aan zijn toch al geblutste status. Hij wendde zich naar het
raam. Niets. Maar wat verwachtte hij dan? Hij liep op de ruit af, als om zichzelf te verdoemen met de schrik van een gezicht dat zou verschijnen, een van
die lijken uit de diepte van de zee. Wat waren die aan het doen? Waren die
er echt geweest?

Plotseling kwam er nog een bak regen uit de lucht vallen, die het dak zo
hard raakte als een regen van brekende stenen. Hij stelde zich voor hoe de
regen op het oppervlak van de zee moest slaan en hoe alle verdronken lijken
met hun hoofd naar boven hingen te kijken naar de speldenprikken die de
scheiding tussen lucht en water raakten, het hek van gaten dat wellicht het
oppervlak volslagen zou verbreken en ze daardoor zou bevrijden.

Toen Tommy Quilty twee jaar was, vlak nadat hij door het kleine volkje was
meegenomen en als een veranderd kind was teruggekeerd, begon hij kleurige uitgroeisels rond mensen waar te nemen. Baby's waren omgeven door de
felste, meest spectaculaire kleuren, maar bij talloze ouderen was dat ook zo.
Naarmate de baby's groeiden, verfletsten hun kleuren of ze bleven stralend.
Dat scheen af te hangen van wat iemand met zijn of haar leven deed. Degenen die altruïstisch waren behielden de gezondheid van hun kleuren, maar
degenen die zich alleen zorgen maakten om eigen gewin verslonden zelfs hun
meest elementaire kleuren. Het duurde dan ook niet lang of Tommy besefte
dat de mensen zonder licht gemeen en gewetenloos waren. Zij misten een
bepaalde innerlijke kwaliteit die de gekleurde uitgroeisels voortbracht. Tommy vermoedde dat deze innerlijke kwaliteit medeleven was. Die mensen
moesten worden vermeden, want zij bezorgden iemand extreem ongemak.
Vrouw Laracy had Tommy verteld dat die kleurige uitgroeisels aura's werden

genoemd. Zij zag ze ook, het was in orde om ze te zien. Hij putte veel troost uit de aanwezigheid van vrouw Laracy, maar als zij niet in de buurt was, voelde hij zich vaak gehinderd door zijn eigen waarnemingsvermogen.

Wat hem in de loop van de jaren het meest dwars had gezeten was het geleidelijk verdwijnen van aura's bij mensen. Bomen, gras, zee en hemel hielden allemaal hun levendige kleuren, tinten die verschilden van wat de meeste mensen zagen. Toch bezaten feitelijk steeds minder mensen aura's na hun jeugd. Natuurlijk vroeg Tommy zich af of dat aan hem lag, wellicht verloor hij 'het oog' of waren de aura's echt aan het afsterven. Ook vrouw Laracy had het verfletsen van aura's opgemerkt en het op deze manier verklaard: ''t Is het afstervend geloof in het fantastische dat de lui kleurloos maakt.' Hij ging er maar van uit dat vrouw Laracy gelijk had, maar toch vroeg hij zich af of het wellicht zijn geloof in zichzelf was dat feitelijk afstierf, want vrouw Laracy beweerde dan wel dat hij heel bijzonder was, hij kreeg van anderen toch duidelijk te horen dat er bij hem een steek loszat.

Dat verval was tientallen jaren eerder begonnen en was overduidelijk ingetreden na het verdwijnen van geesten en het kleine volkje. Tommy was acht jaar geweest toen dat allemaal gebeurde. Breed grijnzend was Tommy de bossen in gegaan om de geheime vergaderplek van het kleine volkje te bezoeken. Over zijn schouder kijkend om er zeker van te zijn dat hij niet gevolgd werd, duwde hij de altijd groene takken aan de kant en zag de plek waar bosbessen, veenbessen en patrijsbessen groeiden, met vitaal stralende kleuren en bijna barstend van leven. De elfen mochten graag met de bessen spelen en ze eten. Ze gooiden ze als kleine balletjes naar elkaar, schoten heen en weer bij hun vangspelletje, totdat er een bes in de handen van een ongelukkige speler uit elkaar plofte en de kletsnatte elf op de grond viel. Tommy had uitgezien naar het schouwspel van hun spelletjes. Hij had een bolletje scheepsbeschuit meegenomen, dat zij in plakjes sneden en huisjes van bouwden totdat de regen ze week maakte en wegspoelde. Natuurlijk konden die huisjes gemakkelijk weer worden opgebouwd. De elfen werden nooit ontmoedigd, nooit terneergeslagen, werden nooit triest van tegenslag.

Tommy had de altijd groene takken uit elkaar gebogen in de verwachting het kleine volkje verdiept te zien in zijn spel, maar er was geen spoor van te bekennen. Er fladderde een libel voorbij, de vleugels maakten een geluid dat leek op dat van de elfen. Dat deed Tommy's hart even opspringen. Wellicht verstopte het kleine volkje zich, speelde het een spelletje met hem. Hij liep verder hun geheime plek op en wachtte, sloot zijn ogen en zei: 'Kom tevoorschijn, kom tevoorschijn.' Maar als hij zijn ogen opendeed was hij nog steeds alleen. De elfen, die nooit ver van huis zwierven, waren weg. Hun huizen betekenden alles voor hen. Zij reisden nooit buiten hun gemeenschap, gingen nooit weg.

Er hing een stilte in de bossen, een nieuwe, vreugdeloze stilte. De speelsheid in de lucht was gedempt, zonder het gedruis van elfenvermaak, de kleuren van de bladeren leken stoffig, want de elfen poetsten ze niet meer elke ochtend. Tommy Quilty stond op die plek, de plek waar de elfen hem met magie hadden besprenkeld en hem hadden veranderd, hem in de ogen van alle anderen foeilelijk hadden gemaakt, maar op zichzelf heel speciaal. Hij wist dat hij de toetssteen was van andermans karakter. Hoe zij hem zagen, hoe zij hem behandelden, daaruit kon je zien wie zij diep in hun eigen hart eigenlijk waren. Dat hadden de elfen hem wel verteld, hoewel enkelen van hen zaten te giechelen achter hun rug, terwijl de anderen het uitlegden. Die giechelaars waren alleen maar jaloers, veronderstelde Tommy, want net als mensen waren vooral de lagere elfen in staat tot heftige jaloezie.

Nu, zo'n veertig jaar later, waren de elfen nog steeds weg, de geesten waren hogerop de lucht in gedreven en de mannen en de vrouwen met de gekleurde uitgroeisels aan hun lichaam waren steeds zeldzamer geworden.

Tommy zat aan zijn tafel, zijn houtskoolstiftje stevig op het dure, gebroken witte schetspapier gedrukt. Met precieze krabbels tekende hij een zee die wemelde van de schepselen die zo bijzonder waren dat zijn mond openzakte als hij ze alleen al zag. Op de kade heersten chaos en paniek, mensen hielden elkaar vast of wezen ongelovig.

De gestalten op de kade kende hij, ieder was een lid van de gemeenschap. Toen hij klaar was met het hoofd en het lichaam te schetsen van een kleine figuur, zag hij dat het Rayna was. Stralen bruin licht, spectra, vulden de nachthemel boven haar.

Tommy hield even op, geschrokken door het zien van Rayna. Was dit goed of slecht? Hij vreesde dat het slecht was. De afgelopen maanden had hij gemerkt hoe de lagen van Rayna's gekleurde uitgroeisels dunner werden. Ze zat te veel te drinken, ze zonk te diep in zichzelf weg, ze sneed haar band met de wereld door.

Tommy richtte zijn concentratie weer op zijn tekenwerk. Hij maakte het puntje van de houtskool nat met zijn tong voordat hij de stift weer op zijn schets richtte. Hij tekende met zelfbeheersing, niet in staat op te houden, zelfs toen zijn hand begon te beven en hij merkte dat hij nodig naar de wc moest. Hij bleef in zijn stoel zitten, moest deze schets afmaken, wilde niet opstaan uit angst dat deze veranderd zou zijn als hij terugkwam, zou zijn voortgeschreden voorbij het stadium dat hij momenteel vastlegde en dat zijn hand dan beelden over andere beelden zou gaan tekenen, waardoor de plaat onduidelijk zou worden. Hij vreesde de verwarring die achter dit visioen op de loer lag.

Jarenlang had Tommy vage beelden gekregen in zijn geest, maar nu zij door zijn kunst werden afgemaakt, moesten ze wel bestaan. Hij legde zijn stift neer, de schets was klaar. Hij wilde Rayna bellen, om te vragen hoe het met haar ging. Het was zaterdagavond. Was ze thuis of was ze gaan dansen in de

Caribou Lounge? Hij rende naar de keuken en de naastliggende wc. Hij plaste met een zucht van overweldigende opluchting terwijl hij het water in de pot zag schitteren en rimpelen. Toen hij doortrok bleef hij staan kijken hoe het niveau daalde tot het halverwege bleef staan. Het mechanisme in de waterbak hield stil. Hij trok aan de ketting. Het leek niet te helpen. Hij trok er nog eens aan en het water begon naar de rand op te stijgen. Tommy greep de ontstopper, maar weerhield zich ervan die in de pot te steken. Dat zou het niveau alleen maar doen stijgen, dat weer leek stil te houden, dit keer bijna tot de overloop. Hij wachtte en bleef kijken, met de ontstopper klaar in beide handen, als een soort beschermende talisman, tot het water geleidelijk aan zakte, met een paar grote borrelende bellen.

In de keuken toetste Tommy een paar nummers in op de telefoon. Hij kreeg verbinding en de telefoon ging vier keer over voordat hij werd opgenomen, waarbij de hoorn veel lawaai maakte omdat die ergens tegenaan stootte of viel en slordig werd opgeraapt.

'Hallo?'

'Rayna?' Tommy begon te stralen toen hij haar stem hoorde.

'Ja, wie is daar?'

'Tommy.'

Een natte, morsige lach aan het andere eind van de lijn. 'Tommy, Tommy... hoe maak jij het? Leuk je weer te spreken, Tommy.'

'Rayna?'

'Ja, zo heet ik. Moet je ook mijn adres?' Obsceen gelach.

'Rayna?'

'Wat is er, Tommy, wat zeg je?'

'Toen ik een lutje was, hebben de elfen me mit'nommen.'

'Ja, dat weet ik.'

'Bin niet altijd zo lellek 'west als nu.'

'Tommy, je bent onbetaalbaar, je bent een prins.'

'Nee, dat bin 'k niet.'

'Je bent de besteste prins die ik ooit heb gezien, en ik hou hartstikke veel van je.'

'Rayna, er zijn spoken op komst.'

Nog meer morsig gelach. Ongeloof. 'Dan zien we weer eens wat anders.'

'Het water komt hoog en de spoken komen, Rayna. Wat mot 'k nou doen?'

'Stuur ze maar hierheen, dan krijgen ze een slok rum.'

In weerwil van zichzelf moest Tommy hier hard om lachen. Rayna vermaakte hem toch altijd, in wat voor staat ze ook verkeerde. Dat was haar gave.

'Ik zal ze even goed onder de olie zetten. Dat wordt een stelletje bezopen spoken. Boe-hoe. Die gaan me een eindje spoken. Wat een zooitje, Tommy. Stuur die spoken maar meteen hiernaartoe. Stuur ze maar, dan worden we allemaal teut!'

Zondag

Over het algemeen was brigadier Chase gek op de zondag. Hij deed het dan rustig aan, patrouilleerde door Bareneed, genoot van de stille huizen, af en toe een paard of een koe, hier of daar grazend. Geen noodzaak je te haasten op een zonnige zondag. De mensen werden gesust door het idee dat God zich in de een of andere meer heldere, diepere zin over hen boog, legden hun gereedschap terzijde en zetten hun gevoelens van vijandschap jegens elkander aan de kant. Althans, het was leuk dat te denken.

Maar deze zondag was niet zo vredig. Een tiener uit Bareneed, Andrew Slade, was dood. Hij was op de weg gevallen, op zijn hoofd en opgehouden te ademen. De ambulanciers hadden hem niet meer tot leven kunnen brengen. Hij was in allerijl naar het ziekenhuis van Port de Grave gereden. Overleden bij aankomst. Toen Chase dokter Thompson op zijn mobiel had gebeld, om nadere omstandigheden van dat overlijden te vernemen, had Thompson Chase verteld dat er net twee nieuwe gevallen van ademhalingsproblemen, die leken op hetgeen waaraan Donna Drover leed, het ziekenhuis waren binnengebracht.

Chase moest toch toegeven dat drie doden in enkele dagen, en de mogelijkheid van een of ander virus dat zou gaan woekeren, meer dan puur toeval waren voor een kleine gemeente als Bareneed. Er gingen al geruchten over een diepgaand onderzoek. Nog één dode en je had de poppen aan het dansen. De omgeving zou worden overstroomd door experts. Ze zouden uit St. John's komen en dan, als de situatie bleef verslechteren, zouden ze uit het hele land komen binnenvliegen. Iets in het water. Iets in de lucht. Iets in de grond. Een virus. Een epidemie. Een boodschap van de Schepper. Hel en verdoemenis. Of gewoon een toevallige samenloop van omstandigheden. Drie sterfgevallen. Betekende dat eigenlijk iets? Dit is niks, probeerde hij zichzelf te sussen, denkend aan zijn vrouw Theresa, voor haar hopend dat het rustig zou blijven, dat dit nieuws haar nooit zou bereiken.

Chase knipte de radio aan en luisterde naar Bruce Springsteen die 'Glory Days' zong. Het deed hem denken aan een bepaalde periode van zijn leven, waarvan hij net zo had genoten als van zijn huidige leven, zo niet meer. Drinken met de jongens en nog niet getrouwd met Theresa. Vrijdagavond in een biljartzaal. Een aantrekkelijke vrouw met een strakke spijkerbroek die naar hem stond te kijken. Hij had geen problemen met het aantrekken van vrouwen. Ze schenen aangetrokken te worden door zijn donkere huid en zijn lengte. Hij glimlachte bij zichzelf toen hij moest terugdenken aan het geluid van de biljartballen die tegen elkaar klikten. Hij zette het liedje harder, liet zijn raampje zakken, reed voorbij het omheinde oorlogsgedenkteken en het postkantoor van Bareneed, dat de rood-witte Canadese vlag had uitgestoken. Hij reed langs het lange bakstenen gebouw met de feestzaal, waarin ook de vrijwillige brandweer huisde. Er stonden twee legervoertuigen op het parkeerplaatsje. Hij bekeek die voertuigen in zijn spiegeltje en vroeg zich af wat die daar moesten. Algauw verscheen de bocht naar de haven pal links van hem. Water. Hij voelde zijn maag krimpen en zich roeren van misselijkheid. Zeemeeuwen en kraaien vlogen in groten getale boven de kade. Vogels waren altijd ergens waar een sterfgeval was. Vogels en insecten. Je kon altijd rekenen op de aaseters.

Verder naar boven stonden auto's geparkeerd aan beide zijden van de weg. Er leek nogal wat commotie te heersen op de grote gemeentelijke kade. Een menigte van een man of veertig stond bij elkaar te kijken naar iets wat op het beton lag. Chase zette de patrouillewagen achter een rijtje geparkeerde auto's in de grindberm en zette zijn zonnebril af. Niets is zo aanstootgevend als een politieagent die in een menigte zijn zonnebril ophoudt. Hij legde hem op zijn dashboard en klom uit zijn patrouillewagen. Hij zette zijn hoed op, zorgde ervoor dat hij goed zat en controleerde zijn pistool, om er zeker van te zijn dat de vergrendeling werkte.

De kade naderend ving hij flarden op van een gesprek onder de mensen die aan de rand van de menigte stonden: 'Nog nooit gezien... wat een gezicht... opgehaald van onder...' Hij kwam bij de rand van de verzameling en verontschuldigde zich om doorgang te krijgen. Iedereen keek eerst naar hem voordat hij aan de kant ging, lichamen die uiteenweken tot hij duidelijk kon zien wat er in het midden lag – waar iedereen naar stond te kijken. Een haai, sneeuwwit, schitterend in de zon, zo fel dat Chase zijn ogen moest toeknijpen en zijn hand naar zijn voorhoofd bracht. Dit is vast iets bijzonders, hield hij zich voor. Dat zou het wel eens kunnen zijn. Hij bukte zich en bestudeerde de haaienkop. De ogen waren roze, als twee ruwe vlezige ringen in een vloed van wit licht geplaatst. Een albino.

'Da's nuver, hoor,' sprak een bejaarde stem boven Chase. Chase keek vragend op en zag een oudere vrouw met een jasschort aan en een doek om haar hoofd naar hem staan kijken. Hij kwam overeind, zij knipoogde en hield haar hoofd schuin, draaide het een beetje, in het typische Newfoundlandse gebaar van groeten.

'Hest doe ooit zoiets 'zien?' vroeg ze.

'Nee, ik kan me niet herinneren...'

'Nee, nooit, hè?'

'Waar kwam hij vandaan?' vroeg hij en hij keek toe hoe een jochie met een stok in de haai porde en vervolgens terugrende naar zijn vriendjes die hem ongetwijfeld hadden uitgedaagd.

'Van die boot,' sprak de oude vrouw, wijzend op een groen-witte krabbenschuit. 'Die krachtige kaken hadden een krabbenfuik te pakken en lieten niet los. Ze mosten hem losslaan met staaf. Was eerst niet wit.' De oude vrouw grijnsde, waardoor haar tandvlees zichtbaar werd, dat zo roze was als dat van een zuigeling. 'Hij werd wit toen ze hem begonnen te slaan.'

Chase moest denken aan die pitvis die vuurrood was geworden, als reactie op de lucht. Bij zijn voeten steeg een aarzelend kotsgeluid op, van een dier dat aarzelde tussen een kreun en grauw bij het kotsen. Een vreselijke stank woei over Chase, waardoor hij een gezicht trok en zijn hand voor zijn lippen sloeg. De oude vrouw greep hem bij zijn arm. Een aantal mensen deinsde terug en een paar anderen keken met open mond toe hoe de kaken van de haai mechanisch opengingen en de rij scherpe achterwaartse tanden bloot kwam. Een vleeskleurige vloeistof liep eruit en verzamelde zich in de onderkaak. In zo'n overvloed rook die vloeistof precies als het rottende vlees dat je op de plaats van een moord aantreft. De rottingsstank drong tot ieders merg.

'Waar is de poppenkop,' mompelde Chase in zichzelf, in een poging geen adem te halen.

'Poppenkop?' vroeg de oude vrouw. 'Bist doe niet goed lekker?'

Chase hield zijn blik gericht op het roze gat van de open haaienbek, waarin de spieren rond de keel in een verbijsterend ritme zwollen en krompen, als in een poging alle tegenslag te verjagen. Een slijmerige kluwen haar zat vast in het keelgat, de witte bolling van een schedel werkte zich naar buiten, een glanzend voorhoofd, open ogen en wangen met bakkebaarden. Het hoofd kwam los en rolde de kade op, om als een scheve raap tot rust te komen aan de voeten van Chase.

Ondanks zijn onuitgesproken voornemen te midden van zo'n catastrofale opschudding voet bij stuk te houden, deed Chase een ongemakkelijke stap achteruit. Meer mensen keken met open mond toe en schuifelden achteruit om wat meer afstand te scheppen tussen zichzelf en die kop. Een geroezemoes van conversatie voer door de menigte. 'Heilige moeder Gods!' zei een vrouw en bekruiste zich. Een ander trok een gezicht: 'O, lieve Jezus!' en verborg haar ogen achter haar vingers, gunde zichzelf maar even te kijken. Het was helemaal geen poppenkop, maar een mensenkop en de uitdrukking op het gevlekte groene gezicht was geschrokken, het haar nat en plakkerig.

De oude vrouw liet haar greep op Chase' arm los, klopte erop en verklaarde: 'Moeder van Christus, da's Keven Pottle. Man van Edyth.'

'Nee,' daagde een geschrokken jongere vrouw uit.

'Wel zeker,' voerde de oude vrouw aan.

De naam Kevin Pottle vloog heen en weer door de menigte en het geluid van de conversatie zwol aan.

Chase, die versteld stond en wiens maag protesteerde, keek eens naar de oude vrouw. 'Wat?' was alles wat hij kon uiten.

'Kevin Pottle. Die is 'n jaar of vijf 'leden op zee vermist. Nooit zijn pens weerom 'vonden. Er stak een storm op, zoals wel vaker. D'r binnen meer lui van hier op zee vermist. En d'r zellen d'r nog wel meer kommen ook.' De oude vrouw knikte met resolute zekerheid. ''t Is een voorteken, kop van een vermiste in buik van visk.'

'Een voorteken?' Chase kon amper de woorden geloven die hij hoorde: wat een bijgeloof, en dat vandaag de dag. Hij merkte dat de ogen in de kop hem rechtstreeks aankeken.

'Kest nooit weten wat zulks voorspelt.' De oude vrouw bracht haar lippen naar zijn oor en fluisterde van ganser harte: 'Een tijd van de slimste afrekening voor alle betrokkenen.'

Al was het zondag, toch was patholoog-anatoom dr. Basha, een gedrongen kaneelkleurige man met zwart haar en een mager maar aangenaam uiterlijk, uit St. John's geroepen door het hoofd van de medische staf van het ziekenhuis van Port de Grave. Dr. Basha had het ziekenhuis opgedragen Lloyd Fowlers lichaam achter te houden voor autopsie. Toen hij aankwam kreeg hij informatie en begon met zijn eigen uitgebreide autopsie op zowel Fowler als Andrew Slade. Het lichaam van Muss Drover zou morgen worden opgegraven. Basha had ook bloed- en weefselmonsters van Donna Drover en anderen onderzocht die aan de ademhalingsproblemen leden en aan de beademing lagen.

Autopsie op Lloyd Fowler en Andrew Slade was al uitgevoerd door dr. Peters, de vaste patholoog-anatoom. Er was niets buitengewoons aangetroffen. Fowlers dood was gecategoriseerd onder 'natuurlijke oorzaken' en Andrew Slade was gestorven aan een bloedklont in het hoofd die het gevolg was van zijn val. Aangaande Donna Drover waren er geen tekenen van een virus of een infectie. Het aantal witte bloedlichaampjes was normaal. En bij een CAT-scan was geen littekenweefsel of tumor in de hersenstam in beeld gekomen, waarin de automatische functies zetelden als ademhaling, hartklop, bloeddruk, slikken, slaappatronen en lichaamstemperatuur.

De medische staf was opgelucht toen ze dat nieuws hoorde en zat te duimen voor een eind aan de sterfgevallen. Het laatste wat zij of wie dan ook nodig hadden was paniek. Het aantal telefoontjes naar Eerste Hulp nam al toe. Er bestonden toenemende zorg over ademhalingsproblemen en angst dat een virus of een chemische stof de lucht rond Bareneed verziekte.

Dokter Thompson was al op de hoogte gesteld van de komende autopsie door dr. Basha en had gevraagd bij de procedure aanwezig te mogen zijn. Hij was een van de eersten, samen met het hoofd van de medische staf, die de observaties van dr. Basha vernam, terwijl de patholoog-anatoom stond te porren in de lichamen van Andrew Slade en Lloyd Fowler, op aparte tafels naast elkaar gelegd: 'De longen vertonen geen duidelijke traumata.' Basha had het schedeldak verwijderd en bij beiden de hersenen eruit gehaald om de hersenstam te kunnen bekijken. 'Geen afwijkingen in de hersenstam.' Basha had uitgebreid een lange lijst van mogelijkheden afgewerkt terwijl hij opensneed of reepjes orgaan woog en aantekeningen maakte op zijn klembord.

'Andrew Slade was het slachtoffer van een bloeding,' zei dr. Basha met heldere ogen en een stralende glimlach. 'Lloyd Fowler stierf aan een natuurlijke oorzaak. Zo simpel is dat.'

Ondanks het feit dat dr. Basha hiermee het oordeel van dr. Peters had gestaafd, verliet Thompson niet overtuigd het ziekenhuis. Hij klauterde in zijn terreinwagen om naar Bareneed te rijden, om langs de Slades te gaan zoals hij de dag daarvoor van plan was geweest, voordat Andrew voortijdig overleed.

Thompson had het grootste deel van de nacht in het ziekenhuis gezeten maar was er nog in geslaagd een dutje te doen op de interne afdeling, even na vijf uur 's ochtends. Hij moest zich nodig scheren en goed uitrusten, maar het belangrijkste van alles was met iemand die sterfgevallen te bespreken. Hij had meer informatie nodig om zijn geest tot rust te brengen. Ondanks het verondersteld geruststellende rapport van dr. Basha, zaten deze recente sterfgevallen Thompson dwars op een manier die alleen iemand kon begrijpen die dag in, dag uit in de gemeente leefde. Twee van de overledenen waren patiënten van hem geweest. Hij had ademhalingsmoeilijkheden behandeld in het geval van Lloyd Fowler. Andrew Slade was ook behandeld voor ademhalingsproblemen, de avond voor zijn dood, en toen uit het ziekenhuis ontslagen.

Thompson moest de familie Slade gaan condoleren en vragen of zij iets bijzonders hadden gemerkt aan het gedrag van Andrew. Als iemand van de familie te kampen had met ademhalingsproblemen zou hij ervoor zorgen dat die meteen naar het ziekenhuis werd gereden en ter observatie werd opgenomen. Toen hij over Shearstown Line reed, zag Thompson een groene legerjeep die in volle vaart op hem af kwam. Binnen enkele seconden suisde hij voorbij. Hij keek in zijn spiegel en vroeg zich af waarom een legervoertuig hier zo snel moest rijden. Hij overwoog brigadier Chase mobiel te bellen om een klacht in te dienen, maar wat zou dat voor nut hebben? Hij hoopte maar dat die jeep geen kind zou overrijden.

Shearstown Line was een kale weg in een vrijwel boomloos landschap met huisjes die apart stonden op modderige, met stenen bezaaide erven. Vervallen schuren, die onder uiteenlopende hoeken wegzakten, stonden op niet-omheinde achtererven. Lange stukken brandhout stonden hier en daar tegen de wand van een schuur, autowrakken ontsierden het erf om het achtste of negende huis. De wijk leek verlaten maar was dat niet. Thompson kreeg er altijd de kriebels van en toch respecteerde hij de mensen, met hun wrede, harde leven. Hij kende uit zijn praktijk meer dan één bewoner uit deze wijk. Zij overleefden op een dieet van diepvries en vlees dat ze zelf slachtten.

Thompson schakelde terug en nam de bocht naar beneden, naar Bareneed.

Het landschap veranderde aanmerkelijk. Coniferen, kornoeljes en esdoorns bloeiden langs de weg en in de tuinen van goed verzorgde huizen en schuurtjes die de autochtonen 'opslagplaatsen' noemden, omdat die uitbouwsels ooit gebruikt werden om visgerei in op te slaan.

Wat een verschil tussen Shearstown en Bareneed, dacht Thompson. Beide gemeenschappen verschilden als dag en nacht, zoals zijn moeder placht te zeggen. Toch had Thompson Bareneed in de versukkeling zien raken sinds de kabeljauwvisserij was gestopt. De mensen verhuisden naar het binnenland, naar het vasteland, anderen werden verbitterd of gingen bij de pakken neerzitten, om het zware onrecht dat de regering ze had aangedaan, door hun bestaan onmogelijk te maken. Veel inwoners hielden nog altijd de trotse Newfoundlandse geest hoog, met de sluwheid van echte eilanders, maar er was voor ongeveer de helft van de gemeente een manier van leven verwoest en de wanhoop was tastbaar.

De oprit naar boven, naar huize Slade, was een lang, met kuilen bezaaid grindpad. De helling voerde naar de achterkant van het huis waar twee oude, maar schijnbaar functionerende auto's stonden geparkeerd. Een roestige sneeuwmobiel stond verlaten in het gras en een eindje verderop stond een gele terreinwagen op de rotsige heuvel die oprees naar de blauwe hemel. Alles leek in een eigen, bijzonder stadium van verval, iets van Shearstown dat Bareneed binnen drong.

Thompson parkeerde zijn terreinwagen en stapte uit. Hij draaide zich om, om de gemeente te overzien, de haven links en de huizen voor hem uitgespreid in het komvormige dal tussen twee heuvelrijen. Hij kon zelfs huize Critch zien, tegen de heuvel aan de overkant van de gemeente, waar hij het kind van Blackwood had bezocht, gisteravond in de stromende regen. Geen wolkje te bekennen nu. Hij nam maar aan dat het goed ging met het meisje. Anders zou hij wel wat hebben gehoord. Meer naar het oosten zag hij de spits van de oude kerk tussen de boomtoppen uitsteken. Een prachtig panoramisch uitzicht, waar de meesten een moord voor zouden doen, dat echter de weinig begaafde Slades volkomen ontging.

Thompson berispte zich omdat hij de Slades minder achtte, terwijl hij de houten veranda aan de achterkant beklom. Eenmaal daar klapte hij naar links omdat een van zijn voeten in een gat belandde en hij zijn enkel flink verstuikte. 'Godallemachtig!' Hij hervond zijn evenwicht en hinkte aan de kant, woedend naar het gat starend, waar een rotte plank het had begeven. Zijn enkel deed verschrikkelijk zeer. Die zou wel gaan zwellen. 'Verdomme, verdomme, verdomme!' Hij bleef rondhinkelen tot hij moest stilstaan, met zijn hoofd tegen de houten wand, in een poging de pijn te onderdrukken. Hij kon zijn pijngrens voelen naderen. Daar was hij. Hij kneep zijn ogen nog stijver dicht. Daar was hij. Hier is hij. Ja, hier is hij. Hij bleef doodstil staan, zijn spieren gespannen, en wachtte tot de pijn weg zou trekken en het zweet op zijn voorhoofd uitbrak. Hij haalde een zakdoek uit zijn zak en veegde zijn voorhoofd af, gunde zich enkele ogenblikken om bij te komen. Toen hij zijn hand ophief om te kloppen, vloog de binnendeur naar binnen open en de hordeur naar buiten, die hij dus pal tegen zijn kop kreeg. Weer vloekend strompelde hij achteruit en greep met beide handen zijn voorhoofd vast, want de gemene pijn bracht hem tranen in de ogen. 'Christus nog aan toe!' Aan de andere kant van de deur stond een kind te giechelen en Thompson voelde een wilde woede in zich opkomen, die zijn wangen verhitte. Hij sperde zijn ogen open. Die klap had echt pijn gedaan. En daar stond Bonnie Slade, een puddingdik zesjarig poedelnaakt kind met een wijsvinger flink ver in een van haar verkorte neusgaten. Zij staarde Thompson aan, haar wijsvinger gravend en tastend, goed bij het kootje buigend, alvorens zij de inhoud naar buiten kon scheppen. Thompson keek de andere kant op, maar hoorde Bonnies vette lippen smakken en toen haar gegiechel, terwijl ze zich omdraaide en het huis in rende, een reeks volslagen onsamenhangende woorden uitend.

Joseph had geen oog dichtgedaan. De hele nacht had hij zitten waken aan het bed van Robin. Hij had niet gegeten, hij had amper bewogen, het was hem alleen gelukt zijn pillen te nemen. Hoeveel wist hij niet meer, voldoende om zichzelf een bevredigende rust te bezorgen. Zijn lichaam genoot van deze onderdompeling in passiviteit en zijn gedachten leken het nog meer op prijs te stellen. Hij had Ativan genomen en was toen hij overgestapt op peppillen om niet in slaap te vallen. Pillen waren een moderne zegening, een bijdrage aan het menselijk technologisch vernuft. Piepkleine witte dingetjes, door mensen gemaakt, om de stress te verlichten die de mensheid voor zichzelf schiep. Hoe geniaal! Hij hoopte maar dat hij er genoeg van had om de rest van zijn leven mee door te komen.

De zon was opgekomen in een geleidelijk uitdijende, grote zee van licht, de ware kern van verlichting. De epifanie van de zonsopgang had hem vervuld tot hij ervan overstroomde. Waar ooit de kamer donker was, was hij nu stralend van licht. Hij stond op en in plaats van moeite te hebben met bewegen, vond hij dat bevrijdend.

Buiten in de open lucht, terwijl Robin nog steeds diep lag te slapen in haar kamer boven, keek Joseph naar het huis van Claudia. Het was zo'n bijzondere constructie. Het bestond eerder uit sprookjes dan uit legendes. De atmosfeer was fris, weldadig. Hoe kon er in godsnaam ooit iets onrechtvaardig zijn waar ook ter wereld, laat staan hier op deze plek, in dit magische land van Bareneed? Plotseling besefte hij dat hij iets in zijn armen had, iets zachts, dat hem bijna het zicht ontnam op waar hij heen ging. Hij herinnerde zich dat hij dekens van zijn bed in zijn armen had. Die wilde hij in de kofferbak gaan stoppen, om er zelf in te gaan liggen, en dan te vertrekken uit dit angstaanjagend oord.

Om redenen die hij zelf niet geheel kon achterhalen, was hij bijzonder geïnteresseerd in dat zonnehuis. In de architectuur ervan. Al dat glas dat de blauwe lucht weerspiegelde. Hij stelde al dat glas op prijs, dat water in de muren waar Claudia in genesteld zat als een bleke zwaan. In de nacht waren Josephs gedachten enkele keren van Claudia vervuld geweest. Rond vijf uur in de ochtend had hij overwogen haar op te gaan zoeken. Hij dacht zelfs dat hij was opgestaan om erheen te lopen. Tot bezinning komend, had hij ontdekt dat hij nog zat. Voor hem stond niets dan het bed van Robin.

Hij gooide de dekens in de kofferbak. Ze namen de meeste plek in. Kon hij alles er nog in krijgen? Hij draaide zich om naar huize Critch. Dat was groot. Stevig gebouwd. Wat nam hij nou mee? Alleen de dingen die hij zelf daarheen had gebracht. Niets van het meubilair. Hij zou een vrachtwagen nodig hebben als hij eigendom van dat alles moest opeisen. Het huis zelf zou moeten worden afgebouwd, de ramen er eerst uit.

Weer keek hij naar het zonnehuis. Was dat Claudia in het raam boven? Vast. De gestalte was te groot om van de veel kleinere dode dochter te kunnen zijn. Hij wuifde nadrukkelijk, maar zijn openlijke enthousiasme veroorzaakte geen reactie. Het bleek toch Claudia niet te zijn, gewoon een glimp van weerspiegelde voorwerpen – licht, wolken en lucht. 'Ach, ach,' zei Joseph, terwijl een wee gevoel dreigde op te komen. 'Ik moet wat gaan eten.' Misschien had Claudia ontbijt van de bakplaat. Flensjes met ahornstroop. Hij moest lachen bij het denkbeeld van Claudia die flensjes keerde, daar staande, in haar romantische negentiende-eeuwse pantoffels. Hoe zouden romantische negentiende-eeuwse pantoffels eruitzien? Ongetwijfeld zouden ze te strak aan haar voeten zitten. Tenslotte hadden die te maken met pijn. Met verdringing. Claudia's eigen lijdzame gevoel van anders zijn, zowel van haar lichamelijke ik als van de wereld. Die pantoffels zouden gemaakt zijn van de huid van voormalige minnaars, samengenaaid met garen van hun pezen – het enige wat er echt bruikbaar was aan die minnaars. Dat zou Claudia's geheim zijn, en als Joseph haar dat eenmaal zou voorhouden, zou ze hem met brandende ogen aankijken, twee gaten dwars door zijn plotseling bloedeloze hart boren. En zoals glazuur op de taart, spek in de kast, stof op de schoorsteenmantel, zou haar futloze gekluisterde glimlach het gekmakende feit bevestigen dat zij hem ontglipte, dat hij slechts een aanleiding was voor een scheldkanonnade. De flensjes zouden gemaakt zijn van verpoederde maden en spinnen. De siroop samengesteld uit vieze vloeistof die Claudia met krampachtige verrukking van haar vingers zou likken. Houd je kop, waarschuwde hij zichzelf. Had hij dit hardop gezegd? Of weerklonk die kreet slechts in zijn hoofd? Het gekras van een kraai. Houd je kop. De bel van een telefoon. Het geluid van een boek dat werd dichtgeklapt.

Maar hoe kon hij zijn kop houden, stoppen, ophouden? Claudia was een en al intrige: eenzaam en erotisch, woest, verwoestend kunstzinnig op een manier die Josephs lippen zich in een grijns deden plooien. In werkelijkheid had Joseph stiekem een paar keer in de romans gekeken die Kim las. In het geniep had hij af en toe een bladzijde gelezen en als Kim niet thuis was had hij zelfs een paar hoofdstukken uitgelezen. Volgens hem verschaften die hem diepgaand inzicht in de vrouwelijke natuur. Terwijl Kim negentiende-eeuwse romans verslond, wás Claudia een negentiende-eeuwse roman. Zij was een fijnbesnaarde brengster van ongeluk, ellende, zorg, al de mooiste gedeelten, die liep te wachten om zich ter aarde te storten, en Joseph wilde daaraan meedoen, jazeker, hij wilde worden opengereten in het kielzog van Claudia's verpletterende neergang. Hij verdiende niet minder. Het zou het mooiste, meest tragische en hartverscheurende schouwspel zijn dat je je voor kunt stellen.

Hij zou kunnen leven als Claudia's geruïneerde en krankzinnige geliefde, opgesloten in de kruipruimte van het zonnehuis, met slechts toestemming 's nachts rond te zwerven, te spoken door het deprimerend woud met zijn rottende geheimen, terwijl in het huis dikke kaarsen in aardewerken kandelaars of lange slanke in smeedijzeren kandelabers in de hoeken van de grote ruimte werden geplaatst. Claudia in een doorschijnende nachtjapon, staand in de gloed van dat licht, met uitgestrekte handen, hem wenkend uit het woud, smachtend naar hem zoals hij was, hem beminnend, niet om zijn misvorming, maar om zijn ongekuiste en door haar onbeantwoorde liefde. Samen smachtten zij naar de aanraking van warme huid, de pasvorm van lichaam op lichaam. Gretig zou hij door haar verder worden misvormd, een raadselachtige heremiet, een afstotelijk mormel, een lijkenvreter met een afgesneden pik.

Het was met Kim zo'n lange en slopende slag geweest. Het verval van hun relatie en de legale draaikolk die alle geest uit hem had weggezogen. Advocaten. Ratten en zwijnen. Het werd tijd voor een vleugje troost. Het werd tijd dat hij aan zichzelf begon te denken en de verrukkelijk hartstochtelijke pijn die hem eens temeer ten deel kon vallen als het hem nogmaals aan liefde zou ontbreken.

Ik blijf, hield hij zich uitdagend voor. Ja, het was een prachtige ochtend, een prachtige ochtend om in een bedachte wereld op de knieën te worden gedwongen. De zon was net op, vriendelijke oranje schaduw alom. Beneden streelde de zon, laag in de hemel, warm het water. Een van de garnalenboten was bezig iets groots en wits te lossen. Een aantal mensen was op de kade toegestroomd. Dat was geen geheim. Hij zou dat geen geheim laten zijn. Het gras was droog en Joseph kon ruiken hoe de grond opwarmde, de stille hitte die de voorbode was van een dag van extreme temperaturen. Waarom niet blijven? Het is hier volmaakt. Ik heb alles wat ik nodig heb. Alles echt en alles verbeeld. Wat een kans. Wees toch niet zo'n schijtlaars. Treed het lot tegemoet. Ben je geen man meer?

Hij liet de kofferbak openstaan en wendde zich naar het huis. Het woord 'man' deed hem zich afvragen of hij wel condooms had meegenomen voor deze vakantie. Zou hij ze bij zijn bagage hebben gedaan? Nee. Het was niet bij hem opgekomen. Hij trok zijn portefeuille en doorzocht hem, herinner- de zich een condoom dat hij een paar maanden geleden had gekocht in het toilet van een bar in het centrum nadat hij een gesprek was begonnen met een aantrekkelijke vrouw. Maar hij had het lef niet gehad door te zetten. Zijn hart kon zich er niet toe zetten Kim te verraden. Zijn portefeuille doorzoekend stuitte hij op een foto van Robin en Kim, van twee jaar terug. Hij had de ca- mera gehanteerd, ze allebei gecentreerd en de ontsluiter ingedrukt. En daar stonden ze nu. Robin zat op Kims schoot op een houten bank die hij in hun achtertuin had gebouwd. De bank stond in de schaduw, onder het struweel van kornoelje. Robin en Kim zaten te lachen en knuffelden elkaar. Kim was prachtig. Had hij haar niet gekend, dan had hij gezegd dat ze de mooiste vrouw was die hij ooit had gezien. Helaas was hij geen vreemdeling die bij haar kon aankloppen, haar kon zien opendoen en haar kon bekijken zoals ze moest zijn, ontdaan van alle emotionele afval. En daar was Robin. Altijd stra- lend en prachtig, hoe dan ook. Was ze al op? Hij was nog maar een paar mi- nuten geleden naar beneden gekomen met de dekens en zij sliep toen nog. Haar voorhoofd voelde goed en ze ademde rustig. De koorts was weg. Waar- heen? Het was toch energie? Of niet? Robin lag niet dood te gaan. Dat was bijzonder belangrijk, dat zij niet doodging. Dat was goed.

Hij vond het condoom, haalde het tevoorschijn, hield het tussen zijn vin- gers. Bescherming. Bescherming tegen ziekte. Bescherming tegen conceptie. Bescherming tegen complicaties. Hij stopte het terug in het leren vakje en schoof zijn portefeuille aan de kant. Plotseling werd hij doordrongen van de overtuiging dat zij weg moesten. Laad de rest in de auto en ga. Bescherming tegen complicaties. Dit was stom. Een stom idee.

Binnen liep Joseph de keuken in en keek eens om zich heen. Ze hadden nog niet eens alle boodschappen uitgepakt. Honger knaagde aan zijn slecht voorziene maag. Toen zijn blik op een pak muesli viel, trok hij dat open en schepte er een handvol uit, at die droog op. Stof. Hij rukte de koelkastdeur open, verwachtte netjes een rijtje verdronken hoofden op elk rek te zien lig- gen, om hem met duffe uitdrukking eenvoudig afwachtend aan te staren. Waarom zo'n gedachte bij hem opkwam, wist hij absoluut niet. Misschien heeft het iets uitstaande met mijn sluimerende gekte, stelde hij zich voor. Het hangt wellicht samen met mijn behoefte de koelkastdeur uit haar hengsels te rukken. Hij knarsetanddde, en dat voelde goed aan. Hij wilde op iets bijten, iets verpulveren.

De rekken in de koelkast lagen in werkelijkheid vol met eten dat hij voor de vakantie had meegenomen. Nergens een mensenhoofd te bekennen. Niet eens een kleintje, dat hij kon verpulveren als een pompoen. Hij pakte een pak melk van het bovenste rek, zette het aan zijn lippen, begon te zuigen. Het was koud. Het was melk. Koeienmelk. Waarom koeienmelk? Waarom geen mensenmelk? Melk van vrouwen. Melk van menselijke genegenheid. Hij voelde zich volslagen doorgedraaid, alsof hij een tiener was die de hele nacht bier had zitten drinken en naar muziek had zitten luisteren. Hij was in de ban van een kristallijnen ontlading. Hij wist dat deze luciditeit, deze bijna-manische precisie, binnen afzienbare tijd zou imploderen tot etsende prikkelbaarheid. Dan zou hij moeten slapen en dat zou zijn zenuwstelsel alleen maar ten goede komen. Als hij nog een zenuwstelsel had. Het van onder zijn huid weghalen met een pincet, streng na streng.

De telefoon aan de muur. Hij staarde ernaar. Waarom eigenlijk? Het was een telefoon zoals zovele. Grijs was hij. Was hij niet blauw geweest? Kim. Zij had staan lachen op de foto. En ze had zo uitnodigend gekeken. Zo bekend en zo gemakkelijk. Hij zou haar kunnen bellen als hij dat pak melk had leeggezogen, om haar te vertellen dat ze zeker terugkwamen. Misschien zou er verzoening volgen. Gelach. Een vlaag ingeblikte lach. Wie weet? Weer verplaatsten zijn gedachten zich naar Claudia, alleen in dat huis. Een vermiste dochter. Vreemde strijkmuziek. Waarom kreeg hij nou het gevoel dat hij Claudia opgaf? Claudia, uitgerekend haar. Hij bleef maar melk naar binnen slokken. Tjonge, dat was lekker. Wat het ook was. Koud was het, zijn ingewanden bevroren. Waarom kreeg hij nu het gevoel alsof hij zichzelf weer overgaf? Hij wilde blijven, maar niet in dit huis, besefte hij. Hij wilde bij Claudia blijven. Hij wilde nieuwe weetjes over haar weten, worden geprikkeld door de details van een leven dat niet besmet was door een gedeeld verleden. Een nieuwe minnares. Verse kennis, een maagdelijk lijf om te beklauwen. Samen rieten meubeltjes uit gaan zoeken in het winkelcentrum. Samen naar de lingeriewinkel. Bijpassende vuurwapens uitzoeken.

Joseph hoorde Robin de trap af komen stommelen. Het bijna lege pak van zijn mond nemend, rende hij haar tegemoet. Zijn dochter. Vader en dochter.

'Goedemorgen, schatje,' riep hij nog voordat hij bij de trap was. 'Wat een prachtige dag vandaag.' Hij glimlachte, likte de melksnor van zijn bovenlip, zijn ogen namen de hal op, zagen dat er niemand stond, ook niet op de trap.

'Robin?'

Hij luisterde naar haar aanwezigheid. Vreemde strijkmuziek. Vlaagje wind. Niets. Ergens rommelde een diepe bas.

'Robin?' Hij keek naar boven, greep de trapleuning vast en trok zich eraan op. Op de bovenverdieping wendde hij zich naar Robins kamer en betrad hem. Het bed van zijn dochter was leeg. 'Robin?' Hij draaide zich om, rende de gang op, keek in zijn kamer. En daar was ze. Daar lag Robin te slapen in zijn bed, met haar hoofd op het kussen, haar lippen een beetje open, maar daar aarzelde al een glimlach. Wie had haar verlegd? Had ze zichzelf verlegd? Had ze zich verstopt?

Langzaam ging Joseph op de rand van het bed zitten. Het was een spelletje. Ze speelde. Het was grappig, maar het was ook een gebrek aan respect. En toch moest hij om haar lachen. Hij lachte tot zijn kaak zeer deed, knuffelde haar toen en zei: 'Je deed alsof, dat is niet aardig.' Hij verwachtte dat ze nu elk moment in lachen zou uitbarsten, nu ze betrapt was op haar spelletje. 'Wakker worden, fopper.' Maar ze werd niet wakker.

Joseph schudde haar nog eens, dit keer iets harder, wanhopig of eisend. 'Robin?'

Zijn dochter sloeg haar ogen op, slaperig gestoord terwijl ze zich omdraaide om hem aan te staren. 'Wat?' vroeg ze op een verstoorde, schorre toon, en wreef in haar ogen.

'Goedemorgen,' zei hij. 'Het is ochtend.'

'Morgen, pap,' antwoordde zij en haar prikkelbaarheid week meteen voor een ontwakende glimlach die zijn hart verwarmde. Ze geeuwde: 'Ik ben moe.'

Joseph zou terugrijden naar de stad en Robin bij Kim afzetten. Nee, waarom haar afzetten? Ze kon toch bij hem logeren? Maar als hij haar af zou zetten bij Kim, dan kon hij hier terugkomen en Claudia gaan opzoeken, verdergaan met zijn toch al aflatende verstand te verliezen zonder te hoeven zorgen voor personen onder zijn verantwoordelijkheid.

'Het is mooi buiten,' zei Robin, met een blik op het raam.

Onmiddellijk stond Joseph op van het bed om uit het raam te kijken. Hij zag dat nu een grotere menigte was samengestroomd, beneden bij de kade, ongetwijfeld om te bestuderen wat voor soort waanzin nu weer uit die garnalenboot was gelost. Hij kreeg het gevoel dat het iets te maken had met die rode pitvis die Robin had ingehaald. Er stond daar zelfs een politiewagen. Of misschien had dat iets te maken met de lijken die hij had gezien. Dat alles. Met dat alles had het te maken. In het water bij de kade voer ontspannen een bootje. Josephs ogen volgden het kielzog. De gang van zijn eigen gedachten beviel hem allerminst.

'Waar sta je naar te kijken, papa?' vroeg Robin.

'Een boot,' zei hij. 'Een piepkleine boot die uitvaart.'

Doug Blackwood stelde zich voor een paar mooie kabeljauwen te verschalken terwijl zijn sloep langzaam voortpufte. Hij stuurde de boeg recht op de open monding van de haven af, blij van land af en op het water te zijn, in zijn vertrouwde en gekoesterde element.

Eerder op de dag was hij in zijn pick-up gestapt en weggereden van zijn huis aan Codger's Lane, westwaarts naar het centrum van de gemeente, en was voorbij wat commotie gekomen op de Atkinsonkade, er stonden zelfs een paar mensen van het leger verderop langs de weg. De soldaten hadden zijn pick-up bekeken, maar niets gedaan of gezegd. Ze bleven hem alleen aanstaren toen hij voorbijreed. Keken altijd zo graag naar alles, die ettertjes. Werd het leger nu al ingezet om de vissers van vissen te weerhouden? Waren die klootzakken al zo doortrapt geworden? Doug had woede voelen opkomen toen hij voorbijreed, in de hoop dat ze hem zouden aanhouden om hem te gaan bestoken met vragen over of hij al dan niet van plan was kabeljauw te gaan vissen. Hij had wel een paar opmerkingen voor hen in petto, een tirade om ze de oren te laten tuiten. Bramble, Dougs witte husky die hij jaren geleden in de steek gelaten achter de schuur had gevonden, verstrikt in de bramen en jankend als een baby, was begonnen te blaffen naar de jochies van het leger, vanaf de voorbank waarop ze zat. Dat was bijzonder, want Bramble blafte nooit tegen iemand en was volslagen ongevaarlijk. De teef had de laatste tijd vreemd gedrag vertoond, ze lag te luieren en tilde haar kop op om te janken om niets. En die soldaten waren haar volslagen in het verkeerde keelgat geschoten.

Wat moest het leger überhaupt in godsnaam in Bareneed, vroeg Doug zich nog eens af, terwijl het kielzog van zijn sloep afdreef van het stukje gemeentelijke kade. Toen hij naar de lege bank voor zich keek, voelde hij even de eenzaamheid steken. Meestal nam hij Bramble mee het water op. Maar met het oog op haar recente gedrag had hij besloten haar in de wagen te laten, met het raampje een eindje open voor frisse lucht. Als zij in de sloep begon te blaffen en rondspringen kon ze hen beiden doen verzuipen.

Links van hem stond de verlaten visafslag, onder aan de massieve landtong. Hij was daar al jaren voorbijgevaren en toch voelde hij nog steeds een eerbiedige huivering als hij aan die indrukwekkende, majestueuze toren van rots hoog boven hem voorbijvoer. De Atkinsonkade, gebruikt door de grotere krabben- en garnalenschuiten, lag rechts van hem. Een flinke menigte stond daar nu bij elkaar: mensen stonden zich te vergapen aan iets wat uit het water was gehaald. Doug sloeg er verder geen acht op. Dat daar was een zooitje roddelaars. Hij gunde ze het genoegen niet te laten zien dat hij ook maar in het minst geïnteresseerd was in waarmee ze bezig waren. Het was waarschijnlijk gewoon het begin van een of andere stomme viering. Het stadje hield altijd feestweken en festivals en avonden en bijeenkomsten en jubileumfeesten. Wie weet vierden ze hier de kaden, gesponsord door een stelletje snotterige monarchisten. De Koninklijke Internationale Dag van de Keizerskade of soortgelijke onzin. Die verrekte gemeenteraad was altijd bezig massa's toeristen aan te trekken om ze te laten zien hoe mooi Bareneed wel was. Alsof iemand daar nog van moest worden overtuigd. Christus, dit was altijd al de mooiste plek op aarde. Gods eigen land. Waarom moesten zij dat zo nodig andere mensen door de strot duwen? Waarom gingen zij ervan uit dat zij die schoonheid aan iedereen moesten uitventen, een poging moesten doen er rijk van te worden, terwijl er al hier rijkdom zat was? Zet de mensen van Bareneed maar te kijk alsof het museumstukken zijn, de laatste vissers, uitgedost in historische kostuums, voor een of andere achterlijke historische opvoering. Goed kijken, dames en heren. Komt u maar. Kijk hoe zij spartelen als vissen aan de haak, snakkend naar hun laatste ademtocht. Aas om in te bijten. Zie hoe hun boten wegrotten en hoe hun kinderen er geen flauw idee van hebben wat een kabeljauw eigenlijk is. Geen kind vaart de zee meer op met zijn vader, er wordt nergens meer in gehandeld. Het was een misdaad tegen het bestaan zelf.

Toen Doug tien was, was hij in zijn vaders skiff geklommen om voor het allereerst te gaan vissen. De nacht was inktzwart geweest, terwijl zij uit de baai voeren met de andere boten voor en achter hen, hun lantaarns zwaaiend op de beweging van hun vaartuig. En toen zij de kust in rust en duisternis ver achter zich hadden gelaten, had Doug dat bijzondere gevoel gekregen dat hij echt dreef, niet op water maar in de lucht, heen en weer, op en neer, dreef zoals geesten over de oceaan drijven. Zijn ogen leerden op een nieuwe manier kijken.

Twee uur of langer – hij kon niet precies inschatten hoe lang het duurde – hadden ze in de duisternis gevaren, tot er speldenknopjes licht als vuurvliegjes in de verte oplichtten. Doug had opgekeken naar zijn vader aan het stuurrad van de skiff en gezien hoe die geduldig uit stond te kijken. Er waren geen vuurvliegjes in Newfoundland, maar Doug had verhalen gehoord over het kleine volkje, en de lichten die het 's nachts ontstak. Vanaf zijn plek in de boot verwachtte hij dat zij afvoeren op een geheime woonplaats van elfen, ver op zee.

'Elfen,' had hij tegen zijn vader gezegd, maar die had slechts geglimlacht.

Doug had zich vergist in de omvang van de lichtjes. Al snel bleken ze helderder, groter te worden, tot Doug en zijn vader niet alleen vlak bij de lichtjes dreven maar ertussen, varend tussen de plassen licht die aan weerszijden van hun vaartuig hingen. Dat waren de lampen van de verzamelde boten, verankerd en drijvend op het water, wachtend op het eerste daglicht om hun netten uit te werpen.

De stemmen van de mannen in de donkere lucht, de taal van kameraadschappelijkheid, dat was iets wat Doug nooit had vergeten. Het was alsof zij in een grote zaal waren, eenvoudig ingericht, maar in tegenstelling tot een zaal, werden de stemmen hier gedempt door het kussen van de fluwelen zee. De stemmen overal om hem heen spraken hardop tegen elkaar, grapten, lachten. Allemaal zaten ze te wachten op vis, en er was geen gevoel van vijandigheid of onderlinge competitie. Ze hadden ieder hun stukje en ze waren tevreden deel uit te maken van die drijvende gemeenschap.

Doug kon zich niet herinneren wanneer hij was begonnen een deuntje te fluiten. Maar toen hij dat deed, begonnen de stemmen en de beweging in de boten stuk voor stuk stil te vallen, tot er geen geluid meer klonk. Diepe stilte, en daarin zat hij te fluiten. De gele lichtjes van de vaartuigen deinden om hem heen, en het was alsof de mannen en de jongens in hun boten, wiens donkere gestalten te zien waren tegen de vaag oplichtende marineblauwe lucht, ter plekke waren omgekomen en alleen nog bestonden als silhouet, of misschien hadden ze gewoon hun mond gehouden om zijn fluitkunst, die alle kanten op klonk, de prachtige toon hangend op het donkere water en zelfs het ruime uitspansel vullend. Hij genoot van zijn eigen verrukking, zijn lippen getuit terwijl hij een deun vormde, toen hij een stevige hand op zijn schouder voelde, opkeek en in het licht van de lantaarn de pijnlijke uitdrukking van zijn vader zag.

'Stil toch,' waarschuwde zijn vader ernstig. 'Dit is het ergste wat je kunt doen, fluiten op het water.' En ja, hoor, de vangst was veel minder dan verwacht die dag. Dougs zorgeloosheid kreeg de schuld.

Desondanks had Doug er slechts een paar dagen spijt van gehad. Hij was de rest van zijn leven visser gebleven. Zijn vader was visser en de vader van zijn vader was visser geweest. Zijn enige broer Peter was ook visser geweest, maar die had het opgegeven en was verhuisd naar St. John's om het luie leventje van stadsmens te leiden.

Nu was Doug het laatste lid van zijn onmiddellijke familie. De enige visser. En alsof dat nog niet erg genoeg was, had zijn neef Joseph, zijn laatste levende familielid, de ongehoorde brutaliteit gehad een baan te nemen als visserijinspecteur. Wat was dat nou weer voor iets idioots? En nu was Joseph in Bareneed, een eindje verder langs de weg boven hem. Hij had dat gehoord van Aida Murray, die het had gehoord van de vrouw die het huis had gekocht en het elke zomer aan stadse gapers verhuurde. Dougs neef, Joseph – visserijspion voor de regering.

De regering had bevolen dat iedereen moest ophouden met op kabeljauw te vissen. Kabeljauwvisserij was geschrapt. Gewoon geschrapt. Visserijinspecteurs patrouilleerden nu in groten getale in de wateren om er zeker van te zijn dat mensen op zee niet fraudeerden. Je mag niet meer vissen, verklaarde een stelletje zwijnskoppen van bureaucraten. Meer je boten maar aan. Zo simpel is dat. Blijf maar aan land en leer maar een ander vak. Laat je opleiden in technologie. Laat je opleiden in administratie. Laat je opleiden in honden trimmen. Hij zag zich al een poedel trimmen. Hij schoor hem nog liever kaal om hem een trap onder zijn reet te geven. De regering had de vissers geld gegeven om ze te helpen bij de overgang van het leven naar geen leven. Fooien, dat waren het. Smerige fooien van de regering. Niet beter dan een uitkering. Ze mochten hem hangen als ze die hoerenzonen van overheidsambtenaren in hun kantoren, waarin ze met de dag pesteriger en bleker werden, een dossier zouden laten aanleggen vol persoonlijke informatie over hem. Dat ging ze goddomme niks aan. Hij weigerde hun stinkende geld aan te nemen. Hem konden ze niet vertellen wat hij wel en niet kon doen. Als hij wilde vissen op kabeljauw, dan ging hij vissen op kabeljauw. Wie in christusnaam waren zij om hem anders te zeggen? Wie gaf ze dat almachtige recht?

Hetzelfde had je met de elandenjacht. Waarom had een gozer daar een vergunning voor nodig, of een jachtseizoen, als die beesten gewoon je achtertuin binnen kwamen wandelen? Je kon er vanuit je raam een neerleggen met een kaliber twaalf, de loop in evenwicht op de vensterbank. Boem. En het beest valt zo neer. Dan heb je je elandvlees voor een jaar. Je had er ook maar één nodig. Snijd hem op, vries hem in, deel ervan uit aan familie en vrienden, die een stukje elandvlees lekker vinden, en daarmee uit. Daar was de natuur voor, om de mensen van de gemeenschap te voeden. Daarom had de Almachtige beesten en vissen op aarde en in de oceaan gestopt. Opdat wij onze magen daarmee konden vullen. Wat voor christelijk nut had het om anders te leven, om dingen uit blik te gaan eten die door wetenschappers waren gemaakt? Dieren werden tegenwoordig ook al gemaakt. Ze speelden voor God, en als iemand die troep at die geleerden maakten, wat gebeurde er dan met de gozer die die dieren at? Wat kwam er van hem terecht?

Let op mijn woorden, hield Doug zichzelf voor. Hier komt gedonder van. Daar kon je echter maar beter niet bij stilstaan. Hij verlegde zijn gedachten naar de mooie kabeljauw die hij binnen afzienbare tijd mee naar huis zou nemen. Een mooie portie vis met saus. Hij zou nog een paar extra kabeljauwen vangen en er Joseph een brengen. De gedachte aan de blik op Josephs gezicht toverde een grijns op het zijne. Daar zou hij nog eens mee kunnen lachen. Of misschien zou hij de vis in een beetje water in de gootsteen laten liggen, in de hoop dat Joseph langs zou komen en hem zou zien. Wat kon zijn stadse neef dan doen? Zijn eigen oom arresteren? Misschien zou hij Joseph even bellen als hij thuiskwam. Hij had het nummer niet, maar dat stond vast wel in het telefoonboek.

De zon klom in de blauwe eindeloze hemel en de oranje tint van de zonsopgang was weg. Geen zuchtje wind. Het water spreidde zich uit aan zijn linkerhand toen hij voorbij de landtong was en onthulde het stukje kust waaraan in de verte Port de Grave lag. Rechts van hem, in het oosten, de rafelige bruine kliffen van Bareneed die boven hem uit torenden. Doug grinnikte tevreden om de volmaaktheid van dat alles.

Als iemand hem had gevraagd wat hij daar ging doen in zijn boot, dan zou hij beweren dat hij op zeeforel ging vissen. 'Eerlijks, broeder,' zou hij dan zeggen. 'Zeeforel. 'n Lekker maaltje zeeforel. Jazeker.' Hij zou smakken met zijn lippen. 'Da's het lekkerst.' Maar de vragensteller zou zich niet laten misleiden door zijn foefjes. Ze wisten dat Doug zat te liegen, dat konden ze zien aan de ondeugende glans in zijn ogen. Hij had in zijn carrière aardig wat zeeforel gevangen. Grote, zilverkleurige, net zalm, maar met een v-vormige staart in plaats van de rechte van de zalm. De vissen die hij gevangen had wogen tussen de 2 en de 3 kilo. Een mooie maat om moten van te snijden.

Er waren behalve hij nog wel anderen in de gemeente die op kabeljauw visten. Er was nog steeds volop kabeljauw in het water, en heel veel daarvan werd eruit geroofd door buitenlandse trawlers, die net buiten de tweehonderdmijlszone het anker uitgooiden. Vreemdelingen die alle vis wegzogen.

Het ergste soort frauduleuze dieven. Voor een stelletje buitenlanders is het volkomen legaal ons viswater leeg te halen, maar het is voor fatsoenlijke mensen illegaal om kabeljauw uit het water te halen, die hun voorouders generatie na generatie heeft gevoed.

Toen Doug de kleinere, grijs met bruine landtong aan het eind van Bareneed naderde, zette hij de motor af. Rechts van hem en hoog boven hem stond de kerk, hoewel hij die niet kon zien; de muur van het klif versperde zijn zicht. Port de Grave lag verderop links van hem en de boeg van zijn boot wees naar Blind Island, recht vooruit, 10 kilometer verderop, plat als een pannenkoek. Blind Island was eens een van de meest welvarende ijzerstadjes ter wereld. Doug was er in de jaren vijftig een paar keer naartoe gevaren en had gezien hoe kosmopolitisch het was. Ze lieten zelfs beroemde zangers uit de Verenigde Staten invliegen. IJzerertsschepen werden in de Tweede Wereldoorlog vlak voor de kust door nazionderzeeërs getorpedeerd. Die lagen nog op de bodem van de oceaan. Maar de mijnen op Blind Island waren nu gesloten en de stad was nog maar een schim van wat zij vroeger was geweest. De rijkdom van het eiland was ook weer door vreemdelingen weggezogen.

Doug pakte zijn hengel vanwaar hij hem had verstopt, onder de bank waarop hij zat. Hier op het water was een heel andere wereld. Een man die nog nooit in een boot had gezeten kon niet de ware betekenis vatten van wat een oceaan eigenlijk inhield. Doug rechtte de klep van zijn pet en boog zich voorover om eens over de rand van de boot te kijken. Het water was helder en groen. Hij gebruikte niet langer zijn kabeljauwtalie. Die was te duidelijk te zien voor de helikopters van het ministerie. In plaats daarvan gebruikte hij zijn forelhengel met een grote rode driehaaks wartel aan een zware lijn.

Hij hief de hengel op, ontgrendelde de molen en liet het aas vallen. Het plonsde in het water, waarbij de lijn zich ontrolde in lussen naarmate de rode wartel zonk.

Toen er voldoende lijn uit stond, gaf Doug een snelle draai aan de haspel om de grendel terug te laten klappen. Hij liet de hengel op en neer bewegen, steeds maar weer. Hij keek om zich heen, lette vrijwel niet op zijn lijn. Hij keek naar de zon. Die stond nu hoog genoeg om zinderend heet en pijnlijk te zijn. Als hij niet op zou passen zou hij de achterkant van zijn nek verbranden. Goed dat hij aan zijn pet gedacht had. De hitte brandde erop.

Een zacht, irritant gezoem als van een mug, maar veel te mechanisch, om hem heen. Hij vermoedde een speedboot. Hij draaide zich naar Port de Grave en zag het hoge vaartuig met de scherpe neus over het water schieten, springend terwijl het zijn zinloze koers zoemde. Wat voor achterlijke idioot reed met zo'n ding over het water? Iemand zonder enig respect voor de zee. Iemand die genoeg van het leven had. Waarom moest een boot zo snel gaan en zo veel lawaai maken? Het geluid zwol aan, nam toen weer af doordat de boot draaide naar waar die vandaan was gekomen. Doug wenste dat het een mug was geweest, dan had hij kunnen uithalen om hem uit het water te meppen.

Weer daalde de stilte neer en Doug draaide nog een paar keer langzaam aan zijn haspel. Een zware plons achter zijn sloep dwong hem zich een en ander af te gaan vragen. Hij meende dat het wellicht een springende forel was geweest, hoewel het veel te vroeg op de dag was voor forel. Die lieten zich meestal pas 's avonds laat zien. Wellicht was het een platvis die op het water pletste. Die konden een hoop lawaai maken op die manier. Het water rimpelde nog op de plek waar de plons had weerklonken. Toen de rimpels Doug bereikten deinde zijn boot heel zachtjes.

'Dat is een verrekt grote vis,' mompelde hij en hij blies zijn adem uit, als teken van ongeloof en vermaak.

Weer een plons, maar nu van voren. Gauw keek hij die kant op en zag een enorme staart, slank en groen, met grote blauwachtige schubben, onder water wegglijden.

'Wat is dat in christusnaam?' Kon dat een tonijn zijn? Nee, niet dik genoeg. De staart was te lang en liep te taps toe.

'Douglas,' klonk een levendige vrouwenstem en weer hoorde hij een luidere plons achter zich. Hij draaide zich om, met een zo bruuske beweging dat hij de boot deed bewegen en bijna elke spier in zijn nek en schouder verrekte. Zijn sloep deinde nu op de rimpels die uit beide richtingen kwamen. Weer keek hij naar voren, alsof hij het springend schepsel kon vangen, en daar was het in al zijn glorie. Het sluike, oranjekleurige haar nat en druipend, de grote, verwonderde bruine ogen, het engelengelaat en de blote borsten die glommen van het water dat er in de zon af stroomde. Het schepsel hief haar koraalroze, soepele armen boven het hoofd, boog de rug, dook achterover, en de zeegroene staart verhief zich plots uit het water en zwaaide in de lucht terwijl het met een enorme plons verdween en Doug zijn ogen toekneep toen het water erin spoot.

'Here god jezus christus allemachtig!' mompelde hij.

Robin voelde zich moe, al was ze wakker. Altijd wanneer ze had gedroomd, en hoe echter de droom haar leek, werd ze nog heel slaperig wakker. Ze trok de zoom van haar nachtponnetje naar beneden, omdat die helemaal omhooggekropen was en rond haar benen gedraaid zat, liep naar het raam om te zien waarnaar haar vader stond te kijken. Ze zocht in de richting van de haven naar een boot, maar er was er niet één meer. Vanuit haar ooghoek zag ze een groene legerjeep de weg op komen rijden. Haar vader draaide zijn hoofd, om er ook naar te kijken. De jeep bleef staan voor Jessica's huis, een soldaat stapte er aan de rechterkant uit. Hij liep snel over het pad, met een klembord achter zijn rug. Toen de soldaat het huis naderde, verloor Robin hem uit het zicht.

'Waar keek je naar?' vroeg ze haar vader.

'Het lijkt wel alsof er een invasie gaande is,' zei hij alsof hij het tegen zichzelf had.

Na een poosje werd de soldaat weer zichtbaar. Hij liep de weg op, naar hen toe, terwijl de jeep hem trouw volgde.

'Dat is een soldaat,' zei Robin. 'En hij komt hiernaartoe.'

Haar vader wierp eens een blik op de deuropening van de slaapkamer. Robin hoorde voetstappen het huis naderen, toen een snel, luid kloppen beneden. Ze rende naar de gang en wachtte af, tot haar vader haar voorbij zou komen, voordat ze hem de trap af volgde.

Toen de voordeur was geopend, zag Robin een soldaat die piepjong leek. Hij had een mager gezicht, zijn haar was perfect gekamd en hij had een boeket van puisten op zijn voorhoofd. Hij stond rechtop, zijn handen achter zijn rug.

'Goedemorgen, meneer. Mijn naam is matroos tweede klas Nesbitt. Ik ben van de Canadese marine.'

'Goedemorgen,' zei haar vader op een toon die klonk alsof hij zich zorgen maakte, maar probeerde dat te verbergen. 'Wat is er aan de hand?'

De soldaat keek eens naar Robin en glimlachte, zijn goede kleuren, geel en roze, werden helder, voordat hij zijn blik weer op haar vader vestigde.

'Wij gaan de mensen in de gemeente af om te zien of iedereen het goed maakt.'

'O, wij maken het goed. Uitstekend mag ik wel zeggen.'

De soldaat keek eens naar haar vader en zag meer dan Joseph losliet. De soldaat kon dingen zien, net als Robin. De volle gloed van zijn roze kleuren maakte haar dat duidelijk. Het was dezelfde tint roze die rond de oude vrouw had gehangen die seringen was komen halen.

'En waarom dat dan?' vroeg haar vader. 'Wat probeert u te weten te komen, bedoel ik. Gaat het om ons? Hebben wij iets ongeoorloofds gedaan?'

'Er is sprake van een ziekte en wij hebben het advies gekregen om iedereen op te zoeken om zeker te zijn dat het niet iets is wat rondgaat.' Weer glimlachte de soldaat vriendelijk naar Robin, knipoogde toen om zijn bewering te staven.

'Wat voor ziekte?'

'Dat weten we niet zeker, meneer.'

'Een ernstige ziekte? Een epidemie of zoiets?' Haar vader lachte nerveus en keek eens naar de jeep. De motor stond nog aan. Er zat een andere soldaat achter het stuur. Hij zat te kijken naar hun auto en schreef toen iets op. 'Een epidemie zou een ernstige belemmering betekenen.'

'Ik weet het echt niet, meneer, maar ik verwacht van niet. Ons is slechts gevraagd om te controleren.'

'Wel, wij maken het hier goed, hoewel mijn dochter gisteravond koorts had. Maar de dokter is erbij geweest en ze hoest zelfs niet meer. Geen van ons beiden heeft o-benen. En we hebben ook nog al onze tanden.'

'Ja, dat is goed om te zien.' De soldaat glimlachte, haalde het klembord vanachter zijn rug tevoorschijn en maakte een paar aantekeningen. 'Als u zo vriendelijk zou willen zijn mij uw naam te geven, dan ben ik hier klaar.'

'Onze namen?'

'We stellen een lijst op van de inwoners. Dat is onze opdracht.'

'Van wie?'

'Bevelen, meneer.'

'Bevelen?'

Er volgde een korte stilte. Robin keek naar haar vaders gezicht, toen naar dat van de soldaat.

'Ik moet uw naam hebben, meneer,' herhaalde de soldaat.

Haar vader zuchtte. 'Ik ben Vladimir Zandmark en dit is Quintata,' zei hij snel, met een steelse blik op Robin. 'Haar moeder is Mexicaanse.'

De soldaat schreef de namen op zonder te vragen naar de juiste spelling. 'Bent u vader en dochter?'

'Ja, natuurlijk. Zij is de vader. Ik ben de dochter.' De lach van haar vader scheen iets vrolijker dan hij bedoeld had.

'Is er verder nog iemand in huis, meneer?'

'Nee. Niet dat ik weet. Misschien een paar spoken. U weet wel. In een oude tent als deze.' Hij bleef zijn lippen maar likken terwijl hij stond te praten. 'Vol spoken. Niet dat we er echt gek op zijn of zoiets. Hebt u iets tegen spoken? Ik beledig u toch niet, wel?'

'Nee, in het geheel niet.' De soldaat glimlachte verlegen en las zijn aantekeningen nog eens over. 'Komt u uit Bareneed?'

'Nee. We zijn hier uit vakantie. Ik bedoel op vakantie.'

'Aha.' De soldaat vestigde zijn blik op Robin. 'Is het leuk?' vroeg hij. 'Het is hier mooi.'

Robin knikte.

'Goed.' Toen tot haar vader: 'Mag ik uw thuisadres?'

'Waarom?'

'Voor het geval wij u nog verder nodig hebben.'

'Verder nodig waarvoor?'

In de buurt van de haven reed een aantal voertuigen over de benedenweg. Robin zag dat het jeeps waren, dezelfde als die voor het huis stond, en ze reden naar het rode gemeentehuis. Een aantal jeeps stond daar al geparkeerd. De soldaat bij de deur keek eens over zijn schouder.

'Uw thuisadres, alstublieft,' sprak hij in de richting van de haven.

Robins vader stond ook naar de jeeps te kijken. Nu vestigde hij zijn aandacht weer op de soldaat. Hij noemde hem een allegaartje van getallen en verzonnen straatnamen, en keek toen weer naar de jeeps. Robin zag dat drie soldaten op het punt stonden het gemeentehuis binnen te lopen, toen er een ander naar buiten kwam. De nieuwkomers bleven staan om te salueren.

'Was u van plan om uit Bareneed te vertrekken, meneer?'

Haar vader fronste zijn wenkbrauwen. 'Wat? Vertrekken? Waarom?'

'Het enige wat wij de inwoners willen verzoeken is om in de gemeente te blijven tot wij de aard van de ziekte hebben vastgesteld.'

'Is dit een virus of zoiets? Moet ik deze lucht niet inademen?'

'Ik heb geen idee, meneer. Echt niet.'

'Hier blijven? Hier in dit huis bedoelt u?'

'Ja, meneer.'

'Mogen er mensen in?'

'In uw huis, meneer?'

'Nee, in Bareneed, van buiten?'

'Ja, meneer.'

'Wel, dat slaat dan als een tang op een varken.'

'Dat zou kunnen, meneer. Ik volg alleen bevelen op.'

'Goed dan.' Haar vader knikte. 'Ik begrijp wel wat u zegt. Het is een nogal verwarrende opdracht die u hebt.'

'Dank u voor uw tijd. Neem mij niet kwalijk dat ik u gestoord heb.' De soldaat draaide zich om en liep naar de jeep, waarvan hij het rechterportier opende. Voordat hij erin stapte draaide hij zich om en zei nog 'Prettige vakantie' tegen Robin.

Haar vader wuifde en glimlachte. Hij bleef wuiven tot de jeep weg was. Toen wierp hij een steelse blik op Robin om te zien of ze niet stond te kijken (maar ze stond natuurlijk toch te kijken), stak zijn middelvinger op naar de vertrekkende jeep en smeet de deur dicht.

'Waarom heb je staan jokken, papa?' vroeg Robin, want ze vond de soldaat wel aardig.

'Ik heb niet gejokt. Ik heb gewoon maar wat verzonnen.'

'Is er een verschil dan?'

Haar vader haalde zijn schouders op. 'Hangt ervan af welke religie. Trouwens, het waren soldaten,' zei hij, alsof dat alles verklaarde. 'Soldaten opereren niet op hetzelfde morele niveau als wij. Zij vermoorden mensen. Wij vermoorden geen mensen. Dus daarom mogen we tegen ze liegen en dat kunnen ze ons niet kwalijk nemen, zelfs niet in een rechtszaak.'

'O.' Robin overwoog die informatie eventjes. 'Maar ik heet niet Quintata.'

'Echt niet?'

'Die soldaat was aardig.'

'Hij was een soldaat.'

'Hij was aardig.'

'Waarom ga je niet wat tekenen?'

'Ik wil met Jessica gaan spelen.'

Haar vader bleef staan om na te denken en zei toen: 'Dan moet je haar eerst zien te vinden.'

'Ik weet waar ze is.'

'Waar dan?'

Robin stak haar vinger op alsof ze naar iets wilde wijzen, maar toen bracht ze haar vingertopje naar haar slaap en tikte erop. Ze bleef maar tikken.

'Waarom ga je niet wat tekenen?' zei haar vader weer. Dit keer leek hij niet blij.

'Daar ben ik al mee bezig,' zei ze. 'Zie je dat niet?'

Kim staarde naar haar computerscherm met een verlichte pagina van het onderzoeksartikel dat ze met veel moeite aan het schrijven was voor *BioJournal*. Dat artikel moest in minder dan twee weken klaar. Met vermoeide ogen las ze de woorden nog eens over die ze net had herschreven: 'Het gedrag van het zeeleven wordt constant beïnvloed door de invloed van milieufactoren als toxinen, overpopulatie, onderpopulatie, fluctuatie in de watertemperatuur en elektronische signalen. Zo is sonar verantwoordelijk gesteld voor inactiviteit bij walvissen, afname in het spel en hun zang.' De woorden lagen niet goed, en wat erger was, er was ook niets wat ze eraan kon doen om ze een beetje sierlijker te maken. Niet nu. Niet met de manier waarop ze aan het denken was en niet als ze zich zo veel zorgen maakte om haar dochter. Ze pakte haar mok en nam een slok lauwe koffie. Ze kon zo veel koffiedrinken als ze wilde, dat verscherpte haar aandacht niet meer. Ze merkte dat ze hoopte dat de telefoon zou overgaan. En als dat gebeurde, als ze de hoorn opnam, wilde ze Joseph aan de lijn, om erop aan te dringen dat zij naar hem en Robin toe zou komen, in Bareneed. Om haar een teken te geven dat alles goed was. En oké, zoals Joseph altijd zei. Het zou het allemaal zoveel gemakkelijker maken dan zomaar voor zijn deur staan.

Kim zette haar koffiemok neer. Zuchtend keek ze naar de telefoon, naast een ingelijst gedicht dat Robin op de kleuterschool voor Kim had geschreven. Het gedicht ging over een walvis:

Walvissen zijn groot en blauw
Mama ik hou van jou.

Het papier waarop het gedicht stond was in strepen gekleurd, een veelheid van potloodtinten. Een regenboog, die zich uitspande over een walvis in het water.

Gisteravond, toen Robins koorts nog hoog was, had Joseph aangegeven dat hij en Robin terug zouden komen naar St. John's, maar Kim wist hoe hij was. In een dergelijke situatie, waarin een besliste, doortastende actie nodig was, kon je ervan uitgaan dat hij elk halfuur twaalf keer op een ander idee kwam.

En bovendien had hij waarschijnlijk helemaal niet geslapen. Als hij ergens mee zat, sliep hij nooit. Ongetwijfeld zat hij nu te waken bij Robin, haar in de gaten te houden, zich ervan te overtuigen dat het goed met haar ging. Je kon zeggen van hem wat je wilde, een zorgzame vader was hij zeker.

Als Kim maar zeker zou weten dat Joseph en Robin daar inderdaad bleven, dan zou ze in haar auto springen en ernaartoe rijden, uitnodiging of niet. Ze had geen uitnodiging nodig om haar dochter te gaan opzoeken. Haar dochter. Wat dacht ze? Natuurlijk, natuurlijk zou ze gaan. Maar als ze ze uiteindelijk tegen zou komen op de snelweg, als tegenliggers? Eerst bellen. Bellen.

Kim staarde naar haar toetsenbord op de uitschuifbare lade. Joseph had die lade met rolletjes bevestigd onder het bovenblad van een oud houten bureau dat ooit van haar overgrootmoeder was geweest, een potig wijf dat zich in St. John's had ingezet voor vrouwenkiesrecht. Joseph had de lade zelf ontworpen en gemaakt, en het werkte geweldig. 'Dat is goedkoper dan een nieuw bureau,' had hij vrolijk verklaard. Hij was altijd blij als hij geld kon besparen. Kim had het dwarsgezeten dat hij altijd zo'n vrek was. Maar nu ze erover nadacht besefte zij dat het veel verderging dan een nieuw bureau. Joseph had de lade eigenhandig gemaakt en het bureau had gevoelswaarde. Ze keek naar de uitknop op haar computertoren. Hoe graag zou ze die indrukken, het systeem tot zwijgen brengen, alles verliezen waaraan ze bezig was. Het allemaal vergeten. Kon dat maar. Ze snoof, omdat dat onmogelijk was. Ze hield haar hoofd schuin, strekte haar schouderspieren, masseerde toen de achterkant van haar nek. Wat zou ik niet overhebben voor een nekmassage, dacht ze. Naar Bareneed rijden?

Terwijl dat idee vaste vorm aannam ging de telefoon. Ze griste de hoorn van de haak.

'Hallo?' zei ze kortaf.

'Hallo, Kim.' Het was niet Joseph.

'Luke?'

'Ja.' Luke Tobin, oude vriend en collega. Hij belde haar al sinds hij van haar scheiding had gehoord. Bij twee gelegenheden had Kim ingestemd met een drankje, maar op hun eerste zogenaamde 'afspraakje' wist Kim al onmiddellijk dat zij niets meer voor hem voelde. Wat haar aanvankelijk tot hem had aangetrokken, was er niet meer. In feite was er zo'n gebrek aan gevoel dat Kim versteld stond bij het denkbeeld dat ze in feite een halfjaar met hem had geslapen. Het moet de seks geweest zijn. Luke was atletisch en had veel uithoudingsvermogen. Maar de gedachte aan seks met hem bezorgde haar een misselijk gevoel in de maag. Op hun laatste 'afspraakje' was hun gesprek gedegenereerd tot praten over diverse kennissen. Roddel. Als Kim ergens een hekel aan had.

'Wat doe je?'

'Aan het werk.'

'Waaraan?'

'Artikel.'

'Waarover?'

'Ingewikkeld.' Ze verplaatste haar blik van de kalender op de achterzijde van haar deur naar haar computerscherm, las een paar woorden en begon steeds sterker van zichzelf te walgen. Zij voelde hoofdpijn postvatten en zich over haar voorhoofd uitstrekken. Het zou wel drie Ibuprofens gaan kosten als ze de middag wilde overleven.

'Even ingewikkeld als ik?'

'Veel ingewikkelder. Dat is niet zo moeilijk.' Ze grinnikte, voelde zich weer iets beter. Ze had vergeten dat ook Luke haar aan het lachen kon maken.

'Ik merk al dat je staat te steigeren om weer aan het werk te gaan, dus ik zal het kort maken. Ik wou je even laten weten dat ik de stad uit ga.'

'Oké,' zei Kim. 'Tot later dan.' Ze draaide haar stoel rond om in de boekenkast te zoeken naar de pot pillen die ze daar had staan voor die speciale werkmigraine.

'Nee, zo bedoel ik het niet. Het gaat er niet om van mij af te komen. Er is een verbazende ontdekking gedaan in Bareneed.'

'Bareneed?'

'Ja, ben je daar wel eens geweest?'

'Nee, niet echt.'

'Weet je waar het is?'

'Ja, in het noordwesten. De familie van Joseph komt ervandaan. Joseph en Robin zitten er nu. Wat voor ontdekking?'

'Een echte albinohaai. Spierwit. Een echte. Roze ogen –'

'Dat kan niet.'

'Ik ben zo vrij met je van mening te verschillen. Ik heb het uit betrouwbare bron. Boyd woont die kant uit. Hij is er geweest, heeft hem gezien, heeft het T-shirt gekocht.'

Kim kon nog zo hard proberen zich te concentreren, het lukte haar niet woorden te vormen. Als mariene biologe had ze wel verhalen gehoord over de albinohaai. In feite had ze gisteren nog een verhaal gelezen over waarnemingen door vissers, in een artikel in *Marine Nature*. Maar er was nooit enig sluitend bewijs naar voren gebracht. In feite was ze verbaasd geweest dat zo'n slecht doorwrocht stukje lectuur het tot publicatie in *Marine Nature* had gebracht. De standaard was niet meer wat hij was geweest, ongetwijfeld een poging om meer lezers te trekken met sensationele verhalen.

'Zit jij je daar te verbazen?'

'Ik... nee.'

'Ik ga kijken. Dit is een magisch ogenblik, Kim. Hier worden legendes geboren.'

'Het moet puur bedrog zijn.' Kims geest tikte razendsnel de mogelijkheden af. Ze keek uit haar raam en zag het gras in de tuin, de blauwe zomer-lucht, Josephs vogelhuisjes. Een paar vinkjes fladderden eromheen. Ze keek naar haar computerscherm. Woorden.

'Ik denk het niet. Wil je mee? Snel rijden in een snelle auto, blaast alle mui-zenissen van het schrijven van artikelen uit je kop.'

Kim moest glimlachen, in weerwil van zichzelf. Een reisje naar Bareneed met een legitiem doel. Een albinohaai! Nou ja, Robin was een afdoend legi-tieme reden, maar dit was iets heel anders. Een rit op zondagmiddag en later in de avond weer terug, na even Robin te hebben gezien om zichzelf gerust te stellen.

'Zit je na te denken?'

'Ja.'

'Niet te lang, hoor. Hier komt het beste.' Hij schraapte zijn keel en sprak toen op plechtige toon: 'Ik heb het toezicht op het overbrengen van de haai. We laden hem op een platte vrachtwagen om hem naar het centrum te rij-den.'

Kim keek eens naar haar secretaire in de hoek. Daar zat zij altijd met de hand brieven aan vrienden te schrijven. Maar toen ze de ingelijste schoolfo-to van Robin zag, aarzelde ze. Ze wilde beslist niet dat Robin haar met Luke zou zien. Dat zou kwetsend zijn. Afgezien daarvan werden haar gedachten wel door die albinohaai beziggehouden. Hoe kon ze daarmee en de moge-lijkheid om Robin te zien eigenlijk nog wegblijven? Ze zou er zelf heen kun-nen rijden. En ze zou een kans krijgen om het huis even te bekijken waar Jo-seph en Robin verbleven. Ze was heel nieuwsgierig naar de omgeving.

'Kim? Kim, ben je er nog? Aarde tot Kim?'

'Ja, sorry. Wanneer ga je?'

'Over een halfuurtje, maar als je meer tijd nodig hebt...'

'Ik bel je zo terug.'

'Oké. Fantastisch. Ik ben er.'

'Tot zo.' Ze hing op en pakte het nummer van *Marine Nature*, sloeg het open op de tekening van de grote albinohaai. Was die haai in Bareneed dood? Dat had ze niet eens gevraagd. Lag waarschijnlijk dood te gaan. Kleur ook. Ze vroeg zich af of ze een rolletje in haar camera had.

Wat zou Kim doen als Robin haar met Luke uit een auto zag stappen? Het gaf niets als ze werd waargenomen in gesprek met Luke, tenslotte was hij haar collega, maar ze zou haar eigen auto moeten rijden. Ze klapte het tijdschrift dicht en belde Luke terug om te vertellen dat ze hem daar wel zou zien.

'En hoe zit dat met dat snelle ritje in die snelle auto?'

'Geen belangstelling voor een dood op de snelweg.'

'Dan rijd ik gewoon heel langzaam. Trouwens, je kunt ook uitstappen en duwen als je je daar beter bij voelt.'

'Nee, dank je. Dat denk ik niet.'

'Oké.' Hij zuchtte zeer uitdrukkelijk en vervolgde toen op een quasiter-neergeslagen toon: 'Dan zie ik je op de kade.'

'Oké. Ik ga zo weg.'

'Dan zie ik je daar wel, denk ik.'

Kim hing op en staarde naar haar computerscherm. Ze boog zich naar voren, bewoog de muis, klikte op de x waarmee haar document werd gesloten, klikte op 'bewaren' voor het opslaan van haar wijzigingen en toen op het afsluitend logo. Ze wachtte tot de oranje woorden op het scherm verschenen, die haar toestemming gaven het apparaat uit te zetten. Met het indrukken van de aan- en uitknop viel het scherm zwart. Plotseling was het rustig in de kamer en verminderde haar spanning een beetje.

Dokter Thompson keek naar de lege deuropening waarin het blote kind van Slade had gestaan. Hij wachtte tot iemand anders hem te woord zou staan. Zijn enkel was heet en deed hels pijn. Hij verwachtte dat het gewricht in de komende uren flink zou gaan zwellen. In het huis stond een televisie aan. Thompson hoorde de dramatische muziek van een soap, toen leek er gezapt te worden en klonken er kreten door een luidspreker, twee mensen die tegen elkaar stonden te schreeuwen, waarbij woorden werden gewist, het boege-roep en fluitgejuich van een publiek. Thompson roffelde eens op de hordeur. Zijn geduld raakte op.

'Wie staat er aan de deur?' schreeuwde een man. Niemand antwoordde op deze vraag, dus de dokter zelf riep hard: 'Dokter Thompson.'

De man hoestte, maar er volgde geen enkel geluid van beweging.

Thompson klopte nog eens, dit keer harder en sneller na elkaar. De man vloekte en toen verscheen het wat magere lijf van Wade Slade in de deuropening. Slade was amper vijfentwintig en had het meest bijzondere haar dat Thompson ooit had gezien. Het was ergens halverwege tussen oranje en blond, en het was dik, als zijn snor. Hij had trieste ogen, grote sproeten over zijn gezicht verspreid en zijn neus was duidelijk gebroken, hoe vaak kon Thompson met geen mogelijkheid raden. Slade droeg een zwart T-shirt van de World Wrestling Federation, met een vertrokken smoel boven een bijbelcitaat.

'Je hebt iets op je kop, kameraad,' zei Slade, en hij wees met zijn sproetige vinger.

'De deur klapte tegen me aan.'

'Moet een veer hebben.' Slade grijnsde, waarbij zijn voortanden bloot kwamen, beide geblutst. 'Dan is het vast bloed.'

'Ja, dat denk ik ook.'

'Ik heb geen pleisters.'

'Wie is daar?' gilde een vrouwenstem achter Slade. Hij lette niet op het geluid, alsof dat maar al te alledaags was. De woeste kreet van Aggie Slade viel niet mis te verstaan. Wat voor ziekte die week ook maar in het nieuws was, Aggie had haar steevast opgelopen, in het ergste stadium. Thompson stelde zich de vrouw voor, zittend voor de televisie, gekluisterd aan het nieuws alsof ze naar bingonummers zat te kijken die vóór in de zaal oplichtten, opspringend van haar stoel als de nieuwslezer de kijkers vertelde dat er in New York malaria was uitgebroken. 'Dat is het! Dat heb ik. Dat is precies wat ik heb.'

'Gecondoleerd met je broer,' lukte het Thompson te zeggen. De pijn in zijn enkel straalde nu in minder intense golven uit.

Wade Slade staarde voor zich uit, de grijns verdween, zijn blik zakte naar de vloer. Toen liet hij voorzichtig zijn hoofd hangen en begon te huilen. Hij probeerde niet zijn gezicht te bedekken, hij draaide zich gewoon om en duwde de binnendeur half dicht. Thompson bleef daar staan wachten, maar niemand verving Wade Slade. De dokter hief zijn hand op om nog maar eens op de hordeur te kloppen. Toen hij dat deed ging de binnendeur weer open. Dit keer deinsde hij achteruit om een tweede klap op zijn voorhoofd te voorkomen. Er stond niemand. Thompson draaide zich om maar zag alleen wind. Niets. Hij klopte.

'Wie staat er toch godverdomme bij de deur?' Weer dat wijvengekrijs.

Thompson overwoog zich om te draaien en weg te vluchten. Hij had er nu werkelijk genoeg van. Maar toen kwam Aggie Slade uit de woonkamer strompelen. Ze was een gedrongen vrouwtje met een allerliefste glimlach. Niemand zou ooit kunnen geloven dat zij, in alle glorie van haar één meter vijftig, in staat was zo veel lawaai te maken. Mevrouw Slade was een vroom kerkgangster, maar kon zonder blikken of blozen een lastige kat aan het mes rijgen, om de volgende dag ter communie te gaan en die steekpartij aan een van haar aanvallen van ongeloof toe te schrijven.

'Mogge, dokter,' zei ze.

'Mevrouw Slade. Ik leef mee met uw problemen.'

Mevrouw Slade staarde hem aan. 'Stom, hè? Struikelt en gaat dood. Hij was niet eens ziek, zoals ik.'

Thompson kon niet op een antwoord komen. Hij merkte dat zijn lippen vaneengingen. Volgens hem was hij nog nooit zo dicht in de buurt gekomen van zijn mond open laten hangen van verbazing. Hij haalde eens diep adem en zei: 'Ik vroeg me juist af of Andrew problemen had. Lichamelijk.'

'Hij was zo vet als een zwijn.'

'Nee, dat bedoel ik niet, met ademhalen.'

'Wat?'

'Hebt u gemerkt of hij problemen met ademhalen had?'

'Om adem te halen?'

'Ja.'

Ze schudde haar hoofd. 'Hij was allergisch.'

'Mogelijk. Maar had hij vroeger wel eens problemen met ademhalen ge-had?'

'Wat?' Mevrouw Slade draaide haar hoofd om en gilde: 'Wade, heb jij wel eens gezien dat Andrew problemen had met ademhalen?'

Er klonk een snik uit het binnenste van het huis.

Dokter Thompson schraapte zijn keel. Mevrouw Slade keek hem aan als-of er iets mis was.

'Ik ben mezelf niet dezer dagen,' bekende zij. 'Ik heb uitslag.' Ze hield haar arm op en toonde hem een soort eczeem. 'Van de muizen. Hoe heet die ziek-te ook alweer? Hints van de Vara?'

Thompson keek eens naar haar arm. 'Ziet eruit als roos, mevrouw Slade. Nieuwe zeep? Lotion?'

'Ik heb een nieuwe vloeibare zeep gekocht op de vlooienmarkt in Port de Grave. Vijf cent de fles.'

'Dat zou uw probleem kunnen zijn. Allergische reactie.'

'Ik ben overal allergisch voor.'

'Wanneer hebt u voor het laatst iets van allergie bij Andrew gemerkt?'

Daar moest mevrouw Slade even over denken. 'Een dag of vier geleden. Hij huilde voor het eerst. Hij scheet in zijn broek van angst.'

Thompson glimlachte gedwongen. 'Nou, ik leef mee met uw problemen. Als u iets nodig hebt, komt u me maar opzoeken.'

Mevrouw Slade knikte. 'Moet even naar die uitslag laten kijken. Kan do-delijk zijn.'

'Waarschijnlijk. Dat zou chirurgisch verwijderd moeten worden.' Thomp-son liep achteruit, zich bewust van de brandende, kloppende pijn in zijn en-kel. Hij lette goed op de rotte plank van de veranda, in de hoop dat hij op de weg terug naar zijn auto niet zijn nek zou breken.

Joseph toetste de nummers in op zijn mobieltje en stelde zo het nummer sa-men van zijn oude drinkebroer, Kevin Dutton, die nu een advocatenpraktijk had in St. John's. Na enkele malen overgaan, en na een zoektocht door het op de lachspieren werkende labyrint van de hiërarchie binnen een advoca-tenkantoor, lukte het hem Kevins voicemail te bereiken, maar toen het mo-ment aanbrak om een boodschap achter te laten blokkeerden Josephs herse-nen. Te veel informatie om door te geven. Hij was bang dat als hij zijn mond open zou doen er alleen maar stamelende woorden uit zouden komen, een onbeschrijfelijke geluidsmuur die op de grond donderde. Met zijn mobieltje nog in zijn hand wachtte hij even. Het leek alsof hij staande in slaap was ge-vallen, want hij hoorde al snel het explosieve, gebroken geluid van een man-nenstem, alsof het geluid van een radio of televisie plotseling was aan- en toen weer afgezet, alles in een ogenblik. Hij kende dat geluid van vroeger, als hij wakker werd uit dromen. Het deed hem schrikken, hij kreeg er kippenvel van. Hij luisterde, hoorde slechts het zoemen van zijn mobiel. Na de verbinding te hebben verbroken probeerde hij het thuisnummer van Kevin. Geen antwoord. Ook geen voicemail of antwoordapparaat. Waar moest dat heen met de wereld? Joseph wilde Kevin wat vragen stellen over de legale aspecten van het feit dat hem werd aangeraden Bareneed niet te verlaten. Hij veronderstelde dat het leger of de marine kon doen wat hen goeddunkte, maar moest een noodtoestand niet eerst worden afgekondigd? Een golf van duizeligheid doorvoer hem. Hij wreef zijn ogen uit, zag de sprankelende grijze en witte speldenprikken achter zijn oogleden, toen hij zijn handpalmen tegen zijn oogkassen aan duwde. Toen de duizeligheid was geweken, deed hij zijn ogen open en zag hoe de statische vertekening verdween. Grijs en wit braken tot een helder tafereel. Hij stond in de keuken. Huize Critch. Bareneed.

Hij keek eens naar het mobieltje. Wie moest hij verder nog waarschuwen? Hij had oom Doug nog niet gebeld. Hoewel hij al een paar keer van plan was geweest contact op te nemen met Doug, was er altijd iets tussengekomen wat zijn aandacht had afgeleid of wat hem de stuipen op het lijf had gejaagd. Hij greep de stoel naast zich, om zich staande te houden en zich te verzetten tegen een gevoel van zinken, zijn gedachten flitsten weer naar die drenkelingen onder water. Dood, en toch niet dood, alleen hun ogen bewogen, bekeken hem. Dat komt vast van de pillen die ik neem, stelde hij zich gerust.

Joseph trok zijn portefeuille open en bladerde door de kaartjes en de papiertjes, om de aantekening te vinden waarop hij het telefoonnummer van Doug Blackwood had gekrabbeld. Toen hij de cijfers las toetste hij ze zorgvuldig in, met trillende duim. Hoe moest hij die man noemen. Doug? Oom Doug? Papa's broer.

De telefoon ging vijf keer over en werd toen vrij onwelwillend beantwoord.

'Ja?'

Hallo, papa's broer. 'Doug... Blackwood?' stamelde Joseph.

'Wel weet,' sprak de stem. 'Wel is dit?'

'Joseph Blackwood.' Hij wilde er nog 'uw neef' aan toevoegen maar dacht dat dat een tikkeltje te familiair zou zijn, te stroperig.

'Joseph Blackwood. Nooit mijn neef Joseph?'

'Jawel.'

'Die visserijinspecteur?'

'Ja.'

'Uit St. John's?'

'Ja.'

'Hmmm.' Stilte. 'Bij mij he'k dien stem nooit 'hoord.'

'Ik ben in Bareneed met mijn dochter Robin.'

'He'k 'hoord. Doe hest 'n dochter?'

'Ja.'

'Logisch. Hoe old?'

'Acht.'

'Acht... hmmm. Acht is 'n mooie leeftijd.'

Mooie leeftijd voor een kindereter, was de gedachte die Joseph niet kon onderdrukken. 'Jazeker.'

'Wel, komst mij opzoeken? Of blijfst de rest van dien loezenleven 'n vreemde voor mij?'

Joseph werd zowel geïntrigeerd als sterk bekoeld door de wijze waarop Dougs stem hem aan die van zijn vader deed denken. Het was alsof hij sprak met een vertekening van zijn vader. 'Nee, nee, we komen.'

'Joe binnen uit van huis in 't olde huis van Critch aan bovenweg.'

'Ja.'

'Op vekansie?'

'Klopt.'

'Ja, voor lui als doe is 't wel vekansie.' Doug lachte hem in zijn gezicht uit, zo hard dat Joseph het krakende mobieltje van zijn oor af moest houden.

Toen oom Dougs gelach uiteindelijk afzwakte tot enig zacht gnuiven, vroeg Joseph: 'Hebt u iets gehoord van het leger dat hier bezig is?'

'Wat dochst? Maar hest 'hoord van die twee gozers uit St. John's die in de drive-in bioscoop dood 'vroren binnen?'

'Nee, ik...'

'Zij waren *Closed For the Season* gaan zien.'

Joseph stond perplex. Was dit feitelijk nieuws? Het was helemaal geen winter. Hoe konden ze dan doodgevroren zijn? Hij vroeg zich af of hij zelf *Closed For the Season* had gezien.

'Dit is een grapje,' zei Doug. 'Bist doe zo stom?'

'O... zijn er soldaten bij u aan de deur geweest?'

'Praat me d'r niet van. Wat een kulkoek. Er worren 'n paar lui ziek en de regering denkt dazze hier kunnen kommen om de hele zaak af te sluiten. Ze binnen als de dood voor ziekten op 't heden. Dat he'k van mijn leven nog niet mitmaakt.'

'Dus u kunt weg als u wilt?'

'Waar mot ik uit weg?'

'Uit Bareneed.'

'Waarom zolst ja hier vort willen? Bist hier net! Ik heb 'n fantastisch maaltje kabbeljauw hier als langskommen wilst. En morgen vaar 'k uit met boot, dien dochter mag wel mitkommen.'

'Ze slaapt nou. Ze is een beetje van de kaart.' Joseph vroeg zich af hoe Doug aan kabeljauw was gekomen. Wellicht zat zijn oom hem alleen maar te pesten.

'Van kaart? En wat betekent dat in christusnaam? Ik heb 't trouwens over morgen. Blijft ze slapen tot morgen? Eerlijks?'

'Nee.'

'Wel, kom me dan opzoeken als de kans hest. Als niet elkeen bang is en elkeen fit is. Geef ze maar wat vitamine of zoiets, en 'n paar boeken over hoe dien eigen verzorgen most en als doe weer helemaal op been bist en net zo blijdig als twee zwijnen in eigen stront, kom dan hier, dan kunnen we wat lullen.'

Lullen. Joseph moest er wel om lachen. Oom Doug had het oneerbiedige soort humor van zijn vader. 'Waar woont u?'

'Dat kanst elkeen vragen, elkeen weet het.'

'Oké.'

Aan het andere eind werd de telefoon opgehangen.

Joseph sloot zijn mobieltje, stopte het in zijn zak en besloot Robin wakker te maken. Zij zou blij zijn met het vooruitzicht op een boottochtje. Maar zou ze alleen gaan met oom Doug? Joseph was niet gevraagd. Was er plaats in de boot? Zelfs de kleinste kon gemakkelijk drie man bevatten.

Nee, wat dacht hij nou? Die zachte, zonnige dag was maar schijn. Als de nacht eenmaal zou vallen, zouden de hallucinaties van zijn medicatie weer de overhand krijgen. Hij had oom Doug gebeld voor advies en hij had niets gekregen. Wat was hij nu aan het doen? Hij draaide zich om en zag dat hij eten in plastic zakken had staan stoppen. Daar moest hij dus mee doorgaan. Oom Doug kon wel wachten.

Terwijl Joseph hurkte bij het aanrechtkastje en een plastic zak met blikjes begon te vullen, kwam de gedachte bij hem op dat hij misschien het eten gewoon hier moest laten staan. Als ze weggingen zouden ze over een week of zo kunnen terugkomen en dan zou het huis nog gehuurd zijn. Het was op voorhand betaald voor de komende drie weken. Hij kwam wat snel overeind en werd meteen weer duizelig. Hij sloot zijn ogen terwijl de telefoon ging. De kamer danste nog toen hij zijn ogen opendeed en de hoorn probeerde te pakken.

'Hallo?'

'Hi.' Een vrouwenstem. Kim.

'Hi.'

'Ik kom naar Bareneed voor die albinohaai en om Robin even te zien. Hoe voelt ze zich vanochtend?'

'Haai?'

'Luke Tobin zei dat er een albinohaai gevangen was in Bareneed.'

'O, echt?' Joseph keek eens door de keuken. Haai. Luke Tobin. Luke Tobin had bij Kim geslapen natuurlijk. Ongetwijfeld was hij zo langzamerhand bij haar ingetrokken. Ongetwijfeld was hij momenteel bezig Kims gazon te maaien, haar struiken te snoeien. Ongetwijfeld gaf hij haar cadeautjes. Waarschijnlijk hadden ze al rondgereden in zijn sportauto, met een brede plastic lach op hun smoel, wuivend naar iedereen en stomme liedjes zingend terwijl ze per ongeluk honden en katten overreden maar nooit stopten. Nee, die stopten vast niet, wel?

'Ik vertrek over een paar minuten,' informeerde Kim hem. 'Ik wilde graag langskomen om Robin te zien.'

'Hier? We staan op punt van vertrek, we gaan terug naar St. John's.' Hij kon dat gezicht van Luke maar niet uit zijn kop krijgen. Perfect gezicht. Perfect haar. Perfect inkomen. 'Ik ben al aan het pakken. Ik moet nu gaan.'

'Hoezo? Is alles goed met Robin?'

'Ja, hoor. Het is hier alleen... spookachtig.'

'Spookachtig.' Ze begon te lachen. 'Je wacht wel even tot ik er ben, hè? Ik wil het wel graag even zien.'

Joseph liet de stilte duren. 'En kom je dan met je nieuwe vriend?'

'Ik kom alleen, zonder iemand.'

'Ik wil hem niet in de buurt van Robin.'

'Wie bedoel je, Luke? Joseph, maak je geen zorgen. Wat denk je wel van me?'

Hij stond op het punt te zeggen: 'Wellicht mag je de gemeente niet eens in', maar hij wilde haar niet alarmeren. Trouwens, Joseph had geen idee of mensen nog naar binnen mochten. Hij had geen enkele wegversperring gezien, hoewel de soldaten in het centrum af en toe een passerende wagen leken aan te houden om vragen te stellen. Hij was er vrijwel zeker van dat er een soldaat bij hem aan de deur was geweest. Daar was Robin bij geweest. Zij had die soldaat gezien.

'Joseph?'

'Oké,' zei hij. 'Maar als je hier eenmaal bent gaan we terug.'

'Waarom?'

'Omdat...'

'Wat is er aan de hand?'

'Niks. Ik wil gewoon naar huis. In mijn eigen bed slapen.'

Stilte. Dat woord 'huis' hield zo veel verschillende dingen in. De woorden 'mijn eigen bed'.

'Heb je eigenlijk afgelopen nacht wel geslapen?'

'Jawel,' loog hij.

'Hoe lang? Tien minuten?'

'Nee, minstens vier seconden.'

Zijn spanning nam af bij het geluid van Kims lach. Het leven is zo gemakkelijk als iedereen lacht. Konden ze maar blijven lachen, open monden, trillende neusvleugels, vliegen die naar binnen vlogen, eitjes legden, maden. Krioelende maden van het lachen. Een kakofonie van piepende striplach. Rottende nekken die afknapten. O, nee!

'Ik moet even naar Robin kijken. Ze ligt te slapen.'

'Te slapen. Robin?'

'Ja.'

'Meestal slaapt ze niet overdag, Joseph.'

'Nou, hier doet ze dat wel, dat is vast de buitenlucht.'

'Ik kom gauw.'

'Tot zo.' Hij hing op, net toen Kim zachtjes maar goed bedoeld 'ciao' zei.

Dat 'ciao' warmde hem op en knaagde aan zijn hart. Als Kim er was en alles was in orde, dan zouden ze nog wel een nacht kunnen blijven. Hij zou haar de omgeving kunnen laten zien. Hij zou haar in de schuur kunnen opsluiten met het spook van die baardmans. Hij zou haar mee naar de haven kunnen nemen, haar het water in kunnen duwen, haar die drijvende onderwaterdoden laten zien. De kaken van de albinohaai optrekken en haar hoofd erin stoppen. Josephs griezeltour. Maar wat met Claudia? Veronderstel dat Claudia zou binnenkomen en zou beginnen intiem met hem te doen waar Kim bij was? Dan zou de pleuris uitbreken. Nee, ze moesten meteen naar huis. Weg terwijl ik een doodssprong maak. Ik bedoel terwijl ik een voorsprong heb.

Hij liep naar de woonkamer om uit het raam te kijken, maar er was geen goed uitzicht op de haven of op enige albinohaai. Hij liep naar boven, zag hoe de bonte traploper onder hem vervaagde. Zijn voetstappen maakten geen geluid bij het lopen. Toen hij Robins kamer bereikte zag hij dat haar bed perfect was opgemaakt. Maar het was leeg.

'Robin,' riep hij en hij liep met grote stappen naar zijn eigen slaapkamer. De lakens waren verkreukeld. Robin kon daar ergens tussen de plooien liggen of zich aan het verstoppen zijn, wat ze vaak deed. Hij klauwde de lakens weg om te ontdekken dat ze ook daar niet was. Hij keek uit het raam naar een soort van commotie aan de haven. Een grote menigte. Die albinohaai?

Hij rende de trap af. Onderaan gleed hij uit en verloor bijna zijn evenwicht. Het leek wel alsof er water op de vloer lag. Hij rende naar de badkamer. Het bad was tot de rand gevuld maar er zat niemand in. De vloer was nat, en het spoor leidde door de keuken en achterdeur naar buiten. Had Robin een bad vol laten lopen? Had hij haar dat gezegd te doen? Had hij het bad vol laten lopen? Hij kon het zich niet herinneren, en dat maakte hem bang. Zijn hart klopte wild en zijn ademhaling stokte toen hij de achterdeur uit sprong en het veld met hoog gras dat naar de bomen voerde overzag. Hij zou nooit bang geweest zijn voor bomen, maar nu wel. Jezus, als ze nu zou verdwalen in de bossen? Terwijl zijn paniek groeide, vulden zijn neusgaten zich met de bloedmetalen geur van angst. Robin? Had hij haar eigenlijk wel meegenomen? Was hij echt alleen, of was hij hier al die tijd al alleen geweest? Hij was hier om weg te zijn van iedereen. Absoluut iedereen.

'Robin?' riep hij doodsbenauwd. Twee vogels antwoordden elkaar in het bos voordat een van ze wegvloog, takken beroerend. Joseph rende weg bij het huis en zag rechts van zich de schuur. 'Robin?'

Ze stond in de deuropening met haar rug naar hem toe, haar nog kleine rug. Ze maakte niet de minste beweging toen Joseph riep.

'Robin,' zei hij weer, dit keer met ergernis die veroorzaakt werd door zijn aan woede grenzende angst. Hij rende naar haar toe, greep haar bij de schouder, maar ze draaide zich niet om om hem aan te kijken. Haar hemd leek nat. Joseph hoorde haar op ritmische, ingetogen wijze fluisteren: 'Vis in de zee. Vis in de zee...'

'Robin.' Hij draaide haar om en zag haar witte gezicht, de huid gezwollen alsof ze te lang in bad had gezeten, met blauwe, trillende lippen. 'Robin!'

'Vis in de zee,' reciteerde ze en haar tanden klapperden als dominostenen die worden geschud in een zak. 'Vis in de zee...'

Het was ruim een jaar geleden dat Kim voor het laatst de snelweg had genomen. Toen zij en Joseph nog bij elkaar woonden, trokken ze er in de weekeinden vaak op uit, dan namen ze een van de afslagen die uitkwamen op een tweebaansweg en volgden die, verlaten kilometer na kilometer tot ze ergens bij een plaatsje aan zee kwamen. Dan bekeken zij de huizen die samengedrongen stonden in de bocht van een baai of op steile kliffen waren gebouwd van 30 meter hoog, met ruige rotsen en onophoudelijke branding aan de voet. De zon op de oceaan, die het tafereel vriendelijk en eenvoudig helder maakte. Kim stond vaak met bewondering te kijken naar de vrijwel eindeloze wegen die waren aangelegd om kleine gemeenten te verbinden die eigenlijk alleen maar per boot toegankelijk waren.

Sinds haar scheiding van Joseph was Kim voornamelijk bezig geweest voor het elementaire te zorgen: koken, schoonmaken, werken en voor Robin zorgen. Geen tochtjes over de snelweg. De vrije tijd van haar en Robin werd besteed aan boodschappen in het winkelcentrum of parkbezoek. Het was bevrijdend te rijden terwijl het landschap zich rond haar ontrolde, woeste gronden en rotsen in plaats van meubilair, bomen in de verte, bij elkaar gegroepeerde coniferen in plaats van strikte verticale omslotenheid van muren. Ze had niet verwacht dat het zo lekker zou aanvoelen om gewoon auto te rijden.

Weken geleden, toen Joseph haar voor het eerst van zijn plannen op de hoogte had gebracht om een huis te huren in Bareneed, had ze er wel meteen naartoe willen rijden. Die oudere gemeenten fascineerden haar. Ze vond het heel aangenaam om te wandelen tussen ooit vruchtbare akkers die rond verlaten huizen lagen, sommige bouwsels al ruim een eeuw geleden opgetrokken. Om naar binnen te gluren en te ontdekken dat het interieur nog in orde was, het antieke meubilair en de kleden, de borden en de lampen. En dat stond er allemaal zonder dat iemand het kwam opeisen. Het was gewoon een verlaten levensstijl. Bij enkele gelegenheden had Kim gekeken of de achterdeur op slot was. Merkend dat dat niet het geval was, was ze naar binnen gegaan, zich als het ware bewegend door een perifere, doch romantisch verdoemde wereld uit een klassieke roman, doortrokken van een spookachtige affectie voor een leven dat ooit was geleid in de nu stoffige en vochtige ruimte die leek te rouwen, wachtend op de terugkeer van haar bewoners.

Kim zette de radio aan op het moment dat de omroeper sprak: 'Het is tien over halfdrie op een prachtige junimiddag. We krijgen nu twintig minuten muziek...' Ze keek op haar horloge, dat liep gelijk. Dan zou het tegen het avondeten lopen als ze aankwam. Misschien zou ze een uitnodiging voor het eten uit Joseph kunnen persen of – nog beter – een uitnodiging om vanavond te blijven. Het idee van slapen in een onbekend huis wond haar merkbaar op. Het was een van haar machtigste fantasieën, vrijen in een vreemde omgeving, tussen de ruïne van andermans leven. Ze gniffelde bij zichzelf. Misschien zou het wel spoken in het huis.

De snel gespeelde eerste maten van 'Brown Eyed Girl' van Van Morrison klonken door de luidsprekers. Kim zette de radio harder en voelde zich zekerder van zichzelf dan ze in maanden gedaan had. Ze liet het raampje een eindje zakken en de lucht friste haar gezicht op. Ze kreeg het gevoel dat ze teruggleed naar betere tijden, terug naar Joseph en Robin, terug naar een aanhankelijkheid vol harmonie en verzoening.

Bij Kim werd niet opgenomen. Joseph stuitte op haar voicemail maar wilde geen bericht achterlaten. Wat moest hij zeggen? Robin doet nu alsof ze een dood meisje is en ik heb statische ruis in mijn kop. Ik krijg signalen. Ik weet niet of ik droom, of dat ik in een televisieserie, een griezelfilm of mijn eigen leven optreed. Hoe dan ook, ik ben ergens boos om, en ik weet niet zeker wat dat is. Toen hij Robin had afgedroogd en haar had gevraagd hoe ze zo nat was geworden had ze alleen gezegd: 'Spelen met Jessica.' Jessica! Joseph had dokter Thompson al gebeld en werd verbonden met de centrale dokters-dienst. Hij liet een kort bericht achter. Dat was makkelijk zat. Naam. Telefoonnummer. Help. Toen hij ophing, staarde hij naar Robin, die op de bank lag. Ze leek nu in orde, nu ze eenmaal droge kleren aanhad. Ze lag rustig een tekening te maken. Maar deze laatste ontwikkelingen, vreesde hij, zouden de schade aan haar hoofd door die steen wel eens blijvend kunnen maken en zijn hele lichaam spande zich van zorg en verdriet.

'Hoe is het met je, schatje?' vroeg hij lief, terwijl hij zijn handen aan zijn spijkerbroek afveegde. Ze waren vochtig. Hij had ook in het water gezeten, of zweette hij alleen maar? Hij betastte zijn kleren. Die waren droog. Hij voelde plotselinge koorts opkomen. Een opvlieger. Energie die vanuit andere bronnen bij hem binnenstroomde. Het geluid van een man die hoestte. Wellicht dat van hemzelf. Toen was hij weer in orde, in evenwicht.

'Oké.'

'Je moet nu wel binnen blijven,' hield Joseph vol, in een poging niet naar Robins tekening te kijken, in de hoop dat de man die ze tekende niet hij was. Het beeld was zo echt dat hij veronderstelde dat ze foto's uit een catalogus had geknipt.

Robin fronste en keek op van haar tekenwerk: 'Waarom?'

'Omdat ik dat wil. We moeten misschien weer terug naar het ziekenhuis met je. En bovendien had ik je gezegd dat je vandaag niet naar buiten mocht. Je moet echt binnen blijven...'

'Je zei dat het oké was.'

'Wat?' Kloppen bij zijn slapen, een trilling in zijn linkerooglid, waaraan hij krabde. Een geluid als lachen of applaus in zijn oren, het ruisen van een ketel. Had ik de ketel op het gas gezet? 'Wat was oké?'

'Ik zei dat ik naar buiten ging en jij zei oké.'

'Dat is niet waar.'

'Wel waar. Ik liep naar je toe, je stond aan de telefoon met iemand te praten.'

'Wanneer?'

'Voordat ik naar buiten ging.' Robin ging rechtop zitten, met een boek onder de tekening in wankel evenwicht op haar knieën. 'Je was met iemand aan het praten.'

'Toen ik met mama aan de telefoon zat?'

'Nee.'

'Ja.' Hij lachte serieus, gemeend, wat zoveel wilde zeggen als dat hij zich onmogelijk kon vergissen. 'Ja. Dat is wel zo. Ik stond met mama te praten.'

'Nee, volgens mij was het met Claudia.'

'Robin, wat zeg je nou!?'

'Je sprak haar naam uit en je zei nog andere dingen.' Robin bloosde, vestigde haar blik op de met was opgewreven piano tegen de andere muur. Ongetwijfeld zou die nu uit zichzelf gaan spelen. Nee, dat moest nog wachten tot de nacht viel. Middernacht. Bloed op de ivoren toetsen, de man met het gezicht dat je niet kon zien.

'Wat voor dingen?'

'Je fluisterde smerige woorden.'

'Niet waar.' Joseph stond rechtop en keek zijn dochter strak aan met een geschrokken en verontwaardigde blik. 'Waar heb je het over? Ik heb niet eens haar nummer.'

'De telefoon ging hier over.'

Er werd aan de voordeur geklopt. Joseph draaide zich acuut om, waarom Robin moest giechelen. Of was dat het statische kraken weer? Hij wierp een blik op Robin en zag dat zij onverschillig keek. Geen teken van vermaak. Ze keek naar de deur.

'Wie is daar?' vroeg hij. 'Jij vindt dat grappig. Haha. Ik ben nou grappig.'

'Het is niet grappig. Het is Claudia.'

Joseph bestudeerde Robin. Hoe kon zij dat weten? Die bult op haar kop. Was ze er helderziend van geworden? 'Volgens mij moeten we met je naar het ziekenhuis.'

'Met jou?'

'Met jou,' snauwde hij.

'Met jou?'

'Met jou.' Hij liep op de deur af. Hij rukte hem open en stond oog in oog met Claudia, haar grote fascinerende blik gehaakt aan de zijne. Ze droeg een witte jurk van neteldoek, waarvan de stof tot haar enkels hing. Met beide slanke handen hield zij een doos vast die in cadeaupapier was verpakt, dat handbeschilderd leek, en grijze walvissen voorstelde met blauw water op de achtergrond.

'Dit is een cadeautje om het huis in te wijden.' Ze hield de doos omhoog en glimlachte zenuwachtig, waardoor de huid van haar gezicht strak kwam te staan en haar ogen dieper wegzonken. Het leek wel alsof ze 5 kilo lichter was geworden sinds Joseph haar gisteren had gezien, maar toch stak haar buik nog een beetje naar voren onder haar strakke jurk. Joseph vroeg zich af of ze wellicht zwanger was.

'Wat kan er in zo'n doos zitten?' vroeg hij en hij stelde zichzelf voor hoe hij Claudia op de lippen zoende. Ze leken nu voller in dat magere gezicht. Hij overwoog zijn tong tussen haar lippen te steken om haar tanden te likken, zich achter haar tanden te wrikken om met haar tong te spelen en te ontdekken dat die schrikbarend koud en droog was.

'Kom ik ongelegen?' vroeg ze.

'Ja.' Hij wachtte af, zich afvragend wat er nu ging gebeuren. 'Nee.'

'Mag ik binnenkomen?'

'Ja,' zei hij en hij ging bliksemsnel aan de kant. 'Kom binnen.' Bezorgd keek hij over Claudia's schouder. 'Niemand bij je?' vroeg hij op een bezorgde toon die hij probeerde redelijk te laten klinken.

'Nee,' antwoordde Claudia, terwijl ze het huis in liep. 'Ik ben alleen.'

'Goed zo. Alleen zijn is goed. Ik was ook ooit eens alleen. Het is goed als je het kunt behapstukken.' Joseph onderwierp de buitenkant nog eens aan een snelle algehele inspectie en omdat hij niets vond wat hem mogelijk meer kon alarmeren dan wat er in zijn hoofd zoal gaande was, smeet hij de deur dicht.

Het geluid van zijn mobieltje dat afging baarde dokter Thompson meer zorg dan gewoonlijk. Het feit dat het zondag was droeg er niet bepaald toe bij de doodse sfeer te verjagen die in Bareneed hing. Thompson was net naar zijn Blazer teruggestrompeld nadat hij de albinohaai had bekeken. Een van de raarste dingen die hij ooit had gezien. Na het verlaten van huize Slade was hij op de menigte gestuit en uit zijn voertuig geklauterd om te kijken.

Hij klapte zijn mobieltje open en drukte op de knop, waarbij hij zijn voorhoofd in de spiegel bekeek. De jaap die dat kind van Slade hem had toegebracht was helemaal niet ernstig. Leek eigenlijk meer op een schrammetje.

'Ja?'

'Dokter Thompson, dit is Betty van de centrale. Wij hebben net een telefoontje gehad van een vrouw uit Bareneed, die vreselijk ondersteboven is. Haar zoon heeft ademhalingsproblemen en ze vroeg zich...'

'Wie was het?'

'Edyth Pottle.'

'Van Pottle's Lane?'

'Ja, die. Ik heb de ambulance gestuurd. En er is nog een telefoontje van Joseph Blackwood. Dat kwam meteen erachteraan. Hij zei "help", maar het klonk niet echt urgent. Hij schreeuwde niet, hij had geen pijn of iets dergelijks. Heel raar.'

'Heeft hij een nummer achtergelaten?'

'Ja.'

Betty spelde de cijfers.

'Oké, bedankt.'

Thompson drukte op 'ophangen' en toetste vervolgens het nummer van Blackwood in.

'Hallo?' Een meisjesstem.

'Hi, is je papa daar?'

'Nee, mijn vader trok naar zee...'

'Je vader zee wat?' Er volgde niets dan stilte, tot Thompson zich gedwongen voelde te vragen: 'Is alles oké?'

'Ja.'

'Waar is je papa? Dit is dokter Thompson.'

Er volgde geen antwoord.

'Hallo?'

'Mijn vader voelt zich een beetje onder zijn water.'

'Dat is erg. Hoe is het met die bult op je hoofd?'

'Ik heb helemaal geen bult op mijn hoofd.'

'Goed zo. Dan gaat het dus beter.'

'Helemaal beter. Ik ben helemaal beter. En ik heb het ook niet zo koud meer.'

'Dat is goed om te horen. Zeg maar tegen je vader dat dokter Thompson heeft gebeld.'

Het meisje begon doodleuk een deuntje te neuriën.

'Oké?' vroeg Thompson.

Het neuriën ging door. 'Oké,' zei het meisje ten slotte. 'Dag, dokter Thompson.'

'Dag.'

Thompson klapte zijn mobieltje dicht en staarde even naar de menigte voor zich, achter zijn voorruit. Een groep jongens wees naar zee. Een van hen stond op en neer te springen en met zijn handen rond zijn mond te roepen. Thompson keek naar waar de jongens wezen en kon niets zien wat enige aandacht verdiende. Hij startte de motor en reed voorzichtig achteruit, terwijl enkele mensen uit de menigte omkeken om hem te zien vertrekken. Toen draaide hij midden op de weg om en reed snel naar Edyth Pottle, in het vermoeden dat de sleutel tot deze ademhalingsproblemen was gelegen in de patiënt bijtijds opvangen en hem of haar aan de beademing te leggen. Anders kon de dood erop volgen. Waarom? Hij had geen flauw benul. Als de patiënten maar eenmaal ter observatie waren, scheen er geen verdere verergering in te treden. Althans, vooralsnog niet. Niet dat de medische staf het had kunnen merken.

Pottle's Lane was verder naar het westen, op de weg vanwaar hij gekomen was, niet meer dan een minuut verderop en pal tegenover het gemeentehuis. Plotseling stuitte hij op twee soldaten die bij een versperring stonden. Een van de soldaten probeerde hem te wenken. Verstrooid door zijn gedachten, zag en begreep hij die aanwijzing te laat en werd gedwongen de soldaat te ontwijken, terwijl hij op zijn remmen ging staan en de achterkant van een legerjeep ramde die langs de weg stond. Gelukkig had hij zijn veiligheidsgordel om. Geen schade, behalve een vreselijke pijn in zijn nek. Zweepslag! Dat ontbrak er nog aan. Hij begon zijn raampje neer te laten maar besloot in plaats daarvan zijn portier maar te openen. Hij ging verzitten en trok aan de hendel, maar werd in zijn bewegingen belemmerd. Zijn veiligheidsgordel. Hij kreunde, maakte hem los en gooide het portier open op het moment dat de soldaat bij hem was. De bovenzijde van het portier stootte de soldaat tegen het hoofd. Met een kreet van schrik dook Thompson zijn wagen weer in om zijn dokterstas te pakken. De soldaat stond er een beetje verdwaasd bij, met een paar vingers op zijn hoofd. Thompson inspecteerde hem meteen. Geen schade. Zelfs geen schrammetje. De ogen van de soldaat waren gericht op de snee op de dokters voorhoofd. 'Met u is niets aan de hand,' zei dokter Thompson en hij hinkte weg, vooruit wijzend. 'Ik ben huisarts,' riep hij, de pijn verbijtend van zijn enkel terwijl hij rond de wegversperring liep. 'Ik heb een medische urgentie, opgepast.'

In de verte dook het groene bord langs de snelweg op. Geen kans het te missen. Witte letters en een schuine pijl die naar rechts wees. Op het bord stond: Shearstown, Bareneed, Port de Grave, afrit 44, 1 km. Enkele ogenblikken later stuurde Kim haar witte vw de afrit af en reed Shearstown Line op. Het land om haar heen was adembenemend, met glooiende velden van rijk groen aan water in het verschiet. Ze schudde haar hoofd, onder de indruk. Het landschap kon in Newfoundland in een oogwenk veranderen. Ze had amper het maanlandschap van de snelweg verlaten of ze reed door een streek met weidegronden die haar deed denken aan de welige velden van Ierland. Grijze wolschapen graasden op een heuveltje. Ze kon kilometers achter de weidegronden aan weerszijden van de Line zien. Het grasland rees en daalde voordat het stuitte op dichte bossen met sparren en pijnbomen. Hier en daar doorbrak een lage rotsheuvel het anders vrij vlakke karakter van het land.

Binnen enkele ogenblikken dook de weg een dal in, zo steil, dat ze moest afremmen. In dat dal bleek het landschap verlaten. Vervallen huizen en schuren stonden her en der op rotsachtige, onvruchtbare percelen. Toen klom de weg weer en sloeg linksaf, waarbij de door weer en wind geteisterde huizen nog vervallener werden, bijna luguber. Geen enkel teken van leven. Geen koe, geen paard en geen schaap. De bomen achter de huizen waren dichter, verstrengeld, zwart. Ze kreeg de indruk dat ze verdwaald was en hoopte dat ze niet zou hoeven stoppen, geen motorpech zou krijgen, waardoor haar doorreis zou worden vertraagd. Het koude zweet stond in haar handen aan het stuur. Spanningsmigraine dreigde. Zij merkte dat ze haar kaken op elkaar klemde. Ze ontspande ze en ze keek ook eens op de snelheidsmeter. Te snel. Voor zich zag ze een groen bord, met een witte pijl die rechtsaf wees: BARENEED.

'Bareneed,' zei ze vol hoop, lachend van opluchting.

Op de weg naar Bareneed begon Kim zich, naarmate het landschap schilderachtiger werd, te verwonderen over haar angst, die nu geleidelijk aan wegtrok. Ze hield haar hoofd schuin naar de ene en naar de andere kant, rekte haar schouderspieren. Ze had veel te lang achter de computer gezeten. Plus die onzekerheid van haar route, dat had de stress verergerd. Nu ze haar reisdoel naderde, kon ze langzamer rijden, kon ze gerust de tijd nemen en land en huizen met een nieuw gevoel van geborgenheid bestuderen.

Een massieve landtong verrees boven de haven in de verte. Daarachter lag de oceaan. Zo fantastisch om de oceaan weer te zien. De stukken land tussen de huizen werden al snel kleiner naarmate Kim dieper in de gemeente doordrong, oude blokhuizen vol schatten voorbijrijdend die ze dolgraag van binnen zou willen onderzoeken. Ze merkte een van die foeilelijke satellietschotels op, aan de zijkant van een huis gemonteerd. Het zien ervan ontmoedigde haar telkenmale, de manier waarop zo'n grijze schotel de oude architectuur bezoedelde. Om de vier of vijf huizen zat er een vlak bij het dak, naar de hemel gericht.

Al snel was ze zo verdiept in haar poging een glimp van oude meubels in de voorkamers op te vangen dat ze niet langer op de schotels lette. Ook zag ze de soldaten niet die langs de weg stonden, totdat ze er vlakbij was. Zij leken zo misplaatst in een historisch plaatsje. Waarom waren zij er? Om die albinohaai te beschermen? Dat leek toch een tikkeltje overdreven. Een van de soldaten stak zijn hand op, waardoor Kim moest vaart minderen en stoppen en haar raampje moest laten zakken.

'Het spijt me, het gebied is afgegrendeld.' De soldaat droeg een zwarte draadloze microfoon, het puntje vlak bij zijn lippen.

'Waarom?'

'Voorzorgsmaatregelen, mevrouw.'

'Vanwege die haai?'

De soldaat gaf geen antwoord. Hij wees op een parkeerplaats met grind naast het gemeentehuis. 'U kunt daar draaien.'

'Maar ik kom hier voor die haai, ik ben van de universiteit. Biologie. Wij nemen hem mee, terug naar de universiteit. Plus...' Kim wierp een geërgerde blik naar verderop. 'Mijn dochter is hier met mijn man.'

'Woont u hier?'

'Ja, voor de zomer.'

'Mag ik uw papieren zien?'

'Natuurlijk.' Kim zocht in haar tasje. In haar spiegel zag ze een auto die achter haar stopte. Een van de soldaten naderde de wagen en sprak met de chauffeur, die al snel keerde. Kim vond haar portefeuille en overhandigde haar rijbewijs. De soldaat ging daarmee naar een andere soldaat, die informatie op zijn klembord schreef. Zij wisselden enkele woorden, toen keek de soldaat naar haar, waarbij zijn lippen bijna onmerkbaar bewogen. Hij sprak in zijn microfoon, luisterde, sprak weer. Toen kwam hij naar haar toe en gaf haar haar identiteitsbewijs terug.

'U zit in het oude huis van Critch.' De soldaat wees naar de bergkam.

Kim keek daar ook naartoe en dacht: ik zou toch moeten weten waar ik woon. Ik heb hem net verteld dat we hier een zomerhuis hebben. Hij wist dat ik loog. Nerveus beantwoordde zij de stabiele blik van de soldaat.

'Uw man heet Joseph. Uw dochter Robin?'

'Ja.'

'Wilt u zo vriendelijk zijn een boodschap voor uw man over te brengen? Zegt u hem dat de volgende keer dat hij zijn identiteit wil veranderen, hij eerst zijn kenteken moet veranderen.'

'Wat?'

'Het is in orde, mevrouw Blackwood. U kunt doorrijden. Wij laten familieleden van inwoners nog door.' De soldaat klopte op het dak van haar auto, deed een stap achteruit en keek de weg langs.

'Dank u wel.' Wat had Joseph die soldaten op de mouw gespeld? Ze liet haar raampje open, de zeelucht was stimulerend. Ze reed verder, voorbij het postkantoor en het gemeentehuis. Was er soms een legerbasis in de buurt?

Twintig meter verderop stonden aan weerszijden van de weg rijen auto's geparkeerd. Dat moest op de nabijheid van de haven duiden. Ze kon het gevoel niet van zich afschudden dat ze zich door die soldaten op stang had laten jagen. Ze kende haar man. Identiteit veranderen? Waarschijnlijk hadden ze Joseph zijn naam gevraagd en had hij een valse opgegeven. Zo was Joseph, die hield er niet van persoonlijke informatie te verstrekken aan gezagdragers.

Daar was de haven. Kim moest op een afstand parkeren en de rest van de weg lopen. Haar emoties werden onvast toen ze de menigte naderde. Ze zag een grote politieagent naast een patrouillewagen staan. Er zat een andere agent aan het stuur, elleboog uit het raam. Ze begon twijfels te koesteren. Ze was van A naar B gereden en die verplaatsing was opwindend geweest, maar nu ze zich in een ander oord bevond, daar plotseling was, kreeg ze een ontheemd gevoel.

Een paar oudjes stonden te kletsen aan de rand van de menigte, probeerden erachter te komen wie er kwam en ging, probeerden te ontcijferen uit welke gemeente de bezoekers kwamen, zodat ze hun hele doopceel en levensgeschiedenis konden raden. Een van hen stond een pijp te roken en op de steel te kauwen terwijl hij de klep van zijn grijswitte pet rechttrok. Kim hoorde hem zeggen: 'Ik heb d'r ooit een 'zien. Buiten op zee. Ik heb 't bemanning verteld, maar niemand wolt mij geloven.' De tweede ouwe rot rookte een sjekkie en droeg een draadbrilletje. Zijn vingers waren bruin van de nicotine. Hij begon zijn eigen verhaal: 'Jazeker, ik weet precies waarst over hest. Met mijn eigen beide ogen he'k datzelfde schepsel langs mijn schuit zien schieten. 't Was zeker vijftig jaar terug.'

Kim schuifelde langs de rand van de menigte die zo langzamerhand de hele haven in beslag nam. Het was duwen om vooruit te komen zonder in het water te vallen. Ze draaide zich naar opzij om achter twee oudere vrouwen langs te glippen die stonden te kwebbelen en met zeer veel overtuiging te knikken. 'O, jazeker,' zei er een, met een tuttend geluid. 'Deze ramp voorspelt niet veel goeds.'

Terwijl Kim probeerde zich een weg naar het midden te wurmen, merkte ze dat er nekken werden uitgestoken en men probeerde te zien wat de aandacht had getrokken. Een gele kraan was net naar voren gereden op de kade en tot stilstand gekomen, ongetwijfeld omdat de chauffeur zich afvroeg waar hij moest gaan staan. Er maakte zich een man los uit de menigte, die besluitvaardig op de kraanwagen af liep, waar hij bleef staan om met de agent te praten. Voordat zij zijn gezicht zag wist Kim dat dit Luke was. Ze kende hem lang genoeg om zijn loopje en zijn lichaamsbeweging te herkennen. Die kende ze uit haar hoofd.

'Kom maar hierheen, lieverd van mij,' hoorde Kim een oude stem spreken. Een zachte hand raakte de hare. Ze draaide zich om en zag een tandeloze oude vrouw met een brede grijns en levendige blauwe oogjes die haar scherp aankeken. 'Pas op waar doe loopst.' De oude vrouw droeg een groen met witte jurk en een hoofddoek zat onder haar kin geknoopt. Ze knikte bemoedigend toen er ruimte vrijkwam langs de rand waar Kim doorheen kon. 'Wilst zeker naar die spookhaai kijken?'

'Is dat het?' vroeg Kim, welwillend.

De oude vrouw begon te lachen, kneep even in Kims hand maar bleef haar vasthouden. 'Mijn verloofde het mij al jaren geleden verteld over die albino-haai. Die en bloedrode inktvissen en zeewijfkes.'

'Echt waar?' vroeg Kim en het speet haar dat ze zo afstandelijk klonk. Maar hoe moest ze nu op zo'n bewering reageren? Vanwaar zij stond, lag de haai nog maar 3 meter verderop. Ze kon hem zien door de openingen tussen de schouders voor zich, maar om dichterbij te komen had ze echt geweld moeten gebruiken. En ze had geen zin de mensen hier van streek te brengen. Als zij met Luke erheen zou gaan, dan zou ze deel gaan uitmaken van het team dat de haai moest weghalen. Dan kon ze zo dichtbij komen als ze wilde, dan kon ze met haar hand over de gladde, glazige huid van het dier strijken. Niettemin schuwde ze al die aandacht. Met een gevoel alsof ze zich verstopte, doorzocht zij de menigte om te zien of Joseph en Robin er waren.

'Komst uit St. John's,' zei de oude vrouw, nadrukkelijk knikkend, overtuigd dat ze de waarheid sprak. 'Stadswicht.'

'Is dat zo duidelijk?'

'Lijkst wat verward omtrent dij bedoelingen en plannen. Dat hest altijd met stadjers.'

Dat klopt, grinnikte Kim bij zichzelf.

'Het is nogal een eindje vanuit de grote stad naar dit oude plaatsje.'

'Ja.' Kim bleef de menigte doorzoeken.

'Hest zeker nog nooit zoiets 'zien?' De oude vrouw maakte een zonder meer afkeurend geluid en snoof hoorbaar. 'O, allergodsbenauwdst om te zien.'

Kim keek naar haar hand, die in een van de gerimpelde handjes van de oude vrouw rustte. De laatste beklopte zachtjes en verstrooid Kims hand.

'Nee, nog nooit,' zei Kim ten slotte.

'Hest nog nooit varensmansvertelsels 'hoord.'

'Een paar. Mijn man...' Toen hield ze haar mond omdat ze de oude vrouw niet wilde laten weten dat haar man visserijinspecteur was. Tenslotte was dit privé-informatie. Een gerommel van honger klonk uit haar buik. Ze vreesde dat het luid genoeg was voor de oude vrouw.

'Wat? Wat was dien vent?'

'Niets. Nee, we zijn gescheiden.'

De oude vrouw pakte Kim bij de arm. 'O,' sprak ze klagelijk. 'Ik wurd ook 'scheiden. Lang, lang 'leden. En al die tijd het mijn hart geen genade 'vonden.'

'Dat spijt me.'

''t Komt wel goed, hoor, liever, tusken doe en dien kerel, wat voor gedonder joe ook 'had hemmen. Maakst daar maar geen zorgen over. Doe bist 'n schoonheid, en da's de grootste troost.'

'Dank u wel.'

Het geluid van de kraanmotor ving Kims aandacht en toen ze zich om-draaide zag ze de stijve gele arm van de machine op zich af komen. Hij kwam langzaam naar voren en de menigte verplaatste zich verder langs de hoek van de kade en de weg op, om er plaats voor te maken.

'Dat klereding rijdt ons nog plat,' schold de oude vrouw.

'Wie weet.' Kim begon te lachen terwijl zij achteruitweek met de menigte. De oude vrouw liet Kims hand los en greep Kims arm voor steun terwijl zij voorzichtig achteruitschuifelde.

Luke riep iets naar de menigte, zwaaiend met zijn armen boven zijn kop: 'U zult het terrein vrij moeten maken.'

Geen mens luisterde naar hem. Een paar mensen maakten schampere op-merkingen terwijl anderen hem gewoon aanstaarden alsof hij onbegrijpelijke instructies had gegeven.

'Mijn verloofde het een massa zeemansverhalen op 'schreven, die gaan we in 'n boek drukken.'

'Echt waar?'

'Zo waar als 'k hier sta, moge God me treffen. Wilst zien?'

'Ik, eh...'

'Komst toch wat snibbelen en een kopke thee drinken. Ik zel ze later wel zien laten. Zelst d'rvan opkijken.'

Het idee het huis van de oude vrouw te verkennen sprak Kim wel aan, on-getwijfeld stond het vol met allerlei antieke rijkdom. Bovendien was ze hon-gerig. Als ze mee zou gaan met de vrouw zou dat een excuus worden om Luke te ontlopen, die de situatie nu zo in handen had dat zij absoluut niet bij hem in de buurt wilde zijn. Ik kan die haai nog wel zien als ik terugkom naar het Mariene Centrum, hield ze zich voor. En ze kon de oude vrouw vragen of ze haar telefoon mocht gebruiken, om Robin te bellen.

'Tuurlijk,' zei ze tegen de oude vrouw. 'Graag. Heel graag.'

'Nuver zo,' verklaarde de oude vrouw en ze knipoogde. Haar gerimpelde hand kwam weer naar voren om die van Kim te pakken en er een hartelijke handdruk in te leggen. 'Een knappe jonge vrouw als doe,' zei ze terwijl haar zachte ondeugende ogen Kim aanstaarden. ''k Verheug mij der op dij in huis te hemmen. Vertel me dien problemen, lieverd, ik kan wel wat balsem op dien pijnlijk hart smeren.'

'Hij werkt voor het ministerie van Visserij.'

Robins stem, vanuit de woonkamer, bereikte Joseph terwijl hij de blauw-wit gevlekte ketel op het aanrecht plaatste. Hij keek eens naar de telefoon en vroeg zich af of hij dokter Thompson niet weer moest bellen. Hoe lang was dat geleden? Uren? Dagen? Weken? Hij moest weer bellen, al was het om zichzelf in de tijd te verankeren. Het zou geruststellend zijn een arts te zien, er een in de buurt te hebben, iemand die iets zou begrijpen van wat zich aan zijn psyche zou kunnen opdringen en die alles uitgebreid weg zou redeneren met een prachtige reeks onbekende maar authentieke en dus troostende benamingen. Joseph staarde naar de kraan. De straal spoot de ketel in. Veel te veel water. De ketel liep over, werd te zwaar. Hij deed de kraan dicht, liet de ketel in de gootsteen vallen en kromp ineen bij het rampzalige kabaal van metaal dat op roestvrij staal kletterde.

De ketel lag onder in de gootsteen, daar verankerd door zijn gewicht. Een anker vol water, in de openlucht uitgegooid. Joseph tilde hem weer op, goot er een lange, gestage straal water uit, tot elke druppel eruit was, zette toen de kraan weer aan en begon opnieuw het holle vat te vullen. Wat een klus was dit. Dit kon wel jaren gaan duren. De ketel van Sisyphus.

Een poging doen om water aan de kook te brengen. Waarom had hij kokend water nodig? Het zo heet maken dat het de huid meteen van je lijf af kan branden. Wie zou zoiets toch doen zolang hij bij zijn verstand is? Hij dacht aan de zee. Zwart, met schuimkoppen bekroond. Hij sloot de kraan en goot er een maat water uit. Hij had er weer te veel in gedaan en het gewicht van de ketel belastte de spieren in zijn arm.

'Maar dat wist u al,' vervolgde Robin van een afstand. 'Dat heeft Jessica u toch verteld?'

Geen antwoord van Claudia, terwijl Joseph de ketel boven het fornuis hield en de knop voluit opendraaide. Hij stond te wachten tot de spiraal van het elektrisch element zachtjes begon te gloeien, als een mechanisch spook dat zijn aanwezigheid kenbaar wil maken, toen zag hij hem verdiepen naar boos rood en toen blozen in de zuivere straling van amper ingehouden vuur. Die gloeiende spiraal was zo vaak voorgekomen in tekeningen van Robin, vanaf dat ze nog kind was. Was zij bang voor het fornuis? Voor vuur?

Joseph ramde de ketel op de hete spiraal alsof hij die wilde doven. Hij draaide zich om en keek het raam uit. Niets dan gras, bos en het zonnehuis aan de overkant van het pad. Geen dode mensen die natte, net opgegraven armen bewogen terwijl ze gruwelijke grijnsbekken en mensenetende tanden lieten zien. Geen dode mensen die hem aanstaarden met misplaatste kameraadschap. Schor en krassend met een knipoog verklarend: 'Jij bent nu een van ons, meneer Niks.' Een paar kraaien vlogen in rechte lijn aan de bomen voorbij en er rende een bruin-witte beagle voorbij, de grond besnuffelend, met wapperende oren, en hij was weer weg. Alles was weer normaal. Alles was goed in Bareneed.

'Jessica zegt dat ze een geheim weet van mijn vader. Maar dat wil ze me nog niet vertellen. Ze zegt dat u het weet. Over waarom we hier zitten.'

'Wat zegt ze?' mompelde Joseph, zich in acht nemend. Hij draaide zich om en keek naar de open keukendeur. Hij kon door de hal zien, maar niet in de woonkamer. Claudia en Robin waren onzichtbaar. Hij keek weer naar het raam. Niets. Geen kraaien meer. Geen honden meer. Gek genoeg verlangde hij bijna naar lijken. Kom op, hield hij zich voor. Kom op, lijken. Ze waren tenslotte toch dood? Hoe onbeduidender kon iemand worden? Wat voor gevecht konden zij mogelijk aangaan, schuimend rond de mond, schijtend in hun broek? Hoeveel kracht konden ze mogelijk opbrengen met hun rottende, uiteenvallende atomen?

'Jessica vertelde me dat mijn mama hiernaartoe komt. Maar jullie kunnen geen vriendinnen worden want u moet met mijn papa naar bed. U hebt een uitgebreid plan om hem tussen de lakens te krijgen.'

Met gefronste wenkbrauwen stapte Joseph door de gang de woonkamer in, wierp meteen Robin een blik toe en merkte dat zij slechts een tekening zat te maken van een vrouw die op Claudia leek. De vrouw droeg dezelfde jurk die Claudia ook had gedragen. Op de buik had Robin de amberkleurige spiraal getekend. Achter de vrouw liep het landschap steil af naar het water, de wanden van de kliffen vlak. Huizen doken de oceaan in en werden omsloten door de ledematen van bizarre zeemonsters.

'Robin! Volgens mij ben jij niet aardig,' zei hij, en hij keek waar Claudia gebleven was. Waar was Claudia?

'Waarom?' vroeg Robin, vol onschuld opkijkend van haar tekening. Ze blies een lok zandblond haar uit de ogen en haakte die toen achter haar oortje.

'Waar is Claudia?' vroeg hij bezorgd. De kamer leek vreselijk te knipperen of misschien was het gewoon een haperende zenuw in zijn oogkas.

'Wie?'

'Claudia.' Hij begon nerveus te lachen, sloeg tegen zijn benen alsof dit een geweldig goede grap was. 'Je weet wel, de buurvrouw.'

Robin haalde haar schouders op en bleef tekenen. Vegen amber vielen uit de hemel als een meteorietenregen. Sprankelende potloden.

'Ik ga in de tuin spelen,' zei Robin, zonder van haar werk op te kijken.

'Ik had liever dat je binnen bleef.'

'Ik wil zo graag.'

Er dreef een gestalte de ruimte naast hem binnen, die de drempel van de woonkamer over schreed en Joseph aan het schrikken bracht. Claudia stond zo dicht bij hem dat hij haar parfum kon ruiken. Roos en citroen en een miljoen andere geuren van bloemen en weersoorten – bliksem, regen, mist en zinderend, verdovend zonlicht. De geur deed zijn knieën bijna smelten, reet zijn hart open, dat plotselinge verliefdheid lekte en zijn hersenen en lendenen in spoot.

'Ik ben even naar de wc geweest.'

'Dat geeft niks. Volgens mij zat ik er niet op.'

'O, aanwezig was je wel.' Claudia gleed naast hem, te dicht, veel te veel te veel te dicht. De broze manier waarop ze sprak, de manier waarop ze was gekleed, haar witte jurk met dat borduurwerk op het voorpand, drie knopen die verticaal vanuit haar hals liepen, stuk voor stuk volmaakt dichtgeknoopt, de manier waarop de stof de zwelling van haar borsten toonde, de manier waarop haar buik wat slap viel – Joseph werd er helemaal gek van. Hij wilde zijn hand op haar buik leggen, drukken, om haar te voelen bewegen, alsof die buik op onvoorstelbare manier met hem kon worden verbonden, wat hij voluit zou aanvaarden.

Claudia betrapte Joseph erop dat hij haar zat aan te kijken. Wat hij ook van plan was, Joseph werd door haar berispt met een amper merkbare, doch ondeugende blik. Met een gratie die uit een voorbije tijd was ging Claudia voorzichtig op de leuning van de bank zitten en tilde de doos met het cadeaupapier van de koffietafel. Ze plaatste hem op schoot, tussen haar benen. Joseph staarde ernaar en dacht: gierzwaluw. Was dat niet de naam van een vogel? Die had een bek die nooit dichtging. De keel ontstoken, gelaagd en roze. Gierzwaluw.

Claudia ging verzitten, liet haar hoofd achteroverhangen, alsof ze op het punt stond flauw te vallen, terwijl zij haar jurk onder haar benen stopte. De stof kwam daardoor strakker rond haar borsten te zitten, de jurk ging een beetje open tussen het tweede en derde knoopje, waardoor het kanten randje van haar beha en de liefelijke blanke ronding van het gootje boven de horizontale rand van een balein zichtbaar werd.

'Niet in de schuur komen,' hield Joseph Robin voor zonder zijn blik te verplaatsen. 'Alleen in de tuin, niet verder.'

Robin knikte dolblij, sprong overeind en hield de tekening voor zijn ogen.

'Zie je?' zei ze, terwijl Joseph alleen maar naar het beeld van Claudia zat te staren.

'Beloof je dat?' zei hij, zijn blik verplaatsend om zijn dochter aan te zien, verrast door de mate waarin zij nu ouder leek, rijper, kundiger dan hij. 'Je moet het me beloven, want je weet, een belofte is heilig.' Terwijl hij dit zei moest hij zich inhouden om haar niet bij de strot te grijpen en het gewenste antwoord uit haar te persen. Gelukkig kwam het uit zichzelf.

'Beloofd.' Het meisje gooide de tekening neer en rende de kamer uit naar de keuken.

Joseph hoorde het geluid van de hordeur aan de achterkant, die dichtklapte op de dranger.

Alleen. In een vreemd huis. Parfum hing in de lucht. Alleen met een ongewone en zwakke vrouw in een ruimte die niet van hem was, met spullen uit een leven dat de doden met aanhankelijkheid hadden geleid en dolgraag nog eens zouden doormaken.

'Het spijt me,' had hij tegen Claudia gezegd en hij richtte zijn vijandige blik op haar. De ketel op het fornuis begon te suizen. Het zou niet lang duren of hij zou borrelen, koken, stoom spuiten.

'Spijt?' Claudia lachte niet maar verlegde haar aandacht slechts naar het behang en het gepoetste meubilair. Haar blik bleef op de piano rusten. De aanwezigheid van dat voorwerp leek haar te sterken. 'Dit is een charmante kamer.'

'Heb je hem nog nooit gezien?'

'Nee,' zei ze botweg en ze bleef de omgeving opnemen. 'De Critches zijn overleden voordat mijn man ons huis bouwde.' Ze wachtte even om haar gescheurde lippen te bevochtigen. Haar mond was droog en papperig als na langdurige verontrusting. 'De verschillende mensen die het huis hebben gehuurd waren nogal op zichzelf... het waren meestal oudere paren.' Weer pauzeerde zij, dit keer om een paar vingers op de pols van haar andere hand te leggen, alsof ze haar hartslag wilde tellen. 'De vorige huurster was een oudere vrouw uit het buitenland die een mand met geaborteerde foetussen bij zich had. Volgens mij was het een gepensioneerde non.' Claudia ging vervolgens verstrooid met de vingers van beide handen over de doos en zette hem daardoor stevig klem tussen haar dijen. 'De eigenares vond kinderen niet goed, snapt u? Veel te ingewikkeld om die in volle bloei in haar huis te hebben. De levenden zijn veel te ingewikkeld.'

'O.' Wat had hij er niet voor over om haar een klap op haar bek te geven om dan haar pijnlijk gezwollen lippen te kunnen zoenen. Het zou haar beter maken. Nee, hem beter.

'Ik neem aan dat modieuze mensen uit deze tijd ervan uitgaan dat kinderen niet veel anders kunnen dan alles op hun pad vernielen.' Haar vingernagels schraapten verstrooid langs de doos, waardoor de verf bekrast werd. Gekleurde vlokjes verzamelden zich onder haar nagels en verkruimelden op het geplisseerde wit van haar jurk. Pigment.

Waar werd pigment van gemaakt, vroeg Joseph zich af. Vlees van planten, van dieren, van mineralen, van mensen?

De ketel begon te fluiten. Dat was dus toch niet zijn hoofd.

'Het kookt,' zei ze en ze viel flauw, waarbij haar lijf naar voren zakte op de leuning van de bank met de lage rug. Josephs blik streek over Claudia's bleke, bewusteloze gezicht. De mismaakten en de gruwelijken, moge hun wil geschieden. Ontheiliging der ontheiligingen. Zijn vingers bewogen als snuffelende insecten. Hij viel op zijn knieën, drukte zich tegen haar aan.

Met een zacht kreunen kwam Claudia al snel weer bij.

Het tafereel van haar bijkomen was verschrikkelijk romantisch. Wat een charmant schepsel voor een slachtoffer, dacht Joseph. Niet langer wellustig maar vol verliefde, straklippige aanhankelijkheid vroeg hij: 'Wil je wat water?'

Zij zette haar hand tegen de armleuning en het lukte haar in haar stoel overeind te komen. 'Nee,' zei ze.

De ketel bleef fluiten, gillen.

Joseph kwam uit zijn knielende houding omhoog en wendde zich naar de keuken, terwijl zijn malende gedachten herkauwden wat Robin had gezegd over haar moeder die hierheen zou komen. Robins moeder. Dat was ook zijn vrouw. Een seconde lang vergat hij haar naam en zijn maag kromp ervan ineen.

Iemand zat vreselijk te gillen. Het was vlakbij. De ketel. Hij merkte dat de broodrooster niet in het stopcontact zat. Hij stak de stekker erin en voelde zich beter. Hoe was hij zo snel in de keuken beland, wat had hem doen opspringen? Kim. Zo heette ze. Door het keukenraam bespiedde hij Robin die bij de hoek van het huis naar de haven stond te staren.

Dat gegil ging maar door. Hij zag de stoom uit de tuit komen. Hoe moest je dat gillen stoppen? Hoe moest hij zijn hand erover leggen zonder te worden verwond of betrokken?

Met de hoorn van de telefoon in zijn hand veronderstelde hij dat hij die moest hebben opgepakt van de muur. Misschien kon iemand hem vertellen hoe hij dat gegil moest stoppen. Rustig koos hij Kims nummer, greep toen twee kopjes uit de glazen kast. Bij de vierde keer overgaan, of was het bij de vijfde keer? Hoe kon hij dat nu zeker weten? Het had de vierde keer kunnen zijn die als eerste had geklonken en dan terugging om bij zichzelf uit te komen. Was dat zo? Bij wat hij veronderstelde de vierde keer te zijn, kondigde Kims stem aan dat ze druk of weg was. Haar stem was mechanisch, onbetrokken. Afstandelijk. Haar stem wist absoluut niets van hem. Die was voor iedereen, voor willekeurig wie.

Vloekend ramde Joseph de hoorn op de haak en bleef toen stokstijf staan. Voor hem had een explosie van geluid plaatsgegrepen. Hij vertrok zijn gezicht, sloot zijn ogen, deed ze weer open, hield even stil en greep toen met bevende hand de ketel. Het gegil verstomde, stervende adem, stervend. Hij goot het kokend water over theezakjes. Wolken koperrood lekten eruit, maakten spiralen en kleurden het heldere water, maakten het roder. Bevlekten het. Hij zou het helemaal overdoen als hij dat kon. Wat had Robin ook alweer gezegd? Zijn ogen naar het raam. Robin was er niet. Eindelijk alleen met Claudia. Hij grijnsde toen er een zwarte, humorloze bevrediging opwelde uit zijn hart en in zijn keel bleef hangen. Er volgde een tinteling in zijn longen. Hij kreeg de indruk dat hij, als hij nu zou hoesten, een hele volksstam van zwartgeklede barbaren op miniatuurpaarden zou uitspugen. Zij zouden rond zijn voeten galopperen, zwaaiend met hun wapens, hem aanzettend deel te gaan nemen aan een banket van verkrachting en plundering. Nee, verkeerde sequentie. Deze ging over gruwel, hield hij zich voor. De lijkenschenners zijn ervandoor met mijn dochter. Een rilling van opluchting doorvoer hem toen hij de chaos voorzag die wellicht moest worden rechtgezet, die het slaapkamertafereel zou vullen. En toen, zich losrukkend uit zijn mijmeringen, liep hij naar de achterdeur en botste bijna tegen een kind op dat naar binnen rende.

'Ik ging net naar buiten,' blafte hij.

Het kind was groter dan hij zich herinnerde. Nee, kleiner. Het was vier of vijf. Het stond daar te glimlachen en miste beide voortanden. Daar gingen ze weer: haar jeugd, dit keer in zwart-wit. Er werd een scherm voor hem uitgerold, de afstandsbediening zat vast op één knop. Het familiale videonetwerk.

'Mama is hier,' zei de kindactrice, haar stem een hakkelend geluid. Wanneer is dit gebeurd, vroeg Joseph zich af. Wanneer is dit echt gebeurd? Het kind grijnsde en klapte in haar handen. 'Ze is aan de kade, met die vent van haar werk die jij zo graag wilt vermoorden.' Joseph bromde instemmend bij het woord 'vermoorden'. 'Vermoorden' was een woord dat veel te lang achter zijn ribbenkast op de loer had gelegen. Het had de potentie zo groot en vol van zichzelf te zijn. Het werd mottig. Het moest gelucht.

Thompson hinkte de oprit op en glipte in de koele schaduw die rond huize Pottle hing. Kookgeuren dreven naar buiten en drongen in zijn neus. Het was etenstijd en hij had honger. Mevrouw Edyth Pottle, een gedrongen grijsharig wijfje met een bloemetjesjurk, stond in de deuropening de hordeur open te houden, in afwachting van zijn komst. Haar ogen waren bloeddoorlopen, haar neus roze, haar lip gezwollen en in een hoek opengehaald, alsof ze was geslagen.

'Dokter,' zei ze, maar ze keek naar de grond.

'Mevrouw Pottle, bent u in orde?' vroeg Thompson. Nieuwsgierigheid en bezorgdheid namen ineens bezit van hem.

'Jazeker.' Maar ze ging aan de kant. 'Komt u binnen, dokter.'

Thompson stapte het huis in, zijn longen dronken de geuren van het zondagsdiner: gestoofde kool, andere groenten, kip met zoutevlees. O, wat lekker! Het huis zat dicht van het vocht, de beschilderde muren in de hal dropen. Rechts van hem, door de keuken heen, ratelde het deksel van een kookpot op het fornuis en de ruit was beslagen.

'Wat is er gebeurd?' vroeg hij. Zijn zoekende ogen zagen een aantal schaafwonden op het voorhoofd van mevrouw Pottle. De dokter zette zijn tas neer en wilde haar gezicht aanraken, maar ze ontweek hem met dodelijke angst en schaamte.

'Ach, dat is niks... Darry.' Bij het uitspreken van de naam van haar zoon begaf haar stem het. 'Hij zit boven in zijn kamer. Hij wil niet naar beneden komen.' Ze wees naar de trap aan de voorkant van het huis en Thompson keek naar zijn tas. Hij had zijn schoenen niet uitgetrokken, hij had ze zelfs niet geveegd. Te laat nu. De urgentie van de situatie ontsloeg hem van zorg om alledaagse omgangsvormen. Hij volgde mevrouw Pottle naar de trap, waar ze bleef staan alsof ze bang was naar boven te lopen.

'Is hij bij bewustzijn?' Thompson nam de eerste twee treden in één keer, maar de pijn in zijn enkel sneed op zo'n kreupelmakende wijze door hem heen dat hij bang was te zullen vallen. Ook zijn knieën deden vreselijk pijn. Hij kromp ineen, maar hij kon toch niet blijven staan.

'Ja. Maar hij wil niet dat ik een ambulance bel.'

'Is hij gewelddadig?'

'Nee, nee. Darry niet, meneer. Darry is een goeie jongen. U weet wel hoe rustig hij is.'

'U moet de politie bellen,' zei Thompson met zijn hand op de versleten trapleuning terwijl hij voorzichtig de trap beklom. Al klimmend keek hij over zijn schouder. Mevrouw Pottle deed een stap achteruit, in de richting van de muur. Zo veel angst. Het speet hem dat hij zijn mobieltje op het dashboard van zijn wagen had laten liggen. Hij zou de politie en een ambulance kunnen bellen. Waar was de ambulance die de telefoondienst had gebeld? 'Bel de politie.'

Mevrouw Pottle knikte, schudde toen haar hoofd.

Nog twee stappen. 'Heeft hij problemen met zijn hart gehad?'

De oude vrouw klampte de hals van haar jasschort dicht bij haar keel, keek naar Thompsons benen, toen naar het tapijt. Weer schudde ze haar hoofd. 'Nee, nooit dokter. Hij is nog maar tweeëntwintig.'

Ten slotte bereikte Thompson de overloop. Hij wist waar de kamer van Darry Pottle was. In de loop van de jaren was hij er al vaker geweest. Kinderziektes, buikgriep, het gebruikelijke. Hij liep door de eerste gesloten deur en stapte op de tweede af. Die stond op een kier, en de kamer leek in het middaglicht betrekkelijk rustig. Door een kier zag hij een kleurentelevisietje met beelden van onlusten in een of ander ver land. Het geluid was praktisch weggedraaid. Hij stak zijn hand uit en duwde tegen de rand van de deur, stak zijn hoofd om de hoek. Darry lag op bed in zijn zondagse pak, met zijn armen stijf langs zich heen. Hij moest direct na de kerkgang op bed zijn gaan liggen.

'Hallo, Darry,' zei Thompson en hij rook een geur van mottenballen. Er zat een wijwaterbakje bij de lichtknop tegen de muur gemonteerd. Wijwater. Dat was ooit vrijwel in elke kamer van elk huis aanwezig geweest.

Darry keek Thompson niet aan maar zei gewoon: 'Dag, dokter.' Hij bleef roerloos liggen, alsof hij aan het bed was vastgeklonken, alleen zijn blik versprong langs de blauwe bloemetjes op het roomwitte behang.

'Heb je ergens pijn?'

'Nee, dokter.'

Er viel een stilte, toen haalde Darry diep adem.

'Ik ga op de rand van het bed zitten, is dat goed?'

Darry knikte, zijn blik aan het plafond gekluisterd.

Hij schaamt zich, dacht Thompson, toen hij op het bed ging zitten. Hij gaat door de grond van schaamte. 'Ik ga even naar je keel kijken.' Voorzichtig legde hij zijn vingertoppen tegen de voor- en zijkant van Darry's keel, drukte licht, probeerde klieren te vinden. Geen teken van zwelling. Hij deed zijn tas open, pakte zijn stethoscoop, stak de poten in zijn oren en bukte zich boven Darry. 'Ik moet even luisteren.' Hij stak de kop van de stethoscoop onder de revers van Darry's vest en zocht op Darry's gezicht naar aanwijzingen van komende beweging – een snelle, gewelddadige. Hij hoorde een regelmatige hartslag, iets aan de snelle kant, maar dat kwam – ongetwijfeld – van angst. Vechten of vluchten. Hij zag een sneetje op Darry's gezicht waar hij zich voor de kerkgang had geschoren.

'Haal eens diep adem.'

Darry deed wat hem gezegd werd.

'Nog een keer.' De longen waren schoon. Geen slijm. 'Geen pijn op de borst?'

Nogmaals, alleen de ogen bewegend, in een poging niet die van Thompson te kruisen: 'Nee, dokter.'

'Christus, wat is het hier heet!' Thompson blies zijn voorhoofd wat koelte toe en keek naar het raam. Het glas was beslagen. Iemand had een kinderlijk plaatje van een vis in het beslag getekend. Stromen condensatie liepen eraf. Op de televisie was een reclamespot voor kattenvoer en Thompson dacht aan Agatha. Hij was al een poosje weg en zij had eten en drinken nodig.

'Het zondagmiddagmaal.' Een zwakke, nerveuze glimlach van Darry. 'Dan wordt het altijd zo heet.'

Eigenlijk is hij een gewone jongen, dacht Thompson. Een brave jongen, van wat hij zich kon herinneren. Hij borg de stethoscoop op. 'Lag je te slapen toen het gebeurde?'

'Nee, meneer, ik liep van de kerk naar huis, met mama.' Hij spande zijn spieren en haalde diep adem, zijn vingers klauwden de beddensprei. Een krampachtig geluid steeg uit zijn keel op, als het piepen van een jonge hond.

'Had je toen ergens last van?'

Darry perste zijn lippen op elkaar, hield zijn ogen dicht en schudde zijn hoofd.

'Versnelde hartslag?'

'Nee, dokter.'

'Had je een raar gevoel, alsof je eigenlijk niet aanwezig was? Een angstaanjagend gevoel alsof je uit jezelf wegtrekt, je bewustzijn verliest?'

'Nee, dokter.'

Dan waren het dus geen paniekaanvallen. 'Darmgas, een opgeblazen gevoel?'

'Nee, dokter, het is alleen...'

'Wat is het?'

'Alsof ik niet op adem kan komen.'

'Heb je een brandend gevoel in je longen?'

'Nee, dokter.'

'Omschrijf het dan eens.'

'Het is gewoon alsof ik niet kan ademhalen zonder... eraan te denken. Het gaat niet vanzelf. Ik lig hier te wachten. En het komt niet. En...'

'En wat?'

'Niks... ik ben alleen woest. Mama...' Er welde een traan op in Darry's oog-hoek; hij liep over zijn wang, verdween in zijn haarlokken. Hij deed geen po-ging hem weg te vegen. 'Ik ben mezelf niet, dokter.'

Thompson bestudeerde Darry eens. De jongeman was bang en in de war. Dat had hij eerder gezien, maar meestal bij patiënten die geconfronteerd werden met nieuws van een ernstige ziekte. Hij had geen idee wat dit was. Op dat moment hoorde hij de sirene van de ambulance van verre aankomen en keek eens uit het raam. Vreemd genoeg reed er op het televisiescherm een politiewagen op grote snelheid door een straat.

'Ik wil jou naar het ziekenhuis sturen, voor alle zekerheid. Het lijkt niets ernstigs te zijn, maar je weet nooit.'

Darry slikte. 'Schipper Fowler is dood, hè?'

'Meneer Fowler was oud,' zei Thompson geruststellend. 'Er is geen enke-le reden waarom jij dood zou gaan. Je moet alleen blijven ademhalen.'

Toen de kraan de albinohaai boven de uiteengeweken menigte verhief, kneep de oude vrouw nog harder in Kims hand. Vocht gutste uit de haai en de me-nigte deinsde terug terwijl de vloeistof op het beton pletste en uiteenspatte, waarbij een grote roze vlek ontstond.

'Heilige maagd moeder Gods,' riep de oude vrouw en ze liet Kims hand los om een zakdoek uit de mouw van haar groene jurk te vissen en die voor haar mond te houden. 'Van die stank gaast over dien nek.'

Kim voelde hoe de spieren van haar maag en keel zich samentrokken en zich speeksel in haar mond verzamelde. Ze ging verder achteruit.

De haai verrees hoog in de lucht, terwijl de kraan naar de geweldig grote, grijze plastic container draaide die achter op een platte vrachtwagen stond. Een paar auto's stonden in beide richtingen in een rijtje langs de weg. Drie boten waren in de baai afgemeerd, de boeg naar de weg, om het spektakel te bekijken. Meeuwen volgden getrouw de hangende haai, gewichtloos glij-dend, alsof ze aan een draadje hingen.

'Hier kommen alst last hest van die stank, best wicht.'

Kim draaide zich om en keek naar het water. Ze wierp een blik op haar horloge: 4:55. Ze zuchtte, om het late uur.

'Wat is d'r aan hand? Most vort?'

'Ik hoopte mijn dochter te kunnen bezoeken.'

'En waar zit die dan?'

'Weet ik niet. Mijn man past op haar.'

Geschrokken greep de oude vrouw Kims arm en zei: 'Het hij haar 'kid-napt?' Enkele mensen uit de menigte vestigden hun aandacht op Kim en be-keken haar van top tot teen.

Kim draaide zich om en de oude vrouw verplaatste zich snel om haar in haar blikveld te houden.

'Nee,' zei Kim. 'Ze zijn hier met zomervakantie. Misschien hebt u haar al gezien.'

De oude vrouw grijnsde van verrukking en haar roze tandvlees glinsterde. Ze smakte en knikte enthousiast. 'Jazeker, volgens mij wel. Is ze een jaar of zeuven, en hij een nuver jonk met 'n blonde kop, en kaal bij 't voorhoofd?'

'Ja.' Kim bekeek de oude vrouw eens beter, die nu naar de bergrug aan de overkant van de weg wees.

'Dan zitten ze daarboven, in huize Critch. We hemmen 'babbeld. Ze hemmen vist aan kade. Dat blauwe huiske dat zugst, benaasten bij dat rare waarin die kunstenares zich heeft op 'sloten van wie man en dochter 'mist worren.' Ze bleef wijzen en sloot één oog om precies te kunnen richten. Kim voelde zich overweldigend zelfbewust toen een man uit de buurt naar haar keek, en vervolgens naar het huis dat de oude vrouw had aangewezen.

Na even nadenken liet de oude vrouw haar hand zakken en hield die Kim voor. 'Mijn naam is Eileen Laracy, ik weet alles hier uit buurt.'

'En ik ben Kim Blackwood.' Ze gaf haar trouwnaam, niet haar geboortenaam die ze sinds de scheiding vaak had gebruikt, omdat ze vond dat een trouwnaam beter paste in de aanwezigheid van deze oude vrouw wier zachte, los in het vel zittende hand ze nu schudde.

'Da's een bijzondere naam. Zo nuver als 'n 'plukte kanarie, zel'k maar zeggen.'

'Bedankt.' Kim bevrijdde haar hand uit de aanhoudende greep van vrouw Laracy.

'Ze noemen mij vrouw Laracy, maar ben nooit 'trouwd 'weest. In de kerk van de Heer dan. Ben 'trouwd in mijn hart. 'k Heb nooit 'n ander als hem bemind. Mijn lieverd werd op zee vermist.'

'O, wat erg.'

Vrouw Laracy liet even haar hoofd zakken ter erkenning van Kims medeleven. 'Ik heb hem nog 'n hele poos aan andere kant van 't graft 'zien, maar doe... is hij weg 'trokken met alle anderen.' Ze stond er verder niet bij stil, maar draaide zich gewoon om en snoof dapper, alsof ze een pijnscheut moest verwerken. 'Kom, we mosten maar eens 'n lekker kopke thee nemen, lieverd, en wat eten.' Voorovergebogen liep ze snel weg, sneller dan Kim had verwacht, duwde mensen in de menigte opzij, die meteen voor haar aan de kant gingen. Ze waren uit de verzameling mensen weg, en aan de andere kant van de weg, voordat Luke de kans had gehad haar op te merken. Omkijkend zag ze hem aandachtig luisteren naar een van de ouwe rotten, die nog iemand uit de menigte naar voren had gehaald. De laatste, die halverwege of aan het eind van de veertig was, en zo te zien nogal simpel van geest, hield een groot schetsboek vast, terwijl hij zijn blik verlegen op de grond richtte.

'Da's Tommy Quilty,' riep vrouw Laracy uit. 'Hij tekent de dingen die komen gaan. Waarschijnlijk het hij die spookhaai al 'n jaar of drie 'leden 'tekend.'

'Echt waar?' zei Kim en ze keek naar de man met het grote schetsboek, die zich verzette tegen de greep van de oude man, zich bevrijdde en in de menigte verdween, die hem beschermend leek op te slokken. De oude man stond snel te praten met Luke, die er ongetwijfeld geen woord van kon verstaan. Kim had al de grootste moeite vrouw Laracy te kunnen volgen. Het dialect was moeilijk te verstaan. Het werd snel uitgesproken, er werd veel afgekapt, er werden woorden omgedraaid, de werkwoorden werden anders vervoegd, het leek oeroud. Kim zag Luke ongelovig grijnzen en zijn hoofd tegen de oude man schudden. Toen verontschuldigde hij zich, want hij moest supervisie houden. Hij had het druk. Toen ze dat gezien had, mocht Kim hem nog minder.

Nu werd ze door de opdringerige hand van vrouw Laracy weggeduwd. Zij liepen verder naar boven de weg op, voorbij de soldaten en de wegversperring, en stonden al snel in een tuin vol bloemen. Vrouw Laracy liep naar de achterdeur van het oude huis met één verdieping, terwijl Kim probeerde haar bij te houden. Lopen kon het oude mens als de beste.

'Kom erin,' wenkte vrouw Laracy vanaf de achterdeur. 'Doe bist welkom als sterren bij duister maan.'

Tommy keek naar de kraandrijver die naar de lucht zat te staren terwijl 's mans handen de poken bedienden en hij zorgvuldig de albinohaai in de container deponeerde. Aanvankelijk stak de staart er nog uit, maar die gleed al snel naar binnen, waardoor er water over de zijkant gutste. Het grijze deksel werd opgetild en op zijn plaats gelegd. Er werden kettingen over de bovenzijde geslagen, toen vastgemaakt aan dikke metalen ringen aan de zijkant van de platte vrachtwagen. Deze stond nog enkele minuten stationair te draaien terwijl de heren enkele woorden wisselden, om de bestemming van deze zending en de verwachte tijd van aankomst te bevestigen. De chauffeur deed zijn werkhandschoenen uit en klom in de cabine.

Tommy zette een paar stappen achteruit en klemde zijn schetsboek nog steviger tegen zijn borst toen het voertuig met loeiende motor en krakende versnellingen wegreed en de hoofdweg in westelijke richting nam, op weg naar het zeeaquarium van de Memorial University in St. John's. Dat was de reisbestemming van de haai, als Tommy het goed gehoord had van die mannen.

De vrachtwagen reed de gemeente uit, en de kraan was ook al snel weg, waardoor het verkeer vrijkwam, weer geleidelijk aan doorgang vond en het grootste deel van de menigte zich verspreidde. Tommy bleef daar echter staan, midden op de weg, tot hij door een politieagent aan de kant werd geschoven. Hij bleef maar naar de weg kijken, waar de vrachtwagen had gestaan. In zijn hoofd zag hij hem nog rijden, hoewel hij nu niet meer te zien was.

Hij zag het binnenste van de container, de roerloze haai die in dat zeewater lag te klotsen. Vlekken lichtgrijs verschenen hier en daar op de staart, als blauwe plekken, naarmate het dier tegen de zijkant stootte. De vlekken verdwenen en verschenen weer, totdat zij ten slotte overgingen in permanente tekening.

Na enige tijd, naarmate de haai verder van Bareneed af kwam, vergrootten die grijze vlekken zich en verspreidden zich over de hele lengte van de haai, van snuit tot staart, versmolten met elkaar, werden donkerder, zodat de oorspronkelijke grijze tint van de haai helemaal terug was.

Josephs blikken waren aan Claudia gekluisterd terwijl hij vrolijk van zijn thee slurpte. De zondagse heiligheid van de huiskamer werd geschonden door zijn vraatzuchtige, onbeschofte gedrag. Er speelde een razendsnelle gedachtegang in zijn hoofd. Zijn geestesoog zag hem verstrikt in een staccato paring, als een maniak met Claudia rampetampend. Dit was moderne hofmakerij. Het paarseizoen vastgelegd in alle reality-intensiteit. Televiscerale flitsen achter een kamerscherm. Op primetime uitgezonden. Het publiek zou de komst van Kim verwachten, zich vermeien in haar gespeelde schrik als zij onverwacht op hun dierlijke capriolen zou stuiten. Het publiek zou als uit één mond 'O nee' roepen, of geluiden uiten die bij hun verbijsterde verdwazing pasten. Kims vingertoppen zouden naar haar geschrokken open mond schieten, haar wangen zouden rood aanlopen. Wellicht iets té sterk. Iets te vlezig. Maar dat was gemakkelijk genoeg te verhelpen. Tenslotte hebben we het hier over seconden. Seconden en minuten. Wie kon in zo'n wereld niet gemakkelijk worden vergeven of vergeten?

Claudia liet in niets blijken dat ze zijn geile bedoelingen had opgemerkt. Aan haar was niets modern. Zij wilde niet deelnemen aan de actie, zij verlangde daarentegen naar woorden. Een man van woorden die een gekleed lichaam erotischer zou vinden dan een ongekleed. Ondanks haar verdachte voorkeur voor een fatsoenlijk gesprek zei ze zelf verdomd weinig, ze zat daar maar met die doos op schoot, die Joseph niet kon pakken. Niet genoeg praatziek, deze. Niet hitsig genoeg. Haar ingewanden onvoldoende door gegiechel geprikkeld. Haar haar niet gewend aan de kleurkwast uit de fles met blondeermiddel. Van het introspectieve soort. Gaf ongetwijfeld de voorkeur aan buitenlandse films boven de tierelantijnen van een serie.

Ondertiteling bij ingeblikte lach. Opgekropte frustratie die niets liever wilde dan naar buiten komen, klauwen en hijgen en hem met haar vingernagels aan stukken rijten. Woede, even vernietigend als een storm boven laagland.

Afgaand op haar uiterlijk kon Claudia elk ogenblik weer flauwvallen. Wat zij nodig had was een goed pak op haar donder, de eerste wond met een riem die haar wakker zou hameren, op haar in zou slaan totdat ze niet alleen weer volledig van deze wereld zou zijn, maar groter dan levensgroot, geweldig groot, twee keer zo groot als Joseph zodat ze Joseph doeltreffend zou kunnen platdrukken. Het was weer dat moedergedoe natuurlijk. Eerst platdrukken en dan knuffelen. Wat voor bezweringen zouden er in zo'n staat uit haar mond komen? Wat voor soort dans in het maanlicht zou haar voorkeur hebben? Een sierlijk zwaaien met ledematen die de natuur zouden wekken. Klagende geluiden uit huilende bomen. De wurgende greep van wortels die zich uit-strekken naar haar enkels. Vogeltjes kwelend op haar slanke schouders op een of ander godvergeten uur terwijl zij een trieste grijns grijnsde.

Joseph ging verzitten in zijn stoel en zoog op zijn onderlip. Met verdwaas-de ogen, die zich af en aan ergens op konden richten, stelde hij zich het vol-strekt ergste voor. En wat kon dat dan wel zijn? Haar helemaal opensnijden om haar appels te peuren. Hij dacht dat zijn voorraad pillen vrij snel zou zijn uitgeput. Dat zou voor hem het einde betekenen. Weer slurpte hij luidruch-tig aan zijn thee. Die was aan het afkoelen.

Alsof zij Josephs ongenoegen met de gang van zaken voelde, hief Claudia de doos van haar schoot. 'Ik zou het bijna vergeten,' zei ze en ze boog zich naar hem toe. Hij zat nu dichter bij haar dan hij had beseft, ze was binnen handbereik. 'Een welkomstcadeau,' zei ze of was het: 'Je bent welkom als ca-deau.' Of erger nog: 'Kom.'

Joseph nam de doos aan met trillende vingers, glimlachte toen hij consta-teerde hoe de onderkant ervan door Claudia's dij was opgewarmd. Hij merk-te dat haar vingers volmaakt taps toeliepen en geen ring droegen.

'Dank je,' sprak hij. 'Maar het is niet echt ons huis. Van wie dan ook. Van mij, bedoel ik.'

'Voor een poosje.' Claudia ging rechtop zitten en legde haar handen in haar schoot, waardoor zij iets opklaarde, zeer damesachtig. 'Of wellicht langer.'

Langer, echode het in Josephs gedachten. Langer. Ja, het kon altijd langer zijn. Boven hem klonk een stommelend geluid. Robin was op haar kamer, deed waarschijnlijk een poging om door haar raam naar buiten te komen. Slimme meid. Intelligente meid. Hij herinnerde zich dat Robins moeder kwam. Zijn vrouw. Hij zag haar gezicht en het was bebloed en gekneusd. Wie zou die moord oplossen? Zijn schuld was verpletterend, al had hij voor zover hij wist geen misdaad begaan.

'Ik zou het papier niet willen verknoeien. Het lijkt alsof het handbeschil-derd is.' Nog staande, wenkte Joseph met zijn hoofd in de richting van de keuken, in de hoop dat Claudia zijn strategie zou begrijpen en het gruwel-spoor van zijn slagersgedachten zou nagaan. 'Ik ga een mes pakken... of heb ik dat echt gezegd?' Als ze hem niet zou volgen, dan zou ze zijn slachtoffer moeten zijn.

In beleefde gehoorzaamheid stond Claudia op om hem naar de keuken te volgen, waarbij ze nog bleker werd.

'Weet je,' sprak Joseph over zijn schouder, want hij voelde een bekentenis opkomen, hij voelde dat de woorden die hij op het punt stond te gaan uit-spreken de sfeer van een lipbijterige kus zouden oproepen. 'Ik ben vaak bang voor mijn eigen spiegelbeeld. Niet als ik het zo even zie, maar gewoon om ernaar te kijken in de spiegel, om te weten of ik werkelijk ben wie ik zie.' Toen hij dit gezegd had, pauzeerde hij om naar de passiviteit van zijn lijf te luisteren. Zijn longen. Die leken leeg. Als om te proberen wat er mis zou zijn haalde hij adem. Dat werkte. Hij werkte.

'Ik heb een grafdelver gekend die dat ook dacht,' bood Claudia aan.

Joseph begon te transpireren, lachte even toen zij de drempel van de keuken overstaken. 'En wat is er met hem gebeurd?'

'Hij heeft zichzelf begraven.'

Weer moest Joseph ongemakkelijk lachen. De transpiratie was weer opge-houden en verkoelde nu de stof van zijn hemd. Ze stonden in de keuken. Was hij daar eigenlijk wel uit geweest, vroeg hij zich af. Wat was er gebeurd met hun thee? Hij zette de doos op het aanrecht en trok de la open, waar hij een fileermes uit viste. Wat moest hij daar nou weer mee? Iets groots in kleine stukjes snijden zodat het dwars in zijn mond kon? Door de brug heen snijden in de pas ontstane scheiding in zijn hoofd, de brug die hem door zichzelf heen droeg?

'Snij maar.' Claudia's gezicht, haar droge lippen van elkaar, bevatte niets dan rampen.

Joseph dacht aan lippenzalf, vocht. Niet om iets te zeggen, maar om een Byzantijns gebouw op te richten waar de stilte als een duif door de gewelven gleed. Om twee duiven ineen te drukken zonder een veer te verstoren. Ma-gie zonder trucjes of spiegel.

Hij ging de doos opensnijden. Ophouden met introspectie, in de gleuf ste-ken. Claudia stond vlak bij hem toen hij de houten greep van het mes vast-pakte en het omhooghield zodat zij de punt kon bewonderen.

'Ja,' spon zij, het mes strelend met een vingertopje, met diepere ademha-ling, helemaal tot haar buik en haar borsten omhoogkwamen van verlangen, tegen de stof van haar jurk aan drukten.

Joseph liet het mes zakken. Heel voorzichtig haalde hij het door de ruim-te waar het plakband de verpakking had vastgehecht. De hoeken sprongen op toen hij het doorsneed. Hij nam zijn tijd bij het uitpakken van het cadeau. Het werd een avontuur van een zodanige ingewikkeldheid dat hij zich erin verloor, zo gedesoriënteerd dat hij moest ophouden. Dit was omgekeerde origami. Hij kwam tot zichzelf en begon opnieuw, maar dan met zijn handen. Al snel lag het papier eraf en stond er in het midden een doos. Hij tilde elke klep ervan op en zag proppen dun blauw crêpepapier. Hij stak zijn hand erin, moest diep onder het blauw zoeken, tot zijn vingers de bodem raakten. Weer haalde hij moeizaam adem en pakte zorgvuldig het voorwerp vast. Toen hij een blik over zijn schouder wierp zag hij Claudia dichterbij komen, met zo'n glimlach met gesloten lippen, een glimlach die tochtjes naar eenzame stranden insinueerde, die al maanden waren gepland en verwacht, kinderen in zondagse kleding, handgemaakt van stof die niet langer in deze wereld verkrijgbaar was.

Zorgvuldig verwijderde Joseph het vloeipapier. Een daknok met zwarte pannen en donkerder lijnen, die stukken blauwe, overnaadse planken toonden, werd nu zichtbaar. Het was huize Critch, in exacte miniatuur. Hij dacht aan zijn spiegelbeeld, gecondenseerd, verkleind. Hij tilde het huis uit de doos en zette het plat op zijn hand, probeerde naar binnen te kijken om zichzelf te zien. Maar die vlieger ging niet op. Hij draaide zich om en keek Claudia aan.

'Het dak kan eraf.' Claudia's lange bleke vingers bogen zich om het deksel te verwijderen. 'Het is een kandelaar voor als het licht uitvalt.'

Joseph stond Claudia aan te gapen, op een dertigtal centimeters van haar vandaan, en haar ogen weerspiegelden hetzelfde gevoel in de zijne. Hij moest haar nu zoenen. Waar? Op de wang? Op de lippen? Of op haar zachte, uitgezakte buik waar hij zijn hoofd op zou kunnen leggen om te slapen, de lucht van haar huid inademend, zo'n broze geur die suggereerde dat haar vlees gemakkelijk open te snijden zou zijn, als deeg dat even in de oven had gelegen. Hij reikte naar haar, stak zijn handen uit terwijl Claudia de hare uitstak, en zij warmpjes contact maakten. Haar greep hield aan. Voorzichtig streelde zij de binnenzijde van zijn vingers en zijn vingertopjes, een streling, terwijl zij terugtrok. Het mes. Hij had het mes nog vastgehad. Hij had haar flink gesneden. Claudia keek naar haar hand maar er was geen druppel bloed.

'O,' zei ze, verbijsterd, terwijl ze voorzichtig de snee betastte.

Joseph probeerde Claudia's blik te doorgronden, maar haar ogen waren gesloten, haar uitdrukking was er een van epifanie, haar adem stond stil. Wat een prachtig visioen, dacht Joseph, gekluisterd aan haar roze oogleden, zo doorzichtig dat het netwerk van aderen te zien was, haar gebarsten lippen nog vol, vol vocht dat erop wachtte naar het oppervlak te worden gezogen. Dat waren lippen zoals hij nog nooit had gezien. Lippen die opnieuw kuise gevoelens van liefde wekten.

Er klonken voetstappen buiten de keuken. Joseph keek naar de gang en zag Robin de kamer in lopen. Haar handen zaten onder het bloed. Had ze zich aan het slaapkamerraam gesneden toen ze probeerde weg te komen? Joseph had geen glas horen breken. Nee, dat bloed was rode inkt van viltstift. Ze tekende altijd op haar huid, want ze had nooit genoeg papier, ze schiep altijd iets van zichzelf.

'Moet je zien wat ik voor mama heb gemaakt,' zei ze, terwijl ze haar rode handen opstak.

De ingeblikte lach was oorverdovend.

Vrouw Laracy zat op haar paars met grijze bank met het fotoalbum in wankel evenwicht op haar schoot. De bank was op de rugleuning bedekt met kleurige geborduurde kleedjes. Rode gebreide hoezen hingen netjes over de armleuning. Vrouw Laracy zat met een gekromde vinger boven een zwartwitfoto van een jong meisje van een jaar of twaalf.

Kim keek eens goed naar de foto, waardoor haar arm tegen die van vrouw Laracy aandrukte. Zij zag een schaal van cranberryglas op de koffietafel. Die zat vol met een kleurige verzameling snoepjes. Ze stelde zich voor dat het snoep aan elkaar zou kleven tot één grote klomp. Kims maag deed pijn van de honger.

'Da's mijn zuster, Tamer. Ze was gezegend met het oog.' Vrouw Laracy hield haar hoofd schuin om Kim eens goed te kunnen bekijken. 'Maar haar bloed keerde. Arme ziel, gezegend is haar hart.'

'Haar bloed keerde?'

'Ja, nadat ze haar eerste dochter had 'had, keerde haar bloed en wur ze ziekelijk. Mijn zuster zag geesten waar ze maar keek.' Vrouw Laracy sloeg stilletjes een kruis. Haar blik bleef rusten op de foto, terwijl zij het gouden kettinkje rond haar nek betastte en er voorzichtig aan trok tot een teer gouden crucifix uit haar jurk bovenkwam. Ze kuste het kruisje en liet het toen weer in zijn schuilplaats zakken. 'Tamer was 'spannen, zenuwachtig. Ik heb haar geest nog vaak 'zien.'

'Echt waar?'

'Jazeker, ze kwam bij me tegen ochtend, in gedaante van 't kind dazze ooit was en ging op dekenkist zitten, daar aan voeteneind van mijn bed, om naar mij te kijken. Ze zei nooit wat. Ze was een lief kind.'

Kim schudde haar hoofd. 'Niemand ziet tegenwoordig nog geesten.'

Vrouw Laracy bekeek Kims gezicht eens van opzij, haar rimpelige gelaat stond somber, haar voorhoofd was een en al golvende lijn. Haar blik verduisterde terwijl ze haar oogleden toekneep alsof ze een zeer ingewikkelde gedachte moest verwerken. 'Doe weetst toch wel waarom, of niet lieverd?'

'Nee, niet echt.'

Vrouw Laracy sloot het album, legde haar hand op die van Kim, liet hem daar liggen als een troostend gebaar terwijl zij eens diep inademde om zich schrap te zetten. ''k Herinner me nog wanneer de geesten begonnen vort te trekken.'

'Echt waar?'

'Jazeker. Doodwaar. In 1952.' Vrouw Laracy wachtte even, op een reactie van Kim.

'En waarom 1952?'

''t Was 't jaar dat televisie kwam. Zwart-wit. Doe waren volop geesten, elkeen had zijn spookverhaal. Maar die geesten bleven meer en meer vort doe die wijdkijkers in huizen kwammen in Bareneed. Zat in lucht.' Haar ogen zochten rustig de bovenhoeken van de kamer af alsof ze een aanwezigheid probeerde te ontwaren.

'Misschien had het iets met verbeelding te maken. Ik heb eens een artikel gelezen, meen ik, waarin...'

'Jazeker, dat ook, maar 't waren dingen in lucht die geesten aan flarden rijten. Het kwetst ze.' Vrouw Laracy hief haar handen in de lucht en wriemelde met haar vingers. 'Ze motten hogerop, naar hemel, waar zij ongetroost klagen en steunen. Dingen in lucht snijden ze af van levenden. Allenig in dromen kunnen ze die tegenwoordig nog opzoeken. Da's mij verteld.'

'U bedoelt microgolven?'

'Noemt joe dat zo, lieverd?'

Kim knikte nadenkend. 'Van televisies en mobieltjes en computers. Alles wat elektronisch is, neem ik aan.'

'Die dingen doen 't lijf ook uitdrogen. Maakt iemand wreed dorstig. Vele jaren 'leden keek ik ook naar televisie en 'k schrompel d'r helendal van vort. Most water zuipen als wat. Zo te zien hest doe ook een glas water nodig. Bist zo wit om neus.'

Kims keel was schor van het praten. Ze slikte en merkte dat ze inderdaad dorst had. 'Het gaat wel,' zei ze, want ze wilde vrouw Laracy niet lastigvallen. Ze keek de woonkamer eens rond, al het meubilair en die spullen van jaren her gaven Kim een gevoel van huiselijke vrede en toch moest ze wel de gedachte koesteren Joseph te bellen, om zekerheid over Robin te krijgen. Ze keek om zich heen naar een telefoon, maar zag er geen. Een ingelijste plaat van Jezus, met stralend hart onder zijn opengeslagen pij, trok haar aandacht, aan de muur boven een vitrinekast.

'Wat kan 'k voor doe halen? Een bietje water?'

'Nee, het gaat wel. Ik vroeg me eigenlijk af of u een telefoon had.'

Vrouw Laracy legde het fotoalbum op de koffietafel en gromde, in een poging op te staan van de bank. Kim ging staan en stak haar hand uit, hielp zodoende de oude vrouw overeind.

'Ik kan de telefoon wel gaan halen,' zei Kim. 'Zeg maar waar.'

'Nee, ik sta nou toch.' Enigszins gebogen schuifelde vrouw Laracy naar de keuken en riep achterom: 'Ik zal wat eten opwarmen.' En algauw, na een geluid van pannen en stromend water uit een kraan, kwam de oude vrouw terug met een draadloze telefoon. Die gaf ze aan Kim, die er zeer verrast door werd. 'Die he'k 'kocht vanwegens mijn knieën, vanwegens al dat opstaan.' Snuivend ging ze zitten en ze boog zich over naar het apparaat. 'Most op dat knopke drukken,' zei ze, nadrukkelijk wijzend. 'En dan op dat andere.'

'Dank u.' Kim deed zoals haar gezegd werd en koos Josephs nummer. 'Het is lokaal.'

Vrouw Laracy stak haar hand op en vertrok haar gelaat tot een uitdrukking van onverschilligheid. 'O, dat maakt niks uit. 'k Heb mijn pensioen.

Dat maak ik nooit helendal op. Doe magst naar China bellen als doe wilst.'

De verbinding werd tot stand gebracht. Kim zwierf naar de voorkant van de woonkamer, waar zij de haven kon zien achter de vitrage. De kade was nu vrijwel verlaten, behalve wat ouwe rotten die nog stonden te kletsen. De telefoon ging drie keer over, klonk diep in haar oor door, voordat er aan de andere kant werd opgenomen.

'Hallo, mama.' Robin hield de hoorn met beide handen vast en sprak in het mondstuk. Ze wist dat het haar moeder moest zijn want niemand anders had het nummer.

'Hi, schatje. Hoe gaat het met jou?'

'Goed, hoor.'

'Hoe voel je je, lieverd?'

'Oké.'

'Weet je het zeker?'

'Jawel.'

'Waar ben je mee bezig?'

'Niks.' Robin duwde met de punt van haar gymschoen op de houten keukenvloer en zat te draaien met de telefoondraad.

'Hoe is het met je hoofd?'

'Doet een beetje zeer op mijn achterhoofd. Ik heb een bult.'

'O, weet ik. Het moet vast zeer doen. Ontspan je een beetje? Vermaak je je?'

'Jawel, hoor.'

'Er is vast heel veel te doen. Ben je al wezen vissen?'

'Ja, we hebben een pitvis gevangen en die werd bloedrood toen papa hem van de haak haalde.'

'Echt waar? Jasses. En wat doe je nu dan?'

'Ik zat te kijken naar het huisje dat Claudia ons heeft gegeven.'

'Claudia?'

'Claudia is een kunstenares.'

'Echt waar? Waar komt die vandaan?'

'Claudia is onze buurvrouw.' Robin dempte haar stem tot fluistertoon, keek om zich heen of Jessica er niet was, maar die was nergens te zien. 'Die met de dode dochter. Claudia denkt dat ze vermist wordt, maar dat is niet echt zo.'

'Echt waar? Hm. Kun je papa even geven?'

'Papa?' riep Robin, zich naar de keukendeur buigend. Toen ze zich terugdraaide was ze verbaasd dat ze Jessica daar zag staan, met een witte arm die zich uitstrekte naar de telefoon. Robin sloeg haar hand over het mondstuk. 'Wat?' vroeg ze Jessica.

Jessica knikte naar de telefoon, alsof dat een verklaring was.

Robin schudde haar hoofd. 'Nee. Dat is mijn moeder.'

Jessica glimlachte met breed open mond, gele tanden, de tussenruimten vol bruingroene blubber. Ze boog zich voorover naar Robin en fluisterde iets in haar oor. Robin deed of ze schrok, werd toen serieus, maar moest toch wel giechelen terwijl ze haar hoofd schudde van nee.

'Robin?'

'Jessica wil dat ik iets tegen je zeg. Het is een vies woord.'

'Wie is Jessica?'

'Ze is mijn vriendinnetje. Het meisje dat niet echt dood is. Claudia is haar mama.'

'Kun je papa even geven, alsjeblieft.'

'Volgens mij is hij bezig.'

Jessica fluisterde iets in haar oor en Robin schrok weer, schudde haar hoofd nog nadrukkelijker. Beiden konden hun gegiechel niet onderdrukken.

'Roep hem nog eens, Robin.'

'Jessica zegt dat hij wil... je weet wel, met een n... haar mama.'

'Robin!'

'Ik heb dat niet gezegd, hoor.' Ze hoorde haar vader van boven naar beneden komen, terwijl hij iets mompelde over het fundament van het huis, hoe dat gemaakt was van leistenen en hoe die konden worden opgestapeld en opgestapeld. Het huis kon tot in de hemel reiken.

'Wat?' zei Kim.

'Kom je hierheen? Ik heb je gezien...'

'Wil je alsjeblieft je vader gaan halen, Robin? Nu meteen.'

'Papa, telefoon voor je.' Robin reikte de telefoon aan en rende de kamer uit, de trap op. 'Het is mama. Kom mee, Jessica. Mama komt.'

'Hallo?' zei Joseph, zich afvragend wie er op dit punt in de tijd met hem zou willen spreken.

'Wat is er in godsnaam aan de hand daar? Wat heeft Robin?'

'Wie is dit?'

'Hoe bedoel je, wie is dit? Wie denk je dat dit is, verdomme?'

'Niemand.'

'Ik ben hier, Joseph. Ik ben hier in Bareneed en ik kom Robin halen, nu meteen, Joseph. Nu meteen, hoor je me?' De haperende stem zweeg. De verbinding was verbroken.

Joseph schudde zijn hoofd en vroeg zich af waar Kim kon zijn. Had hij haar al gehoord? Had hij haar al onder de vloerplanken begraven onder de schuur, achter? Hij keek naar zijn handen. In de ene hield hij de hoorn van een telefoon en in de ander het huisje van Claudia. Het een moet in het ander passen, dacht hij.

Van boven klonk gegiechel. Twee meisjes aan het spelen, die een rijmpje zongen: 'Mijn vahader trok naar zee-zee-zee om eens te zien wat er te zien wahas en alles wat hij kon zien-zien-zien...'

En Joseph zong rustig mee: '... was de bodem van de diepe blauwe plahas.'

De ambulance kwam aanrijden en de broeders, die zich niets aantrokken van het met tussenpozen geschreeuwde protest van Darry, droegen hem op een brancard zijn huis uit. Nadat hij een zuurstofmasker op Darry's mond had gezet, zei een van de broeders, een gedrongen vent met een borstelkuif en een blauw oog: 'De laatste heeft me een optater verkocht.' Hij had de kritische blik van Thompson gezien die naar de veiligheidsriempjes keek, toen ze zo onverwacht stevig werden aangetrokken. Darry's moeder ging aan de kant, niet zeker wat ze moest. Ze jammerde, stak haar hand uit, volgde de brancard naar beneden, de trap af, door de hal naar de achterdeur en verder de weg op.

'Hij verkeert in geen enkel gevaar,' verzekerde Thompson mevrouw Pottle. 'Ik wil hem gewoon in de gaten kunnen houden voor het geval dat.' Hij gaf haar een knipoog en pakte haar bij de schouders. 'We hebben dit eerder aan de hand gehad. Zolang er zuurstof is, wordt het niet erger.'

Dokter Thompson wilde meerijden om een oogje op zijn patiënt te houden. De pijn in zijn enkel werd erger, gehurkt als hij nu moest zitten, maar het was belangrijk dat hij er elk moment bij was, om te kijken wat voor complicaties zich konden voordoen. Dit geval voor zijn ogen was het grote mysterie.

Darry staarde naar het witte plafond terwijl de wagen harder ging rijden. Door de achterruit zag Thompson mevrouw Pottle, die de ambulance nakeek, op de weg staan. In zeer korte tijd was ze nog maar een stipje terwijl ze door Bareneed raceten, naar Shearstown Line. Thompson ving flarden op van het gesprek van de broeder met de centrale. Het was niet het standaardgesprek. De broeder had advies gekregen op een andere golflengte over te schakelen. Thompson meende dat hij de stem van de ander hoorde die zich identificeerde als militair. Majoor die en die. Eerst soldaten op de weg. Nu een hoge militair die communiceert met ambulancebroeders. De broeder gaf details van Darry's conditie. Enige minuten later kwam er een jeep in volle vaart achter de ambulance aan, haalde die in en bleef er een eindje voor rijden. Escorte.

Darry's toestand leek niet te verslechteren. Zijn bloeddruk was stabiel. Zijn hartslag goed. Darry hoestte onder zijn masker en balde zijn vuisten verder. Zijn borst rees en daalde, bleef seconden lang plat voordat hij weer omhoogkwam. Geen pijn, dacht Thompson, maar intense angst. Wat was eigenlijk erger?

Zodra ze bij het ziekenhuis waren, werd Darry fluks uit de ambulance gehaald en door de klapdeuren de Eerste Hulp in gereden. Thompson strompelde achter de brancard aan, ving een glimp op van de militaire jeep die weer wegreed, twee soldaten voorin, niet achteromkijkend, elders nodig.

In het ziekenhuis stond een soldaat voor de klapdeuren naar Eerste Hulp. Het leger neemt dit heel serieus, wat het dan ook is, hield Thompson zich voor. Als ze tenminste daarom hier zijn.

De dienstdoende eerstehulparts bekeek Darry en vond geen tekenen van hart- of longproblemen. Hij gaf opdracht voor een aantal bloedanalyses en toen de resultaten terugkwamen – en Thompson terugkwam van gauw een broodje ei en een milkshake in de cafetaria – gaven alle tekenen aan dat er geen infectie of besmetting van het bloed was. Er werden röntgenfoto's gemaakt van de borst. Niets. Het volgende zou een hersenscan moeten zijn.

In de tussentijd stond Thompson erop dat Darry voor alle zekerheid aan de beademing werd gelegd. De eerstehulparts keek Thompson eens goed aan en zei: 'Is dit er weer een? Wat is er aan de hand?' Hij deed wat Thompson wilde, Darry werd naar de afdeling gestuurd, en kreeg een bed in een zaal waarin drie andere mannen lagen die ook ademhalingsstoornissen zouden hebben gekregen. Thompson had al bevolen dat er een quarantaineteken op de deur werd geplakt en dat alle bezoekers zich bij hem moesten melden. De zaal van Donna Drover was ernaast. Thompson, die Darry volgde in de lift, hinkte naar de provisiekamer en legde een rekverband om zijn enkel met een rol Elastoplast.

'Moet ik u even helpen?' vroeg een voorbijkomend verpleegster.

'Ik heb mijn artsendiploma,' snoof hij, zijn adem afgesneden door zijn bukkende houding.

Eenmaal klaar met deze zelfbehandeling baande hij zich een weg door de gang, naar de zaal van Donna Drover. De steun die het verband gaf leek geen zier verschil te maken. Hij kon mevrouw Drover even bezoeken, dan moest hij naar huis en kon hij Agatha eindelijk voeren.

De gordijnen zaten dicht in de zaal van zijn patiënt. Het was bijna pikdonker, op een straaltje licht na, dat van de gang binnendrong. Onder de lakens was geen beweging, alleen het sissen van zuurstof die werd toegediend. Ze hadden de beademing weggehaald en een buisje in de luchtpijp gedaan. Dat was gemakkelijker, het beperkte de mogelijke schade aan de stembanden en verminderde de kans op longinfectie. Mevrouw Drover lag naar de gordijnen te staren. Toen de dokter even hoestte, draaide de patiënt loom haar hoofd naar hem toe. Hij ging naast haar bed staan.

'Hoe voelt u zich?' vroeg hij met gedempte stem.

Mevrouw Drover keek hem aan met een nietszeggende blik. Ze leek hem helemaal niet te herkennen, haar gezicht was veranderd sinds de laatste keer dat hij haar had gezien, drie dagen geleden. Bij die gelegenheid had zij de dokter gevraagd: 'Wie ben ik?' Thompson had het haar gezegd en toen leek ze zich haar naam en de vage details van haar toestand te herinneren. Thompson veronderstelde dat ze verward was geweest, omdat ze uit een droom was ontwaakt en wellicht nog in die wereld verkeerde.

Dokter Thompson realiseerde zich dat mevrouw Drover nogal wat gewicht had verloren. Hij bekeek de status aan haar voeteneind. Leverfuncties allemaal normaal. Gewichtsverlies genoteerd. Hij zuchtte en liet het klembord terugglijden in de metalen gleuf.

'Kan ik iets voor u halen?'

Mevrouw Drover keek hem nietszeggend aan. Haar droge lippen bewogen maar er kwamen geen woorden. Thompson lukte het dichter bij haar bed te komen en hield zijn oor boven haar lippen.

'Water,' siste zij door een droge keel.

'Natuurlijk.' Thompson strompelde naar de ijsmachine aan het eind van de gang en kwam terug met een papieren bekertje met schaafijs en een babyblauw plastic lepeltje. Hij schepte de schilfers op en probeerde die aan mevrouw Drover te voeren, maar ze begon haar hoofd te schudden, en perste haar lippen op elkaar.

'Water,' zei zij.

'Schaafijs,' antwoordde hij, hield het lepeltje op. 'Dat is water.' Evenzogoed wilde zij niet accepteren wat hij aanbood, dus zette hij het kopje met het lepeltje op het nachtkastje.

'Ben ik...' Mevrouw Drover maakte een slurpend geluid, slikte toen met moeite. '...ergens... anders?'

'U ligt in het ziekenhuis in Port de Grave.'

Thompson had moeite de volgende woorden te verstaan, maar het klonk als: 'Ik kan niet... zien.'

'Moet ik het licht aandoen?'

Mevrouw Drover leek niet te begrijpen wat hij bedoelde. 'Wat?' vroeg ze, zweeg even om haar blik op het voeteneind te richten. 'Is dit?'

Thompson doorvorste haar blik toen die op zijn gezicht werd gericht. Haar visuele scherpte leek in orde, haar pupillen waren samengetrokken, richtten zich op hem.

'Wat... ben... ik?'

'U bent in het ziekenhuis. U bent hier met een ambulance naartoe gebracht.'

'Wat ben ik?'

'Hoe bedoelt u?' Mevrouw Drover zei verder niets meer, haar blik werd vager, leeg, de pupillen verwijdden zich tot grote zwarte cirkels die alleen nog in wit waren gevat, en trokken zich toen weer normaal samen.

Christus! Dat had hij nog nooit gezien. Toen hij ging verzitten steunde hij op zijn enkel, waardoor de pijn weer opnieuw opgloeide. Hij keek naar de knop voor de verpleegster, om alarm te slaan.

'Mevrouw Drover?' vroeg hij.

Maar ze zei niets meer, knipperde alleen en bekeek hem. De pupillen waren weer in orde, geen verdere expansie. Mevrouw Drover staarde naar zijn gezicht.

'Ik kom u morgen weer opzoeken.'

Het suizen van de beademing was de enige reactie.

'Oké?' Hij wachtte af, omdat hij verdere reactie van haar wilde stimuleren, om zichzelf gerust te stellen dat haar toestand niet verergerde, hoewel hij wist dat dat wel het geval was. Hij moest niet denken aan het vooruitzicht van wat er zou gebeuren met mensen die in deze staat vervielen. 'Oké, mevrouw Drover?'

'Heb ik hem vermoord?'

Die opmerking verraste Thompson. Een ogenblik van geladen stilte volgde. 'Wie?'

'Mijn zoon. Zie hem...'

'Muss?'

Verdaasd staarde mevrouw Drover enigszins links van de dokter. 'Ik zie hem...'

Thompson keek over zijn schouder. Niets.

'...als ik mijn ogen dichtdoe.'

'Dat zijn alleen uw gedachten.'

'Wat ben ik?'

'U bent een vrouw. Donna Drover.' Vriendelijk legde hij een hand op haar arm. 'Donna Drover.'

'Nee... wat ben ik?'

Thompson keek naar de ogen van zijn patiënt, die volslagen lege blik die hem kippenvel bezorgde. 'Ik kom u morgen weer opzoeken.' Hij moest deze kamer uit. Hij kreeg het gevoel alsof hij stikte.

In de lift, op weg naar de begane grond om naar huis te gaan en Agatha te voeren, overwoog hij de vraag van mevrouw Drover nog eens: 'Wat ben ik?' Niet: 'Wie ben ik?' Het was de eerste keer dat hij zoiets van een patiënt had gehoord. Zijn maag rommelde. Dat broodje ei was niet genoeg. Hij moest een lading pasta hebben, met veel boter en knoflook en een groot glas Cabernet. Zijn mobiele telefoon ging over. Hij antwoordde meteen. Het was brigadier Chase, zijn stem klonk geamuseerd, toen hij de dokter vertelde dat hij op de kade in Bareneed stond.

'En wat ligt daar nu? Een school kletsende kabeljauw?'

'Er ligt een lijk.'

'Weer een haai?'

'Nee, het is een mens op de weg. Uit het water op de weg gesmeten.'

'Wat?'

'Het is...'

'Gesmeten?'

'...een oud lijk.'

'Op de weg? Een oude man of vrouw?'

'Nee, dat bedoel ik niet. U kunt beter komen. Het is veel ouder.'

'Oké.' Hij klapte zijn mobieltje dicht op het moment dat de liftdeuren opengleden. 'Ouder dan dat.' Wat kon dat in godsnaam betekenen? 'Ouder dan dat.' Wat ben ik? Wat ben ik? Hij stapte de lift uit, maar hoorde enkele stemmen roepen of waarschuwende kreten uiten. Hij bleef stokstijf staan, merkend dat hij 60 centimeter boven de begane vloer hing. De lift was gestopt voordat hij op de juiste hoogte was. Drie mensen stonden hem aan te gapen.

'Jezus!' Hij probeerde te hurken, met één hand zich schrap te zetten op de vloer van de lift, om te springen, maar hij wist dat dat zeer kon doen. Alles wat hij kon doen was op de vloer gaan zitten en zijn benen laten hangen. 'Help me even.' Hij stak zijn armen uit naar twee mannen, een andere dokter en een verpleger, die naar voren traden om hem naar beneden te helpen. 'Pijn in mijn enkel,' zei hij. 'Anders zou ik er als Tarzan uit zijn gewipt.' Hij hinkte weg, expres zijn handicap verergerend zodat zij zijn redenatie zouden begrijpen.

Buiten keek hij eens naar de parkeerplaats en vroeg zich af waar hij zijn terreinwagen had geparkeerd voordat hij zich herinnerde dat hij die na een botsing met een legervoertuig had achtergelaten. Wat een lef! Hij zou een lift moeten vragen van een van de broeders van de ambulance. Weer meldde zijn maag zich. Misschien was het broodje ei al bedorven voor hij het at, misschien was de mayonaise oud geweest.

'Goed zo,' mompelde hij. 'Eigen schuld. Laat mij maar doodhongeren.' Terugkerend naar het ziekenhuis om iemand te zoeken van wie hij een lift kon krijgen, voelde hij zijn maag ineenkrimpen en toen de pijn naar zijn darmen zakken. Een waterig gevoel van loslaten. Hij kneep zijn billen samen en rende naar de wc aan het eind van de gang. Die was pal naast de cadeauwinkel. Strompelend en snuivend stapte hij slechts enkele ogenblikken voordat zijn broek de overstroming van een spectaculaire incontinentie had moeten opvangen, over de drempel.

Doug Blackwood zat een boek te lezen dat geschreven was door een Newfoundlander, over leven in de winter, vallen zettend tot aan Labrador. Het was een boek over overleven en het was een goede beschrijving van het leven in de bossen: het voedsel diep in de sneeuw begraven om te voorkomen dat wilde dieren het zouden opeten, altijd de noodzaak om 's nachts een vuur brandend te houden om vorstschade te voorkomen en zich droog te houden, altijd droog te blijven. Dan was er het voortdurend gebrek aan slaap en de altijd aanwezige dieren, dag en nacht om je heen. Diep in de bossen, zonder moderne spullen om iemand lastig te vallen. Doug genoot van de verbeelding van dat gevoel van eenzaamheid in het woud. Hij was zelf pelsjager geweest en las elk boek dat hij maar te pakken kon krijgen waarin zulke avonturen werden beschreven. De meeste boeken waren plaatselijk gepubliceerd, maar hij had er ook een paar gelezen die door vastelanders waren geschreven. Het was altijd interessant om te zien hoe vastelanders zaten te ouwehoeren over Newfoundland. Arrogante snobs, de meesten, die neerkeken op die stomme Newfs.

Naar het boek starend, concentreerde hij zich op de drukletters en moest dezelfde zin twee of drie keer lezen, niet in staat de woorden tot zich door te laten dringen, afgeleid door herinneringen aan het schepsel dat hij op zee had waargenomen. Hij weigerde het een zeemeermin te noemen, want dat zou gekkigheid uit sprookjes zijn, maar hij veronderstelde dat dit schepsel precies dat was. En toen waren daar die gozers van het leger geweest die hem verteld hadden dat hij moest stoppen toen hij terug de weg op reed. Bramble was voor de zoveelste keer over de rooie gegaan, was gaan blaffen tegen de soldaat en had geprobeerd hem te bijten. Doug had de hond de hele tijd tegen moeten houden.

Die legerjongen had een paar vragen gesteld over of hij iets ongebruikelijks had gezien toen hij met zijn boot was uitgevaren en Doug had zijn hoofd geschud en de soldaat gezegd dat hij niets anders had gezien dan een grote blauwe hemel en veel blauw water. De legerjongen keek eens goed naar Dougs gezicht en zei toen dat hij door kon rijden.

Stomme rukkers.

Zijn gedachten verplaatsten zich van onwelkome herinneringen aan het leger tot het verhaal van de zeemeermin. Aan wie moest hij dat kwijt? Misschien zou hij het zijn achternicht vertellen, Robin, het geheim stiekem aan haar doorgeven. Zij zou in haar sas zijn met dat nieuwtje. Ja, een kind zou het wel begrijpen. Maar dat kon je niet over de telefoon uitleggen. Je moest erbij zijn om dit soort geouwehoer te beluisteren. En hij was er ook niet achter hoe hij het nu het beste kon vertellen. Daar draaide het om bij een verhaal. Het ging er niet om dat hij informatie had die hij moest doorgeven, het verhaal moest worden uitgesponnen, en zo worden ingericht dat het van meet af aan de aandacht van de toehoorder zou boeien. Ik zat in mijn boot en het was een mooie dag, te mooi om iets dergelijks te kunnen voorzien. Ik was op open zee en ik verwachtte niets anders dan lekker wat kabeljauw te kunnen vangen. Ik was de haven uit gevaren, had die legerjongens wel op de weg zien staan, en ik ging in mijn boot zitten en ik keek naar de horizon. Geen rimpeltje op het water. Geen zuchtje wind. Maar wat moest hij dan met die legerjongens? Ze hadden hem ondervraagd over iets vreemds dat hij gezien zou hebben, alsof ze al wisten wat hij had meegemaakt. Het ging niet over kabeljauw. Er was iets aan het broeien, er zat iets in de lucht.

Doug stelde zich de zee en de zon en de beweging van zijn boot voor alsof hij op datzelfde moment aan het uitvaren was. Mijn boot voer uit zonder problemen, zonder hapering, in een nobele vaart. Ik liet de kade achter met de ruige kliffen boven mij, kliffen oud als de wereld, versleten door eeuwen water, maar trouw overeind blijvend. Iets buitengewoons lag op mij te wachten onder dat massieve gewicht van het water. Er is altijd iets daarbeneden. Iets om te vangen of iets wat een man in gevaar kon brengen.

Doug ging geheel op in de algehele beschouwing van zijn verhaal toen hij kabaal in de achtertuin hoorde. Het leek alsof de schuurdeur dichtsloeg. Bramble stond op van waar ze lag te slapen bij de kachel.

'Wat is dat, Bramble?' vroeg hij, keek eerst naar het raam met het gordijn, toen naar de gang en vroeg zich af hoe het met de wind stond. Kwam er storm opzetten? Hij had er niets over gehoord op het visserijweerbericht. Misschien was er iemand in zijn schuur en had die de deur dichtgedaan. Hij had de deur anders niet open laten staan, dat hij wist. Hij was er al eerder geweest om naar zijn voorraad verf te kijken voor de zuidkant van de schuur. Die had te lijden van het weer en moest dus een goede laag verf hebben. Het verlopen uiterlijk ervan begon hem op zijn zenuwen te werken. En toen hij daar toch stond had hij ook wat witte verf aangebracht op het model van de houten kerk dat hij voor een gozer van Heart's Delight aan het bouwen was. Die jongen kwam al een poos bij Doug langs, had alle boten, kerken en helder geschilderde vogelhuisjes gezien die Doug gebouwd en op zijn gazon geplaatst had en was komen aankloppen om te vragen of Doug voor hem een kerk wilde maken zoals die in de voortuin stond. Doug had ingestemd en zijn prijs genoemd, waarmee de jongen meteen weer had ingestemd. Mensen kwamen vaak om hem te vragen een van die dingen te maken. Hij maakte ook houten mannen met wapens die in de wind draaiden en meubels van zware takken en kronkelige, knoestige boomstammen.

Met zijn boek nog in de hand stond hij op uit zijn stoel en liep naar het raam van de woonkamer. Het licht buiten was zacht, de schaduw lengde tot avondlengte. Hij kon niemand zien, alleen zijn bouwsels in de voortuin, en aan de andere kant van zijn witte hek de bank waarvan zijn vrouw Emily had gevraagd die daar te plaatsen, waarop mensen konden gaan zitten als ze dat wilden. Ze had er een opschrift op geschilderd: ZIT EEN WIJLE OP UW REIS EN LAAT UW VERMOEIDE GEBEENTE RUSTEN. Jaarlijks schilderde Doug pijnlijk nauwkeurig dat opschrift over, in Emily's favoriete blauw.

Doug liet het gordijn weer op zijn plek vallen en ging naar de keuken achter in het huis. Hij verwachtte niemand. Natuurlijk konden het Joseph en Robin zijn, maar hij had geen auto of het dichtslaan van een autoportier gehoord. Misschien waren ze komen lopen. Bramble liep pal achter hem aan, toen aan hem voorbij, jankend, vragend uitgelaten te worden. Het was na het avondeten en de geur van het konijn in korstdeeg dat Doug had klaargemaakt hing nog in de lucht. Het overgebleven deeg lag op de werktafel. Hij overwoog om later nog wat koffiebroodjes te maken. Meestal bakte hij op zondag. Een goede lading verse koffiebroodjes, besmeerd met likken smeltende boter voor bij het slapen gaan.

Doug keek het keukenraam uit en zag tot zijn stomme verbazing de schuur-deur wijd openstaan. Waren Joseph en Robin daar aan het struinen? Het ge-beurde meer dan eens dat mensen dat probeerden, stadslui uit St. John's, die zijn schuur wilden doorzoeken om te kijken wat er stond, al zijn oude limo-nadeflessen, zijn pillenpotten, zijn oude houten werktuigen en zijn bekers. Ja-ren geleden had hij eens een kist vol aan iemand verkocht. De man had Doug een bedrag voor de spullen gegeven dat aardig genereus leek. In feite had Doug een binnenpretje gehad en zich voorgehouden dat hij die jongen een loer had gedraaid. Flink wat contanten voor een hoop ouwe troep. Maar la-ter had hij van Willy Bishop gehoord dat die man het spul verkocht in een winkel in St. John's, voor een fortuin. Sinds die tijd had Doug iedereen die kwam rondneuzen voor antiek eruit gesmeten, hoe brutaal ze ook waren, en hoe hard ze ook riepen dat ze genoeg geld hadden.

'Christus,' mompelde Doug, smeet het boek op de keukentafel en liep naar de achterdeur. Hij rukte de binnendeur open, deed het haakje van de houten hordeur springen, drukte zijn vingers tegen de latten en duwde de deur open. Bramble spurtte weg en rende linea recta naar de schuur, over de drempel heen springend. Doug ving een vleugje frisse middaglucht op en zag de don-kere coniferen in zijn achtertuin, achter zijn roodbruine schuurtje.

'Bramble,' riep hij, 'kom terug.' Doug keek eens goed voor zich uit, gooi-de de deur wijder open en doorzocht de achtertuin. Er viel schaduw over het pasgemaaide gras omdat de zon laag aan de hemel stond. Hij stapte zijn ach-terveranda op en keek nog eens zorgvuldiger door zijn tuin. Zijn verbeelding leek hem parten te spelen. Er was helemaal niemand.

Een kabaal klonk binnen de schuur. Verfpotten werden omgegooid.

'Bramble,' riep Doug, 'kom naar buiten.' Hij overwoog zijn schoenen aan te trekken. Zijn blik bleef op de zuidmuur van de schuur rusten. Die moest echt geschilderd worden. Hier en daar begon de verf af te bladderen. Schan-de. Hij zou dat morgen meteen aanpakken, als het weer het toeliet. Hij floot schril, verwachtte de terugkeer van Bramble, luisterde, maar hoorde geen ge-luid meer uit de schuur. Hij liep naar voren op zijn kousenvoeten, trippelde over het gras, en kromp ineen toen hij op het grind stapte, maar stond toch even later in de deuropening van de schuur. De geur van pasgehakt grenen hing nog in de lucht. Het licht was binnen schemerachtig, maar hij kon zien dat er achterin blikken waren omgegooid, aan het linkereind van zijn werk-tafel. Iets zilverigs, het leek net kwikzilver, bewoog aan de voet van die blik-ken. Bramble snuffelde eraan, terugdeinzend. Het zilver boog en flikkerde en pletste zachtjes op de houten vloer. Doug zag een rond oogje dat op hem ge-richt werd. Hij zocht de schakelaar bij de deur en deed het licht aan. Het ene peertje onthulde een onberispelijk schone en zeer ordelijke ruimte. Bij de verfblikken lag een poeltje water en midden in dat poeltje lag een geweldige kabeljauw van ruim 10 kilo, met de kop bijna net zo groot als die van Doug zelf. Bramble keek naar zijn meester, zich afvragend wat hier moest worden gedaan.

Doug vertrouwde zijn eigen ogen niet en liep op de vis af. De bek en de kieuwen gingen open en sloten ritmisch, snakkend naar water. De staart sloeg eens terwijl Doug ernaast knielde. Hij zocht boven zich en rond de schuur naar een aanwijzing. Niets. Alles op zijn plek. Bramble naderde voorzichtig, richtte haar roze neus op de vis, die geheel onbeschadigd leek, vers uit zee. Doug liet zijn handen eronder glijden en ging ermee staan, het gewicht tegen zijn buik geperst. De vis was veel lichter dan hij moest zijn, de grootte in aanmerking genomen. Hij moest worden schoongemaakt en dan ingevroren. Doug liep naar huis, met Bramble die langs hem heen rende en sprong.

In de keuken legde Doug de kabeljauw in de gootsteen, kop en staart over de rand. Hij opende de messenla en haalde er een smal fileermes uit. De kabeljauw, nog vol leven, sprong half uit de gootsteen. Doug greep ernaar, maar hij gleed uit zijn handen en van het aanrecht af. Op het linoleum ploffend, begon de vis met geweld spastisch te slaan, op een manier die Doug nog nooit had waargenomen – nooit zo veel kracht of zulk woest gedrag. Doug deinsde achteruit terwijl de vis door de stuiptrekkingen bij zijn voeten belandde. Bramble blafte, hurkte neer, schoof achteruit en blafte weer.

'Wat in christusnaam?' mompelde Doug vol ontzetting.

De vis wierp zich weer tegen de aanrechtkastjes, deed hout op hout klappen. De staart sloeg met zo veel kracht tegen Dougs been dat hij achteruitdeinsde, de keuken uit. De vis zette zijn lijf schrap en hield het in een bocht gekromd voordat het in de tegenovergestelde richting schoot en zichzelf hoog in de lucht wierp. Met een klap op de vloer landend, boog de vis zich weer en sprong nog hoger, minstens één meter twintig van de vloer. Doug keek eens naar de gang. Dit was toch echt zijn huis. En hij leek wakker te zijn. Een denderende klap deed de vloer onder zijn voeten schudden en trok zijn blik weer naar de keuken.

De kabeljauw lag stil. Een scharlakenrode vloeistof droop uit zijn bek, vormde een donker plasje op het linoleum, een glanzend spoor in de richting van Brambles poten.

Doug raapte snel de vis op, stak zijn vingers brommend door de kieuwen en tilde hem op het aanrecht. Onmiddellijk stak hij het puntje van zijn mes in de zachte buik voordat de vis kans kreeg weer met zijn capriolen te beginnen. Toen hij het vlees doorstak merkte hij hoe gemakkelijk het lemmet binnendrong. Een lucht van rozen bereikte zijn neus en hij draaide zich om, om te zien waar die vandaan kwam. Om de een of andere reden dacht hij opeens dat zijn vrouw Emily aanwezig was. Nee, ze was er niet. Ze was al ruim twintig jaar dood. De lucht deed hem rillen, het leek precies dezelfde geur te zijn als die Emily altijd had gedragen. Bramble leek het ook te merken, want ze ging jankend zitten, in de lucht boven haar starend. Een ogenblik later stond ze op en liep de gang in. Nee, Doug ging haar niet achterna. Hoe kon hij dat nu doen? Nonsens. Hij richtte zijn aandacht weer op het mes in de buik van de vis en maakte een inkeping tot aan de staart. Het mes ondervond geen weerstand, sneed als door boter. Geen klotsend geluid van ingewanden. Hij vouwde de twee opengesneden randen om en kreeg de volle geur van het parfum te ruiken. Bloembladen van elke denkbare vorm en kleur vulden de vis: paarse met geel in het midden, rode gevlekt met dof oranje, groene, voorzien van zwarte randjes... en de geur. Die was zalig, die was zo betoverend dat hij hem stuipen van kreunend genoegen bezorgde.

Zwijgend stond Doug daar, plotseling drongen de profane geluiden die hij had voortgebracht tot hem door, begonnen zijn wenkbrauwen zachtjes te fronsen van verwarring en zijn wangen rood te kleuren van schaamte. Twee witte klauwen werden op de rand van het aanrecht geplaatst, toen Bramble zich ophief om aan de kabeljauw te ruiken.

'Wat is de logica van dit alles, Bramble?' mompelde Doug, verdwaasd zijn hoofd schuddend. Hij stak twee vingers in de gleuf, voelde in de zilverachtige bloembladen en haalde er tussen twee vingers een babyblauw bloempje uit. De kleur was precies de tint van de jurk waarin zijn vrouw was begraven.

'Emily,' fluisterde hij, terwijl hij het bloempje in zijn vingers draaide. De warme volheid van een traan welde in elk oog op en vervaagde het tafereel voor hem.

Dokter Thompson zag de patrouillewagen bij de kade dwars over de weg geparkeerd, waardoor nieuwsgierigen ervan werden weerhouden verder te gaan kijken. Twee legerjeeps stonden een eindje verderop langs de weg. Geel politielint was ter plekke tussen twee geïmproviseerde houten palen gespannen en twee extra patrouillewagens waren overduidelijk aanwezig. Eén stond geparkeerd op een hellend deel van de weg, de blauwe en rode lichten flitsten. Een soldaat stond achter het gele lint te kijken naar een agent van de rijkspolitie die met zijn hand cirkelvormige bewegingen maakte, de auto's aangevend dat zij moesten omdraaien. De derde politiewagen stond aan de overkant van de weg geparkeerd, waardoor het ook onmogelijk werd daarlangs te rijden. Wat deed het leger hier? Ergens in zijn hoofd probeerde Thompson de maatregelen in geval van nood uit zijn geheugen te vissen, die hij op de faculteit had bestudeerd. De details waren vaag, maar hij herinnerde zich iets over het leger dat werd opgeroepen als de bevolking in het algemeen bedreigd werd. Toen de ambulance waarin Thompson zat, de agent bereikte die het verkeer stond te regelen, liet de broeder zijn raampje zakken om te zeggen dat hij een arts aan boord had die was opgeroepen door brigadier Chase. De politieagent sprak in zijn microfoontje, keek naar een nabije soldaat, die een knikje gaf en wuifde de ambulance toen naar een leeg stuk grind naast een bestelwagen.

'Bedankt,' zei Thompson tegen de broeder.

'Geen probleem. Ik zal hier toch al gauw genoeg nodig zijn.'

Thompson pakte zijn zwarte dokterstas van zijn schoot, klom uit de ambulance en slikte een scheut pijn uit zijn enkel weg in de hoop dat zijn darmen zich zouden gedragen. Waar was het dichtstbijzijnde toilet, vroeg hij zich af, en hij keek naar de huizen langs de weg terwijl hij voortstrompelde. Mensen stonden voor de ramen, hun blik vervuld van nieuwsgierigheid. Een menigte omwonenden stond al bij het politielint en sprak onderling met gedempte, eerbiedige stem. De stemming was grimmiger dan Thompson zich herinnerde van bij de albinohaai. Mensen waren aangenaam geïntrigeerd geweest door de ontdekking van dat beest. Maar dit was wat anders. Dit was een mensenlichaam.

De soldaat bij de barricade ondervroeg Thompson kort en gaf hem toen toestemming voorbij het lint te stappen, waar een jonge fotograaf in een groen legerpak net zijn spullen in een schoudertas stopte.

Brigadier Chase stond te praten met een soldaat die begin vijftig moest zijn en wiens gezicht in zes willekeurige slagen uit graniet leek gehakt. Ongetwijfeld een officier, dacht Thompson. De officier droeg een zwart oortelefoontje en een draadmicrofoontje. Hij keek de hele tijd langs de weg op en neer, luisterde aandachtig en knikte. Chase stak zijn arm op en maakte een zwaaiende beweging over de oceaan. De officier staarde naar het water, kneep zijn ogen dicht. Er leek geen eind te komen aan Chase' verklaring. Toen Thompson nog maar 3 meter verwijderd was, zag Chase de dokter en maakte zich los uit het gezelschap van de officier.

'Wat is hier aan de hand?' vroeg Thompson en zijn blik viel op een rechthoekige stellage van kakigroene gordijnen aan metalen roeden, rond een plek midden op de weg. Thompson veronderstelde dat het groene scherm was opgezet om doden te verdoezelen. Lag het lijk daar? Was het aangereden?

'Lichaam,' zei Chase en zijn ogen straalden van belangstelling. 'Drenkeling.'

'Hoe is het daar beland?'

'Niet zeker. Een oude man, een getuige, zei dat het hier werd neergesmeten.'

'Ja, dat hebt u al eens gezegd... neergesmeten.'

Chase wees op het water en beschreef een boog door de lucht naar de plek waar het verborgen lichaam nu lag. Thompson verstevigde zijn greep op het hengsel van zijn tas.

'Drenkeling?'

'Ja, maar daar gaat het niet om.'

'Waar gaat het dan wel om? Neergesmeten? Hoe werd het neergesmeten?'

Chase gaf geen antwoord, maar trok Thompson mee naar de afgeschermde rechthoek. De officier trok een van de gordijnen achteruit. De dokter stapte naar binnen en boog zich over het lijk, dat op het asfalt lag uitgestrekt. De man was niet blauw, opgezwollen en met huid samengetrokken over de botten, zoals Thompson had verwacht, maar vertoonde een bleke doch rimpelloze huid. Thompson bevoelde voor alle zekerheid de keel van de man. Koud, geen hartenklop. De drenkeling was gekleed in dikke kleren, die Thompson toch ergens vreemd voorkwamen. Het lichaam leek van een acteur, die opdracht had een rol te spelen in een geschiedkundig drama. Een acteur, of een man, met een duur Halloweenpak aan.

'Er zou niets van hem over moeten zijn,' luidde Chase' commentaar.

'En waarom dan niet?' vroeg Thompson. Hij kwam overeind en keek Chase aan, die nog steeds het gordijn openhield, kennelijk onwillig binnen de omtrek van de ruimte te komen. Achter Chase stond de legerofficier te praten met de jonge soldaat die de informatie van een klembord doorgaf.

Brigadier Chase staarde naar het lijk. 'Moet u zien hoe hij is gekleed.'

'Ja, nu u het zegt.' Thompson merkte de kleren op: een dikke corduroy overjas met bontkraag, een gebreide grijze wollen trui, een zware zwarte broek, met een ceintuur van ruw touw opgehouden en laarzen van een of andere dierenhuid. Thompson vermoedde robbenbont.

'Het is een oud lijk,' verklaarde Chase.

'En hoe weet u dat?' Thompson keek eens naar de politieagent en vroeg zich af of dit wellicht een grapje was. 'Dat is onmogelijk. Het moet iemand in kostuum zijn.'

Chase schudde zijn hoofd, glimlachend alsof het toch een grapje was.

'Wat?'

Alsof dit zijn cue was, kwam de legerofficier naast Chase staan en stak zijn hand uit. 'Dokter Thompson?'

'Ja.' Thompson kromp bijna ineen onder de vermorzelende greep van de man. De botten in zijn handen deden de laatste tijd toch al pijn. Misschien kreeg hij ook daar artritis. Tijd voor weer eens wat röntgen.

'Ik ben majoor Rumsey. Ik ben ter plaatse de commandant van leger en marine.'

'Aangenaam.' Thompson herkende de naam Rumsey. Die had hij al gehoord over de radio van de ambulance toen ze Darry Pottle naar het ziekenhuis brachten. Hij merkte dat de vrije hand van Rumsey een tasje met een rits vast had. Daarin zat een in leer gebonden boekje, met verhoogde letters op het omslag. Dat was versleten en de bladzijden waren sterk vergeeld.

Rumsey hield Thompsons hand langer vast dan Thompson noodzakelijk vond voordat hij ten slotte los liet. Een koel briesje was net opgestoken, vanaf het water. Het deed de metalen gordijnringen aan de roeden rammelen. 'Wij hebben gehoord dat u de meeste inwoners van deze gemeente kent. U hebt hier drieëntwintig jaar gewoond. Klopt dat?'

'Ja. Ik ben een van de huisartsen...'

'Precies.' De officier onderbrak Thompson. 'Wij zouden het op prijs stellen als u zou willen helpen met de identificatie.'

'Ik ken hem niet...' Thompson merkte dat zijn blik naar het lijk getrokken werd. 'Op geen enkele manier zou ik...'

'Via de ouderen, de anderen. U bent vertrouwd met ze. U zou kunnen voorstellen dat zij ons een beetje komen helpen. Wellicht hebben zij foto's of tekeningen van deze persoon.'

'Ja, natuurlijk, ik zal doen wat ik kan. Maar u gaat er dus van uit dat dit lijk is... Ik bedoel, deze gedateerde kleding is ook nu te krijgen, in musea en theaters.' Door de opening in het gordijn zag hij een boot rustig tussen de kade en de landtong drijven. Er zaten twee duikers in het vaartuig, die met een verrekijker het water rond de boot afzochten. Van verder langs de weg klonk het geluid van hamerslagen. Platen triplex werden langs de kust geplaatst, om mensen ervan te weerhouden het strand te bezoeken. De bouw van die afscheiding baande zich een weg in hun richting. Soldaten hamerden het geraamte in elkaar. Weer keek Thompson naar het tasje in Rumseys hand. Wat... ben... ik, dacht hij.

De majoor trad naderbij en het briesje zwol aan tot zwakke wind. Hij hield zijn tasje omhoog, keek er eens naar en dempte zijn stem tot een vertrouwelijk gefluister: 'Dit dagboek werd op het lijk aangetroffen. Daaruit blijkt de periode van overlijden. Dat was in het midden van de achttiende eeuw.'

In weerwil van zichzelf moest Thompson grinniken. 'Dat kan niet. Dat is maar een boek. Een museum kan dat net zo makkelijk als die kleren aanleveren. Er worden volop historische stukken over Newfoundland opgevoerd.'

Chase deed een stap naderbij, waardoor het gordijn achter hem dichtviel, zodat de drie heren een kleine driehoek vormden. Hij zei: 'Er staat een fascinerend verhaal in over een veelhoofdig zeemonster dat drie dagen lang achter een boot aan zat. Ik had het al gelezen voordat majoor Rumsey ter plaatse kwam.'

'Het is een acteur,' verklaarde Thompson en hij staarde naar het lijk met vaag ongeloof in zijn ogen. 'Niet dan?'

Chase ging verder met zijn verklaring terwijl majoor Rumsey aandachtig toekeek. 'Naar het schijnt heeft dat monster het schip verwoest. De laatste bijdrage is... 1746.'

'Dit is bespottelijk,' zei Thompson, maar hij kon niet anders dan nog eens bij de drenkeling neerknielen en twee vingertopjes op de keel van het lijk leggen. Nog steeds koud. Nog steeds geen hartenklop. 'Zo lang is hij nog niet dood,' mompelde Thompson, wierp nog eens een blik op Rumsey en Chase die hem zonder verder commentaar te leveren aankeken. 'Hoe is het mogelijk dat jullie geloven...'

Majoor Rumsey kuchte om zijn keel te klaren. Zijn hand ging naar zijn riem, waar hij de batterijen van zijn headset uitschakelde.

'Er zijn er nog meer,' beweerde de majoor. Hij wendde zijn granieten hoofd in de richting van de visafslag aan de overkant van de haven. 'Ginder, op ijs.'

Kim verkeerde in een zodanige staat van opwinding dat ze de deur uit was voordat ze ook maar wist wat ze deed. De wind zette aan. Dat verkoelde het brandende gevoel op haar wangen.

Verderop was nog meer commotie op de kade, volop politie en ook leger. Ze hadden de haai al weggehaald. Eerder had Kim de vrachtwagen langs het raam van vrouw Laracy horen denderen en ze was achter de vensterruit gaan staan om eens te kijken. Was er weer iets fantastisch ontdekt? Ze bleef even aan de rand van het erf staan om in haar tas naar haar sleutels te zoeken, maar kon ze niet vinden. Toen ze met haar tas schudde, klonk er ook geen gerammel. Ze had ze vast na het parkeren in de auto laten zitten, beneden bij de kade. Gedwongen achterom te kijken naar de deur, zag ze vrouw Laracy daar staan met de draadloze telefoon tegen haar oor, die stond te roepen en naar de kade wees: 'D'r is een lijk op benedenweg 'smeten.'

Op dat moment stak er een windje op en greep Kims sjaal die ze losjes rond haar hals had geslagen. De zijden stof werd meegevoerd in een opwaartse luchtstroom, naar een boom waar hij zich nestelde in hoge, puntige takken. Kim had geen tijd erachteraan te gaan. Het was een cadeautje van Joseph, en momenteel haatte ze hem toch al.

De oude vrouw riep: 'Kom toch d'r in, weetst nooit wat er aan hand is.'

Kim wuifde: 'Dank u wel!' en haastte zich langs de weg naar waar ze haar auto had geparkeerd. Geel politielint was over de straat gespannen. Een zestal gezichten uit de menigte draaide zich om, om naar haar te kijken toen ze haar autoportier opende. Ze boog zich voorover, met haar handen op de zitting, blij de sleutels in het contact te zien steken. Maar haar opluchting was van korte duur, een stekende pijn meldde zich in de holte boven en tussen haar ogen, waardoor zij ineenkromp en stevig haar ogen moest toeknijpen. Migraine. Daar had ze in geen jaren last van gehad. Hoe lang ging deze aanval duren? Mijn god! Dit was fnuikend. Het lukte haar zich in de wagen te laten glijden en haar voeten naar binnen te trekken, maar ze had amper nog de kracht het portier dicht te trekken. Als ze daar lang genoeg zou blijven zitten, met haar ogen stijf dicht en haar voorhoofd op het stuur, dan was het zeker dat ze zou worden benaderd en ondervraagd, om wellicht terug te worden gestuurd naar St. John's of naar een ziekenhuis.

Haar vingers tastten aarzelend naar de sleutels. Ze vond ze en startte de motor. Langzaam reed ze achteruit, draaide toen op een stuk grind. De bovenweg begon 10 meter verderop. Als ze die kon bereiken, kon ze naar links, dan rechtdoor, een flauwe helling op naar een kerktoren die boven de coniferen in de verte uitstak. Het licht van de ondergaande zon in Kims ogen pijnigde haar hoofd meer dan ze mogelijk had geacht. De pijn werd erger naarmate ze hoger kwam en haar maag begon te gisten van misselijkheid. Ze dacht dat ze wellicht moest kotsen toen ze het zonnehuis zag en daarna het blauwe huis dat de soldaat en vrouw Laracy beiden het 'oude huis van Critch' hadden genoemd. Ze zag Josephs auto en de pijn schoot dieper, kloofde nu door het midden van haar hoofd, ramde haar ogen dicht. Ze begon dubbel te zien, de beelden schoven over elkaar heen. Ze kon nu niet stoppen. Ze kon zich zo niet aan Joseph tonen. Ze zou kwetsbaar, incompetent, behoeftig lijken. In een lage versnelling reed ze langs het huis, bleef doorrijden totdat het plaveisel grind werd en ze de pijn niet langer kon verdragen.

Een meter of zes voor haar was het hek van een begraafplaats. Hoe passend, dacht zij. Ze remde abrupt met de voorbumper van haar wagen bij een ketting over het pad, schakelde toen de motor uit en bleef doodstil zitten. De pijn was zo tergend, de acute blankheid zo oogverblindend onstabiel achter haar gesloten oogleden, dat ze bang was elk moment haar bewustzijn te zullen verliezen.

Terwijl Thompson daar op de weg naar dat lijk stond te kijken, klonk er een kreet uit de richting van de kust. Dokter Thompson, brigadier Chase en majoor Rumsey draaiden zich als één man om. Een soldaat die beneden op de grijze rotsen stond, was met zijn armen aan het zwaaien, wijzend naar het strand. Het leek alsof er iets was aangespoeld, iets met drijfnatte kleren, ongeveer zo groot als een mens. De menigte toeschouwers staarde gezamenlijk die richting uit en het geroezemoes steeg enkele decibellen.

Majoor Rumsey zuchtte eens. 'Heeft die vent dan geen zendertje?'

Thompson merkte dat de majoor het knopje op zijn batterij omzette en op de schakelaar drukte, onwillig met een gebaar of een woord toe te geven dat hij zijn headset had uitgeschakeld. Dokter Thompson mompelde amper hoorbaar: 'Godallemachtig', terwijl brigadier Chase knikte, kennelijk verbijsterd bij het vooruitzicht op het zoveelste slachtoffer van verdrinking. Echo's van hamerslagen stuiterden door de lucht. Verderop langs het strand waren nog drie soldaten aan de gang gegaan. De triplex afscheiding kwam snel hun kant op.

Een windvlaag maakte Kims sjaal los uit de boze takken van de esdoorn in de voortuin van Tommy Quilty. De sjaal dreef de hemel in, bleef toen even slap hangen, als los in de lucht, hoog boven Tommy. Hij stond verderop langs de weg te kijken naar de soldaten die bij een oranje wegversperring in de buurt van het centrum van de gemeente stonden.

De wind ging liggen terwijl de sjaal roerloos bleef hangen. Een zeemeeuw vloog eropaf en eromheen om het ding eens te onderzoeken. De windvlaag zette aan als een ademtocht, hield weer in, liet toen los. De sjaal daalde, de zijden stof vormde heuvels en dalen en plooien terwijl hij op Tommy Quilty af dreef. Hij had zijn schetsboek open om een tekening van een man te bekijken die hemzelf had kunnen voorstellen, met een zeemeeuw die erboven zeilde. Instinctief naar de hemel starend, hield hij zijn hoofd achterover en de sjaal vlijde zich zachtjes over zijn gezicht. Geheel in pasvorm.

Tommy Quilty bleef in die positie staan, om het koele, opwindende gevoel van zijde op zijn huid niet te verstoren. Het parfum op de sjaal riep een beeld op van een prachtige vrouw met donker haar. Zij stond met iemand te redetwisten, maar dat maakte haar schoonheid des te heftiger. Hij voelde de doelloosheid van de ruzie. Een tweede beeld dook voor hem op: vrouw Laracy, staande in haar deuropening, wuivend naar de vrouw. Nu wist Tommy waar hij de vrouw kon vinden die deze sjaal had verloren. Vrouw Laracy was zijn beste vriendin en hij zou naar haar toe gaan. Hij hield zijn hoofd achterover, ademend door de zij, om al dat heerlijke parfum binnen te krijgen. Zijn longen huiverden van een lach, huiverden toen opnieuw. En plotseling moest hij die sjaal van zijn gezicht trekken terwijl hij sputterde en zijn jeukende lippen moest afwrijven.

De volle felheid van de migraine had zich aan Kims hersenen vastgeklampt, waardoor zij gedesoriënteerd en vreselijk misselijk raakte. Opkijken deed haar ogen pijn. Ze zag weer dubbel, spookbeelden van alles, het hek van de begraafplaats, de grafstenen, de witte kerk. Driemaal eerder had zij migraine gehad en bij elke gelegenheid was zij daardoor een dag lamgeslagen geweest. De enige aandoening die in de buurt kwam van deze pijn was een voorhoofdsholteontsteking, die zij twee jaar geleden had gehad. Licht deed haar pijn. Het minste geluid was onverdraaglijk. Beweging kwetste haar onrustige ogen.

Met onzekere hand haar tasje openend, zocht ze in de rommel naar een potje Ibuprofen, wipte het dekseltje eraf en schudde er drie pillen uit. Haar hand trilde merkbaar. Die pillen zouden niet helpen. Evenzogoed stak ze ze in haar mond, wenste water te hebben; haar keel was zo droog dat ze amper voldoende speeksel kon ophoesten om te slikken. Een plotselinge energie, die uit alle richtingen op haar brein indrong, dwong haar ogen dicht. De pijn werd gewoon te veel. Zij zocht het portierhendel, frunnikte eraan, trok aan de klink en duwde het portier open. De lucht die de auto in spoelde was zoet en welkom, en koelde het zweet op haar gezicht.

Bleek, bevend, kwijnend, kotste ze terwijl ze uit de auto leunde. Een tweede golf misselijkheid doorvoer haar en ze opende haar mond. Kotste. Er kwam niets. De pillen brandden in haar keel. Er was lawaai in haar oren. Het lawaai van lijden. Een tintelend wit kroop binnen, dwong haar gedachten weg te trekken. Ze haalde ze terug.

Als ik die auto niet uit kom, redeneerde zij, val ik flauw. Ik heb lucht nodig.

Dat idee verloor snel aan kracht en verwijderde zich uit haar bewuste gedachten. Ze verplaatste haar benen naar buiten, zette haar voeten op het grind van de parkeerplaats. Toen ze stond zag zij het open hek van de begraafplaats voor zich. Daar kon ze zitten. Daar was gras. Ze liep naar het hek, hopend dat deze beweging haar zou redden. De spetterende blankheid die naar binnen was komen waaien trok enigszins op. Ze greep de stalen post van het hek vast en sloot haar ogen, hield vast. Toen ze haar ogen opendeed om het daglicht weer te bekijken, bleef de prikkelende witheid niet alleen hangen, maar er kwam een zoemend geluid in haar oren op. Blijven lopen, hield ze zich voor, rondlopen. Ze deed drie stappen de begraafplaats op. Een rij grafstenen voor haar. Focus. Probeer de namen te zien. De eerste die haar aandacht trok was Newell, de volgende Bishop. De derde – Blackwood. Haar benen begaven het. Ze tuimelde voorover, stortte ter aarde en sloeg met een harde klap met haar hoofd op de rand van de grafsteen van Emily Blackwood.

Joseph stond bij het woonkamerraam op Kim te wachten. Het zicht op de oceaan, ver weg, bracht hem van streek. Het leek alsof er boten op het water voeren, duikers van de marine, groepen mensen op de kade, leger, politie, oude en jonge toeschouwers. Het leek ook alsof er lijken dreven op het zeeoppervlak. Zouden die lijken kwaad over hem spreken, beweren dat zij hem al hadden gezien en dat hij hun bestaan geheim had gehouden?

Joseph keek eens op zijn horloge. Cijfers, neergezet om in een of andere strategische volgorde te worden gerangschikt. Het ging allemaal over het plannen van dingen. Na een paar minuten zwaar rekenwerk, concludeerde hij dat er een kwartier was verstreken sinds het telefoontje van Kim. Er was een auto voorbijgereden die op die van Kim leek. In feite leek de vrouw achter het stuur ook opvallend op Kim. Robin had zelfs naar buiten willen rennen om achter de auto aan te gaan, maar Joseph had haar weerhouden. Buiten was het niet veilig. Ga niet naar buiten en laat ook buiten niet binnen totdat je ziet dat het inherent verband houdt met jou. En natuurlijk bestond altijd de mogelijkheid dat wat van buiten naar binnen kwam, wat jij dacht dat je zag als iets wat op de een of andere manier met iets in jouw leven verbonden was, eigenlijk op een verdraaid gevoel berustte. Iets wat doet alsof. Kim. Hoe zag die er eigenlijk uit, vroeg Joseph zich af. Die vrouw achter het stuur van die auto. Een prijzenswaardige imitatie. Zou hij Kim eigenlijk wel herkennen? En als hij haar zou herkennen, wat zou dat dan eigenlijk bewijzen? Kende hij haar eigenlijk nog, behalve dan als potentieel slachtoffer?

'Wat zei mama aan de telefoon?' vroeg hij Robin, die haar gebruikelijke tekenwerk had laten liggen om met een bruinbehaard poppetje op het woonkamertapijt achter Joseph te gaan spelen.

Robin haalde haar schouders op. 'Niks bijzonders.'

'Je hebt toch met haar gepraat.'

Robin begon te lachen. 'Ja. Ze reed net voorbij in die auto. Ze draait nu vast. Dat zei je toch.'

'Dat is al even geleden.'

Robin schudde haar hoofd en stond op, greep het poppetje bij het haar; het hing eraan te bengelen. Het stootte geen kreet uit. Het keek naar Joseph. Beiden keken naar Joseph, het poppetje en Robin, voordat de laatste zich omdraaide alsof ze de kamer wilde verlaten.

'Waarom neem je niet wat te eten,' stelde hij voor, zijn zenuwen krakend, statische elektriciteit in zijn oogkassen die moest worden weggeveegd. 'Je ziet er hongerig uit. Mama komt vast zo.'

'Mag ik muesli?'

'Natuurlijk, wat je maar wilt. Vandaag is verwendag. Als je het maar in je mond kunt stoppen.'

'Joepie!' Robin vloog de woonkamer uit, door de gang naar de keuken en liet Joseph uit het raam staan kijken. Hij dacht aan een kom muesli en een glas sap, hoe die zouden vallen en aan scherven zouden breken en Robin zouden snijden als zij ze zou laten vallen. Ze zou zichzelf kunnen snijden aan de scherven. Hij zou zichzelf kunnen snijden voordat zijn dochter een snee opliep, gewoon om haar te beschermen, of om haar te kwetsen. Wat was het nou? Hij knabbelde op zijn bovenlip. Een stukje huid kwam los en hij kauwde er voorzichtig op, tussen zijn bovenste en onderste voortanden. Hoe verschrikkelijk zie ik eruit? vroeg hij zich af, wreef met een hand over de stoppels op zijn kin. Op wie lijk ik? Wat zal Kim denken als ze me ziet? Waar is ze? Ik heb nog met haar gesproken, of was dat Claudia over de telefoon? Nee, Claudia kwam een cadeautje brengen. Zij heeft dikke lippen, zoete lippen. Kim had dunne lippen, ook mooie lippen. Waar is Claudia nu? Of zijn zij één en dezelfde? Als ze me toch voor de gek houden, dacht hij razend. Als ze me voor de gek houden, zal ik ze, God helpe mij, allebei vermoorden.

'Maak niet zo'n klereherrie,' riep Joseph achterom over zijn schouder.

'Ik doe helemaal niks,' zei Robin. Nu stond ze naast hem, keek naar de rug van haar rechterhand terwijl zij er met haar linker op tekende. Ze spelde haar naam in blauwe inkt: Robin.

'Heb je wat gegeten?'

'Ik heb geen honger, pap.'

'Maar je zei dat je muesli...'

'Wat?'

'Niks.' Hij voelde zich de volgende doorlatende laag doorbreken, dieper zichzelf in, dichter bij zijn alles verzengende kern. Als hij naar zijn dochter keek, zag hij haar als te klein. Zo veel gedoe uit een klein lijf. Een gezicht dat spookachtige trekken van Kim had. Hij balde zijn vuist en overwoog haar op haar hoofd te slaan voor die duivelse medeplichtigheid in gelijkenis.

'Donder op,' zei hij.

Robin deed een stap achteruit.

'Donder op,' schreeuwde hij, zijn uiterste best doend zich onder controle te houden, met zo veel angst dat hij begon te beven, te stuiptrekken. 'Donder op. Donder op...'

Als Doug Blackwood 's avonds een eindje om ging, liep hij vaak langs de oude kerk, haalde dan herinneringen op aan zijn trouwerij en aan de diverse begrafenissen die hij had meegemaakt voordat de kerk zes jaar geleden werd gesloten en de nieuwe werd geopend, dichter bij de haven. Vaak stond hij te mediteren op de begraafplaats, bestudeerde de namen van de mensen die hij had gekend. Namen, in steen geëtst. Herinneringen, op een soortgelijke wijze geëtst. De namen herinnerden hem aan waken en aan partijtjes die tot in de kleine uurtjes hadden geduurd. Accordeon- en vioolmuziek en later, met een groep van de nablijvers bij elkaar in de rokerige keuken, het zuivere, hartbrekende geluid van stemmen, niet begeleid door een instrument, melancholiek beladen liederen zingend die ze van hun vader en moeder hadden geleerd. 'Mijn lieve ouwe', 'Galway', 'Steven op Newfoundland', 'Vaarwel gij...' totdat er geen droog oog meer in de keuken was.

Op het kerkhof ging Doug altijd op het laatst naar de steen van zijn vrouw, zozeer verlangde hij ernaar het langst haar nagedachtenis te eren. Emily. Twintig jaar geleden gestorven aan borstkanker. De doktoren konden toen nog niet zoveel voor een vrouw doen. Waarschijnlijk zouden ze nu haar leven hebben kunnen redden. Zonde van de beste vrouw die ooit op aarde leefde.

Doug beklom de helling van Codger's Lane toen hij merkte dat Bramble vooruitrende. Vanwaar hij was kon hij het puntje van de kerktoren met de ontbrekende pannen zien. Verder naar boven, waar de helling flauwer werd, kwam het kerkdak in zicht en vervolgens de kerk zelf. Hij liep naar het door een ketting versperde hek van de begraafplaats, waar hij een witte auto in een vreemde hoek geparkeerd zag, het linkerportier wijd open. Geen mens te bekennen. Hij keek eens op de begraafplaats. Mensen parkeerden daar vaak hun auto als ze de graven van familieleden kwamen onderhouden. En toen zag hij dat lichaam, pal naast de steen van zijn Emily.

'Heilige moeder Gods!' Doug rende naar binnen. Bramble was al naast de vrouw beland en stond te wachten, haar tong uit de bek terwijl zij haar meester zag naderen.

Toen hij zelf naderbij kwam zag Doug dat het een vrouw was die op haar zij lag en hij boog zich over haar heen. Zijn eigen hartenklop was twee keer zo snel geworden en hij stak zijn hand uit om die van de vrouw na te gaan, maar besloot dat zijn hand daar niets te maken had en probeerde in plaats daarvan haar neus. Hij hield zijn handpalm voor haar neusvleugels en toen hij een beetje warme adem voelde, hief hij voorzichtig haar hoofd op. Er zat een snijwond op haar voorhoofd, bij haar slaap. Daar sijpelde bloed uit. Een slechte plek om een wond op te lopen. Ze ademt ja nog, stelde hij zich gerust, trok zijn zakdoek uit zijn achterzak en hield die tegen de snijwond van de vrouw.

Hij ging staan en keek eens langs de bovenweg. Geen spoor van een auto. Hij boog zich weer, niet wetend of hij haar nu moest verplaatsen. Hij keek eens naar de wond. Die bloedde nog steeds. Bramble begon het gezicht van de vrouw te likken en Doug veegde haar weg: 'Ga weg, hond!' Hij knipte met zijn vingers ter hoogte van de wangen van de vrouw, klopte erop, sneller, wanhopiger. 'Hallo!'

De vrouw bewoog niet. Bramble stak haar kop naar voren om het gezicht van de vrouw nog eens te likken en Doug schoof de hond met zijn knie aan de kant. 'Bramble! Donder op, houd je vieze snuit weg.' De hond week terug en jankte.

'Juffer?' Doug sloeg haar harder en haar oogleden knipperden tegelijk. 'Zo mot het.' Hij glimlachte, knikte bij zichzelf. Hij riep: 'Juffer. Hé, juffrouw.' En hij sloeg harder op haar gezicht, zodat ze uitdrukkelijker knipperde en haar oogleden even open- en weer dichtgingen. 'Zo gaat 't beter.'

De vrouw uitte een laag, beschonken geluid terwijl zij probeerde haar hoofd te verplaatsen. Die beweging leek haar vreselijk zeer te doen. Haar plakkende lippen gingen vaneen en lieten een kreunende ademhaling door: 'Uuunnhh.' Ze keek Doug nietszeggend aan. 'W... waar?' vroeg ze, stamelend terwijl Bramble weer haar gezicht likte. 'Waar... ben... ik?'

'Bareneed,' sprak Doug doodkalm. Hij keek eens naar de auto van de vrouw en dacht dat ze daar wellicht een mobieltje had. 'Blijft u waar u bent. Beweeg niet.' Hij liep naar de auto terwijl Bramble bleef zitten wachten.

Hij stak zijn hoofd door het portier en zag haar pasfoto op haar parkeervergunning, die met een touwtje aan de achteruitkijkspiegel hing. Hij greep het document en las de naam.

'Christus!' schrok Doug. 'Dit is ja ook een Blackwood.'

Vanuit het raam van haar atelier zag Claudia een vrouw die huize Critch werd binnengeholpen door een oudere man. Claudia dacht dat de man mogelijk Doug Blackwood was. De vrouw had bruin haar tot op de schouders en leek vanaf een afstand bijzonder aantrekkelijk. Dat stoorde Claudia, want ze was net gaan geloven dat er hoop was voor haar familie. Voor haar, en Joseph en Robin en Jessica. De meisjes speelden al samen. Vriendinnen. Mettertijd zouden ze als zusjes voor elkaar worden.

Claudia kende Doug Blackwood uit de gemeente, zijn voortuin stond vol volkskunst. Jaren geleden was een van Claudia's kunstenaarsvrienden, op bezoek vanuit St. John's, nadat hij Doug Blackwood iets in zijn tuin had zien bijwerken, gefascineerd geraakt door de structuur van het ruige gezicht van de oude man, en had hem willen fotograferen. Maar Doug Blackwood, die plotseling heel achterdochtig was geworden, had daar niets van moeten hebben.

Claudia wendde zich tot het miniatuurdorp op haar werktafel en zag dat het bijna klaar was. De huizen en de mensen waren verlicht door kaarslicht. Schilderachtig en gezellig. Hoe lang had ze aan dat tafereel zitten werken, vroeg ze zich af. Het leek jaren.

'Wie is dat, mama?' vroeg Jessica, spelend met een van de kleifiguurtjes van een man, pas gemaakt en nog vochtig. Het kind plaatste vervolgens een gereedgekomen geel huis in een andere hoek en tilde het dak op om naar binnen te kijken.

'Ik weet het niet,' antwoordde Claudia rustig. Loom keek ze naar haar dochter.

'Dat is jammer dan,' zuchtte Jessica en ze zette het dak weer terug.

'Wat is jammer?'

'Het is de vrouw van Joseph, nietwaar, en dat is jammer.' Ze tilde een geglazuurd figuurtje op van een vrouw, draaide haar zo dat ze naar de oceaan stond, zette haar toen weer neer.

'Voor wie?'

'Ik weet het niet... ga je hem nog verwonden?'

'Ik wil niemand verwonden...'

'Papa zegt van wel, vanwege wat ons is overkomen, en mij. Het was de schuld van Joseph.' Jessica schoof een miniatuurkoetje dichter tegen een paard aan.

'Dat is zijn schuld niet, Jessica.'

'Als hij er niet geweest was...'

'Joseph is maar een man. Zelfs in de dood zal jouw vader toch niet gaan goedvinden...'

Jessica keek nog een moment naar de aardewerken huisjes en de mensjes, richtte toen haar blik op Claudia. 'Papa zegt dat jij Joseph toch wel zult vermoorden en ik ga Robin vermoorden.'

'Houd op met zo te praten,' zei Claudia kortaf, verstoord door de wrevel die zij jegens haar dochter voelde. Dit was haar dochter niet. Dit kon haar niet zijn. Jessica was veranderd, een mengsel van haar oude ik met andere elementen. Onzuivere elementen. Bederf.

'Als ik Robin vermoord, kan ze altijd mijn vriendin zijn. En Joseph kan je vriend zijn als jij dood bent.'

'Houd op met die onzin, Jessica. Houd er alsjeblieft mee op.'

'Het doet maar heel even pijn en dan is het niets dan een lekker gevoel, alsof je al die tijd drijft, omhooggaat, maar je blijft toch op dezelfde plek. Er is niets mis mee.'

In duffe wanhoop keek Claudia naar haar dochter. Ze voelde hoe zij vaag glimlachte. 'Jij bent zo duidelijk,' zei ze, haar stem versmoord van angst, 'in de nacht.'

'Ooit was het alleen de zon die geesten ervan weerhield hier te komen. Daglicht. Maar nu is het anders, erger nog.'

'Erger?'

'De draadgolven. Ze gaan nu recht door je hoofd, miljoenen. Maar niet zoveel 's nachts.'

'Ik voel helemaal niets.'

'Jij weet het gewoon niet. Het water in je lichaam beweegt die draadgolven helemaal door je heen. Die draadgolven maken je ziek. Ze geven je het gevoel alsof je nooit vrede hebt, er niet bij hoort, en je weet nooit waarom.'

'Kwetsen ze jou ook, dan?'

Jessica knikte. 'Ik ben louter energie, mama. En wat in die draadgolven zit verandert mij.' Ze wachtte even, terwijl haar stem vochtig werd van emotie. 'Dat is waarom soms zelfs jij me niet kent.'

'Ik ken jou wel, Jessie.'

'Nee. Alles gaat door me heen. Sprekende mensen, al die mensen die spreken over kanalen, miljarden kanalen, radio en televisie. Wat een lawaai!' Ze drukte haar handen tegen haar oren. 'Ik kan je dochter niet zijn,' schreeuwde ze. 'Niet hierbeneden.'

Opnieuw bezorgd staarde Claudia eens naar huize Critch.

'Je kunt geen familie meer zijn,' fluisterde Jessica, haar moeders bedoelingen lezend. 'Niet op deze manier. Jij moet dood, mama.'

Een klagelijke stilte verstreek voordat Claudia, haar dochter aanziende, sprak: 'Ja, dat denk ik ook.'

'En het moet gauw gebeuren. Dat weet ik zeker. Daarom kun jij me zien. Een deel van jouw lichaam is al dood. Een gat dat moet worden gevuld. Ik pas daarin. Het is gemakkelijker om erin te gaan. Maar er moet meer van jouw lichaam dood zijn opdat wij hetzelfde kunnen worden.'

'Dat weet ik,' zei Claudia klagelijk en ze richtte haar droge ogen op het raam. Huize Critch. Volop licht. Een familie binnen de duisternis, verborgen achter de muren. Een gezin dat ooit uit elkaar lag, nu herenigd, sterker geworden.

Het lichaam op het strand leek te stammen uit de jaren veertig: een vrouw met een avondjurk van fluweel en tule, met één bijpassende korte handschoen, de andere ontbrekend. Een doorweekte stola van marterbont zat om haar hals geslagen als een smerig verzopen ding, amper herkenbaar. De voeten van de vrouw waren bloot en haar haar was kortgeknipt. Het was sinister zoals haar lichaam daar lag in het snel invallend duister. Ze had iets kunnen zijn uit een gangsterfilm, bij wijze van waarschuwing op het strand gesmeten.

De soldaten en de agenten stonden er in een halve cirkel omheen, keken ernaar en wisselden enkele woorden. Dokter Thompson voelde hoe surrealistisch dit hele tafereel was en vroeg zich af of hij wellicht verzeild was geraakt in een bizarre droom, veroorzaakt door een hapje op de late avond, van wat brie of varkensrollade. Hij had vaak van die vreemde ingewikkelde dromen wanneer hij 's avonds na zessen nog varkensvlees at. De zon ging in het westen onder, aan de overkant van het water. Gehamer echode door de lucht. De afscheiding die nu werd gebouwd was bijna vlak achter hen. Thompson kneep stiekem in de rug van zijn linkerhand en voelde de pijn, hoe echt die was.

Een verward geluid in de verte trok de aandacht van majoor Rumsey. Hij sprak enkele woorden in zijn draadloze microfoon en luisterde. Gedurende een ogenblik was er geen reactie, toen sloot hij zijn ogen alsof hij zich liet vermurwen. Het geluid leek op dat van een gazonmaaier die langzamer ging draaien, tot hij nog slechts wat ritmisch stotterde. Door het reliëf van het landschap rond de gemeente leek het geluid uit alle richtingen tegelijk te komen, omdat het tegen de rotsige heuvels aan weerszijden weerkaatste. Het geluid werd harder toen de mensen die op het strand waren samengestroomd naar de landtong aan de overkant van de haven keken. Een grote oranje helikopter verrees achter de enorme rotsformatie. Hij kwam van de nieuwe militaire basis in Cutland Junction.

De verzamelde menigte op het strand, de kade en de weg keek toe hoe hij naderde en boven de kade bleef hangen. Er zakte een touw uit en een soldaat in marineblauw pak met een helm kwam naar beneden, waarbij hij zichzelf de laatste meter naar de kade liet vallen. Hij gaf meteen bevelen aan een jonge soldaat en een politieagent ter plaatse. De soldaat met de helm, duidelijk een hoge officier, wees naar de weg. De agent, die in zijn eigen dienst ook hooggeplaatst was, wees naar het strand waar dokter Thompson stond, met de rest. De gehelmde soldaat wees weer naar de weg, dit keer nadrukkelijker. De agent leek te zwichten, liep naar de weg en gaf een vrouwelijke agent opdracht het verkeer tegen te houden terwijl de soldaat naar het water keek en vervolgens zijn aandacht op de afgescheiden ruimte vestigde waarin het lijk verborgen lag.

Het geluid van de helikopter verhinderde dokter Thompson zijn commentaar hoorbaar te maken aan brigadier Chase. Chase schokschouderde toen Thompson speculatief zijn wenkbrauwen optrok.

Toen het verkeer eenmaal was omgeleid, werd het touw dat uit de helikopter hing ingetrokken en zich langzaam verplaatsend helde de helikopter naar de weg waar hij mechanisch daalde, stof en grind opwerpend en de groene gordijnen van de tent opblazend tot hij ten slotte op het asfalt stond. Het bonkende geluid van de rotoren stierf al weg af tot een zweepachtig geluid, daarna werden de bladen van de rotoren duidelijker en al snel stond het hele zaakje stil. De kermende motor werd afgezet.

Dokter Thompson wendde zich tot majoor Rumsey om te kijken hoe deze zou reageren.

'Dat zal luitenant-ter-zee eerste klasse French zijn,' zei de majoor. 'Specialist van de marine.' Hij bekeek French met eerbiedige blik en vage onrust. 'Ze hebben French erbij gehaald,' mompelde hij, zuchtend in openlijke bezorgdheid.

Zij keken allemaal naar de kade, toen luitenant-ter-zee eerste klasse French zijn helm afzette. Niemand merkte het derde lijk op dat van onder het water naar boven kwam, verderop in de haven, met een duikersmasker op het gezicht en roestige zuurstoftanks aan de rug.

Zondagavond

Het leek klaarlichte dag op de kade. Twee helikopters hingen boven de haven en zoeklichten zwiepten over het zwarte water. Drie marinebootjes patrouilleerden in de omgeving terwijl een vierde, grotere boot verder buiten de haven voor anker lag. Doug Blackwood zag hoe een van de boten uit het water werd getild, even verticaal bleef hangen, toen kapseisde en ondersteboven op het oppervlak belandde. Getroffen door iets van onderen.

'Hebt u dat gezien?' vroeg Robin verbaasd, naast Doug staande bij het raam van haar vaders slaapkamer. Ze waren aanvankelijk in Robins kamer geweest, maar waren een deurtje verderop gegaan om de drukte beter te kunnen bekijken.

'Ik denk van een walvis,' waagde Doug. Hij zag hoe een helikopter daalde, de gewelddadige wind van de rotoren deed het oppervlak rimpelen. Er werd een reddingsboei aan een touw uitgegooid en een van de soldaten uit de gekapseisde boot dook op uit de oceaan. 'De walvissen bennen zich aan het voeren met lodde,' verklaarde hij, met een blik op Robin. 'Er zijn er tonnen van aan 't paaien.'

'Wat is paaien?'

'Eikes leggen.'

'Kunnen we die morgen gaan bekijken?'

'Ja vanzelf.' Doug knipoogde. Hij keek weer eens naar de haven toen er een tweede helikopter naar beneden kwam om een pakje uit de oceaan op te vissen. De helikopter wendde zich naar de visafslag aan de overkant van de haven en aan de voet van de landtong, waar hij daalde en uiteindelijk op de parkeerplaats landde – een geïmproviseerde heliport.

De twee overgebleven bootjes, die tussen het lawaai en het licht van de helikopters door werkten, voeren al snel op de voorwerpen af die boven kwamen drijven en trokken ze aan boord. Een van de bootjes maakte zich los uit de drukte en wendde de steven naar de visafslag, maar werd al snel uit het water geslagen, door de grote zwarte glimmende staart.

'Tjonge!' riep Robin. 'Hebt u dat gezien?'

'Ja,' zei Doug sipjes.

'Wat was dat?'

'Dat weet ik ja niet,' antwoordde Doug botweg, in de vrees dat hij maar al te precies wist wat er gebeurde. Lijken die boven kwamen uit hun watergraven. De zee die haar doden opgaf. En de walvissen die probeerden te voorkomen dat die lijken werden opgevist. Waarom? En hoe zat dat met die zeemeermin die hij had gezien? Hij keek eens naar het gezicht van zijn achternicht, die ongeschonden huid, die verbaasde uitdrukking, en voelde zich nauw met haar verwant, hoewel hij haar nog maar een paar uur geleden voor het eerst had gezien. Een verwante ziel, met hem verbonden door een verdubbeling van gevoeligheden, ondanks de afstand in jaren. Hij voelde zich op zijn gemak in haar aanwezigheid.

Alsof zij zijn gedachten voelde, keek Robin naar hem op en glimlachte. 'Dit is echt opwindend.' Ze hoorde volwassen stemmen uit de kamer beneden in de gang en haar glimlach veranderde in een zorgzame uitdrukking.

'Dien mama is d'r zo weer bovenop,' zei Doug. 'Ze het allenig 'n bult op kop.'

'D'r zo weer bovenop?'

'Zo goed als nieuw. Zo fit als een hoentje. Weer helendal de ouwe. Helendal beter.'

'Dat weet ik.'

''n Bult op kop. Dat het niks om 't lijf.'

'Ik had ook een bult op mijn kop.' Robin draaide zich om om hem te laten zien en tilde haar haar op zodat Doug de blauwe plek kon bekijken. 'Kijk maar. Ik en mam zijn nu tweelingen. Niet aanraken. Doet nog pijn.'

'Ik kom d'r niet aan.' Hij voelde zich in zijn hart geraakt worden en sprak: 'Schat van een kind.' Ze was een lief kind, niet zo'n verwend kreng, brutaal als de honden, zoals hij zo vaak in de buitenwereld zag, jankerige krengen die alles wilden wat ze maar onder ogen kwam, zonder het minste respect voor hun ouders. Robin had manieren en ze was teder van aard. Hij moest zich weerhouden haar een knuffel te geven. In plaats daarvan keek hij maar weer eens uit het raam. 'Dit plaatsje wordt nog eens beroemd,' mompelde hij, met een blik verder naar het westen.

Boven op de weg, over een afstand van zo'n 60 meter, bewoog zich een gloeiende lijn koplampen terug naar Shearstown Line. Schijnwerpers schenen in Mercer's Field. Ongetwijfeld de media, die verslag uitbrachten van de lopende zaken, die elk stukje tragedie uit de gaande gebeurtenissen haalden. Hij vroeg zich af hoe lang ze daar al in het veld hadden gestaan. Vanaf de hoogte van zijn eigen huis kon hij niet verder kijken dan de kade van Atkinson. En hij had amper nog televisiegekeken sinds Emily was overleden. Sommige van de wagens waren bestelwagens, met zoeklichten die op de haven waren gericht. Er stonden nogal wat mensen op Mercer's Field, dat naar het scheen was veranderd in een soort uitkijkpunt voor nieuwsgierige toeschouwers. 'D'r binnen rare dingen gaande.'

'Zoals wat?'

'Ik heb vandaag wat 'zien in mijn boot.' Hij dempte zijn stem tot mythisch gefluister, wachtte even voor het effect, draaide zich toen om en keek haar aan. 'Ik weet niet of ik die dat wel vertellen mot.'

Robin grijnsde. 'Waarom niet?'

''t Was nogal toverachtig.'

Robin liep achteruit, ging op de rand van het bed van haar vader zitten, haar glimlach afwachtend verbreed. Doug kwam bij het raam vandaan. Hij probeerde de angstige rillingen die zijn hart bedreigden te onderdrukken, want hij wist dat er in Bareneed iets ongehoords plaatsgreep. Desalniettemin wilde hij uiterlijk kalm overkomen, al was het alleen maar voor zijn achternicht. Hij zou voor geen goud ter wereld willen dat zij hem voor een lafaard hield.

'Nou?' smeekte Robin.

'Ik weet niet of ik dat die vertellen mot of niet. Kinst doe geheimen opbewaren?'

'Heel goed. Alstublieft, vertel me nou.' Ze zat te draaien met haar voeten en klemde haar handen samen in een smekend gebaar.

Doug ging in de oude houten schommelstoel in de hoek zitten. Zuchtend mat hij de afstand tussen zichzelf en Robin, wachtte alsof hij zich het allemaal voor de geest moest halen, en gebruikte dat doeltreffend bij het presenteren van zijn verhaal. Hij legde zijn handen op de armleuningen van de schommelstoel, het zachte hout onder zijn handpalmen, ingewreven door generaties van handen, jong en oud. De meesten daarvan bloedverwant.

Doug schommelde een paar keer de stoel heen en weer voordat hij zei: 'Ik was met boot op wat kabbeljauw aan 't vissen.'

'Je mag niet op kabeljauw vissen.'

Doug veinsde ontsteltenis. 'Eerlijks waar niet?' Hij hield op met schommelen, boog zich voorover, met zijn armen op de leuningen van de stoel terwijl hij Robin aankeek. 'Wel het dij die malligheid verteld?'

'Mijn papa.'

'Ja vanzelf, maar die is geen visker, niet zoals ik en mijn vader,' sprak hij minachtend, leunde achterover in zijn stoel en schommelde verder. 'Niet zoals ik en mijn vader...'

'Hij doet beter werk dan een visser. Hij past op de oceaan.'

'Wel het dij dat verteld?' snauwde Doug. De schommelstoel hield abrupt stil.

'Papa. Volgens hem zet hij zo de familietraditie voort of zoiets.'

'Hm.'

'Hij probeert de vissen te beschermen.'

'Nou ja, hoe dan ook,' vervolgde Doug, zette de schommelstoel weer in beweging en leunde voorzichtig met zijn hoofd achterover om zijn verhaal te bemeten. 'Ik stuurde mijn boot en de oceaan was kalm en schier blauw. Weetst nog wel hoe of het vandaag was? Schiere dag. Niks geen briesje of wat.'

'En wat zag u toen?'

'Geduld, lieverd, geduld.'

Joseph zat in de keuken naar de radio te luisteren. Op de radio was sensationeel nieuws, dat hem zowel fascineerde als ergerde. Het nieuws was verbazender dan wat hij ooit had gehoord. Verslagen van lichamen die waren ontdekt in de haven van Bareneed, die elk kwartier werden geactualiseerd. Er scheen een scheepsramp te hebben plaatsgevonden. Een schipbreuk of een neergestort vliegtuig, volgens het nieuws. Momenteel konden zij de precieze aard van de tragedie nog niet bevestigen. Hij had gelijk gehad wat die lijken in het water betrof. Niemand wist precies hoeveel er waren opgevist maar zij meenden op dit moment minstens negen. De verslaggever ter plaatse sprak gejaagd, bijna nerveus. Zelfs de verslaggevers voelden zich niet op hun gemak en dat was niet bemoedigend. Niettemin voelde Joseph zich gerechtvaardigd, sterker, gemener. Hij had gelijk gehad. Hij had in alle opzichten gelijk. Wat kon hem nog meer gelijk geven dan eerst geloven dat zoiets een hallucinatie was en dan zien dat het werkelijkheid werd? Dat is definitieve precisie.

Tussen de nieuwsberichten door bracht de radio muziek die zo mierzoet was dat Josephs tanden ervan begonnen te plakken. Hij duwde tegen zijn tandvlees en veegde woest zijn tanden af met zijn hemdsmouw. De onverklaarde sterfgevallen aan land, in de gemeenschap Bareneed, waren drie in getal. Drie was een smerig oneven getal. Hij wilde meer doden, al was het maar om de getallen even te doen zijn. En het ziekenhuis werd geconfronteerd met de uitbraak van een of ander virus dat de ademhaling van mensen bemoeilijkte en uitliep op een onverklaarbare vorm van geheugenverlies. Er lagen nu drie nieuwe gevallen in het ziekenhuis. Er was een speciale afdeling voor ingericht, er werd beademingsapparatuur ingevlogen uit andere delen van de provincie en het land. Het leger had de handhaving van de openbare orde overgenomen en zag toe op het opvissen van lijken uit de haven.

'Uit betrouwbare bron hebben wij vernomen dat de lijken in de haven van Bareneed schijnen te stammen van decennia, zo niet eeuwen geleden. Wij zullen het bestaan van een neergestort vliegtuig of een gezonken vaartuig nog moeten natrekken.'

Joseph voelde ongeloof in de stem van de omroepster, toen zij de details opsomde. Joseph kon bijna voelen hoe het haar jeukte om een of andere flauwe grap, zoals passend in een ochtendprogramma, over deze gevaarlijke situatie te maken, maar zij hield zich in en sloeg een toon aan die ze uit de la haalde met het opschrift: TOON VAN ZORG EN FATSOEN. Joseph wilde haar wel juichend aanmoedigen, om toch die grappen te maken. Ze zouden op dit punt hysterisch hilarisch zijn. Hij zou er schaamteloos bulderend om lachen, als een dikkoppige dommekracht.

'Alleen politie, brandweer en ambulance mogen de gemeente in en uit, tot de bron van de ziekte is bepaald.'

Joseph stond bij het aanrecht, zijn magere, bleke gezicht weerspiegeld in het donkere raam. Goed kijkend zag hij dat zijn mond een beetje openhing.

Hij deed hem dicht. Lachte zichzelf uit. Hij haatte zijn spiegelbeeld. Het was nooit tastbaar genoeg. Hij verachtte het en *het* hij was.

Nog voor hij zichzelf ervan kon weerhouden, had hij de stekker van de radio uit het kabelcontact gerukt, en vervolgens de hoorn van de telefoon in de hand gepakt om zich ermee op het hoofd te slaan. De klap deed meer pijn dan hij had verwacht. Hij had al het nummer van het mobieltje van dokter Thompson ingetoetst, maar toch lukte het hem slechts diens voicemail te krijgen, niet eens meer een levende assistente, en de stem van Thompson vertelde de bellers dat de lijn bezet was. Joseph wilde vragen over Kim. Robin. Zichzelf. Wat wilde hij de dokter ook alweer vragen? Wat kon een dokter mogelijk doen voor hem? Wat deed een dokter eigenlijk? Niets. Troost bieden. Een zegening. Verlossing van ziekte, schaamte en schuld. Pillen. Ongetwijfeld was Thompson verstrikt in zaken die te maken hadden met het uitbreken van wat het ook was dat Bareneed in de greep had. Wat voor drama dan ook. Het was niet te bevatten. Joseph kon niet peilen waar dit verhaal op moest uitlopen.

Hij hing de hoorn op de haak en keek of er geen bloed aan zat. Dat was niet het geval. Toen keek hij eens naar zijn voeten. Kim was boven, die lag in de logeerkamer. Zijn oom Doug had haar hierheen gebracht en nu zat hij met Robin te kletsen. Wilde zijn oom Doug nu maar weggaan.

Joseph was blij Kim in de buurt te hebben, maar niet onder deze omstandigheden. Onder deze omstandigheden wilde hij liever dat ze dood was. Niet alleen het huis maar ook de gemeente werd een plaats vol ziekte en besmetting. Hij wilde Kim knuffelen, Robin knuffelen. Stevig. Ze steviger en steviger knuffelen totdat hij ze in zijn lijf zou smoren. De gedachte daaraan bezorgde hem tranen in zijn ogen. Hij wreef ze weg en haalde diep adem. Het was allemaal te overweldigend. Waarom kreeg hij het gevoel alsof alles zijn schuld was? Nee, hij dacht niet zo, zij dachten zo. Hij liep over van verpletterende liefde. Hij snikte, vermande zich, veegde zijn tranen nog eens weg, haalde met moeite opnieuw adem. Ik word ziek, dacht hij. Ik ben ziek.

Ze maken me ziek. Ze moeten allemaal weg, maar voor vanavond was de gemeente vergrendeld. Er was een nieuw virus. Dat was te verwachten, met al die toxinen in de lucht die ook in het water werden gesmeten, al dat gesodemieter met de natuur dat wetenschappers aan het uithalen waren. Zij waren degenen die dood moesten. Hij dacht aan Robin, de mogelijkheid dat zij het veronderstelde virus zou hebben opgelopen bracht zijn hart zowat tot stilstand. Robin had vreemd gedaan sinds ze waren aangekomen in dit vervloekte huis, was dieper en dieper weggezonken in de fantasiewereld van haar tekeningen. Die gedachte bezorgde hem nog meer tranen in zijn ogen. Hij veegde ze weg met zijn vuist, en stapte de keuken uit, snotterend als een baby. Dit huis was een vreemde ruimte. Een ruimte die niet van hem was. Niet zijn thuis.

Hij hoorde Robins stem van boven. Er was zo veel verdriet in de wereld, te veel verdriet om een aardige stem als die van haar te laten leven. Zou ze niet beter af zijn als ze aan de pijn ontsnapte die haar vast en zeker te wachten stond, als ze werd gedwongen weg te drijven van deze lelijkheid, die de toekomst voor haar in petto hield. Joseph kon Robin horen schrikken van ongeloof: 'Dat is niet waar.'

'Toch wel,' antwoordde Doug overtuigd. 'Zo waar als ik hier zit.'

Oom Doug, een kleurig type. Een bedrieger. Hij was de zoveelste mens vol misdadige behoeften en kwade gedachten. Hoe kon hij mogelijk verschillen van de rest?

Joseph sloop door de gang en verzamelde zijn krachten naarmate hij voortliep. Hij bereikte de trap, legde zijn hand op de leuning, keek naar boven, naar de eerste verdieping. Moest hij even kijken hoe het met Kim ging, zich ervan overtuigen dat ze in orde was, stijf en koud en dood, maar toch in orde? Misschien kon hij haar hand vasthouden, ervoor pleiten hun geschillen bij te leggen. Haar smoren met een kussen. Het was precies de tijd om er een eind aan te maken en opnieuw te beginnen. Dat ogenblik was nu. Was ze nog boos op hem? Ze was aardig humeurig, maar momenteel kon ze toch niet tegen hem op.

Hij tilde zijn voet op voor de eerste trede toen hij luid op de achterdeur hoorde kloppen. Schrikkend vroeg hij zich af wie dat kon zijn. Claudia? Die zwangere victoriaanse hoer. Zou die niet zo verstandig zijn om maar niet te komen? Meestal kwam ze door de voordeur, zoals stadsmensen dat vaker deden. Het waren de plattelandslui die de achterdeur gebruikten als de voornaamste in- en uitgang. Stiekemerds, die probeerden je keuken binnen te glippen om te kijken wat je aan het koken was, hun vingers in je pudding wilden steken. Wie klopte er nu op de achterdeur, dat moest iemand uit de gemeente zijn. Of iemand die hem stiekem kwam opzoeken. Die totebel. Claudia.

Hij draaide zich rond op zijn hakken en liep naar de keuken. Toen de achterdeur in zijn blikveld verscheen, flikkerde de lichten één keer, twee keer, en vielen toen uit. Hij bleef stokstijf staan.

'Perfect,' fluisterde hij, knarsetandend. Hij rommelde in zijn zakken en haalde er het boekje lucifers uit dat hij had meegebracht voor exact deze gelegenheid. Hij scheurde er een lucifertje uit, ontstak het aan het strookje en het gele licht gloeide rond zijn hand. Een vredig tafereel dat meteen zijn spieren en zijn humeur kalmeerde.

Hoe dichter Joseph de achterdeur naderde, hoe meer hij de koude van buiten op de veranda voelde. Het kloppen klonk weer, dit keer zachter, alsof de klopper hem op een of andere manier voelde naderen. Hij zag zijn andere hand omhoogkomen in de kring luciferlicht. Het leek alsof de hand helemaal de zijne niet was, maar iets uit een schilderij. Plotseling bevroren zijn bewegingen. Een sereen gevoel doorvoer zijn lijf, een kalmte en een beheersing die uitsluitend stamden uit het flikkerend licht van die lucifer. Hij stak zijn vingers uit, hij bereikte de deurknop, pakte die vast en trok toen voorzichtig de binnendeur open.

Hij schrok. De hordeur werd al opengehouden door een oude vrouw, een oude vrouw die hij vagelijk herkende, haar gerimpeld gezicht omkaderd door een muur van nachtelijke duisternis, die hem aankeek, in wisselende belichting omdat het briesje de vlam beroerde.

Grijnzend hield de oude vrouw de knoop van haar hoofddoek onder haar kin vast, smakte met haar tandeloze kaken en knipoogde, waarbij zij een prachtige zilveren sjaal ophield, net voordat een windvlaag de vlam van zijn lucifer doofde.

'Die is vast van je lieve vrouwtje,' sprak de stem in de duisternis.

'Het is vast iets in het water,' speculeerde Chase, zijn blik strak op dokter Thompson gericht.

Ze zaten bij een van de rechthoekige stapelbare tafels in het gemeentehuis, dat werd omgebouwd tot crisiscentrum. Er was constant lawaai, doordat tafels en stoelen ter plekke werden versleept en schrapende geluiden werden nogal versterkt door de lange, holle ruimte. Het lawaai maakte het voor Chase moeilijk zich te concentreren.

'Ja, er zit zeker iets in het water,' antwoordde Thompson. 'Lijken.'

Tegen de andere muur richtten soldaten hokjes in, metalen roeden, stangen en kakigroene gordijnen, dezelfde die gebruikt waren om dat lijk op de weg te verbergen. Dat was al naar de visafslag gebracht. Chase veronderstelde dat de hokjes dienst zouden gaan doen als geïmproviseerde kantoortjes. In één hoek was al een ruimte afgescheiden met houten schotten, ongetwijfeld het kantoor van de commandant. Twee soldaten rolden een schoolbord binnen dat vast uit een oude school was gehaald. Elementaire rekensommen stonden nog in witte kalk op zwart: 2 + 2 = 4, 2 + 3 = 5.

Chase keek naar de sommen toen de lichten plotseling flikkerden, doofden en het noodlicht bij het kantineraam zwak begon te gloeien. De activiteit in de hal nam langzaam af. Al snel klonk het lawaai van een motor van buiten het centrum. Lichten, helderder dan die eerst de hal hadden verlicht, gingen aan en de drukte begon weer.

'Licht uit,' sprak Chase, lichtelijk verstoord en knipperend in het felle schijnsel. 'Licht aan.'

'Ze hebben aggregaten, naar het schijnt. Die zullen wel nodig zijn voor hun technologische spulletjes.' Thompson knikte in de richting van het schoolbord.

'Mogelijk hebben ze ook een paar computers. Je weet het nooit.' Chase sloeg zijn aantekenboekje open en bestudeerde de namen die hij erin had opgetekend, de namen van de doden en de namen van de mensen die in het ziekenhuis waren beland. Wat hem almaar bleef bezighouden was één detail: de patiënten waren allemaal gewelddadig geworden voordat de ziekte begon.

'Waarom worden die mensen gewelddadig?'

'Hersentumor. Kanker kan de persoonlijkheid veranderen, maar we hebben nergens in de lijken of bij de patiënten tumoren aangetroffen. Het kan een verandering zijn in de hersenchemie of een soort opzwellen van de hersenstam.'

'Drenkelingen,' zei Chase. 'Drijvende lijken. Zwellen op.'

'Iets in het water,' zei Thompson. 'Die albinohaai wil maar niet uit mijn gedachten.' De dokter huiverde, nieste toen luid. 'Het is hier koud.'

'Niet echt.'

'Dan heb ik vast wat opgelopen.'

De woorden van de dokter deden Chase aan zijn vrouw Theresa denken. Iets oplopen. Wat een rare uitdrukking. Het nieuws van de lijken en van een verdacht virus had Theresa al bereikt. Vroeger op die avond, toen Chase' eerste dienst erop zat, was hij in uniform naar huis gegaan. Hij had niet eens de moeite genomen zijn burgerkleren aan te trekken in de wetenschap dat hij op korte termijn zou worden teruggeroepen. In een staat van zeer diep gewortelde onrust was hij naar Theresa gegaan die op de bank lag, om de crisis op de televisie te volgen. Toen hij haar op de bank zag liggen in haar kamerjas stak hem dat in zijn hart en zijn maag kromp samen van wanhoop.

'Waar lig je naar te kijken?' had hij gevraagd. Ze had hem alleen maar aangekeken met een doffe uitdrukking in de ogen.

'Lijken,' had ze gezegd. 'Ze komen nu hierheen, Brian.'

'En hoe zat dat met die rode pitvis waarover je het had?' vroeg Thompson.

Chase richtte zijn aandacht weer op de dokter. 'En die albinohaai. Allebei met koppen in de bek. Die van een pop en die van een vent.'

Chase keek eens naar het lijstje in zijn aantekenboekje, probeerde zijn aandacht erop te vestigen. Het lawaai werd hem echt te veel. Hij nam een zorgvuldig slokje van zijn koffie en vertrok zijn gezicht. 'Dit was al niet te drinken toen het nog warm was,' grapte hij, zwakjes glimlachend. Hij merkte dat Thompson naar zijn lijst zat te kijken, dus hij draaide het aantekeningenboek zodat de dokter het beter kon zien. Chase keek eens naar de namen. 'Mannelijk en vrouwelijk.'

'Zie ik.'

'Jong en oud.'

'Zie ik.'

'Wonen in dezelfde wijk, allemaal uit deze gemeente.'

Thompson knikte en keek eens naar de kantine.

De blik van de dokter volgend, zag Chase een tafel waarop boterhammen lagen. Die waren al gebracht door enkele dames uit de gemeente. Er waren ook koekjes en mierzoet gebak op schalen die met plastic waren afgedekt. Chase vroeg zich af waarom de etenswaar zo was uitgestald, gezien de dreiging voor de gemeente. Als dit in feite een virus was, kon dan het eten niet besmet zijn door de mensen die het hadden gemaakt?

'Honger?' vroeg Chase.

'Uitgehongerd.'

'Pak een sandwich.'

'Nee, zo veel honger heb ik nou ook weer niet. God weet hoe lang die hier al staan.' Thompson wees op zijn buik. 'Ik heb daar al problemen.'

'Ik zat te denken...' Chase keek eens naar het schoolbord, waarbij luitenant-ter-zee eerste klasse French met een bezorgde jonge soldaat stond te spreken. De luitenant-ter-zee, een man van gemiddelde lengte, niet slank en niet dik, middelmatig van uiterlijk, richtte zich tot hen en de jonge soldaat keek ook meteen hun kant uit.

'Wat te denken?' vroeg Thompson.

'Als dit iets besmettelijks is,' zei Chase, en hij keek de dokter weer aan, 'zouden ze dan dat eten van die behulpzame dames hebben neergezet?' Hij keek eens over zijn schouder naar luitenant-ter-zee French, die nu naar het bord gericht stond en de sommen stond te lezen. De jonge soldaat liep hun kant op.

Chase zei tegen Thompson: 'Besmetting vanuit een plaats van samenkomst. Eén plaats.'

'Waar ze allemaal bij elkaar hebben gezeten?'

'Ja. Laten we eens beginnen met de kerk.' Chase legde een vinger naast de eerste naam en las hem voor.

'Anglicaan,' bevestigde Thompson. 'En de volgende op de lijst is rooms.'

Lijken, dacht Chase. Theresa's woorden: ze komen nu hier. Hij keek nog eens naar de jonge soldaat, die naast hem was gaan staan, met zijn handen op zijn rug.

'Ik kijk alleen maar,' zei de soldaat. 'Mijn naam is matroos tweede klas Nesbitt, meneer.'

'Waarom pak je geen stoel?' suggereerde Thompson, waarbij hij een metalen stoelpoot met zijn voet aantikte.

'Ik blijf liever staan, meneer.' Nesbitt likte zijn lippen en keek eens bezorgd de ruimte rond. 'Dank u wel.'

'Slecht voor de rug,' zei Thompson met afkeuring. 'Je vermoeit de spieren.'

Nesbitt antwoordde niet. Hij richtte voornamelijk zijn aandacht op de namen in het boek.

Ook Chase zat die te bestuderen. Tegen Thompson zei hij: 'Dus kerkgenootschap is het niet. Hoe zit het met werk?' Chase haalde een pen uit zijn borstzakje en klikte het puntje eruit. 'Donna Drover?'

'Werkloos.'

Chase schreef 'werkloos' naast de naam van Donna Drover.

'Muss Drover?'

'Werkloos.'

'Lloyd Fowler?'

'Werkloos.'

Zo werkten zij de lijst af om tot de ontdekking te komen dat alle doden of zieken werkloos waren.

'Geen gemeenschappelijke werkplek,' merkte Thompson op.

'Maar ze waren allemaal werkloos.'

'Wat deden ze hiervoor?' kwam Nesbitt tussenbeide.

'Nou dat waren, laten we eens zien...' vroeg Thompson zich af terwijl hij de lijst bestudeerde. 'Donna viste, haar zoon ook. Fowler was visser. Darry... visser... visser... visser... visser...'

'Vissers dus,' zei Nesbitt, weer zijn lippen likkend. Parmantig hief hij zijn vingertopjes op en veegde iets van zijn voorhoofd, alsof hij een vlieg verjoeg.

'Wel, het waren niet allemaal mannen, geloof ik.'

'Iets in het water?' suggereerde Chase. 'Dat ze hebben opgelopen.'

Bij deze woorden draaide Nesbitt zich om en liep met vieve pas naar luitenant-ter-zee French, die net de rekensommen met krachtige en grote vegen van zijn arm verwijderde. Hij luisterde naar de jonge soldaat, zonder enige uitdrukking op zijn gezicht, toen greep hij het stukje krijt van de smalle houten richel, wierp het omhoog en ving het op in zijn handpalm. Hij begon in grote witte letters te schrijven: vissers. Daaronder schreef hij, in een reeks kleinere letters: vissers van mensen. Met een sierlijke armbeweging onderstreepte hij het geheel.

Hij gedraagt zich als een avonturier, dacht Chase. Een zwaardvechtende ballerina. Een piraat.

'Vissers van mensen,' zei Thompson rustig.

Chase wendde zich tot de dokter. 'En wat betekent dat dan?'

Thompson schudde zijn hoofd: 'Geen flauw idee.'

'Tommy Quilty verpatste vroeger schilderijlijstjes,' verklaarde vrouw Laracy met veel geduld. Zij had een houten stoel naast Kims bed getrokken om de verwarde ziel gezelschap te houden. 'En ook bidprentjes. Hij had ze niet allemaal op 'n rijtje.' Ze tikte tegen de zijkant van haar hoofd met haar gerimpelde vinger en keek naar de kaarsvlam in de kandelaar op het nachtkastje. 'Sommigen dochten dat hij van lotje getikt was.' Toen draaide ze zich om om aandacht te schenken aan Joseph, die in een rieten stoel bij de deur van de slaapkamer zat. De stoel leek hem te klein. Joseph zat haar intens aan te staren, een glimlachje rond de lippen. Hij knikte, trok zijn wenkbrauwen op, knipoogde, veegde zijn handen toen af aan zijn broekspijpen, waarbij hij de stof vastgreep en eraan trok. Hij leek problemen te hebben met zijn gezicht.

Het ene moment lachte hij, het volgende perste hij zijn lippen op elkaar, dan opende hij zijn mond wijd, zijn lippen rekkend alsof hij probeerde om ze soepel te krijgen. Weer naar Kim kijkend dempte vrouw Laracy haar stem. 'Die man van doe is 'n bietje nuvere vent.'

Vrouw Laracy zag hoe Kims blik op Joseph gericht werd en wist dat ze zich veel zorgen maakte over haar man. Niettemin ging vrouw Laracy door met haar verhaal: 'Het lutje volk gapte Tommy uit wieg en legde 'n ander voor hem in de plaats, een ander met 'n gezicht dat allenig een moeder kon beminnen. D'r waren er die zeiden dat zijn moeder 'schrokken was toen ze zwanger van hem was. Hij werd 'boren met een tamelijk grote moedervlek op zijn wang. Maar toen zijn moeder doodging, heb ik ervoor 'zorgd dat hij zich liet behandelen.'

'Liet behandelen?' vroeg Kim, die zorgvuldig op haar zij ging liggen om vrouw Laracy beter te kunnen zien. Ze hield even haar mond, alsof ze pijn had.

''k Heb hem mitnommen naar bed van zijn dode moeder en ik heb haar dode hand tegen die moedervlek 'holden. Hest aankommen van een dode nodig. Nou, en toen trok die vlek vort in tijd dat 't lijk in graft verging. Na verloop van tijd schrompelde die vlek, steeds kleiner en kleiner en kleiner en toen was ze vort.' Vrouw Laracy perste haar lippen steviger op elkaar, sperde haar ogen wijd open en hield ze zo terwijl ze Kim aankeek. ''t Is Gods eigene waarheid!'

Kim bewoog lichtjes en haar ogen vielen even dicht.

Vrouw Laracy boog zich voorover, haar stem gedempt tot geheimzinnig gefluister. 'Tommy ziet dingen net als ik en mijn zuster. Die witte haai die ze vonden, die he'k al in zee zien zwemmen en lichten, bij duister. Elkeen weet dat. Net als dat de visken proberen te vliegen. Wij waren vroeger de enigsten die gezegend waren met 't oog, maar nu zien anderen ook. Veel meer mensen hemmen nou 't oog.'

'Wie is Tommy Quilty?' piepte Joseph vanuit zijn stoel bij de deur.

'Die het sjaal van dien vrouw 'vonden,' zei de oude vrouw zonder zich om te draaien. 'Hij zee dat hij naar hem toe 'dreven was. Wind het hem op 'tild en naar hem 'bracht. Die he'k terugbracht. Maar hij is ook een die die haai in 't duister 'zien het. Hij het mij verteld dazze mij hier nodig hadden.'

'Wie heeft die haai nog meer gezien?' vroeg Joseph, aan zijn lip knabbelend. 'Jullie allemaal?'

De oude vrouw draaide zich eens om, om Joseph van top tot teen te bekijken en vestigde toen haar zachte blauwe ogen weer op Kim. Ze wachtte even, alsof ze haar gedachten doorzocht. 'Sommigen.'

'Leven die allemaal nog?'

'Jazeker, die leven allemaal nog.' Toen ze dit had gezegd draaide ze zich plotseling weer naar hem toe, sloeg haar arm om de rugleuning en zei:

''k Heb ooit een schipper 'kend, die kwam uit Burnt Head. Die werd slim ziek. Hij voelde zich nooit lekker en hij kreeg geen rust. Destijds was ik kundig om 't oog en die schipper zocht mij op. 'k Wist dadelijk dat hij zich niet lekker voelde. Van hoe hij rook wist ik waarom.' Vrouw Laracy viste haar zakdoek uit haar mouw en snoot zeer nadrukkelijk haar neus. Ze vouwde de zakdoek op, snoot nog eens, liet hem toen zakken en staarde in de vouwen en plooien. Snuivend schoof ze de zakdoek weer in haar mouw en leek toen in toenemende mate met zichzelf ingenomen, zodat ze bijna wegdommelde.

'Wat voor lucht?' vroeg Joseph.

'Wat?' Vrouw Laracy hief haar kin op.

'Hoe hij rook.'

'Wel?'

'Die schipper.'

'O ja. Die schipper.' Met hernieuwde krachten vervolgde zij: 'De lucht van timmerhout. Kon stukken hout zien, gekromd als ribben, verbonden door bred van scheepshuid. Ik vroeg hem: "Bist doe iet zeewaardigs aan maken?" "Ja," antwoordde hij. "'t Is benaasten aan kant," zee hij. En ik: "Bist 'n doodkist voor dien eigen aan 't maken." De schipper werd bleek als een doek, stond op en ging vort. Hij heeft nooit nog één spijker in dat vaartuig 'slaan, maar hij kon 't niet over zijn hart verkrijgen het te verpatsen. Hij liet het wegrotten waar 't ston. Jaren gaan voorbij en dic boot verrot totdat allenig de ribben overbleven en de schipper haalt nog genoeg holt uit de romp voor zijn eigen doodkist. Hij ging d'r elke avond even in liggen voordat hij in zijn veren bed kroop. Hij het drie kisten versleten voor hij zijn laatste adem uitbluis. Hij was een vreemde snuiter toen hij de pijp uit ging.'

'En denkt u dat die boot gezonken zou zijn?' mompelde Kim.

Vrouw Laracy draaide zich om naar Kim, glimlachte vriendelijk en knikte minzaam. 'O ja, lieverd. Die zol zijn 'zonken als 'n baksteen.'

Kim glimlachte op haar beurt.

Joseph lachte.

Kim en vrouw Laracy bekeken hem beiden.

'Ik snap het niet,' zei hij.

'En doe dan,' vroeg vrouw Laracy hem op beschuldigende toon, 'wat bist doe aan 't opbouwen?'

'Ik weet het niet... moed?'

'Doe bist geen vaartuig aan 't bouwen, dus dat zol de doodkist wel eens wezen kunnen die doe aan 't timmeren bist.'

'Ze is vort,' sprak een diepe stem uit de deuropening. Joseph kromp ineen, Kim schrok en vrouw Laracy grinnikte toen Doug Blackwood daar als een rots in de branding stond, met een kaars in zijn geblutste, eeltige hand.

'Indommeld. Jongvolk holdt van vertelsels.'

Joseph staarde naar het gezicht zijn oom.

Vrouw Laracy merkte op dat het gezicht van Doug Blackwood een sterk gezicht was, gevormd door weer en wind, de lijnen verdiept door het kaarslicht dat hij in de hand had. Zij wist dat Joseph zich zwakker voelde, verbleekte in aanwezigheid van zijn oom. Zijn plotseling schrompelend aura bewees dat.

'Hoe is 't met dij?' vroeg Doug aan Kim, de drempel over stappend. Met een kaars in de hand veroorzaakte hij grote golvende schaduwen die de kamer helemaal vulden. Hij en de schaduwen die door zijn lichaam werden geworpen.

'Beter, dank u.' Kim ging rechtop in bed zitten en probeerde te glimlachen. 'Een beetje licht in het hoofd, maar oké. De pijn is niet zo erg nu.'

'Zet toch 'n lekker kopke thee voor die meid,' instrueerde vrouw Laracy oom Doug.

'Nee, dank u,' zei Kim.

'Wil je wat eten?' opperde Joseph. 'Je moet wat eten.'

'Nee, mijn maag is in de war,' sprak ze koeltjes op een bijtende wijze die haar sluimerende wrok jegens hem naar voren liet komen.

Vrouw Laracy boog zich voorover en klopte op Kims buik. 'Da's niet dien buik. Dat zit in dien kop, lieverd. Most al die oude stadse boedel daarboven opruimen. Dan zuchst weg weer helder. Dan voelst dien eigen weer beter. Dit bietje olde pijn waait snel genoeg over.'

De nachtelijke hemel was diepblauw en wolkeloos. Sterren rangschikten zich in precieze patronen. Er kwam geen licht van het land of uit de huizen of de lantaarns van de gemeente, maar aan de overkant van de baai schemerde Port de Grave van de elektriciteit. Claudia was net binnengekomen vanaf het terras op de eerste verdieping voor haar atelier. Vandaar had ze duidelijk geluiden gehoord van de kade terwijl helikopters hun kennelijk eindeloos werk bleven verrichten. Auto's kwamen en gingen naar en uit het gemeentecentrum. Meer naar het westen langs de weg flitsten blauw-rode politielichten op regelmatige afstand. Mercer's Field was één lichtzee vol voortdurende activiteit.

Al dit gedoe bekijkend, meende zij een hond te horen blaffen bij het water. Ze vroeg zich af wat die helikopters deden, die dingen uit het water schenen te lichten. Misschien was er een of andere ramp gebeurd, een schipbreuk voor de kust. Dat zou al die commotie op Mercer's Field verklaren. Waren die grote voertuigen van cameraploegen? Claudia had geen televisie en geen radio, dus ze kon het nieuws niet volgen.

Twee ambulances reden van bij verschillende huizen in de gemeente weg, kwamen met grote snelheid over de benedenweg, vlekken zwaaiend rood, met loeiende sirene, in de richting van Shearstown Line. Een ramp. Voor haar leek dat allemaal volslagen natuurlijk, alles om haar heen was niets meer dan de opeenhoping van haar verdriet. Ze had gehoopt dat haar situatie erger, duisterder, onverdraaglijk zou worden. Sinds de verdwijning van Reg en Jessica had zij gebeden dat de wereld rond haar mocht instorten en haar zodoende, door een nog wredere tragedie, verlossing zou brengen.

Claudia keek naar haar atelier. De elektriciteit was al enige tijd uitgevallen en kaarslicht flikkerde uit vijf van haar miniatuurhuisjes en -schuurtjes. Ze liep naar haar werktafel, ging zitten en tilde een ongeglazuurde schuur op. Die was grijswit en de oranje schaduwen van de flikkerende kaarsvlammen streken eroverheen, om zich geleidelijk aan stil te houden nu zij haar hand niet meer bewoog. Zij maakte enkele potjes glazuurverf open, doopte haar kwast in kobaltblauw en begon de lijnen van de dakspanen te tekenen. Ze moest denken aan de handen van haar moeder, die ze bekeek toen ze kind was, terwijl die zorgvuldig een naald en een draad door de stof van haar borduurwerk haalde. De tere gebaren van de hand van haar moeder vervloeiden in haar geheugen met die van haar vader, die sneed uit noten- of grenenhout, om zijn beeld vervolgens glad te maken en af te ronden en met olie te politoeren. De lucht van een vettige doek en de permanente vlekken op zijn vingertoppen en in de groefjes van zijn vingernagels.

'Ik weet waar je aan zit te denken,' zei Jessica uit de haar omringende schemer.

'En wat is dat dan?' mompelde Claudia, of ze dacht het. De laatste tijd was dat verschil van minder belang geworden.

'Jij wilde dat je een van de drenkelingen was, net als wij.'

Claudia bleef de stukjes dakspaan schilderen. Ze doopte haar kwast in het flesje, bevochtigde de haren, veegde ze af aan de rand, om het overtollig vocht eruit te persen. Het kaarslicht bescheen haar bewegingen met een scherpe tederheid, die versmolt met haar eigen hartenklop.

'Je doet zo je best,' zei Jessica.

Claudia spoelde haar kwast af in een glas water, waarbij de dunne houten steel tinkelde en het water bewoog. Ze zag hoe de heldere vloeistof ondoorzichtig werd, doopte toen het puntje van de kwast in een ander potje, mosterdgeel. Zij begon de sierlijst aan de dakrand en rond de ramen te schilderen.

'Je doet zo je best om mijn liefde te vinden in wat je doet.'

Claudia's hand viel stil.

'Je voelt het, hè, mama? Als je dingen met je handen doet brengt dat mij terug.'

Claudia vervolgde haar gekwast, dat nu echter instabiel was geworden.

'Ik ga met Robin spelen.'

Met een amper merkbare hoofdknik, legde Claudia haar kwast neer.

Jessica's stem werd luider, verwrongen, deed het kaarslicht flakkeren: 'Ik wil iemand om mee te spelen.'

'Niet doen,' fluisterde Claudia. 'Alsjeblieft.'

'Ze verliezen hun greep op haar. Ze letten niet op. Ze zijn tegen elkaar, niet voor.'

Claudia luisterde, verbaasde zich over de stilte, vroeg zich af hoe lang die al duurde, totdat haar twijfel werd weggevaagd door de stem van een meisje.

'Ik pak haar,' zei Jessica. 'En dan pak ik jou.'

Het aardewerken schuurtje, dat cadeau van Claudia, stond op de schoorsteenmantel bij Robin, rond een vaag kaarslichtje. Robin lag op haar zij naar de muur te kijken, niet in staat te slapen vanwege de gebeurtenissen die in de haven en in huis plaatsgrepen. Ze lag te luisteren, zich zorgen makend over haar mama, in de hoop dat het met haar weer in orde zou komen. Robin had bij haar mama in bed willen kruipen, maar haar papa had haar dat verboden, met de mededeling dat haar mama nu alleen moest uitrusten om beter te worden. Maar zo te zien aan zijn kleur meende hij niet wat hij zei. Hij straalde een leugenaarstint af en dat bracht tranen in haar ogen. Waarom hield hij haar van haar mama af?

Haar vader had haar naar haar eigen kamer gestuurd en in haar eigen bed gestopt. Hij was nu ergens buiten, waarschijnlijk gaan wandelen. Ze wilde in bed kruipen bij haar mama. Ze wilde opstaan en naar haar mama's kamer rennen.

Net op dat moment hoorde ze iemand in de kamer aan de andere kant van de gang bewegen. De persoon kuchte even en Robin wist dat het oom Doug was. Een ogenblik later hoorde zij hem de trap af lopen. Haar oom Doug was een goede man. Hij had haar mama gered en haar hier gebracht, om bij papa te zijn. Nu was alleen de oude vrouw in de kamer bij mama. Vrouw Laracy.

Eerder had de oude vrouw Robin gevraagd naar die vliegende vissen, die Robin niet meer had teruggezien sinds haar eerste keer. Maar vrouw Laracy was in de wolken toen Robin zorgzaam uitlegde dat zij nog maar een paar weken geleden, thuis, in St. John's, vliegende vissen had getekend. Ze had ook, vooruitlopend op haar vakantie, een stad getekend met een haven en oude blokhuizen die in de heuvels stonden. Die tekening leek heel erg op Bareneed en omgeving.

Robin voelde aandrang haar potloden te pakken, die ze stiekem met een paar vellen papier onder de dekens had gestopt, maar haar hand was te moe van het vullen van zo veel ruimte met één kleur, op haar laatste tekening. Al dat blauw. Het beddengoed, dat door haar vader was ingestopt voordat hij vertrok, paste lekker om haar heen. Ze ademde diep en gelijkmatig door haar amper geopende lippen. Minuten vergleden in ademhalen. Ze zat in over haar vader, totdat haar ademhaling rustig werd en alleen de vage geluiden van de gelijkmatige stem van vrouw Laracy aan de overkant van de gang te horen waren.

Het geflikker van de kaars werd helderder binnen de aardewerken schuur, wierp schaduwen over het plafond en een grote schaduw van een hoofd op de muur tegenover Robin. Een stem neuriede het deuntje van: 'Mijn vahader trok naar zee-zee-zee...'

Robin draaide zich om en zag dat Jessica haar aandachtig stond aan te staren. Jessica stak haar hand uit om haar haar te strelen.

'Je bent zo warm,' fluisterde Jessica.

'Hallo,' zei Robin, glimlachend. 'Waarom lig jij niet in bed? Het is laat.'

Jessica grijnsde. 'Ik ben in bed.'

'Nee, dat ben je niet.'

'Ik ben ingestopt in het zeebed! Zie je wel?' Ze hief haar handen op en sprankeltjes licht glinsterden op haar huid. Zij wreef met een hand tegen de andere en een wolk van zand viel op de vloer. Toen wreef ze met haar handen over haar vieze kleren en het zand kwam achter haar aan.

'Laten we naar de speeltuin gaan.' Jessica hield haar hoofd schuin in de richting van het raam.

'Waar?' Robin drukte zich omhoog op een elleboog. Ze keek naar haar deur, waar warm kaarslicht gloeide uit de kamer aan de overkant. 'Waar is die speeltuin?'

'In het water,' zei Jessica. 'Dat is de beste speeltuin. Daar zijn de meeste dingen te zien die je nog nooit hebt gezien.'

'Maar ik kan niet zwemmen.'

'Ik ook niet. Maar dat is niet belangrijk. Je moet alleen weten hoe je moet drijven.'

Tommy Quilty woonde alleen, maar was nooit eenzaam, ondanks wat de mensen van hem dachten. Een eenzaam kind, een eenzame man. Enkele ogenblikken nadat hij was geboren was Tommy door de vroedvrouw afgelegd die ervan uitging – omdat er geen levensvonk in hem leek te huizen – dat het kind doodgeboren was. Hij haalde geen adem. Hij was afgelegd op het dressoir en de vrouwen in de kamer, de vroedvrouw en een oudere tante, hadden even diepe smart gevoeld, hun hart gezwollen door de wond van het verlies. De vroedvrouw stond op het punt Tommy's vader te gaan halen om hem het slechte nieuws te brengen, toen de baby plotseling een boertje liet en begon te huilen.

Tommy kon nog amper kruipen toen hij zijn eerste tekeningen op papier zette. De vage pentekeningen rijpten al snel tot ingewikkelde schetsen met kleurpotloden die naarstig scherp werden geslepen. De schetsen stelden de zee voor, alles wat erop voer en alles wat eronder zat – talloze monsters.

Tommy's vader kwam tot de conclusie dat het nutteloos zou zijn die jongen naar school te sturen. ''t Het geen zin 'n poging te doen dat kind op te voeden,' had zijn vader verklaard. Dus Tommy werd overgelaten aan zijn enige talent, dat aangemoedigd werd door iedereen om hem heen en dat de hemel in werd geprezen. Er was zelfs een verhaal over hem geschreven, 'Tommy Quilty – kunstzinnig wonderkind', in de *Compass*, de regionale krant. Hij was een soort beroemdheid geworden en hij was begonnen zijn schilderijen te verkopen toen hij tien was, in een winkel in Port de Grave.

Toen hij ouder werd en zijn talent bekend werd op het eiland, hadden andere winkels en zelfs twee galerieën contact opgenomen met Tommy, om zijn werk te brengen. Het geld dat hij voor zijn schilderijen kreeg zond hij naar de adressen onder de foto's van hongerige kinderen die hij in advertenties zag in de diverse kunsttijdschriften die hij tweedehands kocht in boekhandel Second Read. De eigenaar zorgde ervoor dat die tijdschriften voor Tommy werden aangevoerd vanuit St. John's.

Op zijn twaalfde was Tommy op kabeljauw gaan vissen met zijn oom Edward. Tommy's vader was thuisgebleven met rugklachten waardoor hij was aangewezen op een rolstoel. Hij werd verzorgd door Tommy's moeder Agnes.

Jarenlang schilderde en schetste en beviste Tommy de zee, tot de regering de kabeljauwvisserij verbood. Hij miste vreselijk het uitvaren en turen over het water, op zoek naar schepsels die onder het oppervlak loerden, zachtjes naderbij gleden, maar zichzelf zelden openbaarden aan de gelovigen.

En al had Tommy zijn eigen auto, Rayna reed hem eens per maand naar de bank in Port de Grave om de cheques te innen die hij kreeg van de vier galerieën die zijn werk in heel Newfoundland verkochten. Als hij dan de elektriciteit en de telefoonrekening had betaald, inkopen had gedaan en betalingsopdrachten voor zijn liefdadige doelen had verstuurd, gebruikte hij het overgebleven geld om verfspullen te kopen. Hij werkte trouwens met houtskool, krijt en waterverf. Krijt had zijn voorkeur om het gevoel dat het achterliet op zijn vingers en de wijze waarop hij het kon uitsmeren om de plaat te wijzigen, om die eruit te laten zien zoals hij het soms zag, zeker als hij in de oceaan keek.

Hij probeerde de dingen die hij tekende hem zelf geen angst te laten aanjagen. Ze kwamen onverwacht. Altijd. Vanavond joeg het geluid van de helikopters in het oosten hem geen angst aan.

Zittend aan zijn eetkamertafel, onder het licht van een olielamp die hij had aangestoken nadat de elektriciteit was uitgevallen, overtuigde hij zichzelf van het feit dat er niets was om bang voor te zijn. Het was nacht en hij was alleen, maar in zijn hoofd zag hij Rayna en hij zou haar zo meteen bellen, om zich ervan te vergewissen dat ze het goed maakte, en dat zou hem een goed gevoel geven. Hij ging naar zijn schetsboeken, telde ze, van één tot zeven. De andere waren opgeborgen in de laden van het buffet en in kasten boven in de slaapkamer. Hij pakte het tweede van onder en trok het eruit. Zelfverzekerd knikkend, maakte hij het kartonnen omslag open en keek eens naar de eerste plaat. Die stelde de albinohaai voor op de kade, met een gele kraan langs de weg geparkeerd en een hele menigte gezichtloze mensen. De mensen waren maar aan één ding herkenbaar – de aura die rond sommigen van hen opgloeide. Sommige waren lavendelblauw, andere roze of lichtgeel.

Op het volgende blad pakten Tommy's bevlekte vingers het beeld vast van een vrouw van een jaar of veertig, dezelfde leeftijd als Tommy. Er was geen gloed om haar heen, en dat maakte Tommy triest. Al snel vervaagden warme tranen het beeld. Hij veegde ze weg met zijn hemdsmouw.

'Rayna,' mompelde hij, sloot zijn ogen eventjes en draaide het blad om. Helikopters in de nachthemel, hangend boven de haven, zoeklichten schijnend op het water, de gezichten en handen van lijken onthullend, hun kleren plat en onbepaald. Tommy sloeg een blad om, naar een tekening van een ziekenhuiskamer met volle bedden. De verpleegster had een rozig gele aura, maar geen van de patiënten had er eentje, zelfs niet het zwakste gekneusde paars.

Tommy keek eens naar de volgende plaat en sloot toen snel het boek. Hij stopte het weer op zijn plek in de stapel, tweede van onder. Hij wist waar elk boek thuishoorde en hij wist wanneer die schetsen waren gemaakt. De schetsen die hij juist had bestudeerd stelden taferelen voor die in recente dagen hadden plaatsgevonden, maar ze waren al ruim een maand geleden getekend.

Hij wist wat er nu zou gaan gebeuren. Overal lijken in een groot blikken gebouw, dat de visafslag moest zijn. Gouden stralen regenend uit de hemel, als vallende sterren.

Vervolgens golven, gevolgd door duisternis. Hij had vele vellen gevuld met die bepaalde tint zwart die hij voor zijn geestesoog zag. Die was vermengd met een piepkleine hoeveelheid kobaltblauw. Hij vroeg zich af of het de hemel was. Er waren geen details. Alleen duisternis, zo zwart en glimmend als een doorweekte nacht.

Robin en Jessica liepen hand in hand naar de verlaten kerk, waar Jessica even bleef staan om naar de donkere begraafplaats te kijken.

'Het is niet veilig en niet comfortabel in de grond,' sprak Jessica.

'Ik word altijd verdrietig van begraafplaatsen,' antwoordde Robin.

'Je zou toch beter moeten weten.'

'Waarom?' Robin voelde zich verkleumd, zo buiten in de nachtlucht zonder trui of jas. Ze wenste dat ze haar witte trui had meegenomen, die met de roze bloemen aan weerszijden geborduurd, die van haar moeder was geweest toen ze nog kind was.

'De lijken die daar liggen begraven, als ze eenmaal verteerd zijn en slijm zijn geworden,' verklaarde Jessica, met een nieuw stemgeluid dat Robin in verwarring bracht, 'worden ten slotte door de regen weggespoeld, die door de grond naar de onderaardse bronnen trekt, en geleidelijk aan naar rivieren gevoerd die in zee uitkomen.'

'Ik begrijp het niet. Je praat veel te oud.'

'Regen is gewoon een deel van de zee,' vervolgde Jessica met dezelfde rare stem. 'Hij weet. Water trekt naar water en onderweg neemt het alles mee. Mettertijd eindigen deeltjes van iedereen en alles hier beneden.' Jessica hield haar hoofd schuin in de richting van de oceaan. 'Er is niet één enkele uitzondering. Zeeniveau.'

Robin keek om zich heen in het duister, begreep haar vriendinnetje niet, werd niet door die begraafplaats geïnspireerd in de mate waarin dat met Jessica gebeurde. Jessica drukte zich tegen de ketting bij de ingang en streelde de koele paal die er horizontaal boven hing. Robin draaide zich om en keek nog eens het donkere pad af waarlangs zij waren gekomen. Zij voelde Jessica's vochtige, koude hand de hare weer pakken en liep verder, Codger's Lane af. Die voerde naar diepere duisternis, naar het strand aan de kop van de inham. De weg was oneffen en Robin staarde naar de beschaduwde grond, bedacht op kuilen. 'Het is te donker,' protesteerde zij, toen zij het lucht verplaatsende geluid van een helikopter beneden bij de haven hoorde. Het geluid werd luider, ronder en vervaagde toen.

'Dat is niet zo. Het is leuk,' hield Jessica vol. 'Er zijn overal allemaal dieren, die toekijken uit de donkere bosjes. Zie je die groene en rode oogjes? Ze houden zich muisstil. Ze willen onze lucht niet verstoren.' Ze bleef even staan om de beboste horizon aan de overkant van de weg op te nemen. Met een bewonderende blik fleemde zij: 'De beesten in de bomen gloeien. Ik heb nog nooit zoiets gezien.'

'Ik heb ze wel gezien. Ik heb boeken...'

'Die heb je nog nooit gezien. Sommige mensen zien die monsters, of een glimp ervan, maar pas als ze bang zijn, want als je echt bang bent is het alsof je een beetje dood bent gegaan. Je bent doodgegaan en je hebt even gekeken en dan werd je weer levend. Of als ze een handvol echte dood pakken voordat die ze weer loslaten... ik heb de bossen heel lang niet gezien. Heel lang niet.'

'Waarom niet?'

'Ik moet er met iemand naartoe. Iemand die om me geeft. Ik heb zijn energie nodig. Ik kan niet alleen gaan. Ik kan alleen gaan naar de plaatsen van liefde waar iemand om mij geeft.'

'Wat is dat?'

'Plaatsen van liefde?'

Robin knikte terwijl ze voortstapte, de zolen van haar gympen knerpten op grind en zand. Alles was zo stil. Alleen het zachte brommen van draden boven hen, een geluid dat afnam en aanzwol en dat Jessica's aandacht trok. Robin voelde hoe Jessica's greep op haar hand zich verstevigde. Toen stopte het brommen, en zo bleef het.

'Plaatsen...' sprak Jessica, maar haar stem ebde weg. Ze maakte haar blik los van de draden en haar mond ging iets open, alsof ze haar gezicht vertrok.

'Plaatsen van liefde,' zei Robin, alsof ze die zinsnede herhaalde om op die manier Jessica's gevoel van ongemak te helpen verjagen.

Jessica keek naar Robin alsof ze niet meer wist waar ze was. 'Plaatsen die worden opgewarmd door de hand van mijn moeder... of de hand van anderen die mij meenemen. Houd mijn hand eens steviger vast.'

'Waarom? Kun je dan niet gaan waar je wilt?'

'Nee. Niet hier.'

'Waarom niet?' Robin wendde haar hoofd in de richting van het terugkerende geluid van een helikopter. Er klonk een gekrijs, een stem door een luidspreker. Het deed haar denken aan het circus, aan carnaval. Tochtjes en draaiende kleuren in de nacht.

Jessica schokschouderde. 'Omdat ik dood ben. Zo is de regel.' Ze glimlachte.

Robin glimlachte aarzelend terug, onzeker van haar vriendschap.

'Kom mee, daar is een pad.' Jessica leidde Robin dichter naar de kant van de weg. 'Zie je de opening? Ik speelde hier toen ik nog leefde.' Ze knikte in de richting van diepe duisternis en liep erin, bukkend onder de takken van twee grote coniferen die aan het begin van een pad stonden. Het pad was goed uitgesleten en rook naar door zonlicht verwarmd boomsap, dat nu afkoelde. De omgeving voelde vochtig aan, en zat barstensvol nacht.

'Dit is te griezelig,' zei Robin en haar trillen ging over in een huivering terwijl Jessica maar aan haar trok. De manier waarop alles aanvoelde en de manier waarop Jessica praatte deed Robin denken dat ze wellicht droomde.

'Doe niet zo kinderachtig.'

Het smalle pad kwam al snel uit op een open plek, en daar was de lucht van zout en de constante bries die op het water nooit ging liggen. Ze waren uit het bos, op een klif zo hoog boven de zwarte oceaan dat Robins maag zich meldde met een gevoel van duizeligheid. Vooruitkijkend zag zij de lichtjes van huizen ver aan de overkant van het water en daarboven vlekken van sterren in de diepblauwe nachthemel boven Port de Grave.

Jessica keek Robin plechtig aan. 'Daarginder,' zei zij, en vocht droop van haar kin, het maanlicht weerkaatste erin naarmate het voortstroomde, lekkend als iets wat leefde en bewegen kon. Ze wees in de richting van Port de Grave, waarvan de lichten duidelijk te zien waren aan de overkant. 'Daar is het gebeurd.'

'Wat?'

'Het,' sprak Jessica, met een gorgelende stem, omdat er water uit haar mond gutste. Ze hoestte eens, boog zich iets voorover, liet haar schouders hangen, zette zich schrap terwijl het water uit haar mond op het gras gutste, alsof ze aan het overgeven was, voortdurend, zonder inspanning.

'Jess?!' riep Robin, met gespannen en angstige stem. Ze deinsde terug opdat haar gympen niet nat zouden worden.

Jessica hoestte weer, haar hoofd schoot naar beneden. Een straal helder oranje licht flitste tussen Jessica's lippen en deed een diep oranje schittering over het gras strijken.

Weer hoestte Jessica, ademloos kotsend, met een gespannen gezicht, uitpuilende ogen, haar armen recht achteruit, terwijl de oranje gloed aan haar lippen hing.

De klapperende staart van een vis. Jessica kotste nog een poosje voordat de oranje vis vrij uit haar mond schoot, op het gras plofte, waar hij rondspartelde, gloeiend als gedoofd vuur dat de sprieten van het donkergroene gras verlichtte.

Geheel verstomd stond Robin naar de vis te kijken. Die leek wel elektrisch, zoals een lantaarn die je op het net aansloot. Ze keek op en zag hoe Jessica's donkere ogen haar zwijgend aanstaarden. Het enige geluid was dat van geschuifel in het gras, als de vis de kieuwen opende en sloot, in een stomme stuip. Hij sprong naar de rand van het klif, waar hij zijn vrijheid verwierf met de gewichtsloze duik naar het levenbrengende water.

Robin luisterde maar hoorde geen plons. Toen ze opkeek, met open mond van verbazing, zag zij dat Jessica's ogen nu aanmerkelijk groter waren dan gebruikelijk. Een veeg bruin slijm, zoals rotte bladeren, bijeengeplakt met modder, zat op Jessica's linkerwang, en haar huid leek groen en zacht als boter.

'Ik zit vol vis,' sprak Jessica treurig en ze spoog een grijs visje uit haar mond als bij nadere overweging. Haar gezicht zwol en slonk, beweging rimpelde haar huid.

'Ik wil weg.'

'Vis in de zee,' zuchtte Jessica en haar ogen werden dikker, haar huid werd bedekt met zuigende plekken die Robin deden denken aan puisten met lippen, maar die, nu ze groter werden, op sporen van knabbelen, van beten leken, haar huid spleet, en werd vleksgewijs voor Robins ogen verteerd.

'Vis in de zee,' zei Jessica, haar stem gesmoord, een luid gegorgel onder water, elk woord verzegeld van een bel van slijm, 'vis in de zee.'

Een doodsbange gil doorsneed Robins borst, maar bleef steken in haar van angst toegeknepen keel, toen zij achteruitstrompelde om de oprukkende Jessica van zich af te houden.

'Mijn vahader trok naar zee-zee-zee om eens te zien wat er te zien wahas...'

Robin draaide zich om en wilde wegrennen, maar verloor haar evenwicht aan de rand van de graszoden. Haar natte gymschoen gleed uit en zij maakte een pijnlijke spagaat terwijl ze haar hand uitstak naar een naburige struik. De takken waren dun en kronkelig, en de blaadjes lieten los in haar knijpende hand, terwijl haar gewicht haar achterovertrok. Ze dook recht naar beneden en haar schrille kreet ebde weg totdat hij werd gesmoord door een verpletterende plons.

Luitenant-ter-zee French had dokter Thompson een speciaal reflecterend logo gegeven dat hij rechts op zijn voorruit moest plakken. Op dat teken stond het schild van het Canadese leger met een reeks grote rode getallen eronder. Thompson had de raampjes laten zakken voor frisse lucht, om zichzelf er – op zijn minst – van te overtuigen dat de zwoele zomerlucht niet was weggetrokken. Terwijl hij over de benedenweg reed, de helikopter en de boten lawaai maakten bij hun werkzaamheden, zwierf zijn blik her en der over de donkere huizen aan zijn rechterhand. In slechts enkele liepen lichtjes heen en weer. Lamplicht en flikkerend kaarslicht in een paar kamers. De straal van een zaklamp die door een interieur veegde en dan weg was. Hoe lang blijft die elektriciteit nog uitgevallen, vroeg Thompson zich af. Hij had het luitenant-ter-zee French gevraagd, maar de marineofficier wilde hem daar niet op antwoorden. 'We zoeken naar de oorzaak,' had hij halfhartig gezegd, zijn ogen gericht op het computerscherm dat recentelijk was uitgepakt en op zijn bureau geïnstalleerd.

Thompson vermoedde dat het leger de oorzaak was en toen hij dus in de deuropening van French' geïmproviseerde kantoor stond had hij het hem recht voor de raap gevraagd waarop French had geantwoord: 'Wij zijn hier om te helpen. Als verlies van stroom gevergd wordt om de mensen van deze gemeente bij te staan, dan zou dat een actie zijn die wordt gesanctioneerd door degenen die bij deze operatie betrokken zijn.'

'Betekent dat ja?' had Thompson met een uitdagende glimlach gevraagd, vissend naar openheid en, wat belangrijker was, een zekere mate van kameraadschappelijkheid.

'Wat ik zei was geen rechtstreeks ja, maar wellicht een verklaring, en ik onderstreep wellicht, in de richting van een bevestiging.' Daarop vertrok French zijn gezicht. Hij schraapte zijn keel verontschuldigend voordat hij terugkeerde tot de informatie op zijn computerscherm. Thompson had een dik boek met zeelegenden zien liggen op het bureau van de luitenant-ter-zee.

'Zoekt u iets bijzonders in dat boek?'

'Dat is uitsluitend lectuur,' zei French, zonder van het scherm op te kijken. 'Printen.' Hij gaf dit bevel in zijn draadloze microfoon en de motor van de printer aan de andere kant van de ruimte kwam tot leven.

'Hebt u al enig idee van wat er aan de hand is?'

'Waarschijnlijk is het gewoon een of andere griep.'

Die verklaring ontlokte aan Thompson een enkel, kort lachsalvo. French nam niet eens de moeite Thompson aan te kijken. Hij ging alleen staan om de bladen uit zijn printer te halen. Thompson ving van het bovenste vel enkele vetgedrukte woorden op als 'overgevoeligheid voor elektromagnetische velden'.

'Mag ik even kijken?' had hij gevraagd, met een gebaar op het boek.

'Gaat uw gang.' French ging zitten en las de geprinte tekst door.

Thompson pakte het boek en sloeg een bladzij op, bestudeerde de tekeningen van oude zeelui van monsters die uit het water oprezen. Reuzeninktvissen, driekoppige monsters, vissen met mensenhoofden waren op de glossy pagina's afgebeeld.

'Dit is nu precies het raadsel,' luidde zijn commentaar, waarop French antwoordde, tikkend met zijn vinger tegen de zijkant van zijn hoofd: 'Raadsel. Strikvraag. Dilemma. Enigma. Dat zijn woorden om bang van te worden. Daar laten wij ons niet door kisten, of wel, dokter?'

Een tweede legerbarricade was halverwege de benedenweg opgezet, tussen het gemeentecentrum en Codger's Lane. Nu beschenen de koplampen van Thompson de soldaten die daar waren gestationeerd. De soldaat die het dichtst bij de linkerzijde van de weg en dus bij het water stond, stak zijn hand op en richtte de bundel van een zaklamp op de voorruit van Thompson, waardoor de dokter verblind werd en moest uitwijken. Toen hij de militaire pas zag, wuifde de soldaat Thompson door.

'In orde, dokter.'

'Avond,' zei Thompson door zijn raampje in het voorbijrijden.

'Goedenavond, meneer.'

Wat moest hij eigenlijk doen? French had hem verteld dat hij in de buurt moest gaan rondrijden en zijn ogen open moest houden voor alle tekenen van mogelijk ongemak. Was dat gewoon een smoesje om Thompson uit French' omgeving te verwijderen of verwachtte French echt dat Thompson in huizen kon kijken, door muren heen? Hoe moest hij tekenen van ongemak herkennen? Zou hij niet van meer nut kunnen zijn bij de visafslag, waar ze de lijken opstapelden die uit de oceaan werden gevist? Hij had een vraag van die strekking gesteld, maar French had ronduit gezegd: 'Wij hebben daar geen artsen nodig. Momenteel nog niet. Die lijken zijn echt allemaal dood. Ik ben ook doctor, dokter. Weliswaar ben ik doctor in de ecologie maar ik kan u verzekeren dat de ongelukkigen die aan land zijn gehaald niets hebben aan uw medische wetenschap. Wat de levenden in deze situatie vooral van node hebben is waakzame ogen in de gemeenschap. U hebt die ogen. Ik kijk de verkeerde kant uit. Mijn ogen gaan gehuld in uniform.'

Thompson passeerde twee verduisterde huizen en probeerde zich te herinneren wie daarin hadden gewoond. In het donker was het moeilijk de verschillende huizen thuis te brengen. Verder naar boven scheen licht door ramen van een huis. Elke kamer was verlicht en schaduwen van mensen streken regelmatig over de muren. Buiten op het gazon waren een paar houten stoelen gezet, tegenover de haven. Mensen zaten daar in de bijna-duisternis, af en toe verlicht door het schijnsel van zoeklichten uit helikopters. Anderen kwamen en gingen door de open deur. Kinderen renden spelend het erf op en over de weg. Toen Thompson het huis naderde, werd er een motor gestart en een pick-up reed achteruit de volle oprit af, om verder langs de benedenweg naar een ander verlicht huis in de verte te rijden.

Thompson wist nu waar hij was. Dit was het huis van Wilf Murray. Hij begreep ook heel goed waarom mensen bij Wilf waren samengekomen. Wilf stond in hoog aanzien als een heel goede verhalenverteller, een bron van inspiratie voor velen in de gemeenschap. De oude man moest in de tachtig zijn, maar hij hakte nog steeds zijn eigen hout en hij bouwde sloepen, die hij overal in de provincie verkocht. Hij was een heel goede botenbouwer. Zelfs in zijn beste tijden waren er altijd een paar mannen en vrouwen die hem een bezoek kwamen brengen om te luisteren naar zijn verhalen.

Thompson zette zijn auto achter een grijze bestelwagen. Er stonden nog enkele auto's langs de weg en de oprit was bijna geheel geblokkeerd. Op het punt zijn terreinwagen uit te stappen, pakte Thompson nog even zijn dokterstas van de rechterzetel, uit gewoonte, maar liet hem toen toch maar staan. Waarom zou hij hem mee moeten nemen? Zijn maag rommelde. Hij dacht aan de pillen die hij in de tas had. Zou hij zijn maag tot rust moeten brengen of, als het daar toch om ging, wat voor pil had hij eigenlijk bij zich om een totaal surrealistische situatie te verbeteren? Wellicht was mevrouw Murray bezig een grote maaltijd te bereiden. Nee, de stroom was uitgevallen. Maar als hij het goed had, had zij een oud hout- en kolenfornuis in de keuken. De Murrays hadden nooit een elektrische kookplaat willen aanschaffen, hadden al het moderne met opzet buiten de deur gehouden. De laatste keer dat Thompson er was geweest had Wilf flink last van jicht, maar dat was mettertijd weer in orde gekomen.

Terwijl Thompson over het pad strompelde, bereikte zijn gelaat de lichtbundel van een olielamp die in een boom hing, en een paar mensen meldden zich met hun gebruikelijke groet. 'Hallo, dok.' 'Avond, dok.'

Thompson beantwoordde de begroetingen en bleef even staan om de haven te bekijken. Een rood alarmlicht streek in het westen door de lucht en daalde langzaam naar de landtong. De voordeur ging achter Thompson open en hij moest aan de kant om de vertrekkende persoon door te laten. Toen hij dat deed hoorde hij het gekletter van borden en het tumult van een gesprek en dat deed hem heel erg goed. Hij stapte naar binnen, veegde zijn voeten op de mat. Met veel moeite bukte hij zich om zijn veters los te maken, waardoor zijn buik hem de adem benam, toen hij een bezorgde stem naast zich hoorde: 'Gaatst toch niet dien schoenen staan uittrekken, hè. Maak jou nou geen zorgen, dokter Thompson. Mensen sjouwen hier al de hele dag in en uit.'

Thompson keek op en zag mevrouw Murray naast zich staan, met haar ronde wangen rozerood. Ze droeg een schort met een grote rode kreeft boven haar functioneel losse blauwe jurk. Drie kinderen renden achter haar aan, zaten elkaar achterna de trap op, hun voetstappen denderden terwijl zij schreeuwden van de pret.

'D'r is nogal wat aan hand,' sprak mevrouw Murray, met geluiden van afkeur. 'Laat die schoenen nou staan. Wat he'k joe 'zegd.' Ze sloeg hem met de theedoek die ze over haar schouder had hangen.

'Maar ik heb ze al los,' protesteerde Thompson, in ademnood, met één hand tegen de muur terwijl hij uit zijn schoenen stapte, één voor één.

'Binnen wij steegs?' vroeg ze. ''k Ben eterij aan 't maken. Zoutevlees met boeskool. Ook een bord?'

Nog staande zuchtte Thompson alsof hij gered werd. 'Godallemachtig, u weet niet half wat voor honger ik heb.'

Verrukt draaide mevrouw Murray zich om en wees zorgvuldig de weg. 'Kom maar mit,' zei ze, zwaaiend met een arm ten teken dat hij haar moest volgen. 'Elkeen zit in keuken.'

Weer een groepje kinderen rende voorbij, waardoor Thompson bijna uit zijn evenwicht werd geslagen.

'Wij zorgen voor kinder van zieken,' sprak mevrouw Murray. 'Arme lieve zieltjes.'

In de keuken heerste een broeihitte, hing de lucht van kookpotten en de verzamelde warmte van al die lijven. De ramen bij de tafel waren beslagen, de condens droop eraf.

'Het is hier lekker warm,' zei Thompson, terwijl de mensen die aan tafel zaten of bij het aanrecht en de kachel stonden, naar hem keken en knipoogden, hun hoofd schuin hielden of hem hier en daar begroetten. Een man begon te lachen, knikte en zei: 'Ja, 't kan wat lijden hier.' En een paar anderen grinnikten ongegeneerd.

Voordat hij wist wat er gebeurde, kreeg hij een vol bord eten in de handen geschoven. Mevrouw Murray stond voor hem, knikkend, terwijl ze haar handen aan haar schort afveegde.

'Nou eten, jochie.'

'Dank je. Dit is fantastisch.' Hij schaamde zich toen hij merkte dat hij daadwerkelijk was begonnen te kwijlen toen de lucht van de maaltijd zijn neusvleugels bereikte. Eindelijk een echt maal. Hij ging met zijn mouw langs zijn mond en zijn kin.

Mevrouw Murray grijnsde en haar wangen bolden trots tot volmaakte pruimen. Ze draaide zich om om een met jus besmeerd bord op te vissen dat iemand net had leeggegeten.

Thompson keek naar de dampende berg groente met kool, romige erwtenbrij, rode stukjes mals zoutevlees, met daaronder een kippenboutje, met een goudgeel, knapperig velletje, het gehele hemelse feest badend in een perfect gemaakte jus. Hij stond op het punt zijn mond open te doen om een vork te vragen toen er eentje in zijn hand werd geduwd door mevrouw Murray. Ze had net het lege bord weggezet en blies nu even haar voorhoofd wat koelte toe. Haar gezicht scheen roder en zij bewaaierde zich met één hand. 'Ik verga van hittens,' zei ze.

'Dank u,' zei dokter Thompson met een grote grijns, zich afvragend hoe het zat met de bloeddruk van mevrouw Murray. Op de plek waar hij stond en zonder verder commentaar te geven of een stap voor- of achterwaarts te doen, stak hij zijn vork in het eten. Zaligheid, hield hij zich voor toen zijn papillen bestreken werden door de eerste vork vol. Zaligheid. Zaligheid. Zaligheid.

'Wilf was net aan 't vertellen over sneeuwstorm van '65,' verklaarde mevrouw Murray, in de richting van haar man knikkend. Thompson keek eens naar de tafel en zag Wilf weggedoken in de stoel die het dichtst bij de muur stond. De oude man zette de klep van zijn rood met witte honkbalpet recht en zonder een woord te zeggen stak hij zijn hand op naar Thompson, om zich vervolgens weer aan zijn gesprek te wijden. Thompson probeerde te luisteren terwijl hij het eten in zijn mond schepte, maar zijn kauwgeluiden en zijn gekreun van genot overstemden de details van het verhaal. Hoezeer hij ook van de maaltijd genoot, en wellicht vanwege zijn diepe waardering, moest hij zich toch wel enigszins schuldig voelen over zijn vraatzucht. Hij zou in het ziekenhuis moeten zijn, in gesprek met andere artsen, naarstig werkend om de bron van de ziekte op te sporen. Hij keek de kamer eens rond om te zien dat alle blikken op Wilf waren gericht. Ieder van deze mensen kon elk moment in ademnood komen. Nee, daar zagen ze absoluut niet naar uit. Geen van hen leek ook maar enigszins agressief. Ze zaten allemaal te glimlachen, te grijnzen of te wachten op het juiste moment om in lachen uit te barsten. Thompson bekeek ze terwijl hij stond te eten. De woorden 'Wat ben ik?' kwamen in hem op. Hij moest echt terug naar het ziekenhuis. Maar was het feit dat deze mensen het goed maakten niet net zozeer deel van het raadsel als de staat waarin de getroffenen verkeerden? Wilf Murray beschreef de beijzelde bomen die met een knal in tweeën braken onder het gewicht van het bevroren water.

'Als ijspegels diest van dakrand ropst,' verklaarde hij. 'En de draden dansten over weg, ze sputterden vuur. Levendig waren ze.' Wilf hief zijn handen in de lucht en knipte met zijn vingers, om een hagel van vonken uit te beelden. 'Of ze levendig wazzen, ze sisten ons toe of ze helendal in de war wazzen, en wij dochten dawwe ze vatten konden en ze weer aan elkander zetten konden. Weer aan elkander zetten! Wel kon dat even doen? Wel? Geen een.' Hij keek zijn gehoor één voor één recht in het gezicht. 'Geen een.'

Oom Doug stond in de deuropening van Robins kamer zachtjes een oude Ierse ballade te neuriën terwijl hij naar de gekreukelde lakens op het door kaarslicht beschenen bed keek. Met gedempte, welluidende stem begon hij te zingen om zichzelf af te leiden:

Er was eens een ouwe vent en hij was levend dood
ze haalden een dokter erbij, legden zijn hersens bloot.
In wijlen zijn hoofd zagen ze koel water ontspringen
Waarin negenendertig zalmen leerden zingen.

De kaars in de schuurvormige kandelaar op de schoorsteenmantel flikkerde,
het briesje dat veroorzaakt was door Dougs verschijning in de deuropening
bereikte hem nu pas. Het flikkerende licht gaf een nieuwe dimensie aan de
lakens. Er leek iets niet in orde aan die verwarde lakens. Het hoofd op het
kussen was eigenlijk veel te klein.

Zonder iets te zeggen, maar met groeiende zorg, liep Doug de kamer in.
Robin kon gemakkelijk ergens tussen de dekens liggen. Tenslotte was ze maar
een klein meisje. Maar nee, toen hij naderbij kwam zag hij dat het hoofd op
het kussen niets anders was dan dat van een slapende pop.

Doug rukte de dekens weg om zeker te zijn. Slechts het lijf van de pop lag
er nog. En naast dat lijf lagen drie vellen papier en een doos potloden. Hij
greep het bovenste papier, en zag dat het geheel bedekt was met een donkere kleur. Het leek blauw te zijn, zonder enige definitie. Blauw met rimpels
wit. Geschrokken gooide hij de tekening neer en draaide zich om naar de
deur. Niemand. Hij overwoog even te gaan schreeuwen, maar onderdrukte
die aandrang en ging in plaats daarvan kijken in de kamer van Kim. Het was
onnodig iedereen de stuipen op het lijf te jagen in dit stadium. Het meisje was
misschien de gang over gestoken en was bij haar moeder in bed gekropen terwijl Doug beneden was om wat te gaan drinken.

Doug zocht tastend de weg naar de kamer van Kim en liep naar haar bed.
Hij boog zich naar voren om de ruimte tussen Kims rug en de muur te bekijken. Niets. Hij zag dat Kims ogen knipperden, omdat ze zijn aanwezigheid
voelde. Hij deed een stap achteruit toen ze haar ogen opsloeg.

'Ligt Robin daar bij jou in bed?' vroeg Doug.

Kim draaide zich om en drukte zich half op om de ruimte achter zich te in-
specteren. Ze klopte op de dekens.

'Nee,' zei ze met slaperige stem. 'Hoezo?'

'Ze is niet in haar kamer.'

Kim gooide de dekens af en stond op, nog steeds in haar alledaagse kleren.
Ze rende naar de deur op wankele benen, langs vrouw Laracy heen, die in de
schommelstoel was weggedommeld. Nog voordat Doug zelf bij de drempel
kon zijn, was Kim alweer terug in de kamer, haar ogen wijd open, als uitzinnig.

'Waar is ze?' vroeg ze kortaf en haar blik ging naar de donkere ruit, toen
naar de kaars die in de aardewerken kandelaar brandde.

'Ik...' Doug schudde zijn hoofd.

Kim draaide zich om en schreeuwde 'Robin?' zo hard als ze kon. Ze bleef stilstaan, gespannen luisterend. Geen geluid. Het geluid van Kims kreet had vrouw Laracy gewekt. De oude vrouw ging rechtop zitten en keek Kim knip-ogend aan terwijl zij de kaars onder het raam pakte en zich naar de deur wendde.

'Dat kind legt in 't water,' mompelde vrouw Laracy.

'Wat?' vroeg Kim, halverwege de kamer uit, waarbij haar vrije hand de deurpost moest grijpen om zichzelf tegen te houden en te kijken.

'Dat kind legt in 't water.'

'Wat?' Kim keek eens naar Doug. 'Wat?'

'Hol dien moel doch met die onzin,' snauwde Doug tegen vrouw Laracy.

'Maar ze is bij stok,' drong vrouw Laracy aan, met een grijns van roze tand-vlees. 'Niks aan hand.'

Kims ogen rustten even vol ongeloof op vrouw Laracy. Toen draaide ze zich om en stormde de kamer uit, schreeuwend: 'Robin? Joe?'

Doug schudde zijn hoofd, berispte vrouw Laracy terwijl Kim zenuwachtig de andere kamers doorzocht en het geluid van haar bezorgde stem door het huis klonk: 'Joe?' Doug bleef de oude vrouw aankijken. Maar vrouw Laracy moest daar niets van hebben. Ze knipoogde en grijnsde. 'Ze gaan zoeken, maar ze zellen haar niet vinden waar of ze zoeken. Ze is misleid door 'n geest.'

'Hol toch dien moel mit die bakerpraat.' Doug beende de kamer uit en de trap af op het moment dat de voordeur werd opengerukt en Joseph binnen-trad, een nietszeggende uitdrukking op zijn gezicht.

'Is Robin bij jou?' vroeg Kim.

'Nee.' Het kleine beetje kleur dat hij nog op zijn gezicht had trok weg, waardoor zijn huid asgrijs werd. 'Waar is ze? Heeft iemand haar al kwaad ge-daan? Wiens beurt is het?'

'Wat?!' Kim stormde langs Joseph en sloeg hem in het voorbijgaan op de borst. 'Wat zeg je nou?' Ze rende de nacht in, haar stem klinkend in de stil-le lucht, boven de geluiden van de zoekacties in de haven: 'Robin?'

'Als iemand haar al heeft vermoord,' zei Joseph, 'dan is dat veel sneller dan had gemoeten, want de voorstelling is nog niet voorbij.'

Op het internet, puttend uit bronnen te St. John's, stond te lezen dat de elek-triciteit in Bareneed nu was uitgevallen, waardoor de bizarre stand van zaken die de gemeente toch al zorgen baarde, verder werd gecompliceerd.

Brigadier Chase zat in zijn stoel met een vochtige handdoek om zijn middel en had stiekem de computer aangezet, gefascineerd door het nieuws. Toen hij een douche had genomen, had hij Theresa laten zitten want die was een tuinprogramma aan het kijken in de woonkamer, was naar zijn computer in de logeerkamer geslopen en had zijn koptelefoon opgezet. De logeerkamer was ooit een slaapkamer geweest, hij had hem opgeëist als zijn werkkamer en er nieuwe muren van gipsplaat in gemaakt, over lagen en lagen vergeeld behang. De putjes van de spijkers waren nog te zien in de gipsplaten – ze moesten nog worden aangesmeerd – maar de kamer was zo goed als af.

Natuurlijk wist hij al dat de elektriciteit was uitgevallen, maar wat hij nu hoorde was dat de directeur van Newfoundland Power werd geciteerd, die zei dat hij geen technische reden voor die uitval kon vinden. Wat hem betrof, werd Bareneed nog steeds voorzien van elektriciteit.

Chase verkleinde een van de vensters en vergrootte een ander, waardoor hij een nationale nieuwsuitzending kreeg. Het nieuws had zelfs dat niveau bereikt, als een vermelding, zeven of acht in de rij vanaf het hoofdonderwerp. Hij klikte op LIJKEN ONTDEKT VOOR DE KUST VAN NEWFOUNDLAND en keek wat dat inhield. Het was een herhaling van de lokale uitzending die hij al gezien had. Gelijktijdige publicatie. Hij hield zichzelf voor dat hij naar bed moest gaan, het was laat en hij had geen idee hoe lang hij al achter de computer zat. Maar mocht hij besluiten onder de wol te kruipen, dan zou hij alleen in bed naar het plafond liggen staren. Theresa zou pas om een uur of drie naar bed komen, als ze al kwam. Het kon zijn dat ze op de bank bleef liggen. Over slaap hoefde hij zich nog een paar dagen lang geen zorgen te maken. Hij had geen slaap nodig. Alles wat hij nodig had was een douche en die had hij gehad.

Chase klikte de site weg waarnaar hij zat te kijken, riep toen een andere op, veranderde van menu om een ander perspectief te krijgen, maar de verhalen waren vrijwel hetzelfde. Informatie was schaars en er waren maar weinig antwoorden. Er waren artsen die werden geïnterviewd. Specialisten legden verklaringen af en deden hun best er professioneel en gezaghebbend uit te zien, geconfronteerd als zij werden met iets waarvan zij volstrekt niets wisten. Sommigen beweerden dat het probleem in het water zat. Anderen beweerden dat het in de lucht zat. Niemand gaf iets voor zeker toe. 100 procent speculatie.

Chase vond het vreemd om de gemeente op het computerscherm te bekijken. Hij was nog maar pas geleden in Bareneed geweest. Zou hij naar buiten gaan, op zijn erf, dan kon hij Bareneed aan de andere kant van het water zien liggen, de achterkant van de landtong die de haven afschermde. De uitzendingen brachten hem een rechtstreeks kijkje. Hij kon zien wat er gaande was. Live. Hoeveel lijken nu? Niemand wist het zeker. Hij schudde zijn hoofd, ging naar een andere site. Hij lichtte zijn koptelefoon van een oor en luisterde naar Theresa. Geen geluid van haar. Hij was aan de herrie in Saskatchewan ontsnapt om te belanden in het ergste scenario dat hij ooit had meegemaakt. In Saskatchewan kon Chase altijd nog troost putten uit het feit dat de rest van de wereld – min of meer – functioneerde zoals de bedoeling was. Zelfs al waren er seriemoorden, waarover hij in de krant las, het leven om hem heen ging gewoon door. Maar deze troep in Bareneed nam de vorm aan van een catastrofe. Niemand wist wat de volgende gebeurtenis zou zijn. En wat er met Bareneed aan de hand was kon gemakkelijk overslaan naar Port de Grave.

Hij zette zijn koptelefoon weer op en luisterde naar alle theorieën. Hij wist iets wat de verslaggevers niet wisten: een belangrijk stukje informatie dat luitenant-ter-zee French hem had gegeven. Dat was de reden waarom Chase Bareneed mocht verlaten. Het was geen virus dat van mens tot mens ging. Meer informatie wilde French niet kwijt. Hij weigerde het uit te leggen. Chase vermoedde dat French meer wist dan hij losliet. De luitenant-ter-zee had gesuggereerd dat Chase, de aangewezen rijksagent voor de tragedie, naar huis moest gaan om te rusten. Wellicht wilde French de politie niet in de weg hebben. Toen Chase had geantwoord met: 'Maar alles is afgegrendeld', had French gewoonweg gezegd: 'Dit is geen kwestie van een virus. De wegversperringen blijven om de zaak in de hand te houden.' French had Chase aangestaard, recht in de ogen. Maar verder had hij niets gezegd. Chase wist wel dat hij niet hoefde aan te dringen.

Hij klikte een andere site aan. Hetzelfde videomateriaal. Een lange sequentie van Bareneed, de haven 's nachts. Helikopters met lichten die door de lucht heen veegden. Schittering van rode lichtkogels, die opstegen en langzaam weer zakten, vervagend naar roze. Het tafereel ademde de sfeer van een oorlog. En er waren ook slachtoffers. Lijken in het water. Het deed er niets toe dat sommige ervan al jaren dood waren.

Het telefoonlogo op zijn computer begon te knipperen en hij klikte het snel aan, zich bewust van het feit dat de telefoon in de keuken overging. Hij wilde Theresa niet storen.

'Hallo,' zei hij, gericht naar de microfoon die boven zijn scherm zat.

'Brigadier Chase?' Het was de agente van dienst in St. John's.

'Ja.'

'Wij hebben een rapport van een vermiste persoon in Bareneed. Een meisje van acht. Haar: vlasblond. Ogen: blauw. Lengte en gewicht momenteel nog niet doorgegeven. Aangezien u de verantwoordelijke bent voor zoek- en reddingsacties dachten wij dat wij u dit moesten laten weten.'

'Wie heeft het gemeld?'

'Joseph Blackwood, de vader. Adres: Bovenweg, Bareneed. Het enige precieze adres dat ik heb is huize Critch.'

'Ik weet waar dat is,' zei hij en hij herinnerde zich de vader die hij had geholpen om met zijn dochter de lijn in te halen op de kade, en de rode pitvis die aan het eind vast bleek te zitten.

'Hoe lang is ze al vermist?'

'Een uur of twee. Zal ik u een eigen golflengte geven?'

'Ja, doe dat en neem contact op met meneer Blackwood. Zeg hem dat ik er meteen aankom.'

Toen Joseph de politie belde, kreeg hij te horen dat er een agent zou worden vrijgemaakt zodra mogelijk. De stem was mechanisch, harteloos, genadeloos, omdat zij hem ongetwijfeld heimelijk de schuld gaf van de verdwijning van zijn dochter.

Joseph had gevloekt en de hoorn op de haak gesmeten. Oom Doug was langs hem heen gelopen en had de hoorn opgenomen, een nummer inge-toetst en geluisterd. Hij drukte op de haak, wachtte, liet weer los. Drukte weer, luisterde.

'Wat is er?' had Kim gevraagd.

'Niks,' zei Doug. Hij hing op.

'De telefoon?' Geërgerd keek Kim naar Doug, greep toen de hoorn en luisterde, met haar ogen op Joseph gericht. 'De lijn is dood.' Ze hing op en keek haar man aan: 'Heb jij met iemand staan praten?'

'Ja,' schreeuwde Joseph, zijn vuisten ballend. 'Ze hoorden me alleen niet.'

'Wat?'

'Laten we gaan. We gaan wel zoeken.' Zijn neef negerend, rende Doug naar de voordeur met Kim en Joseph op zijn hielen. Vrouw Laracy zat op de bank in de woonkamer, met een geel-wit gehaakte deken over haar schoot en benen. Ze zei: 'Dat wicht is veilig', terwijl ze voorbijrenden. Maar niemand behalve Joseph schonk haar enige aandacht.

Buiten keek Joseph eens naar de activiteit in en boven de haven. Het kwam in hem op om terug te gaan en de oude vrouw te wurgen. Ze was oud genoeg om sterven op prijs te stellen. Ze zou gemakkelijk gaan, hoewel ze natuurlijk wel een beetje zou schoppen en klauwen, maar dat zou hij niet zo erg vinden. Er lagen boven genoeg kussens.

In het westen waren grote lichten langs de heuvels opgesteld en zilverwitte flitsen bereikten Joseph, toen er iets enorms van metaal naar beneden kwam, door twee helikopters geplaatst. Hij zag dat Doug naast Kims auto stond. Een straal licht ging aan en uit. Een zaklamp. Wellicht ging de oude man er-gens heen en moest hij onderweg zijn voetstappen beschijnen. Hoe verder hoe beter. Dat zou Joseph een opgelucht gevoel geven, minder verplicht. De oude man was familie en weerhield Joseph precies te doen wat hij wilde. En die begeerte werd nu sterker, zuiver, dodelijker.

'Wel rijdt?' vroeg Doug.

'Hoever komen we?' Geïrriteerd ging Kim verzitten, zoekend, haar li-chaam zo verlangend naar de terugkeer van iets wat van haar was afgepakt. 'Ze moet in de buurt zijn. Waar kan ze zijn?' Ze zette haar handen aan haar mond en schreeuwde: 'Robin?'

Geen van hen had een antwoord voor Kim, hoewel Joseph vermoedde dat Claudia's dochter er meer van wist. Dat dode meisje. Ongetwijfeld had dat dode meisje Robin meegenomen voor een stoeipartij. Zo waren doden. Be-gerig, zonder zorgen voor iemand anders dan zichzelf. Wat konden ze, eenmaal dood, anders zijn dan begerig? Hij veronderstelde dat Robin door Jessica ergens naartoe gebracht was. Maar waarheen? De schuur had hij al nagekeken. Het bos achter het huis was te dicht en te donker om doorheen te lopen. Natuurlijk, een kind zou vast niet ver komen in het kreupelhout zonder in de takken verstrikt te raken. Moest hij ze dat vertellen? Moest hij dat zijn vrouw vertellen, als dat was wie ze was, en die man, oom Doug, die brave en geharde Newfoundlander, van het zuivere ras? Moest hij ze gaan vertellen dat Robin met een dood meisje was gaan spelen? Wellicht zou iedereen gewoon de handen ten hemel heffen en uitroepen: 'Wel, waarom heb je dat niet meteen verteld? Dat is logisch. Natuurlijk is ze in goede handen, bij een dood meisje. Tenslotte is dat dode meisje toch dood? Dood en dood. Dubbel dood. Wat voor kwaad kon dat in de zin hebben?'

Alles mocht. Mensen hier leken iets te hebben met geesten. Het leven in de stad bevatte niet zoveel van dergelijke mythen, dat waren dingen waarover je met de ogen rolde. Josephs oogleden knipperden, waardoor zijn zicht op buiten werd verstoord. De rug van zijn hand werd beroerd door iets nats. Hij hief zijn hand op en bestudeerde de doorgroefde huid rond zijn botten. Een duidelijk drupje vocht. Hij bracht zijn tong ernaartoe. Water. Hij keek eens naar de hemel. Geen wolk. De verblindende scherpte van sterren. Nog een drupje spatte uiteen op zijn hoofd en kroop door zijn haar. Nog een druppeltje op zijn wang. Toen niets meer. Hij dacht aan de oude vrouw in het huis. Hij had nog genoeg tijd om haar te vermoorden, haar aan mootjes te snijden met een fijne selectie huishoudelijk snijmateriaal, en deze daad vast te leggen in een serie foto's die hij aan de hoogste mediabieder kon verkopen. Lag zijn wegwerpcamera niet in zijn auto? De oude vrouw verdiende het te sterven omdat ze godvergeten oud was. Jongeren zouden dat begrijpen. Voor hen zou hij een held zijn.

Kim liep verder langs de weg te roepen: 'Robin?'

Kim bekijkend, overwoog Joseph haar de nek te breken, haar op haar achterhoofd te rammen met een balkje. Even afstand nemen en dan... wak! De terugslag zou hem ongetwijfeld een beter gevoel bezorgen. Hij zou haar ook kunnen wurgen, haar op de grond gooien terwijl haar armen naar hem uithaalden, haar hemd gescheurd en al vol met maden en dan haar hoofd inslaan met een steen. Dan zouden haar ware kleuren blijken. Die kinderloze lellebel. Waar was ze eigenlijk goed voor? Die dode baby was haar schuld geweest. Die had ze niet lang genoeg vast kunnen houden. Robin was haar schuld geweest. Als Kim aanwezig was geweest om op Robin te passen, zou Robin nu niet vermist zijn.

Hij overwoog terug te gaan en bij Claudia te gaan kijken. Claudia was van het soort dat het ook niet erg zou vinden te sterven. Ze zou het verwachten, wachtend in haar grafjurk, bloemen in haar hand, crucifix rond haar bleke hals. Wellicht was haar dochtertje er ook. Eentje al dood, eentje op weg. Maar, nee, hij was daar al eerder geweest, had buiten het huis gestaan, had in de ramen gekeken, had een overval bedacht, maar er was geen teken van Robin. Alleen Claudia in het raam van de woonkamer, die daar achter het glas stond, alsof schaduwen werden aangetrokken door de lijnen op haar klassieke, buitenwereldse gezicht, haar verzonken ogen die naar hem keken met een blik die om medeleven smeekte voor hoe haar hart voortdurend was misleid. Vermoord haar en geef haar een beter gevoel. Dat is wat ze wilde. Geef haar wat ze wil. De loop van een geweer in de mond. Hoe heet kon ze het laten worden?

Joseph zag oom Doug, die hem achterdochtig aankeek en stond te knipperen met zijn zaklantaarn, daarmee Joseph bescheen en hem vervolgens in zijn ogen scheen, zodat Joseph zijn hand moest opheffen. De oude man schudde zijn hoofd, zette de klep van zijn honkbalpet recht, en vloekte stilletjes. 'Gaast mit?' vroeg hij.

'Ik ga,' zei Kim, met haar rug dichter bij Joseph, maar met een voet en haar lichaam alweer klaar in de tegenovergestelde richting te vertrekken. Ze keek naar Joseph, besloot toen dat hij in feite een waardeloze vent was. Ze wees naar boven, in de donkere richting van de kerk.

Joseph deed een greep naar haar arm en kneep erin. 'Nergens,' snauwde hij.

'Au!' Ze rukte haar arm weg.

Joseph grijnsde naar haar, met een botergeile blik.

Kim schreeuwde en haar stem was een van tranen doordrenkte, woeste huiver: 'Wat is er met jou aan de hand?'

'Wat bist doe in godsnaam aan 't doen?' blafte Doug hem toe.

Joseph trok zijn lip op naar Doug terwijl hij zich voorstelde hoe hij dingen door Kims huid heen stak, gaten in haar maakte zodat ze wat ontvankelijker zou zijn, gemakkelijker op te tillen. Hij liet zijn adem los, wachtte, ademde in door zijn neusgaten. Wat was dat toch, vroeg hij zich af, in zijn longen? Er was iets, of er was iets weggehaald. Een klont van iets wat nodig was.

'Ik ga deze kant op,' zei Doug, zijn woede niet langer op Joseph gericht, naar de weg kijkend die langzaam afdaalde naar de gemeente. 'Neemst doe de zaklamp.' Hij benaderde Kim en gaf haar de lamp. Kim deed hem aan en veegde met de straal door de bomen.

Josephs blik was aan de heuvels gekluisterd. Drie verschillende soorten licht, drie verschillende projecten: er werden monsterlijke dingen opgericht. Hij wierp eens een blik achter zich, op het huis. Moest hij thuisblijven om alleen te zijn, alleen met zichzelf, in een kast wegkruipen, wachten tot de anderen binnenkwamen? De oude vrouw zat er. Zij kon een oefening voor hem zijn.

Oom Doug en Kim liepen in tegenovergestelde richting weg. Moest hij met de man meegaan? Of moest hij de man zijn en met de vrouw meegaan? Zijn vrouw? Haar kloppend hart eruit snijden en het opeten, als een ware overwinnaar, de allesverslindende man zijn, de man met de stevige eetlust.

Hij had oom Doug terug horen lopen naar de weg, snuivend. Dichterbij komend zette Doug zijn honkbalpet af en gebruikte die om Joseph er een klap mee op zijn kop te geven.

'Ga met dien vrouw mit,' snauwde hij. 'Wees niet zo godvergeten onnuttig.'

Kim, die steeds dichter in de buurt kwam van het duister dat haar al snel zou opslokken, draaide zich om en riep dreigend: 'Kom je nou nog?'

Joseph veronderstelde dat die vrouw het tegen hem had. Wat waren zijn plannen? Hij werd verondersteld iets te doen, ergens naar te gaan zoeken. Maar hij had het al gevonden, de zuivere aandrang in hem. Geen kouwe drukte. Daar zochten zij toch naar, of niet? Naar de zuivere aandrang.

De oude man liep de weg af, zijn hoofd naar links en rechts draaiend, oplettend in de struiken kijkend en een naam roepend. Joseph deed een stap, zijn benen voelden wankel, alsof ze wegzonken in de modder. De gezichten die hij in de zee had gezien, de gezichten die naar hem hadden gekeken, als in een stilzwijgende onderwatertrouw, kwamen in zijn geest naar boven. Ze staarden hem genadeloos aan. Een van hen, met een gezicht dat ongemerkt nader kwam, was een meisje dat hij herkende, want ze had iets met hem van doen. Iemand aan wie hij verbonden was, op een manier die momenteel voor hem onbegrijpelijk was. Zijn 'dochter' noemden ze haar, als dat een woord was.

Joseph staarde voor zich uit, zag de rug van de vrouw volledig verdwijnen in de duisternis, maar een straal licht scheen voor haar uit, leidde haar verder. Hij liep achter haar aan. Het was gemakkelijk haar te volgen want ze liep te roepen, ze maakte lawaai, ze gaf zichzelf bloot. Hoe kon zij zich nu zo voor hem verstoppen?

Toen brigadier Chase bij huize Critch kwam, liep hij over het donkere erf naar de voordeur, waar hij aanklopte en afwachtte. Er filterde zwak oranje kaarslicht door de vitrage van wat volgens hem het raam van de woonkamer was. Hij keek over zijn schouder naar de straatlantaarn. Die was uit. Toen keek hij naar het zonnehuis rechts van hem. Een grote zwarte hond zat voor de deur. Hij klopte weer. Geen antwoord. Ze zijn vast naar het vermiste meisje aan het zoeken, veronderstelde hij. Toen hoorde hij een ijle, oude stem die zong:

Veel tranen laat een wicht aan kust
Voor hem die op de bodem rust,
Waar roep van wallevis weerklinkt,
Garnaal zich in zijn bleke lippen dringt.

Niet zeker of deze stem van binnen het huis kwam, probeerde hij de deurknop. Die draaide gemakkelijk. Hij duwde de deur open en leunde aarzelend naar binnen. De woonkamer links van hem was inderdaad verlicht door kaarslicht. Aanvankelijk leek de kamer geheel verlaten. Niet de minste beweging. De oude piano stond tegen de andere muur en het gepolitoerde antieke meubilair weerspiegelde de lichtstralen van de kaars. Hij verplaatste zijn blik naar de chesterfield en zag daar een witharige oude vrouw, die hem recht aanstaarde.

'Hallo,' zei hij, schrikkend toen hij haar ogen zo resoluut op hem gericht zag.

De oude vrouw knikte en grijnsde en zong:

O, begraaf me niet in diepe zee,
De koude waggel voert me mee,
Naar waar geen zon meer schijnt,
In duisternis mijn stille graf verkwijnt.

Toen ze klaar was, staarde de oude vrouw Chase stilzwijgend aan, alsof zij een sombere bevestiging verwachtte.

'Is dit het adres waar een meisje vermist wordt?' vroeg Chase, terwijl hij naar binnen stapte en de deur achter zich dichtdeed. Een rustig, warm gevoel doorvoer hem. Wellicht kwam dat door het kaarslicht dat hem deed denken aan de dagen van zijn jeugd, toen hij kaarsen en wierook brandde, in een poging een gevoelige jongen te zijn. Misschien was het ook het liedje dat hij nog nooit had gehoord, en dat prachtig tragisch en mooi was.

'Ja.'

'Hebben ze al succes gehad?' Chase zette zijn hoed af en hield hem in zijn hand, waarbij hij zich een beetje opgelaten voelde in de aanwezigheid van de oude vrouw.

'Niet met dat vermiste wicht. Daar hemmen ze geen succes mit, best jong.'

'Ik bedoel met het vinden van haar.' Hij deed een stap naar voren, stond nu geheel in de woonkamer, in een lucht van oude stoffering en stevige houten meubels.

'Maar 't gaat goed met haar.'

'Hebben ze haar gevonden?' vroeg Chase hoopvol, met een blik op een vel papier op de koffietafel, naast een blauwe vaas met veldbloemen. Op het papier stond de tekening van een vrouw met lang rood haar. Het was een kindertekening, maar wel van een kind met bijzonder talent.

De oude vrouw staarde hem aan.

'Waar zijn ze nu?'

'Aan 't zoeken.'

'Oké.' Chase keek eens de kamer rond. 'Weet u de precieze tijd van haar verdwijnen?'

'Jazeker,' grinnikte de oude vrouw sympathiek. Ze veegde haar droge lippen af met de rand van haar vinger en grinnikte weer. 'Ze is inderdaad verdwenen, op een persieske tijd.'

Chase keek eens naar de oude vrouw en richtte zijn blik op haar gezicht. Haar vrolijke houding begon hem op de zenuwen te werken. 'Bent u haar grootmoeder?'

'Ze binnen aan 't zoeken op land,' sprak de oude vrouw onheilspellend. 'Ze zoeken altijd op land. Maar dat kind legt waarschijnlijk in zee. 't Het geen zin op land te zoeken, als antwoorden in zee leggen.'

Maandag

Rayna werd wakker van het geluid van de telefoon. Ze ging verliggen in haar bed en had een gevoel alsof haar hoofd gevuld was met nat, rot karton dat een ton woog. De telefoon ging over. Het moest halftien zijn. Tommy Quilty belde elke ochtend om halftien om zich ervan te overtuigen dat het goed met haar ging. Sinds de dood van haar man Gregory, die zes jaar geleden was verdronken, had Rayna zichzelf beschouwd als gelukkig en vervloekt om het feit dat Tommy voor haar zorgde. Hij was lief, maar op dit soort momenten was hij wel een beetje vervelend.

Rayna miste Greg niet zo erg. Hij was een gewelddadige, harteloze vent geweest, die haar misbruikte als dat hem uitkwam. Tommy wist van het geweld van Greg uit de eerste hand. Greg had Tommy op een middag in elkaar geslagen toen hij Rayna en Tommy samen betrapt had, terwijl ze gewoon bij een pot thee aan de keukentafel zaten te kletsen. Greg had Tommy in zijn nekvel gegrepen en hem het achtererf op gesleept, waar hij 'die achterlijke', zoals Greg Tommy noemde, in elkaar had getrapt. Dat was geen vrolijk gezicht geweest, Tommy rollend over de grond, kreunend. Rayna's pogingen om Greg weg te trekken hadden haar voor haar moeite slechts twee blauwe ogen opgeleverd. Dat miste ze dus beslist niet, hoewel ze het idee had dat ze smachtend naar iets verlangde, al wist ze niet precies wat. Niet naar Greg zelf, wellicht naar zijn aanwezigheid. Of naar de aanwezigheid van de man die zij gemeend had dat hij was.

De telefoon bleef maar overgaan. Haar hoofd deed pijn door de fles rum die zij gisteravond soldaat had gemaakt. Haar mond smaakte bitter van de nicotine. Vaag herinnerde zij zich dat ze over haar achtererf had lopen strompelen en was gevallen, in een poging iets weg te jagen. Was dat een kat geweest? Of had ze juist geprobeerd die te lokken? Hoe dan ook, ze had zo'n vaag gevoel dat ze het betreffende wezen iets had willen doen.

Ze greep het kussen vast, drukte haar gezicht erin en bromde. Recentelijk waren de telefoontjes van Tommy frequenter geworden, om de dag. Rayna vermoedde dat dat iets te maken had met de problemen in Bareneed, die overlijdensgevallen, die vreemde signalementen.

Afgelopen nacht had ze naar het nieuws zitten kijken met een reportage uit Bareneed. Ze had zelfs Clarence Pike en Alice Fitzpatrick gezien, die werden geïnterviewd over wat er gaande was. Ze hadden geen flauw idee, geen van beiden. Ze stonden daar gewoon en zeiden dat het iets vreselijks was, en 'een mooi zooitje'. Dat soort dingen. Rayna had gegrinnikt toen ze de verslaggevers uit St. John's en andere delen van Canada vol onbegrip zag, maar toch oprecht knikkend alsof ze de meest medelevende mensen waren die ooit op aarde hadden rondgelopen. En toen was het licht uitgevallen en sinds die tijd was de elektriciteit nog niet terug. Om die reden had de telefoon het dus ook niet gedaan. Ze had geprobeerd gisteravond iemand te bellen. Wie? Was dat Tommy geweest? De lijn was dood geweest.

Ze keek eens naar de elektrische wekker bij haar bed. Daar stond 10:30. Ze greep de telefoon en trok hem naar haar oor. 'Hallo,' zei ze slaapdronken. Ze legde haar hand op haar voorhoofd en besefte nu pas hoeveel pijn ze had. Ze haalde eens diep en vermoeid adem. Bewegen was altijd een probleem. Het was het beste stil te blijven liggen. Luisterend naar het oorstuk hoorde ze Tommy zuchten.

'Tommy?'

'Ja,' zei hij snel. 'Tijd om op te staan, schoonheid.'

Rayna glimlachte en sloot haar ogen. Ze moest hoesten en kreunde daar even om, in een aanval van pijn, draaide haar hoofd naar de kaptafel aan de andere kant van de kamer. De lucht leek dik. Het was buiten vast heet. Vochtig. 'Hoe is het met jou, Tommy?'

'Ik zit te kletsen.'

'Echt waar,' grinnikte ze, haar schouders spanden zich en hernieuwden haar pijn. De lucht van as drong haar neus binnen. De asbak stond overvol op het nachtkastje. Het zien daarvan maakte haar misselijk. Ze wachtte, gewend aan die stiltes van Tommy. Toen haalde ze diep adem.

'Wat bist doe aan 't doen?'

'Ik lig in bed.' Weer hoorde ze hem zuchten. 'Ik ga opstaan... misschien.'

'Ik ook.'

'Lig jij ook in bed?'

'Nee.'

'O.' Haar glimlach vertederde. Tommy was net een groot kind. Hij was de enige die nooit iets van haar moest. Hij zorgde voor haar, wilde bij haar in de buurt zijn, had haar nodig. 'Weet je wat?'

'Nee.'

'Ik was in Port de Grave bij de... kruidenier gisteren en ik ben naar Maxine geweest. Ik heb je nieuwe schilderijen gezien.' Stilte aan de andere kant. Ze wachtte, stond op het punt naar een sigaret te gaan zoeken, toen ze merkte dat ze geen adem haalde. Ze ging rechtop zitten onder de dekens, opgewonden en geschrokken. Ze haalde adem en luisterde naar zichzelf. Alles leek in orde, behalve dan dat ze begon te zweten. Dat was van de drank. Ze kon de vieze lucht van haar eigen lijf ruiken. Tijd om een douche te nemen.

'Tommy?'

'Ja?'

'Ik moet verder.'

'Oké. Kan ik kommen?'

'Tuurlijk.' Ze haalde in paniek diep adem. 'Jezus,' mompelde ze en ze betastte haar borst. 'Is het vochtig buiten?'

'Wat?'

'Er is geen lucht hier.'

'Wat bedoelst?'

'Niks. Kom maar hierheen,' zei ze verstrooid, 'als je zin hebt.' Ze hing op en gooide haar benen over de rand van het bed. Eenmaal tussen de lakens uit, toen ze haar lange rode T-shirt vrijmaakte van haar benen, voelde ze de lucht op haar armen en schrok van dat gevoel. En ze joeg zichzelf nog meer angst aan door te veronderstellen dat zij nu dat virus had waar mensen het over hadden, of kwam het gewoon van de sigaretten? Haar knieën knikten toen ze ging opstaan. Ze ging weer op bed zitten, de leegte holde haar meteen uit en schoot recht naar haar kop.

Ze haalde adem, zweet op haar voorhoofd, dat samenstroomde in haar wenkbrauwen. Ze had een slok nodig, verder niks. Een versterkertje. Ze tilde de zoom van haar T-shirt op en veegde haar voorhoofd af, hield de stof tegen haar gezicht en sloot haar ogen. Niets.

'Ik heb een slok nodig,' zei ze en ze hoorde de woorden die ze net had uitgesproken, maar vergat ze ook meteen weer. Ze keek eens rond in haar slaapkamer en een aanval van onbegrip schoot haar door de zenuwen. Een fractie van een seconde herkende ze haar omgeving niet. In wiens huis was ze? In dat van een vreemde? Waar ben ik? Toen herinnerde ze zich het. De kamer kwam haar bekend voor. Meer dan bekend. Het was de hare.

Dokter Thompson stond bij de Eerste Hulp in de wachtkamer, en bekeek de mensen die overal zaten of stonden. Ongetwijfeld waren de meesten van hen familieleden van degenen die aangedaan waren door ademhalingsproblemen. Moeders en vaders. Nee, geen moeders en vaders, want er waren nog geen kinderen opgenomen met de symptomen. Geen kinderen. Alleen volwassenen. Waarom was dat? Ziekten die tot een bepaalde leeftijdscategorie beperkt zijn. Wat waren die? Hij kon aan niets denken dat op deze situatie sloeg.

Donna Drover was nu niet meer aanspreekbaar. Darry Pottle had last van geheugenverlies. Amnesie trad zelden trapsgewijs op, op deze manier. Meestal was het het gevolg van één enkel traumatisch incident, of van een katalysator. Andere patiënten hadden soortgelijke symptomen: geestelijke aftakeling zonder duidelijke hersenpathologie.

Thompson was de hele nacht in het ziekenhuis geweest. De vorige avond, toen hij even bij zat te komen in huize Murray en te genieten van zijn maaltijd, het eten naar binnen zat te werken en zijn best deed zijn gekreun te onderdrukken, was zijn mobieltje voor de dertigste keer die dag afgegaan. Het geroezemoes in de keuken was verstomd en alle hoofden waren zijn kant op gedraaid. Het overgaan van zijn mobieltje was een alarm, waardoor pas goed duidelijk werd wat het betekende dat Thompson hier was binnengevallen. De gezichten keken naar hem toen hij daar stond, zijn beide wangen vol eten. De keuken was muisstil terwijl Wilf Murray de klep van zijn pet rechttrok en zijn stoppelige grijze kin naar voren stak. Het mobieltje ging weer af. Thompson kauwde een keer, viste de telefoon van waar hij aan zijn ceintuur zat vastgeklikt. Hij klapte hem open terwijl hij met zijn vrije hand zijn bord vasthield. Gezichten bekeken hem met hernieuwde belangstelling. Hij had zich omgedraaid, moeite gedaan de enorme hoeveelheid eten die in zijn mond zat door te slikken om te kunnen praten, waardoor hij bijna stikte. Hoestend had hij genoeg opgevangen van wat er aan de andere kant werd gezegd om te weten dat Donna Drover zo-even in coma was geraakt.

Volgend op een kort bezoek aan zijn eigen huis om de verlangende en ellendig eenzame Agatha te voeren en zijn geliefde poes mee te nemen op zijn reis in zijn terreinwagen, was Thompson rechtstreeks naar het ziekenhuis gereden om te gaan kijken op de zaal waarop Donna Drover lag. Zijn versnelde pas had de pijn in zijn enkel verergerd, waardoor hij misselijk was geworden, dus was hij gedwongen het rustiger aan te doen of anders het souper te verspillen dat mevrouw Murray hem zo gastvrij had aangeboden.

Er waren nog twee bedden op zaal gezet bij Donna sinds zijn laatste bezoek. Het bed bij het raam was dat van Donna. Thompson strompelde erheen en boog zich over zijn patiënt. Ze had op IC moeten liggen, maar daar was geen ruimte meer.

Thompson bekeek de beide andere bedden: twee vrouwen uit Bareneed aan de beademing, nog geen buisjes in de keel. Een van hen had de ogen dicht, de andere was een jongere vrouw die hem bekeek met een wraakzuchtige uitdrukking. Haar vuisten waren aan het bed vastgebonden. Thompson hoorde de stem van Donna in zijn hoofd: 'Wat ben ik.' Toen herinnerde hij zich de woorden van luitenant-ter-zee French die hij op het bord had geschreven: VISSERS VAN MENSEN.

'Hoe voelt u zich?' vroeg Thompson aan de vrouw die naar hem keek. De vrouw schudde alleen haar hoofd en haar hatelijke uitdrukking veranderde in een van diepe wanhoop en hopeloosheid, die Thompson sterk aangreep. Nadat hij Donna enkele ogenblikken had bestudeerd verliet hij de zaal en liep naar de artsenkamer. Er waren nog twee andere artsen aanwezig. Thompson kende geen van beiden, zij waren waarschijnlijk van buiten de streek afkomstig en verdiept in hun eigen gesprek over de situatie. Een van hen, een slanke vrouwelijke arts van middelbare leeftijd met lang bruin haar, was ervan overtuigd dat Bareneed was besmet door een toxine dat de hersenstam aantastte. De andere arts, een man van begin dertig met krullend zwart haar en een draadbrilletje, voerde aan dat het geen besmetting kon zijn, omdat er in de lichamen van de patiënten geen toxines gevonden waren. Hij voerde aan dat het een psychologische aandoening moest zijn, een vorm van massahysterie.

'De lichamen zijn niet fysiek ziek,' bestreed hij.

'Maar hoe verklaart u dan de sterfgevallen?' bracht de vrouw daartegen in. 'Hoe kun je doodgaan aan hysterie?'

'Dat weet ik niet,' zei de man. 'Jij wel? Daar zit nu juist de kneep. We weten het niet echt, wel?'

Thompson had de notie van hysterie al overwogen, maar die ging niet op. Hij was te moe om aan het gesprek deel te gaan nemen. De beide artsen keken naar hem, in de hoop dat hij aandacht schonk aan hun overwegingen, maar lieten hem al snel links liggen. Hij dacht aan Agatha buiten in de auto en vroeg zich af of hij een raampje open had gezet. Ja, dat herinnerde hij zich. Aan zijn kant, zijn raampje. Toen overwoog hij het nieuwe stadium van de aandoening. Coma. De progressie: agressief of gewelddadig gedrag. Verlies van ademhaling. Verlies van zelfbesef. Geheugenverlies? Coma. En geen van de patiënten was een kind. Deze gedachtegang vervolgde hij terwijl hij in slaap sukkelde en algauw lag hij te snurken.

Een paar uur later stond hij in de wachtkamer te wachten, maar waarop? Thompson herinnerde zich hoe hij twee dagen geleden met brigadier Chase op dezelfde plek was geweest, en de manier waarop de mannen en de vrouwen hem hadden bekeken was hem opgevallen. Die gemene blik in hun ogen, die schijnbaar kwade bedoeling. Maar in tegenstelling tot twee dagen geleden, stond er nu een soldaat op wacht bij de schuifdeuren, met zijn handen op zijn rug en zijn benen stevig uit elkaar geplant. Geen wapen. Thompson had verwacht dat hij wel een geweer in zijn handen zou hebben. Het was hier een noodtoestand, chaos kon elk moment uitbreken, uit de muur, de vloer en het plafond komen. Thompson boerde, proefde de maaltijd van vorige avond die nog in zijn maag lag. Heerlijke herinneringen.

De wachtkamer zat propvol volwassenen en kinderen, de meesten keken nietszeggend. Een paar oudere mannen en vrouwen bogen zich naar elkaar toe, spraken, knikten of schudden hun hoofd, ongetwijfeld omdat ze hun aandeel hadden gehad in de tragedie en de huidige loop van de gebeurtenissen afzetten tegen incidenten uit het verleden. De warmte die die menigte uitstraalde was verstikkend menselijk, overweldigend.

Thompson keek eens van gezicht naar gezicht. Geen teken van kwade wil. Had hij zich die kwaadwilligheid eergisteren maar verbeeld? Hij wendde zich naar de schuifdeuren en meende dat hij in de verte een sirene hoorde.

Ook andere hoofden werden gedraaid. Thompson luisterde, strompelde toen naar de deur terwijl hij de mensen in de wachtkamer bleef bekijken. Er was sprake van het normale aantal verstuikingen, verkoudheidjes en kleinere snijwonden. Familieleden van de getroffenen mochten de patiënten niet bezoeken en toch zaten ze te wachten, ongevoelig voor wat voor instructie dan ook. Een paar hadden hem met vragen bestookt, maar alles wat hij ze kon bieden was een reeks hoopvolle maar toch ontwijkende uitdrukkingen, niets bepaalds. De vijfde verdieping van het ziekenhuis was nu geheel onder quarantaine.

De dubbele deuren schoven open toen Thompson naderde. De morgenlucht was koeler dan hij had verwacht voor een zomerochtend. Verfrissend. Hij keek eens naar de coniferen die zich in de verte verhieven. Een enkele kraai vloog erlangs, hoog boven de boomtoppen. De sirene werd intens luid en afgeknepen toen de ambulance voorreed, waardoor Thompsons uitzicht werd ontnomen op alles behalve de witte carrosserie van het voertuig, met de oranje streep en dito letters. Broeders sprongen uit de cabine en renden om de achterdeuren te openen. De brancard kwam eruit. Thompson zag een meisje van een jaar of acht. Hij zag hoe de brancard langs hem heen rolde en liep er toen achteraan.

'Wat is er gebeurd?' vroeg hij.

'Onderkoeling,' antwoordde een van de broeders. De brancard ratelde door de dubbele deuren. 'Temperatuur is constant.'

'In het water gelegen?'

'Een boot van de marine heeft haar opgevist en haar naar de visafslag gebracht, omdat ze dachten dat het de zoveelste dode was.' Ze rolden haar door de gang, in de richting van de deuren van de Eerste Hulp. 'Toen merkten ze dat ze hedendaagse kleren droeg, van nu.' De broeder keek eens naar de dokter, schudde zijn hoofd alsof hij niet in staat was te geloven wat hij zei. Thompson keek naar het kindergezicht onder het zuurstofmasker. Dat kwam hem beslist bekend voor. Een van zijn patiënten? O nee, het kind uit het huis in Bareneed. Hoe heette ze ook alweer? Een dierennaam. Een vogel. 'Blauw,' mompelde hij toen de brancard de deuren van Eerste Hulp raakte en erdoorheen gleed. Artsen stonden gereed, verpleegsters in hun blauwe kledij. 'Robin,' zei hij toen de deuren van de Eerste Hulp zich voor hem sloten. 'Ze heet Robin.'

Zondagavond was Kim gestruikeld over een gat in de weg op Codger's Lane, waardoor de zaklamp uit haar handen in de bomen was gevlogen. Ze was gestruikeld en er nog net in geslaagd haar evenwicht te hervinden, toen ze van achteren werd neergeslagen, op het grind klapte op haar zij, met het volle gewicht van een lichaam boven op haar. Een man deed pogingen haar op haar rug te krijgen. Toen zag ze Josephs gezicht voor het hare in de duisternis, zijn ogen tot spleetjes, zwak verlicht in de schaduw van bomen die het maanlicht veroorzaakte, terwijl zijn handen haar armen plat op de grond drukten en zijn stinkende adem haar haar gezicht deed afwenden van walging.

'Temeier,' had hij door opeengeklemde kaken gesist. 'Met die vent. Die visvent.'

'Ga van me af,' had ze gekreund, ze probeerde haar heup op te heffen om hem van zich af te gooien, om te merken dat het vreselijk pijn deed op het punt waarop ze tegen de grond was geklapt. 'Mijn heup! Ga van me af!'

'Je gaat nu niet meer bij mij weg.'

'Ga van mij af!' Ze bleef schuiven, ondanks de pijn, maar het lukte niet hem van zich af te krijgen.

'Temeier.' Zijn hand verzachtte de greep op haar rechterarm en ging naar zijn lippen. Hij likte zijn vinger af en wreef over haar wang als in een poging er iets af te krijgen. 'Wat ben jij onder dat alles? Make-up. Ik zal je tanden eruit trekken.' Hij greep haar voortanden en trok eraan. 'Gaten in je kop boren. Ik kom er wel achter wie.' Zijn hand verliet haar gezicht en ging naar haar keel. Zijn vingers speelden met haar slokdarm, knepen niet hard maar duwden en lieten los alsof ze de weerstand testten.

Met haar vrije hand had Kim van de gelegenheid gebruikgemaakt een steen te pakken en Joseph tegen zijn slaap te rammen. Toen ze hem trof verzachtte hij zijn greep op haar slokdarm en zijn nietszeggende ogen bekeken haar enkele verbaasde ogenblikken lang. Zijn gezicht kwam langzaam dichter bij het hare. Ze kreeg de indruk dat hij ging flauwvallen of haar ging bijten, dus ze hief de steen op, klaar hem andermaal te slaan. Maar in plaats daarvan kuste hij haar, met zo'n tedere emotie dat het haar oprecht alarmeerde. Een afscheidskus, met het prikken van zijn ongeschoren gezicht dat haar huid pijn deed. Toen sprong hij op en rende weg tussen de bomen. Een spoor van krakende en brekende takken, een reeks dierlijke geluiden, gaven aan waar hij in de bossen was verdwenen.

Kim was daar op de grindweg blijven liggen, kiezels in haar rug en benen, de pijn in haar heup die zich weer meldde. Een snik deed haar borst trillen. Ze voelde zich zwak, toen boos, sterker. Ze zette haar handen schrap op het grind en kwam voorzichtig overeind, tranen van angst en pijn in haar ogen. Ze keek eens naar de bomen, zoekend naar haar verloren zaklamp, maar kon er geen spoor van ontdekken. Robins naam roepend, rende ze weg. Ze was alleen en doodsbang, niets was voor haar nog logisch. Ze was door Joseph aangerand, die vervolgens blindelings de bossen in was gerend alsof hij wist waar hij naartoe moest.

Ze moest even wachten voordat ze kon bukken, haar angst en haar pijn in haar heup werden zo intens dat ze moest overgeven in de greppel langs de weg. Wenend en naar adem snakkend, bleef ze Codger's Lane af dalen, roepend naar Robin, terwijl de scherpe pijn diep in haar heup erger werd. Ze ging door, maar haar hoofd duizelde.

Onder aan de laan had ze het tafereel gezien langs het havenfront en ze kon niets anders denken dan het woord 'nachtmerrie'. Niet ver van de kust trokken twee mannen, in een van de boten op het zwarte water, iets aan boord. Het was duidelijk dat het een lichaam was. Een helikopter die erboven hing had het zoeklicht recht op de boot gericht, waardoor de mannen in hun zwarte duikerpakken en tevens het bleke lijk in hun handen werden verlicht.

Een tweeslachtig gevoel maakte zich meester van Kim. Ze kreeg het gevoel dat ze in een volslagen vreemd land aan het zoeken was, een land, niet bestaande uit grond, maar geheel gevormd uit het vaalste terrein van de geest. De zoektocht naar haar dochter, die vermist werd of door vreemdelingen was ontvoerd, die ze nooit zou kunnen vinden noch zou kunnen begrijpen, omdat dit een verschrikkelijk mysterie was dat niet zomaar opgelost kon worden. Het was zo onvoorstelbaar dat ze het gevoel kreeg onzichtbaar te worden. Ze wilde niet denken aan de redenen waarom Robin vermist werd. Ze kon de gedachte daaraan niet verdragen. Ze kon alleen maar doorgaan met zoeken.

Na een paar stappen langs de benedenweg was ze blijven staan, hoorde het kraken van takken en het vegen van voetstappen over het gras. Ze draaide zich om en zag de schaduw van een man die haar volgde, die van de weg af de bossen in sprong. Joseph. Was hij nou helemaal gek geworden? Hij leek haar te beloeren als een prooi, klaar om toe te slaan. Ze versnelde haar pas en schrok toen ze luid begon te roepen, in gekweld verlangen: 'Robin?'

Geen reactie. Verscheen haar dochter maar. Kim had er alles voor over. Dat vertelde ze God, verzekerde Hem dat zij alles zou doen om haar dochter terug te krijgen. Alles. Alstublieft, smeekte zij steeds maar weer. Alstublieft, God. Doe dit voor mij, voor mijn kind. Alstublieft.

Toen ze de eerste wegversperring bereikte, in westelijke richting lopend over de benedenweg, maakte een groepje soldaten met zaklantaarns een einde haar verdere zoektocht, zelfs toen Kim boven het geluid van de rotoren van de helikopter uit schreeuwde, die in de lucht boven hen bonkten: 'Mijn dochter wordt vermist. Ze is weg.'

Een lange soldaat die het bevel scheen te hebben, of dat meende, merkte haar probleem op en vroeg om bijstand. Vervolgens maakte hij Kim duidelijk dat bewoners niet voorbij de wegversperring mochten komen. Een andere soldaat, die een eindje verderop stond, bekeek Kim met een zorgzame blik, die aan vrees grensde. Het zien van deze bange soldaat zette Kim ertoe aan wild te gaan gillen en de soldaat die haar de weg versperde te gaan krabben. Ze werd teruggetrokken door een derde soldaat, haar adem werd heet terwijl zij vol haat naar de lange soldaat keek en haar ogen probeerden de bange soldaat te vermijden, die kennelijk gehurkt zat terwijl hij het water zorgelijk bestudeerde.

'Het spijt mij,' zei de lange soldaat.

En Kim trok zich terug, hem nog boos aankijkend. Ze stond op het punt zich om te draaien toen koplampen van achter de wegversperring naderden. Zij moest haar ogen beschermen toen het voertuig stopte en vervolgens blauw en rood licht aan liet gaan. De gestalte van een politieagent klom eruit en stond in het zwaailicht. Hij was langer en steviger dan de lange soldaat.

'Bent u mevrouw Blackwood?' vroeg de gestalte.

'Ja,' stamelde Kim, schuifelde naar voren en riep toen nog eens 'ja', luider, om boven het lucht-klievende geluid van een helikopter uit te komen die nu pal boven hen hing, alsof ze in de gaten werden gehouden. Zij deed een stap in de richting van de agent maar werd weer door de lange soldaat tegengehouden. Ze duwde hem weg met beide handen en hij strompelde achteruit.

'Het is goed,' zei de politieagent hardop en hij liep naar voren om haar bij de arm te pakken. 'Ik ben brigadier Chase.' Hij keek eens naar haar voeten. 'Hebt u uw been verwond?'

'Hebt u mijn dochter gevonden?' vroeg Kim.

De officier opende de achterdeur van zijn auto voor haar. 'Nee, het spijt me. Nog niet. Er wordt een zoek- en reddingsteam samengesteld. Dat zal hier algauw zijn.'

Kim klauterde in de patrouillewagen en kromp ineen toen ze ging zitten. De verwarming stond aan en de lucht buiten de ramen was koel. Het was laat in de nacht. Het koelde af. De hitte was verkwikkend, iets te verkwikkend. Kims heup deed erg zeer en de pijn sloeg weer terug op haar maag. Brigadier Chase klom achter het stuur. Kim keek achterom, door de achterruit, naar de heuvels, waar onder het licht van de schijnwerpers zilveren schotels zo groot als huizen door helikopters werden geïnstalleerd.

'Zijn we nu aan het uitkijken?' vroeg ze de agent.

'Aan het zoeken?'

'Ja.'

'Dat zou zinloos zijn, wij met zijn tweeën.'

'Het is niet zinloos.' Kim sloeg op de stoel voor haar. 'Christus!'

'Het is beter als iedereen op één plek blijft. We moeten de zaken ordelijk houden. De zoektocht moet systematisch zijn.' Zijn blik schoot naar de spiegel. 'Kinderen gedragen zich anders dan ouderen als zij verdwalen. Kinderen neigen ernaar zich op één plek te verbergen. Zij gaan niet lopen.' Kim volgde de blik van de officier en zag Joseph toen. Hij verscheen even op de weg, voordat hij weer de bossen in sprong. De lange soldaat had het opgemerkt en ging achter hem aan.

Brigadier Chase bracht Kim terug naar huize Critch. Onderweg vroeg hij of Kim geen medische verzorging wilde voor haar blessure. Kim sloeg het aanbod af, beweerde dat ze gewoon was gestruikeld en in het donker gevallen.

'Met mij is niets aan de hand,' zei ze afwijzend.

Bij huize Critch maakte brigadier Chase gebruik van zijn radio om contact op te nemen met de legerbasis in de gemeente en te vragen of er al iets bekend was van het meisje. Er was summiere informatie dat er inderdaad een kind was gevonden, maar ze waren niet zo positief over de identiteit van dat kind. Meisje of jongen. Dood of levend.

'Waar is het kind?' vroeg Kim.

'Weet ik niet zeker,' antwoordde Chase. 'We moeten hier wachten. We horen het zo wel. Daar zorg ik wel voor.'

Hoe lang geleden was dat nu geweest? Een nacht, een week, seconden geleden? Het was nog donker buiten, dat verstikte alles, de woonkamer werd slechts door kaarslicht werd verlicht. Kim had drie pillen genomen, maar ze leken niet te werken en ze had er dus nog twee genomen. Haar geest werd belast door een kunstmatige verdoving, die af en toe doorkruist werd door paniek. Toen de pijn kwam opzetten probeerde zij op te staan van de bank in de woonkamer, alsof ze werd opgewekt door het sterke verlangen naar Robin, maar toen viel ze weer werkeloos terug. Zelfs elementaire dingen als lopen waren onmogelijk voor haar.

Vrouw Laracy zat in een schommelstoel tegenover Kim. Zij had brigadier Chase gevraagd de stoel uit Josephs slaapkamer te halen en hij had vriendelijk het verzoek ingewilligd. De oude vrouw zat nu bij het raam van de woonkamer te schommelen en te neuriën. Kim meende dat het de melodie van 'Stille nacht' was. Brigadier Chase bleef een poosje bij hen zitten, zei geen woord, wist niet wat te doen. Toen kwam er een bericht over zijn radio, een bericht dat Chase op de hoogte bracht van het feit dat het reddingsteam nu klaarstond.

'Waar is uw man?' vroeg de agent.

Kim schudde haar hoofd. 'Geen idee.'

Chase verontschuldigde zich omdat hij even moest telefoneren, wat hij in de keuken deed. Kim luisterde maar hoorde niets bepaalds, behalve het diepe murmelen van zijn stem. Hij kwam terug zonder een woord te zeggen en ging op de pianokruk zitten, naar het raam kijkend, in stilte afwachtend tot de eerste tekenen van de dageraad zich meldden, die al snel de kamer begonnen te verlichten.

'Tijd om te gaan.' Hij pakte zijn hoed van waar hij lag, op de koffietafel. Hij zette hem op zijn hoofd en ging staan.

Vrouw Laracy onderbrak haar geneurie even om te zeggen: 'Het wicht is bij stok.'

Brigadier Chase antwoordde daar niet op, keek alleen naar de oude vrouw voordat hij haar voorbij liep.

Kim volgde hem naar de deur, steunend op haar rechterbeen om de druk van haar heup af te halen.

'Ik zal kijken of ik uw man kan vinden.'

'Vindt u mijn dochter maar.'

Toen de wagen van brigadier Chase verdween, keek Kim eens naar de schemerige haven. Er was nu geen activiteit meer: geen boten en geen helikopters. De hemel lichtte op van zwart naar diepblauw. Het water was kalm, helder, alsof de taferelen van de afgelopen nacht niet meer waren geweest dan een fantasie, een extravagante poging een film te maken.

Kim keek de weg af, of ze oom Doug niet zag. Hij was vannacht niet teruggekomen. Er was geen taal of teken van hem vernomen. Hij was anders niet het type dat zich liet ontmoedigen door duisternis. Kim putte troost uit het idee dat hij nog ergens buiten aan het zoeken was, met vrienden of buren en zaklampen. Zij kenden het terrein. Zij wisten waar een vermist meisje kon zijn. Vermist. Meegenomen. Beschadigd. Kim kon hier niet meer tegen. De uren tikten voort en de hoop stierf en stierf en stierf... Ze ging terug naar de woonkamer.

'Het wicht is bij stok,' sprak vrouw Laracy.

Kim ging op de bank zitten en sloot haar ogen om de tranen tegen te houden. Ze klemde haar kaken op elkaar en keek toen naar vrouw Laracy. Wie was deze oude vrouw? En waarom was ze hier? Zij was een slecht voorteken. Een boze invloed. Een heks met een gerimpeld gezicht dat tegen haar grijnsde. Grijnsde!

'Het wicht is bij stok.'

'Alstublieft,' zei Kim en ze legde een hand op haar voorhoofd. 'Alstublieft, houd...'

'Nee,' zei vrouw Laracy en ze verhief haar stem. 'Ik hol mijn mond niet voor doe. Doe mist dien geloof, en zo is 't met joe allemaal. Christus allemachtig! Hol vast aan dien geloof, jongedame.'

Kim keek de oude vrouw boos aan.

'Stel die dan voor in dien kop. Zie dat wichtje.' Plotseling keek vrouw Laracy naar het plafond. Ze sprak: 'D'r komt iets voorbij.' Ze keek naar de haven, toen weer naar het plafond, langs de muur. Haar blik bleef op de telefoon op het bijzettafeltje naast de bank rusten, toen die overging.

Kim boog zich voorover en greep de hoorn. 'Hallo,' zei ze, wanhopig de telefoon vastklampend, haar heup kloppend door die plotselinge draaibeweging.

'Is Joseph Blackwood daar?'

'Ik ben zijn vrouw. Gaat het over Robin? Ik ben haar moeder.'

'Dit is dokter Thompson in het ziekenhuis in Port de Grave. Ik heb geprobeerd te bellen, maar er was geen verbinding te krijgen.'

'Is alles goed met Robin?'

'Komt u alstublieft naar het ziekenhuis. U moet meteen komen.'

Vaak klamp ik mij vast aan de plek waar ik zit of sta, want ik heb het gevoel dat de aarde helt om mij in het water te laten vallen. Zwaartekracht die verandert, wankel, schuin. Ik kan door bomen en gras en over scherpe rotsen schuiven en dan in de zee plonzen. Is dat de plek waar ik thuishoor? Waar we allemaal uiteindelijk thuishoren? En zo ja, waarom houd ik dan almaar vast? Laat de aantrekkingskracht van de zee mij de baas worden.

Ik heb door het raam in mijn atelier zitten kijken. De haven is prachtig. 's Nachts. Overdag. Een schilderij dat zichzelf blijft bijstellen. De beelden, de kleuren, het licht. Het licht verandert voortdurend de omtrekken, een naadloos voortschrijden van tijd en energie die de eigen realiteit toont met elke seconde die mij en alles wat ik in mijn blikveld heb verandert. Maar dat is de werkelijkheid niet. Het is gewoon het uitzicht door mijn raam, omkaderd door een muur waaraan andere schilderijen en foto's hangen die niet veranderen. Een pretentie, een maskerade. Realiteit om te abstraheren.

Vanochtend werd ik wakker en Jessica lag niet naast me. Ik vraag me af waar ze naartoe is.

Ik eet nu de laatste gedroogde abrikozen en peren. Zo zoet. Ik blijf doorgaan met het snijden van schuren en huizen waaruit de gemeente bestaat. In miniatuur. Ik ben nu ook begonnen mensjes te maken. Vissers in keramische boten en soldaten in jeeps. Elk huis en iedere persoon nadert nu voltooiing. Deze geboetseerde mensen komen op mijn deur kloppen. Ik doe niet open. Ze gaan weg. Ik wacht tot iemand binnendringt.

De dromen over Reg worden sterker, mijn emoties rauwer. Naarmate ik verslijt, lijkt Reg te verstevigen. Ik zal mijn ogen niet sluiten. Als ik droom is hij duidelijker dan wanneer ik wakker ben. Ik zie hem in Joseph. Een man net als de man die ooit de mijne was. Niet om te beminnen. Om nooit meer te beminnen. Ik voelde aandrang naar beneden te rennen en de messenla open te trekken, een lemmet te grijpen, over het gras naar huize Critch te rennen en Joseph dood te steken, hem steeds maar weer te steken totdat ik vrij zou zijn van deze gedachten.

Waarom richt mijn geest zich voortdurend op het verlangen naar een man? Ik zou Joseph kunnen vermoorden, maar hoe vermoord ik Reg? Als ik mijzelf van kant maak, zal ik altijd aan Reg gebonden blijven, man en vrouw, handen vasthoudend terwijl hij mij rondzeult in de verdoemenis, tot pulp geslagen, mij achter zich aan trekt als een lappenpop, waarbij een spoor van smeer wordt achtergelaten.

Een klop op de voordeur haalde Claudia uit haar woordenstroom. Ze luisterde naar het geluid, om zich ervan te overtuigen dat het echt was. Toen klonk het weer. Zuchtend wachtte ze tot het op zou houden. Ze zette het puntje van haar pen op het papier en wachtte tot de woorden weer zouden gaan vloeien, maar er was slechts geklop. Hard geklop.

Niet in staat het langer te verduren ging Claudia staan. Het kloppen werd donderend nadrukkelijk en dwong Claudia gauw naar beneden te lopen. Wie kon dat zijn?

Ze trok de deur open en zag een jonge knappe man in uniform met een klembord op borsthoogte. Hij was duidelijk nerveus en gespannen in haar aanwezigheid, pakte zijn pen van het klembord, klaar om aantekeningen te maken.

'Goedemiddag,' zei hij.

'Hallo.'

'Mijn naam is matroos tweede klas Nesbitt.'

Claudia keek over zijn schouder naar de haven. Een triplex afscheiding was langs de kust opgetrokken. Ongetwijfeld om mensen ervan te weerhouden de locatie te bezoeken of van dichtbij toe te kijken. Helikopters deden hun werk in de heuvels meer naar het westen, waar grote metalen schotels werden opgericht. Claudia kon talloze sprankels licht zien, waar de schotels werden gelast, ter plekke in elkaar gezet. Waar waren die voor? Satellietschotels voor de media?

'Wij controleren om te zien of de bewoners goed gezond zijn.' Nesbitt keek eens naar zijn klembord. 'U bent Claudia Kyle?'

'Jazeker.' Het viel haar op hoe jong de man leek te zijn, achttien of negentien, bijna nog een kind. 'Er is al iemand geweest.'

Nesbitt keek eens over zijn linkerschouder, hij had een autoportier horen dichtslaan. Het geluid kwam uit de richting van huize Critch. Er startte een motor en de wagen reed snel over de bovenweg. Een vrouw achter het stuur. Josephs vrouw, die wat onzeker chauffeerde. De soldaat leek op het punt te staan achter de auto aan te rennen, hij stak zijn hand op en opende zijn mond om te roepen, maar hield zich in. Hij richtte zijn blik weer op het gezicht van Claudia en zijn wangen bloosden van schaamte.

'Ik krijg haar later nog wel te pakken,' zei hij, likte zijn lippen en etaleerde een zwakke, jongensachtige glimlach.

'Vast wel.'

Nesbitt keek eens naar Claudia's boezem en toen in haar ogen. 'Bent u in goede gezondheid?' vroeg hij en de blos op zijn gezicht verdiepte.

Claudia sloot haar ogen, in de greep van een op handen zijnde instorting, en fronste haar wenkbrauwen. De jonge soldaat bleef maar praten: 'Met name uw ademhaling.'

'Mijn ademhaling?' Claudia opende haar ogen en de kleuren leken een tikkeltje sterker te vibreren dan daarnet. Het gezicht van de jonge soldaat was zo schoon en zo willig. Ze bekeek zijn lippen. Die waren niet smal, maar ook niet te vol. Kon ze hem maar kussen. Terugduiken in de jeugd, gered worden. Meer niet. Hem kussen en wellicht zijn gezicht tegen haar boezem drukken. Zijn warme hoofd en zijn warme haar vasthouden. Hem kussen en jarenlang naar zijn gezicht kijken zonder te bewegen. Geen complicaties die beslag wilden leggen op haar hart.

'Ja, uw ademhaling.'

Ze haalde diep adem, in, toen uit.

De soldaat wierp nog even een vluchtige blik op haar boezem, maar wilde daar niet zijn blik laten rusten. Overtuigd knikte hij, hij vinkte een hokje aan op zijn klembord en schreef toen een getal naast de vink.

'Dank u wel, mevrouw. En neem me niet kwalijk dat ik u heb gestoord. Als u hulp nodig hebt, kunt u dit nummer bellen.' Hij hield haar een kaartje voor. 'Het is een sticker. Die kunt u wellicht op uw telefoon plakken. De telefoon op een centrale plaats. O, en nog wat, is er verder nog iemand bij u in huis?'

'Nee, niemand.' Ze nam de sticker aan en bestudeerde hem zonder de minste belangstelling. 'Ik heb geen telefoon.' Ze merkte hoe de soldaat stond te kijken naar de mouw van haar nachtjapon, de woorden die ze daar had geschreven, over de volle lengte.

De soldaat haalde zijn blik van haar mouw maar maakte geen aanstalten een oordeel te vellen of haar te berispen om de staat van haar nachtjapon. 'Ik moet dit op uw deur plakken.' Hij haalde een grotere sticker onder zijn papieren vandaan. Het was een groen logo van drie dikke golven boven elkaar. Hij pulkte de achterkant eraf en plakte het bovenste deel op de deur.

'Dank u wel,' zei Claudia.

'Graag gedaan.' De soldaat glimlachte en boog zijn hoofd. 'Dus er is verder niemand in huis?'

Claudia staarde hem aan maar zei niets. Ze dacht aan een citaat van iemand: 'Mijn huis is nooit leeg, mijn hart is altijd vol.'

'Nee,' zei ze ten slotte.

Weer knikte de soldaat, glimlachte prachtig en op eerlijke wijze, waaruit bleek dat hij haar op prijs stelde of haar beter kende dan ze ooit had verwacht, draaide zich toen om, om te gaan. Hij was te voet, liep naar huize Critch. Ze keek naar de groene golfsticker, knabbelde op haar onderlip, sloot toen de deur met twee bevende handen.

Eenmaal terug boven ging ze aan haar bureau zitten en schreef:

Hier ben ik weer. Ik was beneden en er stond een soldaat aan de deur. Ik heb met hem gesproken en hij heeft mij een sticker gegeven die ik nu hier opplak. Een telefoonnummer in geval van nood. Ik moet gered worden door contact. De soldaat stond nog maar een minuut geleden voor mij. En nu is hij weg. Maar die soldaat neemt nog steeds een ruimte in mijn hoofd in. Een optische echo. Ik stel mij hem voor terwijl hij mij die sticker overhandigt en ik kan hem zien glimlachen tegen mij. Hij is uit mijn leven weg maar hij is toch gebleven. Als ik hem eenmaal heb gezien, van aangezicht tot aangezicht, is hij bij me. Iedereen die ik ooit heb gezien blijft bij mij, alsof hun allemaal verzocht werd ervoor te zorgen dat mijn leven niet afwijkt van wat het is. Zij maken mij uit hun leven, hun behoefte. Mijn leven. Wat is mijn leven, alleen?

Er klinkt dof gehamer boven mij, ritmisch en sporadisch, dan weer ritmisch. Een vogel die met de snavel op het dak tikt. Ongetwijfeld een kraai, die zit te pikken alsof ik al in mijn doodskist vergrendeld lig, eten voor de donkere schepsels die kruipen, glibberen en vliegen. Ik zal mijzelf tot stof doen weerkeren. Niets blijft er voor ze over om te verteren.

Waarom moet ik de tragedie zijn?

Toen soldaat tweede klas Nesbitt huize Critch bereikte, kwam er een oude vrouw aan de deur, nog voordat zijn opgeheven knokkels ook maar één keer konden kloppen.

'Ja,' vroeg de vrouw, haar gezichtje een en al grijns, roze tandvlees dat het zonlicht weerkaatste. Ze kneep haar ogen toe en pakte de rug van zijn hand bij wijze van groet, klopte er bemoedigend op. 'Vertel maar wat wolst, mijn jong.'

'Is dit huize Critch?' vroeg Nesbitt, terwijl hij de oude vrouw maar vreemd vond, die kleurige warmte die uit haar ademhaling opzwol, de manier waarop haar ogen recht door hem heen leken te kijken en bleven hangen aan zijn hartenklop, teder genoeg. Het was een gevoel dat hij alleen nog maar kende uit liefde.

'Jazeker, maar de Critches binnen al jaren dood.'

'Dit is een huurhuis.'

'Ja.'

'Een man en zijn dochter.'

Knikkend: 'Ja, en nu ook nog anderen.'

'Andere mensen?' vroeg Nesbitt, want de toon van haar stem impliceerde iets buitenwereldlijks. Hij hoopte dat verdere verwarrende episodes hem bespaard zouden blijven, want hij was al ongelooflijk bang, met al die lijken en die wezens in het water. Vliegende vissen. Dingen die hij zag zaten hem dwars. De andere soldaten leken niet alles te zien wat hij opmerkte.

De oude vrouw haalde haar schouders op. 'Stadjeders op zoek naar dieverdootsie.'

Nesbitt keek eens aandachtig naar zijn klembord. De woorden stonden er, maar hij had moeite ze in beeld te krijgen, ze te lezen. Zij verschaften ook geen opheldering. Hij vreesde dat ze er alleen maar stonden om hem in de war te maken.

'Maar volgens mij hebben wij niets over u,' zei hij en hij fronste zijn wenkbrauwen bij een poging zich te concentreren.

'Dat vin 'k best, hoor,' antwoordde de oude vrouw, en ze grinnikte luchthartig om vervolgens op de heuvels te wijzen. 'Wat binnen ze daar aan 't maken? Die grote zilveren dingen?'

'Dat weet ik niet, mevrouw.' Nesbitt bleef zijn klembord afzoeken. 'Dit is toch huize Critch, hè? Bent u mevrouw Critch?'

''k Heb doe net al 'zegd dat de Critches al vele jaren 'leden overleden binnen. Bist doof of net zo stom als mijn reet?'

Nesbitt keek de oude vrouw eens aan. Hij kon geen antwoord bedenken en zei dus maar: 'Zou u alstublieft willen zeggen hoe u heet? Alstublieft.'

'Eileen Laracy.' Alsof zij zijn emotionele problemen bemerkte, beklopte zij zijn hand en verzachtte haar toon. ''t Komt wel goed, lief jong. D'r is niks om bang voor te wezen.'

Nesbitt keek eens naar de sympathieke ogen van de oude vrouw. Als het fatsoen dat had toegelaten, had hij haar gesmeekt hem vast te pakken en te troosten.

De vrouw die hier woont is net vort naar 't zieke
-an 't zoeken naar dat vermiste wicht. Op land, niet
'O.' Nesbitt merkte iets aan de handen van de oude v
len eromheen gewonden, met een zilveren kruisje aan één
van heiligen aan elkaar gehaakt aan de andere. 'Bent u in ord
heid, bedoel ik. Daar kom ik naar informeren. Ze hebben me g
daarnaar te kijken.'

'Met mij is niks aan hand.' De oude vrouw grijnsde breeduit en kn
de, stak haar arm uit en bood haar pols aan. 'Voel mijn pols maar, lievere

Nesbitt lachte zenuwachtig. 'Nee, nee, ik geloof niet dat ik dat hoef t
doen.'

'Wel, wat most dan verder nog? Hest nog wat anders in kop. Dat zie ik aan joe.'

'Wat zegt u?'

'Een vraag diest stellen wolst.'

'Ja, dat klopt. Dat is inderdaad zo. De marine zal binnen afzienbare tijd beginnen met een poging de lichamen te identificeren...'

'Een poging? Maar ik krijg al genoeg oefening...'

'Om de lichamen te identificeren die zijn aangespoeld. De marine wil graag de dienst van oudere inwoners inroepen in de hoop dat zij enkele van de drenkelingen zouden herkennen.'

Vrouw Laracy kneep haar ogen toe. Weer pakte ze de hand van Nesbitt. 'Doe most ev'n minder rap praten mit al die woorden. Ik ken joe niet volg' met die vlugge tong, ja.'

'Hebt u lang in Bareneed gewoond?'

'Sinds de dag dat 'k 'boren ward.'

'Zou u ons willen helpen met enkele lichamen te identificeren?'

'Waarschijnlijk ken 'k ze allemaal, man. Elkeen, tot de laatste toe.'

'Dus u wilt wel?' Het idee van haar mogelijke medewerking versterkte Nesbitts hoop. Hij voelde in zijn botten dat zij de sleutel was tot veel van wat opgelost moest worden.

'Zit er geld aan vast?'

'Betaling?'

'Ja.'

'Dat geloof ik... niet eigenlijk.'

'Hm.'

'U zou ons zeer helpen.'

'Wie is die "ons" over wel doe 't hest?'

'Ik neem aan uw gemeente.'

'Doe bist niet mijn gemeente,' snoof zij. 'Joe binnen vreemden en nog eens slim lastig ook.'

'We zijn hier om te helpen.'

es ze eens naar de heuvels. 'Wat motten die n.
…n in godsnaam?'
…. niet, mevrouw,' bekende Nesbitt overeenkomstig de

…us allemaal de dood in met joen technologische snuisterijen.
…r 't eigenste sinds joe hier 'kommen binnen met sneeuwmobiels
…gzagen en al die andere kulkoek. Waar binnen de peerden en hon-
…eën en de gezonde kerels die een bos vellen konden met trekzaag? Die
…omobielen brengen elke godgegeven minuut van de dag famieljes en kin-
…eren om.'

Nesbitt kon haar geen antwoord geven.

'Al die kulkoek. Da's onze dood.'

Tommy liep rechtstreeks naar het huis van Rayna. Hij had geen tijd om op
deuren te kloppen. Die waren er alleen maar om dingen te verbergen. Hij
stond op de achterveranda en bukte zich om zijn veters los te maken. Hij wist
dat er iets mis was door de lucht van het huis en de geluiden en de kleuren
van ongemakkelijk licht die hem duidelijk maakten dat het niet pluis was.
Zijn schetsboek hield hij onder zijn arm. Hij had het meegebracht om Rayna zijn laatste tekeningen te laten zien, van wat na de vellen van één kleur
kwam. Ze zei altijd zulke aardige dingen. Het maakte hem gelukkig als hij zag
hoe zij echt op prijs stelde wat hij kon. En ze vond deze vast erg mooi. De
manier waarop hij geesten tekende was mooi. Dat wist hij zelf.

'Hallo,' riep hij en hij liep snel de keuken in. Een lege fles rum stond op
het aanrecht, borden opgestapeld in de gootsteen, vieze pannen op het fornuis. Hij overwoog meteen de vaat te doen. De aandrang op te ruimen, dingen te ordenen, roerde zich altijd krachtig in zijn borst, deed hem altijd aarzelen. Zijn ogen toeknijpend schudde hij zijn hoofd eens, heftig, als om een
gedachte in tweeën te kappen. 'Rayna?' riep hij. Hij luisterde en hoorde een
geluid van ergens in het huis: een plof, iets hards wat een muur raakte. Hij
keek naar zijn sokken, zag dat de voeteneindjes loshingen, dat ze niet strak
om zijn tenen zaten. Dat zat hem dwars. Hij moest eerst bukken en ze optrekken, dan de zoom netjes omslaan, langs zijn enkels, zodat ze strak en perfect zaten. Op die manier zou hij er geen last van hebben. Het was een hele
klus dat te doen en tegelijkertijd zijn schetsboek onder de arm te houden,
maar het lukte hem.

Hij stond op en zonder verder te dralen rende hij de gang in. 'Rayna?'

Weer een plof, gevolgd door een diepe, pijnlijke zucht.

Tommy prees zich gelukkig en stuntelig spoedde hij zich door de gang
naar de slaapkamer van Rayna. Hij was daar nog nooit geweest, maar hij wist
waar hij was. Hij had haar die deur door zien gaan om zich te verkleden of
andere dingen te doen. De deur stond op een kier. Aarzelend en met een blos

van schaamte die zijn wangen al kleurde, boog hij zich naar de opening, maar deinsde toen terug voordat hij iets kon zien, hoofdschuddend, ontevreden met zichzelf. Hij moest daar niet naar binnen gaan staan staren, niet naar Rayna. Wellicht had ze geen kleren aan.

Weer een plof deed de vloerplanken onder zijn sokken trillen. Hij raapte zijn moed samen, bracht zijn oog naar de spleet en zag alleen de muur, met onregelmatige gaten in de gipsplaten. Hij deed de deur open. Rayna stond bij het bed naar de muur te staren en zag er niet goed uit. Er was geen kleur rond haar. Ze wendde haar klein geworden oogjes naar hem en de knokkels van haar beide handen waren bebloed. Ze deed haar uiterste best adem te halen en gilde, terwijl ze weer een gat in de muur sloeg.

Tommy strompelde een stap vooruit en toen weer terug. 'Rayna,' fluisterde hij bezorgd, maar ze keek hem alleen maar gemeen aan. In een flits draaide ze zich om, greep de lamp die naast het bed stond en smeet die naar zijn kop. Tommy dook en voelde het schetsboek onder zijn arm wegglippen. Toen het op het met pleister bezaaide tapijt belandde, viel het open op de meest recente tekening van een heleboel gouden geesten tegen een donkere hemel, geesten hoog in de lucht, die afdaalden naar het nachtelijk water.

Het lawaai van Rayna was opgehouden. Tommy keek op en zag haar naar de tekening op de vloer staren. Haar gezicht stond niet meer gemeen. Ze staarde een hele poos zonder te bewegen, zonder ook maar de minste adem te halen, alsof ze zelf niet meer was dan een plaat, gevangen, identiek aan een van de tekeningen die Tommy zich herinnerde van haar te hebben gemaakt, die blik op haar gezicht. En toen werd het lichaam van Rayna helemaal slap. Ze viel opzij, belandde met een rare plof op bed, die Tommy deed denken aan drijven.

Brigadier Chase zat ergens in het bos van coniferen tussen de boven- en de benedenweg. Het verbaasde hem hoe hij zo diep kon doordringen in zulk dicht bos, met een gemeenschap overal om hem heen. De bossen slokten je op, sloten je af, sneden je af van je bekende leven, zodra je ze betrad.

Momenteel was alles wat hij kon zien bomen. Donkergroene sparren mengden zich met de lichter groene takken van dennen en de nog lichtere pijnboom, en de diverse bladeren van esdoorn, ahorn en berk. De bomen in Newfoundland waren kleiner dan die in Saskatchewan, de coniferen gedrongen door wind, zout water en het korte zomerseizoen. En er waren minder insecten, minder hitte, minder vocht. Deze bossen waren eigenlijk veel lekkerder, maar niet onder de huidige omstandigheden.

Chase volgde, in plaats van de leiding te nemen. Doug Blackwood liep voorop, riep Robins naam en baande zich een weg door de hogere struiken met een kapmes dat volgens hem uit de Eerste Wereldoorlog stamde, meegenomen door zijn vader. Chase herinnerde zich een van zijn voorgaande zoektochten. Toen waren ze 's nachts op zoek geweest naar een meisje en ze hadden geen geluk, vonden haar pas de volgende dag toen ze vanonder een struik tevoorschijn kwam, waar ze zich had verstopt. Chase had haar door de bomen heen gezien in de verte, terwijl ze op een open plek liep alsof er niets aan de hand was, met haar handen langs de hoge grasstengels strijkend. Toen Chase haar had geroepen, was ze gewoon stokstijf blijven staan en had gewacht tot hij bij haar was. Ze had hem verteld dat ze bang was, omdat een monster de hele nacht haar naam kreunde, een monster met een gloeiend oog dat om haar heen bleef draaien, haar naam almaar kreunend. Het bleek dat het monster met dat ene gloeiende oog een van de redders met een zaklamp was geweest. Hoe doeltreffend dwingt vrees de geest zich voor de gek te houden.

Een tweede stem riep verderop, ergens rechts van Chase. De stem bleef dezelfde zinsnede balken: 'Wakker worden, wakker worden, wakker worden', voordat hij een poosje zweeg om dezelfde woorden weer te herhalen. Insecten zoemden rond Chase: wolken witte, amper zichtbare vliegjes die hier en daar hingen en zich verplaatsten in wazige veelheid. Andere stemmen riepen aanhoudend: 'Robin? We komen je halen. Robin? We willen je helpen.' Af en toe kon Chase de takken aan weerszijden horen knappen, de pogingen van andere mannen en vrouwen die zich een weg baanden, mensen die Doug Blackwood had gerekruteerd uit de gemeente, samen met leden van het zoekteam.

Brigadier Chase was bij dageraad Doug Blackwood tegen het lijf gelopen. Blackwood was in Codger's Lane geweest, kwam net uit de bossen aan de oostkant van de weg, de bossen die leidden naar de kliffen en het water. Doug gaf instructies aan een groep van twee mannen en een vrouw, wees met het kapmes naar het bos aan de westzijde van de laan. Meteen had Doug ook Chase gerekruteerd en de agent verteld dat hij het zoekteam had samengesteld uit mannen en vrouwen die waren bijeengekomen in de huizen van Wilf Murray, Honey Greening en Bren Cutland, de enige drie bij wie nog mensen zaten die niet ziek waren. Deze mensen waren de laatste gezonden in de gemeente. Zij waren zonder vrees de besmetting op te lopen bij elkaar gekomen, om naar een vermist meisje te gaan zoeken.

Waarom die drie huizen, vroeg Chase zich af. Waarom waren die mensen daar samen? Waarom was er met hen niets aan de hand? In zijn geest doken herinneringen op aan de plekken waar de mensen in het reservaat bijeen waren gekomen: in het lange huis waarin grote feesten werden gehouden, verhalen verteld en liederen gezongen. Hij herinnerde zich de ceremonie rond de sauna, stoom die opsteeg uit verhitte stenen in het vertrek, waarbij iedereen een lied van lof zong op de schepper, heel vroom. Plaatsen van samenkomst. Dat idee bleef hem bij terwijl hij onder takken door bukte en zijn zwarte laarzen bevrijdde van de onderbegroeiing, die hem het lopen bemoeilijkte. Het zoemen van een bij of een wesp kwam naderbij en hij hoopte maar dat niemand op een verborgen nest zou trappen.

Hij struikelde, alert, maar in gedachten verzonken, en besefte al snel dat er iemand aan de rand van zijn gezichtsveld opdook. Ongetwijfeld een van de zoekers. Hij draaide zich ernaartoe om beter te zien. Het was een man die op Joseph Blackwood leek, de vader van het vermiste meisje, de man die hij had zien vissen in de haven, die paar kalme dagen geleden. Ja, het was Joseph Blackwood, die probeerde de anderen bij te houden, wild met zijn armen door het struweel slaand, toen met een kreun ter aarde stortte. Chase riep Doug, die zich vol verwachting omdraaide en snel terugsjokte langs het pad dat hij had gekapt. Toen hij merkte waar Chase zich zorgen om maakte, zuchtte Doug teleurgesteld, kapte met tegenzin een pad in de richting van Joseph, met trefzekere uithalen van het lemmet. Zij kwamen bij de plek waar Joseph was gevallen, staken toen hun hand uit en hielpen de man overeind. Hij was bleek, beefde en scheen doodsbenauwd.

'Haal die bomen weg,' mompelde hij. 'Bomen weg. Die zijn niet nodig. Zij verbergen... het water... drinken het... daarbeneden.' Hij staarde naar de ondergroei en stampte er met zijn voet op. 'Overal zit water onder. Ik wil niet vallen.'

Doug bekeek Joseph van top tot teen en liep toen weg zonder verder commentaar, krachtig door de struiken heen kappend, zich een weg banend terwijl hij naar de mannen links van hem riep: 'Al iets gevonden?'

Er kwam geen antwoord.

'U hebt medische bijstand nodig,' informeerde Chase Joseph. De radio die hij in het zakje van zijn hemd met korte mouwen had vastgeklipt, uitte een warrige stoot statische ruis. Hij pakte hem terwijl hij Joseph Blackwoods zenuwachtig heen en weer schietende ogen bekeek.

'Brigadier Chase. Over.'

'Hier luitenant-ter-zee French. We hebben het meisje gevonden. U kunt de zoektocht afblazen. Ze is naar het ziekenhuis in Port de Grave gebracht. We hebben bevestiging van haar identiteit. Hebt u dat?'

'Begrepen.'

Joseph Blackwood greep de radio en met zijn beide zwakke handen ging hij ermee staan frutselen, waarbij hij de opgerolde draad rekte door eraan te trekken. Onmiddellijk dacht Chase aan zijn peperspray, maar op deze korte afstand zou hij er net zoveel van in zijn gezicht krijgen als Blackwood. In plaats daarvan greep hij de telescopische metalen knuppel in de leren zak die aan zijn riem hing. In een seconde had hij hem eruit en met een klik in volle stalen lengte. Joseph drukte almaar op de knop van de radio maar er gebeurde niets.

'Het ding is hol,' zei Joseph en hij begon achterdochtig te lachen. Hij bracht hem vlak naar zijn mond, klopte ermee tegen zijn voortanden en sprak een paar woorden die kant noch wal raakten. Toen beet hij erin, waarbij zijn tanden een poging deden het omhulsel binnen te dringen. 'Plastic.' Hij begon hysterisch te lachen. 'Hij is niet echt. En jij ook niet.'

Brigadier Chase greep de radio. 'Achteruit,' waarschuwde hij, met zijn ogen op Joseph Blackwood gericht. Toen keek hij eventjes naar Doug Blackwood, die ver voor was en zich een weg baande door het struweel.

'Ze hebben haar gevonden,' riep hij en hij hield de radio omhoog toen hij Doug oplettend door de bomen terug zag kijken.

Joseph zorgvuldig in de gaten houdend, hield Chase de radio bij zijn mond terwijl hij in zijn andere hand de knuppel hield. 'Hoe is het met het meisje?'

'Onzeker.'

'Bedankt. Over en uit.' De brigadier deed de radio weer in zijn zakje. 'Ze hebben haar gevonden,' herhaalde hij tegen Joseph Blackwood, die alleen maar knikte en zijn hand uitstrekte om hem te gaan staan bekijken. Die zat onder de schrammen en zijn vingernagels eindigden in boogjes vuil. Hij likte het puntje van een vinger en probeerde de schrammen eraf te wrijven.

'Die moeten toch loslaten,' zei hij met een zekere aandrang.

Chase' radio meldde zich weer. Hij hield hem bij zijn mond. 'Brigadier Chase. Spreekt u maar.'

'Hier luitenant-ter-zee French. Dr. Basha, de patholoog-anatoom van de provincie, is bij de basis aangekomen. Al mijn mannen zijn bezig. Zou u hem kunnen gaan halen en naar de visafslag begeleiden? En hem dan op de hoogte stellen van wat er gaande is. Hebt u dat?'

'Heb ik. Geen probleem.'

Brigadier Chase bleef Joseph Blackwood bestuderen, die geduldig stond te wachten, starend naar Chase' hemd. Blackwoods gezicht was bebloed en bedekt met schrammen en schaafwonden. Hij had een snijwond in de hoek van zijn bovenlip, waaruit bloed sijpelde. Wanneer het bloed eruit kwam, likte Blackwood het weg. Afgaande op de verticale groef midden op zijn voorhoofd en de strakke glimlach op zijn lippen, leek hij zich op iets te concentreren dat pijnlijk onzeker was.

'Is dat een echt uniform?' vroeg hij, terwijl hij het wapen op de mouw van Chase bekeek. 'Of is dat alleen maar een souvenir van de show?'

Tommy was naar de keuken gerend en had de Eerste Hulp gebeld. En toen de vrouw die opnam hem vroeg om wat voor urgentie het ging, had hij haar verteld dat Rayna zichzelf verwondde en dat het leek alsof ze geen adem kon halen. De vrouw had hem gezegd bij Rayna te blijven en dat er meteen een ambulance zou worden gestuurd. Er waren extra voertuigen naar de streek gedirigeerd om deze crisis het hoofd te bieden. Dat was al een poosje geleden, en de ambulance deed er een hele tijd over om te komen. Toen Tommy teruggegaan was naar de slaapkamer, was Rayna bijgekomen en zat op de vloer naast haar bed, met bleek gelaat, haar borst deinend in paniekerige ademhaling. Ze hield Tommy's schetsboek vast en staarde naar zijn tekeningen. Hij keek naar haar gezicht om te zien of ze boos was. Maar ze was niet boos, terwijl haar ogen naar de amberkleurige vormen van de geesten zochten. Ze bleef ze bekijken en schonk Tommy geen enkele aandacht.

Toen de ambulance kwam, liet de broeder, Byron Quilty, een neef van Tommy, hem achterin mee rijden met Rayna mits Tommy ermee instemde een wit masker te dragen dat hij rond zijn oren moest haken. Die bandjes deden zeer aan zijn oren, zo erg dat er tranen in zijn ogen sprongen, maar hij hield dat masker toch op. Hij wist dat het moest, voor Rayna's bestwil. Hij moest erbij zijn, want hij moest op zijn vriendin passen. Als hij maar op haar zou passen, kwam het wel goed met haar.

Rayna lag stil op de brancard en probeerde adem te halen door het zuurstofmasker, maar dat baatte niet. Ze lag nog steeds te stuiptrekken alsof ze zich niet lekker voelde. Tommy hield haar hand steviger vast. Die was nat en glibberig. Maar hij was ook warm en dat vond hij een prettig gevoel. Het was pas de tweede keer dat hij haar hand vasthield. De eerste keer was op een wandeling, toen Rayna zijn hand had gepakt alsof ze weer kinderen waren, vriendjes, en het was het meest volmaakte gevoel dat hij ooit had gehad.

Terwijl de ambulance zich voortspoedde, wist Tommy dat er iets was wat hij moest doen om Rayna weer beter te maken, maar hij wist niet zeker wat. Een van de taferelen die hij een paar weken geleden had getekend betrof hemzelf, zittend naast een bed, sprekend tegen de persoon die erin lag. Andere bedden stonden ook in die ruimte en de mensen daarin misten delen van zichzelf. Het was alsof ze er niet helemaal waren. Een van hen leek zelfs onzichtbaar, hij verdween, terwijl het lichaam van binnenuit verduisterde, maar vreemd genoeg was de gestalte van de persoon er nog wel.

''t Lutje volk nam mij mit toen ik nog 'n snotneus was,' zei hij en zijn verontruste woorden werden gedempt door het masker. Bezorgd grijnsde hij en het masker trok nog harder aan zijn oren.

Rayna lag naar het witte interieur van de ambulance te kijken. Toen ze Tommy's woorden hoorde, wendde zij haar troebele blik naar hem.

'Ik weet 't nog als dag van gisteren.'

Rayna schudde haar hoofd eens, ten teken van onbegrip.

''t Lutje volk het me mit'nommen.' Hij knikte vol geloof om haar te overtuigen. 'Ze hebben mij veranderd omdat ze magisch waren en ik hield van elfen omreden dat ze anders waren als al 't andere in wereld. En toen waren ze vort en hemmen hun eigen nooit meer zien laten.'

Rayna liet haar blik naar de zijwand van de ambulance zwerven. Een traan welde op in haar linkeroog, liep langs haar wang en kwam in haar haar terecht, waar hij de lokken ervan bevochtigde zodat die in het licht begonnen te glanzen. Tommy keek naar de traan. Er kwam er nog een en de manier waarop hij uit haar ogen kwam en over haar huid kroop deed zijn lippen trillen. Een snik trok aan zijn longen, terwijl er volop tranen in zijn ogen opwelden.

'Die elfen,' zei hij, met woorden die verdronken achter het masker. 'Die elfen, Rayna, en die engelen en alle doden waren van ons. Denk aan hun. Most zo hard aan ze denken, dat ze doe herkennen als ze kommen.'

Het was iets na negen uur in de ochtend en Kim moest zich inhouden om de verpleegster achter het glas bij de Eerste Hulp niet aan te vliegen. Ze had nu ruim een halfuur in de wachtkamer gezeten, in een poging voor te dringen, wanhopig contact op te nemen met dokter Thompson, maar de verpleegster, die net als de soldaten een koptelefoon met een draadloze microfoon droeg, stond erop dat Kim op haar beurt wachtte, al pleitte Kim nog zo hard: 'Het gaat om mijn dochter. Robin. Robin Blackwood.' Robin was vermist en nu was ze gevonden. Begreep die verpleegster dat dan niet? Had dat mens zelf geen kinderen? 'De dokter heeft me gebeld,' hield Kim aan. 'Waar... is... de... dokter?' riep zij, en haar stem trilde zo dat het een gil werd. Het statisch geruis van conversatie in de wachtruimte viel stil en mensen in de rij deden allervriendelijkst of vol vrees een stap achteruit om Kim haar plaats te laten innemen, maar toen ze bij het raam was, vertelde de verpleegster haar dat dokter Thompson momenteel bezig was en zo snel mogelijk zou worden opgeroepen. Toen vroeg de verpleegster Kim alstublieft aan de kant te gaan zodat de anderen konden worden geholpen. Dat had bijna de deur dichtgedaan, zodat Kim zichzelf moest inhouden het glas niet in te slaan om bij die verpleegster te komen.

Kim had vervolgens geprobeerd verder het ziekenhuis binnen te dringen door de gang die vanaf de Eerste Hulp voerde, maar een soldaat met een groen legerpak bewaakte de deuren. Niemand mocht zonder toestemming naar binnen.

'Het gaat om mijn dochter,' smeekte ze en ze probeerde al om de soldaat heen te lopen, maar hij versperde haar de weg.

'Ik zie mij genoodzaakt u te vragen terug te gaan, alstublieft.'

Ze voelde handen op haar schouders, vermoedde dat er nog een soldaat bij was geroepen, draaide zich om, gekwetst en bezorgd. In haar geest klonken slechts twee woorden: 'Mijn dochter.'

Oom Doug glimlachte troostend en loodste haar geduldig weg van de soldaat.

''t Is oké, meid,' zei hij. Kims blik schoot naar de deur van de Eerste Hulp, waar Joseph aarzelend stond te wachten, het interieur met enige terughoudendheid bekijkend en de lucht opsnuivend. Hij zag er niet uit, zijn gezicht en zijn handen zaten onder het vuil. Hij stond te zweten en hij was bedekt met een grote hoeveelheid schrammen en andere plekken. Een baard van een paar dagen met een snor deden hem eruitzien als een zwerver. Een ambulance was achter hem gestopt, waardoor Joseph een stap achteruit moest doen en hij vervolgens naar buiten moest vluchten toen er een brancard met een vrouw naar binnen werd gereden. Een man met een masker, die iets wat een schetsboek leek onder de arm had, liep binnen en voegde zich bij de menigte.

'Hoe voelt dijn heup?' vroeg Doug.

'In orde.' Kim huiverde van woede. Ze had het zo koud, haar zere heup klopte en ze kon zichzelf bijna niet dwingen om te praten. Ze dacht dat ze wellicht gek werd, kierewiet, als ze niet snel haar dochtertje zou mogen zien. Oom Doug sloeg een arm om haar schouders en gaf haar een troostende knuffel die warmte door haar heen deed stromen. Onmiddellijk knuffelde zij ook hem, met gesloten ogen, haar gezicht tegen zijn blauw en zwarte geruite hemd. Er hing een sterke houtlucht aan hem, en een zwakke benzinelucht. Toen Kim haar ogen weer opendeed, verscheen Joseph in de deuropening en keek naar de man die een masker droeg.

'Is ze in orde?' vroeg een stem achter Kim. Ze draaide haar hoofd om en zag een soldaat die de deur had staan bewaken. Hij stond vlak bij haar maar was niet erg opdringerig. Hij leek oprecht bezorgd.

'Ze komt t'r wel weer bovenop,' zei oom Doug tegen de soldaat. 'Maak joe maar geen zorgen om haar.'

'Ik wil mijn zieke dochter zien,' zei Kim wrevelig.

De soldaat keek eens naar Kims boezem en zijn ogen bleven erop gericht totdat hij haar ademhaling zag. Toen deed hij een stap achteruit.

'Ik ben niet ziek,' zei ze. 'Dokter Thompson heeft gebeld over mijn dochter. Ze is vermist en nu is ze gevonden en we moeten hem oppiepen en dat...', ze prikte met een vinger in de richting van de verpleegster achter het glas, '...dat... dat... dat kreng wil hem niet oppiepen omdat ik niet in de rij ga staan.'

'Het spijt me,' verontschuldigde de soldaat zich. 'Het is hier erg druk.' Toen hij dit gezegd had vestigde hij zijn blik op de verpleegster, die al naar de soldaat stond te kijken. De soldaat knikte, de verpleegster boog haar hoofd, drukte op een knop en sprak in haar draadloze microfoon.

Het omroepsysteem liet horen: 'Dokter Thompson voor Eerste Hulp. Dokter Thompson voor Eerste Hulp.'

'Dank u wel,' zei Kim meteen tegen de soldaat, met een golf van emotie die in haar opkwam.

'Het is in orde,' antwoordde hij met een glimlachje.

Oom Doug maakte knikkend zijn dank kenbaar, terwijl Joseph zich een stap verder in de wachtruimte waagde, voorzichtig lopend alsof hij op ijs stond dat glad was en elk moment zou kunnen breken. Zonder een woord tegen Kim te zeggen, schoot oom Doug op Joseph af, greep hem bij de arm, sleurde hem naar binnen, door de deuren heen en naar Kim toe.

'Blijf daar staan, waardeloos sujet,' bulderde hij tegen Joseph, die zich een beetje klein stond te maken zonder een spier te bewegen of ook maar adem te halen, met nietszeggende blik.

Met een afstandelijk stemmetje vroeg Joseph aan Kim: 'Waar ben ik?'

'Hebben wij iemand van hen kunnen identificeren?' vroeg dr. Basha en zijn adem dampte door zijn masker heen, bleef in wolkjes en vegen in de koude lucht hangen. Hij was een gedrongen, magere man met zwart haar en een mager maar optimistisch gezicht. Zijn donkerbruine ogen bekeken de grote visafslag waar lijken, gekleed in kleuren en stoffen uit diverse modetijdperken, op grote witte fileertafels waren gelegd. Andere artsen en het militair personeel liepen overal rond. Hier een witte jas, daar een groen of blauw uniform. Aan de andere kant van de visafslag was een rij computers neergezet. Vier mensen zaten met hun gezicht naar het scherm op toetsenborden te rammen. Een van de soldaten maakte een reeks foto's van de doden en ging dan naar een van de computers waar hij de camera aan de bak aansloot. Een andere soldaat liep rond met een videocamera met een helder licht eraan en documenteerde zorgvuldig de trekken van elk lijk. Een derde soldaat had een metalen staaf vast waarmee hij over een lijk ging voordat hij naar een meter keek die hij in zijn hand hield.

Chase, die niet wist wat hij zag, zo veel doden, merkte dat Basha nu naar hem stond te kijken. Het aantal lijken oversteeg verre zijn verwachtingen. Overdonderd vroeg hij zich af wat Theresa aan het doen was. Zij mocht hier niets over te weten komen. Dat zou haar einde zijn.

'Brigadier?' Basha's adem dampte rond de randen van zijn masker, ontsnapte als gas en toch deed hij nog een stap verder de koude hal binnen.

'Ja, het is brigadier,' zei Chase, de dokter volgend.

'Kennen wij iemand van deze mensen?' Basha maakte een groots gebaar in de witommuurde ruimte om hem heen, met open handen, vingers gespreid. 'Houden die ergens verband mee?'

'Een paar.' Chase stelde de bandjes van zijn witte masker bij, die heel strak rond zijn oren gelust zaten. Hij wilde hier niet in ademhalen. Als hij dit zou inademen, zou het zich diep in zijn longen vestigen, om te worden uitgeademd in zijn huis, later. Chase stelde zich voor dat Theresa zo dunhuidig was dat ze wellicht de kiemen van de tragedie zou opnemen.

'Zijn er verwanten?' Basha inspecteerde een lijk dat op de zij lag, uitgerust in een roestig duikerpak. De ovale indruk van het duikmasker, dat nu rond de nek van het lijk hing, was te zien op het dode gelaat. Basha smakte ongelovig. 'Deze apparatuur is niet hedendaags. Dat pak ook niet.'

'Jaren zestig,' bevestigde Chase.

'Echt waar? Zo lang geleden.'

'Ik heb gedoken. Doe het niet meer.'

'Aha.' Basha draaide zich eens om, zijn gelaatsuitdrukking was enigszins verward, maar gaf toch nog wel blijk van een goed humeur. Hij zag een lijk aan de andere kant van het gangpad en liep ernaartoe. Het was gekleed volgens de mode van eind negentiende eeuw. 'Die laarzen,' zei Basha, de klampen inspecterend die eronder uitstaken en erop wijzend met zijn potlood. 'Dat zijn laarzen van robbenjagers. Daarmee kun je op ijs lopen.'

'O.' Chase ademde en keek verderop in de visafslag. De soldaat met de videocamera stond nu aan het andere eind van het gangpad. Er lagen niet minder dan twaalf lijken die voorzien moesten worden van documentatie, stuk voor stuk. Het lijk dat momenteel werd bekeken, werd beschenen door het heldere cameralicht. Een opgloeiend gezicht, toen een arm, een been...

Het lijk naast Chase en Basha droeg een etiket, met het nummer 1 erop, vastgemaakt aan de witte plank waarop het witte lijk rustte.

'Dat is het eerste lijk dat is opgedoken,' verklaarde Chase.

'En waar zijn we nu?'

'In de buurt van de zeventig.'

'Allemaal uit uiteenlopende tijdperken.'

'Jazeker.'

'Is er een bijzondere relatie? Is er een thema?'

'Niet dat we kunnen vaststellen.'

'En niet ontbonden.'

'Nee.'

'Dit is natuurlijk niet geheel volgens het boekje.' Doctor Basha draaide zich eens om en keek vol verwachting naar de politieagent, met knipperende ogen. 'Over het algemeen beschadigt water. Het doet een lijk zwellen, de huid wordt er slapper van.'

Chase zei niets. Hij voelde geen aandrang tot commentaar.

'Dit is absurd,' zei Basha.

'Vast,' mompelde Chase.

'Dit is belachelijk.' Dr. Basha's hoofd beefde een beetje. Hij draaide zich op zijn hakken om. 'De wetenschap staat hier gewoon voor een raadsel. Dat moet ik openlijk toegeven. Zijn er al andere patholoog-anatomen langsgekomen? Ik neem aan dat er al anderen geweest zijn, misschien komen er nog meer.'

'Dat weet ik niet, het spijt me.' Chase volgde de blik van Basha, die het interieur afzocht. Overal lagen lijken. Het was te griezelig voor woorden. Een ramp, maar meer dan dat. Een ramp die er verscheidene eeuwen over had gedaan om zich te ontrollen. Zoiets had Chase nog nooit gezien. Er was geen enkel aanknopingspunt. Een massa lijken en niemand om om hen te rouwen.

Basha keek naar boven, kneep zijn ogen dicht als om de realiteit van deze omgeving vast te leggen. Hij keek eens langs de bakken met tl boven zijn hoofd en de hoge ramen die het ochtendlicht binnenlieten, de lange witte muren. 'Is er ook maar één met zekerheid geïdentificeerd?'

'Dat geloof ik wel.' Chase liep verder door het gangpad, naar de soldaat met de camera.

'Als u gelooft is er een begin.'

'Dat klopt.' Chase nam de patholoog-anatoom mee tot halverwege het gangpad, naar het lijk van een vrouw van begin twintig. Haar mooie gezicht was een beetje groen, haar lange blonde haar zat verstrengeld en was nat. Ze droeg een spijkerbroek en een lichtblauw t-shirt. Chase zag een roze zeester die vastzat op het linkerbeen van de vrouw.

'Dit is meer in de richting van het gemiddelde,' becommentarieerde Basha op verwelkomende toon. 'Natuurlijk gis ik alleen maar. Voor mij lijkt het allemaal recent. Zo fris als een hoentje, in de chronologie van de doden dan.'

'Zij is geïdentificeerd als vermist, twee jaar geleden.'

'En wie is zij?'

'Bonnie Pottle. Het zusje van Darry Pottle.'

'En Darry Pottle is?'

'Het derde of vierde slachtoffer van dit... nou ja, wat het is.'

'Die ademhalingsstoornissen?'

'Klopt.'

'En wie was de eerste?'

'Met die ademhalings...'

'Ja.'

'Voor zover wij weten was dat Muss Drover. Die is dood. Hij sloot zich van de wereld af. Mensen dachten dat hij depressief was. Hij werd gewelddadig. Boos. En toen stierf hij.'

'Zelfmoord?' vroeg dr. Basha, vissend.

'Nee. Er is een achtergrond van gewelddadigheid, maar slechts kort. Voordat de adem stokt.'

'Ik heb een teleconferentie gehouden met dokter Thompson toen ik nog in St. John's zat. Hij gaf aan dat er geen ontsteking van de luchtwegen is, geen verkleining van de bronchiën bij een van de patiënten die aan deze ademhalingsmoeilijkheden lijden. Geen pathologie van de hersenstam.'

'Ik weet het niet. Wat ik ervan weet is dat de adem gewoon stokt.'

Basha maakte een afkeurend geluid. Hij keek Chase recht in de ogen en herhaalde het geluid. 'De ademhaling stokt. Als een machine waarvan de batterij op is. We kunnen er alleen maar van uitgaan dat de stoornis en deze lijken op de een of andere manier gerelateerd zijn. Een virus van de ontbinding.'

'Wat voor ontbinding?'

'Laten we eens zien.' Basha keek naar het lijk van de jonge vrouw, trok toen voorzichtig een paar latex handschoenen uit zijn zak en trok die aan. Hij ging met zijn vinger naar de keel van de vrouw, tilde haar linkerarm op, zocht eronder. 'Slank genoeg,' zei hij in zichzelf. Hij tilde het T-shirt van de vrouw op en Chase wendde zijn blik af bij het zien van haar blote groen-witte borsten. 'Geen wonder. Help me eens even haar om te draaien. Pak dat been daar maar.'

Chase pakte de spijkerbroek van Bonnie Pottle en vermeed zorgvuldig de roze zeester. De spijkerbroek was kletsnat en verschrikkelijk koud, door en door. Hij duwde samen met de doctor. Dood gewicht. Zij kregen de vrouw op haar kant terwijl Basha de perfecte platheid van haar rug bekeek. 'Niets.'

'Wellicht is ze overboord geslagen.'

'Mogelijk. Leg haar maar weer neer. Toch betwijfel ik dat. Moet u kijken hoe ze is gekleed.' Hij ging met zijn potlood door de lucht boven het lijk. 'Het was zonnig, en rustig weer. Had ze in een boot gezeten, dan had ze gered kunnen worden. Ik vermoed dat zij zich verdronken heeft.' Basha pakte de linkerenkel van de vrouw en trok toen de pijp van de spijkerbroek omhoog. 'Aha,' tjilpte hij. Met de punt van het potlood wees hij op een ring van inkepingen op haar huid. 'Brandwond van touw. Touw om een rots. Rots in water. Water in longen. Einde verhaal.'

Een helder licht scheen op de zijkant van Chase' gezicht en stak in zijn linkeroog. Hij kneep het toe, keek en zag een vage gestalte: de soldaat met de videocamera, die hij rechtstreeks op Chase richtte. Basha hief het hoofd op van zijn observatie en keek ook in het heldere licht.

De camera kwam dichterbij, de beide heren stonden roerloos voor de lens.

'Doe maar gewoon,' regisseerde de stem achter het verblindend licht. 'Doe vooral alsof ik hier niet ben.'

Tommy bleef even buiten de wachtkamer hangen, bekeek de mensen die rechtop of voorovergebogen in de rijen stoelen zaten. Anderen stonden en leken zo pijnlijk misplaatst, zo uit hun dagelijks leven gerukt, gevangen in een ruimte waarin niets dan het geroezemoes van gesprekken te horen was. Rayna was voor onderzoek opgenomen. Dat was alles wat Tommy wist. Hij had de vrouw zitten bekijken die zich zorgen om haar dochtertje maakte. Hij hoopte dat er niets aan de hand was met het dochtertje. De gedachte aan zieke kinderen maakte hem slaperig, trok alle geluk dat hij eventueel zou kunnen voelen uit hem. Hij kon het geluk uit hem voelen wegstromen op een manier die hij dan moest stoppen door positieve gedachten op te roepen. Het waren zieke kleuren die rond de vrouw hingen, paars en groen. De man die naast haar stond, van wie Tommy dacht dat hij de echtgenoot van de vrouw was, had een grijze aura, die naar het midden toe donkerder werd. Hij was totaal in zichzelf gekeerd. Geen straling voor andere mensen, geen licht dat kon versmelten met hun licht en zo troost en vrede kon brengen. Toen de man en de vrouw dichter bij elkaar kwamen mengden dat grijs en het paars zich, waardoor een vieze veegkleur ontstond die ze beiden nog zieker maakte. De oudere man die het drietal stond te bekijken was het zuiverst van kleur, hoewel niet zonder woede en energie. Het licht rondom hem heen was geel met een oranje tint. Als zijn kleuren zich mengden met die van de vrouw werden de kleuren van de vrouw lichter. Ze werd minder lichaam en meer geest. De diepere kleuren, de grijzen en de zwarten en de bruinen en de blauwen, waren de kleuren van het lichaam, aarde en water. De gele en de rode en de gouden kleuren waren de kleuren van de geest, van de zon en de talloze tinten van licht. Tommy had nog steeds zijn witte masker op. Niemand had hem gezegd dat af te doen. De wachtkamer zat vol met mensen die hij kende. Sommigen zwaaiden naar hem en hij zwaaide terug. Ze waren bezorgd, hun aura's huiverenden in roze, blauwe en rode tinten, gemengd met bruine. Sommige mannen en vrouwen keken naar de televisie die boven op een plank stond vlak bij het plafond, terwijl andere heen en weer liepen. De ouderen zaten op stoelen zorgeloos te kletsen en zeer met elkaar in overeenstemming, terwijl ze naar de versleten vloerbedekking staarden of naar de andere mensen zaten te kijken. Die met het grijze licht om zich heen maakten Tommy triest, want zij wisten niets van wat er met hen aan de hand was, wat zij hadden laten ontsnappen.

Tommy draaide zich om naar de muur. Die was wit. Hij stak zijn vinger op en begon de indruk van ziekenhuisbedden na tekenen. Dat bleef hij doen tot zijn vinger begon met het cijfer zes te trekken. Toen, naast de zes, een nul. En toen weer een zes: 606.

Dat nummer hield hij in zijn hoofd, hij draaide zich om en keek naar de mensen die samenkwamen om eventjes te praten of elkaar te knuffelen, hun kleuren pulserend en op goede of slechte manier versmeltend terwijl zij hun ervaringen uitwisselden. Dan gingen de kleuren weer uit elkaar, een beetje verbloedend naarmate de mensen hun eigen weg gingen. Zij leefden het leven op een vreemde manier, niet natuurlijk. Dit was de plek waar de aura's werden beschadigd of genezen. Deze plek leek in veel opzichten op een kerk.

Tommy stond een hele poos in dezelfde positie. De gezichten rond hem heen veranderden met de bewegingen waardoor de kleuren naar binnen en naar buiten draaiden, kleuren die van zijn kleuren afstraalden naarmate de mensen dichter bij hem kwamen, hem opwonden of hem kwetsten op amper voelbare wijze.

Overweldigd door bijzonder levendige kleurtinten die je alleen maar op zulke plekken ziet, moest Tommy zijn blik losrukken en door de gang dwalen. Hij lette niet op de soldaat maar liep gewoon langs hem heen met zijn masker op en zijn schetsboek onder zijn arm. De soldaat hield zelfs de deur voor hem open, knikte en mompelde: 'Dokter.'

Tommy vond moeiteloos de lift. Hij was talloze keren in de loop van de jaren in het ziekenhuis geweest, op bezoek bij vrienden en familieleden of als vrijwilliger om bij vreemdelingen te zitten, ze te helpen genezen, te luisteren naar wat zij hem wilden meedelen. De lift schoot hem naar de vijfde verdieping. Uitstappend zocht hij 606, waarbij hij het klimmen van de getallen volgde tot hij voor de zaal van Rayna stond. Er hing een bordje aan de deur dat hij niet kon lezen. Zijn ogen doorzochten de gang. In de verte kwam een verpleegster voorbij, die om een hoek weer verdween. Tommy duwde de zware deur open en wandelde naar binnen. Er stonden vijf bedden in de zaal en alle mensen in die bedden lagen aan de beademing, die stond te sissen en te sputteren. Tommy vond Rayna waar hij haar had gemeend te zien in zijn geest en ging in de plastic oranje stoel naast het bed zitten. Het geluid van Tommy horend toen hij ging zitten, draaide Rayna traag haar ogen naar hem toe.

'Hallo,' zei zij met bedwelmde stem. Haar toonloosheid suggereerde dat zij Tommy voor een vreemdeling aanzag. Misschien was het ook het masker dat hij droeg. Hij trok de elastiekjes weg vanwaar ze over zijn oren zaten geslagen. Hij grijnsde en knikte, hield zijn hoofd gebogen en knikte nog een paar keer, nederig, vol eerbied. Hij legde zijn schetsboek op de rand van het bed en staarde toen naar de witte beademingsbuis met de groene plastic kap. Hij stak zijn hand in zijn zak en vond daar een steentje. Dat was zwart, met witte aders, en de randen waren helemaal glad gepolijst.

'Wenssteentje,' zei hij en hij hield het op als een hostie. Zorgvuldig opende hij Rayna's verbonden hand en legde het steentje op het gaasverband dat haar handpalm bedekte, sloot toen haar vingers eromheen.

'Dank je wel,' zei ze en ze hief haar vuist op om er duf naar te gaan kijken.

'Hemmen elfen mij 'geven. Zes van hun druigen 't door lucht. 't Was wat om te zien, dat zel 'k doe vertellen.' Hij begon te lachen. 'Voor hun was 't krek zo zwaar als 'n emmer met spijkers.'

Rayna zei niets, kneep slechts haar vuist stijver dicht.

'Ik gong altijd visken,' zei Tommy. 'En dan zag 'k zulks dingen.' Tommy knikte en likte begerig zijn lippen, grijnsde, maar niet onbezorgd. 'Dingen in mijn tekeningen. Andere mensen zagen ze ook.'

'Wat?'

'Hemmen ze mij verteld. Eerlijks. Maar aan andere mensen zollen ze 't niet vertellen. Sommigen wel. Mensen waren bang om 't te vertellen.'

'Vertellen?'

'Om reden.' Hij keek eens naar de witte beddenlakens, naar het silhouet van Rayna's lichaam eronder. Hij dacht aan de tekening die hij had gemaakt, het silhouet van een lichaam dat helemaal zwart was van binnen, omdat de persoon donker was geworden. Toen keek hij naar de andere mensen in de zaal, waarin gordijnen de bedden scheidden en de schaduwen achter de hangende stof, mensen die niet wisten hoe ze adem moesten halen. Tommy nam zijn tijd en bestudeerde elke schaduw, probeerde achter iets te komen. Hij herkende Jacob Butler, Peter Newell, Bonnie Turnbull, allemaal uit Bareneed. Allemaal vissers, die hij in hun boot had zien varen.

'Waren ze bang?'

Tommy pakte voorzichtig Rayna's hand. Hij hield het wenssteentje tussen haar handpalmen en keek naar beneden, bezorgd dat Rayna niet zichzelf was. Wellicht waren het de medicijnen die de verpleegster haar had gegeven. De manier waarop haar hand dingen losjes vasthield, met gesloten vingers, deed hem de adem stokken in de borst, niet van aandoening, maar omdat deze aanraking zo geweldig was. 'Om reden...' Onzeker knipoogde hij, wreef aan zijn neus en deed zijn uiterste best om zijn glimlach in stand te houden. 'Om reden... om reden dat de mensen dan dochten dazze net als mij waren.'

Rayna kneep lief in zijn hand, een keer, een hartenklop. 'Is goed.'

'Achterlijk,' zei hij, en dikke tranen welden uit zijn ogen. 'Maar hier binnen ze niet. Die dat zeiden.'

'Wie is er niet?'

'Die mensen die zagen, Rayna. Die binnen niet hier. Die binnen veilig.'

Het meisje sliep niet, daarvoor was haar huid veel te bleek. De buisjes in haar mond en haar neus bewezen dat zij niet sliep. Ze konden doen alsof zij sliep, maar Joseph, die aan de voet van het bed stond wist wel dat dat niet zo was. Waarom vertelden ze hem de waarheid niet? Dit meisje was zijn dochter helemaal niet, dit was een dubbelgangstertje, een maaksel. Deze was anders. Zijn dochter was levend en gelukkig, met haar voeten dansend, haar handen altijd bezig tekeningen te maken. Dit meisje, niet zijn dochter, dit meisje bewoog niet. Hij kon niet geloven dat ze sliep. Slaap was dichter bij het leven, maar wat dit meisje ook pretendeerde, slapen deed ze niet. Hij voelde iets in zich postvatten, een wig van verwarring en woede die in zijn borst bleef steken. Hij had zich vast bewogen of een kik gegeven, want de vrouw aan de andere kant van het bed keek hem plotseling aan.

Joseph keek nietszeggend naar de vrouw, die deed alsof ze zijn vrouw was. Haar gezicht was gespannen, vermoeid, bijna lelijk. Ze was ouder dan hij dacht dat ze moest zijn, als zij zijn vrouw wilde spelen. Hij herinnerde zich haar jonger, niet zo hard, met make-up die de trekken op haar gezicht verzachtte, niet zo bitter en onzuiver. Hij kon zich bij deze vrouw niet voorstellen dat ze ooit jong was geweest. Haar haar moest gewassen. Haar kleren waren gescheurd en bemodderd. Ze keek naar zijn ogen en wat ze zag deed haar haar hand naar haar mond brengen. Tegelijkertijd welden er tranen op in beide ogen en stroomden over haar wangen. Grote, trage tranen. Ze onderdrukte een snik. God, wat was die verdrietig. Briljant in haar vertolking van wat iemand zou kunnen zijn als zij zijn vrouw was en niet langer voor hem zorgde.

De mollige, grijswit behaarde dokter, met zijn handen in zijn witte jas, bood de vrouw met op elkaar geperste lippen een glimlach, ten teken van medeleven en begrip, en keek vervolgens Joseph aan. 'Ze kan er elk moment uit komen,' gaf hij met een genereuze stem aan. 'Maar het kan ook jaren duren. Ze is zwaar onderkoeld geweest. Water in de longen. Ze heeft in ademnood verkeerd.'

De vrouw snikte en liep een eindje naar voren. Dit meisje zou doodgaan en de werkelijkheid van het leven zou dienovereenkomstig worden erkend. Een kinderlijk. Joseph kon zich er niet meer voor verstoppen. Geen van hen kon dat. Een kinderlijk. Hij voelde hoe hij, magerder en magnetisch, weggezogen werd, oploste in sprankelende onsamenhangendheid. Hij keek eens het raam uit. Hoe lang zou het nog duren voor het donker werd? De duisternis zou alles verbergen, elke levende ziel.

'Het spijt me,' sprak de arts.

Stomverbaasd bekeek Joseph de mensen in de zaal. Hij bestudeerde alle apparaten. Het gepiep en het gezoem en het gesis maakten hem nog verder van streek. Hij wist niet waarom hij hier zat. Hij kon niet voldoende herinnering bijeenscharrelen en deze strijd, deze daad van volstrekte concentratie, leek zijn longen lam te leggen.

De blik van de dokter viel op hem toen hij diep ademhaalde. Een aardige arts, die zo zijn best deed om betrokken te lijken. Dat was niet wat Joseph had verwacht. Waar was die lange arts? Die koele arts, die het alleen maar deed om het geld? Die arts die schoongeschrobd was van de dood?

'Voelt u zich wel goed?' vroeg de man in de witte jas.

Joseph keek naar het meisje in bed. Wat voor verband was er tussen haar en hem? Hij voelde zijn knieën knikken en hij klampte zich vast aan het metalen bed.

'Zo! U moest eens gaan zitten,' zei de man in de witte jas, en hij sprong op hem af met een uitgestrekte hand. 'Hebt u moeite met ademhalen?'

De vrouw bekeek Joseph met gemengde gevoelens, maar het meisje deed haar ogen niet open.

'Waar ben ik?' vroeg hij duizelig, terwijl 's mans hand zijn arm greep.

'Dat heeft hij al eerder gevraagd,' beweerde de vrouw.

Hoe kon zij dat weten? Joseph verbaasde zich toen de spieren in zijn nek verslapten en hij plotseling zwaar met zijn hoofd achteroverklapte. Hoe kunnen ze mogelijk iets van mij weten? Achterovervallend, kwam hij met een doffe plof in zijn hersens neer, gezichten en actie boven hem. Hij was gevallen. Hij bleef erbij. Handen deden iets met zijn oren, van binnenuit. Zijn blikveld werd steeds kleiner en kleiner totdat zijn geest verdronk in blankheid, hem totaal overdonderde.

Toen dr. Basha vroeg of er niemand in de gemeente was die in staat zou zijn die lijken te identificeren, moest brigadier Chase meteen aan vrouw Laracy denken, dat oude mens in huize Critch. Ze moest wel honderdtien zijn, op zijn minst. Zij zou een aantal van die lijken kunnen thuisbrengen. De lucht en de kilte in de visafslag sloegen op zijn longen, toen hij de patrouillewagen rond de bocht van de haven reed. Hij zou wel wat willen eten voordat hij naar vrouw Laracy ging, al was het alleen maar om dat lege gevoel in zijn maag te verjagen. Het gemeentehuis was aan het eind van de havenweg, die loodrecht op de benedenweg uitkwam. Met enig geluk kon er nog wel een sandwich over zijn daar. Hij maakte zich maar geen zorgen over hoe oud die kon zijn. Hij zou in dit stadium van het spel wel een half verteerde kariboehuid kunnen eten.

Wegrijdend van de visafslag, met de haven pal links van zich, bekeek hij de oceaan in het middaglicht eens. Er was vrijwel geen activiteit terwijl het water zelf witte schuimkoppen droeg. Het rolde en spatte ondanks de windstilte. Er waren geen helikopters. Chase vond dit zorgwekkend, alsof de chaos van activiteit onder het oppervlak was gesublimeerd en klaarstond op elk moment op te stijgen.

Het gemeentehuis lag pal voor hem. Bij het stopbord sloeg hij rechts af en zette de patrouillewagen voor het smalle hek, achter een legerjeep. Er stonden buiten drie soldaten, die enthousiast iets stonden te bespreken. Toen Chase naderbij kwam verstomde het gesprek, en hem werd de toegang ontzegd door de soldaat die bij de deur op wacht stond.

'Waar is French?' vroeg hij.

'Alleen legerpersoneel.'

Chase stak een kop boven de soldaat uit. Hij zette zijn hoed af, stak die netjes onder zijn arm, en wees toen op de draadloze microfoon van de soldaat. 'Zeg luitenant-ter-zee French dat brigadier Chase hier is. Ik ben de verbindingsman met het leger.'

'Geen uitzonderingen, meneer. Nieuwe orders. Het spijt me.'

Chase keek de soldaat eens boos aan, zijn ogen namen zorgvuldig elke trek op, totdat hij merkte uit de blik van de jongen dat de laatste zenuwachtig werd. Toen trad hij geduldig terug, zette zijn hoed weer op zijn hoofd en wendde zich tot zijn patrouillewagen. Hij ging achter het stuur zitten, probeerde zich niet te ergeren, dacht eraan dat hij nu terug zou gaan naar Port de Grave en naar zijn Theresa. Waarom deed hij eigenlijk zo zijn best om die French te helpen? Hij kon gewoon naar huis gaan. Hij was bezig met zijn derde dienst aaneen, dit was zwaar overwerk. Aan het eind van die rit zat er een mooie dikke loonstrook in en de zaken leken toch al wat betijd. Wie weet zou hij dat geld ooit nog zien.

Hij wierp eens een blik op de haven en lette op zijn ademhaling. Die leek in orde. Waren alle lijken uiteindelijk boven komen drijven? Was de crisis bijna over? Misschien was de hele situatie een onverklaarbare gril van het lot. Maar hoe hij ook zijn best deed, hij kon het beeld van vrouw Laracy niet uit zijn gedachten krijgen. Die verdronken lijken moesten worden geïdentificeerd.

Acht jaar geleden had Chase aan het hoofd gestaan van een zoekteam van tien man dat uit was op zijn eigen vader, aan de oever van Skyhorse Lake in Saskatchewan. De man was voor het laatst gezien in een boot op het meer en werd al vier dagen vermist. In de loop van die tijd waren er zware stormen geweest en had het geregend. Het was onmogelijk een boot, helikopter of vliegtuig te gebruiken. Ze waren nog eens drie dagen te voet bezig geweest om de westelijke oever van dat enorme meer af te zoeken. Ze hadden gekampeerd in een tent terwijl de regen op het canvas sloeg en de wind dreigde het hele onderkomen mee te slepen. De beide mannen bij Chase, uit het nabijgelegen reservaat, die hij al als kind kende, waren stil en respectvol. Ze begrepen allemaal wel wat ze te wachten stond. Wat het resultaat zou zijn. Het was alleen een kwestie van tijd.

Chase was degene die het lijk vond, naast White Squaw Bluff, eindeloos tegen de rotsen geslagen. Het lijk was in een slechtere staat dan de meeste drenkelingen in de visafslag. Uit de autopsie bleek dat de man stomdronken was geweest. Chase herinnerde zich een van de gedachten die hem in het hoofd waren geschoten toen hij zijn vaders mismaakte lijf voor het eerst zag: zo kan die ouwe tenminste niemand meer schaden. Opluchting, hoe je het ook bekijkt. En spijt om het leven dat het had kunnen zijn.

De verdronken lijken moesten worden geïdentificeerd, al was het maar ter wille van de levenden.

Zijn herinneringen wegwuivend, startte hij de motor en de soldaten negerend keerde hij de patrouillewagen met wraakzuchtig bandenpiepen om, wat hem eigenlijk kinderachtig voorkwam, maar toch zeer bevredigend was. Toen hij de tweesprong naar de bovenweg bereikte nam hij die en beklom de geleidelijke helling boven de haven. De zon weerspiegelde in de voorpanelen van het zonnehuis. Toen hij dichterbij kwam werd de zon goudkleurig, vurig in weerspiegeling, alsof het huis van binnen in brand stond. Chase zag een zwarte hond voor de voordeur zitten. Met opzet keek hij naar de hond om te zien of die ook bewoog, maar dat was niet het geval.

Hij stopte voor huize Critch, stapte uit de wagen en sloeg het portier dicht voordat hij besefte wat hij deed. Dit zou zijn laatste klus zijn voordat hij het voor gezien hield en naar huis zou gaan om te eten en te slapen en zijn Theresa gezelschap te houden. Hij had genoeg gedaan, het was nu tijd om te gaan rusten.

Vief stapte hij op de voordeur af, roffelde op het stevige hout. Niemand reageerde. Hij luisterde, keek achterom, zag zijn patrouillewagen daar geparkeerd, klopte toen weer. Niets. Hij overwoog de achterdeur te proberen. De oude vrouw kon in de keuken zijn en daar keihard staan zingen. Hij liep langs het huis en vond vrouw Laracy buiten, bij de schuur, met haar neus tegen een van de ruiten. Ze was gekleed in dezelfde groene jasschort en hoofddoek als tevoren.

'Neem me niet kwalijk,' zei Chase.

Vrouw Laracy draaide zich niet om. Zij bleef door het schuurraam kijken, roerloos, gefascineerd naar het scheen.

Chase trad naderbij. Daarbij kreeg hij het vreemde gevoel dat de oude vrouw wel eens helemaal niet echt kon blijken, dat zij gewoon een kartonnen gestalte was die daar was neergezet. Dat gevoel, dat gevoed werd door de volkomen roerloosheid van vrouw Laracy, was zo allesoverheersend dat hij merkte haar schouder te willen aanraken. Vlees en bloed. Maar toch bewoog ze nog niet. Hij schudde haar voorzichtig. 'Vrouw Laracy?'

De oude vrouw draaide zich naar hem om en sperde haar ogen wijd open toen ze hem in het gelaat zag. 'Doe weerom,' zei ze, glimlachend met gesloten lippen die een beetje trilden van ouderdom. 'Ik stond door 't glas te kijken en zag 'n wicht.'

Chase sprak: 'Ze hebben het meisje gevonden.'

'Nee, dat niet, jong. Een ander.'

'Daarbinnen?'

'Jazeker.'

Chase boog zich voorover om door het raam te kijken.

'Ze is sompenat en ze staat te tandenklappen om te besterven.'

'Ik zie niks.' Hij hield zijn handen naast zijn ogen, probeerde duidelijker te zien.

'Misschien droomde ik maar. Misschien he'k stuipen 'had of zulks wat. Maar waarom komst hier?'

'Ik was op de visafslag.'

'Bij de lijken.' De aandacht van vrouw Laracy werd afgeleid toen zij geritsel in het gras hoorde, in de richting van het bos. 'Wat is dat in christusnaam?' Meteen stapte zij in de richting van haar waarneming en trok daarbij de zoom van haar rok op om het gemakkelijker te maken door het hoge gras te lopen.

'Ja, er liggen een heleboel lijken,' zei Chase, die de oude vrouw achterna liep. 'Ik hoopte dat u bereid zou zijn ons te komen helpen enkele ervan te identificeren.'

Vrouw Laracy kwam bij de plaats van haar consternatie en keek naar de grond.

Toen Chase haar bereikte, zag hij tot zijn verrassing een vis in het gras liggen, een vis met lange stengels droog gras aan de regenboogkleurige flanken, waarbij de kieuwen open- en dichtgingen en het peilloze oog glinsterde als een harde zwarte bol.

Een vormeloze, overvliegende schaduw viel op het gras en vrouw Laracy keek op naar de lucht. Een kraai cirkelde langzaam boven hun hoofd, stijgend en dalend in een spiraal. 'Eén voor zorg,' mompelde zij.

'Wat voor vis is dat?' vroeg Chase terwijl het dier één keer stuiptrekte, toen twee keer, en zich verder verstrikte in droge grassprieten.

'Sushi,' lachte vrouw Laracy. 'Ja, 'k ga wel mit doe mit, jong. D'r was al een soldaat die mij 'tzelfde 'vraagd het, pooske terug. Maar hij was niet eerlijk over wat hij wol. En hij was zo bang als 'n wezel. Kon niet dicht bij hem kommen uit angst dat hij in 'n vernuverasie zou schieten. Maar doe bist betrouwbaar, toch?' Ze keek naar de vis en stootte er met het puntje van haar schoen tegenaan. 'Doe bist stevendig als een rots.'

'Dat mag ik hopen.' Hij hoorde het gedempte geluid van een dichtslaande deur en keek eens naar het zonnehuis. De zwarte hond bleef buiten zitten. 'De wagen staat die kant op.' Chase bood zijn arm en vrouw Laracy pakte hem met een verliefde en verrukte zucht, volgde zijn leiding en liet de vis liggen waar hij lag.

'Ik zou die visk wel voor avondeten wollen, maar 'k bin bang dat hij al wurmstekig is. Levendig of niet.'

Zijn blik op het zonnehuis gericht keek Chase eens naar de bovenverdieping en zag het beeld van een vrouwtje of een meisje in het raam, dat stond uit te kijken over zee.

'Ziest die zwarte hond?'

'Ja.'

'Geen een kent die hond. Die is vreemd hier. Geen een het hem nog ooit 'zien.' Zij keek eens naar de glazen panelen van het zonnehuis. 'Dat vreemde huis zal eerdaags door dood zelf bezocht worden.'

Chase voelde hoe de oude vrouw haar greep op zijn arm verstevigde, zodat hij langzamer moest gaan lopen. 'Let op mijn woorden, de waarheid zal blijken na verloop van de dagen. 't Verschijnen van zo'n nuver gedrochtsel voorzegt komst van wee.'

'Laten we hopen dat er niet meer mensen doodgaan.'

'Hoeveel lijken hest daarbeneden?' Ze knikte in de richting van de met witte schuimkoppen bedekte haven.

'Ruim zeventig.'

'Allemaal drenkelingen?'

'Het schijnt van wel.'

'Daar binnen problemen,' zei ze, huiverde van verrukking en wreef over Chase' arm, waarop zij er eens vrolijk in kneep. 'Daar binnen problemen, lieverd van mij.'

'De hele omgeving is afgegrendeld, meneer.'

Luitenant-ter-zee French wendde zijn blik af van een illustratie van een blauw zeemonster met het hoofd van een reuzenvogel en de kronkelige staart van een vis. Matroos tweede klas Nesbitt stond voor het bureau van French te wachten op een reactie op zijn aankondiging. Nesbitt was een bijzonder schepsel: hij had een dunne nek, lange benen en armen en over zijn voorhoofd liep een band van acne. De matroos was eigenlijk nog maar een jongen, maar toch was er iets van wijsheid aan hem, iets bijna antieks, waardoor hij misplaatst leek of onaangepast aan zijn omstandigheden. De luitenant-terzee wilde net gaan vragen wat Nesbitt had, toen hij het geluid van een communicatie hoorde die via zijn oortelefoon binnenkwam. Hij keek naar de vloer en luisterde naar de stem: 'Preliminaire test van Blokkade Sequentie mogelijk om tweeëntwintighonderd uur, meneer.' Dat was matroos tweede klas Buckingham, boven op de heuvel.

'Noord- of zuidzijde?'

'Noordzijde, meneer,' bevestigde Buckingham.

'De zuidzijde kan wachten. We testen eerst de drie macro-repellers aan de noordkant.' Hij hoorde een stem in zijn oor zeggen: 'Begrepen', keek toen naar matroos tweede klas Nesbitt, die bleef staan wachten. 'En?'

'Het spijt me u te moeten melden, meneer. Geen vrijwilligers.'

'Je bent overal geweest?'

'Ja, meneer, in de bewoonde huizen.' Nesbitts schouders verschoven spastisch onder het spreken, alsof hij iets te veel van zichzelf in zijn woorden probeerde te leggen. 'De plaatselijke bevolking lijkt onze aanwezigheid hier niet op prijs te stellen, meneer.'

'Dat geeft niet, Nesbitt. Waarom zouden ze?' French verdiepte zich weer in zijn boek. Een illustratie van een gehoornd wezen met honderden krulletjes langs de rand van het beschubde lijf. 'Wij hebben goed nieuws.'

Nesbitt zei geen woord. Na enkele ogenblikken stilte keek French hem eens aan, en overpeinsde zijn leven, wat die soldaat zou verliezen als zijn leven van hem werd afgenomen, wat zijn familie zou gaan missen, een jongeman in uniform, standvastig in vaderlandsliefde, rechtvaardigheid, democratie gelovend... dacht Nesbitt zo? Of was het voor hem alleen maar een baan? Een loonstrookje om zichzelf en degenen die hij onderhield te voeden? French vroeg zich af of Nesbitt een thuis had, een vrouw die op hem zat te wachten, kinderen die hem aan de telefoon wilden: 'Papa! Wanneer kom je thuis?' Hij kon het zich allemaal herinneren. Een vrouw die op hem zat te wachten... waarvoor, zou hij opgroeien en oud worden? Nee, ze wilde meer dan dat, en dat had ze gevonden bij een ander, een ander leven, apart van het zijne. Zijn kinderen ook. Van hem afgepakt, zomaar, in een voogdijgevecht, dat iedereen had beschadigd. Natuurlijk had hij het allemaal zien aankomen, maar hij had het niet kunnen stoppen.

'Je kunt gaan.'

Nesbitt salueerde en draaide zich op zijn hakken om, om vervolgens te verdwijnen.

French sloeg een bladzijde van zijn boek om. De tentakels van een monsterlijk wezen hielden een houten vaartuig in hun greep, zwaaiden ermee door de lucht boven de zee. Hij fronste en kuchte, pakte zijn sigaretten van zijn bureau en stak er een op. Diep inhalerend sloot hij het boek en schoof het aan de kant, waardoor een ander boek zichtbaar werd – *Atlantische Getijdengolven*. Hij bestudeerde het omslag, elke vierkante centimeter van het detail en onderwijl rookte hij zijn sigaret. Toen tilde hij het boek op, keek eens goed naar de binding, legde het weer neer, keek ernaar.

'Zeemonsters,' mompelde hij. Hij leunde achterover in zijn stoel en observeerde de bewegingen buiten zijn kantoor. Soldaten kwamen en gingen. Een paar van hen hadden dozen bij zich, of apparatuur, anderen stonden met elkaar te grappen. Geen van hen had een idee van de reikwijdte van deze situatie. 'French hier,' kondigde hij aan in zijn headset. 'Bereid jullie voor op een evacuatiebevel. Dit is een voorlopige waarschuwing. Dit is geen rechtstreeks bevel.'

De actie achter zijn deur stopte. Een paar gezichten draaiden zijn kant op en keken eens goed. Onwankelbaar beantwoordde hij hun blikken, maar liet niets blijken. Hij trok aan zijn sigaret, besefte dat dit een bravourestukje zou kunnen worden. Onmiddellijk betreurde hij de zet, drukte zijn sigaret uit in de bronzen asbak, ging rechtop in zijn stoel zitten en wierp een blik op het boek over getijdengolven. Hij sloeg het open, zocht de inhoudsopgave en ging met zijn vinger langs de lijst hoofdstukken totdat hij stuitte op de term 'overlevenden'. Toen ging zijn vinger horizontaal naar het overeenkomstige paginanummer en dat zocht hij op. Daar stonden zwart-witfoto's van mensen die aandachtig naast wrakhout stonden aan de kust en in het binnenland, met onbepaalde uitdrukking. Hij merkte het schrille contrast tussen donker en licht. Hij las de bladzij door, vond Margaret French, zijn grootmoeder, dat wist hij door het bijschrift onder de foto. Ze had een baby op de arm en zowel haar gezicht als dat van de baby waren vervaagd, waren vegen vaag grijswit geworden. Hij bestudeerde haar gezicht voor wat hem voorkwam als de vijftigste keer in de afgelopen twee dagen, omdat hij zijn eigen vermoedens niet wilde aanvaarden. Margaret French was een knappe vrouw. Dat kon hij nog zien. Jong, met een gezicht dat bij de tijd scheen te passen. Hoe kwam het toch dat gezichten altijd de kwaliteit van een bepaald tijdperk aannemen? Had dat gewoon te maken met de haardracht? Nee, het was meer dan dat. Op de een of andere manier hadden ze de kenmerken van het tijdperk. Fundamenteel tijdperk, eerlijke gezichten. Waren de mensen destijds echt eenvoudiger van geest en gedachten? Waren ze minder verstoord, minder afgeleid? Of waren ze er juist slechter aan toe dan nu?

De getijdengolf had Burin getroffen, aan de zuidkust van Newfoundland, ruim zeventig jaar geleden.

French herinnerde zich de woorden van zijn grootmoeder, tot hem gesproken toen hij elf was (ze was het jaar daarop gestorven): 'Er volgde een ontploffing buiten op het water, ver, ver weg. Koppen en schotels rammelden in de kast. Dat was het. Verder stond je er niet bij stil, wat dat kon inhouden. Ik zorgde voor je vader destijds, die was nog heel klein. En toen, een uur later, stond ik op het erf en ik stond naar de zee te kijken, want je grootvader zou terugkomen van de visgronden. Het was een moeilijke tijd met de vis. Er waren er nog minder dan tanden in een kippenbek. We hebben nooit begrepen waarom de vis verdween. En ik kon tot in de haven kijken. Alles was rustig, behalve de radio in huis achter me, de hemel werd leigrijs boven ons en daalde stil neer. De dapperste vent was er nog bang van geworden. En we stonden allemaal uit te kijken naar zee. Er stonden mensen op de heuvel en op de oevers en beneden bij het water. We wisten dat er iets aankwam. Geen van ons verroerde een vin. En toen begon het water zich terug te trekken van de kust, alsof het een aanloop nam om met een sprong terug te komen, maar in plaats van dat het terugkwam bleef het wegtrekken en ik kon de stenen en het grind horen rollen en tikken en rollen en tikken, steeds harder, terwijl het water maar weggezogen werd, weggleed, en de grijze lucht steeds lager boven ons hoofd kwam hangen. Je kon al het zeewier en de vissen en de verloren netten en het wrakhout van bootjes zien. De zee bleef maar wegtrekken alsof ze afscheid van ons nam. Alsof ze vergiftigd was, met ons erbij. Iedereen stond als aan de grond genageld. Niemand verroerde een vin en toen wees jouw vader met zijn dikke knuistje en hij giechelde. Mensen aan de kust bleven naar de einder staan staren, terwijl de zee steeds verder en verder terugtrok, totdat ze plotseling aanzwol, een zorgelijk grijs dat opkwam, en het werd dikker en hoger en hoger totdat het ten slotte oprees, zomaar. Stilstaand verhief de zee zich en ze klom en ze klom naar die grijze lucht die almaar lager kwam te hangen, totdat er een hoge muur van zee en hemel op ons af kwam stormen, terug naar land, terug naar waar iedereen vol ongeloof stond toe te kijken.'

'Meneer?'

Luitenant-ter-zee French keek op uit zijn boek en hield zijn blik stabiel, ondanks zijn gevoel van onbestemdheid, omdat hij zo plotseling uit zijn lectuur was gerukt.

Matroos tweede klas Nesbitt ging recht staan, grijnsde opgelucht, zijn gezicht blozend van trots en kleur.

'Ja?'

'We hebben bericht van brigadier Chase. Hij komt met Eileen Laracy, een van de oudere inwoners, naar de koelruimte, meneer.'

'Dank je.' French hield zijn gelaatsuitdrukking effen. Hij pakte een sigaret en stak hem aan, overwoog een drankje. Een flinke shot Southern Comfort om de scherpe kantjes van wat hij voelde eraf te krijgen, dat stond hem voor de geest. Zoet maar toch sterk. Een dubbele shot in een mooi schoon glas. 'Je kunt gaan.'

Nesbitt salueerde met zo veel elan dat French vermoedde dat hij zijn pols zou breken of zijn schouder uit de kom zou trekken. Nesbitt draaide zich om op zijn hakken en marcheerde weg.

French sloot zijn boek. Wat zouden ze eraan hebben om die lijken te laten identificeren? In Burin hadden er ook geen lijken rondgedreven. Het leger had ze de ochtend na de ramp pas gevonden. Dat was tot vandaag de dag geheime informatie. Er waren zeven oude lijken waarvan vermoed werd dat ze door de tsunami waren losgewroet. Een van de legerverslaggevers had de stemmen van de inwoners vastgelegd, direct na de tragedie. French had naar de ingeblikte, krakende stemmen geluisterd die verhalen vertelden van zeemonsters in de haven. Verhalen. Legenden. Bakerpraat. De mens had zulke dingen nodig om zich valselijk te staven, te geloven dat hij een edel erfgoed bij zich droeg, zijn geloof te schragen, wonderen op te leggen aan eenvoudige stervelingen en ze machtiger te doen lijken dan ze in feite waren. Legenden waren gewoon de zoveelste vorm van religie.

Rond het tijdstip van de tsunami van Burin was er sprake geweest van een bijzondere epidemie van tuberculose. Vijftien inwoners waren voor de getijdengolf al gestorven en ieder van hen had op de een of andere manier een relatie met de lijken die later in zee werden gevonden. Toeval? Hoe kon er in godsnaam een correlatie bestaan? Tering. Dat had in dit geval nog niemand opgelopen, maar misschien hadden ze al die jaren geleden de verkeerde diagnose gesteld?

French schoot dat hoognodige drankje in gedachten. Hij keek naar zijn sigarettenas en verjoeg alle gedachten aan zijn verleden. Mocht hij bevel gaan geven de gemeente te ontruimen, dan zou dat worden gedaan bij wijze van voorzorgsmaatregel, niet uit geloof in zoiets belachelijks als oude zeemansverhalen.

Vrouw Laracy keek naar het gezicht van de politieagent toen hij de patrouillewagen naast de visafslag zette. Zijn eerlijkheid en zijn goede uiterlijk deden haar aan Uriah denken. De agent had een donkere huid en zijn aura was stralend geel. Je voelde de warmte bij hem in de buurt. Er was niets gemaakts aan hem. Eenvoudig en betrouwbaar was hij.

'Negenentachtig inwoners liggen aan de beademing,' verklaarde Chase vrouw Laracy terwijl hij het contact afzette. 'Dat is wat ik vernomen heb als officiële telling. Vierentwintig hebben nog steeds geen probleem met ademhaling. U ook niet.'

'Waar binnen die zieken?'

'Ziekenhuis van Port de Grave.' Chase greep tussen de zittingen naar zijn hoed, die boven op een koffertje met beademingsapparatuur lag. 'Ze hebben wat oude zalen moeten openen die ze al jaren geleden hadden gesloten.'

''t Is kortstondig etenstijd. Doe hest 'n aardige prak nodig in dien buik. Een grote vent als doe.' Vrolijk klopte ze op zijn buik. ''k Zel doe wat eterij maken als we dit bietje ongemak aan kant hemmen.'

'Met mij is niets aan de hand, hoor.' Chase glimlachte, met zijn mooie witte, gelijkmatige tanden. Beleefd als een gladgestreken tafelkleed.

'Mijn God, wat hest nuvere tanden in mond. En groot ook.'

Grinnikend trok Chase aan de hendel van zijn portier en klauterde naar buiten. Een paar ogenblikken later zwaaide het portier van vrouw Laracy open en bood Chase haar zijn hand. Ze was verrukt van het galante gebaar en glimlachte verlegen.

'Lief jonk,' sprak ze. 'Om mij zo beleefd te behandelen. Hest zelfs wel een lieverd?'

'Ja, hoor.' Zijn recente vlaag goed humeur verzuurde. 'Ben ik mee getrouwd.'

''t Gaat niet goed met haar,' zei vrouw Laracy en ze betreurde de verandering in Chase' houding. Ze knikte hem medelevend toe, stak haar armen uit om haar handen op zijn wangen te leggen. 'Maar dat is dien schuld niet. Zo'n vriendelijke ziel als doe. Doe bist altijd goed voor haar 'weest. Doe bist niet in staat tot iets gemeens of harteloos. 't Is gewoon dat... 't is...'

'Wat?'

'Waar doe van 'maakt bist. Da's verwarrend voor dij.'

Chase fronste zijn wenkbrauwen. 'Gemaakt waarvan?'

'Waarin doe 'worteld bist en wazze van doe verwachten. Alst bastaard bist, dan bist helemaal slecht af. En daar bedoel ik dij niet per se mit. Wij binnen op 't heden allemaal bastaards. Wij hemmen geen benul waar of we van heerkommen. 't Jongvolk balkt zoals het op televisie ziet.'

Chase keek naar het water. Vrouw Laracy zag dat zijn kleur zich verdiepte naar oranje, nog wel warm en vriendelijk ondanks zijn onzekerheid, die bij een minder geestrijk man de kleuren zou hebben verdiept tot een tint van bruinpaars, een kleur die besmettelijk zou zijn op anderen. Toen Chase weer naar vrouw Laracy keek, zonk hem de moed in de schoenen maar hij glimlachte in weerwil van zichzelf. Hij bood haar zijn arm. Ze liep gewillig mee, totdat ze de deur van de visafslag naderden, daar begon ze te strompelen en struikelde bijna, haar knieën knikten en deden ook vreselijk pijn. Ze moest door Chase en de soldaat die bij de ingang stond over de drempel worden geholpen.

'Ben allergisch voor visk,' bekende zij Chase toen ze de afslag betraden. 'Heeft dokter mij 'zegd. Elkeen is op 't heden ergens allergisch voor.'

Binnen vergaapte vrouw Laracy zich aan de witte tafels. Jaren geleden had ze daar gewerkt, om kabeljauw te kaken en te fileren. Alle vrouwen uit Bareneed hadden daar gewerkt, terwijl de mannen met hun zolderschuiten en sloepen waren uitgevaren. Het gebouw was veranderd. Mensenlijken die een of andere preparatie nodig hadden, lagen nu op de tafels.

'Alderheiligen nog toe!' piepte vrouw Laracy terwijl haar onderkaak van verbijstering openzakte, niet bij het zien van zo'n onwaarschijnlijke verzameling lijken, maar bij het schouwspel van wat daar zichtbaar boven hing – amberkleurige geesten die aan rafels waren getrokken. Elke ontwrichte verschijning, die daar als een fladderend pak spinrag dreef, leek op het onderliggende lijk. De geesten kreunden op een troosteloze wijze en als ze daalden kregen ze duidelijk meer substantie, maar werden dan nog erger verstoord en stegen al snel weer op, alsof ze niet naar binnen mochten.

Maandagavond

De naald stak in de magere onderarm van Robin, de zuiger een eindje terug-getrokken. Robin verroerde geen vin. Donkerrood bloed, dikker dan hoe naar Kims overtuiging bloed moest zijn, verzamelde zich in de spuit. Ze hui-verde bij de gedachte dat er bloed uit haar meisje werd gehaald, hoeveel bloed kon Robin mogelijk bezitten in zo'n klein lijf? Kim keek naar de labo-rante met haar witte jas en het groene blaadje met buisjes die aan de kant wa-ren gelegd. De vrouw was voorzichtig, aardig en respectvol, maar ze was be-zig met iets wat volgens Kim een barbaarse daad was. Het was allemaal veel te onecht, haar geest die wakker werd geprikkeld door de antiseptische lucht die om haar hing. Even rook ze de alcohol en keek naar de kant, naar het bed naast dat van Robin. Daar lag Joseph, haar aanstarend met een uitdruk-king die geheel ontdaan was van emotie. Hij was op bed geholpen door dok-ter Thompson en was meteen aan de beademing gelegd. Wat was er met hem gebeurd? Kim herinnerde zich de dag dat Joseph Robin was komen halen om met haar naar Bareneed te gaan. Het was zonnig geweest. De kofferbak was vol met alles wat nodig was voor de vakantie. Hij had gelukkig geleken. Nor-maal. Gelukkig en gezond. Een huivering doorvoer haar en haar schouders vertrokken van afkeer.

Kim wendde zich tot de laborante, die haar een medelevende glimlach schonk en toen een bijna liefhebbende blik op Robin wierp alvorens te ver-trekken. Naar het hart van de monitor starend, dacht Kim even aan haar computer, en aan de deadline voor het artikel waar ze zich zo veel zorgen om had gemaakt. Toen herinnerde ze zich de ontdekking van de albinohaai en hoe zij daardoor hiernaartoe was gekomen. Dat had allemaal totaal geen en-kele betekenis meer. Dat was triviaal. Haar voeten op de tegelvloer en haar dochter in een ziekenhuisbed. Dat waren fundamentele zorgen die haar leven op een onherstelbare wijze konden veranderen.

Weer vestigde ze haar aandacht op Joseph. Dokter Thompson had hem snel afgehandeld, met een opmerkelijke behendigheid voor een man van zijn leef-tijd. Hij had Josephs arm gepakt en om hulp geroepen terwijl hij Joseph al naar het bed loodste. Er was een verpleegster van achter het glas de kamer binnen gesneld. De dokter riep een order voor beademingsapparatuur, de ver-pleegster holde weer weg en kwam met een man terug die een beademings-apparaat op wieltjes voortduwde. Drie man personeel had perfect gecoördi-neerd samengewerkt om ervoor te zorgen dat Joseph buiten gevaar zou raken. Toen hij aan de beademing lag, bezette hij het laatste beschikbare bed op de intensive care. Dokter Thompson drukte de staf op het hart Joseph 's nachts goed in de gaten te houden. Zou zijn toestand stabiel blijven, dan zou hij in de ochtend naar boven worden gebracht op zaal.

Joseph lag te staren alsof hij niets van Kim wist, of probeerde uit te maken wie zij wel kon zijn. 'Het zou gewoon uitputting kunnen zijn,' had dokter Thompson in de gauwigheid even tegen Kim gezegd, na haar terzijde te hebben genomen. Stress. Joseph zat onder medicatie voor stress, legde de dokter uit. Kim wist daar niets van. Joseph was helemaal geen pillenslikker. Hij wilde nog geen aspirientje slikken. Alle verwarrende gebeurtenissen van onlangs moesten tot een instorting hebben geleid. Thompson gaf aan dat hij niet dacht dat Joseph last had van ademhalingsproblemen. Hij vermoedde dat het psychosomatisch was: een soort volgreactie, veroorzaakt door extreme zorg. Tenslotte, daar wees dokter Thompson op, kwam Joseph niet uit Bareneed en tot nog toe waren alle slachtoffers wél uit de gemeente. Er waren nog geen buitenstaanders met deze stoornis als diagnose. Kim had begrijpend geknikt, maar in weerwil van zichzelf besefte zij het feit dat Josephs vader wel uit Bareneed was gekomen. Met groeiende vrees had ze deze informatie doorgegeven. De dokter wist kennelijk niet wat hij daarop moest zeggen en had ten slotte maar gezegd: 'Probeert u zich geen zorgen te maken.'

Naar Joseph kijken, de manier waarop hij daar totaal verzwakt lag, deed liefderijke gevoelens bij Kim opkomen, ondanks zijn recente wanhopige gedrag. Zou hij doodgaan? Zou hij in die bijzondere vorm van amnesie wegzakken, die de lijders aan deze ziekte kenmerkte? Een beeld van haar huis, de ramen en de voordeur, de bloementuin, de bosjes en de rode kornoeljes, lichtte in haar geest op. Een heftige behoefte aan Joseph en Robin, die bij haar moesten zijn zoals dat ooit eens geweest was, doorsneed haar borst. Als iedereen maar gezond was, dan zouden ze het best allemaal kunnen regelen. De zegening van gezondheid. Haar huis. Hun huis. Zaten ze daar maar in, beschermd. 's Morgens in bed liggen, tegen elkaar aan. Een familie. Ze waren ooit een gezin.

Nu stond ze tussen twee ziekenhuisbedden, haar man en haar dochter ziek, niemand om Kim te troosten, niemand om haar kracht te geven zoals Joseph dat eens gedaan had, ook al kwam die kracht uit argument. Waarom hadden ze altijd ruzie gehad? Waarom? Ze voelde zich hulpeloos en eenzaam.

Joseph sloot zijn ogen en zag grijs. Horizontaal en dicht, hij kon zijn ledematen niet dwingen wat ook te doen. Uit bed opstaan en de ene voet voor de andere zetten was net zo onmogelijk als geheel van gedaante veranderen. Deze grijsheid was wat hij was geworden. Er was geen scheiding meer tussen het en hem. Hij veronderstelde dat zijn oogleden niet langer dicht zaten want hij zag een vrouw in de zwak verlichte ruimte. Haar gezicht joeg hem angst aan. De gestalte van het meisje in het bed aan de andere kant joeg hem ook angst aan. De vrouw keek naar het meisje, streelde haar haar. Eventjes stond hij zo ver van dat tafereel af dat hij het idee kreeg verstopt te zijn. Een verstikkend gewicht lag op zijn borst. In de hoop dat wat te verlichten, haalde hij diep adem en draaide zijn hoofd naar het raam. Er zat iets aan zijn mond. Het blies een schrikbarende zuiverheid in hem, die zijn geest niet kon bereiken. Het poetste het grijs op tot een sprankeling in zijn keel en longen. Hij keek naar de nacht buiten. De volslagen duisternis trok aan zijn gedachten, lokte weg wat volgens hem zijn eigen zelf was. Starend in de duisternis begreep hij volstrekt niets meer. Hij joeg zichzelf angst aan totdat hij zijn best ging doen zijn blik te verplaatsen en naar de beide mensen tegenover hem te kijken, een meisje en een vrouw.

Waarom lag hij in een ziekenhuis, in een bed? Was hij zwaar ziek? En zo ja, hoe stierf hij dan nu? En waaraan stierf hij? Hij meende dat het wellicht iets te maken had met de vrouw en het meisje. Wellicht had hij iets van het meisje opgelopen. Hij vermoedde dat ze hem had besmet met een zo moeilijke en ingewikkelde kwaal dat die alle bekende virussen zou overtreffen. De vrouw leek ook aangedaan, hoewel ze nog stond, zij weigerde de zwakte in haar hart toe te laten. Door het grote raam achter haar was een andere vrouw te zien met een wit uniform aan, die gleed voorbij. Dit leek de plek te zijn waar hij hoorde, waar hij veilig was.

Achter zijn hoofd was de duisternis in het raam magnetisch, zijn blik werd erheen getrokken. De duisternis was een vlak vacuüm dat geloof loochende, zijn lusteloosheid openlijk opzoog. Als hij uit deze grauwe grijze klauwen kon komen, zou hij die grens verleggen, zou hij de zuiverder duisternis binnen laten stromen door de bressen, om haar dik over de tegelvloer te laten lopen. Geleidelijk aan zou de zaal vollopen met deze inktachtige zondvloed, de bedden zouden worden overspoeld, ze zouden verzuipen in een verlammende storm van een zwart bot niets, dat uitsluitend werd buitengehouden door een plaat glas die op zichzelf onzichtbaar was.

Vrouw Laracy kon de verticale lichten onderscheiden aan de verre overkant van de haven. Die waren van een gebouw. Het ziekenhuis van Port de Grave. Zij had de gele gehaakte deken rond haar schouders geslagen en stapte uit huize Critch om een luchtje te scheppen.

Beneden bij de haven hing een helikopter boven twee boten, maar er was geen actie op het water. Een paar nachtvlinders fladderden rond de olielamp die zij op de leistenen stoep voor de deur had gezet. Het was koud buiten. Haar ogen keken aandachtig naar de lichtjes van het ziekenhuis aan de overkant van het donkere water. Leden van de familie Blackwood lagen daar, allemaal in de ban van deze ramp. De man, de moeder, de dochter. En hier zat zij, een oude vrouw, veilig, levend en staande in de rustgevende avondlucht.

Nadat zij de verscheurde verschijningen boven de lijken in de visafslag had zien hangen, had vrouw Laracy besloten terug te keren naar huize Critch. Ze wist dat ze haar hier nodig hadden. De doden hadden een bepaald verband met de levenden en dat was altijd zo geweest. Zij keek eens naar de visafslag onder aan de landtong en speelde in haar geest haar bezoek daar eerder op de dag nog eens af.

De politieagent had haar gevraagd: 'Kent u een van deze mensen?'

Vrouw Laracy was voorzichtig naar voren gelopen, had de rand van de eerste tafel gepakt, waarop een man lag van begin dertig, zwart haar, stevige kaak.

'Dat is Hedley Jackman. Die verdween op 'n zaterdag in 1957. Vermist op zee. Zijn wijf was Barbara, die kwam van overzee. Twee jaar later 'storven. Hartklachten.'

De matroos, die in de buurt van Chase en vrouw Laracy was gebleven, schreef de naam Hedley Jackman op de kaart die aan de arm van het lijk hing. Daarop schreef hij: 'Vermist op zee: 1957.'

Vrouw Laracy merkte dat de militair een prachtig handschrift had voor een man. Ze keek boven Hedley en zag hem daar hangen, niets ziend, onwetend, alsof hij misplaatst was. 'De kleinzoon van Hedley Jackman, Christopher, is vast een van degenen die ziek 'worden binnen. Die ligt in 't ziekenhuis aan overkant, in Port de Grave.' Weer keek ze eens boven het lijk, met een bedachtzame blik, alsof ze bang was dat de geest naar haar terug zou kijken, maar de geest van Hedley Jackman leek niet eens te weten dat vrouw Laracy er stond. Ze keek eens rustig de ruimte rond en besloot dat dat voor alle geesten gold. Ze leken ontdaan te zijn van gezicht en bewustzijn. Ze voelde de hand van de matroos op haar rug, de druk van hem die haar naar voren wilde duwen.

'Past u op waar u loopt,' zei hij.

Vrouw Laracy draaide zich om om de militair te berispen, maar haar gezicht verzachtte toen zij een brancard voorbij zag rijden, met een verdronken meisje dat daar ruggelings op lag, haar ogen starend naar het plafond, haar geest boven haar drijvend, hoger drijvend maar magnetisch terug naar het lijk getrokken. 'Alice,' mompelde vrouw Laracy met een schok, en ze bracht haar vingers naar haar lippen. 'Alice Vatcher.' Het meisje was haar vriendinnetje geweest. Tranen welden dra in haar ogen en besprenkelden haar wangen, toen vrouw Laracy op de brancard af vloog. Ze hield hem tegen en wilde haar dode vriendinnetje aanraken, maar liet haar vingers boven het kindergezicht hangen. In 1936 had Alice over het strand gerend, haar handen hoog in de lucht, en was meegesleurd door één enkele golf van zo'n intense kracht dat die het kind had meegesleurd en haar verder niet meer had teruggegeven. Vrouw Laracy was getuige geweest van dat schouwspel. Zij was op haar uitkijkpost op een hoge rots geklommen en had in paniek geschreeuwd: 'Alice, kom weerom!' Zij herinnerde zich dat ze daar maar was blijven roepen. In de loop van de decennia was de tragedie uit haar gedachten geglipt, maar nu herinnerde zij zich levendig haar vriendinnetje, de oprechtheid van hun wederzijdse liefde. Dit was zonder enige twijfel Alice. Ze droeg de witte halsdoek met de gele en rode bloemen die vrouw Laracy altijd had bewonderd en haar had benijd.

'Zei u Alice?' vroeg de soldaat.

'Ja,' fluisterde zij en eindelijk raakte zij het meisjesgezicht aan, menend dat de huid een beetje warm was. Er zaten tranen op haar vingers, tranen die van haar eigen gezicht waren gestroomd en die nu samenstroomden in de ogen van haar vriendin. 'O, Alice, wast altijd zo'n gezworen kameraad van mij. En most nou dien eigen zien. Ook ik was ooit van die schoonheid.'

De man in de witte jas die de brancard geduwd had probeerde hem verder te duwen, maar vrouw Laracy keek hem aan met achter tranen versluierde ogen en zei heel rustig: 'Waar bist zo haastig voor?'

De man zei niets. Hij sloeg zijn ogen neer en wachtte gewoon.

Weer keek vrouw Laracy naar haar vriendin. 'Alice Vatcher kwam om op 'n maandag in 1936. Wij waren de alderbeste kameraden. Haar ouwelui binnen vort uit Bareneed en ik weet niet waarheen. Maar hun zoon David is weerom 'kommen. Hij had 'n dochter, Rayna 'noemd. Die woont in Bareneed.'

De matroos keek zijn lijst na. 'Rayna Vatcher?' vroeg hij.

'Nee, zij is 'trouwd met 'n niksnut. Gregory Prouse. God hebbe zijn ziel.'

'Rayna Prouse?'

'Ja. Gregory Prouse is ook vermist op zee.' Ze keek naar het andere gangpad waar weer een brancard werd langsgereden. Daarop lag een man in een uniform dat dateerde uit de Eerste Wereldoorlog. Er ontbrak een arm aan het lichaam. Toen de brancard geheel voorbij was keek ze eens goed langs de tafels die aan haar gezicht onttrokken waren geweest. 'Alst mij vraagst is dat 'm daar,' zei ze. 'Gregory Prouse.' Ze wierp een laatste blik op Alice Vatcher, haar hart stroomde over toen het alles wat het weerzien met haar vriendin haar had teruggebracht opnam. Ze had de zijden lokken van het meisje nog eens aangeraakt voordat de brancard verder werd gerold. Er was geen tijd voor hen. Voor geen van hen.

En nu zij voor huize Critch stond, voegde zich een tweede helikopter bij de eerste. Het geluid zwol aan. Vrouw Laracy zag die toestellen daar hangen en dacht weer aan die blinde geesten in de visafslag die niet leken te weten waar ze thuishoorden. Ze werden naar de lijken getrokken maar dan mochten ze er niet in. Waarom kwamen zij terug? Wat misten zij dat zij een onderkomen wensten in hun waardeloze lichamen? Waarom zochten zij niet in plaats daarvan hun familieleden op, de levende geliefden?

Vrouw Laracy keek naar de haven en zag de afslag aan de andere kant van de inham, onder aan de landtong. Er waren andere oude mensen als zijzelf die de lijken waren komen bestuderen. Vrouw Laracy ging ervan uit dat zij hadden gehoord dat zij er was en dat ze niet buitengesloten wilden worden. Daar waren Zachary Dalton en Walt Boyd. Ze wisselde enkele woorden met hen en kwam erachter dat voor zover zij konden zeggen, geen van hun familieleden daar lag. Van haar eigen familie lag er ook niemand.

Het ging erom gezond te blijven, verzekerde zij zichzelf, terwijl zij over haar schouder naar huize Critch keek, nog warm van de liefelijke aanwezigheid van een gezin, ondanks het feit dat dat gezin onderling overhoop lag. Ze bleven een gezin – met ouders en een kind uit hun vereniging. Als het eenmaal zover was, was er geen echte scheiding meer mogelijk. En zij kon de bescherming bieden die dat gezin nodig had, mocht het terugkeren naar huize Critch. De verhalen die zij graag met hen wilde delen welden op woeste wijze in haar op.

Ze keek eens naar de hemel. Het moest te zien aan de sterren rond middernacht zijn. Van slapen kon hier geen sprake zijn. De beide helikopters vlogen weg en de haven was rustig, voor het eerst in verscheidene nachten. Een halfuur geleden had zij door het huiskamerraam vier jeeps van het gemeentehuis zien wegrijden. Zij waren in westelijke richting gereden, toen Slade Road op, naar de heuvels waar die monsterlijke schotels werden opgericht. De andere twee jeeps waren naar het oosten gereden, in de richting van de nabijgelegen haven.

De schotels, één helemaal boven op de landtong en de andere zes in oostelijke richting naar de plek waar een heleboel media en toeschouwers verzameld waren, op Mercer's Field, gloeiden zwak groen. Groen was de kleur van het kleine volkje. Vrouw Laracy zocht in de voorzak van haar schort naar een stukje scheepsbeschuit. Het zat naast de kiezels die ze van het verse graf van Muss Drover had gepakt. Muss was een goeie vent geweest, zoveel wist ze van hem, los van hoe zijn leven was geëindigd, en dus zouden de kiezels bescherming bieden. Tussen de kiezels lag haar rozenkrans en de vinstraal van een schelvis, met de gladde randen tegen haar vingertoppen. Ook die zou haar beschermen tegen alle kwaad.

Ze verplaatste haar blik naar de hemel en zag dat de sterren helderder werden en vervolgens vervaagden, alsof ze leken samen te klonteren en te dimmen. Beneden bij de haven waren donkerblauwe zoeklichten aangegaan, die een opeenhoping van duizenden en duizenden elkaar kruisende rode lijnen verlichtten, die in talloze uiteenlopende richtingen schenen. Vrouw Laracy telde vijf zoeklichten en hun brede lichtbundels ontplooiden zich boven de haven. In de tussentijd leek het kruisen van de rode lichten af te nemen. De sterren werden er zelfs helderder door.

Ze keek naar de schotels op de landtong en langs de heuvel. Ze waren nu helderder elektrisch groen. Niet op haar gemak, verplaatste ze haar blik weer naar de haven. De rode lichtstrepen waren nog verder vervaagd. Zij vervaagden met de seconde, de rode flitsen verdwenen totdat er zuiver zwarte ruimtes tussen konden worden waargenomen, van grond naar lucht. En ver boven die zwarte tussenruimten schoot opeens een amberkleurige flits naar beneden, als een meteoorstaart die op Port de Grave gericht was, waar hij insloeg en een huis raakte zonder het verder te beschadigen.

Vrouw Laracy keek eens goed, strekte haar nek, keek hogerop. Het gevolg was dat ze duizelig werd. Nog een amberkleurige flits schoot van boven naar beneden. Het was moeilijk er zeker van te zijn door de hoogte waar hij vandaan kwam, maar zij vermoedde dat die flits rechtstreeks op haar gericht was. Ze wachtte ademloos, aan de grond genageld, terwijl het amber op haar af schoot, gevaarlijk dicht bij de grond kwam en een huis aan het water binnen drong. Het huis van Muss Drover, merkte vrouw Laracy op. Ze verwachtte dat het amberspoor in het huis zou blijven, net als het vorige in het huis in Port de Grave was gebleven, dus ze richtte haar ogen weer op de hemel, maar ze werden toch weer getrokken door het huis van Muss. Het amberkleurige licht stroomde nu het huis weer uit, schoot naar de visafslag, vertrok toen weer over de haven, de zee op. Een derde amberkleurige straal baande zich een weg naar Port de Grave, raakte een huis en doofde.

Er klonk een stem uit een helikopter langs de kust. Vrouw Laracy keek eens naar de schotels en zag hoe ze vaag licht gaven. De kruisende rode lijnen begonnen zich weer vreselijk te vermenigvuldigen. Toen werden de blauwe lichten uitgezet en alles was weer nacht. Alles was rustig, behalve een geluid dat leek op hard slaande, rollende golven. Een enorme sproeinevel van wit schuim rees op van de voet van de landtong en beschreef een boog door de lucht. Er was geen wind. Wat dreef die golven, vroeg vrouw Laracy zich af. Zij keek uit naar een volgende hoge golf, maar die kwam niet. Toen wierp ze nog eens een blik op de hemel. Geen amberkleurige flitsen meer. Dat is toch wel gek, hield ze zich voor, terwijl ze zich naar de seringen wendde om erop af te lopen en even te ruiken. Geschrokken struikelde ze bijna toen ze bleef staan en mompelde: 'Heilige moeder Gods!'

Daar stond een meisje onder de takken van de bomen, haar lichaam vaag zichtbaar in het amberkleurig schijnsel van de lamp die vrouw Laracy op de stoep had gezet.

'Hallo,' sprak het meisje.

'Doe hest mij schrikken laten, lutje wicht. Hoe komt 't dast hier bist om dit uur?'

'Dat geeft niks. Ik ben alleen maar dood. Zoals gebruikelijk.'

Het lamplicht werd helderder, doordat een nachtvlinder zich liet verbranden. Hij had zich een weg gebaand in het glas en naar het hart van de vlam.

'Bist doe 'n vriendelijke geest?'

'Dat weet ik niet. Zie ik er zo uit?'

'Worst 'raakt door liefde in plaats waar doe verblijfst?'

Het meisje staarde slechts. Een tweede vlinder deed de vlammendans, de schaduwen vielen over het gezicht van het kind. Lachte ze nu of fronste ze? vroeg vrouw Laracy zich af.

'Dat weet ik niet.'

'Binnen dien moeder of vader in dien wereld?' vroeg vrouw Laracy, met haar handen in de voorzakken van haar jasschort.

'Ja, mijn vader.'

'Het hij dij vasthollen en liefdevolle fluisteringen in 'geven?'

'Nee.'

'Dan bist 'n ontstelde geest. Doe bist 'n geest van moedwillige vernietiging.' Vrouw Laracy pakte twee kiezels uit haar zak en hield die hoog in de lucht, klikte ze tegen elkaar. In haar andere hand hield ze de vinstraal van de schelvis vast en stak die door de lucht in de richting van het meisje.

'Jij bent grappig,' lachte het meisje en ze loste zonder verder een woord te zeggen op.

Wat een glimlach was geweest, veranderde in een wanhopige uitdrukking toen het gezicht van het kind vervaagde en dit nieuwe uiterlijk bezorgde vrouw Laracy pijn in het hart, op een bijzonder treurige wijze, want een geest was altijd ergens verdrietig om en deze reden was ongetwijfeld de schuld van de levenden.

Josephs blik werd nu zo diep de duisternis in getrokken door het venster dat hij amper het geluid achter zich hoorde. Aanvankelijk leek het op een bijzonder ver verwijderd tinkelen of rinkelen. Glas op glas. Een hoorbare lichtschijn. Terwijl zijn oren zich op het geluid spitsten en zijn ogen terugkwamen uit de duisternis, besloot hij dat het geluid helemaal niet glas op glas was, maar het hoge melodische sjirpen van wat hij aanzag voor een minuscuul vliegend wezen. Het kwam volstrekt niet bij hem op wat dit geluid zou moeten overbrengen. Er zat iets bij de wortel van dat geluid. Dat riep hem, dat wenkte hem terug, op plechtige wijze.

Voor hij besefte wat hij deed, had hij zijn hoofd omgedraaid en zag een vrouw op een stoel zitten. De vrouw leek licht te geven in de duisternis, haar lippen bewogen, en daaruit kwam het geluid dat Joseph had gehoord. In één keer lukte het hem te begrijpen dat de geluiden en die woorden uit haar voortkwamen. De honingzoete stem van de vrouw rees en daalde in een hypnotiserende spiraal. Zij keek Joseph aan terwijl ze die geluiden maakte en haar ogen, haar ogen die hij herkende maar die verschilden van wat hij zich herinnerde, keken in hem, alsof hij meer was dan wat hij dacht. Toen wendde zij zich naar het meisje in het bed.

Joseph meende dat die vrouw wellicht verband met hem hield. Die vrouw was ongelooflijk knap, haar stem en haar trekken suggereerden dat zij hem dierbaar was, maar toch leek zij niet op degene die hij als zodanig beschouwde. Zijn vrouw. Nee, deze vrouw kon niet zijn vrouw zijn. Zij zat te zingen, zij was anders, van een zuiverheid die die vrouw wezenlijk oorspronkelijk en hem onbekend maakte, en toch op een of andere manier begrepen.

Een zacht wiegeliedje dreef door de deuren van de ic:

Toen ik een meisje was, niet ouder dan een week of twee,
Ging ik als grote meid, trots als ik was, uit op tournee,
Mijn voeten in de lucht, mijn hoofd hing naar de grond,
Ik ging tienduizend mijl en zonder aarde kwam ik rond.

Kim, zingend voor Robin, voelde zich bijkomen dankzij de het gevoel van rust dat dit lied uitstraalde. Voorzichtig hield zij haar hand op het mooie gezicht van haar dochter, omklemde haar zachte wang. Niets is zo mooi als het gezicht van een slapend kind, daar verbaasde ze zich over. Woorden kwamen in haar hart en zij zong:

Ooit had ik hondje zwart, een mooi klein hondje dat het was
Een halve dag de wereld rond, zo droeg mij 't hondje ras;
Zijn poten waren achttien kabellengtes lang, zijn oren zeker twee,
Een halve dag de wereld rond, zo nam mijn hond mij mee.

Kim had dat liedje nog nooit hardop gezongen, al was ze er vrijwel zeker van dat ze het op bepaalde momenten in haar leven had lopen neuriën, maar nu kon zij het zich zonder enige moeite herinneren, alsof het haar werd voorgezongen door de stem van haar grootmoeder. Haar voedster Neary had dit liedje voor Kim gezongen toen ze klein was, gewikkeld in een sjaal, genesteld tegen haar rimpelige huid en in slaap gesust in een schommelstoel naast een krakend vuur.

Het wiegeliedje beëindigend, dacht Kim: die zoete, schone slaap van de jeugd, waar is die gebleven? Zonder zich de tijd te geven daar verder over na te denken begon zij aan een tweede liedje: 'In Dublins schone stad.' Als kind had ze altijd geloofd dat het liedje getiteld was: 'In de blinschone stad.' 'In Dublins schone stad, zijn de meisjes mooi als wat...' zong zij en toen nog een: 'O, Danny lief, de doedelzak, de doedelzak...' Dat waren allemaal oude Ierse balladen die haar in geen tientallen jaren voor de geest waren gekomen en gek genoeg waren ze niet ver uit haar bewustzijn verbannen. Die balladen riepen herinneringen op aan haar grootmoeder, en die herinneringen brachten op hun beurt herinneringen van haar moeder met zich mee. Ja, haar moeder had Kim die liedjes ook voorgezongen.

Toen ze klaar was met de laatste coupletten van 'Danny lief', merkte zij hoe stil het was in de kamer, een stilte die slechts werd verstoord door het piepen van monitoren. Al snel vervolgde zij met: 'Stille nacht, heilige nacht, Davids zoon lang verwacht...' Terwijl zij zong staarde zij uit het raam en zag Joseph in zijn bed liggen en achter hem de spookachtige weerspiegeling van zichzelf en van Robin in zwart glas, de kleurige lichten van alle apparatuur die stond te knipperen of te stromen. Ze richtte haar aandacht op Joseph, op het wit van zijn ogen en een nieuwe glinstering die het licht daar ving. Tranen.

'Hij, der schepselen hee-eer.'

Joseph keek haar aan zonder met zijn ogen te knipperen. In de stilte keek Kim naar Robin, bestudeerde haar gestalte en zag een vlek op haar vingers, die naar ze aannam van een viltstift kwam, maar in feite jodium betrof. Een paar dagen geleden had Robin een tekening gemaakt van Kim en Joseph samen, ze hielden elkaars hand vast. Robin was daarmee rechtstreeks naar Kim komen lopen en had gezegd: 'Kijk. Dit is de toekomst.' Met gebroken hart had Kim zonder een woord te zeggen de tekening aangenomen en in haar tas gestopt. Ze had geen flauw idee wat ze ermee moest. Misschien moest ze ermee naar haar werk, dacht ze, hem opprikken op het prikbord in haar kantoor op de universiteit, of hem aan Joseph geven. Ten slotte besloot ze dat ze hem gewoon bij zich wilde hebben, altijd. Hij zat in haar tas, daar op de stoel. Ze keek naar Joseph, pakte toen haar tas, deed hem open en vond de tekening netjes opgevouwen in het binnenzakje aan de zijkant gestopt.

'Heb je dit gezien?' vroeg ze onzeker en ze ontplooide de tekening om hem aan Joseph te tonen.

Joseph bestudeerde Robins werk, vestigde toen zijn blik op Kims gezicht. Hij scheen haar met nieuwe eerbied te aanschouwen. 'Zing eens,' zei hij.

'Waarom?' vroeg ze. Waarom zou ze voor hem moeten zingen? Ze had voor Robin zitten zingen.

'Omdat... het zo mooi is.' Een zwakke glimlach deed zijn best op Josephs lippen te verschijnen. 'Glimlach ik nou?'

'Ja.' De manier waarop hij dat had gezegd deed haar triest grinniken. 'Ja, je glimlacht.'

'Zing.'

Had Joseph die liedjes ooit eerder gehoord, vroeg ze zich af. Haar uitdrukking was verzacht, want ze voelde de intimiteit die haar en Joseph de afgelopen maanden ontzegd was geweest. Ze sloeg haar blik weer op het slapende gezicht van haar dochter.

Robins lippen bewogen en vormden geluidloos een woord.

Hoop zwol in Kims hart.

'Zing,' zei Joseph weer, waardoor hij stem gaf aan Robins onuitgesproken woorden.

Luitenant-ter-zee French vertrok van het strand met matroos tweede klas Nesbitt op de hielen. Hij sprong in de open jeep en startte de motor. Hij had die bijzondere strepen amberkleurig licht in de hemel waargenomen, maar toen hij ze zijn ondergeschikten had gewezen, probeerden zij ze ook te zien maar slaagden daar niet in. Hij voelde zich een stommeling.

'Nesbitt,' riep hij ongeduldig, juist op het moment dat de matroos tweede klas naast hem kroop.

Zij reden zwijgend door het duister.

'De refractoren leken te werken, meneer.'

French zei niets, zijn kaken maalden. Hij hoorde door zijn oortelefoon een stem komen: 'Luitenant French?'

'Spreekt u maar.'

'Wij hebben een anomalie voor de kust, op 47N 51w, meneer.'

'Begrepen.' Hij vloekte in zichzelf. Daar had je het. Het gebeurde al en hij kon er niets aan doen om het tegen te houden.

Piepend kwam French tot stilstand voor het gemeentehuis, beende langs de saluerende soldaat die de deur openhield en begaf zich naar de communicatiekamer achter in de hal. Nesbitt had moeite hem bij te houden.

Terwijl French de geïmproviseerde ruimte betrad, wendde een soldaat het hoofd zijn kant op en wees vervolgens op het computerscherm. 'Anomalie op 47N 51w, meneer.'

'Waar is dat, zo'n 100 kilometer voor de kust?'

'Om precies te zijn 103, meneer.'

'Wat voor kracht?'

'Dat is moeilijk te zeggen, meneer. Het draait nogal. Een waterderwisj.'

'Vertelt de sonar ons iets?'

'Er zijn momenteel ter plekke geen heli's, meneer.'

'Hier French,' zei hij, draaide zich om en liep weg. 'Ik heb een heli nodig op 47N 51w. Dat is sector zeven van de Grand Banks.' French liep tegen Nesbitt op, die moeite had hem bij te houden, en betrad zijn kantoor. Hij greep zijn telefoon, toetste een aantal nummers in, greep naar zijn riem om zijn draadloze verbinding af te zetten, draaide toen het zwarte pootje van zijn microfoon weg om ruimte te maken voor de hoorn. 'Hier French, meneer. Wij hebben een vermoedelijke tsunami die zich voor de kust ontwikkelt, op 47N 51w.' Hij wachtte, keek naar matroos tweede klas Nesbitt die in de deuropening stond, maakte toen een zwaaiende beweging met zijn arm. De hoorn afdekkend zei hij: 'Ga naar buiten en doe de deur dicht.' Nesbitt draaide zich om en de deur werd energiek gesloten. 'Nee. Geen seismische activiteit, nog niet... de recente ontwikkelingen in de gemeente zijn precies dezelfde die ook voorafgingen aan de getijdengolf in Burin. Nee, meneer.' Hij knikte vaag. 'Nog geen seismische activiteit. Niettemin geloof ik dat we een evacuatiebevel zouden moeten doen uitgaan... dat ben ik me bewust, meneer. De hele kust. Ik begrijp de enormiteit van zo'n onderneming... meer verklaring heb ik niet... dat weet ik, ja, ik begrijp het. Maar als we de klap horen... ja, als... als we... als de seismische activiteit eenmaal een feit is, dan hebben we een uur of vier om de kust te ontruimen. Het verlies aan burgerlevens zal ongekend zijn. Als we nu beginnen... als we... ja, meneer. Ik... alles wat ik kan zeggen is dat ik geloof dat het verband houdt met die ademhalingsstoornis. Ik ontleen het aan informatie uit voorgaande nautische rampen, meneer.' Hier pauzeerde hij even, zette zich schrap, aarzelde of hij wel moest gaan zeggen wat hij nu wilde doorgeven. 'Zeventig jaar geleden, in Burin, was er een uitbraak van wat de inwoners destijds aanzagen voor tering of difterie. De voortschrijding van de ziekte leek samen te vallen met de wijd verbreide introductie van elektriciteit en wellicht ook radio in de gemeente. Om redenen die wij niet kunnen peilen, hebben elektromagnetische velden een slechte uitwerking op de inwoners van Bareneed. Je zou het massaovergevoeligheid kunnen noemen, ontstaan door voorafgaande besmetting. Ik ben er niet zeker van maar op de een of andere manier, en ik weet nog niet hoe, wijst dit alles voor mij op een massale elektrische storing die op haar beurt de getijdengolf veroorzaakt... en ik weet ook niet waarom hier, meneer. Er was nog een factor die ik niet heb vermeld. In Burin, voor de getijdengolf, was er een drastische afname van het zeeleven voor de kust en er kwamen lijken boven, net als hier.' Luitenant-ter-zee French sloot zijn ogen. 'Ik begrijp dat dit alles giswerk is, natuurlijk, dat begrijp ik... maar... nee, meneer. Ja, ik zal u op de hoogte houden. Ja, meneer... ja, meneer... jazeker.'

Voorzichtig hing French op. Hij snoof minachtend, schudde zijn hoofd, wreef flink met beide handen over zijn gezicht en voelde zich een dwaas, niet alleen omdat hij zulke onzin geloofde, maar hem ook nog verwoordde tegenover zijn superieur. Hij was ongetwijfeld overwerkt. Zijn blik zocht zijn bureau en viel op zijn pakje sigaretten. Hij maakte het open maar merkte dat het leeg was. Hij zou ontslagen worden, krankzinnig verklaard, overgebracht naar een privékliniek. Gewipt om iets wat hij wel moest geloven. Vloekend verfrommelde hij het sigarettenpakje en smeet het naar de deur. Had hij een pistool bij de hand gehad, dan had hij zich maar al te graag door de kop geschoten.

Thompson haalde zijn hand uit zijn doktersjas en ramde op de knop naar boven.

In de lift werd hij herinnerd aan een strip die hij jaren geleden in een artsenblad had gezien. Twee artsen kwamen uit hun spreekkamer aan het eind van de dag. De een zegt tegen de ander: 'Ik heb vandaag maar vijf keer gegokt.'

Waarop de ander antwoordt: 'Niet gek! Ik heb zeven keer gegokt.' Thompson moest vaak denken aan die strip op ogenblikken dat hij bijzonder moe was. Hoeveel keer had hij gegokt? Was deze hele dag niet één grote gok?

Thompson was net naar buiten gegaan om eventjes naar Agatha te kijken, die op de achterbank van de wagen lag opgerold. Hij had haar niet gestoord. Vervolgens had hij het pad rond de gevel van het bakstenen gebouw genomen en had over de weg staan kijken, achter de blokhuizen en de nieuwere buitenwijkse bungalows, naar het water dat naar Bareneed voerde. Hij had de rug van de massale landtong en het verre eind van Bareneed naar het oosten bestudeerd, de sectie die niet werd afgesloten door de beschuttende haven. Het leek daar rustig. De lichten waren nog uit, maar een paar vlekjes van zwak lamp- en kaarslicht gloeiden in de duisternis. Hij herinnerde zich afgelopen avond, toen hij in het huis van Wilf Murray had gezeten, het lekkere eten, de gesprekken, de verfrissende balsem van het samenzijn met mensen die zo gezond waren als een vis. De kinderen speelden en renden overal rond. Waarom waren die gezond? Waarom werden die gespaard? Er kwam een auto voorbij en Thompson kon de gedaante van een man achter het stuur ontwaren, lettend op de weg. Waar kwam die vandaan, had Thompson zich afgevraagd. Een bar? Het huis van zijn minnares? Van zijn werk? Port de Grave, net als alle andere gemeenten in de buurt, was nog niet aangetast door wat Bareneed in zijn greep hield.

Terwijl hij de auto voorbij zag rijden en dacht aan het reisdoel van die man, kwamen zijn gedachten ook weer op Agatha. Dat arme schepsel was helemaal alleen in zijn wagen. Hij zou haar even naar huis moeten brengen, daar had ze haar gemak. Hij kon een heleboel eten en water voor haar klaarzetten en dan ook nog de kattenbak, voor het geval dat. Uit consideratie met zijn katachtige, liet hij de keukenkraan altijd een beetje druppen. Dieren, en mensen ook, kwamen eerder om van vochtgebrek dan van honger. Je kon een heleboel zonder eten, maar water was absoluut noodzakelijk. Nadat hij de boodschappen op zijn mobieltje had bekeken en niets urgents had aangetroffen, was hij weer terug naar binnen gegaan en naar de artsenkamer gelopen. De televisie stond aan en toonde een somber beeld van wat Bareneed moest zijn. Twee van de vier aanwezige artsen hadden naar hem gekeken toen hij binnenkwam.

'Is er nog nieuws?' had hij gevraagd, met een oogje op twee automaten. Hij kon wel een reep chocola gebruiken. Beide automaten waren geheel leeggeplunderd. Geen sandwich, geen reep chocola, geen chips, geen kauwgum.

'Het nieuws is dat er geen nieuws is,' zei een jonge vrouwelijke arts met een bril op en een lange paardenstaart. Zij keek naar het televisiescherm, haar handen achter haar hoofd, vingers verstrengeld. 'Ze zoeken het water niet langer af. De heli's zijn weg. Naar verluidt zijn ze allemaal de open zee op gegaan. Een van de verslaggevers heeft een telefoontje onderschept waarin beweerd werd dat er iets buiten op het water gebeurt. Ongetwijfeld meer goed nieuws.' De jonge arts had zich omgedraaid om dokter Thompson aan te kijken, alsof hij wellicht een suggestie had, maar Thompson wist niets.

'En wat is uw prognose?' had ze met een zekere aandrang gevraagd.

'Misschien is het allemaal al voorbij,' had hij gegokt.

'Klop dat maar af,' zei de dokter en ze klopte met haar knokkels op de houten armleuning van haar stoel.

Nu, op de vijfde verdieping, was de gang van het ziekenhuis stil, het gedempte licht uit de ziekenzalen straalde een weldadige rust uit. Dokter Thompson zat in een stoel bij het verpleegsterskantoortje, zette zijn leesbril op en begon de kaarten eens door te nemen. Hij schreef de namen van de patiënten met ademhalingsstoornis op een schoon velletje papier. Toen hij alle negenenvijftig namen op een rijtje had, pakte hij zijn zakcomputer en las de e-mail van luitenant-ter-zee French met de namen van de slachtoffers die uit de wateren bij Bareneed waren gevist. Hij legde beide lijsten naast elkaar. Een jonge internist, die late dienst had, liep langs Thompson op schoenen met witte kussenzolen en glimlachte hem vol medeleven toe.

'Gaat u ooit wel eens naar huis?' vroeg de co.

'Huis?' vroeg Thompson. 'Wat is dat?' Hij keek op van zijn lijsten. 'O, daar komt u gauw genoeg achter.'

De co grinnikte voordat hij naar de voorraadkamer slenterde. Hoe snel passen lichaam en geest zich aan, dacht Thompson. De co droeg niet eens meer een masker, ging ervan uit dat de ademhalingsstoornis niet door een virus werd veroorzaakt, waardoor de mogelijkheid van een langere incubatieperiode werd uitgesloten. Intuïtie. Het leven in een ziekenhuis was leven in een heel andere wereld en wat hier gebeurde was echt. Bloedstollend echt. Deze hele crisis, dacht hij, en geen druppel bloed vergoten.

Thompson vestigde weer zijn aandacht op zijn lijsten. Hij omcirkelde de geboortenaam van Donna Drover: Wells. Toen omcirkelde hij Thomas Wells uit de lijst van drenkelingen.

Hij omcirkelde de naam van Darry Pottle, ging toen de andere lijst met zijn vinger na tot hij de naam van Aubrey Pottle vond. Zette er een kringetje omheen. Hij ging zo door tot vrijwel alle namen bleken te kloppen. In zekere verwarring nam hij de namen nog eens door, vroeg zich af waarom er een relatie zou bestaan tussen de drenkelingen en degenen met ademhalingsproblemen. Donna Drover lag nog in coma. Hij was al bij Darry Pottle geweest en Darry had hetzelfde woord gemompeld als Donna: 'Water.' Maar toen Thompson terugkwam met schaafijs voor Darry, had de jongeman niet willen drinken. Hij had langzaam het kopje schaafijs gepakt en het toen over zijn eigen gezicht uitgestort. Vervolgens sloot hij zijn ogen, voelde het ijs smelten, tuitte zijn lippen, ontspande, fronsend alsof hij lag te zuigen.

Thompson stond op, rekte zich en gaapte eens. Het verband was allesbehalve normaal. Hij keek eens door de rustige gang, deuren aan weerszijden, en dacht erover nog even bij Darry te gaan kijken. Terwijl hij naar Darry's zaal liep, drong het geluid van zijn zachte voetstappen tot hem door, dat uitklonk boven het gepiep van de apparatuur. Was er nu maar een leeg bed waarin hij een dutje kon doen, zoals gebruikelijk. Het zien van een leeg ziekenhuisbed 's nachts vervulde zijn geest van vrede. Een witte zaal met licht uit, het verhoogde witte bed met perfect passende witte lakens. Geen plooitje. Hij zou slapen in uren van gelukzaligheid. Maar er waren nu geen onbezette bedden.

Terwijl hij doorliep naar het eind van de gang bleef hij even staan in de deuropening van Darry's zaal. Hij keek naar de patiënten in de zes bezette bedden. Drie mannen en drie vrouwen. Allemaal lagen ze roerloos te slapen. Mannen en vrouwen. Geen kinderen. Hij vroeg zich af wat het eigenlijk was waarin hij begon te geloven.

Wat waren de verschillen tussen volwassenen en kinderen, hield hij zich voor. Omvang is er één. Kinderen zijn kleiner, hoewel Thompson vermoedde dat omvang er weinig mee van doen had. Jongeren hebben niet zo'n uitgebreide woordenschat. Ze spelen meer. Ze hebben geen baan. Ze kijken anders tegen de werkelijkheid aan.

Ze zien de dingen anders. Hoe? Minder bedorven. Nee, dat lag te veel voor de hand. Zij zien en zeggen wat ze voor de geest komt. Ze zijn eerlijk. Zuiverder. Waarom? Ze nemen alles voor zoete koek. Waarom? Hun verbeelding staat wijd open, kent minder grenzen, minder regels. Hun geest staat ook meer open. Waarom? Omdat ze nog niet hebben geleerd ergens niet in te geloven. Waarom? Omdat zij zich alles kunnen voorstellen en als reëel zien.

Zorgvuldig een groot vierkant stuk triplex met beide handen vasthoudend, sloop Claudia over haar verduisterde achtererf. Haar voetstappen waren afgemeten en ze hield haar adem onder bedwang om ervoor te zorgen dat de plank volmaakt horizontaal zou blijven. Op de plank stond een exact miniatuur van Bareneed gerangschikt, dat zij had gemaakt van aardewerk, uit klei die zij in haar eigen achtererf had opgegraven, gezeefd en gemengd. In uiterste waakzaamheid liep zij de driebaans bovenweg op. Ze had ruim een kwartier nodig om bij de kerk te komen, waarvan het zwarte dak door het maanlicht werd beschenen. Nadat zij zich naar Codger's Lane had gewend, met nachtelijk uitzicht op de oceaan, liep zij voetje voor voetje langs de rustige atmosfeer van de begraafplaats en begon toen haar geleidelijke afdaling totdat ze bij het pad naar het bos was. Claudia werd gedwongen gebukt voort te lopen om te voorkomen dat de takken haar bouwsels zouden verstoren.

Er viel een man om. Dat was Doug Blackwood. Die had over zijn hek staan kijken, in zijn voortuin, met zijn volkskunst achter zich. En dus bleef Claudia staan om hem weer rechtop te zetten. Enkele huizen waren van plaats veranderd en zij zette ze terug op de plek waar zij oorspronkelijk verrezen waren. De bomen waren versmolten in stevige donkergroene groepen en waren dus ook het meest stabiel.

Toen Claudia bij de open plek kwam, werd de grond gevaarlijk oneffen. Zij kon niet naar de grond kijken, ze moest haar ogen op de kleine gemeenschap houden om ervoor te zorgen dat geen enkel voorwerp zou vallen. Ze vertraagde haar pas nog meer naarmate zij het klif naderde, en was al snel aan de uiterste rand ervan. Geluid steeg op, haar tegemoet, meegedragen op verse zeegeur. Het water schuimde en siste, ver beneden haar. Ze was dichtbij genoeg om naar beneden te kunnen kijken en het blanke schuim op de rotsen te zien spatten.

Woordloos stak zij de plank voor zich uit, die ze amper slagzij liet maken, van de ene naar de andere kant, alsof hij dreef, vrij van het land drijvend op zee. In geleidelijk toenemende mate, met handen die nu begonnen te trillen, kantelde zij het bord voorover, in een steile helling. Een miniatuurpaard viel om, toen een koe. Twee mannen en een vrouw vielen stijf op hun zij, onbewust terwijl zij zonder zich te verzetten naar de rand gleden.

Met een uit haar keel opwellende kreet, kantelde Claudia de voorste rand van het bord naar het water. De huizen begonnen te glijden met de witte hekken en de auto's en de pick-ups. Het eerste huis dat over de rand dook was dat van Doug Blackwood – hij stond het dichtst bij het water – en toen gingen de huizen langs de benedenweg, gevolgd door de bomen in het gat dat de ruimte tussen de beneden- en de bovenweg overspande. Huize Critch was het op één na laatste dat ging, ten slotte dat van Claudia. Haar kreet zwol aan toen ze het zag vallen, het schrille geluid droeg over het water tot waar het mogelijk werd gehoord door de inwoners van Port de Grave. De voorwerpen waren zo klein en onbeduidend dat zij geen geluid of indruk maakten op het niet te onderscheiden zwarte water dat omgekeerd dreigde, plat en diepteloos, als een onopgemerkt ravijn.

Na een poosje was de plank leeg, op een fijne laag kleistof na. Claudia hield op met gillen en haar handen werden weer stil. Zij hief de plank op tot haar gebarsten lippen en blies, waardoor zij een grijze stofwolk in de lucht liet ontstaan.

Dinsdag

Doug Blackwood voelde zich niet op zijn gemak in ziekenhuizen. Hij was de hele nacht op geweest, zittend en wegdommelend op een van die godvergeten ziekenhuisstoelen in de gang van de ic. Joseph en Kim zaten binnen te waken bij Robin. Meer ruimte was er niet in die zaal. De nachtzuster had Doug gevraagd of hij Robins grootvader was en hij had gelachen en gezegd: 'Nee, ik ben haar goede fee', waarmee hij zijn zaak geen goed deed. Hoe dan ook wachtte hij liever op de gang. Het was toch een vrij land, hè? Hij kon toch wachten wanneer hij wilde, zolang hij niemand in de weg zat.

Doug had geprobeerd een beetje te slapen met zijn armen voor zijn borst, zijn hoofd voorover knikkend en het was hem gelukt weg te drijven tot de plek waar hij die zeemeermin in het water had gezien, maar toen werd hij ofwel wakker doordat de kont van zijn broek aan dat onchristelijk oude vinyl van de zitting plakte of door iemand die voor hem langsliep, een verpleegster op piepende gympen, het briesje van haar voorbijkomen dat hem raakte en zijn neus prikkelde. Hij wilde graag langer in slaap blijven, omdat hij dichter bij die zeemeermin wilde komen, om haar zo het een en ander te vragen en haar dit keer ook eventjes goed te bekijken.

Zijn ongemak werd verergerd door zijn gebrek aan slaap, maar het lukte hem de innerlijke kracht op te brengen die hem zijn lot onder ogen kon doen zien. Ziekenhuizen waren onwerkelijke gelegenheden die stonken naar medicijn en ongefundeerde hoop. Hij vermeed ze koste wat het kost en trapte zelfs op het gaspedaal als hij erlangs reed. En nu zat zijn achternichtje in die stinkende rotval, gekoppeld aan apparatuur en bewaakt door kerels die dachten dat ze wisten wat ze deden. Had hij niet ooit eens ergens iets gelezen over doktoren die geen flauw benul hadden van hoe 95 procent van hun lichaam werkte? Wat in christusnaam moesten ze rondstommelen in een grote witte tent als deze, pretenderend dat ze heilig waren, en dat ze je met een beetje voodoo konden genezen?

Doug stond uit zijn stoel op, want hij moest eventjes lopen om de verstijving uit zijn rug en schouders te krijgen. De cadeauwinkel was aan het eind van de gang en rond de hoek van de ic. Daar ging hij op af, deed alsof hij een speeltje wilde kopen voor Robin, om haar gezelschap te houden. Hij wilde dat hij een stuk hout bij zich had. Misschien hadden ze een stukje hout dat hij kon kopen of een fabrieksspeeltje waarin hij iets zou kunnen uitsnijden, misschien een walvis. Robin hield vast van walvissen. Welk kind niet? Hij was van plan geweest haar mee te nemen met zijn boot, alleen haar, hij en Bramble varend, om naar de walvissen te kijken die miljoenen loddes aten die dag, helemaal uit Ierland gekomen om op het strand kuit te schieten. Wel, als Robin niet kon uitvaren om een walvis te gaan bekijken, dan zou hij er een voor haar snijden, dan had ze er in de tussentijd toch eentje.

Doug doorzocht de zak van zijn groene werkbroek, groef voorbij zijn sleutelbos en ontdekte dat hij zijn contourmes bij zich had.

Hij liep de hoek om en bereikte de cadeauwinkel. Verderop, in een andere gang, stond een soldaat op wacht bij de deur naar de Eerste Hulp. Weer zo'n verdomde soldaat! Doug liep de cadeauwinkel in, bleef even staan bij het krantenrek, om op de voorpagina van de *Telegram* te bekijken. De grote kop bovenaan luidde: 'Epidemie in Bareneed tot staan gebracht'. Nieuwsgierig las hij een paar regels en vernam tot zijn verrassing wat er om hem heen gaande was geweest. Zo veel lijken in de haven. Mensen die niet meer konden ademen in het ziekenhuis. Voor hem was het allemaal nieuw. Hij had er niets van gezien en niets gehoord van degenen die hulp voor Robin hadden geprobeerd te krijgen. Hij dacht aan Robin en vroeg zich af of zij wellicht die ademhalingsstoornis had. Zover hij uit het artikel kon afleiden, was er geen behandeling. Dat werd hem bijna te veel, hij hield op met lezen.

Zwervend door de winkel, rommelde hij wat door de snuisterijen. Een paar mensen zaten tijdschriften te lezen met foto's van glimlachende vrouwen op het omslag. Hij vroeg zich af wat er in dergelijke tijdschriften zo interessant zou kunnen zijn. Je zag ze tegenwoordig overal en ze waren het ergste soort nep. Dikke vrouwen probeerden hun hele leven lang mager te zijn. Wat een lucratieve belazerij! Waarom konden ze niet gewoon dik blijven en daarmee leven. Hij was gek op dikke vrouwen, altijd geweest. Emily was lekker dik geweest, tot ze kanker had gekregen, waardoor elk flintertje vlees van haar was opgeteerd. Is dat wat vrouwen graag wilden? Eruitzien alsof ze terminaal ziek waren?

Hij vond het speelgoed in een hoekje, het waren over het algemeen knuffels. Niets van hout. Het idee dat er niet eens houten speelgoed verkrijgbaar was voedde zijn woede. Hij snoof alsof die uitsluiting een persoonlijke belediging was, en liep op hoge benen naar de oudere medewerkster die in haar blauwe blouse achter de toonbank stond.

'Heije hier geen holten speelgoed?' vroeg hij, zijn handen stevig op de toonbank leggend terwijl hij zich vooroverboog.

'Alleen wat daar ligt, meneer,' gaf de medewerkster op bezorgde toon aan. Zij knikte voorzichtig naar die verre hoek, richtte toen haar blik weer op het zwart-wittelevisietje dat op de balie in een hoekje stond.

'Daar legt niks als een stelletje op'stopte stripfiguren.'

'Tja, als daar niets is, dan spijt het me, meneer,' gaf ze aan, haar ogen gekluisterd aan die bewegende plaatjes.

Doug keek eens naar die plaatjes. Die betroffen een landschap, met huizen en de oceaan in de verte. Hij zag de woorden 'Bareneed live' in piepkleine witte letters onder aan het scherm staan.

'Harregat, kin joe die kijkers van joen misschien van die rottelevisie rukken onder tijd dat hierzo het heden gaande is?'

Het duurde even voordat de medewerkster haar aandacht van het scherm kon losmaken.

'Waar kin 'n kerel hier in nabuurschap een stuk holt vinden?'

De treurige ogen van de medewerkster knipperden. 'Een stuk hout?'

'Ja, om te bewerken.'

'Misschien in de kelder. Wij hebben volgens mij een timmerman in vaste dienst. Misschien...'

'En waar is dat?'

'In het souterrain, meneer.'

Doug Blackwood staarde voor zich uit, gefascineerd door de mate waarin de lippenstift van de dame in de barsten van haar lippen zat opgehoopt. Er zat zelfs een beetje van op een van haar voortanden. Hij las het kaartje op haar blouse: VRIJWILLIGSTER. Hij glimlachte.

'Goed 'daan, juf.' Hij knipoogde. 'Dank voor hulp.'

De medewerkster knikte hulpeloos en richtte haar blik op het scherm.

Buiten op de gang merkte Doug een groepje mensen op, dat kwam en ging, alsof dit een winkelcentrum was. De bewaker stond niet langer bij de deur naar de Eerste Hulp. Iedereen mocht weer vrij rondlopen, nam hij aan. Zomaar. Hij vond de lift om de hoek van een andere gang. Er stond een vrouw daar te wachten en de knop voor 'naar boven' was ingedrukt. Hij knipoogde naar haar, hield zijn hoofd schuin, en ze glimlachte naar hem. Het was een goed uitziende vrouw van een jaar of vijfenvijftig. Hij drukte op de knop voor 'naar beneden', glimlachte haar breeduit toe, zette zijn honkbalpet af en streek zijn haar glad voordat hij de pet weer netjes opzette. De lift kwam toen hij net op het punt stond commentaar te gaan leveren op de ellende waarvan sprake was in Bareneed. Hij stapte naar binnen, wenkte de vrouw en drukte op de knop voor het souterrain. Hij kreeg de kriebels van een lift. Het was onnatuurlijk, mensen door van die lange schachten lanceren. Een groot graf, dat op en neer ging, op en neer. Je kon net zo goed een doodskist aan kabels hangen. De deuren gingen dicht en hij voelde hoe zijn maag oprees. Hij ging liever naar boven in zo'n apparaat dan naar beneden. Naar boven was beter dan naar beneden. Hij had de trap moeten nemen, als je die tenminste kon vinden in die krankzinnige doolhof van een ziekenhuis. Wie bouwde deze idiote dingen eigenlijk? Ratten, in een poging wraak te nemen op de mens?

De lift belde en de deuren van het souterrain gleden open. Meteen trof de stank hem. De ruimte voor hem was rustig en leeg. Hij stapte uit, op een horizontale tegelvloer, en las het bord. De pijl voor 'onderhoud' wees dezelfde kant op als die voor 'mortuarium'.

'Harre jezus!' Doug vertrok zijn gezicht, schudde zijn hoofd, zette de klep van zijn honkbalpet recht en marcheerde de gang in. Hij moest voorbij het mortuarium, en zich ervan weerhouden een kijkje te werpen door de raampjes in de dubbele deur.

'Getverderrie,' zei hij huiverend en hij maakte een nog luider geluid met zijn lippen.

Ongelukkig genoeg was er niemand bij onderhoud aan het eind van de gang. Hij probeerde de deurkruk, maar die gaf niet mee. De stank werd hem te veel. 'Om te kotsen,' mompelde hij, en hij stak zijn tong uit alsof hij dat moest. Hij keek naar de muur onder het lopen, zijn ogen langs een doorlopend stuk grenenhout, een bij drie duims, dat horizontaal halverwege de muur zat gemonteerd. Ongetwijfeld was dat hout daarop gespijkerd om de omgeving warm en gezellig te doen lijken. Weer doorvoer hem een huivering.

In de buurt van het mortuarium, zag hij op de terugweg een kort stuk grenenhout dat een gat tussen twee langere overbrugde. Het was met twee spijkers in de muur geslagen, maar niet goed. Slecht werk. Hij pakte zijn mes, klapte het open en porde met gemak het hout los. Hij kreeg zijn vingers eronder en trok het van de muur, terwijl hij met zijn blik de gang bestreek. Er was niemand die hem betrapte op zijn poging tot ontvreemding.

Ik zal wel gek zijn weer in die stalen doos te stappen, hield hij zich voor. Er was een trappenhuis ergens voor hem. Hij had het al opgemerkt toen hij door de gang was gelopen. Met het bekende oude rode bordje UITGANG. Omkijkend bekeek hij even het ontbrekende stukje leuning. Hij spoedde zich weg en door de deuren van het trappenhuis, net toen hij die van het mortuarium hoorde opengaan.

Hij hield de leuning vast en nam snel de trap naar de begane grond, over zijn schouders kijkend voor spoken. Maar niemand volgde hem. Straatniveau. Hij duwde de deur open en haalde diep adem. Frisse lucht. Wat een enorme traktatie. Iemand had net het gras gemaaid om het ziekenhuis, de lucht was koel en groen zoet. Het was ochtend, een prachtige dag. Wie had dat nog voor mogelijk gehouden?

Doug zag een bank van houten planken, bij de hoofdingang. Daar had hij er een van kunnen afbreken, dat was beter hout. Dat was hardhout, maar niet zo dik als het stuk grenen dat hij in zijn hand had, al was dat zo zacht als boter. Je zou het blutsen als je er maar op de verkeerde manier tegenaan keek. Kreunend ging hij op de bank zitten, viste zijn mes uit zijn zak en klapte het open. Een voorbijgaande vrouw keek hem achterdochtig aan, met haar blik op het mes terwijl ze voorbijliep. Die kwam niet van hier, veronderstelde Doug, dat afleidend uit de wijze waarop ze was gekleed. Die kwam vast uit St. John's of van het vasteland, om hier iets van de tragedie mee te maken. 'Bang voor haar eigen schaduw.' Hij hief het mes op in haar richting en grijnsde terwijl hij riep: 'Da's waar 'n mes voor 'maakt is.' De vrouw versnelde haar pas en hij grinnikte. Hij schudde zijn hoofd terwijl hij gladjes in het hout begon te snijden, waarbij krullen grenenhout aan zijn voeten vielen. 'Ze begrijpt d'r geen zak van,' mompelde hij.

Binnen enkele minuten had Doug de sierlijke gestalte van een walvis uit een stuk grenen in zijn hand. Het hout werd warmer toen het steeds maar weer werd gedraaid, hier een krul weg, daar een ronde haal, totdat de walvis de temperatuur van Dougs lichaam had en gestalte had gekregen.

De hele nacht was Kim opgebleven in de ic, gezeten tussen de twee bedden, waarbij ze voor Joseph en Robin alle balladen had gezongen die ze zich herinnerde terwijl ze Joseph zag wegzakken in slaap en ontwaken. Met de buis van de beademing in zijn keel leek hij in haar ogen nu ook een kind, een kind dat verlost moest worden.

Toen de zon de eerste lange schaduwen over Port de Grave wierp, neuriede Kim: 'Als Ierse ogen lachen.' Het raam onthulde op evenwichtige wijze een fotografisch volmaakt uitzicht over de glinsterende baai. Getroffen door deze maagdelijke schoonheid verzonk zij in volmaakt stilzwijgen. Toen stond ze op om naar de wc te gaan. Ze zag zichzelf in de spiegel. Kapot, dacht ze. Aanvankelijk meed ze haar spiegelbeeld maar toen, nadat ze de wc had doorgetrokken, haalde ze haar vingers door haar haar. Omdat haar lippen bleek en onaantrekkelijk waren en haar ogen geen schaduw en liner meer droegen, leek haar gezicht een vermoeide impressie van zichzelf. Ze overwoog wat make-up op te doen uit haar tasje, maar zag daar toch weer van af. Wat deed het ertoe hoe zij eruitzag in een ziekenhuis? Wat ze nodig had was een douche en schone kleren. Ze trok een papieren bekertje uit de bevoorrader en dronk wat water. Het smaakte frisser dan het water in St. John's. Ze rook eraan, vroeg zich af of het ziekenhuis dit water controleerde en filtreerde. Thuis rook ze chloorlucht als ze een glas water naar de lippen bracht. Ze was opgegroeid in de overtuiging dat water een uitgesproken geur had en had zelfs onderwijzers op school onder de les bevraagd als ze hoorde dat water geur- en smakeloos was. Ze was ervan overtuigd dat het rook. Ze wist dat het zo was. Nu bleek uiteindelijk dat die lucht chemisch was. Helemaal niet natuurlijk, helemaal niet waarlijk deel uitmakend van water.

Toen Kim uit de wc kwam, zag ze Joseph rechtop in zijn bed zitten, bezorgd naar Robin starend. Joseph zat zo volmaakt stil, dat het leek alsof hij de hele tijd in deze positie had gezeten. Ze vroeg zich af of hij ooit nog zou bewegen.

'Je ziet eruit alsof je je laatste oortje versnoept hebt,' zei ze, in een poging de sfeer wat te verlichten.

Josephs haar zat in de war en op zijn kaak en zijn bovenlip groeide een baard van drie dagen. De buis van de beademing lag op het bed naast hem. Hij had hem uit zijn keel getrokken. Toch bewoog hij niet.

'Joseph?'

Hij begon wat zenuwachtig te bewegen toen Kim naderbij kwam. Vervolgens keek hij haar amper aan, zijn ogen waren bloeddoorlopen en vermoeid.

'Is er een verandering?' vroeg hij schor. Hij hoestte en slikte, ging toen met zijn vingers naar zijn keel.

Kim keek eens naar Robin. God, wat ze er niet voor over zou hebben haar dochter te zien overeind komen. Overeind komen en haar herkennen. Ze verlangde die armen en dat lijf van dat kind te kunnen knuffelen. 'Ik weet het niet.'

'Is het dat gedoe met die ademhaling?' Weer hoestte hij.

'Nee, ze denken niet dat dat het is,' antwoordde Kim en ze liep weer naar de badkamer. Vulde een kopje met water en bracht dat naar Joseph.

Hij nam een slokje en zette het kopje aan de kant. 'Dank je.'

'Het is haar hart. Ze zeggen dat dat is verzwakt door warmteverlies. Onderkoeling.'

Joseph zette zijn handen tegen zijn matras en duwde zichzelf voorzichtig naar voren, totdat zijn blote voeten het zeil raakten. Hij deed een pas in de richting van Robins bed, aarzelde, toen lukte het hem nog een stap te nemen. Hij bukte zich, stak zorgvuldig zijn hand onder die van Robin terwijl hij keek naar de infuusnaald die in de rug ervan vastzat. Ook Kim keek naar die naald. Die was vreselijk groot, niet gemaakt voor zo'n handje. Het zien ervan deed bij Kim de tranen in de ogen springen. Haar emoties lagen zo aan de opper- vlakte dat ze de indruk kreeg in tranen te zullen uitbarsten als ze nog één keer zoiets zou moeten zien. Zij herinnerde zich dat Joseph in zijn slaap had lig- gen praten, iets mompelend over gezichten onder water en luchtbellen. Nu stond hij daar, geheel coherent en functioneel, naast Robins bed.

'Ik zou wel een kop koffie willen,' zei Kim.

'Ga ik halen.' Maar toen hij zich verplaatste om zich om te draaien knik- ten zijn knieën. Hij bleef even staan en keek naar zijn blote voeten. 'Waar zijn mijn schoenen?'

'Daar.' Kim wees op het kastje bij de wasruimte. Joseph liep naar het kastje en deed het open, tilde er zijn beide schoenen uit. Ze waren vies van zijn zwerfpartij door de bossen. 'Voel jij je goed?'

'Ja.' Hij schudde zijn hoofd.

'Weet je het zeker?' Kim keek hoe Joseph onhandig probeerde zijn veters vast te knopen. Hij wond een veter rond zijn voorvinger en alsof hij plotse- ling tot bewustzijn kwam, trok hij vervolgens de veter recht en bond de uit- einden samen in een correcte strik.

Eenmaal klaar met zijn schoenen ging Joseph staan en keek haar aan. Weer bleef hij volmaakt roerloos, zijn van ontzag vervulde blik gleed over al haar gelaatstrekken. Kim kreeg de indruk dat ze niet durfde bewegen uit angst dit ogenblik te verstoren. Vervolgens keek Joseph naar Robin. De gekwetste ma- nier waarop hij naar haar keek gaf Kim het verlangen dicht bij hem te zijn. Ze dacht dat ze wellicht zijn hand moest pakken en erin moest knijpen, maar ze kon het nog niet opbrengen hem lijfelijk aan te raken.

'Wat is er gebeurd?' fluisterde hij.

Kims vingers kwamen omhoog om een traan uit Josephs ooghoek te vegen. De traan bleef aan haar vingertopje zitten, dat ze wreef totdat haar huid het vocht had opgenomen. Ze had Joseph nog nooit zien huilen en het zien daarvan deed haar zeer in het hart, tapte de laatste kracht die ze nog had van haar af.

'Ik weet het niet,' zei hij, alsof hij zichzelf antwoordde, en zijn woorden werden overdekt met een laag vocht.

Opeens knuffelde Kim hem. 'Ik houd van je,' flapte ze eruit, haar wang tegen zijn schouder, een massale behoefte die zich niet meer liet beheersen. Voor één keer eerlijkheid.

Kennelijk ontsteld door de kracht van Kims omhelzing, bleef Joseph staan met armen slap langs zijn zij.

Kim meende dat ze hem ongelovig hoorde fluisteren: 'Dit is...' Zijn handen kwamen overeind en voorzichtig raakte hij haar rug. 'Echt,' zei hij en zijn handen grepen haar steviger vast, zijn armen hielden haar vast, ze knuffelden haar, steviger.

'O god,' snikte hij in haar haar. 'Dit is echt.'

Luitenant-ter-zee French was achter zijn bureau weggedommeld, dromend van amberkleurige flitsen die omlaag schoten naar een grote blauwe vlakte. Als zij het oppervlak raakten, bleven de sporen dieper doorgaan, straalden een blauw uit van een lichtere en steeds lichtere tint, tot het water zelf amberkleurig schemerde. Telkens als hij wakker werd, moest hij zich geheel opnieuw op zijn omgeving oriënteren, zich afvragend waar hij eigenlijk was: in een geïmproviseerd kantoor, terwijl de helikopter van de screensaver op zijn computerscherm voor zijn gezicht heen en weer vloog. De activiteit buiten zijn kantoor was vrijwel nihil. Hij kon de gedempte stem van de verbindingsofficier horen die de storing op zee in de gaten hield. De stem kwam van de achterkant van het gemeentehuis of uit zijn oortelefoontje, waarvan hij het volume had gedempt. Hij wist het niet zeker maar het kon hem ook niets schelen.

Weer dommelde hij weg in amberkleurige sporen. Dit keer keek hij omhoog, zag het amber rechtstreeks op hem vallen, als vuurwerk, zo dichtbij dat het sprankelende licht zijn ogen verblindde. Ik drijf, hield hij zich voor, voelend dat het vuur hem raakte en door zijn lichaam heen ging. Nee, zijn lichaam binnen drong. Zijn mond stond wijd open en door die opening vulden die stralen van amber hem. Was het zijn mond die openstond of zijn hele gezicht dat openlag? Of was hij momenteel van een soort kwikzilver, beweeglijk als water, de zee zelf? Hij schrok wakker, zijn voeten schopten onder zijn bureau en knalden tegen het hout. Er was meer activiteit in de gang. Er waren lichten aangegaan.

Hij ging rechtop zitten en wreef zijn gezicht met beide handen. Heel even vroeg hij zich af of hij die flitsten amber in de nacht echt had gezien of dat hij er alleen maar van had gedroomd. Was er wel sprake van een storing op zee, of had hij dat ook gedroomd?

Als er iets was waarop hij wel moest vertrouwen, dan waren het zijn eigen zintuigen. Maar dat had gegolden totdat hij in Bareneed was gekomen. Nu kon hij, ondanks zijn steevast geloof in het actuele, in coherente en logische verklaringen, zoals verzameld tijdens zijn dienst en op campagne, toch de herinnering aan die amberkleurige lichtsporen niet van zich afschudden, die naar de grond afdaalden en huizen binnendrongen. Wat gewicht gaf aan de herinnering, dat waren de aanvullende fantasieën die hij had gekregen sinds hij in Bareneed was gekomen. Die albinohaai bijvoorbeeld. Natuurlijk hadden andere mensen dat schepsel ook gezien, maar toch was dat zomaar uit het niets komen aanzetten. Het opvissen van eeuwenoude lijken uit het water. Was dit allemaal een of andere massahallucinatie, veroorzaakt door een bedwelmend middel dat in het drinkwater terecht was gekomen, het werk van een of andere verdwaasde anarchistische groepering? French' ogen richtten zich op de waterkoeler buiten zijn kantoordeur.

De meesten van degenen die zich vorige avond op de kust hadden verzameld leken de amberkleurige sporen die French had waargenomen niet te hebben gezien. Wel had hij gemerkt dat ook matroos tweede klas Nesbitt naar de lucht stond te kijken alsof hij die sporen volgde. Nesbitt was zenuwachtig geworden toen French zich voor hem was gaan interesseren.

French overwoog Nesbitt naar zijn kantoor te laten komen. Hij overwoog de implicaties van zo'n ontmoeting. Wat zou hij moeten zeggen? Hoe zou hij het gesprek beginnen? Na zorgvuldig overleg en enkele minuten te hebben besteed aan navraag naar de storing op zee, die verdacht stabiel bleef, koos hij de manier van ondervragen die het beste paste bij de gelegenheid en zei: 'Hier luitenant-ter-zee French. Wilt u matroos tweede klas Nesbitt contacteren en naar mij toe sturen?'

French bladerde door de doktersrapporten van de verdachte tuberculose-annex difterie-epidemie die aan de getijdengolf in Burin vooraf was gegaan. Dokter Kearney, de betrokken arts, had gemerkt dat deze bijzondere uitbraak niet strookte met de precieze symptomen van tuberculose dan wel difterie. Er werd weinig gehoest, er was geen koorts, maar wel een zere keel, gewichtsverlies en transpiratie. Die symptomen konden natuurlijk zijn veroorzaakt door inactiviteit als gevolg van een ademhalingsstoornis. Dokter Kearney had opgemerkt dat de ziekte wellicht een nieuwe variant was van een van de genoemde ziekten en had zijn zorg daarover in zijn rapport verwoord.

Toen er op zijn deur werd geklopt riep French automatisch: 'Binnen', en keek op, om matroos tweede klas Nesbitt alert in de deuropening te zien staan. De matroos keek French aan en toen meteen weer de andere kant op. 'Meneer.'

'Doe die deur dicht en ga zitten.' French wees op een stoel voor zijn bureau. Hij schakelde de afstandsbediening aan zijn riem uit.

'Zit je goed, Nesbitt?'

Eenmaal gezeten antwoordde Nesbitt: 'Ja', maar hij leek niet op zijn gemak. Hij zoog op zijn onderlip en vertrok zijn gezicht.

'Vind je het erg als ik opsteek?'

'Nee, meneer.'

French bood Nesbitt een sigaret aan, die de jongeman aannam. French leunde toen voorover om hem een vuurtje te geven. Nesbitt hield de sigaret uitermate onhandig vast, geklemd tussen twee vingertopjes en zoog de rook in, stikte zowat in een hoestbui en knikte toen. 'Lekker... sigaret, meneer. Ik dacht, ik moet maar eens gaan roken. Dat dacht ik net, meneer.'

French stak op, blies uit, leunde achterover in zijn stoel en bestudeerde Nesbitt met een kalmte die paste bij zijn positie. 'Kun jij je herinneren toen we die refractoren gisteravond hebben uitgeprobeerd?'

'Ja, meneer, op het strand. Ik was erbij.' Nesbitt nam nog een trekje, dit keer dieper. Hij ademde bewust uit, zonder te hoesten, met getuite lippen.

French nam nog een trek, overdacht de woorden die hij wilde gaan uiten en plaatste ze in de juiste volgorde. 'Kun jij je herinneren, toen die zoeklichten werden aangezet en wij die ultrakorte golven en gammastralen belichtten?'

Nesbitt knikte, rilde, sloot zijn ogen. Rook warrelde uit zijn mond. Toen schoot hij naar voren om driftig de as op de hoek van de bronzen asbak af te tippen. 'Ja, meneer. Ik was erbij, meneer.'

'Kort daarna hebben we de refractoren aangezet, en hele stukken hemel en grond werden schoongeveegd. Onze draadloze communicatie viel uit, als je je dat kunt herinneren.'

'Ja, meneer. Dat herinner ik me heel goed. Stilte. Niet in het hoofd meer. Stemmen bedoel ik.'

French bleef Nesbitt strak aankijken. 'Zie je die boeken en documenten daar op mijn bureau, Nesbitt?' Hij legde zijn hand op het boek over nautische rampen.

'Jazeker, meneer. Dat mag ik wel zeggen.'

'Die gaan over zeerampen, zeemonsters, mysterieuze ziekten die in de loop van de jaren zijn uitgebroken. Uitbarstingen. Uitbraken. Daar heb ik de afgelopen tijd veel over gelezen.'

Zou het Nesbitt mogelijk zijn geweest nog bleker te worden, dan had hij dat gedaan. Wellicht werd hij onwel van de sigaret.

'Allemaal onderwerpen waar ik eigenlijk helemaal geen belang in stel.'

'Dat kan ik mij voorstellen, meneer.'

'Is dat bij jou wel zo?'

'Nee, meneer,' blafte Nesbitt keihard. 'Nee, meneer.' Hij ging stijf rechtop in zijn stoel zitten en French dacht dat hij overeind zou springen om te salueren.

'De bizarre verschijnselen in dit stadje, waar komen die vandaan? Heb jij enig idee?'

Nesbitt staarde French aan en zijn ogen puilden zowat uit. Hij nam een trekje, hield de rook in, leek op het punt om van verwachting uit elkaar te knallen. Zijn ogen puilden nog verder uit en zijn pokdalig voorhoofd glom van het zweet, waarop de woorden in een wolk van rook uit hem ploften: 'Geesten, meneer. Geesten. Die doen het, meneer. Als ik dat openlijk mag zeggen.'

'Geesten.'

'Ja, meneer.'

'Hoe dat zo?'

'Mag ik dit uitdrukken, meneer?' Nesbitt hield zijn sigaret op, met het puntje recht naar het plafond.

'Natuurlijk.'

'In uw asbak, meneer?'

'Zeker, ga je gang.'

Nesbitt stompte met veel omhaal het leven uit de sigaret, waarbij hij zijn lippen aflikte. Toen ging hij weer rechtop in zijn stoel zitten, zijn ogen rood omrand.

'Ga je gang,' moedigde French hem aan.

Nesbitt ging met zijn hand naar zijn wang, kneep erin, en wreef met ongewone kracht. 'Ik wil niet gek worden.'

'Ik ook niet, Nesbitt.'

'Ik ben hier graag.'

'Op aarde?'

'Ja, meneer. Ik bedoel, nee, meneer.' Nesbitt verbeterde zichzelf met een verwarde uitdrukking. 'De marine, meneer. Ik wil niet gek zijn.'

'Ik zeg ook niet dat je dat bent. En trouwens, als jij dat bent, dan is iedereen binnen een straal van 20 kilometer knettergek.'

'Het is geen gekte als je dingen ziet.'

French zei niets. Hij wilde Nesbitt wel verder troosten, zijn begrip verwoorden, verklaren dat ook hij die amberkleurige sporen in de lucht had gezien, dat hij zeemonsters had gezien, maar dat zou hem verlagen, zou hem blootstellen aan mislukken, zou hem zijn status doen verliezen. In plaats daarvan probeerde hij het volgende: 'Van wat ik heb gelezen, uit een van de aangedragen theorieën, treden dit soort aanvallen van opgeklopte verbeeldingskracht vooral op als iemands identiteit op de tocht staat. De verbeeldingskracht en de inventiviteit gaan opeens met sprongen vooruit. Vissers van mensen. Zie je die woorden daar op dat bord staan?'

'Ja, meneer. Dagelijks.'

'Ze vissen niet langer mensen. Het gaat er niet alleen om dat hun levensstijl wordt bedreigd, ze verliezen hun plaats in de wereld, een gevoel van zichzelf, zo je wilt. Een beschaving die is bezet of omvergeworpen door een invalsleger ziet haar zeggingskracht omhoog schieten tot een niveau waar op alle dagen visioenen worden vastgelegd. Visioenen treden op als een soort compensatiemechanisme. Dat is in de loop van de eeuwen gebleken. De joden en Jezus, het schrijven van de bijbel. De onbreekbare kracht van de slaven. De verhalen van hun wortels die maar niet wilden verdwijnen, maar die groeiden en groeiden totdat er sprake was van gelijkheid. De missionarissen die van plan waren de indiaanse goden te vernietigen, slaagden daar niet in. De indianen werden intelligenter, hun veren werden kleuriger, hun dansen werden doorvoelder. Visioenen. Volg je mij, Nesbitt?'

'Ja, meneer.'

'De mensen reageren op een invasieve cultuur of verlies van identiteit. Er is sprake van massahypnose, eentje waarin iedereen gelooft omdat hij wel moet, om te overleven. Geestelijk dan, bedoel ik. Overleven na wat van hem is afgenomen.'

Matroos tweede klas Nesbitt zat voor zich uit te staren, ongelovig verbijsterd.

'Toen de refractoren aangingen,' vervolgde French, 'wat heb jij toen gezien?'

Nesbitt schrok. 'Niks, meneer.'

'Weet je dat zeker?'

'Niks.' De blik van de jonge matroos zwierf rond terwijl hij probeerde zijn gedachten af te ronden. Toen klikte er iets in hem, hij sprong op, alsof hij een tik had gehad van een onzichtbare vuist. 'Niet dan,' zei hij, met een blik van oplichtende verwondering die gevolgd werd door een zwakke, hoopvolle kameraadschappelijke glimlach. 'U wel, meneer?'

Bang dat hij zich iets te veel had blootgegeven, bleef French zwijgen en verhardde zijn gelaatsuitdrukking. Deze zeer subtiele reprimande veegde de glimlach schoon van Nesbitts gezicht.

'Vertel me wat je hebt gezien,' zei French ronduit. 'Ik weet dat je wat hebt gezien.'

Nesbitt rukte zijn hoofd zijdelings alsof hij zichzelf waarschuwde tegen wat hij zou kunnen zeggen. Hij ging in zijn stoel verzitten, toen weer eens. 'U weet wat ik heb gezien, meneer?' vroeg hij smekend.

'Ik zag je naar iets in de lucht kijken, iets volgen.'

'Maar hebt u dat dan ook gezien, hebt u dat zelf gezien, meneer?'

French keek eens naar Nesbitts wanhopige ogen. Hij bestudeerde de handen van de matroos, die over de leuningen van de stoel wreven, de manier waarop hij de hele tijd zijn lippen opende en sloot, daarbij geluidjes makend. Toen hij zich bewust werd van de staat waarin Nesbitt verkeerde, besloot French dat hij maar op één manier verantwoordelijk kon antwoorden: 'Nee, Nesbitt. Ik heb niets buitengewoons gezien.' En met deze woorden sloeg hij zijn blik neer om de speculatieve documenten die voor hem lagen te bestuderen. 'Probeer jezelf te vermannen, Nesbitt. Je kunt gaan.'

Geleidelijk aan, naarmate de kleuren uit de kamer wegtrokken, lukte het in Rayna's hoofd steeds minder hele beelden te vormen. Toen zij probeerde zich iemand of iets voor de geest te halen, verdween de aanzet daartoe voordat haar hersens konden voorschotelen wat zij begonnen was zich te herinneren. Aan de toekomst dacht ze niet. Niets. Aanvankelijk had zij stuipen van doodsangst met daaropvolgende paniek gekregen. Maar nu haar toestand erger werd, nam haar onrust in plaats van toe eigenlijk af, ze kon zich om te beginnen al niet herinneren waarvoor ze zo bang was geweest. Ze had vrede, ze was ver van haar lichaam, en naar het haar toescheen, zelfs van haar gedachten.

Toen was er een man naast haar komen zitten, een vreemd uitziende man met een smalle kop en een pluk haar daar bovenop, met kapotte tanden achter een uitdrukkelijke grijns. Rayna kon geen chocola maken van het gezicht van die vent. Zijn trekken drongen pas tot haar door toen hij sprak. Met woorden werden zijn ogen ingevuld, uitgedrukt als in toenemende mate golvende rimpels. Nog meer woorden en zijn kin kwam uit de verf. Op die manier begon Rayna flitsen kleur te zien, niet zozeer op de manier waaraan ze gewend was geraakt, maar kleuren die van 's mans lippen flitsten, die voorwerpen om hem heen invulden en contour gaven. Een herinnering keerde terug, er kwamen weer aanvallen van schrik en paniek, totdat ze begon te herkennen wie die sprekende man was en wat hij zei. Woorden vormden gedachten en toen beelden.

'D'r was 'n zeemeermin met lang, koperkleurig haar. O, ze was echt heel nuver. Ze maakte mij aan 't lachen van blijdschap, telkens als ik naar haar keek. En ze was bijna nakend en bloot.' De wangen van de man bloosden en zijn blik gleed naar de vloer. 'Ze was van 't fijnste soort doortraptheid.'

Tommy, klonk een stem in Rayna's hoofd. Zo zou die vent wel eens kunnen heten. Tommy.

'En toen, verder op zee, toen was d'r een reuzeninktvis voor kaap van Port de Grave.' De man hief zijn armen op en bewoog woest zijn vingers. 'Tentakels als grote vette wormen die uit het water stoken en probeerden mijn boot te pakken. Die inktvis was een gemeen beest, maar dan most 'n wallevisk hemmen. Maar goed, da's weer een ander verhaal. Wallevisken, die kommen langs, zo zoet en mak als wat en dan gaan die inktvissen d'r vandoor. Zomaar. Weg in diepte. En die wallevisk, die sprak met mij, die keek me aan met zijn grote ronde oog van onder de zee, zodanig da'k de indruk kreeg dat'k dat schepsel al van vroeger kende.'

Rayna zag hem nu helemaal. Ja, hij heette Tommy. Zij begon het zich te herinneren. Zij waren bevriend. Goed bevriend. Tommy Quilty. Hij had haar in de toekomst vaak geholpen. Nee, in het verleden. Het was het verleden. Voor nu. Voor dit moment. Dat was het verleden.

'Eeuwen van stof,' zei Tommy tegen Rayna.

Ze vroeg zich af wat hij bedoelde. Afgaande op Tommy's gezicht, leek hij het ook niet te weten. Die woorden waren zomaar uit hem gekomen.

'Die wallevisk zei dat hij mij ook kende, door eeuwen van stof. Dat is wat die oude lieve wallevisk tegen mij zei. Hij...' Hij hield even zijn mond en keek naar de deur. Een vrouw in het wit was de zaal binnen gekomen.

'Hier mogen geen bezoekers,' stoof ze op, zich met haar brutale verpleeg-stersbek in het gesprek mengend.

Rayna was opeens bang voor Tommy. Hij leek opeens doodziek te worden.

'Ja, opgehoepeld nou.' De verpleegster duwde hem uit zijn stoel.

Maar toen hij opstond om te gaan, leek Tommy Quilty zwaar getroffen. Hij viel terug in de stoel naast Rayna en had de grootste moeite met ademen. Rayna merkte dat dat snakken naar adem niet hetzelfde was als wat zij had gehad, als ze zich dat tenminste goed kon herinneren. Het was niet zozeer ademtekort, maar een soort loslaten van binnenuit, verslapping van spieren. Tommy deed alsof hij de grootste moeite had lucht binnen te zuigen, terwijl zij er gewoon aan had moeten denken om adem te halen omdat het anders niet uit zichzelf zou gebeuren.

De verpleegster had de knop ingedrukt naast Rayna's bed, en had toen be-zorgd Tommy uit de kamer geleid.

'We zullen u een bed bezorgen,' zei ze met een veranderde toon, nu geheel vervuld van bezorgdheid en liefde.

Rayna was er later via de verpleegster achter gekomen dat Tommy was op-genomen en in een net leeg bed was gestopt op een zaal verderop in de hal. Zaal 611.

Dat zag ze allemaal voor haar geestesoog alsof het enkele ogenblikken ge-leden was gebeurd terwijl sindsdien in feite uren waren verstreken. Voor haar was het niet langer nodig in een ziekenhuis te zijn. Ze was niet bang voor haar gezondheid, lichamelijk of geestelijk. Ze voelde zich weer zichzelf en moest alleen weg van al deze zieke mensen voordat ze zelf weer ziek zou wor-den. Iedereen op haar zaal, ook zij zelf, lag aan een beademingsapparaat. Dat hoefde niet zo te zijn en die buis deed zeer in haar keel. Nu was ze schor als de hel. En haar hoofd spleet van de pijn. Ontwenningsverschijnselen van de nicotine, dacht ze. Een sigaret zou alles in orde maken. Misschien konden ze haar een nicotinepil geven of kauwgum of een pleister of een naald. Ze over-woog de zuster op te piepen, maar een beter idee, het ziekenhuis te ont-vluchten, kwam bij haar op. Als ze zou gaan, dan zou ze haar eigen pak peu-ken kunnen gaan kopen. Er drie of vier tegelijk roken. De nicotine lekker snel in haar bloed pompen.

Haar rechterhand opheffend, keek ze naar haar vingers. Die hingen niet stil. Ze gingen naar de buis in haar mond en pakten die vast, haar trouwring klikte tegen de buis, een hol geluid dat ze in haar keel voelde. Een vibratie.

Ze verstevigde haar greep en trok voorzichtig aan de buis, voelde hem uit haar keel komen, centimeter voor centimeter, waarbij ze kotsneigingen kreeg. Met water in de ogen naar het plafond starend, wachtte ze af, hield stil, terwijl haar adem uit zichzelf voortging. Ze likte haar lippen, glimlachte even. Haar mond was papperig, droog, walgelijk. Ze ging rechtop in bed zitten en staarde naar de vrouw die daar aan het beademingsapparaat lag dat lucht in haar longen pompte. Dat was Bonnie Turnbull uit Bareneed. Ze hadden nooit met elkaar kunnen opschieten. Bonnie was een roddelaarster, had leugens over Rayna verspreid toen ze samen op de middelbare school zaten, dat ze met een van de vriendjes van de andere meiden naar bed was geweest. Hoe lang geleden was dat? Ruim tien jaar nu. Leugens.

Rayna gooide haar benen over de rand van het matras en gleed naar beneden, op het koele linoleum. Hoewel ze nog maar een dag in bed had gelegen, waren haar spieren al slap. Ze nam er alle tijd voor om naar Bonnie toe te lopen. Toen ze daar naast haar bed stond, hield ze de mouw van haar blauwe ziekenhuispyjama tegen haar mond, ademde in de stof en voelde hoe warm die werd. De laatste keer dat ze Bonnie in een therapeutische groep had gezien was voor slachtoffers van huiselijk geweld. Bonnie was bij een bijeenkomst geweest en toen nooit meer verschenen.

En nu lag Bonnie te slapen. Het televisietoestelletje op de zwenkarm boven het bed stond aan. Rayna keek hoe een blondharige vrouw met een rode rok en een jasje in de camera sprak. Onder aan het scherm stonden de woorden: 'Bareneed live.' Het geluid stond niet aan. Rayna drukte op de afstandsbediening, waardoor het toestelletje donker werd, en schoof het toen aan de kant. Bonnies ogen gingen een beetje open, keken haar aan, maar er was geen teken van herkenning. Ze staarde alleen maar naar Rayna, haar ogen zwart als natte stenen.

'Hallo,' fluisterde Rayna van achter de stof. Ze zag een blauwe plek onder Bonnies linkeroog. Hij was geel en groen en paars gevlekt. 'Hoe is het met jou?'

Bonnie uitte een gorgelend geluid achter de buis. Haar blik kroop naar het bed van Rayna en keek toen Rayna weer aan. 'Ik moest wel,' zei Rayna, glimlachend alsof het haar niets kon schelen. 'Nu kan ik ademen, zonder moeite.' Ze haalde diep adem, liet haar arm zakken van haar mond en stak haar handen naar links en rechts uit. 'Uit mezelf. Het gebeurt gewoon. Ik ben beter.'

Bonnies ogen verduisterden tot dieper dan zwart toen Rayna zich vooroverboog, niet langer bang dat ze een virus zou oplopen, diep vanbinnen wetend dat het zoiets niet was, er niet langer bang voor.

'Het gaat weer weg,' fluisterde ze vriendelijk. 'Je kunt het als het ware wegdenken.'

Bonnies ogen vielen dicht alsof ze het niet langer wilde aanhoren.

'Ik ga Tommy Quilty opzoeken.' Ze zag Bonnies linkerarm, een blauwe plek bij haar pols en nog een andere bij haar elleboog. 'Doe maar rustig aan, hè.' Rayna liep naar de deur. Ze stak haar hoofd om de hoek en zag twee verpleegsters verderop in hun kantoortje zitten. Gauw trok ze haar hoofd weer terug, wachtte een paar gespannen seconden, keek toen weer. De verpleegsters keken niet haar kant uit. Ze wipte naar buiten, het linoleum koud aan haar blote voeten, stak de gang over en liep drie deuren af. Ze dook zaal 611 binnen, zag zes bedden, geen van alle met een gordijn, allemaal bezet door mannen, vier van hen bezig naar hun zwenkarmtelevisietjes te kijken. Ze hoorde het gezoem toen haar ogen Tommy zochten en vonden in de verste hoek bij het raam.

Meteen ging ze naar hem kijken. Hij lag met zijn ogen dicht en leek te glimlachen, terwijl hij energiek lag te neuriën. Rayna wilde zijn wang aanraken, maar aarzelde en schudde daarentegen zijn schouder. Hij sperde zijn ogen wijd open. Hij keek haar recht aan en zijn glimlach werd plots veel vrolijker, ontblootte twee rijen geblutste tanden. Hij knikte met duidelijke devotie, zichtbaar verrukt om haar weer gezond en wel te zien. Hij drukte zich omhoog op zijn ellebogen.

'Hoe gaat het met jou?' vroeg ze, met een rauwe keel van de beademingsbuis.

Tommy haalde zijn schouders op. Hij probeerde de buis uit zijn mond te trekken. Rayna hielp hem om hem er voorzichtig uit te halen. Zodra het ding los was zei hij: 'Ik dee maar alsof, vanzelf. Dat wost toch ook wel?' Hij grinnikte goochem en bracht zijn vingers naar zijn lippen alsof hij betrapt was op een flauw grapje.

Ook Rayna grinnikte en haar ogen glinsterden van vreugde. 'Ik kan weer helemaal normaal ademhalen.'

Tommy knikte. 'Doe bist 'n bezienswaardigheid, mijn lieve Rayna.' Hij pakte haar hand en omklemde die stevig met zijn beide handen, wreef er warmpjes over met zijn duimen, schudde hem op en neer en bracht hem toen naar zijn wang.

'We moeten hier weg, Tommy,' zei ze, over haar schouder kijkend om dezelfde energieke verpleegster de zaal binnen te zien komen. Toen ze Rayna zag liep ze recht op haar af.

'Jij mag niet uit je bed zijn, juffertje,' zei de verpleegster op een wanhopige, beschuldigende toon terwijl ze naar Rayna's blauwe ziekenhuispyjama keek.

'Ik voel me kiplekker.'

'Kun je weer ademhalen?' vroeg de verpleegster en ze haalde gechoqueerd zelf adem.

'Ja.'

'Weet je dat zeker?'

'Ja.' Om het te laten zien, haalde Rayna een paar keer flink adem door haar neusgaten en liet de lucht door haar open mond weer ontsnappen. 'Geheel volmaakt, prima, perfect.'

De verpleegster bezag het achterdochtig, totdat ze niet langer een glimlach kon onderdrukken. 'Maar dat is prachtig,' zei ze. 'Toch kun je beter naar bed gaan tot de dokter je komt onderzoeken.' Toen ze dit gezegd had draaide ze zich om en haastte zich de zaal uit.

Rayna keek Tommy aan, beet op haar onderlip en trok haar wenkbrauwen op. Ze glimlachte breeduit en giechelde. 'Ik zit tot over mijn oren in de stront.' En Tommy giechelde met haar mee.

Toen hun aanval van vrolijkheid wegebde, ving Rayna de stem van de verpleegster op, die verderop in de gang met een andere verpleegster stond te praten. Een van hen zei: 'Ze hebben ons gezegd dat we het leger moeten waarschuwen als iemand beter werd.'

'O, nee!' zei Rayna quasigeschrokken. 'Kom mee. We moeten hier weg.'

'Da's de gloeiende waarheid,' zei Tommy en hij grijnsde breeduit, van oor tot oor.

Boven Robin hing het blauwe uitspansel, een blauw dat van precies dezelfde tint was als de zee. Er was geen scheiding meer tussen water en lucht terwijl het houten bootje, in de figuur van een uitgeholde walvis, zachtjes schommelde.

'Zie je hoe leuk dit is?' vroeg Jessica vanaf haar zitje bij de boeg. Met haar handen had zij losjes de bank onder zich vast en haar gezicht vertoonde slechts een klein beetje van die vieze kleur die er helemaal overheen had gezeten. Ze begon er bijna mooi uit te zien.

Robin haalde haar schouders op en keek toe hoe Jessica rondkeek met een gefascineerde en verbaasde blik. 'Je kunt alles zien,' verklaarde Jessica.

'Het is alleen maar blauw,' zei Robin nuchter, niet het minst onder de indruk.

'Nee,' protesteerde Jessica. 'Dat is het niet. Het is alles. Je bent gewoon nog niet hier. Je bent nog niet helemaal hier.'

Een straal amberkleurig licht schoot over hun hoofd, achtervolgd door nog twee vlammende sporen.

'Ze zijn zich aan het verzamelen,' zei Jessica, opkijkend, en toen over haar schouder blikkend. Ze stak haar arm op om naar de vlakte van grenzeloos blauw te wijzen. 'Ginder.'

'Wie?'

'Degenen die door de mensen aan land zijn afgesneden.'

'Wat voor mensen?'

'Hun familieleden. Als de lijn wordt verbroken, verzamelen ze zich ver op zee. Ze trekken naar de plek waar het midden is. Er is er een bij elke plek waar mensen zich vestigen, beneden op de bodem van de zee, een gat waar alles uit komt, waar ze ook ooit allemaal uit gekomen zijn. Waar ook water vandaan kwam.'

Robin keek, Jessica's woorden niet begrijpend.

'Met jou is niks aan de hand. Jouw mensen zijn nog verbonden. Ze geloven in jou. Een lange, ongebroken lijn. Ze kunnen zich nog steeds voorstellen wie zij zijn. Zij weten wie zij zijn.'

Weer schoot een amberkleurige stralenbundel over hen heen. Robin wilde bijna bukken, maar deed het niet.

'Degenen die zijn afgesneden bederven het water, ze maken golven en stormen, ze verduisteren de wolken. Ze tuimelen en draaien in de golven en stormen. Het is hun woede en hun liefde. Dat is niet zo erg, maar als er genoeg zijn afgesneden, als er voldoende bijeenkomen, dan kunnen ze het gat in de bodem openbreken om diegenen aan land die zichzelf niet langer kunnen zien tegen te houden.' Ze leunde over de zijkant van de boot en keek naar beneden, het water in. 'Alles is onder het oppervlak, ver beneden.'

Robin boog zich over de rand van de boot, haar handen schrap op het boord. Ze probeerde meer te zien maar ze zag alleen maar blauw. 'Het is blauw.'

'Als je loslaat zul je het wel zien. Je zit nog vast in je lichaam. Daarom kun je het niet helemaal zien. Laat je lichaam los. Je vader is nou weg. Hij is niet naast je. Je kunt makkelijker drijven. Weg. Doe maar net alsof je je ogen sluit, maar houd ze open.'

Robin sloot haar ogen.

'Nee, niet sluiten. Doen alsof.'

Robin deed haar ogen weer open en staarde. Jessica zat te glimlachen, nog mooier dan daarvoor, de vieze kleur bijna helemaal weg.

'Dat is beter. Sluit ze nou maar weer.'

Robin bleef staren. Weer sloot ze haar ogen zonder haar oogleden te bewegen en zag dat Jessica ongelooflijk mooi was: haar huid was zacht en haar oranje haar was als zijde.

'Zie je wel? Kijk maar.' Jessica knikte naar de rand van de boot.

Robin boog zich voorover en keek naar het water. Ze kon blauw zien en toen ook flitsen geel en groen en rood. Een of andere draaiende vorm werd duidelijk.

'Oké,' zei Jessica. 'Houd ze nou dicht, dan ga je dieper en dieper. En dan zie je wat er echt is, onder het bedrieglijk oppervlak.'

De wereld zag er vrij normaal uit, glinsterend in ochtendlijke helderheid terwijl Joseph over de weg reed die hem uit Port de Grave voerde. Huizen, gazons, pick-ups, de oceaan links, Bareneed aan de overkant van de baai. Hij reed langs een avondwinkel, zag een man en zijn dochter die het gebouw binnengingen. Josephs handen hadden moeite met het stuur vasthouden. Alles was normaal genoeg, behalve voor Robin.

Kim had zich zorgen gemaakt over Josephs toestand, maar ze had ook haar reistas nodig gehad uit huize Critch. Ze wilde schone kleren en andere spullen. Joseph had haar verzekerd dat hij best kon rijden. Toen hij van de ic was weggegaan, nadat hij door een arts was gecontroleerd en ontslagen, had een van de verpleegsters losgelaten dat de toestand in Bareneed weer aan het normaliseren was. Er waren geen lijken meer, er kwamen geen nieuwe patiënten met ademhalingsproblemen. Alles had zich gestabiliseerd. Als dat zo was, dan hoopte Joseph dat, nu de dingen weer normaal werden, Robin ook weer normaal zou worden.

Van alle plekken die hij kon uitzoeken voor een vakantie, had hij er uitgerekend een moeten kiezen die werd getroffen door een ongehoorde ramp. Was dat op een of andere manier zijn schuld? Had hij dit over zichzelf en zijn geliefden afgeroepen? Hij voelde zich als een figuur in een van die tragische romans die Kim altijd las. Hoe kon zo veel pech één enkel mens treffen? Robin, zijn eigen dochter. Hij schudde zijn hoofd, toen de kristallen vonk van angst zich onder zijn huid nestelde en hem verkilde. Zijn hele leven kon hierdoor veranderd worden. Wat moest hij zonder Robin? Wat als Robin niet zou genezen? Hij kon zich de mate van zijn spijt niet eens voorstellen. Dat wilde hij ook niet, hij richtte zijn gedachten weg van de mogelijkheid. Alleen hoop, hield hij zich voor. Alleen hoop.

Op het eenzame stuk Shearstown Line kwam hij langs twee legerjeeps die hem snel tegemoet reden. Een ander legervoertuig, een met canvas overhuifde vrachtwagen, zoefde voorbij. Soldaten zaten erin met passieve gezichten, je kon ze zien door de open laadbak. Die kwamen vast uit Bareneed. Die waren daar niet langer nodig, de noodtoestand was voorbij.

Vlak nadat hij de afslag naar Bareneed had genomen, merkte Joseph tot zijn verrassing dat de weilanden waar de media hadden gestaan, leeg waren. Waar ooit massa's mensen en talloze voertuigen stonden, lag nu alleen nog afval en zwerfvuil. Verderop werd de eerste reeks wegversperringen ontmanteld. De derde, die 5 meter voor het gemeentehuis lag, was weg. In de plaats daarvan stonden twee soldaten ontspannen de voorbijrijdende auto's te bekijken. Joseph minderde vaart, maar zij beduidden hem niet te stoppen. Hij reed langs het postkantoor en het gemeentehuis, waar een legerjeep en een bestelwagen stonden geparkeerd. Een gele wagen van de media stond op een oprit langs een van de oude huizen aan de baai. Er stonden mensen op het gazon ervoor en die werden ondervraagd door een blonde vrouw met een rode rok. Een kleine menigte stond op de achtergrond, die uit het huis gekomen was waarin ze waren samengekomen.

Josephs ogen zochten de haven af, toen hij de bovenweg nam naar huize Critch. Geen helikopters. Geen geluid dat hij kon ontdekken. Hij liet zijn

raampje zakken en luisterde. Zware golven beukten op de kust. Er kwam een
storm opzetten. Er was vrijwel geen wind, maar dikke zwarte wolken pakten
zich in de verte samen. Hij keek naar de weg, keek toen achteruit naar de haven, en daar dook een paarse walvis op, bleef een seconde in de lucht hangen
voordat hij weer neerviel. Een enorme fontein van schuim werd zilver in de
lucht. De zilveren flitsen stegen hoger, werden van zilver bruin, vlogen toen
weg in een uniform patroon, in oostelijke richting, waar zij de zee op schoten.

Was er een zwerm vogels aan komen vliegen achter de sproeinevel toen Joseph het niet had gemerkt? Of hadden zij zich uit het water gemanifesteerd?
Beide mogelijkheden waren op dit niveau beslist geloofwaardig. Een roodbe-
pokte staart, zo groot als een vrachtschip, kwam boven het water uit en
scheerde langs het oppervlak, terwijl een of ander verborgen schepsel buiten
zicht dieper in zee voorbijzwom. Wat voor soort idioot sprookjesboek had hij
in zijn kop? In tegenstelling tot wat mensen leken te verwachten, was alles
niet aan het terugkeren tot normaal. Joseph remde af en bleef midden op de
weg stilstaan. Het water in de haven kolkte, het draaide en het rees als het
zwarte water dat hij wel kende van zwaar weer als hij in volle zee op patrouille
was. Maar het water bleef blauw, en de lucht erboven was ook volmaakt
blauw.

Een claxon toeterde achter hem. Joseph keek in zijn spiegeltje. Weer een
journaalteam, in een witte bus, wilde erlangs. Hij reed verder en hoger, langs
het zonnehuis, en nam toen een plotselinge, gevaarlijke bocht naar de oprit
van Critch. Uit zijn auto stappend, zag hij een bruinharige vrouw in de be-
stelbus haar raampje neerdraaien en tot hem roepen: 'Bent u hier net?'

Joseph negeerde haar en liep verder naar de voordeur.

'Kunt u hier commentaar op geven?'

Hij bleef stokstijf staan en draaide zich om. 'Commentaar waarop?' riep hij
woest.

'Op wat hier gebeurt.' De vrouw gooide haar portier open en sprong uit de
bus. Ze droeg een witte rok en een witte jas over een felgele blouse. De
chauffeur was ook al naar buiten gesprongen en had een camera op zijn
schouder, die zorgvuldig op Joseph werd gericht.

'En wat gebeurt er dan?' vroeg Joseph.

'Mike,' zei de vrouw en ze greep de microfoon van de cameraman. Ze stamelde en stotterde wat en naderde Joseph. 'Ik... wat is... de ziekte.'

'De ziekte? Dat zijn jullie.' Terwijl hij dat zei opende hij de deur, stapte
naar binnen en sloot de deur achter zich, de vrouw de toegang ontzeggend.
Hij stond stil, wachtte tot zijn zenuwen zouden kalmeren. Het huis was
rustig. Joseph luisterde, ontdekte geen geluid tussen de muren. Hij hoopte
buiten de bus te horen doorrijden, maar er was geen aanwijzing dat dat ook
gebeurde. Hij stond in een vreemd huis, en besefte dat hij daar pijnlijk alleen
was. Het idee dat hij hier alleen zou blijven, vergrootte zijn gevoel van onge-

mak. De deur naar de woonkamer zat dicht. Hij keek verder door de hal. Ook de keukendeur zat dicht. Hij greep de leuning en rende naar boven. Terwijl hij Kims tas uit de logeerkamer pakte, bleef zijn blik kleven aan het lege bed waarin Kim had liggen slapen, de lakens en de zelfgemaakte geblokte quilt aan de kant gegooid. Hij overwoog erin te stappen en op deze manier even met Kim te zijn, haar sluimerende aanwezigheid in de lakens te voelen, maar de stof zou niet langer door haar lijf zijn opgewarmd.

Beelden van gisteravond schoten hem in gedachten. Oom Doug, de oude vrouw, Kim, hijzelf. Allemaal waren ze in deze kamer geweest en daar waren ze veilig geweest. Alles had zijn plek gehad. Ze waren veilig geweest, maar hij niet. Wat was er met hem gebeurd? Robin was niet bij hen en de problemen die haar waren overkomen waren het gevolg van zijn verwaarlozing. Hij had er voor haar moeten zijn in plaats van te bestaan in wat voor chemische wereld hij ook wilde wonen. Hoeveel van die pillen had hij genomen? Hij had geen idee. Hij moest nu daar zijn, in het ziekenhuis. Waarom was hij in godsnaam in dit idiote vreemde huis kleren aan het verzamelen? Waren kleren echt zo belangrijk? Hij voelde zijn gedachten uit de hand lopen en vreesde dat zijn eerdere aandoening weer de kop op zou steken.

Buiten op de gang keek hij in Robins kamer, zag het onopgemaakte bed. Robin. Zij had haar bed niet opgemaakt. Hoe was ze in het water gevallen? Het was niets voor haar om 's nachts alleen naar buiten te gaan. Dat had ze nog nooit gedaan.

Zoals gebruikelijk lagen er vellen tekenpapier op haar bed. Met tekeningen. Blauwe en rode kleuren. Door de tekeningen getroffen, deed Joseph een stap naderbij en keek naar de drie vellen, de een op de ander. De blauwe was de haven en de grote landtong die hem aan één kant begrensde. De rode was de staart van een zeemonster die over het oppervlak scheerde. Met groeiende belangstelling pakte Joseph die tekening en onderzocht hem. Het perspectief was precies datgene van zijn kijkje op de haven toen hij langs de bovenweg had gereden, nog maar net geleden. Er waren nog geen vijf minuten verlopen. De tweede tekening was van een paarse walvis. Weer zijn gezichtspunt. In plaats van hem te verontrusten, dempte deze ontdekking juist zijn onrust. De derde en laatste tekening stelde een man voor die met zijn rug naar de tekenaar toe stond, zijn hoofd gebogen en zijn handen opgeheven naar een muur van zwart. Die man leek op Joseph, en met zijn handen in die houding, leek hij het zwarte te stuiten in zijn opmars. Onder de tekening stond een symbool dat Robin vaak tekende, een groen-blauw-bruine bol met een draaiend oranjerood centrum. Joseph dacht vaak dat die tekening de zon betrof omdat er oranjerode, golvende lijnen uit die bol kwamen. Maar in tegenstelling tot de zon kwamen deze lijnen uit het oranjerode midden, niet van het oppervlak, zoals het geval was op tekeningen van de zon.

Geluid van beneden, iemand die het huis binnen kwam, door de voordeur.

Lichte voetstappen. Zou dat die journaliste weer zijn? Zou ze echt zo brutaal wezen? Ja, natuurlijk was ze dat. Het waren uiteindelijk aasgieren. Die durfden overal heen te gaan om een beetje vlees van aangetaste botten te schrapen.

Joseph hield zijn adem in en maakte geen beweging, behalve dat zijn ogen knipperden. Zorgvuldige voetstappen schuifelden naar de achterkant van het huis om de keuken te bekijken, hij hoorde het zachte rammelen van de koperen deurknop die werd vastgepakt en de deur die piepend openging. Hij zou moeten wachten tot die vrouw weer vertrok. Zou ze niet gaan roepen? Hem zoeken? Overlast bezorgen? En zou die cameraman niet bij haar zijn? Ja, natuurlijk, naar alle waarschijnlijkheid wel. Wat had het anders voor zin om binnen te dringen in zijn leven, zonder video? Als ze zich naar boven zou wagen zou hij zich verstoppen. Hij wist niet zeker waartoe ze in staat was. Zijn ogen schoten naar Robins kast. Hij legde de tekeningen weg en liep er op zijn tenen heen, toen hij voetstappen op de krakende trap hoorde. Met zijn hand ging hij naar de glazen deurknop. Hij had nog nooit in die kast gekeken. Wat zou daarin zijn? Leegte? Vieze dingen die naar mottenballen roken? De verdronken doden met hun open gelaatsuitdrukking, wachtende om uit hun waterige omhulling te komen? Hij draaide aan de geslepen glazen knop en trok de deur voorzichtig open. De scharnieren piepten. De voetstappen bleven stilstaan op de trap. Josephs hart klopte woest.

Vrouw Laracy had de woonkamerdeur in huize Critch dicht en op slot gedaan om rust te hebben en zat momenteel rechtop op de chesterfield, slapend als de doden. Ze was met geen mogelijkheid wakker te krijgen. Beelden van lijken schoten haar door de geest, de gezichten waren die van de doden die zij in de visafslag had aanschouwd. Groepen personen stonden in zichtbare rijen, elk gezicht in elke rij lijkend op datgene erachter. Slechts de haardracht en de kleding verschilden. Uitgesproken reeksen mensen die, als ze niet verwant waren, dan toch een griezelige gelijkenis met elkaar vertoonden.

Een beeld van Uriah kwam haar voor de geest. Ze probeerde haar ogen open te houden, haar oogleden verdwenen in een vloeiende opwaartse beweging. Uriah zat tegenover haar in de woonkamer. Zijn gelaatsuitdrukking was lieflijk, joviaal, sluw maar toch met goede bedoelingen. Aanvankelijk waren zijn lippen gesloten, maar toen hij haar bleef aankijken verbreedde zijn glimlach zich tot een grijns van waardering voor zijn verloofde en dat ze elkaar zo mochten zien. Uriah aanschouwend, voelde vrouw Laracy hoe zijn energie op haar werd overgebracht, voelde hoe haar eigen lippen zich in een glimlach plooiden. Uriah was ongelooflijk charmant en knap – een genereuze man die met plezier alles voor iedereen deed die hem een dienst vroeg. Zijn haar was keurig geknipt en hij leunde tegen de rug van de stoel, met zijn armen op de leuningen. Comfortabel. Zijn blik nog steeds op haar gericht, stralend van vreugde, leunde hij iets voorover.

'Heb jij vrede?' vroeg vrouw Laracy.

De glitter van vermaak ebde weg uit Uriahs blikken en toen verwelkte de glimlach geleidelijk aan. Zijn lichaam raakte gehuld in een bloedrode stroom, die uiteindelijk oploste in dunne rode straaltjes, waarvan een veelvoud hem doorboorde en zijn lichaam weer verliet. Hij stak zijn handen uit, verdeeld door lege ruimtes, terwijl zijn gezicht in delen ontbond, zijn neus werd een stompe witvis en kwam toen los, zijn ogen twee pulserende kwallen, zijn bovenlip een sappige zeekomkommer, zijn onderlip een murene.

Tranen van verbazing en zwaar verlies sprongen in de ogen van vrouw Laracy en stroomden heet over haar wangen. Uriah was nu op enige afstand van haar, niet meer te zien, maar diep binnen haar. Hij had zich van het oppervlak teruggetrokken.

Eens temeer probeerde vrouw Laracy haar ogen open te houden en merkte dat ze al wakker was, of althans daar leek het op. Waarom had ze Uriah niet in de visafslag zien liggen? Waarom kon ze daar nu niet naartoe, om naar zijn gezicht te staren zoals ze dat bij de anderen had gedaan? Waar waren zijn familieleden? Geen van hen had daar gelegen.

Plotseling begreep ze wat het was dat haar dwars had gezeten met die lijken in de visafslag. Ze begreep waarom ze haar Uriah niet plat op een van die fileertafels had aangetroffen, waarom hij niet was aangespoeld. Uriahs ouders waren allang weg en hij had geen enkel kind verwekt. Zijn lijn was afgebroken met zijn heengaan.

Doug Blackwood had lang genoeg om het ziekenhuis heen gelopen. Hij was weggelopen van het bakstenen gebouw, de straat overgestoken, had een veel belopen graspad tussen twee huizen genomen, dat naar de kust leidde. Hij was even blijven staan om de zilte lucht diep in te ademen, toen stapte hij over de rotsen op het strand naar het water en plaatste het walvisje op het oppervlak om te kijken of het zou drijven. Het deinde en draaide in een soort van kring rond, bleef vervolgens water opnemen. Verzadigd van water zonk het op zielige wijze, totdat het in het grijze slijk bleef liggen. Doug keek eens beschuldigend naar het ziekenhuis achter hem.

'Wat kinst verwachten van holt dast uit zo'n gelegenheid krijgst? Dood holt natuurlijk.' Hij keek om zich heen en zag een stukje aangespoeld wrakhout. De grote en kleine rotsen op het strand bleven niet stilliggen onder zijn schoenen toen hij zich een weg baande naar het aangevreten stuk door zout gebleekt wrakhout en zich bukte, het met beide handen optilde en diep bevredigd grijnsde. Het was ruim een halve meter lang en een goeie 10 centimeter dik. Hij haalde het hout uit het water en ging op een van de grote rotsen bij een duin van door de golven gevormde grond zitten. Met het wrakhout op schoot begon hij het te bewerken. 'Dit wordt 'n echte wallevisk,' mompelde hij, vastberaden knikkend. 'Holt uit zee. Dat drijft tenminste.'

Toen hij klaar was, had hij beide handen nodig om de gesneden walvis omhoog te houden en tegen de lucht nam hij het geheel nog eens goed in ogenschouw. Hij liet het deinen alsof het op de golven dreef. Tevreden ging hij staan en liep weer tot de waterkant. Zachte golfjes bekabbelden de kust en bevochtigden de onderkant van zijn schoenen. Zonder op het water te letten, bukte hij zich en zette de walvis op het sprankelende oppervlak. Hij ging weer staan en keek toe hoe hij wegdreef, alsof hij naar open zee wilde, toen terugkwam met een trage brede bocht en ten slotte trouw weer terug naar hem kwam drijven.

'Eerste klas,' riep hij uit, knipoogde bij zichzelf terwijl hij neerhurkte om de walvis uit het water te pakken. Hij schudde hem drie keer flink uit om de druppels die eronder hingen weg te krijgen en liep toen naar het ziekenhuis.

Eenmaal in de hal moest hij, of hij wilde of niet, wel 'Christus nog an toe!' roepen en zijn neus dichthouden voor de antiseptische stank. Soldaten stonden niet langer bij de deuren op wacht. Hij kon elke gang nemen die hij wilde.

Met enige haast en de walvis onder een arm, bereikte hij de IC. Hij haastte zich door de gang, het helder witte licht brandde in zijn ogen, totdat hij bij de dubbele deur kwam waarbij een bordje hing dat hem vertelde op een knop te drukken. Hij ramde op de knop terwijl hij probeerde op adem te komen. Toen hij door een verongelijkt kijkende verpleegster was binnengelaten, eentje die hij nog nooit had gezien, loog Doug en vertelde dat hij Robins grootvader was.

'Wacht u hier even,' zei de verpleegster met een nadruk die een paal ijselijke angst door Dougs hart dreef. De verpleegster repte zich weg en een paar ogenblikken later verscheen een arts.

'Bent u de grootvader van het meisje?'

'Ja.' Doug verplaatste de walvis van de ene arm naar de andere.

'Het spijt me.' De ogen van de dokter richtten zich verstrooid op de walvis en toen weer op Dougs gezicht.

'Wat spijt u?'

'Ze is in een toestand van hartstilstand geraakt.'

'Wat?' blafte Doug.

'Hartstil...'

'Wat?' riep hij. 'Waar is de moeder van het wicht?'

'Die is bij haar.'

'En de vader ook?'

'Het spijt me. Dat weet ik, geloof ik, niet.'

'Joseph?'

Wie kent mijn naam? vroeg Joseph zich af en de vraag spande zijn zenuwen nog verder. Als om een uitweg te vinden, staarde hij onderzoekend in de kast. Er waren planken op vloerhoogte en daarop stonden oude schoenen, verkleurde hoedendozen van diverse omvang en er lagen veel opgevouwen dekens. De lucht van mottenballen bereikte zijn neus, een lucht die hij niet meer had geroken sinds hij als jongen had rondgestruind in zijn grootmoeders huis. Voor hem zou het onmogelijk zijn geweest zich in de kast te wurmen en de deur dicht te doen. Hij hoorde de stem zijn naam weer uitspreken, een bezorgde, verbaasde stem, nu pal achter hem: 'Joseph.'

Met kloppend hart draaide hij zich vliegensvlug om en zag Claudia daar staan, in een roomkleurige jurk met uitwaaierende mouwen en ingewikkeld gevormd koperen borduursel op het voorpand. Aan haar voeten staken bijpassende slippers met soortgelijk borduurwerk. Haar koperkleurig haar was gedraaid en zat opgestoken, zachte lokken hingen bij haar wangen en lieten haar bleke slanke hals extra uitkomen.

'Is het goed?' vroeg ze.

'Wat?' Zijn vingers leken leeg, lichter, hij merkte dat hij Kims tas had laten vallen. 'Wat is goed?'

'Dat ik binnenkom. Ik heb mijn huis achtergelaten. Elk huis is een aparte wereld, weet je. We leven nooit in slechts één.'

Joseph keek nog eens bezorgd in de kast. 'Ik zocht eigenlijk...'

'Er is een buitensporige hoeveelheid oude spullen die we nooit lijken te kunnen loslaten. Antiek. Museumstukken. Doodgeborenen.'

Joseph stemde hiermee in door zijn gezicht te vertrekken en keek naar Claudia, haar bleke gezicht, haar roze lippen, haar handen die vredig voor haar ronde buik gevouwen waren. Met uitzondering van haar buik was ze magerder dan in zijn herinnering, haar expressieve ogen leken groter, alsof haar gezicht was ingevallen, de huid dichter bij haar kern was geraakt.

'Ben jij in orde?' vroeg hij.

Zonder de minste moeite stond ze twee stappen naderbij. 'Weet je,' zei ze, 'ik heb vaak overwogen mijzelf in zee te werpen. In plaats daarvan gooi ik iedereen behalve mijzelf erin. Ik dacht dat mij dat een beter gevoel zou geven, als we daar allemaal samen waren, in dezelfde boot om zo te zeggen.' Ze lachte lichtjes, vreemd. 'Ik was nog één ding vergeten: ik heb geen poppetje van mijzelf geboetseerd.' Nog dichterbij, haar adem op Josephs lippen, haar trage tong die de woorden rangschikte, haar hand bij de zijne maar toch nog niet aanrakend. 'Ik kijk door mijn ogen. Ik zie alles zoveel helderder doordat ik afstand heb, omdat ik niets dan een waarneemster ben, een toeschouwster. Is dat niet triest?' Toen ze dit zei, bereikte haar koele vinger de rug van zijn hand.

'Robin ligt in het ziekenhuis,' flapte Joseph eruit, 'en...' Zijn stem verstomde terwijl hij stiekem iets achteruitliep, een blik op het raam wierp. Dikke takken van een boom waren net voor de ruit verstrengeld. Claudia bezorgde hem kippenvel. Toch waren haar woordkeus en haar buitenwereldlijk gedrag zuivere verleiding en hij merkte dat hij daar geen weerstand aan kon bieden. Een spookachtig gevaar dat opwindt. De mogelijkheid verstijfd ter ziele te gaan. Maar hoe zou hij ooit met Kim en Robin opnieuw kunnen beginnen als hij zich nu met Claudia in zou laten? Hij moest zich verliezen in Claudia of in Kim. Zich begraven. Om weg te komen zou hij uit het raam kunnen springen, een boomtak grijpen, daar blijven hangen, altijd wachten als het nodig was, op hulp.

'Is alles goed met Robin?' Claudia deed nog een welbewuste stap in zijn richting. Weer bevingerde ze zijn hand. De lucht van te natte bloemen, ontbinding, rottende bladeren aan de voet, hing in de atmosfeer.

Joseph schudde zijn hoofd. Met Claudia over Robin praten bezwaarde Josephs hart nog meer, het verdrievoudigde zijn schuldgevoel. De vrouw had het recht niet zijn dochters naam uit te spreken. Niet nu Robin zo ziek was. Niet goed.

'Leeft ze?'

'Ja,' bevestigde Joseph. 'Ja, ze leeft.' Hij maakte aanstalten om langs Claudia te lopen, maar vreesde dat ze hem wellicht zou grijpen. Haar huid was zo blank. Haar lange vingers begonnen zich te vouwen en te ontvouwen boven haar buik, als wortels die een ondergrondse bron zochten. Hij moest wel naar haar kijken, of hij wilde of niet. Een kind drijvend in Claudia. Wiens kind? Plotseling waren er rimpels van beweging onder de stof.

'Kom mee naar beneden. Dan zet ik een pot rozenbottelthee.' Ze wierp hem een opbloeiende glimlach toe, die zijn kern kalmeerde. Toen liep ze van hem weg.

Joseph hoorde haar amper de trap af dalen. Hij bukte zich om Kims tas te pakken en verliet de kamer. Boven aan de trap aarzelde hij totdat hij Claudia met vaatwerk in de keuken hoorde rommelen. Toen haalde hij eens diep adem en liep stilletjes de trap af. In de gang op de benedenverdieping merkte hij dat de woonkamerdeur op slot zat. Hij wierp een onderzoekende blik in de richting van de keuken.

'Ik moet naar het ziekenhuis,' riep hij. Hij stond tegenover een stil huis, vol afwachting, maar er kwam geen antwoord. 'Claudia? Ik zie je straks. Oké?'

Geen geluid. Geen stem.

Met elke nieuwsgierige stap door de gesloten gang, werd hij zich beter bewust van een sissende ketel. De schetsjes die aan de muur aan weerszijden van hem hingen toonden vredige zeegezichten, zonsondergangen over kalm water, en hij moest denken aan Robins tekening, de groen-bruin-blauwe bol met het oranjerode centrum. Een zon binnen de aarde.

Hij stapte over de drempel van de keuken en zag dat Claudia bezig was om twee mokken klaar te zetten, met haar rug naar hem toe. Toen hij haar zag, die vrouwelijke gebaren die zij met zo veel kalmte en zekerheid uitvoerde, werd hij doorstroomd met zuiver puberale lust. Zo'n gemakkelijke liefde. Zo'n acute lust. Het verleden, onbezoedeld door een huwelijksovereenkomst.

'Ik moet...' zei hij.

Claudia draaide zich om, keek hem aan en haar ogen waren genadig. Er kleefde een zekere natuurlijkheid aan haar die eerder voor iets anders was aangezien. Joseph had amper haar glimlach gezien, maar toch, toen Claudia het over Robin had gehad, had ze zich ontspannen.

'Wij komen van dezelfde golf, Joseph,' verklaarde Claudia.

'Golf?'

Claudia's vingers zochten de zijne, wonden ze los van het hengsel van Kims reistas, die zacht op de vloer plofte. Toen verstrengelde ze haar vingers met de zijne, de koelte van haar huid veroorzaakte al snel een warmte die zijn hand helemaal niet de zijne leek te maken, maar iets nieuws, levends. Hij keek naar zijn vingers, boorde toen zijn blik in die van Claudia en merkte dat zij zich op hem concentreerde. Dichterbij stappend, legde ze haar wang op zijn borst.

'Alles komt in orde,' verklaarde zij toen de ketel begon te fluiten. 'Ik ben nu in jouw huis.'

Vrouw Laracy zat verbijsterd te kijken waar ze nu wel zou kunnen zijn. Terwijl haar blik door de kamer zwierf, ontsnapten haar korte uitingen zonder specifieke betekenis. Ze zat in een woonkamer, niet die van haar, dat wist ze heel zeker. Dat meubilair was bekend maar het stond verkeerd. Dat was niet haar huis. Huize Critch. En was Uriah hier? Met vrome bezorgdheid keek zij naar de gesloten deur. Was hij naar haar teruggekomen?

De duidelijke herinnering aan deze droom, als het dat was geweest, vervulde haar van hoop. Ze keek eens naar de lege stoel tegenover haar. Wat nu te doen? Waarheen te gaan? Haar droom was hartversterkend, hij had haar iets verteld over een lijn. Het was een vertroosting om onder de doden te zijn. Het voze vlees gaf haar geen troost meer, wel de zwevende geesten. Ze vroeg zich af welke betovering verbroken moest worden om ze vrij te krijgen, om ze de gelegenheid te geven hun nog levende geliefden op te sporen en bij hen in te trekken. Wat dreef ze ertoe zich te hechten aan lijken waar ze niets meer aan hadden?

Kreunend drukte vrouw Laracy zich op van de sofa. 'Mijn olde bonken,' protesteerde zij. Het wandelingetje naar de visafslag zou kort zijn, voornamelijk heuvelafwaarts, en dus niet veel inspanning vergen. Toch overwoog zij die knappe jonge agent te bellen om haar weer met zijn automobiel te komen halen. Maar toen ze merkte dat ze zich zijn naam niet herinnerde, schudde ze treurig haar hoofd en slofte naar de woonkamerdeur, deed hem van het slot en opende hem. De voordeur was pal rechts van haar. Ze ging eropaf zonder het huis nog een blik te gunnen.

Op het erf bleef ze staan om eens op haar gemak naar de tuin te kijken, de paarse viooltjes stonden er mooi bij. 'Joe binnen allemaal al groot,' zei ze tegen ze. De lobelia spreidde zich uit en de rode-rozenstruik stond vrijwel helemaal in bloei. Ze bukte zich, ging met haar hand over de welige, satijn-zachte bloembladen en huiverde van verrukking bij dat gevoel. Ze dacht aan de wat teerdere wilde roze rozen die achter haar eigen huis bloeiden. Over een week of zes, zeven zouden die in bloei staan en zouden de frambozen die met de rozen opgroeiden, rijp zijn voor de pluk. Begin september maakte ze dan haar jams. Frambozen. Bosbessen. Patrijsbessen. Wilde appels.

Op het pad van tuintegels aan de rand van het asfalt, bleef ze staan om nog eens naar de Atkinsonkade aan de overkant van de benedenweg te kijken. De triplex muren die langs het strand waren opgetrokken om mensen uit die sector te weren, waren neergehaald en in wanorde blijven liggen. Achter al dat afval sprong een roze dolfijn hoog in de lucht, dook terug met een plons die het water sprankelend de lucht in joeg. Vrouw Laracy grinnikte en vervolg-de haar weg, stak de straat over en liep de bovenweg af. Als haar droom haar niet had bedrogen, als daar de les in zat die zij erin zag, dan was er iets ver-anderd bij de visafslag. Dat had zij in haar visioen wel geraden. Die prachtige stralen amber die zij gisteravond had gezien moesten deeltjes inspiratie en verlichting hebben gebracht. Halverwege de weg kwam een militair voertuig achter haar tot stilstand en de soldaat naast de chauffeur vroeg haar of ze iets nodig had.

'Nee, ik kuier maar wat, lieverd.' Ontspannen wees zij voor zich. 'Ik ga naar afslag om nog eens naar die lijken te kijken.'

'Daar mag niet iedereen in, mevrouw.'

'Niet elkeen?' Ze bleef stokstijf staan en snoof verontwaardigd. 'Niet elkeen?' Ze keek eens van de ene soldaat naar de andere en kon haar oren niet geloven. Toen begon ze luid en schor te lachen. 'Maar ik bin older als acht-tien, hoor. Ik bin negenendertig, alst 't nou met alle geweld weten wilst.'

De chauffeur grinnikte, maar de passagier leek de grap niet te vatten.

Vrouw Laracy grijnsde, waardoor haar roze tandvlees nat oplichtte. 'Ze hemmen mij 'vraagd de doden te identificeren. Ik heb dat al een keer voor joe gedaan daar.'

Het portier zwaaide open en de serieuze soldaat sprong eruit. 'Gaat uw gang,' zei hij en hij wees op zijn plaats. Hij pakte haar hand op ridderlijke wijze en hielp haar het voertuig in, sloeg toen het portier dicht en knikte. De jeep reed door naar de visafslag.

'Waar komst doe weg?' vroeg vrouw Laracy aan de soldaat achter het stuur. Hij leek haar niet te horen, in plaats daarvan sprak hij in zichzelf.

'Zeg eens, luisterst nog, of wat?' ze porde hem in zijn ribben met haar vin-ger en de soldaat slaakte een harde kreet. 'Lijkst d'r niet veel van te begrijpen.'

'Neem me niet kwalijk, mevrouw. Ik sprak net met het hoofdkwartier over uw komst.'

Vrouw Laracy keek hem achterdochtig aan. 'Spreken met hoofdkwartier? Maar doe bist krek zo 'schift als 'n ton met karnemelk.'

'U heet Eileen Laracy, klopt dat?'

Vrouw Laracy grijnsde. 'Bin ik zo bekend?'

'Ik sprak met het hoofdkwartier. Zij hebben u geïdentificeerd.' Hij wees met zijn duim op zijn draadloze microfoon.

'Spreken met de ruimte, daar lijkt het meer op, spreken met een stelletje Marsbewoners.'

Weer grinnikte de soldaat en vrouw Laracy begon hem aardig te vinden. Ze hield van een man met een gezond gevoel voor humor, onder wat voor omstandigheden dan ook. In gevaar was het meer dan eens humor die de ziel kon redden. Niets erger dan een depressie om je geest te verstoppen met verdriet en ellende.

'Ik vroeg waarst weg kwamst.'

'Peterborough.'

'Da's in Ontario,' verklaarde vrouw Laracy.

'Ja, mevrouw.'

'Ik was altijd 'n beste in aardrijkskunde.' Ze klopte tegen haar hoofd. 'Ik bin zo scherp als een mes, weetst? Mijn hele leven hemmen ze mij complimenten 'maakt met mijn goede hersens.'

De jeep beschreef een bocht om voor de visafslag uit te komen. De soldaat sprong vief van zijn stoel en hielp vrouw Laracy uit de hare. Hij zorgde ervoor dat hij haar arm stevig vast had en gidste haar zorgvuldig naar de hoofdingang.

Eenmaal binnen zag vrouw Laracy toen ze naar boven keek dat er iets misgegaan was. De geesten hingen er nog, maar er waren twee gaten, elk boven een lijk. Die geesten waren weg. Vrouw Laracy slaakte een kreet en in een aanval van bezetenheid schuifelde zij haastig naar de lijken. De chauffeur volgde haar op de hielen, zijn laarzen klikkend op de betonnen vloer. Klikkend zoals al die toetsenborden ginder achter.

Eenmaal bij het eerste ontzielde lichaam, bekeek zij het, bekruiste het, vingertopje snel naar haar voorhoofd, haar hart, haar rechterschouder, haar linkerschouder. Dit was de man van Rayna Prouse, Gregory. Het tweede lijk was van Rayna's overgrootvader, Gordon Vatcher. Vrezend dat er iets verkeerd was gegaan met Rayna, bekruiste vrouw Laracy zich nogmaals en zond een gebedje op aan Sint-Antonius, beschermheilige van de verloren zielen.

Binnen enkele minuten nadat de verpleegster gewaarschuwd had kwamen er twee soldaten die Rayna uit Tommy's kamer escorteerden.

'Wilt u zo vriendelijk zijn ons te volgen,' beval de kortste van de twee.

'Waar naartoe?'

'U hoeft u niet te verkleden,' vervolgde de lange soldaat. 'We blijven in het gebouw.'

'O.'

Ze stapten in de lift en daalden naar de kelder af, waar bij aankomst de soldaten Rayna naar links loodsten. Ze liepen een meter of dertig door een gang totdat zij helemaal aan het andere eind bij een roestkleurige deur kwamen waarop een stralingslogo stond onder grote rode letters die het woord ATTENTIE spelden. Er zat een kastje met een toetsenbord tegen de muur. De soldaat drukte een reeks knoppen in en de deur klikte open. Eenmaal binnen stond Rayna in een smalle ruimte van cementblokken met een tl-buis in een kooi boven haar hoofd en weer een deur recht voor zich. De kortere soldaat knikte, terwijl de lange zich omdraaide om zich ervan te vergewissen dat de eerste deur geheel dicht was.

De binnenste deur werd geopend door een magere donkere man in een witte jas. Hij had een bordje van veiligheidsbeambte op zijn borstzakje maar de letters waren te klein om zijn naam te kunnen lezen. Achter hem was weer een roestkleurige deur.

'Rayna Prouse?'

'Ja?'

'Mijn naam is doctor Basha.' Hij knikte haar welwillend toe. 'Luitenant-ter-zee French heeft mij gevraagd u te onderzoeken.'

'Met mij is niets aan de hand.'

'Zo lijkt het. Maar wij zijn over het algemeen bezorgd over wat er achter het voor de hand liggende ligt, met name in dit geval.'

'Wat?'

'Het gaat om wat erin zit.'

Rayna wierp eens een blik op de lange soldaat, wiens ogen de vloer afzochten.

'Pal achter deze deur is een onderzoeksruimte. Wij vragen u een paar ogenblikken van uw tijd. Het is van het allerhoogste belang.'

'Voor wie?'

'Wellicht voor de gezondheid van de rest.' Doctor Basha wendde zich om, om de deur te openen. Hij keek haar aan en maakte een bemoedigend gebaar met zijn hoofd: 'Deze kant uit, alstublieft.'

De lange soldaat liep evenals de kortere naar voren, en Rayna werd gewoon meegesleurd. In de volgende kamer zaten twee deuren, een recht voor en de andere rechts. Dr. Basha opende de deur naar rechts en daar werd een onderzoektafel zichtbaar en een aantal planken waarop medische apparatuur stond. Rayna keek Basha sceptisch aan, die hoopvol glimlachte en weer met zijn hoofd wenkte. Hij maakte een gebaar in de richting van de tafel.

'Gaat u zitten, alstublieft.'

Rayna liep met enige tegenzin naar de tafel toe, en betastte die met haar vingers. Een duidelijk mechanisch gezoem in de ruimte viel haar op. Toen ze zich weer omdraaide waren de soldaten weg en was de deur dicht. Alleen de doctor stond daar nog.

'Alstublieft.'

Rayna ging op de tafel zitten, keek de doctor aan. 'Met mijn ademhaling is niets aan de hand,' onderstreepte zij, als om bij voorbaat wat de doctor wilde zeggen de grond in te boren.

'Dat weten we,' bevestigde Basha. 'Het gaat nu niet om de ademhaling. Het gaat om hier.' Daarmee drukte hij zijn vingertoppen tegen haar beide slapen. 'Weet u wie u bent?'

Rayna barstte uit in een spotlach. 'Natuurlijk. Rayna Prouse.'

'Nee, niet uw naam. Ik bedoel werkelijk wie?'

'Het is zo lang geleden,' fluisterde Claudia en zij zocht Josephs ogen terwijl ze zorgvuldig haar handen tegen zijn wangen legde. Hij leek erg op Reg, deze rustige man met een baard, die haar oprecht wilde helpen. Reg was ook ooit een aardige man geweest. 'Het is zo lang geleden sinds ik een relatie met iemand heb gehad.' Ze drukte haar buik tegen hem aan, kwam dichterbij met haar gezicht, verdaasd door de betovering van de nabijheid en de weerstand. Haar oogleden knipperden, gingen dicht, haar hoofd knikte langzaam van links naar rechts. Toen haar lippen bij die van Joseph kwamen, gaf het vocht verder de aantrekkingskracht door, haar handen in zijn haar, toen naar beneden langs zijn rug, vasthoudend alsof deze daad magnetisch was. Ze beefde vreselijk toen hun kussen gerichter werd, totdat Claudia haar ogen opende, een stap achteruit deed en brutaalweg de zoom van haar jurk pakte en die optrok tot haar knieën.

'Reg,' zei ze met een kreun, haar kaak kraakte ervan, haar ogen waren zo droog dat het zeer deed ze op te slaan. 'Als je dan toch moet verzuipen, doe het dan in mij.'

De man bleef daar roerloos staan, keek haar met een onpeilbare uitdrukking aan. Claudia gaf hem geen tijd om te besluiten of hij levend of dood was. Ze wierp zich op hem, zoende hem aandringend, drukte haar buik hard tegen zijn lendenen. Hij was van haar. Zij zou hem nemen. Zij zou hem vermoorden als hij dat wilde. Ze zou het allemaal doen voor Reg, want hij was nog altijd haar man en er was daar liefde voor hem, of niet dan? Was daar geen liefde voor hem? Jawel, verzekerde zij zichzelf, met aandrang om openlijk te gaan huilen, maar er wilden geen tranen komen. Er was ook liefde voor Jessica. Ja. Claudia was degene die werd achtergelaten. De enige levende vergissing. Dit was de weg terug naar hen, door deze man. Ze richtte zich op hem. Zijn haar was lichter en zijn ogen keken op een of andere manier anders. Hij was nu mooier.

'Jij bent mijn man,' sprak zij, knikkend.

Maar de man, de man van wie zij hoopte dat het Reg was, schudde zijn hoofd en was niet langer zichzelf. Het was Reg niet, het was Joseph. Claudia's gezicht verried vrees. Heftig en geïrriteerd begon zij de man woester te kussen, beet hem, beet in zijn lippen. Spastisch kreunend probeerde zij haar lijf door het zijne heen te drukken. Hij moet eerst in mij zijn, hield zij zich voor, om elke levensgevende golf uit hem te kunnen doden.

'Je bent dood,' fluisterde zij. Met haar ogen dicht gleden haar handen naar haar rug, vingers frutselden met ronde ivoren knopen. Het genoegen gewoon te worden vastgehouden was zo immens dat Claudia voelde hoe de greep van een snik zich in haar borst verstevigde.

'Reg,' kreunde zij, 'Reg, Reg...' Ze voelde hoe zijn vingers stokten bij het geluid van zijn naam. Er was weerstand, zijn lichaam boog achteruit.

'Nee!' zei Claudia, wanhopige handen op zijn gezicht. 'Niet doen...' Ze zag dat hij haar bekeek met ogen die ooit zo vertrouwd en warm waren, maar die nu staarden met een blik die vraagtekens bij haar naakte bestaan durfde te plaatsen.

'Het spijt me,' zei hij en hij keek achter haar.

Deze vent. Wie was dat?

Haar uitzicht vervaagde door dikke, trage, onmogelijke tranen die leken gemaakt en afgetapt uit haar bloed, want dat moest het enige vocht zijn dat nog in haar stroomde, en ze draaide zich om, om over haar schouder te kijken. Er stonden twee kleine gestalten. Twee meisjes stonden daar naast elkaar en hielden elkaars hand vast. Jessica en Robin.

Claudia schudde haar hoofd. 'Nee, het is hier in orde, alsjeblieft,' pleitte zij. 'Blijf, alsjeblieft.'

'Dat kan ik niet... ik moet gaan. Dit is...' De man bevrijdde zich, zijn handen lieten haar geheel los zodat haar lichaam verschrikkelijk alleen was en slechts weer zichzelf. Hij probeerde iemand anders te zijn, deinsde terug naar de keukendeur. 'Ik moet mijn dochter gaan opzoeken...' Hij stotterde met het woord 'dochter', zijn uitdrukking impliceerde dat hij haar wellicht met dat woord kwetste.

Claudia liep een paar stappen achter hem aan en bleef toen staan. 'Onze dochter,' gilde zij.

De man had zich nog niet omgedraaid naar de gang toen zij naar het aanrecht stormde, de ene na de andere la opentrok, maniakaal zoekend. Hij zou haar niet weer verlaten. Deze man. Hij zou niet sterven dan door haar hand. Als het schuldgevoel waaronder zij leed dan toch eeuwig het hare moest zijn, dan zou het ook haar schuld moeten zijn. Ze vond het heft. Ze vond het lemmet en ze hief het op tot voor haar ogen, om Jessica's spiegelbeeld haar tegemoet te zien flitsen.

Oom Doug had het nieuws gehoord, dat zijn hart ellendig trof. Het meisje, zijn achternichtje Robin, was overleden.

De verpleegster bracht hem rustig naar de zaal van de IC, waar hij Kim over het bed gebogen zag, huilend en het levenloze kind knuffelend. Een grote jonge dokter stond tegenover Kim. Hij leek getroffen, zonder woorden, afwezig.

Doug zelf had geen flauw idee van wat hij moest doen. Hij bleef op de drempel staan en bekeek het afschuwelijke tafereel, van Kim die wanhopig haar dochter vasthield en dat lijfje heen en weer schommelde, de dunne armpjes hangend, haar knuffelend alsof haar woeste liefde het kind zou kunnen doen herleven. Hij voelde zich volschieten, een snik raspte zich los. Hij verplaatste de uitgesneden walvis van de ene arm naar de andere. Het had allemaal zo weinig nut. Wat moest hij nu doen met dat snijwerk? Het was voor Robin gemaakt, nu was ze niet langer bij hen en zou dat ook nooit meer zijn.

Het snijwerk begon zwaar te worden in zijn handen, op de een of andere manier nam het gewicht toe. Doug overwoog de walvis op bed te leggen, maar als zijn bedoelingen zouden blijken, zijn eerbetoon, dan zou dat nog veel meer verdriet veroorzaken. Kim had nog niet naar hem gekeken. Ze streelde Robins haar, kuste haar voorhoofd, knuffelde haar, probeerde het kind nog dichterbij te krijgen, omhelsde het tot in haar borst en in haar hart. Hij sleepte die lastige walvis achter zijn rug, hopend dat hij hem niet zou laten vallen en tevens dat niemand hem zou zien. Wat voor goed kon dat nu nog doen? De dood van een kind.

Er werd geen woord gewisseld tussen Rayna en de soldaat achter het stuur, toen de jeep naar het geïmproviseerde militaire hoofdkwartier in het gemeentehuis van Bareneed reed. De soldaat had zich voorgesteld als matroos tweede klas Nesbitt. Hij was jong en een tikkeltje nerveus, alsof hij moeite had zijn woorden te vinden, en er kwam ook niets. Hij verschilde van de beide andere soldaten die haar hadden geëscorteerd van de kelder terug naar haar zaal om zich te kunnen verkleden en haar toen weer meegenomen hadden naar de jeep. Deze soldaat leek meer op een normaal mens. Hij was niet zo bikkelhard en volmaakt. Hij had zelfs nogal wat puisten op zijn kop, net een tiener. Dat gaf hem een lief uiterlijk.

Dr. Basha had Rayna een reeks vragen gesteld omtrent haar verleden, over herinneringen en mensen die ze kende. Hij had ook haar telefoonnummer genoteerd, haar kenteken, geboortedatum, schoenmaat. Hij had haar antwoorden vergeleken met woorden die op verschillende vellen papier stonden geprint die hij vasthield.

Toen de doctor klaar was met alle antwoorden aan te vinken had Rayna gevraagd: 'Ben ik geslaagd?'

'Als dat betekent dat u bevestigend hebt geantwoord op de vraag "Bent u uzelf?", dan hebt u het ongetwijfeld gehaald.'

Enfin, lul maar een eind weg! Ze veronderstelde dat dit 'ja' betekende.

Aankomend bij het gemeentehuis werd Rayna meteen naar de zijkant van het gebouw geloodst, naar twee grote deuren voor de brandweer en toen naar de hoofdingang. Nesbitt liep snel, maar Rayna minderde vaart en bleef ontsteld stilstaan toen ze activiteit in de haven waarnam. Er was iets wat groen bevlekt was, ongeveer zo lang als een schip, maar kronkelend als een slang, en dat dreef op het water. Er sprongen enorme blauwe vissen, precies dezelfde kleur als het water, over die slangachtige gedaante en plonsden aan weerszijden weer in het water. Rayna wierp een verraste blik op Nesbitt. Ze lachte ronduit. 'Magie!' riep ze uit. 'Dit is regelrechte magie. Het is net als een film of zoiets.'

Nesbitt glimlachte nerveus, maar zijn ogen stonden triest. Hij opende de deur voor haar en wenkte met zijn hoofd alsof hij probeerde vooral niet naar de haven te kijken.

'Wat is hier aan de hand?' vroeg ze, naar het water kijkend. 'Moet je dat zien!'

Nesbitt schokschouderde. 'Tegenwoordig ziet iedereen het.'

'Wat daar gebeurt?'

'Ja. Ik heb het al een hele tijd gezien,' bekende hij. 'Nu ziet iedereen het.'

'Net als Tommy.'

'Wat?' Nesbitt keek met aandacht naar haar ogen en toen weer naar de grond.

'Zoals Tommy altijd zegt: als je het ziet ben je veilig.'

'Dat begrijp ik niet. Veilig?'

'Laat maar zitten.' Ze wierp nog eens een blik op het water, maar het slangachtige schepsel was verdwenen. Een poosje starend, wachtte zij nog om te kijken of het weer boven zou komen. Dat deed het niet, dus op dringend verzoek van matroos tweede klas Nesbitt betrad zij het gemeentehuis. Ze was in de loop van de jaren talloze keren in dit gebouw geweest, voor verjaardagspartijtjes, kaartspelletjes en vreselijke bals. Nu was het interieur in de verste verte niet te vergelijken met zoals het er toen uitzag. Vier hokjes waren langs de tegenoverliggende muur geplaatst.

'Deze,' zei Nesbitt, vooruit wijzend.

Toen ze bij de deur van het kantoor kwamen zei Nesbitt: 'Luitenant-terzee French, meneer?'

De man achter het bureau keek op van een lijst die hij had zitten nakijken. Een dik boek over Atlantische vissen lag open op zijn bureau, naast verscheidene zeekaarten. 'Ja.'

'Dit is de herstelde patiënt uit het ziekenhuis,' sprak matroos tweede klas Nesbitt.

'Wie anders dan Rayna Prouse.' French stond op en stak zijn hand uit, die Rayna schudde. Hij leek oprecht gelukkig haar te zien.

'Hallo.' Ze vond zijn handdruk aangenaam. Die was sterk en zijn ogen waren prachtig blauw. Hij was bovendien knap op een soort ruige, stenige manier.

'Ik vind het zo leuk u te ontmoeten,' zei hij, en hij keek naar haar gezicht. 'Nu ik weet dat u zich beter voelt. Is de ademhaling in orde?'

Rayna haalde haar schouders op. 'Denk ik wel. Dat moet u aan dokter Frankenstein in de kelder vragen.' Ze zag enkele boeken liggen op een stoel in de hoek: *Zeerampen in de twintigste eeuw*; *Atlantische getijdengolven*; *Een oprukkende cultuur: leven met elektromagnetische velden*; *Elektromagnetische overgevoeligheid*.

French maakte een gebaar naar de lege stoel pal voor zijn bureau. 'Gaat u zitten.'

Matroos tweede klas Nesbitt salueerde en verdween.

'Wilt u een kop koffie of iets dergelijks?' vroeg French, zijn stem bijna overdonderd door een overvliegende helikopter.

Rayna schudde van nee. Ze wachtte tot de helikopter een eindje verder was en zei toen: 'Nee, ik voel me prima.' Ze glimlachte op een manier die helemaal mislukte, het leek meer op een sneer. Ze wilde eigenlijk alleen maar naar huis en slapen. Ze had niet veel slaap gehad. En ze hield niet van uniformen. Smerissen of legerjongens. En ze hield ook niet van haar gedachten zoals die zich nu aandienden, alsof ze al half aan het dromen was.

'Dat lijkt zo,' zei French en hij bestudeerde haar op een manier die haar het gevoel gaf alsof hij meer wist dan hij losliet. Dat zat haar ook niet lekker. Dat betekende dat er iets gaande was waar zij niets van wist. Ze kon nu eigenlijk best een slok gebruiken. En een peuk.

French pakte een pakje sigaretten van zijn bureau en bood haar er een aan. Het zien van die dingen deed haar bijna in tranen uitbarsten. Iemand die nog rookte!

'Mag je hier roken?' vroeg ze, pakte de sigaret en trok die uit het pakje.

'Wie zou u dat verbieden?' Hij leunde over het bureau om haar een vuurtje te geven met een modieuze aansteker.

'Dan hebt u het voor het zeggen,' zei Rayna, nam een diepe trek en genoot ervan. Ze kreunde zelfs een beetje. 'God, dit is lekker.'

French stak op en beiden zaten zij woordloos, French in beheerste verbazing, Rayna in nicotineverrukking, elkaar te bekijken terwijl het kantoor gevuld werd met een waas blauwe rook.

'O god, o god,' Kim kon haar handen niet van haar dochter houden uit angst dat of zij of Robin zou worden weggedragen. Robin was nog warm, zo warm. Hoe kon ze dan niet leven? Ze was warm. Een golf van verpletterende smart spoelde door Kims lijf. Dat beefde spastisch. Haar armen werden slap, alsof ze overwerkt was, ze verloor de greep. Rillend stond ze op, om Robin helemaal te bekijken, de lengte van het lijfje dat haar nog erger trof. Ze hoorde amper de stem, haar handen hield ze tegen haar hoofd en gedeeltelijk over haar oren. Verdoving klopte door haar heen.

'Mevrouw Blackwood?' Het was de dokter. Hij stond op het punt haar iets te vragen, iets over haar dochter, iets over het weghalen van haar dochter. Ze schudde haar hoofd en bukte zich om Robin weer te pakken.

'Mevrouw Blackwood?'

Door haar snikken hoorde ze nog een andere stem. Een mannenstem die ze amper kende. Stevige handen hielden haar vast. 'Nee...' Ze draaide zich wanhopig en bang om, en zag het door tranen vertekende beeld van oom Doug.

'Kijk,' zei hij, met zijn ogen op het glas dat uitzag over de centrale ruimte van de ic. 'Kijk,' zei hij glimlachend. Glimlachend!

'Nee.' Ze klauwde naar haar ogen. 'Wat?'

'De monitor.'

Kim wendde haar geschrokken blik op de hartmonitor.

'We hebben hartslag,' riep de dokter en onmiddellijk rende een verpleegster de zaal binnen en ging aan de andere kant van het bed staan om Robin een injectie te geven. Nu bewogen haar lippen, ze fluisterde zachtjes.

'Wat?' Kim werd door de dokter van het bed af gehaald. 'Ze zei iets.' Kim trok zich terug van de dokter en drukte haar oor weer tegen Robins lippen en hoorde: 'Papa komt.' Ze werd weer beetgepakt door de dokter en verpleegster. Robins ogen bleven gesloten en haar lippen bleven roerloos.

'Wij moeten aan het werk,' zei de dokter. 'U moet weg. Alstublieft, een paar minuten.'

Oom Doug loodste Kim weg, naar de deur, waar ze bleef staan om bezorgd naar het tafereel te kijken.

'Leeft ze?' vroeg ze, nog steeds ongelovig, terwijl de dokter en de verpleegster redderden rond haar dochter.

'Ik geloof het wel,' zei oom Doug.

'Ze heeft iets gezegd.' Kim wreef beide handen onder haar ogen en glimlachte. 'Ze zei "Papa komt". Heb je dat gehoord?'

'Nee.'

'Heb je haar niet gehoord?'

Nog een verpleegster wurmde zich langs hen heen. Meteen plaatste zij de lege stoel van het voeteneind van Robins bed terug tegen de muur. Op die stoel lag een gesneden houten walvis, die heen en weer wiebelde.

'Kom mee,' zei de verpleegster en ze wendde zich tot Kim en oom Doug voor de ic. 'We moeten de weg vrijmaken.'

Kim drukte zich tegen de muur, zich ergerend. Dat wachten was de ergste marteling. Hoe lang was Robin dood geweest voordat ze terugkwam? Het leken uren, het moesten slechts vijf of tien minuten zijn geweest sinds de dokter haar dood had verklaard. Kim had wel gehoord van mensen die waren gestorven en terugkeerden tot het leven. Af en toe was er sprake van hersenschade. Was Robin zo lang dood geweest? Ze keek de gang door en zag oom Doug ijsberen.

'Waar is Joseph?' vroeg ze hem, alsof oom Doug, Josephs vlees en bloed, het best op de hoogte zou zijn van zijn doen en laten. 'Hij is een poosje geleden vertrokken,' hield ze zich voor, nu ze het zich herinnerde. 'Hij is toch al een poosje weg of niet?'

Oom Doug schokschouderde. 'Weet ik niet. Mot ik hem zoeken gaan?'

'Robin zei dat hij kwam.' Na enkele ogenblikken zwijgen zei Kim: 'Ja. Hij ging weg om spullen voor me te halen.' Ze keek op haar horloge en wreef even over de rand ervan alsof ze probeerde de tijd te bepalen. Er kwam een verpleegster voorbij en Kim wierp een hoopvolle blik op haar, maar zag alleen de achterkant van haar hoofd. Er werd geen woord gezegd.

'Dat moet een uur geleden geweest zijn,' zei ze tegen Doug. 'Hoe ver is het naar Bareneed?'

'Een kwartier op en neer.' Het idee dat Joseph niet aanwezig was ergerde oom Doug zichtbaar. Hij probeerde dat ook niet onder stoelen of banken te steken. 'Ik zel eens zien gaan,' bood hij aan.

Kim keek naar oom Doug toen hij de gang uit liep, draaide zich toen om naar de deuren van de ic. Wanneer zouden ze komen? Wanneer zouden ze haar vertellen wat er gebeurde? Christus!

De vrouw en de dochter van de man hadden hem nu nodig en waar was hij?

'Even zien of da'k bellen kin,' mompelde Doug bij zichzelf. 'Misschien doet de telefoon het. Waar binnen die verrektese apparaten?' In de lobby zag hij brigadier Chase met een arts staan praten, en hij wenkte hem.

'Hoe is het met het meisje?' vroeg Chase meteen.

'Dat weet ik niet. Ze was... ze had hartstilstand. Maar haar hart is weer kloppen 'gaan. We hemmen hoop.' Hij stak zijn gekruiste vingers op en klopte Chase op de schouder.

'Ja, laten we hopen.' Chase zocht op Dougs gezicht alsof hij zich afvroeg wat de man nodig zou hebben. 'Wat kan ik doen?'

'Ik mot 'n lift hemmen,' zei Doug.

'Waar naartoe?'

'Bareneed.'

'Leuk vakantieplaatsje, hoor ik.'

'Spot d'r maar mit.'

'Ik spot er niet mee. Deze rimpels hier,' en hij wees op zijn ooghoeken, 'komen van de zorgen.'

In de wagen deden de beide heren hun veiligheidsgordel om en vertrokken.

'Waar in de naam van Jehosepha zit die neef van mij?'

'Misschien is hij tegengehouden bij een wegversperring,' suggereerde Chase. 'In hechtenis genomen. Hij handelde... nogal abnormaal.'

Doug vond dat een belachelijk idee.

De radio maakte een zuigend geluid en Chase pakte hem van het dashboard. Hij keek naar Doug voordat hij zei: 'Brigadier Chase.'

'Er is een telefoontje van vrouw Laracy voor u, wordt doorgegeven via de visafslag in Bareneed.'

'Laat maar komen.'

'Komt-ie.'

'Wat mot dat vrouwmens in godsnaam nou weer?' mompelde Doug, met een blik op Chase' hand en de radio.

'Hallo?'

'Hallo.'

'Is dit brigadier Chase?'

'Jazeker.'

'Dit is Eileen Laracy. Kinst mij nog herinneren? Die nuvere vrouw diest ontmoet hest in huize Critch.'

Doug schudde rancuneus zijn hoofd en vouwde zijn armen voor zijn borst.

'Ja, u bent onvergetelijk.' Glimlachend bereikte Chase het begin van de weg naar Port de Grave en wachtte bij de kruising op een lange tankwagen die voorbij moest. Doug wees de goede richting, voor het geval de rijksagent de weg niet zou weten. Chase sloeg links af, Shearstown Line op.

'Nou, ik vertel dij dit, want daar zelst van opkijken, er missen 'n paar geesten boven de lijken.'

'Hoe bedoelt u?'

'Ik bin bij die lijken in de visafslag op 't heden.'

'Ja?'

'Ik ken d'r flink wat van. Ze lijken allemaal uit Bareneed te kommen.'

'Ja, dat weet ik.'

'Ik kon niet goed slapen, dus ik bin gaan prakkeseren. Ik wilde 't die leger-jongs vertellen, maar ik vertrouwde die gozers niet, voor zover ik ze kon in-schatten. 't Is een koppig zooitje, die allemaal, holten klazen, harteloos.'

Doug probeerde niet te luisteren. Draaiend in zijn zetel, bekeek hij het landschap. Geen tijd voor idioterieën als geesten en zo.

'En wat moet ik ze zeggen?'

'Die lijken lijken allemaal verwant met lui die ziek binnen.'

'Die liggen in het ziekenhuis.'

'Nee, die niet. Die famielje binnen van de zieken. Het lijkt of dat doden weerom kommen naar lijdenden.'

'Ze zijn vast allemaal familie van elkaar. Het is een kleine gemeente.'

'Om de lieve Christus' wil, nee. Luister nou, en doe niet zo stom. Laat dit even tot dien hersenpan doordringen. Zij binnen rechtstreeks verwant met de zieken. Ik heb de lijst van de zieken 'zien.'

Doug fronste naar brigadier Chase. Slikte een rijksagent al deze onzin?

Chase wachtte even, drukte toen op de knop van de radio: 'En hoe zit dat met die ontbrekende geesten?'

'Zoals ik al zei. Er binnen twee geesten weg nou.'

'Geef hier.' Doug Blackwood griste de radio uit Chase' hand. 'Waar zitst doe in godsnaam over te lullen, mens? Geesten!'

Het geluid van een kakelende lach klonk over de radio. 'Doug Blackwood, doe olde nurkse rukker.'

'Waarom zitst de tijd van een agent te verspillen met zulke kulkoek?'

'Hol de moel, olde gek, en geef mij die agent weerom.'

Chase hief zijn hand op en pakte geduldig de radio terug. 'Hier ben ik weer.'

Doug hield niet van de manier waarop Chase hem aankeek. Hij keek uit zijn raampje, schudde minachtend zijn hoofd en mompelde iets over geestelijke gezondheid.

'De twee vermiste geesten binnen verwant met Rayna Prouse.'

'Twee geesten.'

'Ja. Twee van die doden. Haar man en haar grootvader.'

'En Rayna Prouse is een van de zieken, klopt dat?'

'Ja, zij stond op die lijst.'

'Ik ben op weg naar Bareneed nu. Ik zal het nakijken.'

'Doe bist 'n schat, ik zie dij bij visafslag. Afgesproken, lieverd.'

'Afgesproken.'

Doug keek Chase afkeurend boos aan en ergerde zich dubbel toen hij de agent ook nog eens zag glimlachen.

Vlees, dacht Claudia. Vlees. Vis. Vlees. De stromen. Zwemmen in de stromen. Ze bewonderde het dunne fileermes. Het was een soort vinger die de weg wees. Zich omdraaiend zag ze Reg en slaakte een gil, waarbij haar hand met het mes onwillekeurig naar voren schoot. Regs ogen waren vervuld van een duistere glans. In elke hand hield hij een vis. Het geluid van haar gil had de man, Joseph, terug de kamer in getrokken. Hij stond in de deuropening met een reistas in de hand.

'Wat is er?' vroeg hij.

Claudia wees op haar man, die de vis hoog optilde en erin kneep. Uit één spoot een stroom fluorescerende, amberkleurige kuit, uit de ander een guts melkwitte hom. De beide stromen verenigden zich ergens in de lucht en vormden een klein persoon, een kind. Jessica, met ronde ogen en lippen die open- en dichtgingen, open en dicht, alsof ze lucht hapte. Het kind draaide zich helemaal weg, met haar rug naar Claudia terwijl Reg grijnsde en knikte, de vissen hoog hield, om ze vakkundig één voor één door zijn keel te laten glijden. Toen stapte hij naar voren, nam haar bij de hand en pakte haar het lange, dunne fileermes af. Zijn grijns verbreedde zich toen hij het lemmet op zichzelf richtte en de punt op zijn eigen buik zette.

'Wat is er gebeurd?' vroeg Joseph, met zijn ogen op Claudia's hand.

Claudia wees op Reg. Haar wangen bloosden van angst terwijl Reg zijn hemd losknoopte en de stof uiteentrok, zijn behaarde witte buik toonde. Zorgvuldig maakte hij een kleine, verticale inkeping vlak boven zijn navel, van boven naar beneden, tot het sneetje een centimeter of tien lang was en delicaat uiteenging, waardoor zalmroze vlees zichtbaar werd. Er trad geen bloed uit, alleen een heldere vloeistof kwam vrij, en die bevlekte zijn toch al kletsnatte broek. Toen die vloeistof opdroogde, kwam na een zilveren flits de geblutste kop van een vis tevoorschijn. Reg knikte naar Claudia alsof hij dit beaamde. De vissenkop wrikte en werkte zich los, het lijf was er al halverwege uit terwijl het heen en weer sloeg, ophield, heen en weer sloeg, om zich verder te bevrijden. Ten slotte deed de zwaartekracht het gewicht van het vooroverhellend lijf doorslaan, de vis gleed er helemaal uit en viel loodzwaar op de vloer. Nog meer vissen kwamen uit Reg gezwommen, de een na de ander, tot de hele keukenvloer bezaaid lag met wriemelende schubben en Joseph met uitgestoken hand op haar af kwam.

'Geef dat maar hier,' zei hij.

Een rilling deed Claudia's rug verstijven. Ze sloot haar ogen, strompelde naar voren en sloeg tegen het aanrecht, zijdelings vallend. Reg rende op haar af en ving haar in zijn armen. Ze zag zijn gezicht vlak bij het hare. Ze kende hem. Ze kende hem. Een lichtstraal viel in haar rechteroog en zij verplaatste haar blikveld om te zien dat haar arm aan Regs zij hing, het heft van het mes in haar vuist, het lemmet gericht op hem.

'Reg,' zei ze.

'Nee,' antwoordde de stem, 'dit is Joseph.'

'Het kan mij niet schelen,' mompelde zij, 'wie er sterft.'

'Wil je gaan zitten? Ik zal wat water voor je halen.'

'Nee.' Zwakjes hief ze de hand op met het mes erin. 'Nee, geen water,' pleitte ze en stak het lemmet in het vlees. Vis. Vlees.

Een groepje jongens en meisjes stond samen op een veld, en speelde witte zwanen, zwarte zwanen. Toen ze daarmee klaar waren, hurkten zij neer in het lange gras, sloegen de sprieten plat en begonnen voorwerpen op de grond te herschikken. Stenen. De kinderen stapelden stenen op tot huisjes, of, op hun knieën schuifelend, duwden ze die door het gras, spelend dat het auto's waren. 'Dit is mijn huis,' zei een meisje. 'Dit is mijn auto,' zei een jongetje en hij maakte met zijn lippen het geluid van een motor terwijl hij met zijn voertuig het huis van het meisje ramde. 'Geen auto's hier,' zei het meisje. 'Die overrijden ons maar.' 'Ja,' beaamde een ander meisje. Het daglicht boven hen flikkerde en ze keken allemaal naar de hemel. Daar klonk een metaalachtig sjirpen, terwijl de zon zelf leek te wervelen en te doven. De kinderen stonden in die koude schemer, niet wetend wat te doen. Het metaalachtig sjirpen ging voort.

Thompson werd wakker, verstoord door de wijze waarop het droomgeluid hem gevolgd had naar de waakwereld en nu ergens in zijn huis klonk. Agatha sprong uit de fauteuil waarin zij zo vaak lag te slapen en rekte zich met de gracieuze lenigheid waartoe alleen een kat in staat is. Thompson bekeek haar duf, zijn hersens nog niet geheel wakker. Het daglicht stroomde door zijn woonkamerraam. Hij besefte dat hij op de bank in slaap was gevallen.

'Dat is mijn mobieltje.' Hij drukte zich overeind en was meteen helemaal opgewonden. Hij wreef zijn gezicht en geeuwde, toen een stekende pijn in zijn enkel zich meldde. Hij herinnerde zich de zilverkleurige wandelstok die hij uit het ziekenhuis had meegenomen, zag hem naast de koffietafel op de vloer liggen. Hij bukte zich om hem op te rapen, kreeg hem te pakken en gebruikte hem als steun bij het manoeuvreren richting keuken. Zijn mobieltje lag waar hij het had achtergelaten, op het aanrecht. Hij pakte het op, zag welk nummer zich meldde, ergens uit het ziekenhuis, drukte op het knopje 'opnemen' en zei 'hallo'.

'Sliep u?' Dat was Basha.

'Nee, niet meer.'

'U wilt wellicht wel weten dat Rayna Prouse weer zelfstandig ademhaalt.'

'Nee toch!' zei Thompson, geheel ontsteld, toen versterkt door de woorden. Glimlachend ging hij enigszins rechtop staan, om een beetje het gewicht van zijn stok te halen. Goed nieuws, bij wijze van uitzondering.

'Ja. En zij heeft de identiteitsherkenningstest glansrijk doorstaan. Laten we hopen dat er spoedig anderen komen.'

'Jazeker.' Weer geeuwde hij. Te weinig slaap. Plus hij had honger. 'Sorry.'

'Geeft niks.'

'Ik kom zo snel mogelijk.'

'Ciao.'

Thompson verbrak de verbinding. Hij voelde zich een miljoen keer beter, zij het maar weinig uitgerust, en het nieuws versterkte hem verder. Wellicht was dit het eind van de tragedie.

Agatha zat in de hoek op haar brokjes te knabbelen. Thompson zette de stok tegen het aanrecht en hobbelde naar de koelkast om daar een geopend blikje uit te halen. Hij bukte zich bij het voederbakje en schepte flink wat natte brokken boven op de droge.

'Dat is omdat het feest is, Agatha.' Hij aaide het gladde zwarte bont op de kattenrug. 'Rayna Prouse is beter, meid. Dat is reden voor viering. Eet maar lekker.'

Agatha mauwde een paar keer alsof ze zich ingelaten had met een uitgebreid gesprek en wijdde toen haar aandacht weer aan het eten. Haar te zien eten verergerde Thompsons honger. Weer rukte hij de koelkastdeur open en dit keer haalde hij er een pot ingelegde artisjokharten uit. Dat was precies wat hij nodig had. Hij pakte een vork en ging in de pot zitten vissen. Azijn. Olie. Zachte, pulpachtige bladen, die zo'n subtiele smaak hadden, afgezien van de azijn en de olie, dat ze bijna smakeloos waren. Bijna neutraal, zoals wilde frambozen of kaviaar. Je moest extra gevoelige smaakpapillen hebben om dit soort vluchtige smaken op prijs te kunnen stellen.

Klaar met zijn maaltijd, depte hij de olie van zijn kin met een stukje keukenpapier.

'Ga je mee of blijf je thuis?'

Agatha mauwde eens kort.

'Goed dan, tot straks.'

Hij verliet het huis en schrok van de felheid van de middagzon. De zon leek de laatste tijd helemaal uit haar gewone doen. Hij herinnerde zich zijn droom van de kinderen en de duisternis waarin ze stonden. Dat was maar een droom. Hoe kon je er nou achter komen wat dat inhield?

Hij klom in zijn wagen en merkte dat de hitte verstikkend was. Hij gooide zijn stok op de rechterbank en liet het portier aan zijn kant even openstaan, terwijl hij het raampje liet zakken. Toen startte hij de motor, deed het portier dicht, en keek in zijn roman, die rechts van hem lag. *Het watereind.* Daar had Agatha op gelegen. Haar zwarte haren zaten overal. Zijn ogen jeukten en hij wreef erin, zich afvragend waar zijn allergiepillen waren. Hij zocht in zijn zakken. Hij had vandaag geen van zijn pillen meegenomen. Gaf niets. Dat overleefde hij wel. Hij keek weer eens in het boek, bestudeerde het drenkelingenlijk op het omslag, met het gezicht naar beneden in een plas water. Zijn gedachten volgden de plot. Zou hij ooit de kans krijgen er meer van te lezen, om de omstandigheden te achterhalen die tot 's mans ondergang hadden geleid?

Het was onnodig om naar huis terug te gaan voor de pillen. Die kon hij in het ziekenhuis wel vragen. Er lagen overal monsters. In de spiegel blikkend zette hij de auto in zijn achteruit. Een grote vrachtwagen kwam voorbij, toen reed hij de weg op.

Bij het ziekenhuis ontdekte hij toen hij bij de zaal van Rayna Prouse kwam, dat haar bed leeg was. Er zat ook niemand in de badkamer. Ze kon niet ontslagen zijn. Zij was zijn patiënt en hij had haar niet afgemeld. Was ze op eigen houtje vertrokken? Dat was beslist niet onmogelijk, gezien haar sterke wilskracht. Op de verpleegsterspost kreeg hij te horen dat Rayna onder zijn zorg vandaan was gehaald, en rechtstreeks onder die van luitenant-ter-zee French was geplaatst. Woest las Thompson de fax die de verpleegster hem overhandigde. Hij was getekend door de geneesheer-directeur van het ziekenhuis.

'Soldaten hebben haar meegenomen,' verklaarde de verpleegster voorzichtig, met een blik op zijn stok.

Meteen greep Thompson de telefoon en toetste French' nummer in. Hij eiste dat Rayna terug zou komen naar het ziekenhuis.

'Dat behoort niet tot de mogelijkheden,' liet French hem weten.

Uit de beslistheid van French leidde Thompson af dat het geen zin zou hebben hier aan te dringen.

'Ik begrijp uw zorg, dokter,' zei French. 'Ik probeer ook uw gezag niet te ondermijnen, maar dit is een zaak van het allerhoogste belang voor de volksgezondheid en de veiligheid. Dat beseft u natuurlijk wel.' French wachtte even, ongetwijfeld een repliek van Thompson verwachtend. De dokter wist dat als hij nu zijn mond open zou doen er de verkeerde woorden uit zouden rollen. French vervolgde: 'Waarom komt u niet naar ons toe in het gemeentehuis? Juffrouw Prouse is hier, bij mij.'

'Ik kom eraan,' zei Thompson.

Met een vaartje Port de Grave verlatend kwam hij voorbij de garage van Hickey en de catering van Wanda, oude en nieuwe huizen met een spectaculair uitzicht op Bareneed aan de overkant van het water. Kinderen renden of speelden op een paar van de erven. Auto's reden de andere kant op, de zon glinsterend op het chroom. Het was gewoon de zoveelste zonnige zomerdag, ondanks zijn problemen. Hij vloekte zachtjes.

Aan het eind van de weg zag Thompson het stopteken snel naderen en besefte dat hij nogal hard reed. Zijn hartslag versnelde toen hij vaart minderde, stopte, enkele ogenblikken wachtte om tot zichzelf te komen, en toen Shearstown Line op draaide. Hij vroeg zich af welke dag van de week het was. Was het dinsdag? Hoe ging het met zijn patiënten nu zijn praktijk dicht was? Hij kon niet veel langer zijn praktijk gesloten houden. Zijn patiënten. Rayna was beter. Hoe kwam dat?

Hij bereikte de afslag van Bareneed en sloeg links af. Mercer's Field was leeg. Verderop langs de hoofdweg zag hij tot zijn verbazing dat alle wegversperringen waren verwijderd. Hij hoefde niets meer te laten zien.

Abrupt voor het gemeentehuis op de remmen van zijn terreinwagen trappend, greep hij de hendel van het portier maar wachtte toen even. God, hij was alweer helemaal opgefokt. Zijn bloed klopte aan zijn slapen. Hij haalde diep adem om tot rust te komen. Het had geen zin daar naar binnen te gaan rennen om stennis te gaan schoppen en zichzelf belachelijk te maken. Wat voor indruk zou dat geven in een militair hoofdkwartier waar iedereen zijn zaken op professionele en ordelijke wijze afhandelde? Hij haalde nog een paar keer diep en gelijkmatig adem en opende toen het portier. Hij stapte naar buiten met een houding van fatsoen en pakte vervolgens zijn stok uit de auto.

Een eind verderop deed een rommelend geluid hem naar de haven kijken. Golven braken op de kust, sloegen op de landtong aan de overkant van de haven en de weerkaatsing leek erg op het geluid van een ontploffende springlading. Toen de verre visafslag in zijn blikveld kwam, vroeg hij zich af of er lijken waren geïdentificeerd. Het laatste wat had hij gehoord, was dat er geen lijken meer boven waren komen drijven.

De lucht was blauw boven Bareneed, maar aan de horizon pakten zich dikke donkergrijze wolken samen. In de atmosfeer kon Thompson de elektrisch geladen lucht van een aankomende onweersbui bespeuren. Hij hoorde versplinterend hout en draaide snel zijn hoofd naar de halve cirkel van de gemeentelijke kade. Daar werd een sloep aan dek van een groter vaartuig gehesen. Die hing daar nu naar één kant, terwijl de boeg uitstak over de reling.

Naar de landtong toe sprongen twee zwaardvissen uit de zee en doken met hun kop weer naar beneden waarbij zij elkaar door tweeën sneden. De vier helften vielen uit elkaar en sloegen op het water, waarbij het oppervlak in heftige activiteit begon te borrelen.

Delirium? Koortsdroom? Nachtmerrie? Thompson vermoedde heel even dat hij niet echt was opgestaan van zijn bank thuis. Hij probeerde zijn ogen open te dwingen. Maar ze waren al open. Hij trok aan de haren op de rug van zijn hand. Dat deed pijn. Hij was wakker. Een vlaag angst greep zijn buik en ontstak elke zenuw. Zij verkeerden in levensgevaar. Wat anders kon beeldende aanwezigheid van het fantastische doen vermoeden? Zonder de beperkingen van de werkelijkheid kon er slechts chaos en ontzetting bestaan. Schade. Vernietiging.

Hij keek naar het gemeentehuis. Een bakstenen gebouw, onveranderd. Een enkele soldaat ervoor, recht vooruit starend, die hem niet eens zag. Thompson keek weer eens terug naar de haven. Drie zeemeeuwen zweefden boven het water, keken naar beneden naar iets wat er onder het oppervlak gebeurde. Ze kwamen lager, overzagen het mogelijk festijn en werden uit de lucht gevangen door drie enorme oranje, vliegende vissen. Gelijktijdig doken die weer onder het oppervlak en lieten de lucht leeg.

Aan de grond genageld voelde Thompson de gruwel in zijn droge keel stollen. Hij zoog samen wat hij nog aan speeksel in zijn mond kon ophoesten en deed zijn uiterste best om te slikken. Hij dacht dat hij ging stikken. In paniek deed hij zijn uiterste best, en gelukkig ontspande zijn keel ten slotte en werden zijn kikvorsachtige slikgeluiden hoorbaar. Met de wens zich zo snel mogelijk af te wenden van wat hij zag, strompelde hij naar het gemeentehuis.

De soldaat ging aan de kant en opende de deur voor hem, zonder de minste toespeling op het fantastische schouwspel dat zich 20 meter verderop afspeelde. Was hij de enige die dat zag, vroeg hij zich af. Of was het allemaal een onwereldlijk geheim, dat niet mocht worden besproken, omdat het anders echt zou worden?

Een kloppend geluid uit de richting van de voordeur. Josephs ogen hadden moeite om op te kijken van de vloer waarop hij lag. Hij dacht dat hij was flauwgevallen. Claudia stond over hem heen gebogen. Haar haar was los en hing als vuur rond haar gezicht. Haar verzonken ogen keken hem verbaasd aan. Ze was een unieke, monsterlijke schoonheid, in deze wereld onvoorstelbaar. In haar hand hield zij het lemmet dat drie gaten in Josephs zij had gemaakt. Maar toch was dat schoon, geen druppel bloed verdofte de glans.

'Als een man en een vrouw elkaar vinden,' fluisterde zij, en keek recht op hem neer, 'zitten zij op een vergelijkbare golf van energie. Zij herkennen dezelfde vlam in hun hart en ziel. Zij lijken vaak op elkaar. Zij worden naar elkaar toe getrokken omdat hun energie voornamelijk zichzelf begeert. Liefde op het eerste gezicht.'

Het kloppen werd harder, dwong Joseph naar de deur toe te kruipen, ondanks de verschrikkelijke pijn die elke spier in zijn lijf samentrok en rivieren van transpiratie uit hem wrong.

'Niet bewegen.' Claudia drukte de zool van haar roomkleurige slipper in zijn flank, waardoor hij ineenkromp van de knellende pijn. Zijn ogen stijf dicht. 'Blijf stil.'

Van achter zijn oogleden stelde Joseph voor hoe Kim probeerde binnen te komen. Was de deur vergrendeld? Wie er ook was, hij of zij zou zich weldra aan de achterdeur melden. Geschrokken opende hij zijn ogen en richtte ze op de achterveranda. Van boven daalde Claudia smekend neer en knielde keihard op zijn borst. Met haar handen langs de achterzijde van zijn nek, haar vingers strelend, haar delicate adem over hem heen blazend als om hem te koelen, zijn hitte te verjagen.

'Hun energie wordt afgeleid door deeltjes van een andere man of vrouw. De energie versmelt niet langer als zij binnenkomt.' Haar vingers kropen naar voren, tintelend als spinnenpoten. 'Conflict, botsing, besmetting, en de energie in de man of de vrouw moet de ander vernietigen om geheel weg te kunnen. Aantrekking tot afstoting.'

Claudia's vingers trippelden verder langs zijn keel, bleven toen liggen, werden passief, tot ze zich uitspreidden en houvast zochten.

Josephs vingers haakten zich achter die van Claudia, maar haar vingertopjes zochten doelgericht zijn luchtpijp, haar nagels beten als klauwen in zijn huid. Hij kraste en raspte en probeerde zijdelings vrij te komen. De pijn trok alles uit hem. Kracht. Vaardigheid. Rede.

Knarsetandend gromde Claudia: 'Vloed van begeerte. Verkeerde richting van de wil. Het gat dat gevuld moet worden.'

Joseph had de grootste moeite met slikken. Onmogelijk. Hij probeerde adem te halen. Een raspend, borrelend geluid klonk in plaats ervan. De spieren in zijn keel waren gezwollen en deden vreselijk zeer, een miljoen speldenprikken die maar bleven doorprikken. Zijn gezicht werd rood en de druk achter zijn ogen nam toe. Zwaaiend met zijn armen bleef hij zijn best doen om vrij te komen terwijl hij krachteloos probeerde een vuist, vel of haar te grijpen. Alles was buiten bereik. Alles was gevoelloos. De greep op zijn keel bleef constant. Raspend en krassend merkte hij dat het volslagen onmogelijk werd adem te halen. Hij raakte verder in paniek door de snelheid waarmee zijn trillende ledematen gewichtloos werden. Dit werd zijn einde. Zijn leven eruit gewurgd. Hij verloor zichzelf, ebde weg. Dat grauwende beest boven hem, met dat koperen haar dat feller ging branden, bracht zijn tanden naar zijn gezicht om te bijten en werd sterker van leven.

Luitenant-ter-zee French ontdeed vol eerbied de enige stoel die er nog was, van boeken en plaatste die voor zijn bureau, naast die van Rayna, voor dokter Thompson. French keek Rayna even aan en bleef staan terwijl dokter Thompson zich installeerde. Toen hij eenmaal zat pakte French een potlood en hield dat horizontaal tussen zijn vingers en zijn duim. 'Dokter Thompson hier maakt zich zorgen om uw gezondheid.'

'Dat is niet nodig,' zei Rayna, naar Thompson schokschouderend.

French vestigde nu zijn aandacht op Thompson. 'Zoals ik juffrouw Prouse al heb verteld, is de reden dat zij hier is het feit dat zij de eerste is die is beter geworden van het syndroom waaraan deze stad lijkt te lijden, wat dat dan ook zijn moge.' Hij stond op van zijn stoel en keek naar een kaart van Newfoundland aan de muur. Vervolgens bestudeerde hij Rayna eventjes en vroeg toen: 'Hebt u iets met vissen?'

'Had.'

'Ja, had.' Hij legde zijn potlood in de middenvouw van het geopende boek op zijn bureau en keek naar de deur van zijn kantoor. Matroos tweede klas Nesbitt was daar verschenen. Dokter Thompson schoof met zijn stoel aan de kant om French door te laten.

'Meneer, de refractoren aan de zuidkant kunnen operationeel zijn om drie-entwintighonderd uur. Het lijkt 100 procent te zijn op dit moment.'

'Dank je wel, Nesbitt.' French keek naar Nesbitt die salueerde en zich omdraaide, wegliep naar de andere twee overgebleven matrozen, Crocker en O'Toole. Ongetwijfeld gingen zij ervan uit dat er gedonder kwam en dat zij rechtstreeks betrokken waren. Omdat het hem niet lukte een evacuatiebevel rond te krijgen, had French alle niet onmiddellijk noodzakelijk marinepersoneel weggestuurd en slechts het minimumaantal vereiste mensen achtergehouden. De matrozen wisten heel goed wat er gebeurde in de haven en daaruit konden zij gemakkelijk afleiden dat er een verandering ten kwade aan zat te komen. Ondanks het feit dat de activiteit voor de kust gestabiliseerd was, kon de situatie alleen maar verergeren – niet betijen, alleen van vorm veranderen.

Crocker en O'Toole waren de eersten geweest die doden uit de haven hadden gevist. Zij beseften wat er nog onder het oceaanoppervlak was achtergebleven. Hun boot was verscheidene keren gekapseisd, totdat het niet meer veilig was geweest om uit te varen en de overgebleven lijken waren opgevreten door wat er onder het oppervlak dreigde. De monsters. Bij het woord 'monsters' raakten French' gedachten in de war, vanwege de belachelijke aard van deze nieuwe werkelijkheid. Een nieuwe werkelijkheid had zich voorgedaan, eentje die geen deel kon uitmaken van hun werkelijkheid. Die moest worden gedestabiliseerd om de wereld in het gareel terug te krijgen. Hij greep de sponning van de deur en hield hem even vast. Hij zag dat de matrozen buiten zijn kantoor een andere kant op staarden, door de lange hal van het gemeentehuis, naar de plek waar tafels en stoelen waren opgestapeld. French sloot de deur, ging toen achter zijn bureau zitten en ordende zijn gedachten. 'Hebt u enig idee waarom u nu vrijelijk kunt ademhalen?'

'Nee.'

'Geen enkel?'

'Nee.'

'Is er iets buitengewoons gebeurd?'

'Zoals?'

'Nou ja, een schok of schrik?'

Rayna schudde haar hoofd.

'Bent u in contact geweest met enige substantie die u wezensvreemd zou kunnen zijn? Een geur? Een geluid?'

'Dat hebben ze me in het ziekenhuis allemaal al gevraagd.'

'Oké.' French staarde naar het dikke boek over Atlantische vissen, keek toen naar Thompson. 'Het kon alles zijn, hè?' Hij pauzeerde, maar niemand was bereid die speculatie door te zetten. Rayna ging op haar stoel verzitten. Haar ogen stonden vermoeid. Misschien had ze weer een sigaret nodig. 'Is er iets in u veranderd, een uitbarsting van koorts, een reeks gedachten?'

'Niet dat ik weet.'

'Wanneer voelde u zich beter?'

'In het ziekenhuis.'

'Ja, maar wanneer precies? Wat was er om u heen?'

'Het was nadat ik met Tommy had gesproken.'

'Tommy?'

'Tommy Quilty.'

French tastte naar zijn riem en schakelde naar kanaal vijf. Hij keek op zijn computerscherm en zei: 'Tommy Quilty.' Verscheidene lijsten verschenen, gerangschikt op geboortedatum. Hij sprak het woord 'Bareneed' en de informatie verscheen, met een kleurenfoto van 's mans rijbewijs.

'Wie is Tommy Quilty?' vroeg French, haalde zijn blik van het scherm en schakelde terug naar kanaal één, dat momenteel stil was.

'Een vriend. Een goede vriend.'

'En wat deed deze Tommy Quilty?'

Toen de soldaten waren gekomen om Rayna weg te halen, had Tommy de buis in zijn mond gestopt en zich in zijn kussen laten zakken alsof hij dood was voor de buitenwereld. De soldaten wisten nog helemaal niets van Tommy. Dat zou nog wel even duren. Het beste was uit het ziekenhuis te verdwijnen voordat zij hem te pakken konden krijgen. Hij kon veel zien in de toekomst, maar hij kon niet zijn eigen lot onder ogen krijgen, alleen dat van anderen, met uitsluiting van gevallen die op hem betrokken waren. Met deze perifere kijk op de komende dagen en jaren vreesde hij de toekomst meer dan de meesten en hij verkeerde dikwijls in een staat van wanhoop, in een poging te bepalen hoe de komende gebeurtenissen op hem betrokken konden raken.

Hij hoopte maar dat Rayna niets zou overkomen. De ramen op zijn zaal, aan de achterkant van het ziekenhuis, keken uit op coniferen die een heuvel begroeiden. Als hij naar bomen, water of de hemel lag te kijken, kreeg Tommy altijd flitsen van dingen die komen gingen. Deze visioenen waren meestal specifiek, één enkel beeld of actie, en Tommy kon niet vaak de hele context zien. Hij kon bijvoorbeeld Rayna zien die een boterham smeerde, langs een weg liep of die een zin uitsprak. Natuurlijk, het leger had haar nu meegenomen, maar ze wilden alleen maar weten waarom ze beter was geworden. Tommy had de voorbijgaande vervaging van haar aura waargenomen toen Rayna de deur uit werd geëscorteerd. Haar licht was weer terug bij haar. Dat had Tommy een hart onder de riem gestoken en hem doen besluiten door te gaan met zijn werk.

Voor hem was het nu van belang om te verdwijnen, maar het was even belangrijk voor hem om in het ziekenhuis te blijven en met zijn vrienden te spreken. Ieder van de vijf mannen op zaal bij hem lag in de mist van zijn eigen ongeloof. Alleen vage en sporadische stralen licht gingen van hen uit. Daar had je Fred Winter, Paddy Wells, Zack Keen, George Corbett en George Newell. Ze kwamen allemaal uit Bareneed en hadden zijn hulp nodig. Bleven zij verglijden, dan zouden zij nooit meer terug kunnen, zij zouden zichzelf uitwissen als een cassettebandje. Fred Winter was er het ergst aan toe van het groepje. Hij had vrijwel geen idee meer wie of wat hij was. De bijna volledige afwezigheid van zijn lichaamslicht getuigde daarvan.

Tommy had waarschijnlijk net genoeg tijd om een poging te doen Fred te redden, maar na Fred moest hij toch echt weg. De soldaten zouden hem komen halen en hij zou zich nooit vrij kunnen maken om te doen wat hij moest doen. Zo zag hij het, hoewel hij wist dat dit wellicht niet de waarheid was.

Van het ziekenhuisbed af glijdend, ging hij naar de sponde van Fred Winter. Vol respect ging hij op de stoel zitten en keek naar de oude Fred. Fred keek niet naar Tommy. Zijn ogen waren dicht en het apparaat deed hem ademhalen.

Tommy stak zijn arm uit en met zijn hand schudde hij Freds schouder. Geen reactie. Tommy leunde naar voren en fluisterde: 'Fred, doe most luisteren, jonk.' Tommy keek eens naar Freds gesloten ogen als een dokter die op zoek is naar tekenen van leven. Toen bracht hij zijn lippen dichter bij Freds oor en begon te vertellen over hoe Freds vader, Gabe, toen hij nog maar een jochie van twaalf was, iemand uit zee had gered. Gabe was, toen hij met zijn vader was uitgevaren, de enige die de gekapseisde boot tegen de schemering had waargenomen en een kreet had geslaakt die over het water had weergalmd. Gabe en zijn vader waren naderbij gevaren om de man uit het water te trekken, hem in dekens te wikkelen en hem te doen herleven met hun warmte, door zijn gezicht en zijn handen te wrijven met hun handen en hun warme lucht in zijn mond te blazen tot het water dat in 's mans longen zat er borrelend en spuitend uit kwam en de man weer begon adem te halen. Ze waren naar de kust teruggekeerd en hadden hem aan zijn wanhopige familie overhandigd, die aan de rand van de kade zat te wachten in een agonie van vrijwel bijna-hopeloosheid.

Tommy fluisterde: 'Dien grootmoeder Sarah was 'n alleraardigst, wonderlijk vrouwmens. Zij breide alle vingerhandschoenen, mutsen en truien voor de famielje Coles, die 't haar eigen niet veroorloven kost zulke artikelen aan te schaffen, en ook kosten ze zelfs de wol niet permitteren om in zulks onderneming te steken. En dien grootmoeder, een lutje vrouw zoals doe dien eigen wellicht nog herinneren zelst en met één hand vreselijk mismaakt van de reumatiek, wol d'r vrijwel geen dank voor weerom. Daar wol ze niks van weten, zij wuifde 't weg met haar kreupele hand en zij grinnikte dat het haar een genoegen was zulke dingen te doen in naam van hemelse kameraadschap.'

Tommy had dat nog niet gefluisterd of Freds oogleden begonnen te knipperen. Al snel knipperden ze wat stabieler en ze gingen geleidelijk aan open. Fred staarde naar het plafond terwijl Tommy zijn recitatie voortzette. Dat bracht kleur terug op Freds huid en gaf hem nieuwe warmte.

Terwijl Tommy doorging met praten, trok er een dun lijntje sidderend blauw door Freds zwarte ogen, toen nog een, dit keer groen en weelderig, gevolgd door een tikkeltje bruin, dat bleef hangen alsof het in de lucht was geworpen. Blauwe ogen, groene ogen, bruine ogen. De lijnen bleven zorgvuldig neergezet en vormden uiteindelijk het beeld van een huis aan de kust, de hemel, het groene gras en de aarde, waarbij het blauw zover reikte als het oog kon zien, de horizon zo ver weg en zo immens dat zelfs de verbeeldingskracht niet in staat was de zich uitbreidende massa ervan te bevatten en haar stevig vast te houden.

Kim zat in de wachtkamer op de ic, met haar hoofd in haar handen. Naast haar zat een man van middelbare leeftijd met een oudere vrouw. Kim wilden ze niet zien of horen. Ze waren zwijgend, zaten stil, net als zij. Niemand durfde een woord te wisselen of een vin te verroeren. Het gevoel van blinde opsluiting was het enige wat ze kon verdragen. Haar eigen handen op haar gezicht en duisternis. Kon ze ook haar oren maar tegelijkertijd dichtstoppen, elk gezicht en elk geluid blokkeren dat haar wanhoop kon verdiepen.

De chirurg, dr. O'Shea, had haar verteld dat het noodzakelijk was met spoed te opereren. Robin had voor de tweede keer een hartstilstand gekregen en het was van essentieel belang elektroden te implanteren die Robins hart zouden stimuleren zonder dat ze een beroep moesten doen op het voortdurend trauma van de defibrillator.

'Ze is te jong om zo heen en weer te springen,' had de chirurg gezegd nadat hij de medische naam voor haar aandoening had genoemd. Kim had er nog nooit van gehoord. Ervan uitgaande dat dat woord Kim niets zei, had de chirurg eraan toegevoegd: 'Het heeft niets te maken met ademhalingsproblemen.'

Hoe weet u dat? had ze aan hem willen vragen. Hoe kon hij zo rustig blijven te midden van deze tragedie? Hoe kon hij dat?

Help, alstublieft, zei ze nu bij zichzelf. Alstublieft, alstublieft, alstublieft, help, maar ze wist niet wiens hulp ze inriep. Waar was Joseph? De klootzak. Waar was hij naartoe? Hij was niet hier. Niet hier. God, alstublieft, help mijn meisje.

Voetstappen kwamen naderbij en Kim keek op om de verpleegster voorbij te zien komen onder de scherpe helderheid van de tl. De verpleegster lachte haar vriendelijk toe, een lachje dat was doordrenkt van ontsmettende alcohol. Kim wilde overeind springen en de verpleegster een oplawaai verkopen, dezelfde verpleegster die Kim had verzekerd dat ze meteen op de hoogte zou worden gesteld van de toestand van haar dochter. Kim voelde zich zo uitgesloten, ze hoorde hier niet. Hier hoorde geen van hen thuis. Hoe lang was het geleden sinds zij het laatst iets gevraagd had aangaande haar dochter? Ze aarzelde, bijna bang weer een vraag te stellen. Ze haalde diep adem en ging staan, ging naar het verpleegsterskantoor buiten de ic en wachtte daar, hield de balie vast. De verpleegster aan de andere kant van de richel vertelde Kim dat ze nog steeds aan het opereren waren.

'Hoe lang nog?' vroeg Kim, met brekende stem.

'Het spijt me. Dat weet ik niet. Maar we laten het u weten zodra we iets horen. Echt waar. Kunnen we iets voor u halen?'

Kim schudde haar hoofd.

'Als u iets nodig hebt vraagt u het maar.'

Nadat hij een glimp had opgevangen door het keukenraam, trok brigadier Chase meteen zijn revolver, merkte dat de achterdeur op slot zat en trapte die in. De houten deur vloog aan splinters. Doug Blackwood stond ergens achter hem, dus hij stak zijn arm stijf achteruit, om Doug te laten weten dat hij moest blijven staan waar hij was. Chase rende naar binnen, zijn wapen gericht op de zwarte zwerfhond die naar de roerloze gestalte van Joseph Blackwood zat te bijten, met de poot op zijn borst en zijn klauwen in een poging tot graven.

Chase loste een schot dat de hond amper miste. Geschrokken door de explosie en zonder achterom te zien, sprong het dier door de gang naar de voorkant van het huis. Chase hoorde een geluid achter zich en draaide zich om waarbij hij de revolver op Doug richtte, die achteruitdeinsde terwijl hij zijn handen in een beschermend gebaar rond zijn bovenlijf sloeg.

'Jezus, Maria en Jozef,' sputterde Doug. 'Wat bist doe in godsnaam aan 't doen?'

Chase liet het wapen zakken, drukte op de radioknop in zijn zak. 'We hebben hier een gewonde in huize Critch in Bareneed. Ik heb een ambulance nodig.' Toen sprak hij tegen Doug, die over Joseph heen gebogen stond: 'Bent u vertrouwd met reanimatie?' Maar Doug was al met mond-op-mondbeademing bezig. Door het keukenraam zag Chase hoe de zwarte hond langs een meisje vloog met oranje haar dat voor de voordeur van het zonnehuis stond. De hond drong het huis binnen en het meisje keek naar Chase alsof de hond daar naartoe was gestuurd met een opdracht en nu naar haar was teruggekeerd. Zij ging achter de hond aan naar binnen en sloot de deur achter zich. Chase vroeg zich af hoe die hond uit de voordeur van huize Critch was gekomen. Die was toen hij aankwam op slot. Gesloten. Hij keek nog eens naar Joseph Blackwood, die langzaam bijkwam uit zijn bewusteloosheid.

Tussen twee ademtochten zei Doug beschuldigend: 'Dien dochter legt in ziekenhuis en 't gaat slechter mit haar'– weer een ademhaling – 'en doe legst hier te stoeien mit 'n bastaard' – weer een ademhaling, terwijl hij minachtend snoof. 'Doe bist het slimste slag niksnut dat mij ooit onder d'ogen 'kommen is.'

Chase draaide zich om naar de achterdeur, zijn zware laarzen denderden op de houten vloer, toen hij vertrok om de zwarte hond te achtervolgen.

'Hij heeft niets gedaan,' zei Rayna met een gevoel alsof ze Tommy moest verdedigen. Wat konden deze mensen nou met Tommy doen? Waar konden ze hem de schuld van geven? 'Hij zat alleen maar te praten.'

'Waarover?'

'Dat weet ik niet, over dingen.'

'Wat voor dingen?' De vent die het voor het zeggen had, French, leunde achterover in zijn stoel, vouwde zijn armen. Hij keek naar Rayna en toen naar de dokter.

'Ik weet het niet, van alles.'

Zuchtend sloot French het boek over vissoorten en schoof het naar de rand van zijn bureau. Een boek over elektrische stormen lag open onder wat hij net aan de kant had geschoven. Zijn vingers gingen over de grijs-zwarte foto van een storm op zee, rafelige vingers van bliksem die naar beneden reikten, contact maakten, onder water door schoten. 'Waar hadden jullie het precies over?'

'Over verhalen denk ik.'

'Verhalen over wat?'

'Over vissen.'

'Vis vangen, stormen, zeemansverhalen, wat?'

'Weet ik niet.' Rayna's ogen deden zeer. Ze voelde zich duizelig, dorstig, hongerig. En moe, zo vreselijk moe. Ze wilde naar huis. Ze wilde slapen in haar eigen bed. Zachte kussens. 'Van die sprookjesverhalen zoals Tommy altijd zo graag vertelt.'

'En nadien voelde u zich beter?'

'Ja.'

'Waarom?'

'Hoe moet ik dat weten?'

'Denkt u eens na. Waarom?'

'Dat weet ik niet. Vertelt u mij maar waarom.'

Dokter Thompson stond op uit zijn stoel. Die plotselinge actie deed Rayna schrikken.

'Dit is genoeg,' zei hij. 'Juffrouw Prouse heeft rust nodig. Waarom...'

'Ze heeft geen rust nodig. Dat zie ik zo.' French verhief zijn stem. 'Gaat u zitten, dokter, of gaat u weg. Nu.'

De twee mannen keken elkaar boos aan.

Met enige tegenzin ging Thompson weer zitten.

'Rayna, er bestaan niet zulke dingen als sprookjes. Dat is gewoon de onmacht van de hersenen om greep te krijgen op de fysieke wereld.' French ontvouwde zijn armen en plaatste zijn ellebogen op het bureau, gesticuleerde terwijl hij vervolgde: 'Verbeeldingskracht is niet echt. Dat is abstractie. Mensen bedenken sprookjes om de verteller heldhaftig of avontuurlijk of groter dan echt te maken... dat moet je niet geloven. Zo groot is het leven.'

'Wat bedoelt u daar nou mee?' Rayna voelde zich verward. Ze wachtte en luisterde naar de stilte om zich heen. Ze had echt een sigaret nodig. Ze kon er eentje in één trek oproken. Ze wierp eens een blik op het pakje op French' bureau. Haar schouders deden zeer, klopten van verlangen. Een hoofdpijn duwde hard tegen beide zijden van haar hoofd.

'Waarom zou u dergelijke onzin geloven?' hield French vol. 'Deze dingen worden bedacht om een vervelend, onbelangrijk leven interessant te maken. Mythen. Mythologie. Wij zijn slechts stukken vlees. Vlees en bot en meer niet. Er zit niets in. Als we sterven verdwijnen we.' Hij knipte met zijn vingers. 'Zomaar. Weg.'

Vanuit een waas staarde Rayna naar de vingers van French. Niets van wat hij zei was voor haar logisch. Waarom vertelde hij haar dit? Ze maakte haar blik van hem los om die op dokter Thompson te richten. Ze wilde dolgraag dat hij haar zou helpen, maar de dokter bekeek haar eigenlijk alleen maar met een machteloze uitdrukking. Haar ademhaling ging zwaar door haar neusgaten, alsof ze een klap op haar onderbuik had gehad. Ze opende haar mond om lucht te happen, merkte dat ze weer ziek werd, grijs rond de randen.

Dokter Thompson bekeek haar met hernieuwde belangstelling, die al snel omsloeg in ernstige bezorgdheid. 'Waar bent u mee bezig,' vroeg hij French gebiedend.

'Ik ben haar ziek aan het maken.' French greep naar zijn riem en zette een knop om. 'Er ligt een Tommy Quilty in het ziekenhuis. Spoor hem op en bel mij zodra jullie hem hebben. Houd hem daar. Ik stuur zijn dossier.' Hij sloeg drie toetsen op zijn toetsenbord aan.

'Nee,' zei Rayna, haar longen leeg. Het zweet parelde op haar voorhoofd. Ze ging rechter in haar stoel zitten en stak haar handen uit. 'O, nee.' Plotseling was ze heel erg bang. Ze haatte dat gevoel. Haar gedachten ebden weg, namen al haar andere gedachten met zich mee en lieten haar achter in een grijze mist.

French hield zijn blik op haar gevestigd. Hij wist wat er gebeurde en wat hij aan het doen was. Die klootzak wist het. En toen begon hij te spreken: 'Rayna? Luister naar me, ik zat te liegen. Tommy spreekt de waarheid. Niets dan de waarheid. Het bestaat allemaal. Alles. Al wat nu voor de deur staat. Het ligt buiten op zee te wachten. Je kunt gaan kijken. Het komt allemaal tot leven. Je kunt geloven wat ik zeg, net zo goed als dat je Tommy hebt geloofd. Ik heb die dingen ook gezien. Ik heb ze allemaal gezien. Ze bestaan.'

Rayna wilde hem dolgraag geloven. Ze keek naar zijn gezicht. Zat hij nou te liegen?

'Het is de waarheid,' verzekerde French haar, stak een arm uit over zijn bureau en raakte de plek aan waar haar vingers de rand ervan hadden vastgegrepen. Zijn streling was warm en bezorgd. 'De volstrekte waarheid. Geloof je me, Rayna?'

'Ja,' zei Rayna en haar adem kwam geleidelijk aan weer terug in haar, vermengde zich met instinct. 'Echt waar.' En met deze woorden van overtuiging werden haar gedachten weer stabiel, na een spookachtige aarzeling, en helder.

Iemand stond op Claudia's deur te bonken. Was dat de politieagent, Reg of Joseph? Zij was gevlucht naar de veiligheid van haar huis en had de deur vergrendeld. Snakkend naar adem en nog steeds met het fileermes in de hand, sprong ze naar de houten trap en rende naar boven, stond op de overloop. Ze klauwde een lok haar weg van haar verdroogde lippen en draaide zich om, holde eerst naar haar slaapkamer, toen naar haar atelier. In paniek doorzocht ze de kamer, maar waarvoor? Naar een uitweg. Zou ze degene die aan haar deur stond vermoorden, als hij binnen zou komen? Ze had Reg al vermoord. Nee, Joseph. Waarom? Wat had ze bereikt? Wat had ze gedaan? Wat?

Ze stapte naar het raam, had moeite met slikken, haar keel was zo droog dat ze nog geen vochtige plek in zichzelf voelde. Ze kon zichzelf door het kozijn van het panoramaraam werpen, dwars door de veranderende taferelen die ze jarenlang bekeken had, heen breken. De dood zou de meest doordringende ontsnapping zijn. Alles was volmaakt onwerkelijk nu, haar leven. Of was ze al dood? Was het haar uiteindelijk gelukt om om te komen van uitdroging, was ze in de bizarre wereld van de overledenen of de bijna-doden gezogen?

Nu merkte ze dat ze een mes in haar knuist hield, ze pakte het met beide handen vast en richtte de punt ervan naar de deuropening van haar atelier. Zij moest zich op iemand storten, ze moest door iemand worden getroost. Het geluid van de benedendeur die werd opengebroken bezorgde haar lichaam zowat een stuip. Haar ogen zochten overal naar een mogelijke ingang. Een man stampte rond in de woonkamer, toen was hij op de trap, grote laarzen die snel liepen. Om haar heen kwamen de aardewerken huizen op haar werktafel één voor één tot leven, vlammen flikkerden toen een lucifer, door een spookhand gehanteerd, van de een naar de ander ging.

De politieagent stond in de deuropening van Claudia's atelier, een man in uniform, zijn revolver op haar gericht, toen langzaam zakkend – alsof hij werd getroffen door een besef – totdat het wapen onder aan zijn slappe arm hing.

Claudia strompelde achteruit en ging tegen de muur staan. Snikkend wierp zij een aarzelende, dodelijk verschrikte blik op het mes, zag het als het ware voor het eerst, zag dat het glinsterend lemmet haar kinderlijke ogen weerspiegelde. Ze zette de punt tegen haar onderbuik, niet in staat zichzelf te helpen, Regs eerdere daden na-apend. De snee. De snee, die het leven uit haar zou laten wegstromen zodat ze vrij zou zijn.

'Meid toch,' riep de agent met een zo harde stem dat Claudia's handen ervan schokten, de punt van het mes gleed af op de stof van haar jurk. Met uitpuilende ogen, koud van intrige, drukte zij het puntje dieper door de stof van haar jurk in haar gezwollen buik, het rustig fluisterende, bijna schrapende geluid van haar vlees dat werd opengesneden toen het staal bij haar binnendrong. Ze waande zich zo gevoelloos, zo ontworteld. Haar ademhaling ging snel en diep, haar pols snel en zwak. Een stuip greep haar linkerbeen, toen haar rechter, kroop langs haar onderrug tot haar heupen zeer deden.

'Toe, schatje, leg dat mes neer.' De agent maakte een onhandige beweging naar voren, zijn handelen staakte toen Claudia het mes met beide handen ophief en het in de lucht hield, het lemmet gewelddadig schuddend terwijl zij gromde en knarsetandde. De agent bleef stokstijf staan, zijn blik gekluisterd aan de snee die zij zichzelf had bezorgd. Ze keek naar beneden, maar ze zag nog geen druppel bloed.

Claudia zette voorzichtig, met een soepele beweging, de punt terug in het droge gat dat ze had gemaakt en spande de spieren in haar armen toen ze het mes dieper naar binnen dreef. Er voer een rilling door haar ruggenmerg, haar gezicht werd achterovergerukt, als getroffen door een golf van zinderende hitte. Haar ogen sluitend, trok ze het lemmet langzaam terug en tot haar verrassing voelde zij een koude vloeistof over haar vingers druppelen. Nieuwsgierig deed ze haar ogen open. De agent stond vlak bij haar. Ze hief het mes in zijn richting en hij deinsde achteruit. Naar beneden kijkend, zag ze een stroom van het mooiste zand, die uit het gat was gekomen en nu een keurig hoopje op de vloer aan het vormen was.

'Ik dacht dat ik vol zat met vis,' fluisterde Claudia kinderlijk, haar oogleden zwaar terwijl het zand zich bleef ophopen op de vloer, zich verbreedde en oprees tot een hogere punt. 'Maar ik ben droog.' Ogenblik na ogenblik werd haar buik minder gespannen. Verbijsterd ging ze met haar handen door de stroom, toen betastte ze onderzoekend de tere randen van de snee.

Met elke korrel die haar ontsnapte, zakte zij verder weg in de hoop zand, zand dat hier en daar aan haar lippen ging kleven. Het hele huis schudde van de schok, de trilling deed drie aardewerken huisjes omvallen en verscheidene flessen glazuur. De ontstoken kaarsen deden het glazuur ontvlammen, dat zich als benzine verspreidde, over de rand van de tafel en langs de houten vloer stroomde in een lijn die de grens aangaf tussen haar en de agent.

Claudia zag hoe de agent probeerde over die lijn heen te stappen, maar terugdeinsde. Hij sprong naar een rieten stoel die vlam had gevat maar weer werd hij gehinderd door het snel oplaaien van de vlammen die naar hem uithaalden, waardoor er een soort doorzichtige muur ontstond. Zij hoorde haar haar knetteren, was zich bewust van de ongebruikelijke lucht die daarmee gepaard ging.

De agent griste een sjaal van de rugleuning van haar werkstoel in een poging het vuur te smoren, dat door het glazuur werd verspreid, maar de sjaal werd al snel geschroeid en vloog in brand. Hij schopte naar de vlammen, hield een hand voor zijn mond, begon te hoesten. Rook dreef door de kamer. Hij was wit en hij was donkergrijs. De officier sloeg woest naar zijn broek, sprong naar de slaapkamerdeur.

Door die zinderende hitte leek de agent onbepaald, waterig, zijn omtrek veranderde. Claudia zag hem zijn radio pakken en onduidelijke woorden over brand roepen. Toen was hij weg, wegflikkerend uit haar blikveld. Waar ging hij naartoe en waarom? Dat wist ze niet. Haar ogen waren zo droog, omhuld door rook, ontdaan van vocht in een dusdanige mate dat ze niet langer konden bewegen. De kamer om haar heen was verdampt en toch voelde ze zich zo sereen als glas. Wervelend vuur deed haar denken aan de roodgloeiende spiralen in haar oven, vurige ovens waarin zij haar ooit kneedbare klei bakte zodat die verhardde, gefixeerd en vastgelegd in een onveranderlijke positie. Als er nog water in de klei zat, als hij niet voldoende was gedroogd, zou hij ontploffen bij het bakken. Claudia keek naar het water in de muren, water dat werd verhit door de zon en het glas en door pijpen door het huisvormige bouwsel werd gepompt, al naar gelang de noodzaak.

De hitte van het vuur, die haar schedel binnen drong, was zo intens dat haar tong dik en gezwollen aanvoelde, als een half gekauwd stukje biefstuk. Zij verplaatste haar tong in haar mond en voelde, door met het puntje te tasten, dat haar tanden loszaten. Ze probeerde haar ogen te openen, maar haar oogleden waren weg.

Zij besloot dat dit inderdaad onwerkelijk was. Wat kon dit anders zijn geweest dan een droom die haar had gedwongen te bestaan in een gevaarlijke wereld waarin het klimaat veranderde en de mensen die zo'n integraal onderdeel van haar waren willekeurig werden weggerukt?

Met haar droge huid verwijderd, met elke druppel uiteindelijk uit haar weg, voelde ze dat er een mogelijkheid voor haar was om veilig te zijn, dat ze constant zou kunnen blijven, vastgelegd zoals ze nu was in deze gekunstelde houding, voor eeuwig.

Chase nam de trap met twee treden tegelijk, zijn hand raakte amper de trapleuning. Hij rende de woonkamer rond, zijn blik bestreek elk voorwerp en hij was bang, terwijl hij zocht naar het sirenerood of oranje van een brandblusser. Niets te vinden. Zijn enige gedachte: het meisje boven staat in brand. Er stonden tranen in zijn ogen.

Hij rende naar de keuken en gooide de kranen open. Er kwam geen druppel water uit. Zenuwachtig zocht hij onder het aanrecht, betastte de buizen om te zien of er ergens kraantjes waren dichtgedraaid, maar die zaten er niet in de beide stukken koperen leiding. Hij probeerde de leidingen los te rukken. Hij trok er hard aan maar ze wilden niet meegeven. Toen zocht hij de ruimte af naar iets om water in te vervoeren. Geen emmer te zien. Omhoogkomend uit zijn hurkhouding, gooide hij de kasten boven het aanrecht open. Glas, borden, kommetjes. Hij greep een paar kommen in één hand en rende terug naar de woonkamer, ving door de grote voorruit een glimp op van de oceaan, een onafzienbaarheid van water die tergend buiten bereik bleef. Hij rende naar de badkamer rechts, gooide de kommen in de witte porseleinen wastafel en draaide beide kranen open. Er kwam zelfs geen druppel uit. Hij probeerde de badkuip. Niets. Tegen de tijd dat hij weer boven was, hing er al een grijze waas van rook op de overloop. Kruipend, om de rook te vermijden, doorzocht hij beide slaapkamers naar een brandblusser en naar de moeder van het meisje, keek in de kast in de kamer die duidelijk van het meisje was geweest. Ook daar was geen brandblusser opgehangen. Plotseling werd hij overmand door een hoestaanval, want zijn longen zaten vol rook. Toch zette hij door, doorzocht de andere slaapkamer, duidelijk die van de moeder. Die was leeg. Hoestend en lager bukkend, gooide hij de kast open en zag een aantal jurken, allemaal betekend met grote halen inkt, de mouwen bedekt met geschreven woorden. Hij klauwde naar een brandblusser die daar wellicht hing. De druk op zijn borst nam toe. Het was bijna onmogelijk adem te halen en uit het doffe, weifelachtige gevoel in zijn hoofd leidde Chase af dat als hij nog enige tijd bleef waar hij was, hij geen zuurstof meer zou krijgen en zijn bewustzijn zou verliezen, om het nooit meer te herkrijgen. Weer een hoestaanval toen hij zich omdraaide naar de gang en het atelier binnen stormde dat nu in lichterlaaie stond. Hij sprong op het meisje af dat daar roerloos lag te branden. De vreselijke hitte, tien keer erger dan zon in de middag op zijn gezicht en handen, kwelde zijn lijf. Hij dook aan de kant, schreeuwde van machteloosheid, stond op het punt pardoes de vlammen in te springen. Als hij snel genoeg zou bewegen, zou hij dan erg verbrand raken? Met zijn ogen vol tranen op het meisje gericht, sprong hij naar voren, en deed zijn huid vreselijk pijn. Het vuur, dat nu de muren aan het opvreten was, was geleidelijk aan overgegaan van knisteren in loeien.

Wanhopig pakte Chase zijn radio en tussen zijn hoestaanvallen en zijn snikken door riep hij de brandweer op. Dat doende drong de lucht van gebakken vis tot hem door. Het was toch helemaal geen etenstijd? Zijn maag meldde zich, werd toen overspoeld door een aanval van gewelddadige kotsneigingen, toen hij besefte dat wat hij rook helemaal geen vis was, maar de zinderende lucht van het meisje dat hij probeerde te redden.

Joseph deed zijn ogen open en zag het gezicht van zijn vader vlak bij het zijne. Zijn vader was ouder geworden, zijn trekken waren uitdrukkelijker. Het hoofd kwam onder een rode honkbalpet vandaan, die zijn vader nooit had gedragen. Door deze subtiele verschuiving in de herkenning, werd het Joseph al snel duidelijk dat als dit echt het gezicht van zijn vader was, zijn vader veranderd was. En waarom ook niet? In het oord waar hij zich nu bevond, was alles mogelijk. Of was het het gezicht van iemand die op zijn vader leek? Een man die hij nog niet heel lang kende, en wellicht veel langer dan hij dacht. Een familielid. Een lang verloren broeder.

'Wat voor stuk onverstand bist doe?' vroeg zijn vader. 'Van 't ergste slag, da's duidelijk.' Hij keek Joseph boos aan en schudde zijn hoofd in hatelijke verwondering. 'Zowat heb ik van mijn leven nog niet 'zien. Nooit niet. Sta op, luie klootzak. Sta op en ga naar dien zieke dochter.' De man rechtte de rug vanuit zijn hurkhouding en torende boven Joseph uit. 'Die snijwonden stellen niks voor. Sta op.' Deze man was niet zijn vader. Hij had een accent dat typisch was voor een kustgemeente. Zijn vader had zo'n accent niet, alhoewel hij uit dezelfde gemeente afkomstig was. Twee mannen, elkaars spiegelbeeld, maar toch door en door verschillend. Die man was de broer van zijn vader.

Dochter, dacht Joseph gealarmeerd. Robin. De schrik bevroor in zijn spieren. Hij zette zijn handen schrap op de houten vloer en probeerde zich op te drukken. Dat doende, voelde hij een stekende pijn in zijn zij, de spieren in zijn keel en achter in zijn hals leken op het punt te staan dwars door hem heen te snijden. Zijn hoofd klapte terug op de vloer. Hij kromp ineen en vertrok zijn gezicht. Daar klonk het geluid van een sirene vlakbij, en die kwam dichterbij, alsof ze bij hem moesten zijn.

'Wie het in godsnaam die dolle hond hier binnen 'laten? Doe bloedst niet. 't Is niks. Vleeswond, meer niet. Ik heb op zee in boot slimmer 'zien. Grote kerels zaten d'r niet mee. Open 'sneden en kotsend van de pijn, bleven zij visken tot de dag voorbij was en zij sloegen geen acht op 't gat van hun wond.'

Joseph rolde zich op zijn zij. Hij kon amper slikken. Hij deed een paar seconden lang zijn uiterste best voordat het hem lukte. Hij stak zijn hand uit naar de poot van een stoel, toen hoger, naar de zitting. Oom Doug bleef boven hem op hem staan foeteren.

'Hest benen of hoe zit 't? Doen dij het? Sta dan op.' Doug bukte zich, stak zijn hand uit, die Joseph pakte. Zodoende werd hij met zo veel kracht overeind getrokken dat zijn hersens in zijn schedel leken te keren. Hij zette een hand op het tafelblad, sloot zijn ogen en dacht dat hij wellicht flauw ging vallen. In zijn hoofd zag hij nu wat hij had gedroomd tijdens zijn bewusteloosheid: een beeld van een van Robins tekeningen, de amberkleurige spiraal die zinderde van hitte en straalde vanuit de kern, was achter zijn ogen gebrand. Hij keek naar zijn handen. Die waren gekrabd door Claudia. Aan zijn voeten lag Kims reistas. Hij bukte zich om het hengsel te pakken en zweet brak uit zijn voorhoofd en schedel. Niettemin pakte hij de tas en hield hem tegen zijn borst, knuffelde hem, kneep erin, de lucht van Kim steeg naar zijn neus.

'In de benen.' Doug sloeg Joseph op zijn arm en liep weg, naar de gang, achterom roepend: 'In godsnaam, doe wat.'

Zijn gedachten op Robin gericht, schuifelde Joseph, van pijn krimpend, zijn oom door de open voordeur achterna. Zonlicht alom. Joseph rook vuur en het daglicht in strompelend zag hij een patrouillewagen aan de kant van de weg bij zijn oprit staan. Met Kims reistas nog tegen zijn borst keek hij eens naar Claudia's huis. Zijn auto kwam voor hem tot leven, de motor draaide. Een rode brandweerwagen stond op de weg. Een gele slang voerde naar het brandende huis. Een grote, gestage watervloed kwam eruit en drenkte de buitenmuren. Drie spuitgasten stonden vlak bij elkaar en een politieagent stond verder naar achteren, roerloos naar de bovenverdieping te staren. Joseph deed een wankele, pijnlijke stap in die richting.

'Claudia,' mompelde hij en zijn stem was een scherpe rasp. Het deed zeer om te praten. 'Is zij... daarbinnen?'

De claxon van zijn auto trof hem. Oom Doug zat achter het stuur, zenuwachtig wuivend en gebarend, met een onmiskenbare, verkrampte gezichtsuitdrukking achter de voorruit.

Joseph hinkte naar de auto, spaarde zijn gewonde zij. Hij hield de reistas aan één arm en zocht in zijn borstzak naar zijn mobieltje om... wie ook weer te bellen? Hij kreeg het gevoel alsof hij weer zou kunnen flauwvallen en leunde tegen de auto aan. Wie bellen? De brandweer? Nee, die was er al. Het ziekenhuis? Ja, om te vragen hoe het met Robin ging. Hij klapte de telefoon open en merkte dat de batterij leeg was. Het rechterportier werd nu door oom Doug opengesmeten, die zich over de bank heen had gebogen en aan de hendel had getrokken.

'Stap in en ga naar dien famielje. En doe die slappe uitdrukking van dien moel weg. Is dat alles wat of bist? 'n Waardeloos stuk verbazing.'

Joseph keek eens naar de haven. Afgaande op de stand van de zon aan de hemel moest het niet veel later dan één uur in de middag zijn. Het water in de haven was zwart, met grijze kimmen en wit schuim waar het kookte en rolde. De pijn in zijn zij was bijna te dragen, zolang hij zijn kaken zo stevig mogelijk op elkaar klemde.

'Joseph,' blafte Doug. Joseph liet zijn mobieltje in het gras vallen, keek ernaar, maar meende dat de pijn die zou voortvloeien uit bukken om het weer op te rapen de waarde ervan verre ontsteeg. Hij liet zich in de auto zakken en ging zitten met de reistas op zijn schoot. Hij moest even rusten voordat hij het portier met een zucht kon dichttrekken en zijn hoofd tegen de leuning liet vallen. Hij zweette weer uitbundig. Heet en koud tegelijk, zijn kleren waren doordrenkt. Binnen opgesloten met zijn oom, die de versnelling in achteruit zette en met grote snelheid die kant op reed, toen in de eerste, toen naar voren schoot, waardoor Joseph heen en weer werd gerukt.

Met zijn geest op de rand van een hallucinatie, wierp Joseph een vluchtige blik door het raampje op de brandweerwagen toen zij voorbijreden. De spuitgasten sproeiden water op het huis. Water uit zee. Zwart water dat de voorgevel bevlekte, alsof ze met houtskool aan het tekenen waren.

'Laten we maar hopen dat d'r geen een daarbinnen is,' mompelde Doug, met een blik op het huis.

'Is Robin in orde?' vroeg Joseph.

'Ze is aan 't hart 'opereerd. Dat wist trouwens al.'

'Wat? Hoe bedoel je?'

'Ik bedoel dazze 'opereerd werd.'

'Is dat voorbij?'

'Daar weet îk niks van.'

'Is Claudia...'

'Wel?'

'Claudia. Daar.'

Doug keek eens naar Josephs keel. 'Die hond het dij wel toe'takeld.'

'Hond?' Joseph rekte zijn nek naar het brandende huis, dat kleiner werd op de heuvel achter hen. Het deed zeer om zich zo in te spannen. Had zijn oom het over Claudia als over een hond?

'Die hond mot worden op'spoord en af'schoten.'

Joseph kon geen chocola meer maken van Dougs bewering, evenmin als van de jongste informatie over Robin. Wat was er mis met haar hart? Hij kon de gedachte aan Robin in nood niet verdragen.

De auto bereikte de benedenkant van de bovenweg, de haven lag pal voor hen.

'Mijn ogen laten mij de laatste tijd in de steek,' zei Doug, kijkend naar het water voordat hij doorreed, in oostelijke richting langs de benedenweg.

'Hond?' herhaalde Joseph verstijfd.

'Misschien had 't mormel iets tegen visserijinspecteurs.'

Ze reden zwijgend verder. Joseph probeerde de stukjes van de puzzel in elkaar te passen.

'Volgens mij wist ze niet wat ik was,' zei Joseph.

Doug begon te lachen. 'Die hond?'

'Wat ik ben, ja.'

'En wat bist dan?' vroeg oom Doug, met eeltige handen stevig aan het stuur.

'Visserijinspecteur.'

'Bist doe dat?'

'Ja.'

'Is dat wat bist of wat dust? 't Is lastiger te veranderen wast bist als te veranderen wast dust.'

'Is dat dan niet hetzelfde?'

Doug wierp eens een blik op Joseph, een blik hard van verwijten en vragen, voordat zijn trekken zich ontspanden en er een kleine aanzet tot een glimlach duidelijk werd. 'Wel, dat binnen de eerste wijze woorden die 'k uit dij heb kommen horen. D'r is misschien nog hoop voor dat wormstekige zelf van doe.'

De ambulance had geen nut en werd weer weggestuurd. Het verkoolde en verschrompelde lichaam moest worden gefotografeerd en bestudeerd voordat het naar het mortuarium gebracht kon worden. De patholoog-anatoom, dr. Basha, zou gevraagd worden langs te komen. Chase stelde zich de dichtgeritste zwarte zak voor, hij zag het gewicht dat door de ziekenbroeders werd opgetild, en dat maakte hem altijd misselijk. Vuilnis die werd weggebracht. Toen de ambulance over de bovenweg wegreed, stond Chase alleen op het voorerf van het verbrande zonnehuis. De bovenverdieping moest nog instorten, zou dat wellicht niet doen. Verscheidene muren waren geheel geblakerd en onthulden een ingewikkeld geraamte van grote koperen buizen die over de hele breedte, lengte en hoogte van het huis liepen. Hoewel het vuur was bedwongen, bleef er water uit het huis stromen.

In weerwil van zijn ervaring op de meeste plaatsen van misdaad, werd hij alleen gelaten, op de paar vrijwillige brandweerlieden na die naar alle waarschijnlijkheid voor het eerst met zo'n soort tragedie werden geconfronteerd. Een verbrand meisje. Het waren gewone mannen, vaders en zoons die werkten als ambtenaar, timmerman, kraanbediende en in andere vakken, en die hem met verbazing bekeken, die zich afvroegen wat hij in dat vuur had gedaan, wat hij had gezien. Ze hielden allemaal hun mond. Niemand sprak een woord. Chase had hier geen echte collega's. Ze waren elders doende, om de onrust in andere gemeenten in toom te houden. Hij stond op het voorerf met de zon in zijn rug en wreef over zijn neus. Hij veronderstelde dat zijn neus en ook zijn huid zwart waren van de roet.

Het bonkende geluid van de rotoren van een helikopter aan de kant van de zuidelijke heuvels trok zijn aandacht. Ze waren nu bezig weer een rij grote schotels op te stellen, het evenbeeld van de rij aan de overkant op de noordelijke heuvelrug. Aanvankelijk dacht hij dat het mogelijk communicatieschotels waren voor de marine, maar de grote aantallen wezen nu eerder op een of ander geheim arsenaal.

Hij keek nog eens naar het zonnehuis. Leeg. Zwart. De ramen waren gesmolten of gesprongen. Hij was daar nog geen twintig minuten geleden binnen geweest. Hij was daar geweest met een levend kind dat zich het leven had benomen, zichzelf op onbegrijpelijke wijze de buik had opengesneden.

Nu was hij buiten en het meisje, een meisje dat redenen had om te doen wat zij had gedaan die hij niet kon bevatten, was dood en onherkenbaar verminkt. Zwart geblakerd. Een meisje, eens zo bleek en schijnbaar zo teer als een papieren papillot. Het trieste tafereel waarvan hij getuige was geweest, de zinloosheid ervan, deden hem denken aan zijn vrouw, met een geest zo zwart en broos als as, maar met een geheel intact gezicht, ogen in goede staat, en mooi ook nog. Zou hij haar in het oor blazen, dan zou dat haar gedachten doen verkruimelen. Nee, haar geest zelf kon wellicht broos zijn, er was niets teers aan haar gedachten. Hij vermoedde dat ze in feite ongekend geconcentreerd waren. Zouden haar gedachten worden verbrand, dan zou de brand ze zwaarder maken, gewicht toevoegen, het tegenovergestelde van vernietiging van moleculen. Verbranding die het dode gewicht nog vergrootte.

Weer keek hij naar de haven, zijn blik bleef rusten op de visafslag. Hij herinnerde zich de oude vrouw, vrouw Laracy. Hij had een afspraak met haar daar. Hij liep terug naar zijn wagen, meende dat hij de drie spuitgasten moest laten weten dat hij vertrok, maar zag niemand die hij kon aanspreken. Een van hen, een gedrongen man met een bril en een dikke zwarte snor, merkte dat Chase vertrok en stak slechts zijn geelbehandschoende hand op, in een gebaar dat deels beleefdheid en deels kameraadschappelijkheid inhield.

Vrouw Laracy kon niet tegen de kou in de visafslag. Die leek in korte tijd het merg van haar botten binnen te trekken. Het was net als toen ze daar werkte, jaren geleden. Ze had uren nodig gehad, zittend voor een knapperend vuur, om weer warm te worden als haar dienst erop zat. Ze stapte naar buiten, om even een luchtje te scheppen in de warme middag. Die koude lucht in de afslag deed pijn aan haar longen. Ze ging op enige afstand van het golfplaten gebouw staan, en keek naar de rook die uit het vreemde huis aan de bovenweg opsteeg.

'Heilige moeder Gods,' sprak ze triest. Er stond daar een brandweerwagen. Die zwarte hond, hield vrouw Laracy zich voor, toen ze een auto op het grind hoorde. Ze draaide zich om en tot haar genoegen zag zij de knappe agent achter de voorruit.

'Die het vast wel nieuws,' zei ze hardop en ze liep meteen naar de wagen toe. 'Waar zatst? Doe bist zo traag als stroop.'

Brigadier Chase zei niets toen hij uit zijn patrouillewagen klom en het portier dichtsloeg. Hij glimlachte zelfs niet tegen haar, staarde slechts naar de grond terwijl hij zijn zware zwarte riem optrok. Vrouw Laracy rook eens aan hem, keek toen naar de sporen van roet, en die van tranen, op zijn handen en zijn gezicht.

Vrouw Laracy wees naar de heuvel. 'Het daar 'n tragedie plaats'grepen?'

Chase keek naar het gezicht van vrouw Laracy en zij voelde dat zijn ogen iets in haar zochten.

'Die kunstenares?'

'Nee,' zei hij.

''t Was 'n zwarte hond. D'r was d'r daar een 'tekend door dood.'

Chase keek nog eens naar de heuvel. Ook vrouw Laracy keek die kant op. De rook was zo dik en donkergrijs dat de schaduw ervan naar zwart trok. Ze liep naar de agent en likte aan haar duim, stak die uit om het roet van zijn kin te wrijven.

'Wat voor rol hest doe d'rin 'speeld?'

Chase schudde zijn hoofd, keek naar haar hand, die ze liet zakken. Hij ging met zijn mouw langs zijn neus en liep toen naar de visafslag. 'Niks,' zei hij en uit zijn toonloosheid bleek een schuldgevoel.

Vrouw Laracy liep achter hem aan, wilde meer nieuws van de ernstige gebeurtenis.

Toen ze terug in het gebouw waren, schrok vrouw Laracy, en haar knieën knikten. Nog drie gebroken en verscheurde geesten waren verdwenen. Ze slofte naar het eerste lijk en boog zich eroverheen, keek recht in het gezicht van de man, bestudeerde van dichtbij de lippen en de wangen, de jeugdige vorm van zijn kin.

'Dat is de zoon van Fred Winter, Edgar.' Ze slofte voort, bleef staan bij een oudere man die gekleed was naar de mode van de achttiende eeuw. 'Die ken ik niet, maar ook zijn geest is vort.' Ze haastte zich verder, bleef staan bij een lijk verder naar achteren in de afslag, dichter bij de muur met computers, waar nu slechts twee mensen aan zaten te werken. 'Volgens mij is dit een Winter. Famielje van Fred. 't Kost wel eens wezen dat d'r drie van hun met 'm verwant binnen.'

'En waar is Fred Winter?' vroeg Chase.

'In het ziekenhuis. Dat vermoed ik althans.'

'Net als de rest.'

'Ja, maar ik denk da't beter met 'm gaat. Kost zeggen dat deze geesten zich voordoen in tijden dat hun famielje in gevaar is. Als ze te lijden 'had hemmen van de draden, binnen ze d'r niet best aan toe. Dat denk ik, mit mijn verschrompelde hersenpan.'

Chase pakte de radio uit zijn borstzak en nam contact op met de agent van dienst. Hij verzocht zijn oproep door te geven aan een landlijn en liet zich verbinden met het ziekenhuis in Port de Grave. Hij sprak met de dienstdoende hoofdverpleegster op de vijfde verdieping en vroeg naar Fred Winter. Hij hoorde dat de toestand van de heer Winter leek te verbeteren, evenals die van Rayna Prouse. 'Dat zijn er nu twee,' sprak de verpleegster opgelucht.

Chase keek uit over de doden van Bareneed, zag niets van de geesten waarover de oude vrouw het had, maar alleen lijken, meer lijken dan hij ooit bij elkaar had gezien. Foto's van de drenkelingen. De bestanden op zijn computer schoten hem te binnen. Als hij eens goed naar deze echte mensen keek, zouden ze ongetwijfeld bekend zijn, zouden ze kunnen lijken op sommige die hij in zijn mapje 'mijn foto's' had. Hij deed erg zijn best om niet te staren, om zichzelf de stuipen op het lijf te jagen en dus keek hij maar naar vrouw Laracy.

'Wie moeten we het vertellen?' vroeg hij. 'Wie is er nog om het aan te vertellen?'

Vrouw Laracy haalde haar schouders op. ''t Maakt niet uit wel doe 't vertelt, lieverd. De schade is toch al 'daan. Zoals mijn vader altijd zee: d'r is niks verfrissender als 't gevoel dast verdoemd bist.' Toen ze dit zei knipoogde ze en grijnsde breeduit, waarbij haar roze tandvlees glom als dat van een pasgeboren baby.

Met het hengsel van Kims reistas rond zijn hand gewonden, begaf Joseph zich naar de ingang van het ziekenhuis, waarbij hij oom Doug achterliet om een plaats te vinden op de parkeerplaats. Binnen dook hij een wc in, sloot de deur en zette de tas op een stoel. Zijn hemd was gescheurd en bebloed. Gelukkig nam de receptioniste bij de hoofdbalie, te zeer verdiept in haar eigen drukke zorgen, niet de moeite hem te bekijken toen hij binnenkwam.

Terwijl hij in de spiegel van de wc staarde, schrok hij van het beeld van een bebaarde man, zoals hij dat ooit in zijn slaapkamerraam had gezien. Joseph herkende zichzelf niet. Zijn gezicht was bekrabd en vies en bezet met een dikke groei van baard en snor. Hij leek op een wildeman uit de jungle. Hij ging met zijn vingers naar de snijwonden op zijn keel en herinnerde zich de greep van Claudia, haar vingernagels, haar tanden. Waarom had ze geprobeerd hem te vermoorden? En waarheen was ze verdwenen? Was zij in dat brandend huis geweest?

Aan de kranen draaiend, ging hij met zijn vinger door de waterstraal totdat die warm werd, maakte toen een kom met zijn handen en waste zijn gezicht. Er waren geen papieren handdoeken, alleen maar een heteluchtapparaat, dus haalde hij zijn hemd uit zijn broek en wreef over de vieze plekken tot ze weg waren. Het hemd bleef aan zijn wonden kleven toen hij het wilde lostrekken. En toen hij een ruk gaf deed het minder pijn dan verwacht. Hij maakte een prop van zijn hemd en gooide het in de vuilnisbak, om vervolgens zijn wonden te bekijken. Doordat hij zijn hemd had uitgetrokken waren er hier en daar klonters bloed losgekomen, maar hij bloedde niet meer. Ineenkrimpend van de pijn, betastte hij de snijwonden met zijn vingers en vroeg zich af hoe diep het mes gegaan was. Dat kon hij niet uitmaken. In de tas vond hij een te groot lichtblauw T-shirt dat Kim soms als pyjama gebruikte. Hij trok het over zijn hoofd, rook de lieflijke, hartbrekende lucht van zijn vrouw, ritste toen de tas dicht en strompelde de wc uit.

Joseph volgde de pijlen naar de IC, sloeg een hoek om in de gang en bleef staan bij het zien van Kim, die op een gestoffeerde ziekenhuisstoel aan de overkant zat, met haar ogen op de tegelvloer gericht. Ze hief haar hoofd op toen zij Joseph voorzichtig hoorde naderen en zag hoe hij op haar af kwam strompelen. Naarmate hij dichterbij kwam werd Kims gezichtsuitdrukking nieuwsgierig en vervolgens bezorgd, alsof ze een vraag wilde stellen. Onder de heldere tl-buizen kon Joseph duidelijk zien dat ze had zitten huilen, haar ogen waren bloeddoorlopen, haar neus roze, haar lippen gezwollen. Ze staarde hem aan, zonder een vin te verroeren.

'Hoe is het met Robin?' vroeg hij, even hoestend om de schorheid in zijn keel te verjagen. Hij zette de reistas op de stoel naast Kim.

'Ze zijn haar nu aan het opereren, aan haar hart.' Kim snikte in het verkreukelde zakdoekje in haar hand. De snik werd afgebroken alsof hij gewoon ten einde kwam, op duffe wijze halt hield. Ondanks de verschrikkelijke onzekerheid van de situatie, was Joseph vaag opgelucht zijn vrouw in deze toestand te zien. Hij voelde zich diep met haar verbonden door medeleven en liefde. Hij keek wel uit om te veel vragen te stellen. Hij bood haar gewoon in stilte enige troost.

Er werd een dokter over de intercom opgeroepen. Joseph fronste, niet zeker van de afstand die hij tot Kim moest bewaren. Hij had haar nog niet zo gezien sinds zij hun kind hadden verloren en de herinnering daaraan ontmoedigde hem.

Kim was meestal zo sterk, zo kundig, altijd slagvaardig bij besluiteloosheid. Een heldin uit een van haar eigen romans. Was dit haar bestemming: ramp en aandoening, al haar kinderen dood? Was dit waarnaar zij heimelijk verlangde? Om de getroffen vrouw van vorig jaar te zijn? De intelligente maar verloren vrouw wier trieste waarnemingen goud waard waren?

De zorgelijke en slapeloze uren hadden het uiterlijk van Kim veranderd. Haar blik vestigde zich op iets aan Josephs keel, heel even was ze bezorgd en toen weer boos. Vingernagels of tandensporen.

Zuchtend verplaatste Joseph de tas en ging naast haar zitten, legde een hand op haar schouder. Kim maakte zich los, hief een hand naar hem op en hield die in de lucht, stabiel. Die hand wilde zoveel zeggen als: genoeg. Getroffen merkte hij dat aan haar andere hand, die waarin het zakdoekje zat, haar trouwring ontbrak.

'Waar is ze?'

Kim wreef haar neus af en wees met haar hoofd naar de deuren van de ic.

'Is ze in orde?'

Zijn vrouw schudde hard met haar hoofd.

'Kim?'

'Ik weet het niet,' snikte zij hardop. Ze deed een poging om de verkreukelde zakdoek met beide handen glad te strijken, gaf het op, verkreukelde hem weer stevig in haar vuist en hield hem tegen haar lippen. 'Ik kan het niet geloven.'

'Wat geloven?'

'Dit alles.' Ze wendde haar zorgelijke blik op hem. 'Dit. Robin. Jou. Wat daarbinnen gebeurt. Ik kan er niets van geloven.'

Een tweede aankondiging klonk over de intercom. Joseph legde zijn hand op die van Kim. Met deze aanraking doorvoer hem een golf van emotie. Kim bestudeerde zijn hand en het werd duidelijk, door de twijfel en de verbazing in haar ogen, dat ze absoluut niet wist wat hij voor haar betekende.

Luitenant-ter-zee French keek naar dokter Thompson, die geduldig tegen de muur geleund op instructies stond te wachten. De dokter had een vage grimas op zijn gezicht, ongetwijfeld te wijten aan zijn reumatische knieën en de kwetsuur aan zijn enkel. Toen keek French naar de oude vrouw die nu in de stoel zat waarin eerst Thompson had gezeten. De politieagent, brigadier Chase, die halfbloed van twee meter lang, had vrouw Laracy bij French' kantoor afgezet. Vrouw Laracy had hem alles verteld wat ze wist van de geesten. Die informatie bezonk nu. Vandaar de stilte.

Chase rees achter Rayna op, zijn armen losjes voor zijn borst geslagen. French sloeg zijn handen samen boven zijn bureau en fronste bij de absurditeit van wat hij wist: dat iedereen in deze ruimte in een kwestie van enkele uren kon zijn verdronken. Dat vertelde zijn intuïtie hem, dat zag hij voor zijn geest. Zijn intuïtie zat er nooit naast. Dat was de reden waarom hij luitenant-ter-zee was. Hoe zou hij deze informatie moeten doorgeven aan de arts, de ambtenares, de burgeres, de politieagent en de oude vrouw?

Welke versie zou tot gevolg hebben dat zij deden wat hij wilde? Welke versie was noodzakelijk om zijn gezag te bewaren en verder te bestendigen?

'Ik zal heel eerlijk tegen u allen zijn,' zei hij en hij dacht: eerlijkheid.

Thompson knikte. Vrouw Laracy tikte met haar voeten om beurten op de grond, alsof er een deuntje in haar hoofd rondzwierf. Brigadier Chase bleef stilstaan, terwijl Rayna voornamelijk voor zich uit staarde en aan haar mondhoek zat te knabbelen.

'Situaties als deze lijken door de hele geschiedenis te zijn voorgekomen.' Om een of andere reden kon hij zijn blik niet van vrouw Laracy krijgen, de manier waarop zij naar hem zat te kijken. Haar genereuze, goedaardige glimlach. Ze knikte en knipoogde.

'Wanneer?'

French keek eens naar Thompson, de man van de rede, de man van de wetenschap, een man die zeer op hemzelf leek. 'Op alle continenten, maar meer specifiek op dit eiland. Ongeveer zeventig jaar geleden, toen de omstreken van Burin voor het eerst elektriciteit kregen. Nogmaals, om specifiek te zijn, toen de radio kwam. Er zijn verslagen van dezelfde ontregeling als die welke de mensen hier treft. Konden niet ademen, geen andere symptomen. De visstand was geslonken. Er werden zeemonsters waargenomen die nog nooit waren waargenomen. Verscheidene vissers vermeldden de meest fantastische waarnemingen in hun logboeken.'

'Burin,' mompelde Thompson. Hij plukte aan zijn baard terwijl hij diep in gedachten verzonk, om informatie uit zijn geheugen te zoeken. 'Zeventig jaar terug.' De dokter werd verstrooid, maar zijn blik bleef op French gericht. 'Was er geen sprake van een getijdengolf in die tijd?'

French antwoordde niet. Hij verplaatste zijn blik van Thompson naar vrouw Laracy. De ruimte was weer stil en iedereen overwoog deze informatie in zijn gedachten.

'Wacht eens even,' barstte Thompson uit met een hartelijke lach. 'U wilt toch niet beweren dat deze ontregeling de aankondiging is van een getijdengolf?'

'Jezus!' Rayna ging rechtop in haar stoel zitten, eerder getroffen door schrik dan door vermaak.

'Nee.' French stak zijn hand op. 'Nee, niet noodzakelijkerwijs.'

Vrouw Laracy begon te lachen en keek naar het plafond. 'Elektriciteit,' mompelde ze. Toen richtte ze haar blik op de westmuur, alsof ze de haven daarachter kon zien. 'Ja, jongs, de geesten binnen boos. 't Water komt opzetten en draagt de lading.' Ze zocht bij brigadier Chase naar bemoediging, maar hij sprak geen woord.

'Wij vermoeden dat het iets te maken heeft met elektromagnetische velden. Er heeft zich buiten op zee een massa energie verzameld. En die lijkt van hier afkomstig.'

'Geesten,' zei vrouw Laracy, grijnzend en knikkend, smakkend met haar tandvlees en haar lippen overtuigd likkend. 'Ik zag ze uit lucht kommen toen joe die grote apparaten 'bruiken gongen. Die geesten kinnen niet bij hun geliefden vanwege die ziekte. Hoe komt dat?'

'Ze kunnen niet ademhalen,' speculeerde Thompson. 'Ademen zij die geesten in?'

'Nee,' zei vrouw Laracy en ze zwaaide ontkennend met haar hand naar hem. 'Zij kinnen de geesten niet zien. Daar gaat 't krek om.'

'Die patiënten weten niet wie ze zijn,' verklaarde Thompson. 'Of wat ze zijn. Het is alsof ze vervagen. Verdwijnen. Geheugenverlies. Ze kunnen zichzelf niet zien.'

French luisterde geduldig, maar hij wilde niet met zijn eigen overtuiging aankomen. In plaats daarvan kwam hij aanlopen met een verzinsel: 'Wij vermoeden dat de energie iets uitstaande heeft met microgolven en gammastralen. Wij gaan proberen die energie te blokkeren. De streek hier is een belangrijk knooppunt van telecommunicatiesignalen, signalen die onzichtbaar maar wel krachtig zijn. Misschien verzamelen die elektromagnetische velden zich hier en stuiteren tegen de heuvels. Die velden bevinden zich in de lucht en richten zich op zee, waar ze een soort verstoring veroorzaken. We hebben de energie afgesloten, maar dat lijkt niet veel uit te halen. De elektromagnetische golven komen van overal elders hiernaartoe. Miljarden en miljarden microgolven en gammastralen die de wereld verbinden. We hebben refractoren in de heuvels opgesteld.' French keek eens langs het gezelschap en vroeg zich af of de anderen iets konden met zijn verklaring.

'Elektriciteit rijt die geesten aan flarden,' voegde vrouw Laracy eraan toe. Ze viste een zakdoek uit de mouw van haar jurk en snoot eens flink haar neus, om vervolgens even elk neusgat uit te graven. 'Maar waarom gaan die geesten nou weerom naar die lijken in visafslag? Waarom kommen ze hiernaartoe? Dat het iets met dat ademverlies uitstaande.'

'Onzin,' zei French met ongebruikelijke wrevel.

Vrouw Laracy keek hem enige tijd boos aan en met haar vingertopje tekende ze een spiraaltje op zijn bureau dat groter en groter werd. Toen ze weer sprak, was dat op een overtuigende toon: 'Doe weetst beter. Doe beduvelst geen ander als dien eigen met zulke leugens, beste Frenchie.'

Claudia en Jessica verschenen vagelijk doorzichtig en spookachtig op de bank voor Robin. Ze hielden elkaar vast, knuffelden elkaar toen zij duidelijker werden. Claudia opende haar mond om te spreken, maar ze had haar stem nog niet gevonden. Die leek ver weg, alsof zij door een wijde tunnel dreef, waarin zij bewoog, naar een punt aan het einde van het einde. Jessica's armen waren om haar moeders middel geslagen en daar ging een zekere straling van uit, waardoor Claudia's aanwezigheid verder verstevigd werd.

Robin was verbaasd over de mate waarin zij op elkaar leken.

Toen klonk er een alarmerende plof op de bodem van de boot, meteen onder Robins voeten.

'Dat is papa maar,' zei Jessica. 'Hij komt boven omdat mama hier nu ook is.' Ze liet haar moeder los, keek over de rand van de boot, net als Robin. 'Kom maar, papa.'

Een onduidelijk gezicht werd bij het oppervlak zichtbaar, werd groter en minder instabiel, kwam toen uit het water met spetterende, doorzichtige druppels. Grote handen kwamen boven om de rand van de walvisvormige boot te grijpen, die er echter niet de minste gevolgen van ondervond. Reg hees zichzelf aan boord, zo droog als gort, en ging naast Jessica zitten. Meteen grijnsde hij en knuffelde haar. Claudia boog zich voor Jessica naar voren om de kus te ontvangen die haar man haar bood.

'O,' zei Claudia. 'Dit is prachtig.'

'We zijn nu allemaal beter,' zei Jessica tegen Robin, 'nu we geen last meer hebben van de zwaartekracht.'

De drie gezinsleden zaten tegenover Robin te glimlachen, ieder met een arm rond de schouders van de ander. De boot deinde rustig op het blauw.

Jessica sprak: 'Nu je vader niet dood is, kun je je niet laten gaan.'

'Mijn vader?' vroeg Robin, met een nog kleiner stemmetje.

'Hij is terug.'

Robin bewoog zich in de boot. 'Was hij dan dood?' Haar stem klonk piepend, toen hij uit haar mond kwam.

'Mijn moeder heeft hem gewurgd.'

'Dat was niet mijn bedoeling,' zei Claudia, vol liefde naar haar dochter glimlachend. 'Dat weet jij ook wel.' Ze haalde haar hand door Jessica's haar. 'Gekke meid.'

'Jij dacht dat wij dat wilden,' hield Jessica haar moeder voor. 'Ik en pap. Je zag ons niet goed omdat je nog steeds in de wereld was. Je ziet alleen maar wat je wilt als je daar in de wereld zit. Je legt woorden in onze mond. Je verzint ons zo dat daardoor dingen verklaard kunnen worden, dingen beter begrijpelijk worden.' Jessica ging verzitten om Robin weer aan te kijken.

Robin merkte dat de ogen van haar vriendinnetje blauw werden, toen bruin, toen groen...

'Dat doen de levenden altijd,' vervolgde Jessica. 'Ze veranderen ons. Zij houden zich voor dat wij er zijn als we er niet zijn. Wij kunnen niet terug naar het land.'

Robin glimlachte tegen Jessica. Het was mooi om haar met haar ouders te zien. Ze zaten daar, net zo verstild als op een familiekiekje waarop iedereen zo heel gelukkig was. 'Ik wil echt mijn papa en mama zien,' zei ze, maar haar stem was bijna stil, alsof slechts zij zich bewust was van wat zij zei. Of had ze het alleen maar gedacht?

'Je moet gewoon hier op ze wachten,' stelde Claudia met een bemoedigend knikje voor, 'en je de last van een heel leven besparen.'

'Jij moet beter worden,' luidde Jessica's commentaar.

'Hoe?' De vraag klank nogal hol, een dof kloppen in haar hoofd.

'Dat kun jij niet. Dat moeten je vader en je moeder voor je doen.'

'Hoe dan?'

'Als zij al het andere kunnen vergeten, en slechts jou beminnen. Als zij zo samen zijn, vermenigvuldigt hun energie zich en kunnen ze jou uit de zee trekken. Jouw energie komt van hen. Hun energie, van de energie van hun ouders, schiep jou. Als zij hun energie weer verenigen, kunnen ze jou terughalen.'

'Dat moeten ze dan maar doen.' Opeens voelde Robin zich stokdoof, en toch bleef ze de stemmen van de anderen horen. 'Ik wil hier weg.'

'Ben je niet lekker?' vroeg Claudia.

'Je voelt je gauw lekker genoeg,' zei Reg met een knipoog.

Robin schudde haar hoofd. Ze had er bijna genoeg van. 'Ik voel me raar.' Alleen haar lippen bewogen.

'Wij zijn louter energie die erop wacht naar iemand toe te worden getrokken,' verklaarde Jessica. 'Wij moeten ons altijd aan iemand hechten om gestalte te krijgen.'

Tommy pakte zijn schetsboek van de tafel naast zijn bed, wuifde Fred Winter gedag en ontvluchtte de zaal. Geen verpleegster te zien. Aan het eind van de gang vond hij het rood-witte uitgangsbord, nam de trap in het hol klinkende trappenhuis, door de metalen deur die opensprong en uitzicht gaf op de parkeerplaats. Frisse lucht.

Hoewel hij dolgraag andere mensen wilde helpen, vreesde hij dat de soldaten hem kwamen halen en – wat belangrijker was – hij vreesde wat de onmiddellijke toekomst in petto had. Nog nooit waren zijn gedachten van zo veel doemdenken doordrenkt geweest, een muur van natte duisternis werd achter zijn ogen opgericht terwijl hij uitkeek over de wagens en de bomen en de huizen. Hij had een vreemde aandrang om te tekenen, maar hij kon niets zien in dat deel van zijn geest. Geen enkele gestalte of beweging kon worden onderscheiden.

Nerveus haastte hij zich over de parkeerplaats, tussen de auto's door slalommend, ondertussen bedenkend wat hij kon doen. Hij kon op iemand gaan wachten die uit het ziekenhuis zou komen, iemand die hem zou kennen en die hem dan naar Bareneed zou kunnen rijden. Maar dat zou allemaal veel te lang gaan duren. Nee, een auto was nergens goed voor. Hij wilde meteen Rayna zien. Er was maar één andere weg. Hij haastte zich naar de rand van de parkeerplaats, ging aan de kant van de weg staan, wachtte even, keek peinzend naar Bareneed, keek toen naar links en naar rechts voordat hij de weg overstak. Een smal jagerspaadje voerde tussen twee huizen naar de kust. Hij had het talloze keren genomen om een boterham te gaan eten en naar het water te kijken.

De zon hing laag boven het water en er lag een sloepje aangemeerd aan een wankel oud steigertje aan het strand, gemaakt van tweedehands planken en geschilde boomstammen. Het sloepje zelf leek zeewaardig. Hij pakte een zware steen van het strand en sprong in de boot, hield zich in evenwicht, legde zijn schetsboek op de bank naast zich, de grijze steen van het strand daar bovenop om te voorkomen dat het boek zou wegwaaien. Hij bukte zich om het touw te pakken waarmee het sloepje aan een paal was bevestigd en vertrok met Bareneed in zicht. De motor startte meteen. In een aanval van zenuwachtigheid keek hij achterom of hij niet werd betrapt. Niemand kwam uit de huizen bij de kust. Hij richtte de steven op de landtong. Ver was dat niet, maar het leek al varend een steeds groter eind te worden, want het land bleef precies dezelfde afstand voor hem liggen, hoe ver hij het gas ook opentrok.

Ten slotte brak deze illusie en wist Tommy dat hij naderde. Hoewel de oceaan rustig was, begon de boot bij nadering van Bareneed te deinen en de zee spatte met veel lawaai over de boorden van het vaartuigje.

Verderop werd de zee nog ruiger. Het water zwol grijsgroen, met overal schuimkoppen, sissend en spetterend. Het schuim staat 'm op de bek, dacht Tommy. Er klonk een bonkend geluid tegen de onderkant van de boot en Tommy keek om te constateren dat de steen van zijn schetsboek was gegleden en op de bodem was gevallen. Hij raapte het boek op en hield het tegen zijn borst. Drie meter voor de boeg van zijn bootje rees een doodskopachtig hoofd met ingevallen dikke jukbeenderen uit zee op, terwijl er grote sluiers water uit spoten. Een tweede monsterlijk gelaat volgde al snel, dook dichter bij hem op dan het eerste. Beide koppen waren kennelijk verbonden met dezelfde beschubde nek en allebei droegen verbleekte gouden kronen.

Tommy had dat monster al eerder getekend, dus hij verwachtte het en was dus niet zo heel erg bang. In plaats daarvan was hij verbaasd. Hij wist dat er meer koppen waren en al snel kwam er een derde uit het water, die zich recht boven hem uit verhief, met de blik naar beneden en de grote mond zonder geluid. Toen hij dat zag greep Tommy, vermoedend hoe groot het lijf daar onder water moest zijn, wellicht pal onder zijn boot, met trillende hand het roer om terug te keren naar Port de Grave, in de hoop een aanvaring te voorkomen. De boot ging iets scheef liggen, maar werd al snel uit koers geslagen en meteen zijdelings naar Bareneed getrokken, snel door het water gesleept. Hij rees als uit zichzelf boven de oceaan uit en bleef in de lucht hangen.

Terwijl Tommy voortsuisde, keek hij naar beneden en zag dat de romp rustte op de rug van het monster, tot hij merkte dat hij plotseling vooruit werd geslingerd, hals over kop. Zwaar door de lucht vliegend, wanhopig zijn schetsboek tegen zijn borst houdend en zijn ogen stijf dichtknijpend, begon hij in zijn afdaling te mompelen: 'Moeder Gods, moeder Gods, moeder

Gods...' tot hij het koude water raakte voordat hij dat verwacht had. Meteen stolde zijn adem toen hij onderging in een mengsel van water en wit schuim. Een massa luchtbellen verzamelde zich om hem heen.

Terwijl hij zonk dwong hij zichzelf te kijken en daar zag hij in de verte, vaag, door het water de koppen. Geen ervan gaf blijk van enige belangstelling voor hem. Hij telde er zes terwijl hij zijn adem inhield, zijn wangen zich bolden, het zoute water probeerde zich een weg te banen door zijn neusgaten en zijn longen binnen te stromen. Waar was de zevende kop? Trappelend om rond te draaien, vond hij de zevende die hem recht aankeek, hem aanzag met zwarte ogen, de gepunte kroon dof glimmend. Dodelijk verschrikt gaf Tommy nog een trap, omdat hij nu pas de volle omvang van het enorme monster kon peilen, dat onder hem zwom. De hydra leek op een slang met een doornige kam over het lijf en zware zwempoten van achteren, met klauwen als die van een vogel. Zes meter verderop langs de brede rug, in de buurt van de kromme staart, zaten drie omrande gaten, ovalen die leken op gigantische, blinkende, knipperende ogen. De zeven koppen die Tommy's aanwezigheid nu voelden, draaiden zich allemaal naar hem toe.

Tommy dacht: het het geen zin te proberen een van die koppen d'raf te hakken, ook al haddik een zwaard bij hand, want d'r kommen d'r twee weerom in plek van die afgehakte. Dat beetje informatie had hij ergens in een boek gelezen. Het was zijn laatste reeks waarnemingen voordat de hydra begon te vervagen in beweging en de kleuren vervloeiden, alsof het monster oploste. Omvang en structuur verloren een dimensie. Sijpelend zakte het in elkaar en was al snel niets meer dan een sepiakleurige spiraal rond Tommy, die net buiten adem raakte en, terwijl hij nog altijd zijn inktsporen nalatende schetsboek vasthield, een wanhopige poging deed boven te komen. Hoe ver nog, vroeg hij zich wanhopig af. Hoe hoog boven zijn hoofd was het oppervlak?

Dinsdagavond

Duisternis.

Luitenant-ter-zee French had iedereen die in zijn kantoor zat naar het strand gestuurd aan de overkant van de weg en stond thans naast de eerste van drie grote EF-7-schijnwerpers die waren afgesteld op de ontdekking van gammastralen, microgolven en achtergrondstraling. De andere twee stonden verderop langs het strand. Als ze aangezet werden, zouden die zoeklichten microgolven van mobiele telefoons, microgolven van magnetrons en van basisstationsmasten, nucleaire en ioniserende straling van röntgenstralen en alfa- en bètabesmetting, elektromagnetische straling van elektrische apparaten, hoogspanningsmasten en -draden, bedrading van gebouwen en transformatoren opvangen.

French keek eens op zijn horloge: 22:17. Ondanks het zacht zoemen van de benzineaggregaten kon hij het natte slaan van net op het strand aangespoelde vissen horen, die zich voegden bij de dode dieren in alle vormen en maten en de miljoenen lodde-eitjes die ermee vermengd waren en die aan het zand en de rotsen kleefden. Zo nu en dan waaide de stank van rotte vis en kuit op de wind naar hem toe, steeg de gal in zijn keel, begonnen zijn ogen te wateren en toch wilde hij de tranen niet wegvegen. Die werden door het briesje gedroogd. Desalniettemin, als hij hier om een andere reden was geweest en een gasmasker bij de hand had gehad, zou hij naar de kust zijn gelopen om de soort vis te bestuderen, die meestal niet in deze streken thuishoorde. Hij kon van deze afstand, rode, blauwe en zilveren tinten met weerschijnende kleuren zien glinsteren, onder de wolfraamlampen die bij hun post waren opgericht. Hij kon ook de rug van Rayna Prouse zien, die verwachtingsvol over zee zat uit te kijken. De wind zette aan, was aanlandig vanaf het rusteloze water.

'Het ruikt naar mensenvlees,' was het commentaar van brigadier Chase, die vervolgens zijn mond hield. Hij verplaatste zijn blik naar de huizen op de heuvel – het zonnehuis waar geen spoor van rook meer uit kwam, en huize Critch, dat onzichtbaar was in de nacht.

French wist dat Chase zich afvroeg of het verbrande meisje was weggehaald. Hij wist dat de agent aan zijn eigen vrouw dacht, en aan zijn behoefte aan haar. Wanneer kon hij naar huis? Waarom zou hij naar huis gaan? Chase stelde zich het ooit mooie meisje voor in het huis en hoe iemand het zou kunnen opbrengen haar te onderzoeken. Ongetwijfeld zou iemand dat moeten doen.

'Da's geen menskenvlees, da's niks als visk,' sprak vrouw Laracy tot dokter Thompson, die rondkeek alsof hij er probeerde achter te komen wat hij daar nou feitelijk deed, en wat hij kon verwachten.

Ze waren allemaal uit hun normale doen.

French keek eens naar de visafslag, waarvan de ramen verlicht werden door aggregaten, de witte verf zichtbaar. Binnen lagen de doden uitgestald. Wat hadden zij hiermee te maken? Hij zette zijn kijker voor zijn ogen en richtte die op de zuidelijke heuvels. Flitsen sporadisch blauwwit licht schoten op tegen de donkere heuvels. Dat waren zijn mannen, die de laatste laswerkzaamheden verrichtten. Dc hemel versmolt met de aarde. Een eindeloze opeenvolging van zwart. Hij liet zijn kijker zakken en sprak in zijn draadloze microfoon: 'Luitenant-ter-zee French. Schatting van de tijd?'

Een stem in zijn oortelefoon, tien keer helderder dan de toon die over een telefoonlijn komt, helderder dan de beste stereo, een stem die rechtstreeks tot in zijn hersens klonk, antwoordde: 'Tien minuten, meneer.'

'Situatie op zee?'

'De kustwacht rapporteerde dezelfde draaiende derwisj in sector zeven.'

French wendde zich tot dokter Thompson, putte troost uit de aanwezigheid van de arts. Iemand die ze allemaal kon redden, mocht de wereld ze plotseling verblinden.

'Weet u,' sprak hij tot Thompson. 'Ik begin te geloven dat dit een elektrische storing is.'

'Was het dat dan niet?'

'Iedereen kan blijven gissen.'

'Ik ben arts. Ik rommel alleen met het lijf.'

'Het lijf is ook elektrisch.'

Daarop antwoordde Thompson niet.

'U zei dat de mensen in het ziekenhuis levenloos leken en ook geen wil meer hadden om door te leven. Is er dan iets van de menselijke geest verwoest?'

'Jawel, maar waarom?'

French hield dezelfde gelaatsuitdrukking. 'Ik weet het niet.' Hij zette zijn kijker weer voor zijn ogen, keek naar de blauwwitte vlekken die in de verte als kleine signalen oplichtten. Hij hoorde Thompson en vrouw Laracy kletsen over mogelijke gebeurtenissen.

Vrouw Laracy zei hardop: 'Het gaat om geesten, dat zeg ik doe. Joe binnen allemaal zo stom als mijn reet om zo doof te wezen voor waarheid.' Ze hief haar vuist op naar de beide heren. 'Het gaat om geesten die vastzitten door alle troep in lucht. Ik weet 't. Laat ze maar los, doe zelst zien. Frenchie, doe hest 't oog, 'bruik het dan ook, om christus' wil.'

Thompson schuifelde een beetje heen en weer, schraapte zijn keel.

French liet zijn kijker zakken. De gelaatsuitdrukking waarmee hij deze beschuldiging te lijf verkoos te gaan was er een van medelijden. Hij keek naar de oude vrouw alsof hij sympathiek stond tegenover haar archaïsch geloof, maar in zijn hart had hij er een grondige afkeer van. Hij dacht: koste wat het kost het leven weer normaal maken. Geen prijs is te hoog om hier een eind aan te maken.

Vrouw Laracy had haar blik op French gericht, maar er werd verder geen woord meer tussen hen gewisseld. Er klonk iets op zee, de kreet van een verre stem, klachten die in de lucht hingen. Ze staarden allemaal naar het zwarte water.

De stem die aangesloten was op French' hoofd sprak weer: 'Refractoren klaar, meneer.'

'Zet de refractoren aan, noord- en zuidkant.' Toen richtte hij zich tot matroos tweede klas Nesbitt: 'Zet de EF-7's aan. Verwacht radiostilte.'

De drie zoeklichten werden aangezet door drie overgebleven matrozen, blauw licht veegde door de lucht, verlichtte het chaotisch kruispatroon van rode lijnen, als een onneembare rode muur, dat helemaal oprees van de aarde tot de hemel. Op beide heuvels rond de gemeente lichtten de enorme schotels groen op. Naarmate hun helderheid groeide, werd de concentratie van rode lijnen alle richtingen op gericht, weerkaatste tegen mensen, heuvels, landtongen, de weg, het land, het water, en schoot toen de lucht in. Daarop trok hij geleidelijk op, zodat er smalle zwarte ruimten tussen de lijnen zichtbaar werden. Binnen dertig seconden waren de rode lijnen compleet vervaagd en was er nog slechts de nacht en het elektrisch zoemen van de schijnwerpers.

'Zet de EF-7's maar weer af,' schreeuwde French. Het bevel werd van Nesbitt doorgegeven aan de tweede soldaat die het weer doorgaf aan de derde.

De drie vegende blauwe lichten werden uitgeschakeld en French keek naar de hemel. Alle hoofden volgden zijn blik, zodat iedereen naar de lucht stond te staren. De sterren schitterden sterker in hun maagdelijke helderheid, schijnbaar niet in staat hun eigen zich uitdijende straling te verdragen, en desintegreerden. Amberkleurige deeltjes licht kwamen vrij, verzamelden zich, maar het sterrenlicht werd er niet minder om. De sterren verkruimelden helemaal niet. Het verraderlijk licht was veel zwakker, dichter bij de aarde.

'Interpretatie van de hemel,' mompelde French in zijn draadloze microfoon. Hij verwachtte dat er een massale energie-emissie zou volgen.

Er kwam geen antwoord. De communicatie was onderbroken. Dat was hij vergeten. Er was geen stem in zijn hoofd, zelfs niet statisch. Hij voelde zich geheel alleen.

Wervelende golven van amberkleurig licht werden groter onder het dalen, bleven in de lucht boven Bareneed hangen. Als vlagen amberkleurige sneeuw, regende het licht lager bij het strand, vormde daar vage gezichten met talloze leeftijden en uitdrukkingen, die gespannen naar de toeschouwers staarden, alsof zij herkenning en kameraadschap zochten. De lichten bleven maar even hangen voordat ze naar de huizen van Bareneed stroomden, door muren en ramen en gesloten deuren binnendrongen. Het licht binnen begon te flikkeren, weerkaatste tegen de glazen van de ruiten en straalde in helderder bundels als het langs spiegels streek.

In korte tijd was de zoektocht voorbij. De amberkleurige stralen kwamen de muren weer uit en verwaaiden naar het oosten, richting zee.

Een stem in French' hoofd sprak: 'Toegenomen elektrische activiteit in sector zeven. Drie keer het normale debiet. Verstoring van het water als bij een orkaan, zonder wind. Wel bliksem waargenomen, meneer. De zee lijkt... te scheiden.' Maar die stem kwam niet uit zijn oortelefoon. Hij hoorde hem gewoon als bevestiging van wat hij had verwacht, wat hij wist en wat hij zag.

French keek naar Thompson, toen naar Chase, beiden onwetend van wat er voor de kust waarop zij stonden gebeurde. Vrouw Laracy, die iets scheen door te hebben, lachte, knipoogde en neuriede een deuntje terwijl ze zenuwachtig haar handen tegen elkaar stond te wrijven.

De stem in French' hoofd sprak: 'We hebben seismische activiteit. Energie lijkt de gescheiden zee binnen te dringen. Activiteit van twee op de schaal van Richter... de energie komt van diep. Sonar geeft aan dat de seismische activiteit wordt opgewekt door een energetische massa die tegen de oceaanbodem slaat.'

French wierp een blik op de gloeiende groene schotels op de heuvels. Was het te laat? Was het genoeg? Hoeveel energie kon worden ontketend voordat de hele wereld vernietigd werd? Hij hief zijn arm op en vuurde een blauwe lichtkogel de hemel in, het afgesproken signaal om de refractoren uit te zetten. Hij liet het lichtkogelpistool weer zakken, hief zijn kijker met één hand op en zocht de heuvels af. Zijn vrije hand strekte hij voor zich uit, alsof hij de luchtdeeltjes wilde onderzoeken. De stem in zijn hoofd, zijn stem of die van iemand anders, klonk weer: 'De refractoren leiden de microgolven en de gammastralen af richting zee. Zij veroorzaken een storing.' Een tweede stem verbeterde de eerste: 'Nee, het zijn de geesten. Zij konden hun geliefden niet vinden.'

De schotels op de heuvels gingen uit. Het sterrenlicht verbleekte.

French liet zijn kijker zakken en mompelde: 'De energie slaat het gat.'

Er klonk weer een stem in French' hoofd. Het was een andere stem, zeer zeker niet de zijne: 'We zitten op zeven, meneer.'

French wierp een blik op dokter Thompson, toen op brigadier Chase. Hij keek naar vrouw Laracy, die haar vrolijke houding had laten varen en nu over de stenen aan het strand, die zachtjes tegen elkaar aan tikten, stond uit te kijken. Hard en koud, in het rollende water. De wind blies een nog scherpere stank in zijn richting. Het klikkend geluid werd duidelijker en harder, omgaf ze aan alle kanten, links en rechts op het strand. French keek naar de grond, stenen rolden onder zijn voeten, de grond rommelde, stenen op het strand gleden weg en stuiterden over zijn laarzen. Hij verloor bijna zijn evenwicht, zo sterk was de trilling. Hij greep vrouw Laracy's arm, maar zij was al gevallen.

Verder op het strand klonk een kabaal, een klap die leek op de explosie van glas. Een van de zoeklichten was op het strand gevallen.

Het gerommel ebde weg, terwijl dokter Thompson vrouw Laracy overeind hielp.

'Bent u in orde?' vroeg Thompson.

'Bietje schrik, meer niet,' antwoordde vrouw Laracy, die zich zorgvuldig schoonklopte. 'Geen kwetsuur. Alles in orde.'

De stem in French' hoofd sprak: 'EF-7 nummer 3 gevallen, meneer.'

'Ben je gewond?'

'Nee, meneer. Ik kom uw kant op.'

De groep bleef stilstaan, luisterde naar de golven die met nieuwe kracht op de kust sloegen. Van hoog in de lucht klonk een krijsend geluid. Het zou een zeemeeuw of een kraai kunnen zijn, beide zouden deze avond bijzonder zijn geweest. Eén voor één gingen de hoofden omhoog om te kijken. Andere vogelgeluiden klonken, terwijl het geluid van fladderende vleugels de atmosfeer verstoorde. Vogels werden wakker in het duister. Weer een wanhoopskreet van over zee, dit keer menselijk.

'Wie is daar?' fluisterde French. Een meter of 12 verderop zag hij in een flits glinsterende vleugels, die opstegen, terwijl een muur van natte vogels oprees van onder het oceaanoppervlak. De zee kolkte van de zenuwachtige activiteit, toen scholen exotische vissen boven water kwamen en zich op de kust wierpen.

In een verbijsterende chaos van veren en vleugels, een gewelddadig roffelend geluid, als een muur voor de toeschouwers, doken de vogels naar beneden om de vis op te pikken, tot er geen was overgebleven. Een stem in het hoofd van French kondigde aan: 'We hebben een tsunami, meneer.'

De tl-buizen aan het plafond begonnen spastisch te flikkeren, waardoor zij de gang van het ziekenhuis vervulden van een onaardse hoedanigheid, die goed paste bij de hele sfeer.

Met beide handen greep Kim de schuimrubberen rand van haar stoel vast. Hou vol, hield ze zich voor. Hou je vast. Haar blik verplaatste zich van de deuren van de IC naar Joseph naast haar. Zijn gezicht was in schaduw gehuld, toen weer verlicht.

'Heb je dat gevoeld?' vroeg ze.

'Wat?' vroeg hij.

De lichten gingen weer helemaal aan, alsof ze te helder waren, terwijl Kim en Joseph knipperden naar het plafond. Weer begonnen de lichten te flikkeren. Kim pakte Josephs hand op precies het moment dat ze geheel uitgingen.

'Joseph!'

Een paar ogenblikken later glommen vage noodlichten aan de andere kant van de gang.

'Zo is het genoeg,' zei Joseph en hij sprong overeind. 'Laten we gaan.' Hij trok Kim omhoog en rende naar de deuren van de ic, zenuwachtig op de alarmknop timmerend. Toen de verpleegster reageerde, schoot Joseph langs haar heen, verder de afdeling op, waar een tweede verpleegster bezorgd aan het redderen was, schakelaars omzette, op knoppen drukte, naar monitoren en beademingsapparatuur keek.

'Waar is Robin?' vroeg Joseph op dwingende toon.

'Dat weet ik niet,' antwoordde Kim, hoewel ze wist dat zijn vraag niet tot haar gericht was. Zij zocht het raam af naar de plek waar haar dochter had gelegen, zag een kale oude man in een bed, een oudere vrouw in een ander. Op de volgende zaal lag een donkerharige man van in de veertig, en een kind, een kind dat ze uit duizenden zou herkennen, een kind dat haar hart zeer deed, deed samenkrimpen, en tevens een ontlading van beschermende liefde verwekte.

'Daar,' zei ze wijzend, Joseph meetronend.

Beiden drongen ze de zaal binnen en spoedden zich naar Robins bed. Een verpleegster kwam achter hen aan en begon te protesteren: 'Ja, maar ze is net van de operatiekamer gekomen.' Ze probeerde ze terug te duwen en zei: 'U moet wachten...' maar Joseph wendde zich tot haar en schreeuwde: 'Houd je kop', zo hard dat de verpleegster het opgaf en zich mokkend terugtrok, om haar plicht te vervullen.

'Robin?' vroeg Joseph en hij greep de hand van zijn dochter.

Robins gelaat bleef passief, er was geen spoor van een uitdrukking. Een wit verband zat rond haar borst, boven haar hart.

'Robin,' fluisterde Kim.

'Schatje,' zei Joseph. Hij ging de vage sporen van Robins tekening op haar eigen arm na, de spiraal en het monsterlijk gezicht en de man en de vrouw in de boot. Hij ging met zijn vinger over de tekening. 'Ik houd van je,' zei hij, tranen bevochtigden zijn lippen en zijn oogleden terwijl hij zich over haar heen boog. 'Ik houd van je, schatje.'

Kim keek naar haar man en dacht: wat is er met jou gebeurd, Joseph? Wat is er met jou gebeurd?

'Robin?' vroeg Joseph. 'Kun je me horen, Robin?'

Kim pakte Robins andere hand en zei samen met Joseph: 'Robin?'

'Robin? Dit is papa.'

'Robin, schatje? Dit is mama.'

'Robin.'

'Robin.'

Luitenant-ter-zee French sprak in zijn draadloze microfoon: 'Wij hebben een tsunami die zich verplaatst met vijfenvijftig knopen en die recht op de noord-oostkust van Newfoundland af komt. We hebben ongeveer een halfuur om het gebied te ontruimen. Stuur mij alle beschikbare grond- en luchttransport. Alle grond- en luchttransport. Begrepen?'

Matroos tweede klas Nesbitt en matroos tweede klas O'Toole hielden een kaart plat op het strand. De derde matroos tweede klas Crocker stond bij vrouw Laracy, die met hem sprak over de eetpartijen die zij elke herfst hield als ze bosbessen ging plukken met haar ouders.

'De omgeving van Heart's Content en ten zuidoosten tot Conception Harbour moeten worden geëvacueerd. Wij vragen luchttransport voor het ziekenhuis in Port de Grave en het OLV verpleegtehuis. Breng de de patiënten op de hoogte dat ze voor hun eigen veiligheid worden overgebracht. Stel ze verder niet op de hoogte van de urgentie van onze situatie. Nu nog niet. Verifieer andere medische locaties en begin onmiddellijk met evacuatie. Begrepen?'

'En moet ik een helikopter vragen, meneer?' vroeg Nesbitt.

French staarde Nesbitt aan alsof hij nu pas bij zinnen kwam. Toen keek hij naar de mensen die op hem stonden te wachten in het schemerlicht. 'Wij zijn niet hoogste prioriteit, behalve vrouw Laracy en juffrouw Prouse.' Hij keek eens naar de kust. Rayna Prouse staarde uit over zee. Waar zocht ze naar? Ze stond al een hele poos in die houding. 'Wij nemen grondtransport naar het ziekenhuis zodra alle burgers uit de gemeente verwijderd zijn.'

'Neem me niet kwalijk, meneer, maar we hebben maar een halfuur. Met zo'n korte tijd en de verwachte omvang van de tsunami, moeten we dan nu niet weg?'

French bekeek Nesbitts ogen. Die stonden bang. Niet de ogen van een marineman, maar van een jonge burger met een leven en verwanten. French keek eens naar de beide andere rekruten. Ook zij waren jongemannen met levens voor zich. 'Er zijn hier mensen. Ga ze eruit halen. Jullie kennen de bewoonde huizen van jullie patrouilles. Huize Murray. Huize Cutland. Huize Greening. En check vooral de andere huizen ook. De gehele omgeving.'

De drie zeelui salueerden en matroos tweede klas Nesbitt keek naar French. 'Ik vraag toestemming te blijven en toe te zien op de veiligheid van de luitenant-ter-zee, meneer.'

'Toestemming geweigerd. Neem de jeep en doorzoek de streek. Waar burgers gevonden worden, geef je ze instructie om in hun auto te stappen en naar het zuidwesten te rijden, naar Salmonaire. Indien nodig stel je ze op de hoogte van de tsunami. Sta erop dat ze moeten vertrekken.' Hij wendde zijn aandacht op de visafslag. Drie series koplampen reden daar weg, vormden een rechte lijn toen ze snel rond de bocht van de haven in westelijke richting reden. Hij besefte dat zijn microfoon openstond op alle kanalen. Dat had hij onbewust zo gewild? vroeg hij zich af.

Buiten op zee bonkte een massief geluid over het water. Alle hoofden wendden zich erheen. Wit schuim hing als bevroren in de lucht. Het bleef seconden hangen voordat het weer in zee viel. Het leek alsof er iets gigantisch

in het water was gevallen. Een enkele golf had de landtong geraakt, hem geschud en er een hap uit genomen. Het schuim siste luid toen het een patroon
zocht in het zwarte kolkende water.

'Moeten we een vrachtwagen laten komen, meneer?' vroeg Nesbitt.

'Geen tijd. Die zijn door de staf al terug naar de basis gehaald.'

'Als wij de burgers in de gemeente op de hoogte hebben gesteld, moeten
we u dan komen halen, meneer?'

'Ja. En nou aan de slag.'

'Dank u, meneer.' Nesbitt salueerde en haastte zich met O'Toole en Crocker de duisternis van de omgeving in.

Vrouw Laracy staarde French aan. Ze had haar lippen op elkaar geperst en
bezag hem met sombere achterdocht. 'Wat het al dit geouwehoer over tsunami te beduiden?' vroeg ze uitdagend.

French woog zorgvuldig zijn woorden en sprak: 'Hoge golf.'

'O,' mompelde zij en ze wierp een verlangende blik op zee. Ze grijnsde.
'De branding zwelt aan.'

'Mijn vrouw is in Port de Grave,' kondigde Chase aan, met een hoofdknik
in de richting van de verre lichten op het stuk land aan de overkant van de baai.

'Is er iemand bij haar?' vroeg French.

'Nee. Ze is ziek.'

'Oké. Dan moet u nu naar haar toe. Neem dokter Thompson, juffrouw
Prouse en vrouw Laracy met u mee naar het ziekenhuis voor evacuatie.'

'Zeker.' Chase wendde zich tot Thompson maar Thompson zei: 'Ik wacht
hier voor het geval iemand medische bijstand nodig heeft.' Daarop richtte de
dokter zich tot French. 'Wij worden toch door de lucht afgevoerd, niet?'

French knikte. 'Binnenkort.'

'Dan kan ik beter hier wachten dan daar.' Thompson keek over het water
naar de verspreide lichten, terwijl Rayna van de kust rustig naar hen toe kwam
lopen.

Brigadier Chase stak zijn hand uit naar vrouw Laracy, maar ze hield zich
terug.

'Gaan joe maar vort. Ik bin niet van plan mijn thuis te verlaten.' Ze opende haar armen voor Chase, die haar knuffelde. 'O, laat dit de beste knuffel van
dien leven wezen.' Ze kneep hem, kreunde van bewondering, beklopte en
wreef toen zijn rug. 'De geesten hemmen eindelijk 'sproken,' zei ze met
schorre stem. 'Is dat niet lieflijk.'

'Goed, ze kan wel bij ons wachten,' stemde French in.

'En ik blijf bij vrouw Laracy,' kondigde Rayna aan, pakte de hand van de
oude vrouw, waarbij haar ogen verstrooid naar het water keken, alsof ze iets
hoorde dat amper binnen het gehoor lag.

Chase bekeek het groepje eens, liep toen terug, steeds verder en verder, tot
hij door de duisternis was opgeslokt.

'U moet nu ook gaan,' zei French tegen Thompson. 'Er is wellicht niet voldoende plaats in het transport.'

'Ik weet niet of ik wel weg wil.' Thompson glimlachte eens triest en trok zijn wenkbrauwen op. 'Dit is gewoon te intrigerend.'

'Haalt u nou geen gekkigheid uit. U hebt nog een wagen? Gebruik die dan.'

'Dokter, genees uzelf.'

Thompsons commentaar veroorzaakte een ongebruikelijke glimlach op French' lippen. 'Precies.' De dokter fronste nadenkend. 'Ik heb een buitenhuis in Horsechops.' Toen wendde hij zich tot vrouw Laracy. 'Ik kan u daarheen brengen tot...'

'Ik bin niet van plan ergens anders naartoe te gaan als waar mijn voeten staan. Ik bin in heel mijn natuurlijke leven nog nooit buiten deze gemeente 'weest en zo zeker als Christus ga ik er nou niet uit vort vanwegens een plets water.'

'Het is meer dan een plets...'

'Ik zeik op de golven. Wat kunnen die mij doen? Mij een bietje nat maken. Daarna hang ik mijn eigen te drogen en dan is 't daarmee uit.'

Thompson keek eens naar French, die knikte en met zijn blik op vrouw Laracy duidde, aangevend dat hij wel voor haar veiligheid zou instaan.

'Als iemand medische bijstand nodig heeft, wordt hij door de lucht eruit gehaald.' French zei dit om Thompson gerust te stellen. 'U moet gaan. Wij hebben hier geen kreupelen nodig.'

'Weet u niet dat u dat woord niet meer kunt gebruiken?' Thompson keek eens naar het gezicht van de marineofficier en stak toen zijn hand uit. French gaf hem een stevige handdruk.

'Veel geluk,' zei de dokter.

'God zij met u,' merkte French op.

'Zou dat echt schelen?' vroeg Thompson.

''t Kin geen kwaad, jong,' merkte vrouw Laracy op, die haar hand uitstak naar de dokter. Thompson schudde de hand van de oude vrouw en legde zijn vrije hand op haar schouder.

'Pas goed op uzelf, hè.'

'Maakst maar geen zorgen, dok.'

Thompson draaide zich om, liep wat stijfjes weg, de onderkant van zijn stok telkens uitglijdend tussen de stenen. Toen hij het strookje vaste wal bereikte dat naar de weg voerde, riep French nog: 'Moet ik even helpen?' waarop Thompson afwijzend een arm opstak en alleen verder ploeterde. Al snel was de dokter opgeslokt door de inktzwarte nacht. Enkele ogenblikken later werd het geluid van een startende motor hoorbaar. Koplampen strekten zich uit over de weg.

Vrouw Laracy had haar aandacht weer op de kust gericht en zag Rayna bij het water staan. Ze bukte, porde met een stukje wrakhout in een net aange-spoelde kleurige vis. De oude vrouw wendde zich tot French, ademde de vis-lucht eens diep in en zei toen: 'Maar hest vast wel zin in 'n lekkere kop thee met 'n stukje stoet?'

French grinnikte. Hoeveel tijd hadden ze eigenlijk voordat het allemaal voorbij zou zijn? Weer hoorde hij het geluid van kiezels die onder voeten rol-den, iemand liep op het strand. Hij draaide zich om en zag een man drijfnat in het licht van de noodlampen stappen.

'Tommy Quilty?' gilde vrouw Laracy en bekruiste zich. 'De heiligen be-waren ons.'

Rayna slaakte een gil van vreugde en rende naar Tommy toe. Ze sloeg haar armen om hem heen, kuste hem met zo veel uitbundige vreugde op zijn lip-pen dat Tommy begon te stotteren en vreselijk te blozen.

'Ik wist dast hier waarst,' zei Tommy tegen Rayna, en hij hield zijn drui-pende schetsboek omhoog.

Grijnzend verklaarde vrouw Laracy: 'Wel lief jong, bist 'n bezienswaardig-heid.'

De jeep spoedde zich naar de verlichte ramen van het huis van Wilf Murray. Daar aangekomen wachtte O'Toole achter het stuur, Crocker op de achter-bank, terwijl Nesbitt zich naar binnen spoedde om de verzamelde menigte kond te doen van het feit dat er een evacuatiebevel was uitgevaardigd. Enke-len van de aanwezige vrolijke zielen begonnen te schaterlachen, sommigen zo hard dat de borden in de kast erdoor rammelden. Geen van hen was van plan huis en gemeente te verlaten. Zoals een toffe ouwe vent het formuleerde: 'Wij laten ons niet door vreemden vertellen waar we naartoe motten.'

Nesbitt, die wel zag hoeveel kinderen er bij Wilf Murray waren, werd daar nogal opgewonden door en omdat hij een dringende noodzaak voelde de jongsten te beschermen, onthulde hij de aard van de aanstormende tragedie. Dit veroorzaakte slechts verdere lachsalvo's, hoewel een paar vrouwen en jongere mannen bezorgd leken en elkaar even aankeken.

'Ik smeek u,' riep Nesbitt ten slotte wanhopig, waardoor het huis muisstil werd.

'Mijn huis uit,' mopperde Wilf Murray. 'Over mijn lijk.' Alle blikken, eerst op Wilf gericht, werden nu op Nesbitt gericht, die naar zijn riem greep en zijn afstandsbediening uitzette. 'Alstublieft. Ik weet dat het er aankomt en ik weet dat u allemaal zult verdrinken. Echt waar.'

Toen Nesbitt dit gezegd had, keek Wilf Murray hem eens somber aan. 'Wel-licht het hij kijk op de toekomst,' sprak Wilf. Een paar mensen begonnen te giechelen en schudden wat met het hoofd, maar de rest was aandachtig.

'U moet weg,' drong Nesbitt aan, keek naar zijn laarzen en naar de versle-ten vloer daaronder. 'Dit huis wordt door de golf meegesleurd.'

Wilf Murray rechtte de klep van zijn honkbalpet. Hij legde zijn hand tegen de achterkant ervan en drukte hem vaster op zijn kop. Toen bekeek hij Nesbitt nog eens met helderblauwe ogen en daarop, alsof hij intuïtief de waarheid aanvoelde, knikte hij, amper merkbaar.

'Luister naar dat jongmens,' sprak Wilf. 'Laten we gaan.'

Wilf had dit nog niet gezegd of onmiddellijk was het een geschuif met stoelen en een onderling gemompel, dat mettertijd luider werd terwijl de vrouwen de kinderen bijeenriepen en mensen vertrokken. Buiten werden motoren gestart. Uit huis stappend, zag Nesbitt een handvol mensen nog even met elkaar blijven staan praten op het voorerf, voordat ze instapten.

De heer en mevrouw Murray waren de laatsten die gingen. Nesbitt zag Wilf de hand van zijn vrouw pakken om haar te steunen terwijl ze naar buiten stapten.

'Ik mot d'r een paar pond af,' zei ze snuivend.

Er brandde nog een lamp in de gang.

'Die wilt u wellicht nog uitdoen,' waarschuwde Nesbitt, wijzend door de gang.

'Most altijd 'n licht branden laten,' verklaarde Wilf en hij knipoogde naar Nesbitt.

Na zich ervan te hebben overtuigd dat alle mensen die bij Wilf Murray waren in de beschikbare voertuigen pasten, reden Nesbitt, O'Toole en Crocker door naar het huis van Bren Cutland. Viool- en accordeonmuziek stroomde door de open voordeur. Weer sprak Nesbitt met overtuiging en met grondig gemeend vuur de verzamelden toe, en het huis werd uiteindelijk, zij het niet zonder weerstand, geëvacueerd.

Het derde en laatste huis was dat van Honey Greening. In tegenstelling tot de twee vorige huizen was het hier niet helder verlicht achter de ramen met kaarsen, olielampen of batterijlichten. Maar één ruit, aan het zijerf van het huis, verried een zachte kaarslichtgloed. De donkere achterdeur waarvan de scharlakenrode verf afbladderde, was dicht toen Nesbitt klopte. Er volgde geen beweging. Hij probeerde de koude beslagen koperen knop en merkte dat die bewoog. Hij duwde de deur een eindje open en riep: 'Hallo?' Nog geen antwoord.

Met groeiende vrees stapte hij naar binnen en liep voorzichtig door de hal. Links voor hem stond een deur open en daardoor scheen een vage kaarslichtgloed. Hij luisterde, maar als er al geluid had geklonken voordat hij binnenkwam, dan was dat plotseling gedempt. De deuropening naderend, draaide hij zich om en zag daar in de kleine keuken en in de zwakke gloed van twee kaarsen vijf mensen hem aanstaren in een broedende stilte, terwijl hij zich over de drempel boog. Vier zaten er rond de tafel. De ander, wellicht een kind, zat ergens in de hoek gehurkt. Onheil verwachtende blikken werden op Nesbitt gericht, waardoor hij stokstijf bleef staan, want hij besefte met een bloedstollende verkilling die zich door zijn hele lichaam verspreidde, dat deze vijf beste mensen al wisten wat hun boven het hoofd hing.

De oudste van de groep, een vrouw met vlasblond haar en een grijs gerimpeld gezicht dat benadrukt werd door het kaarslicht, keek Nesbitt onverschrokken aan. Zij was de eerste die sprak.

'Wij zitten te luisteren naar vertelsels,' bekende de vrouw met een dermate schorre stem dat ze deed denken aan het loeien van een fikse winterstorm. De anderen drukten zich tegen elkaar aan en knikten in ijverige, gemeenschappelijke overeenstemming. Enkelen grepen de rand van hun stoel en schoven die naderbij. Een van de verzamelden, een jongeman met een eivormig hoofd, zwaar beschadigde tanden en een gedraaid oog, gromde nadrukkelijk en klauwde twee keer naar zijn neus.

De kleine figuur die in de hoek stond, aanvankelijk door Nesbitt voor een kind aangezien, bleek een man te zijn, zijn ledematen stonden in vreemde hoeken en zijn gezicht was een bijna uitdrukkingsloze massa. Hij begon met een grauwende, door slijm verstopte stem te zingen:

Stormen heb 'k 'zien, ik zeg joe 't was niet mis,
't Is puur geluk dat 'k er nog bin, dat 's wis,
Prat zel 'k er niet op gaan, veel zeg ik er niet van,
Ben niet vlugger bang als menig ander man.

't Was een grauwe nacht waar ik van zing,
En ver uit kust, de plaats van handeling,
't Was niet pluis toen 't tegen duister liep
Ik had ja schrik alsof de dood mij riep.

Daar klommen ze aan dek, stilkens één voor één,
Tien natte zeelui, nee, laat me nou niet alleen,
Aan dek zo klommen ze, hun stem was niet te horen,
Zij liepen door elkander, van achteren naar voren.

Gezichten bleek en nat en glimmend in de nacht,
En elkeen nam zijn plaats alsof 't werd verwacht,
Zij voeren 't schip, kust kwam ja net in zicht,
Of liever mot ik zeggen, 't was vuurtorenlicht.

Toen traden al die natte zeelui weer aan kant,
Doken in zee voordat de zon scheen in het want,
'k Weet waarachtig niet hoe of zij er kwamen,
En ons op thuisreis zo het schip afnamen.

't Was hetzelfde scheepsvolk, wat een ras,
Dat haar bevoer toen zij aan grond gelopen was,
Nou weetst doe mijn verhaal, 't was krek zoals ik zee,
En sindsdien zijn de geesten voor mij echt, o wee!

Nesbitt stond als aan de grond genageld toen het mannetje zich schuifelend en kruipend een weg baande naar de anderen rond de tafel. Opeens stond de oude vrouw op uit haar stoel, zonder geluid of blijk van een bedoelde beweging, en zweefde naar de schoorsteenmantel boven de keukenkachel, waarop een van de beide kaarslichten flikkerde. Toen ze erbij kwam met haar gezicht, waarvan de vele diepe rimpels werden gladgestreken in het volle gulden licht, zodat haar uiterlijk nu weer fris en jeugdig leek, opende ze haar mond, zoog lucht in, en de vlam was uit, waardoor haar uitdrukking in een zwarte leegte kwam te hangen.

De enige nog overblijvende kaars stond midden op de tafel, waar de oude vrouw bij de vier anderen ging zitten. Eerbiedig verzameld en elkaars hand vasthoudend, keken zij vol voorgevoel naar de vlam.

'Wij wazzen,' stamelde de jongeman met het eivormige hoofd, 'naar vertelsels aan 't luisteren.' Trots toonde hij Nesbitt een mondvol geblakerde tanden terwijl de vrouw rechts van de jongeman, een breedbenig mens met koperkleurig haar en een loerende blik, het hoofd van de jongeman tegen haar boezem trok en beschermend zijn dunne haar streelde.

'Stil maar, stil maar,' zei de grote vrouw tot de jongeman. 'We kommen aan 't eind van de spoel. Matroos tweede klas Nesbitt het ons nou 'vonden.''

Huiveringen doorvoeren Nesbitts lichaam, hoewel hij niet durfde te vragen hoe de vrouw mogelijk zijn naam kende.

En al snel wendden de mannen en de vrouwen in de rustige stilte weer allen hun aandacht op de vlam, met een uitdrukking van mysterieuze boetvaardigheid. In één keer openden zij alle vijf hun mond en zogen lucht in, en de ene kaarsvlam brak uiteen in vijf delen die gelijkelijk verdeeld werden onder de aanwezigen. Ze sloten hun mond en alle licht was weg.

Het laatste wat Nesbitt zag was dat het mannetje weer terugging naar de hoek en zijn beide in vleesklonters gevatte ogen op hem richtte. Nesbitt, die in volslagen duisternis stond, voelde zijn hart hevig kloppen terwijl hij elk moment handen of klauwen op zich meende te zullen voelen. Hij deinsde terug uit de kamer en strompelde het erf op, waar hij in de jeep sprong.

'Gaan zij weg?' vroeg O'Toole, met een blik op de open deur. 'Je ziet zo wit als een doek.'

'Er was daar niemand.' Nesbitt schudde zijn hoofd. 'Rijden maar,' zei hij.

'Doe je dat portier nog dicht?' riep Crocker vanaf de achterbank.

'Rijden nou maar. Rijden,' zei hij en hij keek recht voor zich uit.

Op de benedenweg reden auto's en pick-ups in westelijke richting naar

Shearstown Line en ongetwijfeld naar de snelweg daarachter. De drie zeelieden doorzochten de omgeving op licht en levenstekens maar vonden geen van beide.

Ervan overtuigd dat hun zoektocht grondig genoeg was geweest, reden zij terug naar luitenant-ter-zee French. Maar toen de jeep bij de post aan het strand stopte, was er niemand meer. De kust was leeg, op de aggregaten, de wolfraamlampen en de EF-7's na. Afgezien van de militaire apparatuur, glinsterden er kleurige vissen onder het licht van een grote maan die zich had bevrijd uit de donkere wolken boven de landtong. De vissen lagen wanhopig te stuiptrekken op de kust voordat ze tussen de bek van woeste neerduikende vogels werden geklemd en in de lucht geheven.

Nesbitt zette zijn afstandsbediening aan. 'Alle huizen in de omgeving Bareneed zijn leeg, meneer.'

'Nesbitt, we zijn van het strand af en vergezellen Tommy Quilty naar zijn bus. Begrepen?'

'Ja, meneer.'

'Zijn voertuig zal gebruikt worden om bewoners verder in het westen langs de hoofdweg in de richting van de snelweg te evacueren.'

'Begrepen, meneer. Zeker, meneer. Begrepen.'

'Jij moet verder naar het westen, in volle vaart naar de snelweg. Begrepen?'

'Begrepen, meneer, jazeker, meneer. Begrepen.'

Tommy was buschauffeur geweest voor het schoolbestuur totdat hij werd ontslagen omdat hij de kinderen te hard knuffelde. Dat was niet zijn schuld. Hij zag ze in hun jasjes en hun petjes, met hun onschuldige ogen en hun onhandige stapjes de bus in klauteren en hij wilde ze allemaal wel zoenen omdat ze zo aanbiddelijk waren en zo stralend geel. Hij greep ze en knuffelde ze en wist dat ze de liefste dingen waren die ooit op de aarde rondliepen door de wijze waarop hun energie de zijne klaarde. Het schoolbestuur zei dat het geen keus had en Tommy moest ontslaan. Er waren al klachten gekomen van ouders die Tommy Quilty vreesden, die zijn geestelijke gezondheid vreesden. De vrouw in het schoolbestuur vertelde Tommy over de telefoon dat dit soort gedrag jaren geleden nog wel door de beugel had gekund, maar nu niet meer. Niet tegenwoordig. Niemand mocht iemand nog aanraken zonder de uitdrukkelijke toestemming van de getoucheerde.

'Ook niet uit vriendschap of uit vreugde?' had Tommy gevraagd, aan wie het antwoord van het gezaghebbend schoolbestuur een streng en gemeen 'Nee' was geweest.

Dat was vijf jaar geleden gebeurd. De bus stond een jaar lang werkeloos voordat Tommy door de kerk werd gevraagd de inwoners naar bingo- en kaartavonden te rijden. Als de bus niet werd gebruikt zette hij hem op zijn achtererf en keek er dagelijks naar om zich ervan te overtuigen dat de muizen en de eekhoorns die zich in de kapotte bussen hadden genesteld, niet ook nog in de bruikbare zouden intrekken.

Tommy vond het vreemd om 's nachts in de bus te zitten, zeker nu zijn kleren drijfnat waren, zwaar aan zijn huid plakten en hem hinderden. Hij vond het een vreemde gewaarwording de koplampen aan te zetten met een marineofficier, die zijn gedachten vrijwel voor zich hield, op de bank achter zich. De nacht betekende over het algemeen dat Tommy bezig was mensen van spelletjes op te halen. Nu werd de bus gebruikt om mensen te redden van een gevaar dat hij niet kon vatten maar waarvan hij begreep dat het er was en naderde. Zijn kletsnatte schetsboek lag op de bank aan de andere kant van die marinejongen. Al zijn tekeningen waren verlopen. De bladen waren aan elkaar geplakt en de inkt en de kleur waren samengespoeld tot een onbepaalde, vage kleur.

Tommy probeerde de motor. Die jankte een paar keer voordat hij aansloeg en begon te brullen.

'Laten we gaan,' riep luitenant-ter-zee French boven het lawaai uit.

Tommy dacht aan vrouw Laracy, terwijl hij in de spiegel keek en vervolgens de lange trillende versnellingspook begon te beroeren. Ze had niet met hem mee gewild, bewerend dat zij niets te zoeken had in Port de Grave of het ziekenhuis. In plaats daarvan zocht zij troost in haar huis. Er was geen tijd om haar te overtuigen, had de commandant gezegd. Rayna had besloten bij vrouw Laracy te blijven, om de oude vrouw gezelschap te houden, tot French terug zou zijn met de helikopter.

De grote motor begon harder te brommen terwijl er tranen over Tommy's wangen rolden. Hij was wanhopig bang voor zijn vrienden, bovendien plakten zijn doorweekte kleren aan zijn huid, drukten hem fijn, alsof ze hem wilden martelen. Kon hij die maar uittrekken en lekkere droge aantrekken. Hij reed de brede oprit langs zijn huis af, vlak langs zijn eigen bestelwagen. Eenmaal op de weg draaide hij en toen hij recht reed en op weg was, kon hij de lange pook in de tweede versnelling schuiven. Meer zwaar brullen klonk toen ze een gat in de weg raakten en in hun stoelen stuiterden.

'Ik zend een heli voor Rayna Prouse en vrouw Laracy,' kondigde French aan, alsof hij de bron van Tommy's somberheid wel kon peilen. 'Wij moeten naar bewoners in huizen zoeken. Dat is belangrijk.'

Tommy klauwde naar zijn ogen om er vooral voor te zorgen dat hij zag waar hij reed. Hij voelde dat er op dit moment niet veel mensen meer langs de weg liepen, maar hij zei niets tegen die jongen van de marine, omdat hij zich er niet mee wilde bemoeien. Weer veegde hij zijn warme tranen weg, menend dat hij, als hij maar met de zieken in Port de Grave zou kunnen praten, ze gezond zou kunnen maken, dan zou er uiteindelijk helemaal niets ernstigs gebeuren. Alles wat er gebeurde, al die monsters en al dat terugkeren van doden uit de zee, werd veroorzaakt door de mensen die niet konden ademhalen. In zijn tekeningen kon hij zien dat zij iets kwijt waren. Dat was afgebroken, in een werveling van kleuren, en teruggegaan naar het water, naar de plaats waar het oorspronkelijk geschapen was. En nu kwam het terug naar hen.

'Wat hier gebeurt heeft allemaal te maken met energie,' zei de marinejongen terwijl de bus door nog een gat in de weg bonkte.

Tommy wist niet helemaal zeker of die jongen van de marine het tegen hem had of zijn microfoon gebruikte om met mensen te communiceren die kilometers verderop zaten.

'Er zit energie in die geesten en die is opgehoopt.' Hij boog zich voorover in een poging Tommy's gezicht te zien, alsof wat Tommy dacht van belang was. 'De kustwacht vermeldt een muur van amberkleurig licht achter de tsunami, de getijdengolf. Misschien is het dezelfde energie die we hier zagen vertrekken.' De jongen van de marine verbeterde zichzelf meteen. 'Die sommigen hier hebben zien vertrekken. Hebt u die zien vertrekken?'

'Jazeker.'

'Misschien is het de energie van die doden in de visafslag. Ik weet het niet. U wel?'

Tommy haalde zijn schouders op. Hij reed door een aardige uitholling in de weg en dat bezorgde hem een leuk gevoel in de maag. Het deed hem denken aan de tijd dat hij de kinderen met de schoolbus wegbracht. Hij moest wat lachen bij de gedachte hoe hij dan snelheid maakte als ze zo'n uitholling naderden, om de kinderen van vrolijkheid te horen gillen. Hij moest altijd met hen meelachen.

'Vrouw Laracy heeft me verteld dat u door het kleine volkje bent meegenomen toen u baby was. Klopt dat?'

'Dat was zo, meneer.'

'En u hebt paranormaal zicht?'

'Ja.'

'Die kracht achter de golf, dat zouden de geesten van de doden kunnen zijn, of niet?'

Weer haalde Tommy slechts z'n schouders op, verstrooid, en toen zei hij, met een diepe, maar onzekere stem: 'Volgens mij zit d'r 'n scheur in de zeebodem en daarheen motten ze, om bij de draaiende derwisj te komen.'

'Wat?'

'De draaiende derwisj in 't midden.'

'Wat is dat dan?'

'Onder water.'

'Wat zit er onder water?'

Tommy wierp een blik op zijn drijfnatte schetsboek. Hij zoog op zijn onderlip maar hield zich stil. Kon hij die jongen van de marine nu maar zijn tekeningen laten zien. Vooral die van die scheur in de bodem van de oceaan en dat amberkleurig licht dat daar binnenkwam om naar de werveling in het midden te trekken. De marinejongen zou dat wellicht kunnen begrijpen.

'Wat zit er onder water?'

Tommy keek eens in de spiegel en zag dat de man naar hem zat te kijken voor een antwoord.

'Alles,' antwoordde Tommy.

De marinejongen staarde Tommy aan, keek toen naar de kant van de weg. 'Stop hier. Ik moet dit huis even nakijken.'

Tommy deed wat hem gezegd werd, maar zijn handen beefden op het stuur. Hij knikte, hoewel hij wist dat het verspilde tijd was en dat zij door almaar te stoppen en weer te stoppen, niemand zouden redden en niets zouden veiligstellen, behalve hun eigen ondergang.

Doug Blackwood streek met de lichtbundel van zijn zaklamp over de schoon aangeveegde vloer van zijn schuur, blij om te zien dat er dit keer geen kabeljauwen aanwezig waren. Er waren ook geen spoken te zien, geen zeemeerminnen die op het punt stonden hem een welgemeende kus toe te blazen. Zijn geest leek vrijwel weer normaal. Hij wist precies waar het aggregaat stond en liep er recht op af.

Omdat zijn grond op een hoog punt aan Codger's Lane lag en zijn huis over het water uitzag, kon hij een flink deel van de gemeente overzien. Hij had ook een ongehinderd uitzicht over de baai, tot Port de Grave. Vanuit zijn uitkijk had hij de legerjeep door de gemeente zien racen, om te stoppen bij Wilf Murray, toen bij Bren Cutland, voordat ze uiteindelijk de laatste keer stopten bij Honey Greening. Kort daarna had Doug een massale uittocht waargenomen, waarbij iedereen wegsnelde als een zooitje halfgare schijtlaarzen. Toen de legerjeep voor zijn huis tot stilstand was gekomen, had hij zijn licht uitgedaan, Bramble tot zwijgen gemaand en stilgestaan als een standbeeld, in afwachting van hun voorbijgaan. Die soldaten waren een vervelend stelletje lastpakken. Blij ze kwijt te zijn nu ze weg waren. Eindelijk rust.

Terwijl Bramble geduldig zat te wachten, plaatste Doug het aggregaat op het gras voor de schuur. Als hij een of andere arbeidsbesparende machine gebruikte, hoorde hij altijd zijn vaders afkeurende woorden over dergelijke apparatuur: 'Er komt niks van de mens terecht als hij zijn vertrouwen blijft stellen in zulke hulpmiddelen. Hij holdt geen spier aan zijn bonken over. In de kommende jaren wordt hij zo mager en zo klein als 'n luis.' Zijn vader had elke uitvinding gemeden die het leven gemakkelijker maakte en liet zich een enorme litanie van vervloekingen ontvallen, die Doug toevallig hoorde, toen hij voor de eerste keer een elektrische blikopener zag. 'Godsammeshitverdommekutklotejezusallemachtig!' had zijn vader uitgeroepen. 'Weten de mensen op 't heden niet meer hoe ze hun klauwen 'bruiken motten? Zitten op knoppen te rammen als 'n zooitje doorgedraaide goochelaars in een poging hun eigen aan gezonde arbeid te onttrekken.'

Doug keek na of er genoeg benzine in de tank zat en merkte dat hij vol was, zoals hij verwacht had. Zo moest hij het hebben en niet anders. In feite herinnerde hij zich precies wanneer hij voor het laatst het aggregaat had gevuld. Dat was drie weken geleden. Hij had zich 's avonds in bed liggen afvragen wat hem dwarszat om te beseffen dat het aggregaat niet vol was. Die dag had hij het gebruikt om zijn houtsplijter aan te drijven en zijn brandhout gekliefd en keurig opgeslagen om het door de zon te laten drogen. Klaar met die klus, had hij onzorgvuldig genoeg vergeten de tank bij te vullen. Die gedachte knaagde zo onophoudelijk aan hem dat hij midden in de nacht gedwongen was geweest op te staan en de tank te vullen uit de rode plastic jerrycan in de schuur.

Doug trok aan het koord en stelde genoegen in het soepele zoemen. 'Met de eerste keer,' zei hij trots tot Bramble.

Het vijftienhonderd watts zoeklicht stond in de schuur. Doug haalde het eruit, plugde het in het aggregaat en zette het aan. 'Jezus,' mopperde hij. 'Da's helderder als ik docht.' Het licht was elektrisch wit en verblindend stralend. Bramble stond op, staarde erin, trok zich toen terug en ging weer zitten.

Doug liep de schuur weer in om een bus verf te pakken en de nieuwe kwast die hij speciaal voor deze taak had gekocht. Naar buiten stappend zag hij verscheidene enorme fladderende schaduwen tegen de zijwand van de schuur en bleef staan. Brambles lange witte snuit was die kant op gericht en haar ogen bestudeerden die flikkerende schaduwen met veel aandacht. Ze jankte toen ze begonnen te bewegen en uit te waaieren. Het waren motten die tegen de lamp aan vlogen.

Doug bukte zich, lichtte met zijn schroevendraaier het deksel van de bus verf, legde het zorgvuldig aan de kant en doopte de kwast in. Dit was kwaliteitsverf. Dik en rijk. Niet die goedkope troep die binnen een jaar ging afbladderen. Hij streek de verf uit op een droge plank en stond zich te verkneukelen over de wijze waarop die het hout bedekte. Dat wordt zo goed als nieuw, verzekerde hij zichzelf. Niemand zou hem ooit van luiheid kunnen beschuldigen. Dat stond vast. Trots knikte hij eens bij zichzelf en begon de verse verf op te brengen.

'Hoe ziet dat d'ruit, Bramble?'

De hond bleef naar de flikkerende schaduwen kijken die in aantal toenamen, jankte toen nog eens en richtte haar blik op zee.

'Wat is d'r aan de hand, wicht?' vroeg Doug terwijl de silhouetten van insecten toenamen, bij tienduizenden aangetrokken door die enorme vlek licht. Al spoedig werd alle schijnsel verduisterd door een wriemelende zwarte golf en in plaats van helder licht wankelde een muur van schaduw onheilspellend en slokte de zijwand van de schuur op.

Toen de bus bij het ziekenhuis kwam, na een eindeloze rij auto's te zijn gepasseerd die in de tegenovergestelde richting met grote snelheid wegreden, was de verwachte tijd van impact vastgesteld op een kwartier. De zeven huizen die French en Tommy hadden bezocht langs de weg naar Bareneed herbergden geen burgers. Twee transporthelikopters, een Labrador en een Sikorsky, waren bezig de vrouwelijke patiënten in te laden aan de rand van het parkeerterrein van het ziekenhuis. Het lawaai van de rotoren overstemde al het andere in French' oortelefoon. Het was te merken dat de patiënten wisten dat ze met een urgente situatie te maken hadden, maar er was geen spoor van paniek. Ze bewogen op systematische wijze en waren eigenlijk slechts verbijsterd.

'Zijn de patiënten met de ademhalingsproblemen al overgebracht?'

Geen antwoord. French luisterde, wachtte, drukte zijn oorstukje dichter tegen zijn oor. Tommy stond naast de bus naar de patiënten te kijken in hun pantoffels en pyjama's en nachtjaponnen, terwijl zij op een rijtje naar de helikopters liepen. Sommigen hadden een rollend infuus naast zich, anderen tijdschriften of boeken onder de arm. Een bleke jonge vrouw had een koptelefoon op en klemde een muziekapparaat tegen haar buik. Bij de ingang van het parkeerterrein, waar het uitkwam op de hoofdweg, waren twee soldaten bezig de auto's door te loodsen die weg wilden.

'Wie is daar? Dit is luitenant-ter-zee French.'

Terwijl Tommy naar die rij keek raakte hij opgewonden. Hij begon rond te lopen in een brede kring, vervolgens in een steeds kleinere kring, voordat hij afsloeg naar het ziekenhuis.

French volgde Tommy op de hielen en hoorde zwak de stem zeggen: 'Nee, meneer. Patiënten met ademhalingsproblemen liggen op de vijfde verdieping. We zijn momenteel op de vierde.'

'Begrepen.' Hij liep rond een rij ambulances waarvan de deuren openstonden en waarin patiënten geladen werden, en naderde de deur van de Eerste Hulp. 'Hoe zit het met de vrouwen?'

Stilte. Achter Tommy aan liep hij het ziekenhuis in, die zich haastte door de lege wachtkamer, zijn schoenen zompend en zijn kleren nog druipend terwijl hij zijn kletsnatte, tot pulp verweekte schetsboek tegen zijn borst klampte.

'Ik herhaal, hoe is het met de vrouwen?'

Zij schoten met de lift naar de vijfde verdieping en toen ze eruit stapten wees Tommy naar een zaal aan het eind van de gang. Hij hield zijn arm omhoog terwijl zijn pas zich versnelde en French moest gaan rennen om hem bij te houden. Ze kwamen langs een aantal mensen die door soldaten werden meegenomen en een rij van bezette bedden die aan één kant van de gang gezet waren. Een nauwe doorgang. Terwijl Tommy en French zich voortspoedden, keek een bazige doch verbijsterde verpleegster ze bezorgd aan.

'Niet zeker of de vrouwen zijn getransporteerd, meneer. Er is een misverstand.'

'Begrepen. Wat ben je aan het doen?' riep French tegen Tommy, die de vraag negeerde en een zaal in dook.

Onmiddellijk had Tommy een plek ingenomen langs een van de bedden en keek naar de man die daar lag. Hij begon een ernstig woordje met hem te spreken. French trok een stoel naar het midden van de kamer en riep Tommy terwijl hij op de stoel klopte. 'Hier moet je toch zijn, of niet?'

Enigszins verward keek Tommy naar French, grijnsde toen zijn bekende spitse grijns en haastte zich naar de stoel. Hij klom erop, nog steeds met zijn doorweekte schetsboek tegen zich aan. Hij werd nu serieus, schraapte zijn keel, keek van bed tot bed en sprak toen met een houten tong, alsof hij een rol in een toneelstuk had: 'Ooit voer ik op zee in boot mit 'n nuvere blauwe hemel boven mij, nergens was slecht weer voorspeld. Ik zat daar met 'n lijn buitenboord, te visken op kabbeljauw.' Hij glimlachte ze eventjes bemoedigend toe, naarmate de aangename herinnering volledig tot hem doordrong. In de pauze in Tommy's verhaal werden er twee hoofden loom zijn kant op gewend.

Enkele ogenblikken later was de glimlach van Tommy's gezicht verdwenen en staarde hij bezorgd naar zijn eigen grijze gymschoenen. 'Toen maakte duisternis zijn eigen meester van mij. Een schaduw alsof iets de warmte van de zon wegnam. Maar d'r was nergens een wolk te zien. Ik hoorde iets stromen, als een rivier in 't voorjaar en ik keek over mijn schouder en daar zag ik aan einder de zee oprijzen. Hoog als een berg was ze en ze kwam op mij toe. Ik keek haar aan en ik keek maar. Ik had nog nooit zoiets 'zien. Ik zat in mijn boot en ik kon bijna niet gaan staan. Van zover af was ze een macht, die mij aan mijn bank vastschroefde. Ik kon eerlijks geen vin meer verroeren.' Tegen deze tijd was er leven gekomen in nog vier andere mannen in de bedden en zij wendden hun gezicht heel duidelijk in Tommy's richting. 'Ik wist dat 't met mij gedaan was. Ik zag die duisternis kommen, zo gauw als wat, 't brullen werd luider en toen...' Tommy haalde even adem terwijl alle ogen op hem gericht waren, '...was het vort. Ze was opeens vort, verdwenen, foetsie...' Tommy dempte zijn stem. De kamer was stil, niemand zei iets, alleen de beademingsapparatuur meldde zich met een ritmisch geluid. 'Ik wist niet eens waar ik was... zat ik op zee of was het allenig mijn verbeelding die probeerde mij de stuipen op 't lijf te jagen?'

Een paar mannen bromden wat of kuchten, probeerden te praten met de beademingsbuis in hun mond, anderen knikten zwakjes. Alle ogen waren op Tommy gericht, terwijl hij op zijn stoel stond, met zijn druipende kleren waardoor een plasje zeewater op de vloer ontstond, een plasje dat alle kanten uit stroomde en de metalen beddenpoten bereikte. De ogen van de mannen begonnen te stralen toen ze de lucht van het water roken. Enkele ogenblikken later schoten er vier stralen amberkleurig licht door de ramen en elk daarvan drong het hoofd van een man in.

Een stem in het hoofd van French sprak: 'De tsunami verliest kracht, meneer. De energieproductie is teruggebracht tot 20.000 KP. We zijn vertraagd tot zevenenveertig knopen. De impact komt waarschijnlijk tien minuten later.'

'Begrepen,' zei hij en toen vroeg hij Tommy: 'En toen?'

Tommy sprong van de stoel en grijnsde met veel medeleven, stak zijn duimen omhoog naar de mannen om hem heen, op een stijve manier. Toen nam hij French mee naar de zaal aan de andere kant van de gang waar sommige vrouwen waren neergelegd, maar die bedden waren al leeg. Gladde lakens, opgeklopte kussens.

'Wat is er met de patiënten gebeurd?' vroeg French aan de potige verpleegster die was komen vragen wat zij daar moesten.

'Het leger heeft ze meegenomen,' zei zij, op haar hoede, een beetje achterdochtig doordat French zo snel sprak. 'Vrouwen eerst. Tijdje geleden al.'

'Waar ligt de rest van de heren met ademhalingsproblemen?'

'Door deze hele gang.' De verpleegster boog zich voorover en wees op de rij deuren. 'We maken ze klaar voor het transport. Nu geen bezoek.'

French knikte met zijn hoofd naar Tommy, die de volgende zaal binnen drong. Weer ging Tommy op een stoel zitten en vertelde een ander verhaal, een dat bijzonder scheen in te spelen op de behoefte van de mannen in die zaal. En weer, net op tijd, kwamen al die mannen bij.

Vanaf zijn standpunt in de deuropening, bestudeerde French een oude man in het bed het dichtst bij hem. Hij merkte hoe aandachtig de man naar Tommy keek, hoe zijn lippen begonnen te trillen en zijn vingertoppen aan de lakens begonnen te pulken. Zijn zwarte pupillen, als twee druppels inkt met een heel klein puntje weerspiegeld licht in elk, vraten de ogen van de man op. Een ruk met zijn hoofd en zijn ogen schenen te verhelderen, het zwart kromp. Twee lichtblauwe irissen. French keek eens naar het raam: een straal amber stroomde geluidloos door de ruit en drong het hoofd van de man binnen.

De stem in het hoofd van French rapporteerde: 'Energieproductie 15.000 KP, negenendertig knopen. Impact weer tien minuten uitgesteld. Punt van impact wordt nu geschat op drieëntwintig zevenenveertig, meneer.'

De oude man glimlachte zwakjes, sloot toen zijn ogen met een knik van vervlogen affectie.

'De ziekte,' fluisterde French wanhopig, 'zorgt voor die golf. De geesten.'

'Dat kon ik even niet volgen, meneer.'

Verdaasd keek French om zich heen en merkte dat Tommy weg was. Hij liep de gang op en keek in de volgende zaal, waar hij Tommy hoog op een stoel vond, terwijl hij met zijn handen stond te gesticuleren voor dramatisch effect en, al zwaaiend met zijn verpeste schetsboek, zijn zeemansverhalen met hervonden bravoure ten beste gaf.

'Mochst bang wezen dan bist hier beneden veilig.' Vrouw Laracy hing haar olielamp aan een spijker boven een van de balken en staarde in het warme, gezellige licht. De hanenbalken, zo laag als ze hingen, dwongen Rayna te bukken om haar hoofd niet te stoten, maar vrouw Laracy, die in haar volle lengte ging staan, had daar geen last van. 'Als die golf d'raan komt, dan komt 't water niet door die planken.' Ze wees naar boven om Rayna gerust te stellen. 'Ze binnen zo dik als bakstenen en gebreeuwd met pek. Dit huis is krek zo 'bouwd als 'n boot, door mijn vader, en hij was botenbouwer. Het kan ook drijven. Het werd jaren her hiernaartoe 'varen.' Vrouw Laracy keek eens naar een zeemanskist die op de versleten lemen vloer naast een plank vol inmaak stond. Tafelzuur, jams en geleien.

'Ik wacht liever op de helikopter. Boven. Dan kan ik uitkijken...'

'Schuif dat ding maar aan kant,' instrueerde vrouw Laracy Rayna. 'Deze kist?'

'Ja, die.'

Toen Rayna zich bukte en haar best deed de blauwe kist met koperbeslag aan de kant te schuiven, zwierf de blik van vrouw Laracy nieuwsgierig over de balken boven haar en ze luisterde. Redding, dacht zij. Dat is echt een woord voor gekken. Ze vestigde haar aandacht weer op Rayna, die de kist amper 25 centimeter aan de kant had gekregen.

'Ja, dat ding is vast zwaar. Ik was hier zo dikwijls dat mijn vader mij uiteindelijk verbood in kelder te gaan zitten.' Ze keek om zich heen, blij koele leem om zich heen te voelen. 'Mijn vader schoof die kist daarheen zodat ik niet kon kommen bij wat d'rachter legt. Dat voorwerp van mijn aanhankelijkheid.'

Kreunend gaf Rayna nog eens een ruk en daar kwam een gat tevoorschijn, waarin een gepoetste houten kist stond. 'God, dat is zwaar,' zei Rayna, die overeind kwam en uitademde.

'Dat is mijn uitzet,' onthulde vrouw Laracy. 'Die is gemaakt van rozenhout, ook door mijn vader. Rozenhout is een nuvere holtsoort. Rijk en glad, met 'n opvallende grein. Dat zei Uriah altijd. Dat had hij van mijn vader 'hoord.' Ze boog zich ernaartoe, ging er liefderijk met haar hand overheen, beklopte de kist twee keer en tilde toen voorzichtig het deksel op.

Er lag herenkleding in. Een marineblauwe trui, een aantal zakdoeken, grijze of bruine broeken. Allemaal keurig opgevouwen. Vrouw Laracy legde een zakdoek plat op haar hand, waarbij de geborduurde randen sierlijk over de rand van haar hand gingen hangen.

'Deze zakdoek heb ik voor Uriah bestikt.' Ze hief de schat op zodat Rayna de details ervan kon bekijken.

'Mooi,' zei Rayna. Ze was verstrooid, ze vouwde en ontvouwde haar handen. Ze stond te draaien en keek naar het plafond. 'Was dat... ik hoorde gerommel...'

'Maakst dien maar geen zorgen,' garandeerde vrouw Laracy. 'D'r is geen doodsgevaar dat dij deze avond boven de kop hangt.' Ze legde de zakdoek weer terug en pakte luchtigjes de marineblauwe wollen trui op. Terwijl ze dat deed slaakte zij zacht een liefderijke zucht. In een droom van herinnerd genoegen, bracht zij de dikke trui bij haar neus en sloot haar ogen, snoof de wol op die de hars van haar handen bevatte en de nog aanwezige lucht van haar tragisch verloren geliefde.

'Uriahs moeder het Uriahs kleren aan mij na'laten, omreden dat ik zijn verloofde was.'

Er klonk boven hun hoofd nu een geluid, een zachte trilling die zich voortzette in het houten geraamte van het huis. Onmiddellijk verwijderde Rayna zich richting trap en bleef daar staan wachten, met haar hand uitgestrekt.

Vrouw Laracy schonk weinig aandacht aan Rayna. Ze snoof nog eens aan de trui, sloot haar ogen, hield haar adem in, proefde de geur, waarbij haar hoofd bijna omliep van vervoering.

'We moeten gaan.'

Bijkomend opende vrouw Laracy haar geschrokken ogen en liet langzaam de gekoesterde adem los. Toen vouwde ze de trui weer netjes op, legde hem terug op precies dezelfde plek en streek hem glad.

'Dat is de helikopter,' zei Rayna, met zenuwachtige vingerbewegingen, enkele treden naar het donkere huis boven beklimmend. 'Kom mee, laten we gaan.'

'Maak dien geen zorgen.' Vrouw Laracy sloot het deksel van de kist. Weer ging ze met haar hand over het gepolijste hout, om het stof eraf te vegen. 'Uriah,' fluisterde zij, en ze staarde eventjes naar de vlammen in het hout, voordat ze naar de lamp boven haar hoofd greep. Overstromend van melancholie ging ze naar Rayna toe, die haar hand greep en haar de steile smalle trap op stuurde.

Vrouw Laracy keek nog eens terug in de kelder die donkerder werd nu zij naar boven gingen en vertrokken. 'Waarom hest zo'n haast,' mompelde ze tegen Rayna. Toen nog eens, met een zo wanhopige stem en zo in zichzelf dat het amper hoorbaar was: 'Waar hest zo'n haast mee... om weg'lokt te worden?'

Agatha had al haar brokken op en de waterbak stond droog. Toen dokter Thompson haastig de keuken binnen kwam, de onderkant van zijn stok piepend op het linoleum, en met de zaklantaarn deze trieste stand van zaken bescheen, bood hij Agatha uitgebreid zijn verontschuldigingen. Zij miauwde, haar ogen keken hem gloeiend aan met weerschijn. Hij tilde de dikke kat op. Meteen drukte zij zich tegen hem aan in pure vervoering. Thompson richtte de straal van de zaklamp op de open wc-deur en zag dat het deksel van de pot openstond.

'Nou ja, water heb je in elk geval gehad.'

Op weg terug naar zijn voordeur, zich opmakend om met Agatha onder een arm te vluchten, werd Thompson getroffen door een gedachte en hield de pas in. Hij draaide zich om, om een laatste blik op zijn woonkamer te werpen, en ging met de straal van de zaklamp over de stille, bijna spookachtige spullen. Toen keek hij op zijn horloge.

'Nog een paar minuten,' mompelde hij. Hij beende de keuken in, naar de achterveranda en toen langs de keldertrap, zorgvuldig oplettend niet over zijn lange stok te struikelen. Toen hij de wijnkelder had bereikt vroeg hij zich hardop af: 'Wat neem je nou mee?' Hij vond een zak op de vloer, liet zijn stok vallen en zette Agatha op zijn schouder, met de zaklantaarn in een hand. Wat waren zijn geliefde flessen? Hoe kon hij ooit een keus maken? Hij ging met het licht over de etiketten, allemaal zo elegant en zo keurig ontworpen. Puur raffinement. Port, cabernet, merlot, bordeaux en brandy.

Agatha spon vlak bij zijn oor terwijl hij zich concentreerde op zijn poging, waarbij hij zorgvuldig glas op glas stapelde tot zijn handelingen sneller werden en hij de zak met de snelheid van een rover vulde. Eenmaal klaar pakte hij de zak van boven beet en tilde hem op, kreunend toen hij hem over zijn schouder hing. De stok moest blijven liggen waar hij hem had laten vallen. Het was de stok of de zak. Hij scheen met de zaklamp voor zich uit en strompelde op de trap af, flessen rinkelend op zijn rug, met een gevoel alsof hij het huis van een vreemde aan het plunderen was.

Boven, in de koelkast, lagen drie soorten kaas: brie, havarti met dille, en zijn zilte, bloeddruk opjagende favoriet, feta. Hij vond zijn Russische kaviaar en een blikje lekkere sesamcrackers dat hij net afgelopen week gekocht had in een delicatessenwinkel in St. John's. Zouden ze hem naar een of andere schuilhut op Horsechops brengen, dan had hij toch eten nodig. Hij vulde een plastic zak met etenswaren en stopte die weer in de zak bij de flessen.

'Nee, van mijn hoofd af, Agatha,' zei Thompson, tilde de zak weer over zijn schouder en hobbelde de oprit op, waar zijn terreinwagen stond met groot licht op.

Eenmaal in de auto, Agatha comfortabel rechts van hem gezeten, sprak Thompson: 'O, Agatha, mijn schattige lieve poezemoes, wat zullen wij een feest hebben. Wat een buitengewoon diner.' Hij draaide zich om naar de achterbank, waar de zak vastlag in een veiligheidsgordel en snoof de lucht eens diep op. Kreunend zette hij de versnelling in achteruit, en keek op het klokje op zijn dashboard.

'Hoe ver moeten we de weg af rijden,' vroeg hij zich af, zijn lippen vol verwachting likkend, 'voordat we kunnen stoppen voor een picknick onder de sterren?'

Vrouw Laracy keek door uiteengeschoven vitrage naar de nerveuze, verlichte gestalte van Rayna op het erf, die naar boven keek, naar het zoeklicht van de helikopter en tegelijkertijd een hand voor haar ogen hield. Het licht werd helderder naarmate het naderde en aan een geleidelijke afdaling begon. Rayna's beeld verdween schoksgewijs, gloeiend, tot er weinig meer van haar te zien was.

'Het is de helikopter,' schreeuwde Rayna naar de voordeur, niet wetend dat vrouw Laracy al naar buiten stond te kijken.

De helikopter landde midden op de weg en het zoeklicht zwaaide naar het raam van vrouw Laracy, waarbij zij helder verlicht werd door het glas, zodat zij haar hand aan het gordijn zag, de rimpelige huid en de blauwe aderen, de groene mouw van haar jasschort. Ze kneep haar ogen toe en week achteruit, uit deze felle plas licht. Toen stak ze haar neus in de lucht en zei: 'Proberen mij te verblinden, hè, joc mit joen voodoo.' Toen klonk een kloppend geluid tegen de muren. De voordeur werd wijd opengegooid, waardoor het geluid van de rotoren en de draaiende motor het huis geheel vulde.

Toen vrouw Laracy dit lawaai hoorde, haastte ze zich naar haar bank, waarop ze zich neerliet om vervolgens haar breiwerkje ter hand te nemen. Toen Rayna de kamer binnen kwam, riep vrouw Laracy: 'Doe die koleredeur toe. Mijn trommelvliezen bersten nog van dat kabaal.'

'Kom mee,' riep Rayna, buiten adem.

Vrouw Laracy lette niet op Rayna. Ze breide een aantal steken, hield toen de witte sjaal op om de lengte ervan te schatten.

'Je moet nou komen, hoor.'

Vrouw Laracy bleef de bezoekster negeren, terwijl het huis lawaaiiger werd en op zijn grondvesten begon te trillen. Toen vrouw Laracy haar ogen weer opsloeg, was Rayna weg, en stond luitenant-ter-zee French in haar plaats. Een keurig uniform en een baret om haar te redden. Met die man kon je zaken doen.

'Doe bist weerom 'kommen met dien machinerie,' riep ze, tegen het lawaai in. Ze wenkte hem nader, beklopte het kussen naast zich en sprak: 'Kom, zoon van mij. Ga lekker zitten. Tijd voor 'n kopje thee en 'n stukje stoet? Ik zal ketel opzetten.'

French schudde ernstig zijn hoofd. 'Geen tijd.'

Vrouw Laracy grijnsde en lachte, haar tandvlees glinsterde in het eind van de lichtbundel van buiten. 'Nou, d'r is altijd tijd, schipper.' Weer scheen het zoeklicht op haar. 'Zeg die eikels dazze dat licht uitdoen. Ik word niet goed van 't zien d'rvan. In die gemene gloed mot ik d'ruitzien als een stuk vunzigheid.'

'U ziet er prima uit.'

'Dankjewel.'

'We moeten nu weg. Anders kan ik niet instaan voor uw veiligheid.'

'Waar het Rayna d'r eigen verstopt?'

French wees met zijn hoofd naar de voorzijde van het huis. 'In de heli,' antwoordde hij, zonder ook maar een spoor van ongeduld aan de dag te leggen. Hij was een rots in de branding. Praktisch. Een vent is een vent, zoals ze vroeger zeiden.

'Waar komst feitelijks weg, jong? Nooit 'vraagd.'

'Burin.'

Vrouw Laracy breide een paar steken, haar breinaalden klikten tegen elkaar. 'Dacht ik al. Doe bist geen Newfoundlander.' Ze keek hem aan, om te zien hoe hij zou reageren.

'Doet er niet toe.' French liet zijn blik even rondwaren. 'Mooi oud huis.'

'Is mijn thuis.'

'Kom mee, het is tijd te gaan.' Hij gaf een forse knik en keek naar het raam.

'Ach wat,' mopperde zij. 'Geen belangstelling.'

'We hebben een minuut of vijf.'

Vrouw Laracy haalde haar schouders op. 'Doe hest 'n minuut of vijf. Ik heb 'n minuut of tien.'

'Kom dan naar buiten op het erf en kijk zelf. Alleen het erf.' French stapte naderbij en stak zijn hand uit. Vrouw Laracy staarde ernaar, de grote vingers, de ruige huid. Die kreeg geen zitvlees. Hij gebruikte die handen volop. Ze merkte hoe haar vingers zich in weerwil van zichzelf uitstrekten naar de zijne en liet zich overeind trekken. Omdat dat zo snel gebeurde, begon zij meisjesachtig te giechelen, greep toen met haar vrije hand het fotoalbum dat op de koffietafel lag. Ze voelde een opwelling van trots om door die marinejongen te worden meegenomen. Hij was een officier in alles, een man die tegen onoverwinnelijke krachten kon vechten en door het vuur kon gaan zonder zijn scheiding te verliezen. Dat niet alleen, hij was ook nog eens niet op zijn achterhoofd gevallen. Hij had hersens genoeg om officier te zijn. Ze liepen het vooerf op, tegen het lawaai en de wind in. Zij en haar vent.

Vrouw Laracy liet French' hand los, drukte met beide handen het fotoalbum tegen haar boezem alsof ze het moest beschermen tegen de elementen.

De helikopter bleef midden op de weg geparkeerd. Tommy en Rayna zaten erin, naast een heel aantal gezichten die vrouw Laracy niet kende. Evenzogoed wuifde zij vriendschappelijk naar hen en zij wuifden ongeduldig terug, haar smekend te komen, met hun handen aan hun mond en roepend.

French' gestage blik verplaatste zich naar de haven. Vrouw Laracy keek ook die kant op. Inktzwarte duisternis. Geen contour van land meer, alleen een vage, inktachtige schemer. French wees. 'Daar was nog land toen ik uw huis binnen stapte en nu is het weg. U begrijpt wat ik bedoel?' Hij pakte vrouw Laracy's arm en begon haar mee te trekken, maar ze rukte zich los en gaf hem met het fotoalbum een flinke mep op zijn borst.

'Donder op,' zei ze. 'Ik ben niet van plan 'n voet te zetten in dat stuk old roest.'

French keek eens naar de helikopter. Met een zucht keek hij weer naar vrouw Laracy en zonder een waarschuwing greep hij haar in zijn armen en sprong naar de weg.

'Ik kan u hier niet achterlaten,' zei hij hardop.

'Blijf dan bij mij en krijg gewoon 'n nat pak,' mompelde ze, hevig met haar benen schoppend. Bij al deze drukte gleed het fotoalbum uit haar handen en viel op het gras. French vroeg met een wat striktere stem: 'Afstand?'

'Wat? Mijn fotoalbum.' Ze stak haar arm uit, bewoog haar vingers, maar de geopende bladen waren nu al ver weg.

'Hoe gauw?'

'Hoe gauw wat?' Vrouw Laracy lag nog steeds in zijn armen toen hij bij de deuropening van de helikopter kwam. Die begon onmiddellijk op te stijgen, waardoor ze ecn ziekmakend gevoel in haar darmen kreeg.

'Doe hest mij mijn fotoalbum loslaten doen, rotzak.' Ze sloeg naar hem met haar handen en toen met haar gesloten vuistjes. 'Zet mij op grond, wees een heer. Doe hest krek zo veel klas als een bedelaar.'

French hield zijn pas in en zette vrouw Laracy op haar voeten. Ze snoof, streek haar jurk recht, en toen, met een blik op de grond, sprong ze naar buiten voordat de machine te ver van de aarde was.

Ze hervond haar evenwicht en haastte zich naar de plek waar het fotoalbum open op het gras lag. Ze greep het, en knuffelde het geruststellend.

Er werd naar haar geroepen en geschreeuwd toen de helikopter een meter boven de grond hing.

'Gaan joe nou maar,' zei ze, met een afwerend handgebaar. 'Joen wereld is niet voor mij 'maakt.'

Chase legde zijn sleutels naast de potplant op het tafeltje bij de deur, koppelde zijn riem los en hing hem aan de houten kapstok, stond toen een ogenblik stil om het gevoel van zijn eigen huis tot zich te laten doordringen, het gevoel van binnenkomen en van rust, van de wereld buitensluiten, van veiligheid en omslotenheid. Het huis was rustig, schijnbaar onbewoond. Hij bukte om zijn laarzen los te maken en voelde dat elk van zijn daden op de een of andere manier te bedacht was, alsof hij zich veel te bewust was van zijn bewegingen. Geeuwend stak hij zijn hoofd om de hoek van de woonkamerdeur. Kamer leeg. In de hoek stond de televisie, maar hij was niet aan.

Chase haalde diep adem, de lucht van as zat nog in zijn neusgaten. Hij liep door de schemerige hal, voorbij het nachtlampje boven de verwarming dat zwakjes gloeide. Het tapijt voelde zacht aan onder zijn sokken en er hing een permanente lucht van Theresa in de atmosfeer: die bestond uit gedeeltelijk lotion, gedeeltelijk medicatie. Hij liep voorbij de deur van zijn werkkamer, stak zijn hoofd even om de hoek om het zoemend geluid van de ventilator in zijn computer te horen, de screensaver die met kleurige golven door dat doosje heen zwierf. Hij dacht aan de foto's van moordslachtoffers die hij in zijn mapjes op zijn harde schijf had bewaard. Daar zouden de gezichten van de slachtoffers niet langer van hem af gewend zijn, naar de grond of naar de zij gedraaid, maar ze zouden hem rechtstreeks aanstaren.

Hij stapte over de drempel van zijn werkkamer, ging achter zijn bureau zitten, en liet de muis enkele centimeters naar rechts glijden, waardoor het scherm tot leven kwam. Hij klikte door een serie vensters, tot hij bij het mapje kwam waarop stond: 'doodgestoken', opende het vervolgens, waardoor een serie j.pegs vrijkwam. Elk toonde een foto van een moordslachtoffer dat door het blanke wapen was omgekomen. De foto's legden het onfatsoen van elk sterfgeval bloot, de specifieke omstandigheden, details, iedereen kon het bestuderen. De foto's stamden van uit de tijd dat de misdaadfotografie net opkwam, tot tegenwoordig. Van zwart bloed met witte huid tot levendige kleurvlekken.

Chase selecteerde alle voorwerpen en drukte daarna op de deletetoets. Weet u zeker dat u al deze honderddrieënveertig voorwerpen wilt wissen? Ja. Vervolgens opende hij het mapje waarop stond 'doodgeschoten', en wiste daarbij ook iedereen. 'Neergeknuppeld', 'gewurgd', 'zelfmoord', 'verdronken'... dat alles werd uit het geheugen gewist, en toen uit de prullenbak gesmeten. Hij herinnerde zich dat meisje in het brandende zonnehuis. Hij herinnerde zich de oude lijken in de visafslag. Wat kon er nog echter zijn?

Hij ging staan en deed zijn computer uit zonder hem naar behoren af te sluiten. Hij liep naar de deur van de slaapkamer en bleef daar even staan om het volledige beeld van het bed op te nemen. Onder de dekens lag Theresa te slapen. Wellicht droomde ze van niets, met medicijnen de leegte in gestuurd. Of wellicht droomde ze vreselijke dromen, dromen met zulke obscene en gewelddadige beelden dat zij daarvan aan Chase geen details wilde overbrengen. Hij bestudeerde zijn vrouw eens. Al zijn woorden van geruststelling en steun hadden niets voor haar betekend. Al zijn liefde kwam op niets neer. Theresa was in de greep van een ziekte die hem buitensloot. Haar geest zat gevangen in een duisternis die hij had beleefd en voor haar mee naar huis had genomen. Zijn werk. Zijn levenswerk was niet veel meer dan uiteindelijke fascinatie met de dood. Zijn doodswerk.

Hij stapte de stille kamer verder binnen, liep naar Theresa's kant van het bed en zag een potje pillen op het nachtkastje staan. Hij pakte het potje en sloot zijn hand eromheen. Hij liep terug naar de gang, liep de badkamer in, stopte bij het spiegelbeeld dat langs hem heen gleed. Toen draaide hij zich om en keek in de spiegel. Hij moest zich nodig scheren. Hij zag er afgetobd uit, hij leek wel voortijdig oud. Zijn uniform moest nodig gewassen. Het was vies, er zaten vlekken op. Dat alles was helemaal niets voor hem.

'Ik heb mijn plicht gedaan,' hield hij zich voor. 'Ik heb mijn plicht gedaan en ik ben niet gezakt noch geslaagd. Ik heb mijn rol gespeeld in de wereld ergens tussen goed en kwaad. Of niet dan? Ik heb mijn plicht gedaan.'

Hij maakte het potje open, boog zich over het toilet en leegde de inhoud, keek hoe de witte pilletjes van het deksel vielen en in het water plonsden. Daar bleven ze drijven. Hij had gedacht dat ze zouden oplossen maar ze waren harder dan hij verwacht had, ze waren veerkrachtiger dan zijn wil. Hij trok door en keek hoe zij in de transparante draaikolk werden meegezogen.

Bij de wastafel waste hij zijn handen, vulde toen zijn handpalmen met koud water en bespatte zijn gezicht een paar maal. Hij pakte een witte handdoek van het rek achter zich en droogde zijn huid, in de verwachting zwarte vlekken op de doek te zullen aantreffen, maar daar zat niets. De stof bleef volmaakt wit.

Terug in de slaapkamer nam hij niet de moeite zich uit te kleden. Hij ging gewoon in zijn uniform op de dekens en de lakens liggen, hield Theresa vast, zich nestelend in haar bedekte gestalte en drukte zijn lippen tegen de blote huid achter in haar warme hals. Ze verroerde zich niet. Het enige geluid was dat van haar diepe, gelijkmatige ademhaling.

Op dit moment, op dit meest wanhopige punt in de tijd, hield hij haar steviger vast, knuffelde haar hard, aanbad haar meer dan hij ooit voor mogelijk had gehouden, want er was geen toekomst voor een van hen over en die loochening overlaadde hem met liefde.

Robin was gaan glimlachen, hoewel haar ogen dicht bleven, en haar huid lijkbleek was.

'Robin?' fluisterde Kim, boog zich over haar heen en streelde haar haar bij haar voorhoofd. 'Schatje? Dit is mama. Robin?'

Robins glimlach verbreedde zich, zoals Joseph merkte. Hij hield nog steeds de hand van zijn dochter vast. Met een blik op Kim, zochten zijn hoopvolle ogen iets over haar schouder. Hij staarde verwonderd. Kim draaide zich om en zag inktzwarte duisternis buiten.

Een verpleegster kwam de zaal op gerend. 'We moeten haar nu wegrijden. De eerstehulphelikopter wacht.' Een paar minuten geleden had dezelfde verpleegster iedereen in de zaal gewaarschuwd dat Kim en Robin meteen weg moesten, voor Joseph uit, maar Kim had geweigerd. Zij evacueerden de locatie, uit angst voor een verdere uitbraak van die ademhalingsproblemen.

'Nu?' vroeg Kim.

'We hebben één minuut,' zei de verpleegster gehaast, sprintte toen de zaal uit, terwijl Joseph wegliep van het bed. Hij liep naar het raam en stond muisstil.

'Joseph?'

Haar man keek achterom naar haar, zijn gezicht was bleek en nietszeggend. Vanwaar zij stond, had zij geen zicht op de zee. De zwarte muur van de nacht leek heel even te glinsteren. Zwarte vloeibaarheid. Toen werd de schemer helderder en vaag was hier en daar maanlicht te zien.

'Wat is dat?' vroeg Kim, en ze was in een paar stappen bij Joseph.

'Ik weet het niet.'

Kim ging vlak bij het glas staan, haar spiegelbeeld, net als dat van Joseph, vaag, naar haar terugstarend, maar niet uitgesproken genoeg om haar zicht op wat erachter lag te belemmeren. Een muur van water had uit oostelijke richting de kust bestormd en alle licht uit de hemel geblokkeerd. Hij verhief zich dreigend boven de weg naarmate hij oprukte, dwong Kim terug te treden toen de vloeibare duisternis voorbijveegde, amper de ramen van het ziekenhuis rakend, waardoor heel even wat buiten was een enorm aquarium werd dat plotseling was gevuld. Ze schrok, haar weerspiegeling trilde en het glas schudde van het lawaai.

Kim strompelde achteruit, rende naar Robin om haar te beschermen, om zich over haar heen te buigen en haar vast te houden. 'Nee, nee...' Ze knuffelde haar stevig, haar dochters wang tegen de hare. Ze kuste Robins huid, probeerde haar toen van het bed te tillen, maar de apparatuur die aan haar lijf zat, liet zo'n afstand niet toe. Kim hield haar dochter in beide armen, een twintigtal centimeters boven het bed.

'Het trekt voorbij,' zei Joseph terwijl het glas nog harder begon te schudden. Hij legde zijn handen op de ruit en keek naar buiten. 'Volgens mij trekt het voorbij.'

'Mama?' klonk een meisjesstem bij Kims oor.

'Robin!' Kim zag dat Robins ogen nu open waren en haar aankeken.

'Hallo, mama.'

'Robin. O, schatje.' Kim legde het lichaam van haar dochter weer terug in bed.

'Papa?'

'Ja, papa is hier. Daar is hij.'

Robins blik richtte zich loom op het raam waar Joseph stond, met gebogen hoofd, zijn handen tegen het glas gedrukt, alsof hij de duisternis op afstand moest houden.

Het lichaam van French was ten prooi aan tegenstrijdige aandrang. Hij deed vreselijk zijn best niet uit de helikopter te springen en vrouw Laracy te grijpen, zette zijn handen schrap tegen het staal van de deuropening, met Tommy en Rayna aan weerszijden van hem. Een van zijn laarzen hing over de rand, te aarzelen in de lucht. Er lag niets onder. Hij moest hem terugtrekken. Zenuwachtig zocht hij in de helikopter naar een tuig, schoof mensen aan de kant. Toen hij het vond, liet hij het over zijn hoofd en onder zijn arm glijden en trok de lijn uit tot de gewenste lengte. Als hij nu zou springen, zou de lijn hem terugtrekken als hij vrouw Laracy eenmaal te pakken had.

Een stem in zijn oortelefoon sprak: 'Daar is geen tijd voor, meneer.' French wierp een blik op de piloot, die naar hem zat te kijken, zijn hoofd schuddend en met zijn duim naar de grond wijzend. 'U zult ons naar bene-den trekken, meneer.'

French keek naar de gezichten om zich heen. Die waren allemaal gericht op vrouw Laracy, omdat ze haar ongetwijfeld dichterbij of verder weg wilden.

'Ga dan,' schreeuwde een jongeman tegen de piloot. Een dikke vrouw pro-beerde de piloot bij de schouder te grijpen maar hij ontdook haar.

Door de voorruit van de helikopter was de zwarte muur op dertig meter voor hen te zien. Twee vrouwen begonnen te gillen toen ze dat zagen, terwijl de jongeman de dikke vrouw opzij schoof en zelf probeerde bij de piloot te komen.

French vloekte en knarsetandde, deed zijn best orde te houden. Hij wilde roepen: 'Dalen. Nu dalen.' Maar hij kon niet. De anderen zouden sterven als de golf ze zou bereiken, hij zou de helikopter uit de hemel vegen als een stuk speelgoed en ze allemaal doen verzuipen.

Het zoeklicht van de helikopter scheen hier en daar over het erf waar vrouw Laracy naar de zee stond te kijken met haar fotoalbum tegen haar borst gedrukt. Haar gezicht was opgeheven, alsof ze de mist stond te bewon-deren van een zacht zomerregentje.

Port de Grave was verdwenen of niet meer in zicht. De golf drong nu de haven in en kwam op het punt van botsing met de landtong.

'Ik wacht op uw orders, meneer,' sprak de gespannen stem van de piloot in French' hoofd.

French keek naar de voorruit. De golf was nog maar twintig meter verwij-derd. Hij keek naar de grond, zette zijn handen steviger tegen het staal van de deur en stond op het punt om te springen.

'Meneer? Orders, meneer.'

'Hoger,' liet French zich ten slotte ontvallen, hoewel hij 'lager' bedoelde, waarbij het bevel elke zenuw en spier in zijn lichaam aansprak. Lager, lager, lager.

Alle ogen, de meeste half toegeknepen van angst, waren op vrouw Laracy gericht toen de helikopter boven haar verrees, 6 meter, 7 meter...

De oude vrouw had haar fotoalbum laten vallen en haar armen geopend, hield ze wijd gespreid in een gebaar van welkom. Boven de paniekkreten uit de helikopter, ving French de flarden op van een melodie, een paar regels van verwarde woorden: '...wicht aan kust... veel tranen laat... voor hem die op de bodem rust...'

'Hoger,' schreeuwde hij, en beet toen in zijn tong, alsof hij hem eraf wilde bijten, toen de muur met zwart water vrouw Laracy bereikte, haar niet om-verwierp, maar haar gewoon deed verdwijnen. De ruimte pal onder de heli-kopter werd overstroomd, het water rees hoger, tot het tegen de romp aan klotste. Er volgde meer geschreeuw toen de inzittenden elkaar vastgrepen en tegen de verste wand aan kropen.

'Hoger,' brulde French, met de smaak van bloed in zijn mond, en de anderen deden mee, reciterend: 'Hoger, hoger...'

Tommy sloeg zijn handen over zijn oren. Rayna hield hem stevig vast en drukte haar gewicht tegen hem aan. Tranen vertekenden de kleuren die Tommy onder zich in het nabije water zag. De kleuren die rond vrouw Laracy hadden gehangen en die nu gloeiden en zich door de zee verspreidden, lekkend als pigment totdat ze amberkleurig oplichtten en oostwaarts wegschoten.

Het zwarte water steeg met de snelheid van de helikopter zelf, stroomde erin terwijl de inzittenden er wanhopig naar schopten, in een poging het te keren. Toen het water naar binnen stroomde, begon de motor te kreunen van inspanning. Al snel dreef de helikopter, als een mechanisch schepsel dat vastzat en deinde, maar dat de lucht in wilde springen. De inzittenden bleven schoppen en zich harder tegen de andere wand aan drukken naarmate de helikopter meevoer op de golf, op het punt van zinken, in een poging op te stijgen, de motor brommend en knarsend terwijl het water rondklotste in het binnenste en Tommy rook begon te ruiken, menend dat er brand was.

Het pijnlijke geluid van de motor werd harder, luider en schriller. Het toestel schokte geweldig, het metaal knarste alsof het op het punt stond te scheuren, tot de helikopter met een ruk begon te hellen, waarbij de open deur dieper in zee dook.

Iedereen gilde en schreeuwde alsof ze allemaal een doodsbenauwde stem hadden gekregen. Tommy greep Rayna vast en vreesde net als de anderen dat de helikopter zou zinken als hij nog verder zou hellen, terwijl hij schopte en sprong, de rotor leek vast te lopen en te vertragen voordat het toestel zijdelings wegsprong, in een poging te ontstijgen wat het in zijn greep hield, zich vervolgens losrukte, hoger steeg en het spuitende water uit zijn binnenste loste, waardoor de inzittenden gedwongen werden om zich vast te klampen aan de riemen, hun voeten hangend in de richting van de deur, en toen in een schijnbaar onmogelijke hoek opsteeg.

Tommy begon te lachen toen dat gebeurde, met het water achter zich aan, dat almaar hoger steeg en weer de bodem van het toestel bedreigde, totdat de romp nog maar zo'n 30 centimeter boven het zwarte water hing. Alle ogen keken door de opening naar beneden toen het waterpeil uit zichzelf een groter gat vormde, slonk en slonk, totdat bomen in de verte op de heuvel in het westen weer zichtbaar werden en het water zich terug begon te trekken, net op tijd tot het geheel was waar het hoorde.

Iemand drukte haar lippen tegen Tommy's hals. Dat was Rayna. Hij bloosde en grinnikte terwijl hij zijn ogen op de grond gericht hield om ze ervan te overtuigen dat het allemaal voorbij was. Er waren nu geen monsters meer in de haven, alleen het zwarte geweld van de zee zelf in zijn meest elementaire vorm. En daar was Bareneed, veranderd en toch hetzelfde, met de nokken van de donkere huizen rond de baai geschikt en de witte boten voor het grootste deel onaangetast.

Hoog boven dat alles staarden Tommy, Rayna, luitenant-ter-zee French en de anderen naar beneden, vol verwondering. Zij keken naar het glinsterende land en zagen de huizen weer verschijnen in het volle maanlicht. De lange schaduwen van dieren in het bos. Blauw en groen en bruin. De bomen, schoongewassen, nu stralend met vorstelijke kleuren.

Zelfs in de duisternis kon Tommy de bomen onderscheiden aan hun kleur, het zachte roze van de esdoorns, het goudgeel van de coniferen en het helderste roze van alles wat uitstraalde uit de welriekende bloemen van de uitbottende seringen.

Epiloog

Opgetekend uit de mond van Robin Harvey (geboren Blackwood) aan haar klein-kinderen: Jordan, Katherine en Emma Sarah

De visafslag en de herdachte of onbekende doden die erin hadden gelegen, waren weggespoeld naar zee, door de ongewone kracht van de getijdengolf. De volgende dag was de zee rustig, zelfs blauw in de warme ochtendzon. De getijdengolf had bomen ontworteld, hekken en huizen van hun funderingen gerukt, ze in diverse hoeken neergezet, op ongebruikelijke locaties. De getijdengolf had auto's ondersteboven gegooid en oude instabiele schuren versplinterd.

In tegenstelling tot de verwachtingen was er niet één boot verloren of gekanteld en in elk vaartuig wemelde het van de vissen, naar bleek. Ook verder landinwaarts werden vissen waargenomen, die met hun staart lagen te slaan in bomen en op velden, in achtertuinen en in huizen. De vissen waren van diverse soorten, maar elke was thuis te brengen. Het was ze gelukt tot kasten, bedden en wc-potten door te dringen.

Volgend op de getijdengolf herstelden degenen die aangedaan waren door ademhalingsproblemen helemaal, alsof het komende water ze op een of andere manier bevrijd had van hun kwaal. Toen de volwassenen terugkeerden, voegden de kinderen zich bij hun ouders, die ze met open armen thuis ontvingen. Niemand wist zeker wat de ziekte had veroorzaakt en wat die weer had doen verdwijnen.

Het eerste wat aan de orde was, was de zorg voor onderdak voor alle terugkerende bewoners van Bareneed. De huizen moesten natuurlijk nodig gerepareerd worden. Ploegen van de elektriciteitsmaatschappij werkten vierentwintig uur per dag om de elektriciteit te herstellen en zo het leven in de gemeente weer normaal te laten worden. Dat was een onmogelijke opgave. Hoogspanningsdraden waren van hun masten gerukt, verward en mee naar zee gesleept, waarbij een groot aantal palen was gebroken en als takken achter de draden aan was gegaan.

De inwoners van Bareneed maakten er het beste van en leefden bij kaarslicht, olie- en gaslampen. Aggregaten werden geschonken door een grote fabrikant, maar die machines bleven voor het grootste deel ongebruikt. De inwoners van de gemeente kookten op houtkachels of op open vuren met keien van het strand in hun achtertuin. De gloed van oranje vlammen 's avonds op het gezicht verhoogde in hoge mate de kameraadschappelijkheid, toen de mensen samenkwamen en verhalen uitwisselden van de toenmalige ramp en de rampen die daaraan voorafgegaan waren.

Het duurde tweeënhalve maand voordat de ontbrekende hoogspannings-masten weer waren teruggezet en de lijnen weer waren opgehangen. Op de zevenenzeventigste dag volgend op het binnenkomen van de getijdengolf, werd de elektriciteit weer aangeschakeld. De media versloegen de gebeurte-nis als een vervolg op het verhaal dat zij hadden omgedoopt tot 'Grote Boze Golf'.

De inwoners van Bareneed waren gewend geraakt aan het functioneren in de warme gloed van lamplicht, zodat zij met ontzag naar het maagdelijk ste-riele licht van de elektriciteit staarden. Sommigen plengden een traan, om re-denen die zij niet konden verklaren. Anderen verwelkomden het licht, waren blij met het gemak, terwijl weer anderen de indruk kregen dat er een funda-mentele rust door ongelovigen was ingepikt.

'Het was een vreselijke, vreemde schoonheid,' luidde het commentaar van een oudgediende voordat hij voorgoed de hoofdschakelaar bij zijn meterkast uitzette.

In de komende dagen schakelden velen in Bareneed hun lichten uit en hiel-den het weer bij lamplicht en de houtkachel. Er deden verhalen de ronde van doorstane beproevingen, terwijl kinderen om de kachel zaten en met open ogen verbaasd toehoorden. De inwoners van Bareneed wendden zich weer tot de zee, naarmate de visstand geleidelijk aan aangroeide. Na verloop van tijd had iedereen weer lamplicht en een houtkachel en er werd een speciale zitting van de gemeenteraad gewijd aan een bevel om de nieuwe hoogspan-ningsleidingen en palen uit de gemeente te verwijderen.

Tot diep in de nacht bleef de gemeente gehuld in duisternis, slechts be-schenen door sterren- en maanlicht, en uit de huizen van de inwoners straal-de de kaarsvlam van geesten die de trap op en af liepen, eindelijk weer veilig thuis ondergebracht.

En de komende generaties namen grootmoeders en grootvaders hun kleinkinderen op schoot en vertelden het verhaal van de tijd dat er geen geesten waren. Zij vertelden het verhaal van hoe de schepsels die ooit een-zaam in de donkere diepten van de zee ronddoolden bovenkwamen om zich te tonen. Ze vertelden het verhaal van de tijd dat de mensen van Bareneed in ademnood waren geraakt, totdat ze inzagen wie ze werkelijk waren en door de beproeving van een ramp hun leven weer ter hand wisten te nemen, om-dat dat gelukkig van henzelf was.

Woord van dank

Ik zou graag het Programma voor Residentiële Schrijvers van de Memorial University in St. John's op Newfoundland danken. Toen ik daar zat kon ik dit boek herschrijven en er de laatste hand aan leggen. Een dankjewel aan Janet Power die mij hielp de toon en de richting van de roman te bepalen. Zoals bij de meeste van mijn boeken werden stukjes en beetjes van de verhalen erin van mijn ouders gestolen. Zonder hen en hun verhalen zou dit een heel ander boek geworden zijn.

Inhoud